바다의 치맛자락

바다의 치맛자락

신범순 평론집

문학동네

하늘에 계신 사랑하는 나의 어머니께 바칩니다.

머리말

　책을 묶는다는 것이 마치 출렁이며 끊임없이 바스러지는 파도와 물결을 상자 안에 고스란히 담는 것처럼 느껴진다. 지난해 휴식년을 맞아 자주 찾아갔던 두물머리에서 나는 그것을 느꼈다. 별들이 파인 고인돌, '하늘마루'라고 내가 이름붙인 그 돌판 위에서 찰랑대며 다가오는 물결을 보며 내 세월의 이랑들을 어떻게 그냥 흘려버리고만 말 것인가 하며 나는 집과 연구실 여러 곳에 흩어진 지난 원고들을 생각했던 것이다. 이제는 그것들을 어떻게든 하나의 매듭처럼 묶어야 하지 않겠는가고. 물결들이 작은 소리로 속삭여왔다. 나는 그뒤 엉성한 그 원고 조각들을 찾아내어 이리저리 꿰어맞추듯이 해서 하나의 틀 속에 집어넣어보기로 했다. 지난 원고들을 미완성의 그림자와 함께 그렇게 엮어버렸다. 내 방의 제자들이 때로 나를 채찍질했다. 게으른 책들은 이렇게 떠밀려서 만들어지기도 한다.

　이 책에 실린 글들은 이미 오래 전에 쓴 평론에서 최근의 논문에 이르기까지 그 성격이 고르지 않다. 그러나 비교적 하나의 주제로 묶일 수 있는 것들을 모아보려 노력했다. 아마도 그 중심에 놓인 주제를 한마디로 말하라면 '이상향에 대한 꿈'이라고 할 수 있을 것이다. 나는 한때 삼척의 두타산에 자주 놀러 가서 무릉계곡의 바위들과 하늘을 비추는 청자빛 파란 물에 취하곤 했다. 나중에 내 선조 중의 한 분이 무릉계곡 용추동에 관한 글을 남긴 것을 알게 되었다. 나는 그 글에서 옛사람의 정신세계 속에 파인 신비한 동굴을 보았다. 이 책의 1부에 있는 「은자의 정원」은 바로 그 동굴에 관한 이야기다. 그 깊은 동굴 속에 숨어 있는 용에 대해 나는 이제야 말할 수 있게 된 것이다. 거기에는 우리의 황금시대가 펼쳤던 신화와 꿈이 있었다. 미당과 니체의 '용의 바다'에 대해 논하면서 그러한 신화가 현대인의 정신세계 속에서 어떻게 펼쳐지는지를 조금이나마 보여주고 싶었다. 나는 다른 여러 편의 글 속에서 우리의 문자들이 건져올릴 수 있는 무의식의 바닷속 깊은 곳을 헤매고 다녔다. 우리의 기호들은 그 깊이에 젖어 있을 때만이 우주적인 숨쉬기를 할 수 있다. 단단한 우리의 일상적 문법들과 우리의 왜곡된 지식들이 부서져나가는 곳에서 말이다.

1930년대의 모더니스트였던 김기림은 바다를 여성의 '파랑치마'에 비유하곤 했다. 나와 함께 두물머리의 고인돌을 찾곤 했던 금새한빛 교수가 옆에서 나를 지켜보며 이 책 제목에 대한 조언을 해주었다. '바다의 치맛자락'이란 제목이 그에게서 나왔다. 나는 이 멋진 말을 내 책의 제목 속에 소중하게 담아 새롭게 만들었다. 그는 내 지적 탐구의 여정에서 항상 애정 어린 친구로 남아 있다.

이 책이 나오기까지 어려운 교정을 맡아준 내 방의 제자들이 너무 고맙다. 김예리, 조은주, 김초희 등의 꼼꼼한 수정이 이 책을 매끄럽게 하는 데 보탬이 되었다. 그리고 이 책의 목차를 거의 꾸며놓으며 재촉한 신수정 선생에게도 고마움을 전한다.

이 원고를 정리하면서 나는 인생의 한 고비를 넘어간다는 생각에 사로잡혔다. 문득 어릴 때 어머님의 영상이 떠올랐던 것은 왜일까? 거칠

게 눈보라가 몰아치는 어느 날 오후, 학교를 파하고 고개를 잔뜩 숙인
채 간신히 희미한 앞길을 더듬어 한참 나아가고 있을 때 나는 갑자기 따
뜻하고 포근한 품에 감싸였다. 어느새 어머니가 그 거친 날씨를 뚫고
나에게로 왔던 것이다. 그녀는 길고 풍성한 치맛자락으로 어린 꼬마를
휘감았다. 돌아가실 때까지 그렇게 품어안으려 노력했던 그 은혜를 나
는 광막한 강의 한 조각 물결만큼도 갚지 못했다. 이 보잘것없는 책을
삼가 그 영전에 바친다. '바다의 치맛자락'이란 이미지를 내 어린 시절
의 어머니에 대한 추억에 바친다.

2006년 봄
관악산 자하연을 옆에 낀 연구실에서
신범순

차례

1부
꿈과 야생의 서판

혼돈의 카니발적 탁자
─용 사각형 꿈의 기호학

1. 민화의 꿈과 웃음

한동안 나는 우리나라 여러 지역을 돌아다니면서 오래된 역사의 흔적들을 찾아 헤매곤 했다. 역사학이나 고고학과도 거리를 둔 고대적 환상과 꿈에 대한 이 하염없는 탐닉 속에는 이제는 거의 모두에게 잊혀져 버린 황금시대에 대한 몽상가의 끈질긴 추적 같은 것이 숨어 있었다. 그저 강변의 하찮은 돌멩이 하나를 들고 열심히 들여다보기도 했던 야릇한 행동들은 아마도 버림받은 사건, 벌써 다 결판이 나버린 사건에 대해 미련을 갖고, 아니 여전히 그러한 결판을 뒤집을 수도 있다는 자신만의 신념을 갖고 쓸쓸한 들판을 헤매는 사립탐정과도 같이 보였을 것이다. 그러나 나는 근대 초창기에 신채호나 최남선 같은 사람들이 땅속에 묻힌 고대의 작은 조각들을 책 속에서 혹은 돌조각이나 바위 속에서, 흘러온 이야기들 속에서 찾아내고 그것들을 이어 붙여 전체의 일부라도 되살리고자 애썼던 '회통(會通)'의 방법을 따라가려 했던 것이다. 나는 잃어버린 수많은 진실의 몇몇 조각들을 찾아낼 수 있었다고 생각한다. 그러나 우리를 압박하며 둘러싸고 있는 현실이란 어떻게 보면 너무나 강력한 허구들로 구성되어 있는 것이 아니던가. 그러나 그러한 허구적 구성물을 구축하고 있는 것들, 우리를 사로잡는 욕망이나 사상, 혹은 한 시대 전체를 사로잡는 가치체계 이 모든 것이 때로는 한 세대가 지나기도 전에 그 헛된 가면을 드러내기도 한다. 우리가 눈으로 보고 손으로 만져볼 수 있는 실재적인 사물들조차도 영원히 진실된 것은 아니다. 한 시대 전체의 가치에 대해 의문을 갖는 사람에게는 이러한 것들조차 잘못 만들어진 엉터리 조작품들에 불과하다. 그것은 우리의 거리와 집들, 놀이터와 도시, 정부기구와 학문제도 그 어느 것에도 적용될 수 있다.

자신을 둘러싼 모든 것에 대해, 아니 그러한 것들을 조작해내는 사람들과 제도들, 그러한 것들을 창조해내는 관념과 지식체계들 이 모두에 대해 회의하고 부정했던 비참한 몽상가 중에 식민지 시대의 시인이자 소설가였던 이상(李箱)이 있었다. 그는 「거리距離」라는 시에서 "백지위에한줄기철로가깔려있다"고 노래했다. 그렇듯이 칸칸의 선로를 이탈할 수 없게 규격화된 이 세상의 원고지는 이미 모든 사람에게 일정한 틀을 강요한다. 이상은 은유법적으로 유클리드라는 기하학자를 이 기계적인 세계를 창조하고 지배하는 사람으로 그려놓았다. 하늘의 별들까지도 차가운 기하학의 기계적인 척도에서 벗어나지 못한다. 그는 「신기한 것들의 백화점」이라는 시에서 사각형의 무한한 증식으로 어지럽게 돌아가는 현대의 상업적 미로에 대해 노래했다. 「오감도」에서 보여준 불길한 미로는 이 시 속에 또다른 형태로 놓여 있다. 그의 세계 어디에나 그것은 있었던 것이다. 현대 도시문명을 구성하는 기본적인 이 차가운 기하학에 대해, 그리고 그 밑에서 억압당하는 이 세계와 인간의 자연에 대해 그는 절망했다. 그러나 그는 때로 도시를 탈출해서 시골의 자연을 음미했는데 성천기행문인 「산촌여정」에서 도시적인 문명과 대립하는 자연주의적 상징물을 발견한다. 그것은 바로 맨발의 시골처녀들이 귀족처럼 떠받들고 보살피며 키우는 누에였다. '말캉말캉한 로맨스'라는 말로 그는 누에의 부드러운 살에 충만한 생명력을 드러냈다. 이 멋진 이미지가 그의 황량한 문학과 그 문학 속에 표현된 근대적 황무지의 꼭짓점에 있다. 이상의 나비는 오감도라는 '사각형의 미로' 위로 솟아 있는 뽕나무 꼭대기 위에서 날아오를 수 있을지도 모른다. 규격화된 종이를 찢으면서 만들어지는 나비의 날개는 그러한 꿈의 재료로 만들어진다.

　이러한 이상의 절망과 꿈은 나의 절망과 꿈이기도 하다. 나는 현대문명의 변두리에 묻힌 그 꼭짓점들을 찾아 헤맸던 것이다. 돌판들을 더듬어보기도 하면서 그 속에 새겨진 미묘한 고대의 기하학적 선들을 찾아내기도 했다. 그것들은 너무나도 낯선 기호처럼 느껴졌다. 자연의 꿈틀거리는 힘들을 묘사하고 추적하며 모방하는 형태와 선들을 마주하고 있는 듯하기도 했다. 전혀 낯선 기하학이 고대에 존재했던 것은 아닐까? 부드러운 형태의 돌들을 매만지면서 나는 우리 세계와는 전혀 다른 세계를 꿈꾸어보았다. 그 부드러운 자연의 형태들 속에서 편안하게 길을 트고 조화롭게 거주하는 미묘한 도형들이 있었다. 자연 속의 도형들을 그려 보이는 너무도 유연한 입체 기하학을 바라보면서 나는 많은 생각을 했다. 수많은 돌판들 속에 희미하게 숨겨진 상태로 남은 것들의 의미를 해독하다가 나는 마침내는 좀더 뚜렷하고 선명한 상징적 기하학을 고분벽화 그림들 속에서 보게 되었다. 그러한 그림들을 그려나갔던 어떤 주도적 정신들이 사라졌을 때 그것들은 땅 속에 매몰되기 시작했다. 이상하게도 조선 후기 민화들 속에서 그러한 고대적 상징 기하학의 편린이 다시 발견된다는 것에 나는 놀랐다. 나는 민화들이 근대의 기하학적 원근법에 지배되지 않으면서 놀랍게도 생동감 있는 공간의 다양한 특성들을 드러내고 있다는 사실을 알게 되었다. 어떻게 보면 이 다양하고 유연한 회화공간은 근대의 차가운 삼차원적 논리를 비웃으며 사물들을 얼마든지 부드럽게 용해될 수 있을 것 같은 곳으로 인도한다. 사물들은 자신을 고집스럽게 주장하지 않는다. 공간은 다양한 세계들이 한데 녹아서 풍부한 양분으로 가득한 무한함으로 채워져 있다.

　나는 주로 17~18세기에 그려졌던 민화들의 상징체계와 미적 감수성을 현대예술에 대한 반성적 거울로서 바라보고 싶다. 그 시대 방랑화가들이 그려낸 예술적 상징들 속에서 물질에 사로잡히지 않은 존재의 창조적인 꿈을, 그리고 정신적으로 여유로운 자가 그 모든 형상을 주물러 만드는 우주적 웃음을 보여주고 싶다. 그 거울에 비춰보면 오늘날 예술은 그러한 꿈과 웃음을 잃어버렸다. 이제는 메말라버리고 빈약해진 타락한 상징들만이 파편처럼 남아 있을 뿐이다. 자기의 물질적 기반인 육체와 집, 재산 등에 대한(혹은 그러한 이데올로기에 대한) 지나친 집착은 시간에 대한 초조함과 긴장감, 우울로 인한 삶의 병적 경직을 가져왔다. 소유를 위한 투쟁은 긴장을 낳는다. 그러한 긴장은 정교함과 완강한 논리로 포장되어 타인들을 넘어서고자 하며, 하나의 강력한 실체감으로 우뚝 서고자 한다. 현대예술은 이러한 근대적 시간에 깊이 물들어 있으며, 긴장과 병적 우울에 버무려진 정교하고 세련된 기교들로 무장하고 있다. 과거의 민화적 세계로 가서 볼 때 이러한 것들은 지나친 인공적인 기교처럼 보인다. 그것은 완강한 실체에 사로잡힌 편집병적 정신의 소산이다. 과거의 소박하고 서투른 듯하면서도 자연스러운 예술적 시선에서 보면 현대예술의 많은 부분이 이러한 정신이 만들어낸 기괴한 물건처럼 보인다. 그것을 감상하는 데 과도한 집중을 요구하는 현대의 예술품들은 상징체계의 보편성으로부터 멀리 물러나 고립적인 자아와 불가해한 우주 사이의 어지러운 현기증 속에서 포착하고 구축한 형상들을 보여준다. 이 난해하고 피곤한 예술의 반대편에 과거 우리의 민화가 구축했던 소박한 상징적 예술세계가 있다. 이 세계는 오랜 역사적 시간을 통해 살아남은 것이며, 많은 사람들이 쉽고 편안하게 수용하

는 것들로 이루어진다. 이 상징체계는 일종의 우주론적 연금술의 그릇
이다. 스테판 캐처는 예언과 점의 상징체계를 분석하면서 그것을 일종
의 "거대한 반죽 그릇"[1]이라고 했다. 그는 그 안에서 창조적 무의식과
도(道)의 신비로운 풍요를 감지했다. 우리 민화의 상징체계 역시 마찬
가지다. 이 '창조적 무의식'이라는 말을 나는 여기서 '형이상학적 꿈'
이라고 바꾸었다. 민화의 상징적 형상들은 일종의 그릇(器)이다. 그 그
릇 안에는 형이상(形而上, 형상을 넘어서 있는)의 도가 담겨 있다. 명확
히 한정된 개념이나 말로 붙잡을 수 없는 도는 우리의 의식을 넘어서는
꿈에 의해, 우리에게 잘 알려져 있는 형상들을 반죽해서 만든 형상들을
전해준다. 꿈이라는 우리 '의식의 자연(自然)'을 통해서 우리는 세계의
본질을 우리 둘레의 형상들로 빚어놓은 암호로 전달받는 것이다.

　나는 이러한 상징성이 인간 개개인을 우주와 통합하는 안내자로 기능
한다고 생각한다. 그것은 끊임없이 우리를 창조적인 시원으로 이끌어간
다. 그 상징들은 한 사회체계의 질서를 고정시키는 경직된 것으로 기능
하는 것이 아니다. 오히려 우주 창조적 중심 속에서 모든 것을 순식간
에 변화 가능한 것으로 만드는 변신술적(變身術的) 공간, 창조적 원기
속에서 이 세상의 모든 형상을 새롭게 만드는 힘으로 기능하는 것이다.
민화의 불완전한 형태와 정교하지 못한 선들, 실체감이 결여된 사물들
은 모두 그러한 '창조적 열림'을 보여주는 징표다.

　이 글에서는 그러한 민화의 두드러진 미적 특징인 '해학적 웃음'의
의미를 이러한 생각과 관련시켜 새롭게 해석하고자 한다. '해학'은 지
금까지는 흔히 '풍자'에 미치지 못하는 것으로 해석되어왔다. 이러한
가치평가는 민중적인 세계관을 비판적이고 진보적인 것으로 규정하려
는 논자들에 의해 이루어졌는데, 그러한 관점에서는 당연히 비판적인

---

1) Stephen Karcher, *DIVINATION*, Element Books, 1997, p. 15.

시각이 두드러지는 풍자가 중요한 것이 될 수밖에 없었다. 그러나 해학이 그렇게 평가절하된다는 것은 어처구니없는 일이다. 왜냐하면 해학이란 풍자와 비교해볼 때 오히려 더 우주적인 규모의 사유이며 정서이고 세계관이기 때문이다. 그것의 본질은 우주적인 뒤집기에서 솟아나는 웃음이다. 풍자가 단순히 지배계층의 이데올로기가 지닌 허위성을 폭로하고 조롱하며 비판하는 것에 그친다면, 해학은 그러한 지배 이데올로기의 경직된 관념체계와 그것에 의해 장악된 현실적 삶의 체계 전체를 뒤집는 것이다. 사실 해학은 새롭게 성장하고 있었던 조선 후기 부민층(富民層)의 현실주의적 세계관과는 상관없는 것이었다. 우리 민족 깊숙이 뿌리내린 해학은 조선 후기에 솟구쳤지만 그 정신적 기반은 훨씬 오랜 뿌리를 갖고 있다. 해학은 현실의 물질적 세계에 사로잡힌 정신들을 초월적인 정신의 꼭짓점 속으로 이끌어가서 현실의 삶을 내려다보고, 유유하게 그 모든 것을 가로지르면서 웃음 속으로 휘몰아가는 것이다. 그것은 상당 부분, 이 세상을 가로지르며 동시에 무관심하게 비켜가는, 방랑하는 예술가의 가난한 혼 속에서 만들어졌다.

해학은 이 세상의 모든 것을 통과해가며, 그중 어떤 존재로도 변화 가능한 변신술적 존재의 기분이라고 할 수 있다. 그것은 어느 하나에 고정되지 않고 집착하지 않는 무관심과 망각의 소유자다. 이 자유자재한 유연함은 세상의 굳어진 질서와 가치에 집착하는 삶을 희극적인 것으로 내려다본다. 이러한 희극에는 높은 곳에서 내려다보는 자가 낮은 세계의 하찮은 것들을 비웃는다는 의미와 동시에, 그러한 낮은 세계의 구속에서 벗어나서 해방되어 즐겁다는 의미가 함께 포함된다.

이 '웃는 존재'의 한 전형이 우리 민화 중에서 발견되는데 그것은 매우 해학적인 〈청룡백호도靑龍白虎圖〉(그림1)이다. 여기서 청룡과 백호는 우주의 두 가지 원기를 가리킨다. 본래 '해(諧)'는 화합과 조화의 의미와 더불어 익살이나 농담의 의미를 갖고 있다. 이것은 여러 가지 요

그림 1 〈청룡백호도〉.

소들을 결합시키고 교접하게 하는 무한한 생식력과 그로 인해 부풀어
오르는 생명체의 약동하는 힘을 가리킨다. 이 봄철의 생명력을 상징하
는 것이 청룡이다. '학(謔)'은 희롱, 농담, 익살의 뜻을 갖고 있다. 그런
데 이 글자의 한 요소인 '학(虐)'은 호랑이가 발톱으로 먹이(포획물)를
놀리는 의미를 갖는다. 즉 사납다, 해치다, 상하다, 잔인하다, 가혹하다
등의 뜻을 지니고 있다. 호랑이의 사나움과 잔인함으로 놀린다는 의미
가 그 글자의 시초에 있었을 것이다. 그것은 으스스하게 서늘한 기운으
로 만물을 움츠러들게 하며, 단단하게 열매 맺게 하는 가을 기운을 상
징한다. 해학은 따라서 두 가지 서로 상반되면서도 하나로 묶이는 단어
로 이루어져 있다.

'해학'에 대한 상투적인 인식을 벗어내기 위해 한 단계 더 깊이 들어
가보기로 하자. 거기에는 우리 민족의 역사만큼이나 오래되고 깊은 의
미론적 우물이 있을지 모른다. 축제적 놀이와 자유분방한 예술들을 관
통해온 길고 긴 흐름이 거기 있다. '해'는 성교적(性交的) 화합과 교접
의 놀이에서 흘러나오는 축제적 웃음이다. 실상 세계적으로 많은 봄축

제에서 그러한 웃음판을 확인할 수 있다. 이 축제판은 경직되고 긴장된 것들을 모두 풀어버리는 곳이다. 서로 어울리기 위해 거기 참여한 사람들은 모두 자신의 내부를 활짝 열고 자기 안의 부끄러운 것까지도 스스럼없이 드러내 보인다. 모든 것이 활짝 열리는 이러한 분위기 속에서 서로가 서로에게 침투하는 강력한 정신적 어울림이 나타나며, 그것은 성적인 교접으로 나아갈 수 있는 분위기를 만들어낸다. '해'는 바로 그렇게 모두가 동일한 분위기에서 하나가 된다는 느낌 속으로 이끌어가는 것이다. 어떠한 강제성도 없이, 서로 간에 자발적으로 즐겁게, 그렇게 하는 것이다. 익살이나 농담은 스스로를 비하시키면서 상대방에 대한 무장해제를 보여주거나, 아니면 상대방을 비하시키면서 그에게 쉽게 들어갈 수 있는 입구를 만들어내기 위한 것이다. 그리고 그러한 분위기 속에서 약동하는 생명력을 기분좋게 북돋워주기 위한 익살이나 농담인 것이다. 그러나 '학'은 강력한 힘으로 해칠 것같이 압박하면서 그 대상을 이리저리 굴리며 놀려대는 것이다. 상대방을 괴롭히는 이 짓궂은 놀림은 커다란 힘의 한계 안에 갇혀 어쩔 줄 모르는 존재의 우스꽝스러운 모습에 대해 갖는 기분이다. 그것은 힘에서 우월한 자가 자신보다 훨씬 열등한 자에 대해 갖는 자신감에서 나온다. 거기서 오는 즐거움이 열등한 것에 대한 조소와 함께 어우러져 있는 것이다. 그러나 그것은 동시에 그렇게 함으로써 때로는 그 대상을 더욱 단단하게 단련시키며, 그렇게 되지 못한 것들은 그 과정에서 깨지고 부서져 사라지게 만든다.

청룡에 해당하는 '해'는 어떤 존재를 과장되게 부풀려가는 힘과 관련된다. 그리고 백호에 해당하는 '학'은 그렇게 팽창된 힘을 가혹하게 압박하고 웅크러들게 하면서 다시 근원으로 되돌아가게 만드는 힘과 관련된다. 그러나 해학은 '諧'와 '謔'의 단순한 병렬이나 통합이 아니다. 그것은 이 둘이 서로 맞물리며 서로간에 대조적인 짝이 됨으로써, 서로 싸우며 어울리는 신바람나는 놀이로 돌입하는 것이다. 따라서 해학의 웃음은 그러한 우주적 창조와 소멸의 두 기운을 통달해 가지고 있는 기질의 미묘한 웃음인 것이다. 우리의 민화 속에서 이 두 가지 요소가 어떻게 미묘하게 배합되면서 여러 가지 형상들을 그러한 우주적 웃음으로 만들어내는지 고찰해보기로 하자.

2. 용의 우주 ― 형이상적 사각형의 기원과 의미

나는 고대로부터 흘러 내려오던 우리 고유의 풍속이 문화적으로 강력하게 분출했던 17~18세기에 강렬한 인상을 준 하나의 현상을 다루고자 한다. 그것은 바로 책거리 그림이 성취했던 독특한 미학적 특징이다. 방 안의 벽을 장식했던 그 그림들에서 우리의 삶과 미학이 서로 삼투하며 어떻게 자연스러운 의미론적 공간을 만들어냈는가. 우리의 일상 속에 깊이 스며 있던 하나의 미적 형식이 어떻게 자연스럽게 우주론적인 의미들을 그곳에 불러올 수 있었던가. 이러한 것들에 대해 말해보고자 한다. 다른 나라에서 볼 수 없을 정도로 방대한 양으로 제작된 이 민화는 생활의 소모품이었다.[2] 그리고 그것은 동시에, 우리의 생활공간인 방과 집을 끊임없이 신성한 공간으로 승화시키고자 했던 삶의 미학이었다. 서울지역 무가(巫歌) 중 「황제풀이」[3]의 한 부분을 보면 그러한 그림들로 어떻게 방을 도배하여 치장했는지 알 수 있다. 「성조가成造歌」로 불린 이 무가는 신성한 장소로서 집의 여러 공간을 배정하고, 거기 신들을 좌정시켜 그 안에서의 삶을 우주적으로 확장시키는 창조적 역사를 노래한 것이다. 그것은 거기 자리잡은 신들을 놀게 한다. '대

---

2) 김영학, 『민화』, 대원사, 1993, 47쪽.
3) 김태곤 편, 『한국무가집』 1권, 집문당, 1992, 88쪽.

활(大活)에루 노루소셔' 라는 후렴구는 여러 신격들의 호칭 뒤에 따라온다. 여기서 '대활' 은 대자연 속으로 활짝 열린 커다란 삶을 가리킨다. 그 속에서 유유자적하게 노니는 신선 같은 삶을 지향해야 한다고 이 후렴구는 말하고 있다. 이렇게 해서 그 집에 사는 사람들의 삶은 즐거운 우주적 놀이마당 가운데 활짝 펼쳐져 열린다. 방에 도배된 그림들은 『삼국지』와 『구운몽』, 상산사호와 도연명에 얽힌 이야기인데, 그 가운데서도 가장 회자되는 중요한 장면들이다. 그 이야기의 한 토막으로 초대함으로써 그러한 놀이마당은 펼쳐진다. 그 그림들을 통해 집을 다스리는 오방신(五方神)이 베풀어주는 우주론적 힘과 그 의미, 가치는 과거 인물들의 역사적 삶을 매개로 하여 거기 거주하는 사람들에게 전해진다. 거기 그려진 한 토막 삶은 수세기를 흘러오며 모든 것을 소멸시키는 시간의 파도를 견디고 영원한 가치를 획득한 것이다. 여러 현인들의 한 토막 이야기를 즐기며, 그곳에 놓인 신격들의 성스러움과 인간의 즐거운 삶-놀이는 서로 어우러진다. 민화들은 그렇게 보면 신과 인간 사이의 통로이며 매개체다.

이 민화적 예술은 거창한 몸짓으로 전개되는 예술적 양상들, 즉 현실 초월적이라거나 자기 개인의 특수한 예술적 충동 혹은 지적 실험 등과는 아무 상관도 없는 것이다. 그것은 많은 사람들의 공통적인 소망과 삶의 바람직한 방향, 그러한 것들의 의미에 대해 관심을 둔다. 누구에게나 알려져 있는 공통적인 상징들을 가지고 그들의 삶 속에서 궁극적인 이상향을 꿈꾸며, 그곳을 향해 나아가는 것이야말로 민화가 존재하는 진정한 이유다. 평범한 사람들 누구에게나 개방되어 있는 이 민화의 미학은 바로 삶에 깊이 스며든 예술, 그리고 그 예술에 깊이 스며든 삶을 확고하게 증거한다. 삶과 예술의 이러한 강력한 결합 속에는 제식(祭式)에서 비롯된 매우 오래된 형이상학적 상징체계가 자리잡고 있다. 그것이야말로 이 양자를 화학적으로 융합하는 데 필요한 견인력이자 접합력이다. 그 상징체계가 과연 무엇이었는지 여기서 알아볼 것이다. 여기서 나는 이러한 상징체계의 원형과 그것의 분화 과정이 다양한 민화적 예술현상의 재료가 되었다는 가정에 기초하고 싶다. 원초적 상징들은 역사적 상황의 변수와 생활현장의 다양한 국면에 따라 분화되고 변화 적응되는 현상을 겪었다. 그런데 이러한 분화 과정이 여러 우여곡절을 겪어도 그 원초적인 본질이 변하지 않고 남아 있다는 데서 민화의 특징을 엿볼 수 있다.

여기에는 매우 일관된 하나의 정신세계가 존재한다. 이것은 바로 우리 자신의 고유한 전통으로 자리매김할 수 있는 것인데, 나는 그것이 용의 상징으로 수렴될 수 있다고 생각한다. 이 신비한 상징인 용은 세계적으로 많은 곳에서 볼 수 있는 보편적인 상징이다. 그러나 이 상징이 생활공간 곳곳에 침투해 일상의 거의 모든 곳에 자리잡고 있었던 현상은 우리만의 특징이다. 그것은 무한하고 자유롭게 변신술을 구사하며 우리의 생활 곳곳에 스며들어 있다.[4] 산과 마을 이름, 소설과 시, 집의 대들보와 탁자 위의 문방기구에 이르기까지 그 꿈틀거리는 흔적을 찾아보기는 쉬운 일이다. 그것이 우리 생활에 녹아든 채 친근하면서도 무궁한 생식력으로 우리의 삶을 풍요롭게 해줄 수 있을 상징적인 형상

---

4) 이 용의 변신술은 두 가지 점에서 주목된다. 그 하나는 범우주적 교접(交接)이라는 음탕한 성격으로 특징되는 것인데, 그것은 우주적 생식력을 상징하는 것이다. 이혜화가 소개한 『괴서잡지』의 한 부분을 보면 이렇게 그 음탕함이 표현되어 있다. "용의 성품은 지극히 음탕하여 교접하지 않는 것이 없으니, 단지 날짐승, 길짐승뿐 아니라 또한 사람과도 교접한다."(『용사상과 한국고전문학』, 깊은 샘, 1993, 73쪽) 용이 갖는 또 한 가지 성격은 무한한 변신술이다. 이것은 마치 도(道)와도 같이 무엇이든 될 수 있으며, 어디에도 있는 것이다. 그것은 무한히 커지거나 작아지며, 구부리고 펴며, 누에처럼 좋아드는가 하면, 천하를 감쌀 것처럼 커지기도 한다. "이 천지간에 무엇이든 정성만 착실하면 내 몸으로 변할 수 있는, 이른바 용성(龍性)을 가지지 아니한 것이 없다"(같은 책, 74쪽)라고 하는 것에 이르면 마치 도나 불성(佛性)을 깨우치는 것에 관한 이야기와 흡사하게 들린다. 아마도 이러한 것은 불교 이전의 무교(巫敎)가 간직하고 있던 철학의 한 편린일 것이다.

그림 2 〈농신기〉.

이 〈농신기農神旗〉에 그려져 있다(그림2). 이 용은 민화적으로 변형된 우리만의 독특한 형상을 갖고 있는데, 수염과 뿔이 기운을 내뿜는 기관처럼 강조되어 있으며 코는 벌름거리고 입은 아무런 위엄도 없이 벌려 있으며, 눈은 순진하게 갈기처럼 두 개로 뻗어 난 귀 밑에서 온순하게 자리잡고 있다. 농사신은 가래를 어깨에 멘 채 약간 근엄한 표정을 짓고 지나치게 뻣뻣한 모습으로 그 용 위에 올라타고 있다. 민화적인 서투름이 만들어낸 이 경직된 다리의 뻣뻣한 자세는 친근하고 자연스럽게 꿈틀거리는 용의 기운들과 대비된다. 용의 기운은 그러한 위엄에도 불구하고 매우 부드럽게 퍼져나가고 있다. 이 용 형상이야말로 우리 옛 민화가 만들어낸 소박한 자연주의 미학의 한 결정체다.

이러한 우리의 용들은 수많은 상징들을 거느린 상징체계의 왕으로서 우리의 삶을 자연의 신화 속에 뒤섞이도록 이끌어왔다. 그리고 거꾸로 이 생활에 깊이 침투된 상징들은 아무런 부담도 없이 생활의 일부로 누려지고 변형되면서 삶의 넉넉하고 자유분방한 움직임들을 흡수하게 되었다. 그것은 오랜 세월 동안 많은 사람들의 삶 속에 깊이 잠겨 있었으며 그만큼 많은 나이를 먹었다. 그러나 그것은 동시에 그 모든 삶을 넘어서서 언제나 새롭게 시작하는 삶처럼 신선한 것이기도 했다.

이처럼 오랜 전통과 창조적 새로움의 결합, 즉 노인과 아이의 특성이 결합된 매우 독특한 미학[5]이 바로 민화의 특징이다. 고졸(古拙)[6]과 소박은 바로 이 노인과 아이의 특성을 미학적으로 대변해주는 말이다. 민화에서 그 둘은 동시적인 것이다. 그것은 근원에 머물면서도 어디에 매이지 않는 자유로운 노닒(逍遙遊)의 기초가 된다. 이 '노인-아이'의 존재는 삶에 싱싱하게 참여하면서도 어디에도 구속되지 않고, 그것의 맛과 멋을 즐기는 노닒의 상태에 놓여 있다. 떠돌이 방랑화가들의 서투른 붓질이 만들어낸 엉터리 미술, 사대부들이 천기(賤技)라고 여겼던 그 민화 속에서 우리는, 수많은 세월 동안 수많은 삶들이 참여해서 만들어낸, 넓고 높고 깊은 정신적인 경지와 여유롭고 소박하며 자유분방한 독특한 미학을 만나게 된다. 마치 고고학적 흔적처럼 그러한 것들은 고대의 어떤 거대한 정신세계가 남겨놓은 오래된 유적같이 느껴진다. 비록 그 미학의 명백한 이론적 제도적 자취는 오랜 세월 동안 역사의 풍랑 속에서 사라졌지만, 그 생명력은 여전히 살아남아 있다. 오히려 그것은 삶의 밑바닥에서 새롭게 분화되고 변형되면서 자신을 드러내지 않고 더 광대하고 은밀한 철학으로 변형되었는지 모른다. 17~18세기에 분

---

5) 이것을 청룡-백호와 관련된 해학을 다른 각도로 풀이한 것으로 생각해볼 수 있다. 즉 청룡을 아이로, 백호를 노인으로 해석해볼 수 있을 것이다.
6) 서툴고 어리석은 듯한 이 특징은 겸재 정선 같은 문인화의 대가가 나이 들어서 도달한 경지이기도 하다. 오랜 삶의 체험 속에서 간추려지고 우러나온 한 노년 예술가의 간명한 형상들은 수많은 삶의 역사 속에서 간추려진 민화의 선과 닮는다. 그것은 자기 과시적인 기교, 사물의 현란한 형상을 만들어내며 자신을 과시하던 욕망을 다스리는 경지, 스스로를 단순화하고 잊어버리면서 평범함 속으로 사라져버리는 경지인 것이다.

출한 새로운 서민적인 예술의 정신과 미학은 바로 그러한 것의 새롭고 거대한 분출이었다. 고고학적 흔적들은 오랜 세월 동안 일상의 거대한 바닷속에 잠겨 있으면서 거기서 영양분들을 흡수하여 새로운 생명력을 얻어냈다.

그렇게 분출했던 용의 새롭게 거듭난 정체가 과연 무엇이었는지 우리는 아직도 완전히 알지 못한다. 여전히 우리는 그것의 그림자만이 드리워진 문턱에서 서성이고 있는 것은 아닐까? 판소리와 잡가, 사설시조, 풍속화 등 당시의 새로운 예술은 흔히 풍자적이며 저항적인 민중예술이라는 관점에서 조명되어왔다. 과연 그것만이 전부였던가? 비판과 저항만을 본질로 보고 그러한 속성만을 높이 평가해온 것은 분명 이데올로기적 편견이다. 그러한 시선은 조선 후기의 새로운 예술 현상이 지니고 있던 정신과 미학의 깊이와 높이를 제대로 보지 못하고 있다. 이데올로기적 잣대를 갖다놓았을 때 다른 많은 예술적 성과와 정신적인 결실들이 빠져나가버리는 것이다. 여기서 다룰 책거리 민화가 지니는 미학적 의미 역시 그렇게 빠져나가버린 것 중의 하나다. 따라서 이 부분에 대한 연구는 그 당대에 이룩한 예술적 성취의 많은 부분에 대해 새롭게 조명할 수 있는 시선을 확보하기 위한 것이어야 한다.

그리고 이러한 연구 작업은 오늘날에 오히려 더욱 절실한 의미를 갖는다. 이미 지나가버린 그 당시의 예술적 과제들을 우리는 아직껏 충분히 이해하거나 소화해보지도 못한 채 지금에 이르렀다. 옛날에 미처 하지 못했으니 지금이라도 마저 해야 한다는 식이 아니라, 그때 그러한 예술적 과제들이 오히려 지금 매우 중대한 문제를 제기하는 것이며, 우리의 혼란상을 정리하면서 새로운 차원을 창조해나가는 데 매우 절실하게 요청되는 것이라는 점을 강조해야 하는 것이다.

근대적인 미학적 감수성을 가졌던 야나기 무네요시가 우리의 민화를 보고 받았던 충격은 이러한 면에서 매우 인상적이다. 그는 우리 민화가

상상도 못 할 만큼 신선하고 자유스러운 작품을 지니고 있어서 잘 개발되어 알려지면 세계의 관심을 끌기에 충분하다고 말했다. 그의 이러한 직관력은 우리 문화로부터 거리를 취한 자의 자유로움 때문에 더 날카롭고 객관적인 시각을 얻을 수 있었다. 우리가 하찮게 여길 정도로 익숙한 것들이 지닌 심오한 의미를 그는 이방인적 감수성으로 잘 간파했는지 모른다. 그러나 우리는 그러한 것들이 한때 우리 생활의 일부일 정도로 익숙해서 거기에 대해 별 심각한 생각을 하지 않았다. 그것이 과연 예술이기는 했던가? 벽지처럼 붙어 있거나 마루나 마당에 굴러다니던 것들, 길거리에 채이던 것들에 과연 무슨 특별난 것이 있단 말인가? 우리는 대개 심각한 예술과 철학을, 현대적으로 정교하게 꾸며진 모습으로 들어온 서구의 낯선 얼굴들 속에서 찾아 헤맨다. 우리의 생활 속에 깊이 스며들어 있던 그러한 것들은 이제는 너무도 낡은 것이며, 부끄러운 우리 얼굴처럼 못난 것들일 뿐이다. 이제 이러한 우리의 태도에 대해 반성할 때다. 우리가 못났다고 생각하는 것은 우리가 지금까지 진보라고 생각하면서 따라갔던 서구의 많은 현대적 기준들에 비추어본 것이다. 그러나 사실 그러한 기준들을 따라가면서 우리는 자신도 모르게 현대의 깊은 수렁 속으로 들어와 있는 것이다.

그 깊은 수렁 속에 여기서 다룰 과거의 책거리 그림 한 장이 새로운 빛을 던져줄지도 모른다. 그것은 인공과 자연의 조화로운 관계를 어떻게 이룰 수 있는가 생각해보게 한다. 그것은 그 둘을 어울리게 하는 새로운 삶의 방식에 대해 아련한 빛을 던지고 있는 것처럼 보인다. 자기와 타자, 존재와 사유, 의식과 무의식의 관계에 대해서 그것은 우리 나름의 독특한 사유와 삶의 형식을 보여준다. 그것은 과연 무엇인가? 이 물음을 통해 우리는, 과거의 민화 그림들 외에도 문학과 예술 영역에 함께 얽혀 있던 공통적인 정신과 미학의 의미에 대해 탐구해야 할 것이다.

자신의 방을 대자연의 작은 정원이나 신전으로 만들고자 했던 사람

그림 3 〈책거리〉, 1800년대.

들이 자신의 둘레를 병풍처럼 둘러친 책거리 그림은 그 자체로는 별 대수로운 것이 아니다. 그러나 거기 그려진 상징들이 숨쉬는 삶의 미학과 그러한 상징들을 통해 엮이던 삶의 체계 속에서 책거리 그림은 대단한 의미를 지닌다. 이 글에서 나는 그러한 상징의 기본 구도로 자리잡은 역원근법적(逆遠近法的) 사각형의 의미를 고찰해보고자 한다. 탁자와 책의 사각형이 여기서 문제의 초점이 된다. 당시 모든 민속적 미학의 근원에 자리하는 정신의 원초적이며 형이상학적인 형상이 바로 거기 있다. 그에 대한 일반적인 논의들을 살펴보고 점검하면서 그 형상의 깊은 의미에 다가서보기로 하자. 평면 속에 전개되는 비원근법적인 공간, 삼차원의 속박을 벗어난 자유를 숨쉬면서도 독특한 질서와 미학을 보여주는 그 공간을 탐사하는 것은 지금 우리에게 너무나 매혹적인 일이다.

우리의 전통 민화 가운데 책거리 그림(책가도, 문방도 등으로도 불린다)은 매우 신묘한 정물화다. 많은 사람들이 이 특이한 한국적인 정물화에 매료되어 찬탄을 아끼지 않았다. 나도 변변치 않은 책거리 그림을 한 점 구입해서 내 집의 서재를 장식하고 있는데, 날이 갈수록 이 장식적인 그림의 심오한 의미에 빠져들게 된다. 이 글에서 분석하고자 하는 책거리 그림은 어느 책[7]에 소개된 개인 소장 작품이다. 이 그림은 내가 본 모든 책거리 그림 중에서 가장 특이한 것이고 또한 모든 민화를 통틀어서도 매우 독특한 것이다. 그림 3에 소개된 이 그림을 통해서 민화 특유의 상상력과 사유의 깊이를 알아보는 것이 이 글의 목표다.

지금까지 책거리 그림에 대한 논의들은 한결같이 그 가장 두드러진 특징의 하나로 역원근법을 꼽아왔다. 많은 논자들이 지적하고 있는 이러한 특징에 대해 사실은 좀더 상세히 따져볼 필요가 있다. 왜냐하면 이러한 특징은 시기적으로 그리고 화가의 관심 여부에 따라 변화되었기 때문이다. 대략 18세기 후반에 유행하기 시작한 것으로 추정되는 책거리 그림이 정확히 언제 누구에 의해 시작되었는지는 알 수 없다. 그것은 초창기에는 전문적인 화원 화가에 의해 그려졌으며[8], 어느 정도

---

7) 정은미,『몬드리안이 조선의 보자기를 본다면』, 열림원, 2000, 132쪽.

8) 이성미는 조선시대 화론을 다룬 이규상의『일몽고—夢稿』의 한 부분을 인용하면서 김홍도를 책거리 그림의 시초로 추정하고 있다. 인용된 부분에 따르면 당시 도화서에서는 서양풍의 사면척량화법(四面尺量畵法)을 모방했는데 김홍도가 이에 능했다는 것이다. 그런데 김홍도의 책거리 그림은 남아 있지 않다. 그의 영향을 받았던 것으로 추정되는 이형록의 책가도는 당시 기록으로 보아 실제로 서가에 책이 가득하다고 착각할 정도로 정묘하고 핍진했다고 한다. 이성미가 소개한 이형록의 책가도 그림은 실제로 채색과 형태 그리고 원근법이 정묘하고 핍진함을 알 수 있다.(『조선시대 그림 속의 서양화법』, 대원사, 2000, 169~173쪽 참조) 이성미는 이러한 그림이 청나라 궁정화가로 활약하기도 했던 이탈리아인 낭세녕의 〈다보격경도多寶格景圖〉에서 영향을 받았을 가능성을 제시하고 있다.(같은 책, 67쪽) 낭세녕의 이 그림은 중국의 민간 그림에 서양식의 음영법과 원근법을 적용한 것이다.

김홍도 이전의 본격적인 책거리 그림은 남아 있지 않지만 정선의 〈독서여가讀書餘暇〉에 나오는 방 안의 풍경에서 그러한 책가도의 원형을 발견할 수 있다. 그런데 흥미로운 것은 한 선비의 방 안 풍경에 나오는 이 책가도의 책들이 거의 역원근법적 형태를 취하고 있다는 점이다. 김홍도의 〈단원도檀園圖〉에서도 열려 있는 방 안에 한 부분만 보이는 책거리가

정확히 측정된 원근법을 보이려 노력한 그림들이었다.[9] 그러나 책거리 그림의 수요가 증대하고 민화를 제작하는 많은 방랑화가들이 대거 참여하면서 서양화풍보다는 여전히 그 이전 민화풍에 의존하는 책거리 그림들이 늘어났다. 아마도 그러한 과정에서 점차 역원근법이라는 종래의 일반적인 유형이 두드러지게 된 것이 아닐까.[10]

이 역원근법이 책거리 그림에서 너무 두드러지기 때문에 여러 사람들이 그것을 서구적인 원근법의 영향으로 해석하려 했다. 네덜란드 정물화와 우리의 책거리 병풍 그림을 비교한 한 연구자는 그것을 동서 혼합 화법이라고 하면서 책거리 그림이 입체파나 야수파와 비견할 만큼 매우 현대적인 그림이라고 경탄했다.[11] 아마도 그는 중국을 통한 서양화법의 충격을 흡수하면서 우리 미술이 이렇게 대단한 혁신을 이루었다고 생각했던 것 같다. 그러나 그가 생각했듯이 역원근법이나 여러 시점을 한 대상에 한꺼번에 적용하는 복합원근법 등은 당시 들어온 서양화의 영향과는 상관없는 일이며, 그때 벌써 입체파적인 혁신을 선취한 것이라는 평가를 받을 만한 일도 아니다. 강렬한 원색을 사용한 것 역시 마찬가지인데, 이러한 것들은 사실 모두 민화의 오랜 전통에 불과한

눈에 띈다. 그런데 이것은 너무 부분적이어서 원근법 여부를 확인할 수 없다.

9) 비교적 초창기 책거리 그림이라고 생각되는 〈문방도文房圖〉(18세기 중엽)가 이우환의 『이조의 민화』(열화당, 1995) 54쪽에 실려 있다. 이 그림은 당시로서는 상당히 정교하게 원근법과 명암을 고려하여 그려진 것이다. 윤열수의 『민화이야기』 190쪽에 소개된 통도사 박물관의 책거리 10폭 병풍 역시 원근법적으로 정리된 정교한 필치를 과시하고 있다. 이러한 그림들은 역원근법과는 상관없으며, 어느 정도는 전문적인 화원화가의 필치를 느끼게 해주는 것들이다.

10) 이 떠돌이 방랑화가의 존재에 대해서는 김영학의 간단한 언급(『민화』, 35쪽)과 이우환의 좀더 상세한 언급(『이조의 민화』, 19쪽 이하)을 참조할 수 있다. 이러한 떠돌이 화가는 필자가 강릉에 있을 때 만난 어떤 화방 주인의 이야기를 통해서도 확인할 수 있었는데, 그에 의하면 거의 10여 년 전까지 그러한 방랑화가가 강릉의 어느 여관에 머무르며 민화를 제작했다고 한다.

11) 박정욱, 『루브르 계단에서 관음 미소짓다』, 서해문집, 2000, 227~228쪽 참조.

것이다.

 서양의 원근법은 중국에서는 이미 17세기 초에 들어와 영향력을 끼친 것으로 알려져 있다. 이성미는 "17세기 초부터 18세기 후반까지 중국인들은 서양화법의 신기함에 매료되기도 했고, 의식적으로든 무의식적으로든 그 영향을 자신들의 회화에 반영했다"[12]고 말했다. 당시 연경에 다녀온 우리나라의 여러 학자들 중에는 그곳에서 서양식의 화풍을 보고 경이로움을 느낀 자가 많았다. 그중 성호 이익(李瀷)은 마테오리치의 『기하원본幾何原本』 서문을 보고 거기 적힌 유클리드 기하학의 원리와 그 원리에 의해 물체를 표현하는 법을 소개했다. 이성미는 이익이 본 이 『기하원본』이 아마도 그의 부친인 이하진이 1678년 연경에 다녀왔을 때 구입한 장서의 하나일 것이라고 했다.[13] 박용숙 역시 이익이 원근법의 이론적 근거를 마테오리치의 『기하원본』 서문에서 발견했으며 그 기법의 신기함을 회술했다고 했다.[14] 그러나 박용숙은 17~18세기의 민화가 그러한 서구적인 기법들과는 아주 상관도 없다고 못박았다. 조선조 말에 서양화가 끼친 영향은 상층문화 영역에 한정된다는 것이 그의 견해다. 그에 의하면 우리 전통민화는 그가 '무교(巫敎) 시대'라고 불렀던 고분(古墳)문화 시대의 유산이다. 그 '무교 시대'의 벽화 기법과 관련된 유산이 전승되다가 이때 실학과 무속의 문예부흥과 더불어 재흥되었다는 것이다.

 실제로 책거리 그림 외에도 많은 민화들이, 서양화의 현대적인 기법에 견줄 만큼 혁신적인 것이라고 평가되는 기법들을 보여주고 있다. 특히 무속적인 것과 관련된 그림들이 역원근법이나 시점의 다양한 혼재 등을 보여주는데, 무신도(巫神圖)의 하나인 〈송씨부인도宋氏夫人圖〉

---

12) 이성미, 같은 책, 75쪽.
13) 같은 책, 86, 90쪽 참조.
14) 박용숙, 『한국미술의 기원』, 예경, 1991, 395~396쪽 참조.

그림 4 〈송씨부인도〉, 1800년대.

(그림4)와 〈제석거리帝釋巨里〉, 제주무신도(巫神圖)(1882) 등에서 그러한 것을 확인할 수 있다. 강렬한 원색적 채색은 이러한 민화에서는 기본적인 것이다. 이러한 민화의 특징은 그 연원이 고구려 고분벽화에까지 거슬러올라간다. 그 벽화에서 이미 역원근법이나 시점의 혼재, 그리고 강렬한 채색 등은 흔히 볼 수 있는 것이었다. 여기에서 본격적으로 논의할 문제는 아니지만 민화와 고분벽화 사이의 긴밀한 관련은 시점이나 색채 외에 선과 형태의 문제에서도 제기될 수 있다. 특히 인물 형상을 처리하는 선의 성격과 그것이 형태를 만들어내는 특성이 그러하다. 제주도의 무신도인 〈본관위本官位〉와 〈상사위相思位〉(그림5) 등은 고구려 거창 둔마리 고분 동곽 서벽과 동벽의 〈선녀도仙女圖〉(그림6)와 이러한 면에서 매우 흡사하다. 이 인물들을 그리기 위해 동원된 선의 필치는 일견 어수룩한 듯하면서도 간략하지만 인물이 지니고 있을 정신적인 의미를 생동감 있게 그려내고 있다. 인공적인 정교함을 피해

그림 5 제주무신도 〈본관위本官位〉(왼쪽)와 〈상사위相思位〉(오른쪽), 1800년대.

가는 이 선들은 자연스럽게 미끄러지면서도 그 속에서 꿈틀거리는 파동의 힘으로 휘어지는 듯하다. 전체적으로 구불구불하게 흘러가는 곡선은 춤추는 듯이 움직이며, 인물의 신성한 위엄과 자연스러운 친근함을 완벽하게 결합시키고 있다. 제주무신도(그림5)에 보이는 구불거리는 곡선은 원초적인 자연의 생명력인 뱀의 형상을 취하는 것처럼 보인다. 이 구불거리는 선은 옷의 출렁거림과 매듭과 띠의 꿈틀거림을 만들어 낸다. 매듭과 띠는 흔히 뱀 모양을 암시하고 있는데, 이러한 것과 거의 유사한 표현이 고구려 고분벽화의 〈역사도力士圖〉에서도 확인된다. 아마도 그것은 과거 신화적인 시대의 무녀나 제사장 그리고 신이한 능력의 소유자들이 대개 뱀을 쥐고 있다거나 걸치고 있는 모습으로 묘사되는 『산해경』의 이야기들과도 관련이 있을 것이다.

그림 6 〈선녀도〉, 고구려 거창 둔마리 고분.

민화와 고분벽화 사이의 긴밀한 관련성은 다른 여러 곳에서도 엿볼 수 있다. 황해도 안악(安岳) 제3호 고분벽화인 〈황후상皇后像〉(그림 7)[15] (4세기 중엽)과 쌍영총 주실 북벽 그림(그림8)[16], 감신총 서감내 〈좌상도坐像圖〉 등에서도 그 일단이 엿보인다. 고려시대 〈향상대사상香象大師像〉(1286년) 역시 역원근법과 강렬한 채색을 보여준다. 따라서 우리가 책거리에서 보게 되는 '혁신적인' 기법들은 실은 너무나 오랜 연원을 갖고 있는 것이다. 단지 그러한 것들이 서양식의 정물화가 보여주는 정밀함에 영향을 받아 더욱 정밀한 기법들로 세련된 가운데 책거리 그림들에서 두드러지게 전면화되었을 뿐인 것이다. 이미 있어왔던 여러 소재들을 다양하게 종합하면서 책거리는 그 나름의 독자적인 양식을 창출하게 되었을 것이다.

그러나 역원근법이 계속해서 책거리 그림 유형을 사로잡았던 것은

---

15) 윤희순은 이것을 왕후상(王后像)이라고 했다.(『조선미술사연구』, 동문선, 1994, 26쪽) 이것은 김원룡이 동수내외좌상(冬壽內外坐像)이라고 한 것 중의 부인상에 해당하는 것이다.
16) 이 그림의 전면에 부각된 남녀상을 박용숙은 지모신(地母神)과 천제라고 해석했다. 박용숙은 이들 뒤에 있는 침대가 역원근법적으로 그려진 것에 주목하고, 그것을 이 두 남녀의 신성한 결합(神婚)을 강조하기 위한 것이라고 했다.(『한국미술사 이야기』, 예경, 1999, 102쪽 참조) 그런데 특이한 것은 그 좌측에 그늘이 진 대문이 보이는데 그것은 정확히 원근법적으로 그려져 있다는 것이다. 침대와 대문이 원근법의 측면에서 서로 반대되는 시점을 취하고 있음을 여기서 볼 수 있다.

그림 7 〈황후상〉, 안악 제3호분.

아니다. 19세기를 지나 20세기에 가까워질수록 책거리 그림에도 정상적인 원근법이 점차 세를 확장해나갔던 것처럼 보인다. 지금 확인할 수 있는 많은 책거리 그림들이 그러한 원근법적 화풍을 보여주고 있다. 『민

약수리 고분벽화의 사신도 중 〈현무도〉에는 특이하게 바로 위에서 논의한 쌍영총 북벽 그림과 같은 형태의 남녀상이 그려져 있다. 거의 같은 구도로 되어 있는 이 그림은 역시 침상 위에 주인공 남녀가 있고 그 옆에 작게 그려진 인물들이 시립하고 있다. 여기서 주목되는 점은 두 가지다. 그 하나는 이 남녀 인물상 옆에 그려진 현무도의 거북과 뱀이다. 이것은 바로 남녀좌상을 향해 있는데, 거북과 뱀의 교미 형상은 마치 이 남녀의 강력한 성적 결합을 상징하는 것처럼 보인다는 것이다. 그리고 다른 하나는 이 남녀상 위에 둘러친 휘장 위로 세 개의 별이 서로 연결된 채 그려져 있다는 것이다. 쌍영총 그림에서는 이 휘장 밑 지붕 위로 불꽃이 있으며, 휘장 위에는 날개를 활짝 편 주작이 그려져 있다. 아마도 이러한 것들에는 모두 성적인 신성한 결합에 의해서 생육하고 번성하게 된다는 제의적 의미가 들어 있는 것이 아닐까? 주작과 삼태성(三台星)은 그러한 상징을 이 남녀상에 비추는 것처럼 보인다.

그림 8 〈남녀화상〉, 쌍영총 주실 북벽.

화』 도록을 보면 그러한 원근법적 책거리 그림들이 많이 눈에 띈다.[17] 그러나 다른 한편으로 여전히 역원근법적 시각을 고집하는 그림들도 계속해서 한동안 살아남았다.

이렇게 오랫동안 살아남아 있던 역원근법의 비밀은 과연 무엇일까? 그것은 단지 평면에 특이한 변화를 주어 입체파적인 느낌을 만들어내기 위한 것이었을까? 혹은 어떤 논자의 말처럼 책을 내어주는 주인의 시선 혹은 주인으로서의 학문 편에서 인간을 향해 조준된 시선을 배려하기 위한 것일까? 아니면 또다른 주장처럼 등축도법[18]을 위한 것이었을까? 오늘날의 관점으로는 매우 낯설고 또 혁신적인 것처럼 보이기도 하는 이 현상은 그 의미가 아직 완벽하게 해명되지 않았다. 그에 대해 설명한 여러 논의들을 검토하면서 나는 그러한 논의들이 여전히 무엇인가 미흡하다는 생각을 하게 되었다. 사실 이 현상에 대해 근본적인 의미에 도달하기 위해서는 그 현상의 오랜 연원을 거슬러올라가야 한다. 박용숙은 17~18세기의 민화와 풍속화들을 과거의 고분벽화로까지 거슬러올라가 거기서 기원을 구했다. 그는 고분시대의 벽화양식을 그 기원에 놓고 있으며, 그것이 17~18세기의 어느 특정한 시대에 특수한 상황에서 되살아났다고 추정했다.[19]

---

17) 이영수, 『조선시대의 민화』 2, 예원, 1998, 297, 307, 319쪽 참조.

18) 이에 대해서는 김영학의 『민화』(대원사, 1993) 95~96쪽의 설명을 참조할 것.

19) 박용숙, 같은 책, 397쪽.

나는 이 주장을 이어받고 싶다.
그러나 이러한 주장 가운데 한
특정한 부분, 즉 역원근법이라
는 현상이 과연 무엇을 의미하
는지 알아보고자 하는 것이 이
글의 요점이다. 그런데 이 현상
에 대해 깊이 연구할수록 이
'역원근법'이라는 용어가 별로
적절하지 못하다고 여겨진다.
왜냐하면 사실 이 현상이 궁극
적으로는 원근법적인 것과는
아무 상관이 없기 때문이다. 이

그림 9 정선, 〈독서여가〉.

에 대해서는 뒷부분에서 말하기로 하고 논의를 이어가기 위해서 당분
간 이 용어를 계속 쓰기로 하겠다.

오늘날 원근법적인 시선에 익숙한 시선으로 보면 이상해 보이는 이
현상은 중국의 동진(東晉)시대 고개지의 〈여사잠도女史箴圖〉에 보이는
거울 받침이나, 실크로드에 있는 아스타나에서 출토된 고창(高昌)의 그
림에 그려진 탁자, 당나라 왕유(王維)의 〈복생수경도伏生授經圖〉에 나
오는 책상, 그리고 당나라 시대의 〈궁락도宮樂圖〉에 나오는 식탁에서도
보인다. 오대(五代)의 돈황 장경동(藏經洞)에 있는 〈관세음보살비사문
천왕상〉에 나타난 깔개도 그러하다. 비록 뚜렷하고 완연한 것은 아니지
만 이러한 그림에서 우리는 느슨하지만 어느 정도는 역원근법적이라고
할 만한 모습을 보게 되는 것이다. 우리나라의 경우에도 문인화 가운데
이러한 느슨한 현상을 볼 수 있다. 정선이 그린 〈독서여가讀書餘暇〉(그
림9)의 방 안에 있는 책들, 그리고 강희언의 〈사인시음士人詩吟〉에 깔
린 돗자리, 윤두서의 〈수하오수도樹下午睡圖〉의 돗자리가 바로 그것이

다. 이러한 것들은 모두 민화에서 보이는 확연하게 과장된 역원근법이 아니라 때로는 거의 깨달을 수 없을 정도로 약화된 역원근법적 현상을 보여준다. 이러한 약화 현상은 그 형상이 지니고 있던 분명한 이념과 의미가 거의 무의미해질 정도로 퇴색하고 실감나지 않게 된 현상을 반영한다. 단지 그러한 관습만이 무의식적으로 되풀이되고 있음을 그것은 보여주고 있는 것이다.

윤두서의 〈수하오수도〉는 그러한 것들 가운데서도 비교적 뚜렷한 모습을 보인다. 이 그림은 매우 특이한데, 그것은 마치 나무 밑에 펼쳐진 이 역원근법적 사각형의 돗자리 위에서 행해지는 혼의 여행, 즉 남가일몽을 암시하는 듯이 보인다. 벼슬자리에서 물러난 신광한[20]의 「안빙몽유록」에서 주인공 안빙이 홰나무에 기대 몽유했듯이, 윤두서 역시 자신일지도 모르는 한 인물을 나무 밑에서 잠들게 하여 몽유의 세계로 떠나게 하고 있다. 그는 그 혼의 여행을 이 역원근법적 사각형의 침상 위에서 펼치고 있는 것이다. 연원이 오랜 이 사각형 위에서 몽유하던 주인공은 자신의 존재와 세상에 대한 깊은 통찰력을 갖고 잠에서 깨어나는 것이 아닐까? 그는 그 몽유를 통해 자신이 어떠한 존재이며, 지금 어떤 수준에서 이 세상의 어디에 머물고 있는지 깨닫게 될 것이다.

고구려시대 고분벽화에서부터 시작하는 이 사각형은 평상(침대)과 탁자와 자리(깔개) 그리고 책 등과 관련되어 있다. 어딘가에 정좌(正坐)한다는 것의 의미가 거기 내포되어 있음이 분명하다. 고분벽화의 주인공은 앞에서 보았듯이 성스러운 인물이며, 그의 정좌(定座)는 우주론적이며 형이상학적인 것이다. 그것은 앞의 남녀 좌상에서 보듯이 음양의 신성한 결합이 이루어지는 자리다. 그것은 윤두서의 그림처럼 혼백의 조화로운 통합을 통해 진리를 깨닫게 되는 자리였다. 그것은 자신

---

20) 조선 중종 때 문신으로 소설집 『기재기이企齋奇異』를 남겼다. 이 소설집 속에 들어 있는 〈안빙몽유록〉은 과거 낙방생인 주인공 안빙의 꿈 내용을 이야기한 것이다.

그림 10-1 〈수부티 좌상〉(왼쪽).
그림 10-2 〈도교의 진인〉(오른쪽), 명나라 목판본 「성명규지性命圭旨」의 삽화.

속에 있는 우주의 중심, 즉 창조적 중심으로서의 혼돈의 자리를 가리키는 것이다. 옛날의 임금들은 모두 이 자리에 앉아 세계의 중심에 거처했다.[21]

성스러운 신령에 대한 제사 역시 그러한 우주론적 방향 설정과 관련되어 있다. 신상을 모시는 일 역시 그러했다. 고분 속의 인물이 그렇게 받들어지는 대상이라면 그도 역시 그렇게 정좌했을 것이다. 고분벽화 이후 많은 그림들에서 평상과 탁자와 자리(깔개)는 그러한 정좌의 징표다. 그리고 책 속에서 그러한 진리는 문자와 그림들로 정좌하게 된다. 이렇게 볼 때 이러한 상징체계와 연관됨이 분명한 역원근법적 사각형은 단순히 기법적인 것이 아니다. 그것은 어떤 이념과 정신에 관계되는

---

21) 돈황에서 나온 『금강경』 삽화에 등장하는 고승 수부티와 명나라 시대 목판본에 나오는 도교의 진인(眞人) 역시 그러한 역원근법적인 사각형으로 된 방석 위에 앉아 있다. 이들은 모두 자신이 우주적 정신과 합치되어 있음을 드러낸다. 특히 도교의 진인상은 감괘(坎卦)와 리괘(離卦)가 결합된 것을 손에 쥐고 있는데, 그것은 도가에서 완성의 경지를 표시하는 수화기제(水火旣濟)를 의미한다.(그림10)

일정한 세계관적 형태인 것이다. 필자는 이것이 고분벽화의 하나인 사신도(四神圖)와 긴밀하게 연관된다고 생각한다. 그것이야말로 그러한 우주적 정좌를 네 마리의 신령스러운 동물로 감싸면서 그 공간을 성화시킨 것이기 때문이다. 이 사신도는 양음사상의 상징적 결정체인데, 그것은 시공간적으로 네 방위와 네 계절의 복합적 상징체다. 왜 이 사신도가 역원근법의 근원이 되는 것인가? 이 물음에 본질이 담겨 있다.

역원근법은 대개 위가 더 긴 사다리꼴 사각형 형태로 등장한다. 우리는 많은 그림들 속에서 이러한 사다리꼴 사각형들을 발견할 수 있다. 이것은 단순히 원근의 도착적(倒錯的) 형태와는 구별되는 것이다. 즉 원근이 착종되어 마구 뒤섞인 것[22]과는 다르다는 말이다. 즉 이 사각형은 화폭 속 공간의 위쪽이 분명 아래쪽보다 크게 묘사된다. 그것을 바라보는 자의 시선을 기준으로 본다면 위는 원(遠)이며 아래는 근(近)이다. 그런데 왜 보는 자로부터 가까운 것은 작고 먼 것은 크게 묘사되는 것인가? 이것이 문제의 초점이다.

고유섭은 이 사신도를 중국에서 발원한 음양오행적인 천문설에서 기원한 것으로 보고 있다. 이와 다른 해석도 있다. 박용숙은 고구려의 사신도에 대한 중국의 북위 영향설을 전개한 세키노의 글을 반박하면서, 그것이 중국적인 영향이 아니라 중앙아시아(사마르칸드) 벽화미술의 재생이라고 했다.[23] 그런데 고유섭의 논의 가운데 주목되는 것은 그가

---

22) 이러한 원근의 착종 현상은 민화에서 많이 발견된다. 이러한 원근에 대한 무관심은 민화적 공간이 일관되게 모든 것을 하나의 질서로 통합하는 하나의 시점을 상정하지 않기 때문에 발생한다. 원근을 착종시킨다는 관념마저 여기에는 존재하지 않는다. 원근착종이란 관념은 오늘날 우리에게서 발생한 것이다. 나는 뒤에서 이 현상을 평면에 개진되는 설화적 기법과 관련되는 것으로 풀이할 것이다.

23) 박용숙(같은 책, 62~63쪽) 참조. 그는 여기서 음양오행설이 무교의 본질이라고 주장한 이능화의 견해를 이어받고 있다. 그는 이 자연적 원리가 기원전 7세기 이전 중국과 바빌로니아, 이집트, 그리스 시대에 널리 통용되던 문명의 기반이라는 반도충부(飯島忠夫)의 견해를 소개하고 있다.(181쪽) 그는 나아가서 자신의 여러 글을 통해 사실 이 고대의 세계

주작과 현무를 전주작(前朱雀) 후현무(後玄武)[24]라고 표현했다는 점이다. 흔히 남주작(南朱雀) 북현무(北玄武)라고 칭하는 것을 그는 그렇게 표현한 것이다. 그에 따르면 사신도에서는 주작이 있는 위가 앞이고 현무가 있는 아래가 뒤인 것이다. 즉 사신도의 위쪽이 앞이므로 '近'이 된다. 아래가 뒤이므로 '遠'이 된다고 할 수 있다. 우리가 흔히 생각하는 원근이 이 사신도적인 분위기에 사로잡힌 화폭 속에서는 뒤집힐 수밖에 없다.

사신도에서 아래는 북현무이며 위는 남주작이다. 계절로 보면 위는 여름 아래는 겨울이다. 만일 현무와 주작 같은 상징물들을 빼놓는다고 할 때 사신도의 사각형은 그 양음론적 의미를 잃어버린 채 공허한 형태만으로 남게 된다. 이 사각형은 그 자체만으로도 형이상학적인 것이다. 본래 네 마리 동물들은 양음론적 의미를 상징하며, 그러한 의미의 기호적 표상을 담당한다. 그런데 그러한 관념을 표상하는 이 네 마리 동물을 모든 그림에서 항상 그릴 수는 없다. 많은 화가들은 생활공간 속에 배어든 이 형이상학적 의미에서 벗어날 수 없었을 것이다. 그것은 이미 정치의 중심적 기호체계였으며, 생활 속의 풍속이고 종교적인 제례의 신성한 형식이었던 것이다. 화가들의 화폭 역시 무엇인가 의미론적 행위를 감행할 때 결코 이러한 형이상학적 시공간을 배제할 수는 없었을 것이다. 많은 그림들에서 확인되는 사각형의 전도된 모습은 바로 이러한 것과 관련된다고 할 수 있다. 즉 그것은 네 마리 동물의 형상 상징 대신에 사각형의 한 변의 길이가 갖는 양음론적 소장(消長)의 기호로 대치되었던 것이다. 당연히 길이가 늘어난 것이 양이고 축소된 것이 음이다. 양은 팽창하는 것이고 음은 수축하는 것이기 때문이다. 양은 위에서 주는 것이고 음은 아래에서 받는 것이다.

사적 문명에 우리 고대문명의 뿌리가 자리잡고 있음을 보여주고자 노력한다.

24) 고유섭, 『한국미술문화사논총』, 통문관, 1983, 27쪽.

이러한 양음론적 기호체계는 한 화폭 속에서 그림의 주인공이 사람일 경우 더욱 분명해진다. 하나의 탁자를 두고 주인공과 그 주위의 인물들을 그릴 때 주인공은 탁자의 위쪽에 그려진다. 그는 얼굴을 정면으로 하고 똑바로 앞을 쳐다보게 된다. 그 인물은 앞면이 그려진다. 탁자의 아래쪽에는 이 인물을 바라보는 주변적인 인물이 그려지게 되는데, 대개 뒷모습이 그려진다. 이 뒷모습 대신에 가끔 전면이 그려지는 경우가 있기도 하다. 앞에서 거론한 무신도 〈송씨부인도〉에서는 주인공을 중심으로 측면의 인물이 작게 묘사되어 있고, 탁자의 앞에 있는 네 명의 인물은 거의 주인공의 10분의 1 크기로 축소되어 있다. 이러한 경우는 민화에서 자주 보이는 현상이고 고구려 벽화에서도 볼 수 있다.

그림을 보는 사람의 입장에서 볼 때 화폭의 아래에 있는 사람이 가깝고 위에 있는 사람이 멀다. 그러나 이러한 유형의 그림에서 화폭의 위에 있는 사람이 아래에 있는 사람보다 작게 그려지는 경우는 거의 없다. 바로 이 점 때문에 탁자 위쪽, 사각형의 윗변, 즉 주인공이 앉아 있는 쪽이 인물의 크기에 따라 늘어나게 된다. 인물의 비중이 커지면서 그 인물의 크기와 더불어 그가 앉은 자리의 크기가 확장된다고 할 수 있다. 역원근법이라고 지칭된 현상은 이렇게 보면 의도적 기법이라기보다 화폭의 배치에 대한 양음론적 해석학에서 나온 자연스러운 귀결인 것이다. 그것은 생활풍속이나 제례에 스며들어 있는 것이며, 따라서 구조적이고 거의 무의식적인 것이다. 사람들은 후에 근대적인 원근법이 서구에서 들어왔을 때 비로소 화폭 속에 '원근법'이라는 것이 들어갈 수 있음을 깨닫고 신기하게 생각하게 되었다. 사실 그들이 현실생활에서 그러한 원근법을 몰랐던 것은 아니다. 이미 중국 산수화에서 이 원근법은 지척(咫尺)에 천리를 담는다는 생각을 발전시킨 회화사상의 중요한 발견이기도 했다.[25] 그러나 서구적인 원근법이 들어오기 전에는 그렇게 광막한 자연 공간 외에 실내와 탁자 위의 작은 공간에서 그러한 섬세한 기하학적 원근법이 가능하리라고는 아무도 생각하지 않았다. 왜냐하면 우리의 경우 화폭 속의 공간은 실제적인 시선이 현실에서 작동하는 공간이 아니었기 때문이다. 그것은 해석학적 공간이자 기호학적 공간이었다. 역사각형의 공간은 자연의 질서와 의미가 내재된 공간이었으며, 그것이 아무리 실내공간이라 해도 역시 그러한 우주론적 질서가 구현되고 있는 공간이었던 것이다.

앞에서 언급한 책거리 그림(그림3)은 바로 그러한 역원근법적인 사각형으로 된 탁자를 한가운데서 매우 선명하게 보여주고 있다. 그것은 여러 개의 병과 과일, 접시, 찻잔과 주전자를 역사각형의 평면 위에 가득 떠받치고 있다. 둥근 구와 원통들이 그 사각의 평면 위에 떠 있다. 천원지방(天圓地方)의 양음론적 우주가 정물의 형상들 속에 스며 있다. 둥근 것들, 즉 풍요와 다산, 생육을 상징하는 과일과 수박, 참외 같은 야채류들은 접시에 담겨 있는데, 이 그림에서 접시는 둥근 것과 네모진 것 사이에서 그 중간적인 모습인 삼각형 형태로 그려져 있다. 그것은 마치 사각의 평면 속에서 피어나는 구체(球體)로서의 원과, 사각의 평면에 담기고 싶어 그 안으로 파고들어가는 구체, 이 양자가 빚어낸 미묘한 합성체처럼 보인다. 이 미묘한 접시들은 책거리만의 독특한 기호론적 형상을 만들어낸다. 즉 그것은 밑바닥의 직선(사각형의 평면에 자리잡은)과 그로부터 부드럽게 솟구쳐 원을 담아내는 휘어진 삼각형을

---

25) 이 말은 남조 송나라의 종병(宗炳, 375~443)이 지은 〈화산수서畵山水序〉에 나오는 다음의 말과 관련된다. "세 치의 세로획은 1천 길의 높이에 해당되고, 먹을 가로로 몇 자 그으면 1백 리나 되는 거리를 그려낼 수 있다." 유위림은 이것이 오늘날 투시법의 원리라고 하였다. 그는 이것을 일종의 심리학적 문제로 보았다.(『중국문예심리학사』, 동문선, 1999, 258쪽)

서양의 논리적이고 수리학적인 원근법과 구별되는 동양의 삼원법(三遠法)이 갖는 의미에 대해서는 박선주의 논의를 참조할 수 있다.(『산수화의 조경이론』, 신원, 1999, 122쪽) 그는 여기서 허실과 음양조화의 원리가 거기 내재되어 있다고 했다. 그것은 그에 의하면 어미 소가 울면 송아지가 응답하는 원리다.

만들어낸다. 그것의 윗면은 아랫변의 측면도적인 것과 달리 약간 위에서 내려다보게 된 모습을 보인다. 그래야 접시 안의 둥근 공간이 엿보이며 거기 풍성한 과일들이 담길 수 있음을 느끼게 해준다. 그러나 그 윗면은 타원형이 아니다. 양쪽 끝이 뾰죽하게 내밀어져 꼭 베 짤 때 쓰는 북과 같은 형태가 된다. 이것은 보인 대로 그린 것이 아니다. 아마도 타원형을 이렇게 찌그러뜨린 것은 원을 삼각형에 가까운 모습으로 눌러버리려는 무의식이 작동하면서 생겨난 결과가 아닌가 생각된다. 바로 이 미묘한 다차원적 입체 접시에 가장 소중한 것들이 담겨 있다. 그것들은 모두 자손의 번창과 장수에 연관되는 상징물들이다. 가장 행복한 삶에 대한 소망이 거기 담겨 있다. 역원근법으로 그려진 탁자는 바로 그러한 소망을 떠받치고 있을 수 있다. 그것은 우주 자연의 질서에 대한 형이상학적 축도이기 때문이다. 그것에 합치하는 삶만이 그러한 우주자연의 영원히 회귀하는 생명처럼 장생불사할 수 있는 것이고, 조화로운 삶을 살 수 있게 되는 것이다.

3. 용 사각형의 무한한 변신—사각형의 기호학

민화 책거리에서 볼 수 있는 역원근법적 사각형이 이렇게 형이상적 상징임을 우리는 알게 되었다. 그러나 그 형이상적 사각형이 책상과 책의 형태에까지 이르게 되는 것이 민화 책거리의 특이한 점이다. 이에 대해 여기서는 그 근원적인 상징이 어떻게 개별적인 사물들의 형상들로 분화되는가에 대해 고찰해볼 것이다. 즉 보편적인 상징은 일상의 특정한 시공간 속에 있는 개별적인 사물들의 형상과 연관되면서 개별적인 상징들로 분화된다. 우리는 많은 그림들 속에서 그러한 개별화와 분화를 엿볼 수 있다.

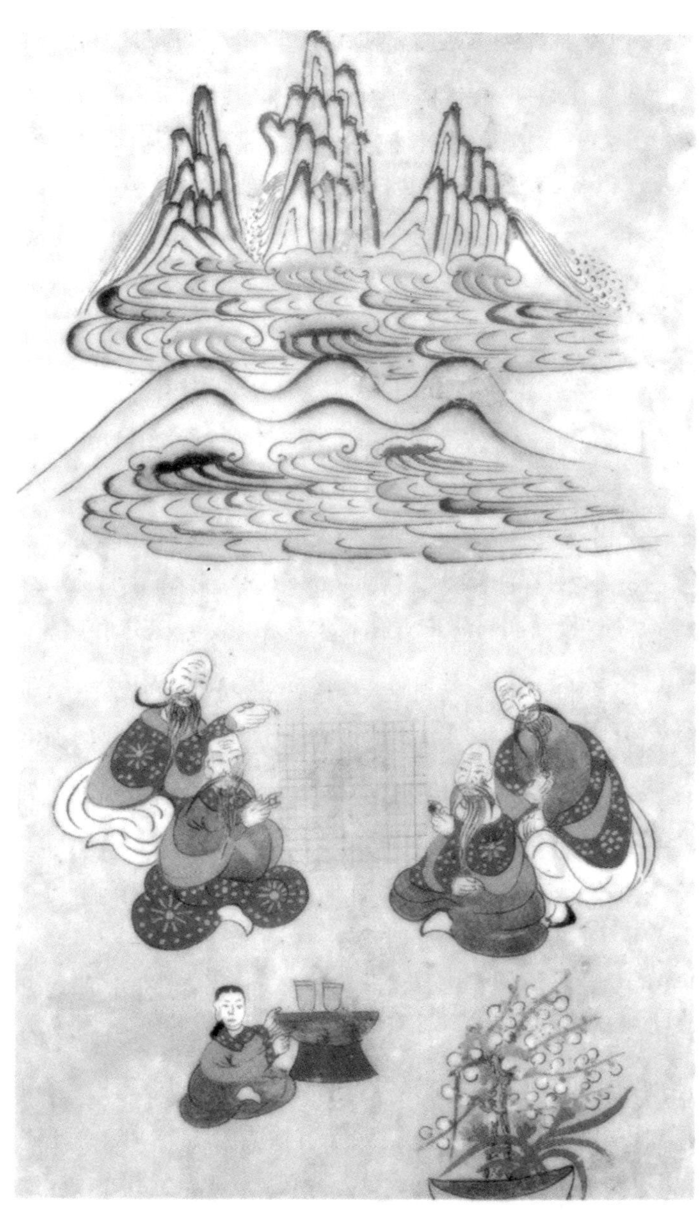

그림 11 〈상산사호도商山四皓圖〉.

아마도 그 첫번째 분화는 〈하도〉(龍馬河圖)와 〈낙서〉(神龜洛書)가 아닐까? 원초적 형상인 용과 거북이로 대표되는 네 마리 신령스러운 동물적 형상 상징이 수리적이고 기하학적인 형상, 즉 추상화 형태로 변화된 것을 거기서 볼 수 있다. 우리의 민화 가운데 하나의 일반적인 유형에 들어가는 〈상산사호도商山四皓圖〉(그림11) 역시 그러한 분화의 예를 보여준다. 즉 상산사호는 네 명의 신선처럼 묘사되고, 그들 가운데 바둑판이 놓이는데, 이 〈상산사호도〉야말로 〈사신도〉와 〈하도〉〈낙서〉가 결합된 것으로 볼 수 있다. 신령스러운 네 동물은 상산의 사호로 변했고, 〈하도〉〈낙서〉의 수리적인 형이상학적 사각형은 실체화된 바둑판, 좀더 구체화되고 복잡화된 양음적 놀이판으로 바뀌었다. 바둑판은 〈혁도奕圖〉(그림12)라고 불리는 것으로서 중앙의 한 점을 뺀 나머지가 360점이 되어 1년의 도수(度數)를 상징한다. 그것은 24절기의 시작점들인 입춘 입하 입추 입동에 의해 사각형의 네 귀퉁이 꼭짓점들을 마련하게 된다. 이것은 가운데 한 점을 둘러싼 팔괘와 가장자리에 배열된 64괘 등으로 우주적인 형이상학적 수리학을 표상하고 있다. 민화에서 이 바둑판은 흔히 강조되어 크게 그려진다. 그것은 산속의 어느 바위 위에서 마치 수직으로 벌떡 일어나 있는 것처럼 허공에 떠 있듯이 그려지기도 한다. 이러한 것은 모두 바둑판 형상 자체를 강조하여 보여주기 위한 것이다. 이러한 기법은 입체파적인 의도와는 아무 상관도 없다.

이 자연철학을 담은 사각형이 본래는 우주를 상징하는 집의 네 벽이었음을 우리는 고분벽화인 사신도를 통해서 확인하게 된다. 그러나 그것이 이제는 그 네 벽을 떠나 구체적인 생활현장 속으로 이동하는 것이다. 집은 신령스러운 사당이나 사원(고분을 사원으로 보는 박용숙의 견해를 참조할 것)이 근원적인 출발점이다. 그러나 후에는 그러한 성스러운 분위기를 개별적인 주거공간 속에서 어떻게 재현할 것인가 하는 문제로 발전하면서 벽에 걸리는 그림들을 통해 그러한 문제를 해결하려

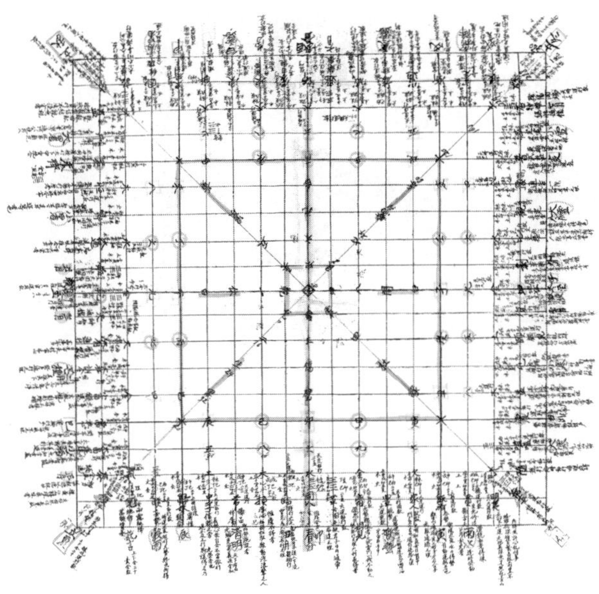

그림 12 〈혁도奕圖〉.

는 노력으로 나타나게 되는 것이다. 탁자나 책은 가장 일상적인 변화 속에 그러한 형이상적 사각형의 상징을 은밀히 감추고 있다. 그중에서 도 책거리의 책은 마치 〈상산사호도〉의 바둑판처럼 매우 주목을 끄는 모티프다. 그것이 특히 역원근법적으로 그려진다는 것은 책의 본원적 인 의미가 바로 〈하도〉〈낙서〉를 축약한 도서에 연결되기 때문이다. 책 은 바로 그림과 글을 담고 있는 그릇(器)이다. 하도와 낙서라는 추상적 인 우주적 수리의 철학적 의미를 특정한 상황과 사건들 속에서 그림과 글을 통해 풀어나가는 것이 바로 책이 지닌 의미이다. 그림 3에서는 그 그림을 그리고 글을 써나가야 할 먹과 벼루가 마치 이 모든 것의 시작임 을 보여주듯이 탁자의 가장 아래쪽에 세워져 있다. 벼루도 마치 〈상산사 호도〉의 바둑판처럼 일어서 있으며, 먹물이 어떻게 고여 있는지 위에서 내려다본 형상으로 보여주고 있다. 먹은 허공에 뜬 것처럼 세워져 있는

그림 13 〈고창풍속도〉, 아스타나 출토.

데 이 작은 형체에도 눈에 띄지 않게 그 형이상적 사각형이 마치 무의식 구조처럼 스며 있다.

바로 이러한 것들이 책의 의미를 우주적인 것으로 만들고 있다. 그것은, 용과 거북이 강물 속에서 등에 지고 나왔다는 〈하도〉〈낙서〉의 전설처럼, 아련하게 사신도의 흔적을 지닌다. 모든 책은 '하도 낙서'를 부분적으로 특수하게 되풀이하는 것이며, 사신도의 의미를 개별적으로 재현하는 것이다. 하나의 그림과 하나의 글은 궁극적으로는 바로 그러한 근원적인 것들을 지향한다. '시화일체詩畵一體'의 사상은 바로 이 부분에서 그 원리의 철학적 둥지를 만나게 된다.

이렇게 사신도적인 의미론이 작동하는 화폭의 평면은 사물의 형태와 의미를 함께 맛볼 수 있는 공간이기도 하다. 실제로 우리가 눈으로 보는 사물의 형태를 여기서 기대해서는 안 된다. 사물의 삼차원적인 입체성과 실물감을 위해 이 평면에 기교를 쏟아부은 사람들은 과거에는 없었던 것이다. 그 대신에 그들은 입체에 대한 그들 나름의 해석을 이 평면 위에 나타냈다. 사물들은 그 입체성을 이 평면 위에서 설명해주어야

그림 14 〈호랑이 부적〉, 민화 목판화.

했는데, 그것은 대체로 정면과 측면 그리고 조감된 윗면이 각각 그려지고 그렇게 그려진 각 부분을 펼쳐놓으면서 하나로 결합하는 방식에 의해 이루어졌다. 우리가 앞에서 보았던 쌍영총 북벽의 역원근법적 침상이 가지고 있는 비밀은 바로 이러한 결합원리 속에 있다. 그것은 정면에서 본 침대의 앞부분과 위에서 내려다본 것, 그리고 그것의 측면 부분을 결합함으로써 만들어진 것이다. 측면의 좌우를 다 보여주기 위해 침대의 윗면은 마치 사다리꼴 모양으로 변형되었다. 이것이 바로 평면 위에 입체를 해석해서 펼쳐놓는 하나의 독특한 방식이다.[26] 평면에 입

---

26) 실크로드의 아스타나에서 출토된 고창 풍속도에는 바로 이러한 방식으로 그려진 탁자 그림이 있다.(그림13) 이 탁자는 측면의 다리를 좌우 각기 세 개씩 그리고 있는데 마치 좌우 평면에 펼친 것처럼 그렸다. 뒤쪽의 다리를 더 길게 그렸기 때문에 탁자 위의 평면이 갖는 역원근법을 그 밑의 다리 부분에서도 충실히 이행한 특이한 것이 되었다.

　우리나라 민화 가운데 목판화인 호랑이 부적 그림 하나가 입체를 설명적으로 펼쳐놓은 좋은 예를 제공해주어 주목된다. 이 호랑이는 옆으로 누워 있는 자세를 기본형으로 설정했는데, 얼굴을 앞쪽으로 돌려놓았다. 그런데 보이지 않아야 할 배와 등을 마치 입체파적 화폭처럼 펼쳐서 함께 붙여놓았다.(그림14)

그림 15 〈책거리〉 부분.

체가 들어갈 수 없기 때문에 옛 화가는 이러한 방식을 택했다. 즉 그는 입체를 여러 각도에서 본 평면들로 해체했으며, 하나의 평면 속에서 그것들을 이어 붙이고자 했다. 입체에 대한 평면적 해석이 이렇게 해서 나타나게 되었다. 옛 화가들은 '평면은 평면이다'라는 원칙을 고수했던 것이다. 이 평면에서는 사물의 실체적 형상보다는 그것이 유형화되고 추상화된 기호적 형상이 우월하게 된다. 즉 기호/(사물)이 되는 것이지 사물/(기호)가 되는 것이 아니다. 사물은 기호 밑으로 미끄러져 들어간다.

나는 이 기호학적 평면에서 현실의 입체적인 사물들을 실체감 없는 유령처럼 만들어버리는 이 현상이 사실은 사신도적인 사각형의 형이상학적 의미론 때문에 빚어지는 것이라고 생각한다. 이 평면은 우리의 물리적인 시선이 사로잡는 실제적 사물이나 풍경과 상관없는 것이다. 그것은 항상 우주적인 공간으로 열려 있는 것이고, 따라서 실제적인 사물들이 상징적인 기호들 속에 녹아 들어가서야 비로소 펼쳐질 수 있는 공간인 것이다. 민화에 나오는 특이한 그릇 모양(그림15)이 그러한 특징을 잘 보여준다. 그것은 대개 정면에서 본 형태에 위에서 본 형상을 첨가한 모양이다. 이 그릇 하나에도 보편적인 의미가 존재한다. 약간 둥글게 솟아오른 그릇의 윗부분은 위에서 내려다본 그릇의 윗부분(테두리)과 안이다. 그릇의 둥근 테두리와 그 안의 비어 있는 공간이 그렇게 묘사된 것이다. 이 빈 공간은 마치 이 그릇을 덮고 있는 뚜껑처럼 보인다. 땅을 덮고 있는 하늘이라는 관념이 여기 그대로 투영되어 있다. 땅은 네모나게 평평한 것으로서 모든 것을 싣고 있으며 담고 있다. 그릇의 아래 윗면은 따라서 거의 네모를 만들어내기 위한 직선들로 이루어 진다. 이 기호학적 평면 위에서 개별적인 사물들은 모두 보편성을 드러 내야 할 유형화된 기호들 밑으로 사라진다. 개별적인 것들은 그러한 보편적 유형 속에서 새롭게 탄생한다.

쌍영총의 주실 북벽에 그려진 침대는 양음의 신성한 결합이라는 보편적 관념이 만들어낸 기호다. 그 침대는 우주적 원리를 실행하는 연금술적 그릇처럼 놓여 있다. 주인공 남녀상 뒤로 보이는, 역원근법적으로 그려진 침대의 윗변은 아랫변보다 길다. 그것은 침대의 좌우 측면을 한 화폭 속에서 한꺼번에 보여주기 위한 배려의 결과일 것이다. 그것은 그 속에 들어가 신성하게 결합해야 할 남녀를 담아내는 그릇인 것이다. 화면의 위로 갈수록 침대의 면이 커진 것은 그러한 양음 결합에 의해 생명력이 팽창하고 부풀어남을 암시하고 있다. 일상의 공간 속에 놓일 때 침대의 뒷부분이어야 할 것이 사각형의 기호학 속에서 윗부분으로 바뀐 것이다. 이 뒤-위의 겹침은 한 사물을 바라보는 물리적인 시선에 의해 만들어진 것이 아니다. 오히려 그 사물을 기호로 해독하면서 그 안에서 이야기를 읽어내는 시선이 만들어낸 것이다. 따라서 민화의 이 평면적 화폭은 설화적(서사적)인 화폭이기도 하다. 그것은 마치 그 안의 여러 기호 요소들을 통해 그러한 것들이 배치된 것을 적절히 연결하면서 그 안에 담긴 이야기를 읽어내라고 요구하는 것 같다.[27] 그 몇 가지 기호적 도형들을 우리는 문자적인 차원에서 풀어낼 수 있을 것이다. 우리 민화 장르가 독창적으로 개발한 양식인 문자도(文字圖)는 그림과 문자를 결합하면서 그림과 경전의 경계에서 독특한 기호론을 펼쳐 보였다.

도상적인 그림이 추상화되고 분화되면서 문자가 태어났음은 분명하다. 많은 고고학적 증거들이 그림문자로부터 이후의 추상화된 문자들

---

27) 이미 일제 강점기 시대, 최근배는 동양화의 이러한 특징을 "그림을 볼 것이 아니라 읽을 것"이라고 적절하게 지적했다. (『여성』 4권 6호, 62쪽 참조)

이 나왔음을 보여주고 있다. 그림이 먼저이고 글이 나중인 셈이다. 우리는 말과 글의 어우러짐에 대한 복잡한 사유와 판단이 그 둘의 관계를 해명하는 데 없어서는 안 됨을 안다. 그러나 이 자리에서 그에 대해 본격적으로 논의할 수는 없다. 다만 시라는 것이 말의 노랫소리로부터 진화되어 글로 쓰는 행위로 변했음을 알 수 있다. 여기에 우리가 위에서 다루어왔던 사각형의 상징이 언어의 시간적 흐름을 분절하는 형태로 개입하고 있다는 사실을 지적하고 싶다. 노래의 가장 원초적인 형태인 민요와 무가(巫歌)들은 대개 하나의 완결된 통사적 단위가 네 개의 음성적 의미론적 분절점을 갖는다. 이것은 아마도 가장 원초적인 상태에서 음성과 의미의 생성이 대조와 대응의 원리에서 비롯했기 때문일 것이다. 철학적으로 말해서 이것은 양음 대비의 논리적인 귀결이다. 주역의 관점에서 양음의 대비는 우주에 대한 이론적인 논리적 추상이다. 그것은 공자가 말했듯이 인간이 도달하기 힘든 신의 신비한 조화지술(造化之術)을 근사치로 접근하는 방식이다. 우리는 양음이 변화되고 조화를 일으켜 현상적으로 드러나게 되는 사상(四象)의 자리에서 비로소 형상적인 것에 대한 인식이 가능해진다. 인간적인 세계에서 감지할 수 있고 말할 수 있는 것은 바로 이 네 가지 형상에 대한 것에서부터 시작된다. 음성적 의미론적 단위가 이러한 네 개의 분절이 결합됨으로써 이루어질 수 있음은 이렇게 보면 당연한 것이다. 바로 여기에서 가장 원초적인 시학이 형성되는 것이다. 시는 언어의 집이며 사원이기 때문에 그 집의 구조를 지탱하는 이 네 개의 분절은 시의 기본요소라고 할 수 있다. 일정한 음악적 운율의 틀로서 그 언어의 사원은 만들어진다. 언어들은 오음(五音)과 육률(六律)의 수리적 위계를 통해 자연의 질서 속에서 만들어지는 미묘한 율동 속으로 들어간다. 그리고 그것은 문자 자체의 여러 운(韻)들을 통해 음양의 조화와 대비를 전개한다. 시학은 이러한 것에서 문자의 음악으로 우주적인 생성의 원리를 나타내는 것이다.

　우리의 전통적인 시 양식 가운데 가사 장르가 이러한 원초적인 시학을 가장 끈질기게 고집하고 오랜 시간 동안 유지해온 것처럼 보인다. 이 장대한 서사시적 장르는 4라는 숫자의 매듭을 무한히 반복하면서, 이 세계가 지닌 우주적 리듬의 규칙과 그 영원성을 확인하고 있는 듯하다. 그것은 소설적 서사성과 달리, 개별적이고 세부적인 것들을 무한히 확장하면서도(이러한 것은 소설과 같다) 그 어느 것도 그러한 우주적 총체성의 리듬과 의미로부터 빠져나가지 못하도록 고정시킨다. 그것은 그러한 의미에서 소설적인 개별화의 원리와는 다른 서사적 체계를 갖는다.

　시조의 4음보 체계는 그 성격이 가사와 다르다. 그것은 4음보의 무한정한 연속[28]을 삼장(三章)의 총체적이며 축약적인 형식 속에서 12음보로 완결시킨다. 삼장이라는 닫힌 형식이 4라는 매듭의 무한회귀를 3이란 숫자 속에 가두고 정리하여 완결시킨 것이다. 가사 형식 속에서 무한히 열려 있던 것이 이 삼장 속에서 닫힌다. 3이란 숫자가 그러한 무한을 담지하게 되는 것이다. 이렇게 보면 시조가 비록 조선조에 가장 왕성한 생명력을 보여주었지만, 그것을 주자학적 이데올로기에 한정시킨다는 것은 무리가 아닐 수 없다. 따라서 식민지 시대 이후 계속되는 시조부흥운동을 시대에 뒤진 낡은 것으로의 복귀라고 매도해서는 안 된다. 그것은 시조라는 특수한 장르를 만들어낼 수 있었던 기본구도를 현대에 어떻게 되살릴 수 있겠는가 하는 현재적 물음이 되기 때문이다. 이러한 물음은 여전히 살아 있는 매우 창조적인 것이다.

　우리는 이렇게 형이상적 사각형의 의미를 그것이 분화되어 새롭게

---

28) 기본적으로 이 노래의 틀은 우주론적이며, 개별적인 것들, 자신의 체험, 감정, 느낌 등을 그 총체적 우주 속에서 정리하는 체이다. 이러한 것의 시원은 아마도 원시공동체의 제례에서 시작되었을 것이다. 남녀와 암수의 양성적 놀이 축제가 그 제의에서 풍요를 기원하는 한 형식이었을 것이며, 노래는 이 양성이 서로 부르고 대답하는 가운데 이러한 기본적인 네 마디를 만들어냈을 것이다.

만들어지는 유형과 양식의 좀더 개별적인 형태와 형상 속에서 살펴보았다. 이러한 것들은 거의 수많은 사람들의 작업을 거쳐 자연스럽게 형성된 것으로 생각할 수 있다. 융이라면 이것을 일종의 집단 무의식이라고 했을 것이다. 그는 4를 자연의 원리라고 파악했으며, 피타고라스를 원용하여 우리의 심혼은 하나의 사각형이라고 말하기까지 했다.[29] 융은 한 환자의 꿈을 분석하면서 그 꿈에 나오는 '정신통일의 집' 속의 네 개의 피라미드 점이 지닌 의미를 해명하면서 "무의식에 의하여 산출되어 나오는 상징은 모두 4와 연관된다"라고 말했다.[30] 4는 영원한 자연의 원리라는 것인데, 그는 그것을 세계를 창조하는 시의 관념과 관련시켰다.[31]

우리가 위에서 논의한 것도 융의 이러한 논의와 어긋나지 않는다. 아마도 하수(河水)와 낙수(洛水)에서 나온 용과 거북이의 〈하도〉와 〈낙서〉는 융이 분석한 것과 같은 그러한 꿈의 일종이 아닐까. 그것은 융이 말했듯이 대상(우주)이 직접 인간의식에 다가온 직관이며, 무의식적 통찰이다. 이러한 것들은 우리의 불완전한 의식적 지식과 인식의 한계를 초월한다. 우리의 의식이 자연과 통합하게 될 때 바로 이러한 직관과 무의식적 통찰이 번개처럼 다가올 수 있음을 그것들은 보여준다. 이러한 인식 과정은 인간의 자연적 의식이 빚어낸 자연적 인식이다. 융은 그러한 직관에서 나온 형상들을 자연적 상징이라고 했다. 그가 꿈 상징을 분석하는 것 역시 이것과 관련된다.

민화 책거리가 방랑화가들의 자유분방함 속에서 그려진 것임을 생각할 때 이러한 자연적 상징들이 개입해 들어오는 것은 당연하다. 전체 구도의 질서에 대한 통제력을 잃은 것처럼 보이는 민화들의, 언뜻 보면

---

29) 칼 융, 『심리학과 종교』, 창, 1998, 73쪽.
30) 같은 책, 116쪽.
31) 같은 책, 113쪽.

서툴고 우스꽝스러우며 때로는 자유분방한 형상들은 오히려 이러한 자연적 상징들의 흐름들 속에 굳건히 자리잡고 있다. 그리고 이러한 것들 속에서 책거리의 역원근법적 사각형이 어느 유형의 그림에서보다 뚜렷이 그러한 상징의 한가운데 자리잡고 있는 것이다.

4. 혼돈의 탁자와 해학적 생성의 놀이

우리가 논의 주제로 삼고 있는 책거리 그림에서 가운데 탁자는 다른 민화에서보다 정교하게 그려진 것처럼 보이지만 사실은 몇 가지 중대한 실수가 보인다. 가장 눈에 띄는 것은 앞쪽의 다리 두 개다. 왼쪽 것은 제대로 되어 있지만 오른쪽 것은 탁자의 두께를 뚫고 들어가 있다. 또 다른 실수는 오른쪽 면 뒤쪽에서 붓대가 역시 그 두께를 뚫고 들어가 서로 겹쳐 있다. 왼쪽 면에서는 옆면이 직각으로 꺾이지 않고 평면으로 연장되어 있다. 이러한 것들은 과연 의도적인 것인가 아니면 방심으로 인한 실수일까?

앞에서 방랑화가들의 자유분방함과 민화의 서투르고 우스꽝스러운 형상에 대해 논했지만 이러한 결함들은 방심으로 인한 실수일 가능성이 많다. 그러나 그것이 잘못된 것은 아니다. 왜냐하면 그러한 실수를 크게 개의치 않으면서 즉흥적으로 자연스럽게 전체 속에 배치하고 어울리게 하는 것이 바로 민화의 미학적 특징이기 때문이다. 여기서는 그 방심으로 인한 실수의 미학에 대해 말해보기로 한다.

어떤 사물의 실체감을 재현하기 위해서는 일정한 질서를 따라야 할 것이다. 그것은 시선의 질서이기도 하며 형상의 질서이기도 하다. 하나의 탁자를 그릴 때에도 그 탁자라는 존재의 실체감을 위해서는 부분들의 긴밀한 조합이 필요하다. 안과 밖의 구별, 위와 아래의 구별, 평면과

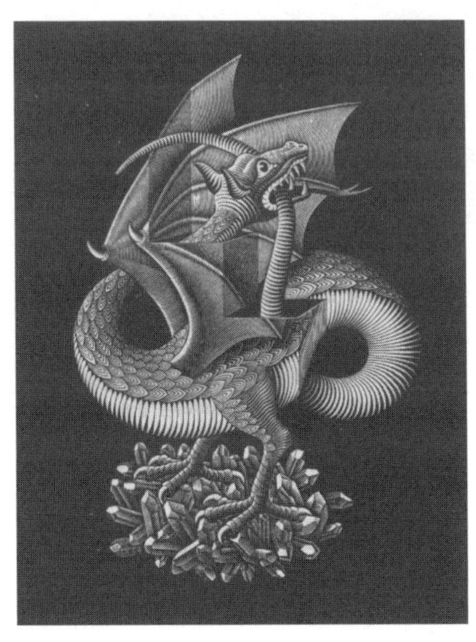

그림 16 에셔, 〈용〉, 1952.

측면의 구별, 입체와 평면의 구별 등은 이러한 긴밀한 조합을 위한 최소한도의 요건이다. 만일 이러한 구별이 최소한도의 수준에서 제대로 지켜지지 않은 채 부분들이 결합된다면 그 사물은 매우 불안한 상태가 될 것이며, 실체감을 주지 못할 것이다. 바로 우리가 바라보는 탁자의 경우가 그러한 예의 대표적인 것이다. 앞의 두 다리가 안과 밖의 구별을 없앤 것은 매우 이상한 실수처럼 보인다. 탁자의 왼쪽 측면 역시 입체를 평면과 합치시키는 기묘한 모습을 보여준다. 이 이상한 탁자를 보면서 우리는 안과 밖이 서로 만나며 입체가 평면과 만나는 이상한 장면을 목격하게 된다. 이러한 탁자의 야릇한 형상은 동서양의 어떤 그림에서도 볼 수 없는 이 그림만이 지닌 유일한 특징이다. 나는 이 탁자를 '혼돈의 탁자'라고 명명하고 싶다. 이 탁자를 깊이 들여다볼수록 우리는 안이 안이 아니며 밖이 밖이 아니고, 평면이 평면이 아니며 입체가 입체가 아닌 이상한 세계 속으로 빨려 들어간다. 아마도 안과 밖이 서로 꼬여 있으며, 입체와 평면도 서로 꼬여 있다고 말해야 할 것이다. 우리는 금방 안팎의 꼬임에서 뫼비우스의 띠를, 입체와 평면의 꼬임에서 클라인 씨의 병을 연상할 수 있게 된다. 사실 에셔의 그림은 모두 바로 이 두 가지 테마(사실은 동일한 하나의 테마인데)를 여러 가지 소재로 형상화한 것이라 할 수 있다. 그렇게 보면 이 탁자를 '에셔의 탁자'라고 불러도 무방하다. 그러나 우리가 에셔의 그림을 볼 때 느끼는 야릇한 감탄사가 이 탁자 앞에서는 나오지 않는다. 에셔의 정교함과 치밀함을 따라가지 못해서인가? 안과 밖의 차이를 미묘하게 지워버리는 그 정교한 시각적 착각의 기교가 없어서인가? 에셔의 그림은 매우 치밀하게 안과 밖의 차이를 보여주면서도 동시에 시각적인 착란 현상을 유도하게끔 정교한 필치로 그 차이를 결합한다. 그의 〈용龍〉(그림16)이 대표적인 것이다. 전체적으로는 둥근 원기둥이 뫼비우스의 띠처럼 꼬인 형상인 이 용은 자기 꼬리를 물고 있는 우로보로스 뱀을 복잡하게 만든 것처럼 보인다. 우로보로스 뱀이 반지처럼 단순히 둥근 것인데 비해 이 용은 수학의 무한대 기호 ∞ 모양으로 비틀려 있다. 이 용은 육면체 모양의 입방체 속으로 들어가서 그것을 빠져나오게 되는데, 빠져나온 몸이 자신이 들어간 그 입방체를 삼키고 지나가며 그 위로 떠오르고 있다. 그런데 그 입방체를 삼키고 지나간 몸의 목 윗부분은 자신이 삼키고 통과한 입방체에 계단처럼 이어지며 올라간 또하나의 입방체 속을 뚫고 나간다. 그리고 그것이 뚫고 나간 또하나의 입방체는 왼쪽 날개의 평면과 같은 것이다. 입방체는 원래 평면이었고 평면은 입방체가 된 것이다. 용은 평면이자 동시에 입방체인 자신의 날개를 뚫고 나가 자신의 꼬리를 물게 된다. 아마도 에셔는 이 그림에서 뫼비우스의 띠와 클라인 씨의 병을 교묘하게 뒤섞으려 시도했던 것 같다. 용의 변신술은 우리가 갇혀 있는 논리적 한계들과 인식론적 한계들을 교묘하게 뒤집고 그러한 것들을 가로질러 그 모든 것 속에 존재하면서도 동시에 그것을 초월하고 있다. 이 복잡화된 용은 바로 삼차원 세계를 졸업하고 그 위의 차원으로 넘어가려는 초현대적인 우로보로스 뱀이다.

우리는 에셔의 이 그림을 통해서 안이 동시에 밖이고 평면이 동시에 입체인, 그리고 또 그 반대적 진술도 참인 그러한 혼돈적 이미지를 보게 된다. 에셔의 그림은 워낙 정교해서 안과 밖의 구별이 뚜렷하고 동시에 왜 그것이 서로 뒤바뀌게 되는지 잘 알아볼 수 없을 만큼 시각적인 혼란을 유도하고 있다. 그러나 동시에 그는 그 뒤바꿈이 실감나게 느껴지도록 정교한 필치를 과시한다. 그림을 꼼꼼히 보면 매우 치밀하게 계산된 의도적 기법들이 그러한 것들을 뒤섞기 위해 동원되었음을 알 수 있다.

그러나 우리의 민화 책거리 그림의 탁자는 그러한 치밀한 계산과는 거리가 멀다. 에셔의 그림을 그리기 위해서는 전체와 부분의 치밀한 계획과 계산, 그리고 고도의 의식적인 집중이 선행되어야 한다. 그러나 이에 반해 '혼돈의 탁자'는 그러한 계획과 계산, 집중으로부터 물러나 방심의 상태에 들어가 있는 듯이 보인다. 안과 밖이 서로 만나게 된다는 것을 설득하기 위한 기묘한 눈속임도 여기에는 없다. 입체와 평면이 서로 뒤바뀐다는 것을 그럴듯하게 보여주기 위한 치밀한 묘사도 없다. 다리 하나는 그저 밖에 있고 하나는 안에 있다. 우연한 실수라고 생각하기 쉬운 이러한 묘사는 안과 밖의 구별이 별로 대수롭지 않게 뒤집어질 수 있다는 자연스러운 의식의 소산이다. 그러한 구별과 차이를 무시하면서도 치밀한 설득이 필요하지 않은 세계가 바로 여기 있다. 평면과 입체가 서로 뒤섞인 부분 역시 그저 간단하게 처리되어 있어서 언뜻 보면 그리는 과정에서 무계획이 빚어낸 순간적인 방심의 우연한 실수처럼 보인다. 그러나 그러한 실수를 자연스럽게 또 별로 대수롭지 않게 여기며 전체 속에 조화롭게 통일시킬 수 있다는 것이 여기에서 우리가 주목할 부분인 것이다.

안과 밖의 구별, 입체와 평면의 구별을 실수인 듯이 가로지르며 그 차이의 경계선을 가볍게 허무는 이 탁자는 우리 전통적인 미학의 결정체다. 이 어리석은 듯한 묘사는 아이들의 서툰 그림놀이처럼 보인다. 여기에는 민화 특유의 미학, 즉 해학적 웃음의 미학이 스며 있다. 우리는 많은 민화들 속에서 그러한 웃음의 미학을 본다. 어수룩한 민화의 단순하고 소박한 그림들, 또는 자유분방하게 과장과 왜곡이 어우러진 그림들을 보면서 그것이 아이들의 놀이와 닮았다고 보는 것은 보편적인 느낌이다.

민화가 아이들의 놀이 미학과 관련된다는 것은 일찍이 고유섭에 의해 지적된 것이다. 고유섭은 한국 불상이 '어른 같은 아이'의 유머러스한 미학을 갖고 있다고 했다.[32] 아마도 민화에 대해 이 말을 적용하게 되면 고유섭의 말을 뒤집어서 '아이 같은 어른'의 해학적 미학이라고 해야 하지 않을까? 단순하며 소박하고 자유분방한 민화의 미학은 훨씬 뒤에 서구의 근대미술을 접한 이중섭과 김기창 등에게도 그 흔적이 보인다. 초기에는 야수파와 표현주의적 세례를 받았던 이중섭은 점차 단순화된 선, 원근과는 상관없는 형태들의 배치, 그리고 유아적인 자유분방함 등을 주된 특징으로 보여준다. 그의 〈꽃 피는 산〉〈파도타기〉(그림17) 〈제주도 풍경〉(그림18) 등이 특히 그러하다. 이중섭 그림의 가장 독특한 형태인 '뒤집힌 얼굴'은 우리가 앞에서 분석한 민화의 역원근법적 사각형이나 민화 특유의 그릇 형태와 같은 원리로 그려진 것이다. 고분 벽화에 나오는, 수평에서 수직으로 일어난 것 같은 역원근법의 침대, 수직으로 일어난 것처럼 그려진 바둑판에서 비롯되는 이 원리가 이중섭의 얼굴 그림에도 그대로 나타나게 된 것이다.

김기창의 '바보산수'라는 것도 이러한 어른-아이의 해학적 미학에 속한다고 할 수 있다. '아이 같은 어른'은 '바보'의 미학과 연관된다. 바로 이 부분이 민화에 나타난 해학적 웃음의 본질을 밝혀주는 것이다. 그 웃음의 성격과 의미는 이중적이다. 그 하나는 바보의 어리석고 모자라는 행동에 대한 웃음이며, 다른 하나는 그러한 모자람과 어리석음이 엉뚱하게도 자신을 비웃는 자들의 교양과 지식과 규범의 경직됨과 무

---

32) 고유섭의 이 미학에 대해 논의하고 있는 조요한의 「한국인의 해학미」가 이러한 개념을 이해하는 데 도움이 되었다.(한국문화교류연구회 편, 『해학과 우리』, 시공사, 1998, 92쪽 이하 참조)

그림 17 이중섭, 〈꽃 피는 산〉(왼쪽), 〈파도타기〉(오른쪽), 1941.

의미와 바보스러움을 폭로하게 될 때 터져나오는 웃음이다. 이재선은 우리 문학에 나타난 '바보'를 이중적으로 정의한다. 그에 의하면 '바보'란 정신적 육체적인 결함자로서 어리석고 멍청하며 모자라고 또 단순하다. 순진하기 비길 데 없으며, 황당무계하고 또 때로는 익살스럽지만 또 때로는 기상천외한 꾀와 지혜를 지니기도 한다. 이들은 본질적으로 웃음을 가져다주는 사람들이다. 그가 대표적으로 들고 있는 바보의 전형은 온달과 처용인데, 이들은 '현명한 바보'라는 모순어법으로 규정할 수 있다는 것이다.[33]

그렇다면 이러한 아이와 바보의 해학적 미학은 구체적으로 어떠한 것인가? 아이와 바보의 존재에 대해 먼저 생각해보기로 하자. 아이란

---

33) 이재선, 『한국문학주제론』, 서강대출판부, 1991, 348쪽.

존재는 현실의 진지함으로
부터 물러서 있는 존재다. 아
이는 수고로운 노동과 삶의
심각한 현장에서 물러나 있
다. 그에게는 대신 놀이가 있
으며, 그 놀이판으로 축소된
작은 세계가 있다. 이 작은
세계에서는 현실의 심각한
질서가 단지 놀이를 위해서
희미하게 반영된 기호로 바
뀌어 있다. 놀이판 속에서 이
기호들은 현실의 상징적인
의미와 질서의 무게를 잃어
버리고 가볍게 변화 가능한

그림 18 이중섭, 〈제주도 풍경〉, 1954.

것들로 바뀌는 것이다. 놀이란 바로 그러한 것이다. 아이의 상상력과
욕망이 그러한 상징의 기호들을 조작하거나 가볍게 뒤흔들면서 무의식
적 놀이는 창조적인 성격을 보이기도 한다. 아이와 놀이의 이러한 밀접
한 관계가 직접적으로 예술적 형태를 취한 것이 바로 어릿광대극일 것
이다. 이 어릿광대에는 어른이 어린아이 수준으로 내려가버린 것을 바
보 같은 것으로 조소하는 웃음이 내재되어 있다.

　이미 어른이 된 화가나 시인이 이러한 유아적 존재처럼 변화되었을
때 민화적 표현이나 이중섭의 그림이나 김기창의 '바보산수' 같은 그림
이 가능하지 않을까? 이상의 「날개」에 나오는 주인공 역시 그러한 '어
른-아이'다. 이때 아이는 어른의 무의식이며 원초적 자연이 아닐까?
아마도 어른의 이러한 유아적 전도 현상은 원시적 생명력으로의 회귀
와도 같은 것이 아니겠는가? 여기서 우리는 어른과 아이의 이러한 뒤집

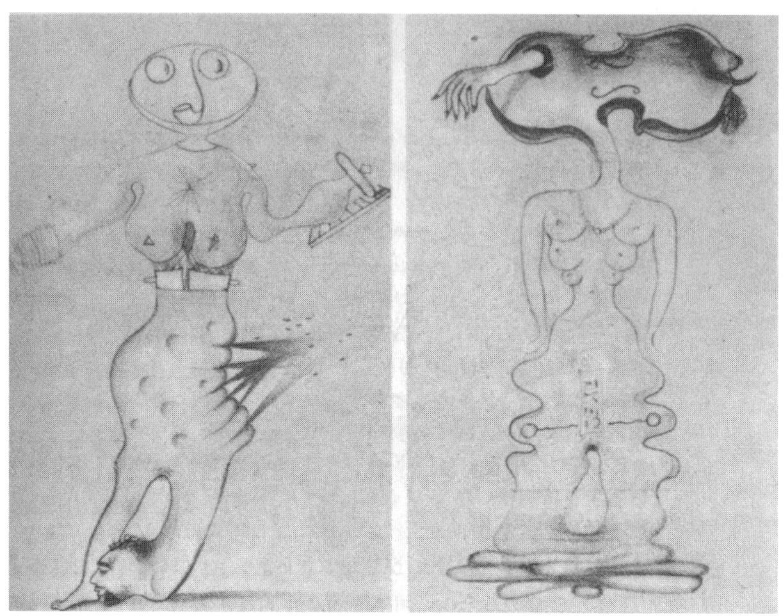

그림 19 자크 에롤드·앙드레 브르통·이브 탕기·빅토르 브라우너, 〈우미한 사해〉, 1934.

힘을 하나의 카니발적 전도로 생각할 수 있을 것이다. 어른으로서 대면하고 겪어야 할 현실의 심각함과 엄숙함들이 이 유아적 세계의 놀이판에서는 갑자기 멀리서 바라보이는 희미한 그림자처럼 느껴지게 된다. 그 그림자들은 인형들의 모조품들이나 가면들, 동물적 상징들로 대치되기도 한다. 어른 예술가는 이 아이의 놀이판을 통해서 인류의 원시적 상태로 복귀한다. 애니미즘적 동물적 충동은 아이들의 경우에도 분명해 보인다. 그것은 이 세계와 사물들 속에 있는 원초적인 기운을 강력하게 불러일으키며 현실의 상징들을 점령하고 빨아들여 자신들의 원초적인 동물상징들 속에 통합한다. 엘자 아다무테츠 역시 쉬르레알리슴적 괴물들을 바로 그렇게 거대한 세계 속에 존재하는 통합적 에너지로 파악했던 것 같다. 그녀는 "중세의 카니발적 창조물처럼 쉬르레알리슴 괴물들은(그림19) 무대를 무시하고 글로벌한 카니발적 공간 속에서 고

함친다"고 했던 것이다.[34)]

　민화 속에는 많은 동물들이 나오며, 그것들은 대개 이 세계의 많은 것들을 압축하고 치환한 하나의 무의식적 꿈-상징들이다. 융은 이러한 동물들이 인간의 원시적 본능적 성질들을 상징한다고 했지만[35)] 그것은 더 나아가서 이 세계에 대한 총체적인 무의식적 이해를 의미하는 것이기도 하다. 융의 말처럼 동물은 자연의 한 조각일 뿐만이 아니다. 그것은 자연의 총체성을 담고 있는 압축적 상징물이다. 아마 이러한 총체적 상징의 기원을 거슬러 올라가면 〈하도〉와 〈낙서〉를 짊어지고 나

그림 20 〈예자문자도 禮字文字圖〉.

온 용마(龍馬)와 거북(그림20)을 만날 수 있을 것이다. 강물 속에서 나온 그 동물들은 복희(伏羲)와 우(禹)임금이 꾸었던 꿈-상징이 아닐까? 무의식적 꿈을 통해서 세계는 장대한 우주적 질서의 의미를 이러한 동물상징을 통해 이들에게 전달한 것이 아닌가? 이 동물들이 짊어지고 나온 그림과 글은 일종의 형이상학적 수리학이었다. 그것은 인간의 의식이 깨어나는 것을 가리키고 있다. 이 세계의 꿈인 동물 형상들이 그러한 의식을 등에 지고 있었던 것이다. 바로 이 장면에서 우리는 또하나의 사실을 알 수 있다. 그것은 그러한 추상적 도서(圖書)라는 것을 싣고 움직이는 힘은 동물적 상징들로 대표되는 무의식적인 자연이라는 것이다. 도서의 추상적인 의식적 세계가 점차 그러한 무의식적 깊이와 힘을

---

34) Peter Collier ed. *Modernism and European Unconsciousness*, Polity Press, 1990, p. 283.

35) 야코비 외, 『융 심리학 해설』, 홍신문화사, 1994, 149쪽.

잃고 스스로 굳어지며 경직되어 타락할 때, 그리하여 원초적인 힘들을 더이상 간직할 수 없을 지경이 될 때, 그러한 도서의 추상적인 질서를 무시하고 뒤집으면서 원래의 동물적인 상징들로 되돌아간다는 것은 의미 있는 일이다.[36] 예술가들은 현실의 질서와 가치체계에 구속되는 어른을 아이의 존재로 전도시키면서 그러한 원초적인 힘들에 다가서게 된다. 거기서 동물적 형상들과의 친연성을 발견하는 것은 자연스러운 일이다. 이중섭의 유아적 미학 속에서 많은 동물들을 보게 되는 것은 바로 그러한 것과 연관되는 것이 아니겠는가?

우리가 보는 책거리 그림에서 우리의 화가는 바로 그러한 원초적인 사각형으로의 회귀를 보여주고 있다. 그 사각형은 이미 우리가 앞에서 논의한 것처럼 네 마리 동물들이 생략된 사각형이다. 그것은 그 동물들의 상징적 의미가 사각형의 왜곡된 형태 속에 깃들어 있기 때문에 이것은 일종의 무의식적으로 변형된 사각형이 된다. 가운데의 역원근법적으로 그려진 탁자는 그 동물적인 상징들이 그 각 변에 숨어 들어가서 꿈-작업처럼 그 사각형을 미묘하게 변화시켰던 것이다. 거북의 딱딱한 껍질처럼 밑변은 줄어들었고, 주작의 자유로운 날갯짓은 윗변을 늘려놓았다. 좌변의 늘어남은 청룡의 날아오름을 반영한다. 그것은 오른쪽에서 탁자의 두께를 보여주면서 수직으로 내려앉은 밑변을 왼쪽 앞으로부터 밀어올려 왼쪽의 뒷부분에서 책상의 윗면에까지 올려붙이고 있다. 여기서 입체와 평면의 만남은 기하학적이라기보다는 꿈-작업적이다. 입체적 두께의 밑변이 솟구쳐 올라간 것은 청룡의 상승을 치환한

---

36) 이렇게 예술가들이 동물상징을 통해서 원초적인 힘들을 회복하고자 하며, 문명의 질곡을 비판하는 것을 고대의 제사장적 행위에 비견할 수 있을 것이다. 고대의 많은 제례에서 토템 동물과 희생 동물은 제사장(무당)이 하늘과 교통하는 데 필수적인 것이었다. 고대의 예기(禮器)에 그려진 동물들과 솥에 새겨진 동물은 모두 자연의 신성한 힘과 하나가 될 수 있기 위한 상징적 기호였던 것이다. 그 신성한 동물의 피와 살이 자연의 신령들에게 바쳐지고 그것이 통로가 되어 다시 자연과 인간은 하나가 되었다.

것이 아닐까? 그러나 우변에서 그것은 다시 수직으로 내리박힌다. 그것은 백호의 하강과 닮아 있다. 실재하는 탁자의 모습을 잘 알고 있는 우리의 눈에 이 탁자는 매우 기괴하게 변형되어 있으며, 마치 어린아이가 그린 것처럼 서로 어긋나 있어 실수투성이 그림처럼 보인다. 그러나 그 실수는 무의식에 의한 것이며, 이러한 혼돈은 일종의 카니발적 혼돈인 것이다.

이제 우리는 이러한 실수들을 단지 실수로만 이해할 것이 아니라 어린아이들의 방심이 빚어내는, 즉 무계획적인 놀이의 미학과 연관시킬 수 있게 되었다. 그것이 어른의 무아적 경지가 갖는 지혜와 결합하면 소박함과 노닒(遊)이 결합된 고도의 예술적 경지를 바라보는 것이 될 것이다. 그리고 그것은 바로 놀이의 한 속성인 우연성과 관련되는 것이다. 민화에 많이 나타나는 개방적인 투명함[37]과 평면성[38]은 자기 자신의 존재에 대한 집착을 버리고 있는 방랑화가들의 속성과 밀접하게 연관된다. 자기라는 것을 강조하지 않는 관습이 거기 있다. 그의 그림들에는 서명이 없다. '나' 라는 것을 형성하기 위한 팽팽한 긴장감과 자기관리와 자기통제가 해체되어 있는 세계가 거기 있다. 방랑하는 화가들은 일정한 시민권도 없으며, 일정한 거주지 없이 떠돌아다니며 여러 가지 우연의 변수에 노출되는 길을 떠돌게 된다. 그는 단지 운명의 결정에 자신의 몸을 맡길 뿐이다. 카이유와의 말처럼 이들에게도 수고로운

---

37) 자기를 고집하지 않는 특징을 말한다. 그림 속에 자신만이 갖는 독창적인 기교와 미적 정교함 같은 것들을 드러내지 않는 이 투명함은 그 그림을 부담 없이 생활의 일부처럼 받아들이는 자들에게 편안함을 가져다줄 것이다. 그것이야말로 바로 집의 편안함을 증대시켜주는 힘이다.

38) 이 평면성은 장식적인 놀이와 관련되는 특성이다. 하나의 공간 속에 입체적인 표현을 하기 위해서는 고도의 계산과 통일적인 집중이 필요하다. 무계획한 방심 상태의 놀이는 평면적인 장식주의에서만 가능하다. 민화의 장식적 표현 역시 앞의 투명한 성격과 같이 일종의 편안함과 관련되는 것이며, 거기 놀이적인 즐거움이 덧붙여진 것이다.

노동을 대신하는 '우연의 놀이'가 나타난다.[39] 아마도 방랑화가들은 수많은 그림들을 생산해내면서 일정한 유형을 형성하게 되었을 것이다. 그들은 계속적인 반복 속에서 비슷한 그림들을 생산해냈다. 그러나 기계적인 재생산을 한 것은 아니다. 왜냐하면 기계와 달리 사람의 손이란 항상 똑같이 움직이지 않기 때문이다. 실수와 우연이 동일한 유형들 속에서 차이를 만들고 변화를 가져왔을 것이다. 때로는 반복의 단조롭고 지루함을 벗어나기 위한 놀이적 기분이 그러한 차이들을 몰고 왔을 수도 있다. 바로 이러한 차이들 때문에 민화의 화폭은 기계적인 복제품과 달리 미묘한 아우라를 품게 된다.

사실 이들이 생산하는 그림들은 거의 수요자 층이 갖고 있는 일정한 욕망의 체계와 연관된 상징들이었다. 그러한 상징들을 소비하는 자들에게 책거리 그림들이 갖고 있는 의미는 세속적인 것이었다. 현실적인 부와 명예 그리고 장수 같은 것들은 타락한 방식으로 추구되는 것들이었으며, 그에 대한 세속적 욕망이 그러한 그림들을 소비하게 만들었다. 이제 상징들이 본래 지니고 있던 우주론적 의미와 심오한 정신적 깨우침은 현실적인 욕망의 뒤로 사라져버리게 되었다. 그러나 이 그림을 주문받아 생산하는 화가는 이 세속화된 상징들과 대면하며 그것들과 놀이에 돌입하게 된다. 그는 그러한 세속적 의미들과는 거리를 두고 있으며, 따라서 가치의 타락과 맞서 있게 된다. 그는 그 상징들을 묶고 있는 현실의 제도와 질서에 고정되지 않고 그것을 비켜서 간다. 그의 방랑은 마치 그 모든 것을 하나의 꼭두인형극처럼 관조하며 흘러가고 있는 것이다.[40] 그의 웃음은 바로 거기서 비롯된다. 그는 베르그송이 웃음이 발

---

39) 카이유와, 『놀이와 인간』, 문예출판사, 1994, 213쪽.

40) 이러한 관조 속에는 현실무상에 대한 인식이 자리잡고 있다. 윤광봉은 꼭두인형극에서 그러한 인생무상이라는 주제를 발견한다.(『유랑 연예인과 꼭두각시놀음』, 밀알, 1994, 39쪽) 최남선은 이러한 무상의 주제에서 일종의 차가운 웃음을 발견했다. 그는 이렇게 말했다. "옛부터 시인들은 많이 천지로써 희장(戲場)에 비하고, 사회현상으로써 창시놀음같

생하는 조건에 대해 말했던 것처럼 두 개의 세계에 걸쳐 있다. 그 하나
는 이 상징들이 머물러 있는 현실의 질서와 제도가 갖는 의미 영역이
고, 또하나는 그러한 것들로부터 객관적으로는 멸시당하면서도 주관적
으로는 초월해 있는 자신의 방랑세계다. 이렇게 상반되는 세계가 하나
의 화폭 속에 결합되어 있는데, 어느 정도는 그로 인해 웃음을 생성하
는 놀이가 거기 깃들게 된다. 그는 그림을 그리면서 그 상징들에 부여
된 무거움과 진지함에 대해 심각하게 생각하지 않으며, 어느 정도 자유
분방하게 그것들을 대하게 된다. 그의 자유로운 방랑생활에서 보면 그
러한 것들의 심각함은 너무나 과장된 모습처럼 보인다. 그러한 과장은
현실 속에서 당연한 것처럼 기계적으로 되풀이되기 때문에 그는 그것
에 대해 웃게 되는 것이다. 이 방랑화가는 자신의 그림작업을 되풀이하
면서, 반복적이 되고 기계적이 되면서 그 스스로도 희극적인 형상 속으
로 진입하게 된다. 그의 웃음 속에는 이 두 가지 차원이 한데 어우러져
있다. 그는 마치 우리가 앞에서 보았던 것처럼 학(謔)의 개념 속에 포함
된 호랑이처럼 포효하며 그러한 상징물들을 놀려댈 것이다. 그러한 가
운데 살아남게 된 희극적인 형상을 자신이 만들어낸 최고의 가치로 삼
게 될 것이다. 그는 초월적인 방관자의 날카로운 발톱으로 조롱하고 희
롱하는데, 이렇게 단련된 해학적 형상은 마치 어떤 고난 속에서도 견딜
수 있는 영원한 웃음의 단단한 자국들로 다져진 '웃음의 갑옷'을 입고
있는 것처럼 보인다. 그렇게 되었을 때 비로소 그는 그 상징물들 하나
하나를 진정으로 사랑하게 될 것이다. 그리고 그러한 과정에서 그러한
상징들의 진정한 의미가 새롭게 창출되며, 원래의 원초적인 기운이 다
시금 그 안에서 부활할 수 있게 된다. 그는 세속적인 모든 것으로부터
어느 정도 자유로운 자신의 입장에서 그 상징들을 다시 개작하게 되는

<hr>

이 말하며, 일종 냉조적(冷嘲的) 구기(口氣)로 인생의 환허(幻虛)함을 논설한 자 많으니."
(「우리들도 광대」, 『소년』 3년 제3권 융회 4년 3월, 13쪽)

것이다.

　우리가 논의한 책거리 그림은 바로 그렇게 방랑화가의 좀더 진실된 예술적 창조의 자리가 무엇인지 깨닫게 해준다. 이 탁월한 그림은 바로 새롭게 배치된 상징이며, 다시금 근원적인 자리로 되돌아가게끔 갱신된 상징들이다. 하비 콕스가 말했듯이 그것은 희극적 달관의 자리가 그러한 상징물들을 초월할 수 있는 자리가 아님을 보여준다.[41] 그것들은 재배치되고 갱신될 뿐이다. 이 탁자가 바로 그 증거다. 이 혼돈의 카니발적 탁자는 공간을 미묘한 율동으로 비틀면서 가장 원초적인 우주로 우리를 이끌어간다.

　이 그림에서 가운데 있는 혼돈의 탁자는 그 밑에 그려진 두 탁자의 성과가 결집된 것이다. 삼각형의 구도로 된 이 그림 하반부의 두 탁자는 책과 붓과 먹과 종이 그리고 차를 달이는 주전자와 그것을 조리하는 찻잔을 담고 있다. 좌우대칭 구도의 이 두 탁자와 그 위의 사물들은 서로 대응하면서도 형태를 조금씩 다르게 변화시켰으며, 색채와 무늬는 부드럽게 조화되도록 꾸며져 있다. 마치 음악적인 박자를 느낄 정도로 이 반복과 더불어 약간의 변화는 매우 미묘한 율동을 느끼게 해준다. 책과 그림을 통한 수련과 수양은 다도(茶道)와 더불어 이 두 탁자의 세계가 암시하는 것을 분명하게 드러낸다. 마치 그 출발점을 보여주기라도 하듯이 먹물이 담겨 있고 먹이 세워진 벼루가 수직으로 세워져 그 전모를 훤히 보이게끔 하고 있다. 그 검은 먹물이 책과 그림으로의 출발점이다. 그 옆에 찻주전자와 찻잔이 놓여 다도가 인격의 향기를 만들기 위해 필요한 것임을 보여준다. 이 두 탁자 위에서는 책과 붓이 담긴 그릇이 압도적이다. 그것은 이 두 탁자와 더불어 사각형의 세계를 강조하고 있다. 사각형으로 된 두 탁자 위의 사물들이 미묘하게 경쟁하고 어울리

---

41) 하비 콕스, 『바보제』, 현대사상사, 1989, 245쪽.

며 완성시킨 세계가 바로 가운데 탁자 위에 결집되어 있는데, 둥근 그릇 위에 담겨 있는 둥근 과일들이 바로 그 열매들이다. 그 앞에는 찻주전자와 찻잔이 있다. 이것은 밑의 탁자에서 끓여진 차를 담고 따라 마시기 위한 그릇이다. 이것들 중 일부가 마치 허공에 떠 있는 것처럼 놓여 있다. 그리고 과일 그릇 뒤의 병들 역시 탁자 위에 놓일 것 같지 않다. 그러나 민화의 장식적 평면화의 특징이 여기에도 적용된다. 사실 탁자 위에 놓이지 않고 허공에 떠 보이는 것이 불안함과 관련되려면 입체적인 실체감이 작용하는 공간이 만들어져야 할 것이다. 책거리 그림 역시 그러한 공간과는 거리가 있다. 민화의 특징인 장식적 평면성 속에서 중요한 것은 개개의 사물들이 어떻게 그려지는가 하는 것, 그리고 그러한 것들이 어떻게 적절하게 배치되는가 하는 것일 따름이다. 탁자의 실물적 실체감은 여기서 문제되지 않는다. 탁자 위의 찻잔이나 그릇들은 탁자 위의 공간에 적당히 배치되어 있으면 모두 그 탁자 위에 놓인 것으로 간주된다. 눈에 보이는 것이 문제가 아니라 생각하는 것이 문제다.

우리는 이 그림이 민화 특유의 어설픔에 의존하고 있으면서도 그 부분을 독특한 미학으로 승화시키고 있음을 보았다. 미처 논의하지 못한 것은 좌우의 면밀한 대응과 변화의 미묘한 율동에 대한 것이다. 대략 말한다면 이 좌우의 대응은 금강비(金剛比)[42](황금비에 견줄 수 있는)와

---

42) 이 말은 권영필의 「한국 전통미술의 미학적 과제」라는 글에 소개된 김정기의 개념을 가져온 것이다. 그에 의하면 자연과의 조화를 암시하는 선사인 주거지의 가로 대 세로 비율은 1:1.4라고 한다. 권영필은 이것이 신라 종의 종구와 종고의 비인 1:1.3과도 연관되는 것으로 보아서 이 금강비가 우리 고유의 미적 비례임을 밝히고자 했다. 이것은 그리스의 황금비인 1:1.6과 구분되는 것이다.(권영필 외, 『한국미학시론』, 고려대한국학연구소, 1994, 91쪽)

필자의 생각으로는 이러한 비례는 우연히 발생한 것이 아니다. 이 글에서 논의하고 있는 요점이 사각형의 형이상학적 의미에 있듯이, 고대의 수리(數理)들은 모두 우주의 형이상학적 비례와 연관될 것이다. 인체와 집에서 그러한 소우주적 동성동형론(同性同型論)을 발견하기는 쉽다. 예를 들자면 옛날 부엌의 부뚜막을 만들 때 동원된 수치들은 모두 그러한

관련된 것처럼 보인다. 아마 그것은 음양의 미묘한 조화와 변화를 염두에 둔 것이 아닐까. 가운데 '혼돈의 탁자'는 그것을 집약적으로 보여준 것이다. 그 위에서 벌어지는 미묘한 양음의 대비적인 놀이를 한번 심오하게 음미해볼 만하다. 그렇게 보면 이 그림은 결국 그것을 바라보는 자의 시선을 사신도의 형이상학적 의미로 안내하게 된다. 선비의 방을 장식했을 이 그림은 그 방을 우주적인 차원에서 안정시켰을 것이다. 집이란 것은 그 근원을 거슬러 올라가면 신전과 만나게 된다. 전통적인 가옥들은 모두 그 신전을 자신의 집에 정착시키기 위한 여러 신격들을 모셔왔다. 그 집에서 일생을 산다는 것은 바로 그러한 우주적 신격들 속에서 인생의 깨우침을 얻기 위한 것이다. 방을 장식한 이 책거리 그림 역시 그러한 우주적 신성을 이 집에 부여하는 데 기여했을 것이다. 어느 탁월한 방랑화가가 바로 그러한 근원의 자리로 이 책거리 그림의 상징들을 되돌려놓았다. 그는 자신의 흔적을 남기지 않고, 단지 자유분방한 놀이를 통해 무의식적 혼돈으로 그 탁자를 비틀면서 그 근원으로 자연스럽게 우리를 안내한 것이다.

이념을 반영한다. 서유구의 『임원경제지』에 나오는 부뚜막의 길이가 북두칠성과 사시(四時), 삼재(三才)와 팔풍(八風)을 본뜬 것이라고 한 것에서 그것이 확인된다.(강영환, 『집의 사회사』, 웅진출판, 1992, 207쪽 참조) 그에 따르면 이 부뚜막은 우주의 수리학적 총체이며 그 축도다. 아마도 금강비는 이러한 음양오행론의 결과일 것이다. 그 수치 중에서 5와 7은 가장 중요한 숫자다. 이 두 완전수에 우주론적인 수리적 완전함이 깃들게 된다. 5:7은 1:1.4이니 금강비가 되는 셈이다. 이 비례 속에 우주 전체를 움직이는 힘이 들어 있다. 〈무신도巫神圖〉(그림5)의 손가락 수인(手印)을 보면 남녀 모두 두 개와 세 개를 각각 안과 바깥으로 향하게 한다. 이것의 비는 2:3인데 이는 1:1.5로 금강비와 비슷해진다.

야생의 식사
—축제적 시장과 식탁의 서판

1. 빵의 문학

우리 근대문학에서 빵(밥)과 예술 사이의 문제는 언제나 갈등의 문제였다. 김기림은 「식전의 말, 우리의 문학」[1]이란 수필에서 빵에 관련된 예수의 한 가지 에피소드를 다루었다. 예수가 광야에서 시험받던 중 나왔던 말은 그 유명한 "사람이 팡(빵)으로만 사는 것이 아니다"라는 것이었다. 김기림은 그 구절에서도 그러한 갈등의 문제를 포착한다. 1920년대 중반 이후 가난한 자의 편에 선 카프의 프로문학은 일종의 '빵의 문학'이었다. 그것은 빵이 불평등하게 분배되고 있는 잘못된 사회구조를 지적하고 비판하며 그 불평등한 구조를 바꾸라고 외친 문학이었다. 김기림 역시 그 비슷한 관점으로 예수의 언행을 비판한다. 예수는 위의 말을 아마도 식후에(배고픔을 해결한 뒤에) 했을 것이라고 김기림은 약간 빈정거리듯이 말했다. 예수는 그 말을 예언자가 아니라 생리학자로

---

1) 조선일보 1931년 4월 7, 9일자.

서 했다는 것이다. 그는 예수의 그 말에 깃든 영적 사상(상부구조적 이데 올로기)을 생리학적 기초(빵을 먹은 신체) 위에 세워놓았다. 물론 유물론적인 어법이 여기 작동하고 있으며, 따라서 후자가 전자보다 더 근본적인 것이다. 그리고 그는 식민지 상황에서 우리가 관념적으로 위축된 것은 생산활동, 즉 빵의 부족에 있다고 단언한다. 그의 결론은 이렇다.

> 우리들 문학─그 사회의 관념 형태의 일부분─에 만흔 접촉을 가지려고 하는 문학 지원자들도 한 거름 퇴각하야 '팡'에 대하여 더 진지한 관심을 가질 것이다.[2]

1930년대 카프 작가 중에서 '빵'의 문제에 대해 직접 언급한 사람으로 민촌 이기영이 있다. 그는 자신의 글 「문예적 시감 수제」[3]에서 대다수의 시민이 기아선상에서 한 조각 빵을 얻기 위해 악전고투하는 마당에 이러한 현실과는 아무 상관 없는 환영적 소설들이 있다고 비판했다. 물론 이렇게 절실한 배고픔이란 문제를 카프 작가들만 중요하게 다루었던 것은 아니다. 흔히 시조시인으로 알려진 가람 이병기도 이들보다 조금 앞서서 배고픈 사람들에게는 시보다 밥을 주어야 한다고 말했다.[4]
이렇게 당대 문인들이 빵에 대해 보였던 관심, 즉 생존을 위한 투쟁적 관심은 문학을 일종의 '빵의 사회학'과 '빵의 정치학'에 기울어지도록 만들었다. 사실 식민지라는 열악한 상황에서 예술이 이러한 사회정치적 문제에 관심을 기울여야 한다는 것은 어쩌면 당연한 추세였는지 모른다. 그러나 그러한 정치사회적 관심의 열기가 그에 상응할 만큼 훌륭한 문학작품들을 만들어냈던 것은 아니다. 그러한 주제를 협소한 이

---

2) 조선일보 1931년 4월 9일자.
3) 조선일보 1933년 10월 25일자.
4) 이병기, 「조선어연구가 필요」, 『문예공론』 창간호, 1929년 5월, 28쪽.

데올로기적 관점으로 몰고 가려는 분위기가 만연했기 때문에, 실제로 문학 작품 속에서 실현된 빵의 사회정치학은 매우 빈약한 관념적 수준만을 보여주었다. 그것은 사회에 대한 마르크스주의 정치경제학적 해석의 앙상한 골조에다 식민지 현실의 불행한 에피소드적 가상들을 입혀놓았을 뿐인 영양실조적 작품들을 만들어내는 데 그쳤다. 이렇게 된 근본 이유 중의 하나는 당대 문인들이 빵을 먹는 '주체'의 인간학적 풍경에 대해서 지나치게 무관심했기 때문이다. 그들은 생산과 분배에 관련된 사회구조만을 문제 삼기에 급급했다. 따라서 인간 자신의 풍경은 단지 사회구조라는 가면 속으로 사라져갔다. 우리가 위에서 언급한 김기림의 글 역시 그러한 무지를 드러낸다. 당시 '문학의 빈곤'은 이렇게 인간학적 자아의 풍경이 제거된 결과였다.

그러나 빵은 단순히 빈부의 정도를 드러내는 경제적 척도로만 작동해서는 안 된다. 좀더 섬세하게 그것을 깨물거나 음미하고, 배고픔 속에서도 그 빵의 육체와 영혼과 미묘한 대화를 나누게 되는 자아의 식욕을 문제 삼으면서 다채로운 얼굴로 쪼개져야 했다. 노동, 자본 등의 사회적 요소는 이러한 자아의 얼굴을 통해 들이미는 자연의 힘, 즉 개별적인 육체적 충동이나 전체적인 자연의 혼돈과 함께 존재한다. 노동과 자본이라는 사회적 요소는 그러한 자연의 역학적 장 속에서 함께 다루어져야 한다. 자아의 전체적 삶은 사회적 구조만으로 포착되지 않는 좀더 복합적이고 미묘한 영역 속에 놓인다. 거기에 자아의 '미시정치학'이 존재한다.

어떻게 보면 오히려 빵을 위한 문학에 발을 벗고 나섰던 프로 작가들보다 그들이 비판 대상으로 삼았던 이상(李箱) 같은 소위 퇴폐적 작가의 작품 속에서 훨씬 깊이 있는 '빵의 진실'이 드러난다. 그의 「날개」를 비롯해서 「어리석은 석반」이나 「애야哀夜」 같은 작품들은 각각 특이한 형태로 빈약한 빵과 고통스러운 생존의 문제를 독특한 상상력으로 파

헤치고 있다. 그것은 사회학이나 정치경제학 개설서가 묘사하는 사회현
실의 구조적 풍경과는 전혀 다르게 그러한 문제를 취급하고, 문학적으
로 해석해서 그가 이해한 세계를 보여준다. 이상의 문학에서 빵 문제는
언제나 가장 비참한 지경에 빠진 육체와 연관된다. 빵을 요구하는 배고
픈 육체는 스스로를 상품처럼 팔아야 하는 '매춘'의 상태로 떨어진다.

「애야」 같은 작품에서 타락한 매춘부적 성은 전면화된다. 거기서 묘
사되는 것은 빵 문제 때문에 기괴하게 일그러진 성욕적 풍경이다. 자신
의 식욕을 제대로 해결하지 못해서 몸을 팔기 위해 거리에 나서고, 타
인의 성욕을 위한 수치스러운 캔버스가 되는 육체가 거기 제시되어 있
다. 사회학적으로 혹은 정치경제학적으로 설명할 수 없는 삶의 복잡한
의미가 「애야」에서는 다양한 사물과 상황이 얽혀 있는 복합적 이미지로
제시된다. 거기에는 그러한 기괴함을 폭로하는 것 이상의 강력한 비판
이 숨겨져 있다.

이상의 다른 여러 작품들 속에서 우리는 음식에 대한 사디즘을 발견
할 수 있다. 가령 「어리석은 석반」에서 주인공이 쾌적하게 즐긴다고 하
는 음식들은 모두 간장에 조린 짜디짠 것들 아니면 마늘처럼 매운 것들
이다. 그는 마을 사람들이 자신들의 생존을 위해 오랫동안 보존할 수
있는 형태로 만들어놓은 소금에 절인 것들을 즐겁게 먹는다. 물론 이
즐거움은 매우 역설적인 것이다. 짜고 매운 것들의 채찍질에 괴로워하
는 그의 입맛에 대해 그는 즐겁게 먹는다고 표현한 것이다. 이 '즐거움'
이란 표현은 수사학의 일종이다. 그리고 그것은 자신의 마조히즘적 심
리가 투사된 것이기도 하다. 이상은 자신을 괴롭히며 자신의 육체와 정
신에 날카로운 칼날과 채찍을 들이대는 것들에 날카롭고 예민하게 반
응한다. 그러한 것들에 대한 증오와 원한들을 펼쳐놓으며 그러한 것들
에 대한 괴로움을 구석구석 파헤치고 소설과 시, 기타 다른 문학적 기
록들로 드러낸다. 그것들은 욕망의 대상이 되고 문학적 즐거움의 대상

이 되며, 문학의 탄생지가 된다. 자신을 괴롭히는 그러한 음식에 대한 마조히즘은 이상 자신의 깊은 곳에 뿌리박고 있는 파괴적인 '악의 충동'[5]에서 비롯된다. 이상의 마조히즘은 여기서 그 자신의 깊은 곳에 감춰진 사디즘으로부터 흘러나온 것이다. 사디즘으로 자신을 채찍질하는 악마적 충동 때문에 싫어하는 음식을 탐한다. 이 민감한 작가를 둘러싼 학교, 관료기구, 거리의 음험한 장사꾼들 등에 맞서서 반항적으로 꿈틀거리는 '악의 충동'은 밖으로 뻗어나가기 전에 작가 자신 속에서 작동한다. 사실 이상이 짜고 매운 것들을 탐닉하는 것은 진정한 마조히즘이 아니다. 그것은 밖에 있는 타자에 의해 채찍질 당하는 것을 즐긴다는 의미의 마조히즘과는 다른 것이다. 그의 '악의 충동'은 자신 속에서 솟구친 것이며, 타자에 순응할 수밖에 없는 자신을 채찍질한다. 사실 이 채찍질은 자신을 향하고는 있지만 실제로는 자신 속에 혹은 둘레에 각인된 타자의 구조와 흔적들을 향한 것이다. 이상은 「공포의 성채」에서 타자들을 향한 악마적 충동의 사디즘적 폭력을 분명하게 드러냈다.

그 악마의 상상적 파괴력은 「공포의 성채」에서는 무차별적 살인으로 나타난다. 이상의 이러한 심리학 속에는 생존이 짓눌린 당대 민중적 존재들에 대한 연민과 동시에 지배권력의 채찍에 대한 증오가 동시에 작동한다. 이 심리학 속에는 사회의 정치경제학이 은유적으로 작동하고 있

---

5) 그는 「어리석은 석반」에 나오는 개를 통해서 야수적인 성욕을 표현했다. 그러나 신경질적으로 코를 씰룩이는 이 개의 성욕은 공격적인 탐욕을 발산할 수 없다. 그 억제된 악의 충동이 이상의 중요한 주제 중 하나다. 이상은 '부엌의 사디즘'이라고 할 만한 것을 보여주기도 한다. 그것은 수필 「조춘점묘」 중의 '단지(斷脂)한 처녀'에 보인다. 가부장적 논리에 순응하는 양같이 얌전한 처녀가 손가락을 자른 것에 대해 이상은 부엌에서 일어나는 일상적인 살해와 연관시킨다. 부엌의 요리 풍경은 생선과 야채들을 자르는 칼질 때문에 강력한 사디즘적 풍경처럼 보인다. 이상은 그의 시 「총구銃口」에서 이 사디즘을 충동적 언어에 연결시켰다. 이 시에서 황홀한 성적 감각에 타오르는 공격적 육체가 총으로 비유되었다. 음식을 삼켰던 소화기관은 거꾸로 강력하게 무엇인가를 내뱉는다. 그의 말과 언어는 이렇게 공격적인 육체의 언어인 것이다.

다. 그러나 그 은유는 단지 사회현실에 대한 지시적 차원으로 그치지 않는다. 그것은 사도-마조히즘의 교묘한 역설적 전도를 통해서 그러한 사회질서의 안정된 구조를 파고든다. 그것은 상상 속에서 축제적 전복을 즐긴다. 파괴적인 심리적 에너지가 그 속에서 강력하게 작동한다. 리얼리즘 문학이 밋밋한 사회학적 윤리 교과서 정도에 머무르고 있다면, 이상의 이러한 축제적 심리학적 풍경은 사회학적으로 잘 포착되지 않는 심리 영역과 미시정치학적 영역이 복합된 지대에 놓여 있다. 그것은 미묘한 파열적 힘을 그 미묘한 지대 속에서 선동하며, 식민지 사회 속에 펼쳐지는 자아의 내면적 드라마를 보여준다. 그것은 사회의 정치경제학 구조와 심리적 갈등을 일으키며 자신의 길을 튼다. 그것은 당대 현실 속에서 사회주의적 계급투쟁의 거시적 지형도와는 다른 자아의 미시정치학적 지형도를 그린다. 이 '자아'는 계급적 존재로 환원되지 않는다.

2. 능금과 축제적 사랑

동반자 작가로 알려진 이효석은 자신의 여러 작품 속에서 빵의 문제를 전혀 다른 방식으로 이야기했다. 그 역시 카프 측 작가들에게 많은 비판을 받았다. 그러나 식민지 시대를 통해서 그만큼 사회비판(정치경제학적 비판)적 지식(이성)에 육체적 충동을 노골적으로 대립시킨 작가는 없었다. 그는 「수탉」과 「오리온과 능금」 「주리야」 「10월에 피는 능금꽃」 등을 통해서 줄기차게 사회적 규율과 이성적 질서를 파괴하는 '능금'의 이미지를 제시해주었다. 그에 와서 빵의 사회학(정치경제학) 옆에 빵의 정신분석이 매우 또렷하게 자리를 잡았다. 즉 생존을 위한 음식 옆에서 쾌락을 위한 음식이 자기 권리를 주장한 것이다. 생존할 음식도 마련되지 못했는데 무슨 쾌락인가 하는 것에 대해 이효석은 그렇지 않다고 단호하게 대답한다. 이효석은 「주리야」[6]에서 사회주의 이론의 실천가이자 이론가인 주화 옆에 자신의 고향 성진의 바다 빛을 화려하게 발산하는 주리야를 세워놓았다. 그녀는 풍요로운 바다의 생동적인 이미지를 퍼뜨린다. "생활의 잔치마당"인 공설시장을 사랑하는 주리야는 "유물론의 철학은 공설시장의 철학에서 시작되고 ××의 감격은 공설시장의 감격에서 시작되는 줄 모르세요"라고 주화에게 따진다. 마리네 디트리히가 영화 〈모록코〉에서 불렀다는 〈능금의 노래〉를 부르면서 이렇게 그녀는 '시장의 철학'을 편다. 그녀가 '신성한 풍경'이라고 부르는 이 시장은 수많은 상품들이 넘쳐나고 수많은 사람들이 뒤섞여서 활기차게 "복가치는 풍경"을 제공한다. 그녀는 대지의 풍요가 넘치는 시장의 축제적 풍경을 즐긴다. 그 시장은 냉정한 교환가치에 지배되는 자본주의적 이미지에서 벗어나 있다. 또한 그것은 사회주의적 시각에서도 포착되지 않는다. 그것은 주리야의 내면에서 꿈틀거리는 축제적 시선에 물들어서 그녀의 욕망을 반사하는 원초적 풍경으로 묘사되어 있다. 그녀가 좋아하는 과일인 능금(사과)의 기호체계에 속하는 사물들은 교환가치적 질서에 갇혀 있지 않다. 그녀의 욕망을 자극하는 빵과 커피, 아스파라거스, 샐러드 등은 상품의 물신성이란 자본주의적 표피를 넘쳐 흘러서 자연의 생명력으로 충만하다. 시장의 풍경은 냉정한(건조한) 교환의 풍경이 아니라 들뜨고 시끌벅적하게 사물들이 퍼뜨리는 생기로 파도치고 있다. 그것은 뜨거운 축제적 시장에 속해 있는 것이다.

그녀의 애인인 주화의 다음과 같은 말에서 그녀에 대한 이효석의 관점이 어떠한 것인가를 잘 알 수 있다. "그러면 야채를 배경으로 하고 바구니를 들고 섰는 주리야의 초상화가 예수를 안고 선 마리아의 그림보다도 성스럽단 말이지." 주리야가 시장의 풍경을 '신성한 풍경'이라고

---

6) 『신여성』 1933년 3월호.

한 것에 대해 주화가 약간 장난스러운 어조로 불만을 섞어 반문해본 말이다. 그러나 그의 반문 속에는 작가의 결론이 들어 있다. 성모 마리아의 시장, 즉 이교도적으로 말한다면 풍요의 신 비너스의 시장이라는 이 매우 원초적인 풍경은 마르크스주의 정치경제학에서는 역사적 발전 과정에서 이미 몰락해서 사라져버린 것으로 평가된 것이다. 자본주의 시장과 그것을 폐지시킨 사회주의 배급경제라는 두 가지 그림만이 존재하는 사회주의자들의 시선 속에서 그것은 매우 퇴영적이며 복고적으로 보인다. 그러나 이효석은 사회주의 이념을 갖고 투쟁의 전선에 뛰어든 주인공 주화를 전복시키기 위해서 시장의 여신인 주리야를 택했다. 이 순진무구한 처녀는 사회주의 투사들의 세계 속에서는 금단의 열매인 '사랑'의 능금을 갖고 그 사회주의적 이성들을 휘저어놓는다. 그들의 금욕주의적 이성은 이 능금의 마녀가 퍼뜨리는 사랑의 향기 때문에 혼란에 빠지고 파탄된다.

이효석은 빵을 위한 금욕주의적 이성의 투쟁은 문제가 있는 것이라고 말하고 있는 셈이다. 그 역시 빵의 결여를 문제 삼지만[7] 그는 주리야를 통해서 자본주의적(정치적으로는 제국주의적인)인 이성이건 사회주의적인 이성이건 그것이 개인들의 욕망의 풍경을 이해하려는 시도가 없이는 어떤 유토피아도 가져오지 못할 것임을 경고하고 있다. 주리야의 시장은 노동과 자본으로만 엮어진, 냉정한 이해타산 관계만으로 묶여 있는 차가운 시장이 아니다. 그것은 자연의 원초적 생명력을 풍성하게 유통시키는 공간이다. 그리고 생존을 위한 소비만이 아니라 자기의 독점적 향락만을 즐기기 위한 소비가 아니라, 자연의 선물인 여러 가지 생산물들의 맛을 서로 나누어 즐기는 축제의 장으로서의 시장이다.[8] 주

---

7) 이효석은 「수탉」에서 '능금'을 필요한 식욕이라고 말한다. '능금'은 여기서 '빵'을 보완하는 음식물로 기능한다.
8) 이 시장의 개념에 대해 나의 강의 노트 속에는 여러 가지 스케치가 있다. 대략적으로 그

리야는 근검절약보다는 즐거운 소비를 택한다. 그녀는 시장의 수많은 상품들 속에서 가볍고 경쾌하게 춤추듯 거닐며 그것들의 맛에 취한다. 그녀는 돈에 짓눌리지 않고 그 풍성한 채소와 과일, 고기들 속에서 대지적 풍요를 만끽한다. 시장의 풍성함을 즐기고 찬양하는 그녀 앞에서 상품들의 가격을 꼼꼼하게 따져보는 행위는 지나치게 이성적이며 지나치게 현실적이다. 그녀는 시장의 고대적 영혼을 가진 현대적 소비자다. 그녀는 시장에서 목숨을 연명하기 위한 생존이나 혹은 낭비적이고 과시적인 소비를 위한 상품들을 보는 것이 아니다. 오히려 거기에서 그녀는 자연의 생산물들을 광범위하게 교통시키고, 그것들을 자신의 살림살이 속으로 들여와 삶의 작은 축제를 가능하게 만드는 것들을 발견할 뿐이다. 자본주의적 시장 풍경과 대립되는 원초적 시장의 수호자로서 주리야는 성스러운 후광을 업은 신화적 존재로 부각되어 있다.

우리는 주리야를 통해서 그녀의 '바다' 와 '능금' 그리고 '시장' 의 기호적 친족관계를 확인할 수 있다. 그녀는 풍요의 신화적 기호인 뱀의 과일 즉 능금에 대한 식욕을 드러내는데, 그것은 바로 '바다' 에 내포된 원초적 생명력에 대한 향수인 것이다. 주리야가 거니는 시장 역시 자본과 노동을 얽어매는 교환가치에 오염되어 있다. 그러나 주리야는 그러

것은 우리 삶의 가장 근본적인 활동의 역사적 양태를 보여준다. 그것을 나는 기본적으로 자본주의 이전의 시장과 그 이후의 시장으로 나눴다. '뜨거운 시장' (원초적 축제적 시장) 과 '차가운 시장' (자본주의적 시장)이 바로 그것이다. 차가운 냉소적 이기주의를 바탕으로 철저하게 이윤을 추구하는 차가운 교환이 자본주의 시장의 특성이다. 신의 축복에 의해 증여받은 선물의 연장선상에서 자신의 수확물들을 서로 타인들에게 제공하며 또한 제공받는 축제적 교환의 시장을 그것과 대립시킬 수 있다. 비자본주의적 시장에서 이러한 축제적 교환이 무너진 경우를 적대적 종족의 시장에서 볼 수 있다. 정승모는 그것을 '침묵교역' 이란 형태로 소개했다. 이 두 적대적 종족들은 서로 말 한마디 없이 멀리 떨어져서 필요한 물건만을 교환한다. 그들은 미리 정해진 교환율에 따라 상대방이 없는 틈에 물건을 갖다 두고 그에 상응하는 물건을 가져온다. 아마도 이러한 적대적 교환이 자본주의적으로 세련된 것이 근대시장일 것이다. '침묵교역' 에 대해서는 정승모, 『시장의 사회사』(웅진, 1992, 38쪽) 참조.

한 사회적 가면들을 꿰뚫고 지나간다. 그녀는 그러한 가면들로 이루어진 사회 속에서도 여전히 출렁이는 '바다'와 대지적 자연의 야생적 생명력을 힘껏 들이마시는 것이다. 거기에는 개인이나 계급적 이익을 위해 투쟁밖에 모르는 자들을 비판하는 주리야의 사랑이 매개되어 있다. 시장의 풍요는 주리야의 사랑을 통해 자연의 풍성함을 드러낸 것이다.[9] 물론 이것은 리얼리즘적인 냉정한 시선에 의해 포착되지 않고, 대상의 한 특성을 다소 부풀어오르게 하는 낭만적 몽상 속에서 형상화된다.

이효석은 「메밀꽃 필 무렵」에서 마치 아련한 향수처럼, 그리고 근대도시 밖으로 떠밀린 사람들의 피난지처럼 봉평과 대화의 시골 장터를 그렸다. 하얀 소금을 뿌린 듯한 메밀꽃밭을 배경으로 그 장터를 순회하며 떠도는 가난한 주인공은 발랄한 도시 처녀인 주리야와 멀리 떨어져 있는 것처럼 보인다. 이 둘 사이의 거리 속에 이효석의 문제의식이 놓인다.

1930년대 시인 가운데 백석만이 이 둘 사이의 거리가 갖는 문제의식 속에 돌입해 있다. 그에게도 「월림장」을 비롯한 여러 편의 시들에서 옛날의 향기와 맛을 간직하면서 근대의 변두리를 떠도는 자들의 피난처이자 순례지와도 같은 시골장들을 볼 수 있다.

그의 시에서 시골장은 이효석보다 훨씬 강렬한 축제적 힘을 갖는다. 그것은 거기 모여든 것들을 사랑의 거대한 품 속에 녹여내는 소리없는 분비물을 갖고 있는 듯하다. 그 대표적인 시가 「오리」이다.

---

9) 이러한 사랑이 자본주의적 교환가치 속에서 상품화된 사랑으로 타락할 때 이상의 작품에서처럼 매춘부적 성이 출현한다. 이상의 작품들에서 연애 대상이 되는 여자들은 흔히 매춘부처럼 여겨진다. 그녀들은 근대 자본주의적 이해타산에 깊이 물들어 있다. 사랑은 이해득실을 따지는 시장으로 끌려들어간다. 이상이 황무지를 자주 그리는 것은 바로 자신 속에서 말라버린 사랑 때문인 것이다. 그는 「권태」 「산촌여정」 「어리석은 석반」 등에서 대지적 성욕을 그리워한다. 그것은 말라붙은 대지의 심연 속에서 올라오는 것이다.

이렇게 교환가치에 의해 오염된 사랑의 문제가 김기림의 글에서도 분명하게 나타난다. 그는 수필 「진달래 참회」에서 "애정과 선물은 초보적 산술법칙에 의해 교환"되는 행태가 백화점 선물코너에서 일어난다고 했다.

그의 시 「오리」는 청명절(淸明節)날 밤의 추억, 그때의 떠들썩한 오리떼를 대상으로 쓴 시다. 이 시에서 오리들은 마을 사람들과 장터의 떠들썩하고 흥겨운 분위기를 환기시키는 매개체다. 주인공은 오리의 울음소리와 사람들의 즐거운 말소리를 서로 상응시킨다. 그러나 그러한 것들은 모두 따뜻하고 깊은 어둠 속에 묻혀 있다. "옆에서 누가 뺨을 쳐도 모르게" 어두운 밤이라는 이미지가 등장한다. 그것은 모든 존재가 녹아들어 한데 섞여 있는 것 같은 미묘한 분위기를 만들어낸다. 이 어둠은 모든 것을 하나로 만든다. 단지 그 속에는 즐겁고 떠들썩한 이야기와 말소리들만이 가득할 뿐이다. 백석은 '축제적 어둠'이란 독특한 이미지를 만들어냈다. 그러나 여기서 주인공이 사온 오리는 장터에서 침을 놓는 홀아비 영감이 판 것이다. 짝이 없는 오리는 그 홀아비 영감의 처지를, 그리고 동시에 자신의 옛사랑을 놓치고 홀로 남은 시의 주인공을 암시한다. 따라서 시의 주인공을 둘러싼 어둠 속에는 먼 과거에 대한 그리움만 남은 주인공의 추억으로 가득 차 있다. 장터에서 사온 오리는 그 과거를 향한 그리움을 선명하게 해준다. 그것은 멀리 물러선 과거처럼 모든 것이 지워진 어둠 속에서 마치 그 사랑에 대해 노래하듯이 시끄럽게 울어댄다. 주인공은 그 홀아비 영감에게서 추억을 산 것이며, 그 영감은 그것으로 자신의 외로움을 달랠 술을 산다. 이 장터는 사랑과 도취의 아련한 향기만으로 따뜻한 공간이 된다. 어둠의 깊이에 감싸인다는 것은 여기서 고독을 위로하는 방식이 된다. 그 어둠은 마을과 장터의 훈훈한 삶을 가득 채워가지고 있기 때문이다.

백석의 추억의 장터는 이루지 못한 사랑에 대한 그리움, 그 아련한 되새김 속에서 존재한다. 그것은 사라져가는 축제적 시장을 가리키고 있다. 백석은 추억이라는 애틋하고 서정적인 방식으로 그 시장을 간신히 부여잡고 있다. 그는 이효석처럼 사랑의 여신인 주리야 같은 인물을 왜 내세우지 않은 것일까? 식민지 근대를 휘몰아가는 일제의 압박 속에서 주리야 같은 인물은 너무나 몽상적으로 보였기 때문이었을까? 아니면 그는 그러한 발랄한 상상력마저 만들어내지 못할 정도로 현실의 어둠에 사로잡혔기 때문이었을까? 이러한 물음을 통해 우리는 백석과 이효석에 대해 한 걸음 더 접근해볼 수 있을지 모른다.

3. 낙원의 향기와 맛―커피와 능금과 바다

이효석은 주리야를 통해서 당대 여인들의 서구적 취향을 어느 정도 반영했다. 아마 그 작품이 대중적 여성지에 발표된 것임을 생각한다면 그는 어떤 면에서 여성 독자들의 취향을 염두에 두지 않았을까? 새로운 근대적 문물에 대한 호기심과 결부된 패션이나 음식들은 모두 새로운 세계에 대한 꿈 혹은 이국적인 먼 나라에 대한 동경에 어느 정도 관련되어 있었다. 비록 그러한 것들이 식민지 지배 자본들의 상업주의와 관련된다고 해도 그러한 경제적 측면만으로 그러한 호기심과 취향의 모든 것을 설명할 수는 없다. 문학작품들에서 새롭게 나타나는 사물들은 새로운 감각과 꿈에 연관되어 있다. 그러한 것들을 통해 새로운 문학은 낡은 유토피아적 상징을 무너뜨리고 새로운 유토피아적 세계를 그려낼 수 있었다. 김기림과 이효석에게서 능금이란 기호는 바로 그러한 것이었다. 「능금의 만가」라는 글에서 김기림의 홍옥은 야생적 낙원의 과일이었다. 이효석의 능금은 금단의 과일, 현실의 규제와 규율을 무너뜨리면서 갖게 되는 작은 축제적 쾌락을 의미했다. 이효석에게 커피 역시 룸펜들의 꿈과 공상을 가능하게 해주는 기호품이다. 커피의 이러한 속성은 이병각의 「茶와 나」(『여성』 2권 2호), 이선희의 「다당여인茶黨女人」(『별건곤』 1934년 1월호) 등의 수필에서도 엿보인다. 식민지 룸펜 지식인들에게 다가왔던 이러한 커피의 낭만적 속성은 서구 근대 부르주아지들이 커피에 부여했던 냉철한 이성적 속성과 매우 다른 것이다. 『기호품의 역사』에서 슈벨부쉬는 건조한 근대적 원리를 커피의 속성에 부여했다. 그는 그것을 금욕적, 가부장적, 남성적인 커피하우스의 분위기와 연관시켰다.[10] 이 부르주아적 카페는 정보의 백화점이었고 토론장이었지 몽상의 장소는 아니었다. 그러나 이효석의 「낙랑다방기」를 비롯해서 이병각과 이선희의 글들을 보면 카페와 다방에서 커피와 홍차 등은 거기서 흘러나오는 음악과 더불어 몽상적인 세계로 안내하는 기호품이었다.

이효석의 「공상구락부空想俱樂部」에 나오는 인물들은 거리의 찻집을 순례하면서 커피를 마시고, 그 커피의 김 속에서 이상적인 나라를 꿈꾼다. 그러한 꿈은 이효석에게는 노동과 예술의 합치, 문명과 자연의 합치였다. 이러한 꿈들은 이효석의 작품에서는 언제든지 '바다'의 이미지 속에서 전개된다. 「공상구락부」에서 커피를 마시며 꿈꾸는 나라도 역시 남양의 한 섬처럼 묘사된다. 그 '바다'는 앞에서 논의했듯이 생기발랄한 주리야의 생명력 뒤에 버티고 있는 배경이다. 「독백」의 '바다'는 종묘장의 돼지우리 속에 펼쳐지는 원초적 풍경(생식적인 풍경)과 연관된다. 여주인공의 타오르는 몸이 이 '바다' 이미지와 겹쳐져 있다. 사루비아의 타는 듯한 붉은 빛은 그러한 육체의 불타오르는 생명력을 상징한다. 그녀의 마음속에는 바다 소리가 들리는 조개껍질이 들어 있으

---

10) 볼프강 슈벨부쉬는 커피를 '시민적 각성과 근면성'으로 이끄는 음료로 보았다. 그는 19세기 시인이자 역사가였던 쥘 미슐레가 커피를 "정신을 각성시키며, 사물의 실재를 진실의 빛으로 비쳐준다"고 찬양한 부분을 인용하면서 커피의 계몽주의적 속성을 분석했다. 신체를 건조하게 만드는 이 커피의 속성에서 그는 냉정한 건조성, 남성적이며 가부장적이고 금욕적인 원리를 발견한다.(『기호품의 역사』, 이병련·한운석 옮김, 한마당, 2000, 53~68쪽 참조) 하인리히 E. 야콥은 커피를 와인과 비교하면서 근대 이후의 분석적 사고에 커피의 영향력이 작용하고 있다고 주장했다. 그는 커피가 두뇌에 미치는 창의적인 힘에 주목하고 그것 때문에 "커피가 반보수적인 영향력을 행사하여 역사를 뒤흔드는 폭풍의 선봉이 되었다"고 했다.(『커피의 역사』, 박은영 옮김, 우물이있는집, 2002, 63~65쪽 참조)

며, 마음의 붉은 꽃은 그 조개를 열고 광막하게 펼쳐진 남쪽 바다를 바라본다. 그 잠든 바다를 뒤덮은 하늘은 타오르고 있다. 그리고 그 하늘 속에는 익을 대로 익은 '능금' 송이 같은 빨간 별들이 매달려 있다. 이효석의 이 시적인 소설 「독백」에서 '바다'와 '능금'의 기호는 상상적으로 확장되면서 마치 꿈의 변신술적 이미지처럼 된다. 바다, 돼지, 여주인공의 육체, 사루비아꽃, 마음속의 조개, 능금, 별은 꿈의 풍경 속에서 자신들의 속성을 뒤섞는다. 이질적인 것들이 서로서로 삼투된다. 그것들은 서로를 마시고 호흡한다. 이러한 몽상의 축제는 하나의 '사랑의 세계'를 창조하면서 매우 아름다운 원초적 풍광을 펼쳐 보인다.

이효석은 이 '바다'의 원초적 생명력을 구속적인 현실을 상징하는 '학교'와 대비시켰다. 그는 「수탉」과 「영라蜻蜓」에서 그 대비법을 보여주었다. 「수탉」의 주인공 을손은 학교 농장의 능금을 따먹은 일이 들통나자 제재를 피해 어느 구석진 '괴상한 곳'(화장실) 속에 숨는다. 한 사람이 간신히 웅크리고 있을 만한 좁은 공간은 여기서는 일종의 에덴동산을 암시하는 듯하다. 그곳에서 담배를 피우는 주인공은 마치 아담과 이브처럼 벌거벗은 모습으로 그려진 나체화를 마주하고 있다. 유치한 필치로 끄적거려진 낙서와 나체화가 그려진 이 공간은 위반의 자유가 허용된 곳이다. 담배를 피우는 즐거움과 낙서를 하는 즐거움은 모두 법규를 위반하는 즐거움인 것이다. "능금을 먹은 우에 담배를 피우며 락서를 하며—'위반'을 거듭하는 동안에 을손은 문득 학교가 실흔 생각이 불현듯이 들었다."[11] 학교 속의 이 에덴적 공간은 학교의 법규를 위반하는 즐거움으로 가득한 장소이다. 이 '괴상한 곳' 속에 이효석은 그 특유의 '바다' 이미지를 집어 넣었다. 을손이 가장 마음 편하게 거할 수 있는 그곳은 그에게 "마치 바닷물 속에 잠겨 잇는 것과도 가티 몸이 것

---

11) 『삼천리』 1935년 11월호.

분한 까닭"이라고 표현된다. 이러한 위반의 낙원은 성경 창세기적 낙원 신화의 문법을 전복한 것이기도 하다. 왜냐하면 거기서는 금단의 과일인 능금을 따먹는 위법 행위가 바로 낙원의 상실을 의미했기 때문이다. 이효석은 이 현실의 학교라는 것이 신의 법에 의해 유지되는 그러한 야생의 동산과는 전혀 다르다는 것을 강조하고 있다. 왜냐하면 이 현실에서 능금이란 '사치한 욕망'이 아니라 '필요한 식욕'이었기 때문이다. 에덴동산은 그러한 식욕을 마음껏 채울 수 있는 낙원이었다. 그러나 이 현실에서 학교의 규율에 지배되는 과수원은 배고픔마저 외면하고 있는 공간인 것이다. 한 인간이 기본적으로 채워야 할 식욕이 문제이다. 소설의 주인공은 그것을 규제하는 모든 현실의 질서에 도전하며 금기를 깨뜨리면서 그 배고픈 육체에 쾌락을 가져온다. 이 가난한 육체가 추구하는 성욕적 쾌락의 음울한 풍경이 동시대의 난해한 작가 이상에게도 있었다.

「수닭」의 이야기를 조금 더 상세하게 풀어 쓴 것 같은 「영라」는 능금의 비유를 없애고 그 괴상한 공간인 화장실 속에 독서행위를 집어 넣었다. 책이 주인공의 정신을 키워주고 학교의 인색함과 비좁음을 깨우쳐 준다. 그것은 그에게는 '금단의 그물'이었다. 학교 공부에서 제외된 책의 상상공간은 화장실 낙서행위의 연장선상에 있다. 담배와 낙서와 책읽기는 이 소설에서 위반의 도피선(逃避線)을 이룬다. 이 소설에서는 「수닭」보다도 학교와 바다의 대비가 더욱 선명하고 자세하게 나타나 있다. 주인공 학수는 이 바다라는 넓고 자유로운 세계를 설명할 말이 없다. '위대한 바다'라고 그는 말했다. 그는 하루 종일 바다를 즐기고 그 변화되는 풍경을 즐긴다. 학수의 다음과 같은 생각 속에 이효석이 '바다'에 대해 부여하고 싶었던 의미가 드러난다.

그 무슨 한없는 큰 신비가 그 속에 숨어 있는 듯이 느껴졌다. 무엇이 있어, 바닷속에는 반드시 그 무슨 큰 것이 있어, 사람을 호리는 장한 그 무엇이 있어. 그러나 어떻게 하면 그것과 사람과를 조화시킬 수 있을까. 어떻게 그 위대한 자연과 사람을 일치시킬 수 있을까.[12]

이효석은 학수의 고독한 사유를 통해서 자연의 생명력을 상징하는 '바다'의 의미를 이끌어간다. 여기서 이효석 문학 전체의 명제가 요약되고 있다. 그것은 「영라」에서 언급한 '자연과 사람의 일치' 혹은 조화라는 것이다. 학수의 도피선은 바로 사람이 만든 문명의 축약도인 '학교'로부터 자연으로의 도피인 것이다. 그러나 이 도피가 단순히 고립무원의 세계로 도망치는 것만은 아니다. 그것은 학교와 사회, 국가 즉 문명적인 현실세계의 모든 인위적인 구조물들 속에 자연의 생명수를 불어넣기 위해 젖이 흐르는 강줄기를 트는 행위이기도 하다. 답답하게 밀폐된 칸막이들을 무너뜨리면서 주인공은 바다로 통하는 길을 내고 있다. 그의 도피선은 의미심장하게도 많은 사람들이 모여 즐기는 바닷가의 풀밭에 머문다. 이 부분에서 그의 도피선을 이루는 것 중의 하나인 책들은 축구공을 사기 위해 모두 팔린다. 도피선의 마지막은 책에서 축구공으로 마무리된다. 읍내의 많은 사람들이 축구장으로 변한 이 풀밭으로 모여든다. 이효석은 마치 주리야의 시장의 축제를 다른 형태로 여기 갖다놓은 것 같다. "보올 소리가 한번 울리기 시작하면 풀밭은 금시에 왁자지껄해지며 유쾌한 장마당으로 변한다"고 그는 묘사했다.

결국 이효석에게 능금의 여주인공인 주리야를 통해 펼쳐진 '시장의 철학'은 위에서 보듯이 학수가 '위대한' 혹은 '큰 신비'라고밖에 달리 표현하지 못했던 자연의 원초적인 생명력과 관련된 것이다. 그는 그 생명력의 고향인 '바다'를 그러한 자연의 상징으로 삼았다. 「영라」의 축구장은 일종의 '자연의 학교'다. 그것은 인위적인 현실의 학교와 달리

---

12) 김동리 외 편, 『이효석』, 문원각, 134쪽.

광대한 세계로 열려 있으며 '자발성'을 기초로 하고 있다. 마음껏 어울려서 뛰노는 축제적 '장마당'이야말로 그 자연의 학교가 지닌 성격인 것이다. 따라서 백화점과 같이 자본주의적으로 잘 통제된 조직적인 시장이 아닌 주리야의 공설시장은 그러한 자발성과 어울림의 축제적 성격을 동시에 지닌다. 주리야는 그러한 면에서 이러한 원초적인 시장의 자발성을 부정하는 자본주의적 백화점이나 사회주의적으로 계획되고 통제되는 국가적 배급경제를 부정한다. 그녀의 시장철학은 자신의 애인인 주화의 유물론 철학에 정면으로 위배된다. 그녀의 사랑은 애인의 엄격한 지성과 투쟁적 단호함을 바다의 드넓은 생명력으로 감싼다. 그녀는 앳된 처녀의 매력과 당대적인 신여성적 스타일로 채색되어 있으나 그 표면을 이루는 근대적 패션 밑에 원초적 생명력을 감추고 있다. 아마도 그녀의 근대적인 패션과 생활양식은 당대 일반적인 여성들의 전형적 성격을 차용한 것이리라. 시장의 성스러운 여신으로서 나타난 주리야는 그러한 당시의 일반적인 여성성을 자신의 존재 속에 새겨 넣음으로써 근대적 스타일 속에 자연의 생명력을 어떻게 부어 넣을 수 있을 것인가라는 실험적 문제를 드러내고 있다. 이효석은 그러한 유행적 패션의 논리에 기계적으로 따라가는 신여성들 속에 깃들어 있을 원초적인 요소들을 끌어모아 주리야 속에서 타오르게 함으로써 그것을 축제적 풍경으로 확장시킬 수 있었다.

4. 레스토랑에서의 식사

김기림은 수필 「능금(林檎)의 만가(輓歌)」에서 에덴의 신화를 현대풍으로 변화시켜보았다.[13] 찻집이나 레스토랑은 새로운 아담과 이브가 등장하는 '능금이 있는 풍경'이 된다. "저 현대의 수많은 이브들이 실수의 첫걸음을 빛내드리는 것도 흔히는 茶店이나 레스토랑에서 젊은 뱀과 마주 앉아서 애플파이나 능금 조각을 삼지창에 찍어서 입술로 가져가는 순간일 게다"라고 그는 말한다. 여기서 아담은 뱀(사탄)의 유혹자적 성격을 떠맡고 있다. 이 레스토랑에서의 식사 장면은 현대적인 성적 욕망의 풍경을 은유적으로 표현하고 있다. 힐만에 의하면 애플파이는 여성 성기를 의미한다.[14] 물론 언제나 그런 것은 아니지만, 김기림의 위 글에서 그 파이를 나눠 먹는다는 것에는 사랑의 행위가 은유적으로 내포되어 있다. 김기림은 사과를 파괴적으로 탐닉하듯이 깨물어 먹는 여성의 사디즘적 욕망을 드러내기도 했다. 아무튼 이제 사과는 현대적인 식당에서 제공되는 파이 요리가 되었다. 이 레스토랑에서의 식사가 얼마나 세련된 문명적 식사인지는 그의 시 「파선破船」과 비교해보면 매우 선명하게 드러난다. 그는 이 시에서 바다를 배경으로 매우 원초적인 식욕을 드러낸다. 여기서 능금은 강렬한 원시의 사디즘적 충동으로 파괴되어 시인의 입에 들어간다. "차라리 노점에서 林檎을 사서 / 와락와락 껍질을 벗긴다." 마치 「능금의 만가」에서 현대적 이브의 이빨 틈에서 핏빛 능금이 사디즘적으로 깨물리어 파괴되듯이 여기서도 그렇다. 바닷가에까지 와서도 "나는 도무지 시인의 흉내를 낼 수도 없고" 갈매기처럼 슬퍼질 수도 없다는 고백처럼 이 시는 그 어떤 것도 될 수 없는 막막하고 답답한 열정을 어쩌지 못하고 그 제어될 수 없는 내부의 에너

---

13) 현대풍의 에덴 신화는 문명화된 사회 속에 '야생의 낙원'을 침투시키기 위한 것이다. 그것은 한 사회가 지닌 문명적 구속의 틀을 파괴하면서 유토피아로 나아가게 하는 현대인의 꿈이다. 본래 에덴의 풍요로운 낙원 속에서 아담과 이브는 행복했다. 그러나 그 자연 속에 여호와 하나님이 개입함으로써 그 자연의 풍경은 종교적 율법의 풍경 속으로 추락한다. 자연에 대한 사회적 오염, 즉 아담과 이브의 타락은 이미 율법적 여호와의 개입 자체다. 생명의 과일은 지식의 과일로 바뀌면서 길고 긴 문명의 불행이 역사 시대와 함께 열린 것이다. 역사의 불행은 신화적 에덴이 파괴되면서 시작된 것이다.

14) 제임스 힐만·찰스 보어, 김영진·양현미 옮김, 『프로이트는 요리사였다』, 황금가지, 2001, 107쪽.

지를 노점의 능금을 향해 발산한다. 거대한 바다의 출렁거림을 보면서 그는 자신 속에서 출렁이는 그 생명의 충동을 능금에 대한 야생적인 식욕으로 표출하고 있다. 이렇게 강렬한 파괴적 이미지는 김기림 시에서 그렇게 흔하지 않다.[15]

「파선」에서 제공된 '야생적 식사'의 이미지와 비교해보면 「능금의 만가」에서 제시하고 있는 레스토랑 식사 장면은 분명히 문명화된 요리의 이미지를 갖고 있다. 여기서 애플파이나 디저트용 사과 조각은 아마도 향기 있는 커피나 분위기 있는 클래식과 더불어 제공되었을 것이다. 이곳에서 만남의 작은 향연을 즐기는 연인은 이러한 맛과 분위기들을 즐기면서 서로의 감정을 고조시킨다. 그들은 서로간에 사랑의 마음을 주고받기 위한 커뮤니케이션의 수단으로서 이 요리를 택했을 것이다. 능금은 그들의 사랑을 암시하는 상징이다. 애플파이는 그 원시적 에덴의 과일인 능금이 현대적으로 가공된 요리이다. 그런데 그는 이 현대적 에덴의 기호를 은밀하게 상품으로서의 사과(축이나 봉황란, 기타 여러 품종들)와 야생의 사과(홍옥) 사이에 놓고 있는 듯하다. 이 레스토랑은 요리와 더불어 낭만적인 분위기를 파는 상점이다. 사과의 원초적 상징은 그 상품 속에 각인되고 포장된다. 사랑의 야생적 욕망은 그러한 상품의 현대적 형식 속에서 자신을 표출하려고 서성거린다. 그것은 결국 문명화된다. 김기림은 「건망증」이란 수필에서 인류의 고향을 '야생의 동산'이란 낙원 이미지로 표상했다. 그러나 위의 레스토랑에서 그 낙원은 너무나 희미한 그림자만을 남겨놓고 있다.

김기림은 이와는 다른 식당 장면을 연출하기도 했다. 그의 시 「기차」[16]

---

15) 이와 상당히 비슷한 분위기를 드러낸 것으로 서정주의 「살구꽃 필 때」(『문장』 폐간호, 1941년 4월)가 있다. 김치를 썰기 위해서 식도를 가는 장면을 묘사한 이 시는 식민지 말기의 가장 암울한 시기에 쓴 것이다. 서정주는 이 식도를 가지고 허공에 칼질을 해대면서 아무것도 할 수 없는 식민지 청년의 울분을 드러낸다. 이러한 억제된 사디즘적 이미지는 이상의 「얼마 안 되는 변해」의 소도(小刀) 이미지에서도 엿볼 수 있다.

에 나오는 식당은 일종의 보들레르적인 산책가의 작업실과도 같다. 그는 이 식당의 메뉴판을 뒤집어서 시를 쓴다. 그는 뒷면에 "나로 하여곰 저 바다까에서 죽음과 납세와 초대장과 그 수없는 결혼식 청첩과 부고(訃告)들을 잊어버리고/저 섬들과 바위의 틈에 섞여서 물결의 사랑을 받게 하여 주옵소서"라고 쓴다. 물론 이러한 뒤집힌 메뉴판의 시는 시인의 상상 속에서 쓰인 것이다. 뒤집힌 메뉴판은 즉 마음속의 상상적 서판(書板)인 것이다.

김기림은 기차의 궤도처럼 냉정하고 엄밀하게 움직이는 상품의 논리적 서판을 뒤집고 있다. 그가 앉아 있는 식당과 거리의 백화점 그리고 이 근대적인 도시 전체는 이 시에서 '메뉴판'에 상징적으로 압축되어 있다. 상품의 종류와 가격이 적힌 메뉴판은 그 도시 전체를 설계하고 짓고 경영하는 근대 자본주의적 논리의 압축판이다. 그 속에 구속되어 있는 삶이란 위 시에서처럼 납세용지와 초대장, 청첩장과 부고장 같은 것들에 의해 표상된다. 김기림은 한 인간을 이 근대사회 조직에 옭아넣는 이러한 서류들에 매우 민감하게 반응했다. 어떤 글에서 그는 가장 인상적인 문학동료로 생각했던 이상이 내용증명 우편이나 기타 서류들에 포로처럼 붙잡혀 있는 장면을 그려내기도 했다. 그의 글 속에서 이러한 서류들은 약간씩 변형되면서 자주 등장한다. 그에게 시적 상상이란 바로 이러한 일상적인 차원 속에 스며 있는 '죽음'의 권력으로부터 탈출하는 것이다. 「기차」에서 "파랑빛의 '로맨티시즘'"이라고 지칭된 바다는 우리가 앞에서 다루었던 이효석의 바다 이미지와 동일한 것이다. 근대도시인 경성의 거리와 제국주의적 자본의 논리 속에 황무지처럼 잠겨 있는 어디에서나 그 경계 너머 멀리 바라다 보이는 야생의 지대는 푸른빛으로 빛난다. 김기림은 '바다의 파랑치마'라는 이미지로 그

---

16) 김기림, 『태양의 풍속』, 학예사, 1939, 21쪽.

것을 표현했다. 레스토랑에서 서빙하는 아가씨의 파랑치마는 언제나 바다 빛깔을 띤다.[17] 이 강렬한 야생에 대한 목마름이 식민지 도시 속의 레스토랑 속에서 빛난다. 그의 식당들은 거의 탈출적인 여행에 대한 몽상과 함께한다. 「호텔」의 식당은 수많은 나라를 여행한 이야기들, 그것으로 짜여진 '향수의 비단폭' 테이블클로스를 갖고 있다. 「식당」에서 그의 식욕은 탈출적인 풍경을 마신다. "함경선 오백 킬로의 살진 풍경을 마신다"라고 그는 말했다. 「봄의 전령」 같은 수필에서 여자들의 푸른 치마는 야생의 에로티시즘을 환기시키는 기호이다. 그는 찻집의 소파에 앉아 인도양을 건너가는 몽상에 잠긴다. 강렬한 코코아 냄새와 카나리아의 노래를 들으며 행복에 잠기면서 "나의 이니스프리"를 꿈꾼다.

　김기림의 식당이나 찻집은 이렇게 모두 탈출과 야생의 식욕을 드러내고 있다. 그곳은 김기림의 글쓰기가 모색되는 곳인데, 「호텔」의 테이블클로스처럼 많은 외래적 이야기들이 짜여지는 다성적(多聲的) 서판이 거기 존재한다. 그는 「여류문인편감촌평女流文人片感寸評」[18]에서도 장덕조의 글쓰기를 그러한 자신의 관점으로 포착하고 있다. 그는 장덕조가 테이블에서 코코아 차를 다른 사람들과 함께 마셔가면서 글을 쓰지 않을까 상상해본다고 하면서, "씨의 才筆은 실로 '사라센'의 다채한 포장을 연상"시킨다고 말했다. 김기림에게 글쓰기란 이렇게 차와 멀리 떨어진 이국적 풍경이 엮어내는 이야기이다. 그것은 일종의 '테이블클로스'의 천처럼 짜여진다. 그것은 닫힌 공간에서 먼 곳을 꿈꾸는 테이블의 미묘한 양가성에서 독특한 미학을 만들어낸다. 백화점의 옥상정원이나 레스토랑과 카페 등에 놓인 테이블은 일종의 '갇힌 물' 혹은

---

17) 김기림은 시 「파랑항구」에서 "바다의 치맛자락"이란 표현을 썼고, 「호텔」에서는 "여자의 치마짜락에서/바다의 냄새가 납니다"라고 했다. 수필 「바다의 환상」에서 그는 서빙하는 소녀의 잉크빛 스커트에서 바다의 환상을 그린다. 「여우가 도망한 봄」에는 "바다빛 치맛자락"이란 표현이 나온다.

18) 『김기림 전집』 6권, 심설당, 1988, 124쪽 참조.

'갇힌 숲'의 이미지를 만들어낸다. 김기림의 시 「금붕어」에서 어항의 벽은 그의 다른 시 「옥상정원」에 나오는 백화점의 벽과 같은 것이다. 콘크리트 벽과 유리벽은 카나리아나 물고기를 가두고 있는 근대도시의 벽이다. 우리는 교환가치에 지배되는 상품의 벽 속에 갇혀 있다. 카나리아와 금붕어는 근대도시 속에서 억눌린 야생을 표현한다. 김기림은 상품을 소비하는 테이블을 '꿈꾸는 테이블'로 이끌어간다. 그의 글쓰기는 상품과 야생적 세계가 교차하는 테이블클로스의 천처럼 직조되는 것이다. 그의 식욕은 갇힌 곳에서 끊임없이 탈출하면서 만나는 풍경들과 관련된다. 먼 곳에서 흘러 들어온 커피와 코코아, 바나나 등은 모두 그러한 이국적 풍경들에 대한 식욕을 나타내는 기호들이다. 우리는 이 테이블의 독특한 기호학에 대해 더 연구해볼 필요가 있다. 거기에는 차가운 시장의 공간과 꿈의 공간, 상품과 몽상에 얽힌 음료들, 식욕과 성욕의 다채로운 풍경으로 드러나는 육체의 욕망과 상징들이 뒤섞여 있다. 이러한 테이블 가운데, 레스토랑의 공간 속에 놓인 것은 무언가 좀 더 특별해 보인다.

김기림의 레스토랑은 자본주의적인 차가운 시장인 백화점의 옥상정원(「옥상정원」 참조)과 야시(夜市) 사이에 놓인다. 마치 '밤의 축연'이 펼쳐진 것 같다고 했던 그 '야시'에 대해 그는 수필 「바다의 유혹」[19]에서 묘사했다. 여러 계층과 종류의 사람들이 뒤섞여서 넘쳐흐르는 이 흥분된 거리의 풍경을 그는 마치 보들레르가 산문시 「군중」에서 묘사한 것처럼 그려냈다. 보들레르 역시 그 시에서 거리에 가득 찬 군중의 무리 속에서 다양한 계층과 뒤섞이면서, 그들의 영혼 속으로 들어가 다채로운 삶을 맛보는 축제적 상상을 펼쳐갔다. 김기림은 마치 보들레르적 산책가처럼 '신경의 전율'을 흥분된 거리 속에서 파악한다. 의식과 육

---

19) 『김기림 전집』 5권, 324쪽 참조.

체의 모든 부분을 적시고 있는 이 '신경의 전율'은 상업적인 유혹으로
만 처리할 수는 없다. 이 관능성은 상품이 유발한 것이지만 군중들 자
체의 욕망에 의해 생겨난 것이기도 하다. 그들은 거리에 모여들며 서로
를 즐긴다. 보들레르의 「지나간 여인에게」식으로 스쳐 지나가는 현대
적 사랑의 모티프가 김기림의 거리에도 있다. 이 거리를 가득 적시는
신경의 관능적인 액체는 거리 상품이 발산하는 매혹적인 가상과 군중
속을 스쳐가는 시선들 속에서 작동하는 에로티시즘이 뒤섞인 것이다.
김기림은 다소간 이 거리의 축제가 갖는 열기를 함께 느끼고 숨쉬고 싶
었다. 그는 찻집에 앉아 거리를 내려다보며 '바다의 광상곡'을 듣는
다.[20] 그 찻집은 야시 열기 속에 자리잡고 있다. 그 찻집은 백화점과 야
시 사이에 존재한다. 그의 수필 「결혼」에서는 오후에 거니는 여자들의
산보로가 나온다. 그것은 백화점과 레스토랑 사이에 놓여 있다. "양식-
오후의 산보로-백화점"이라고 그는 말했다. 이러한 산보로는 「산보로
의 나폴레옹」에 나오는 조선호텔 앞의 산보로와 같은 것이다. 사치스럽
게 치장한 개를 데리고 산보하는 불란서 식 산보는 이국적인 것에 대한
허영과 과시적 욕망을 드러낸다. 이 여자들의 레스토랑 식사는 타락한
식사이다. 그것은 결국 백화점을 향해 뻗어 있는 산보로의 한 통과 지
점일 뿐이다. 김기림은 이러한 허영의 백화점을 향한 산보에 경멸적인
시선을 보낸다.

김기림은 「식당」이나 「자최」 같은 시에서 타락한 권력과 자본에 물든
식당을 그리고자 했다. 타락한 봉건적 권력의 연회 공간인 「자최」의 식
당은 가식적인 축배가 희화적인 모습으로 그려진다. 「식당」에서는 철
도 마크가 찍힌 찻잔이 놓인 식탁과 기차 식당칸을 배경으로 하고 있
다. 거기 놓인 알루미늄 주전자는 폐마(廢馬)같이 덜그럭거린다. 여기

---

20) 같은 책, 325쪽.

서도 그의 시 「기차」에서처럼 기차라는 것은 냉정하고 기계적인 자본의 논리를 대변한다. 그의 단편소설 「철도연변」에 나오는 기차도 마찬가지다. 그러나 함경선을 달리는 이 여행은 탈출의 여행이 될 수도 있다. 김기림의 수필에서 기차는 도피자의 수단이 된다. 사실 그의 기차는 여러 측면에서 양가적이다. 이 「식당」에서 "살진 풍경을 마신다"라고 했을 때 이것은 멀리 달아나는 자의 목마름을 표현한 것이다. 야생에 대한 목마름은 여기에도 있다. 그에게는 장 콕토의 주제 "인디안처럼 변신시켜줘"라는 것이 계속해서 울리고 있다. 김기림은 태양과도 같은 야생의 과일인 홍옥을 통해서 그렇게 먼 야생적 에덴을 꿈꿨다. 그의 시에서 빛나는 많은 태양의 이미지들 역시 그와 관련된다. 「날개를 펴렴으나」[21]에서 그의 식욕은 이 태양을 향한다. '빵과 같은 태양'이라고 이 시는 말한다. 장 콕토 식의 이러한 이미지는 그의 레스토랑을 야생의 식당으로 변모시키는 데 일조한다. 장 콕토는 「정오의 고동 소리」에서 "아담과 이브의 뱀인 태양아/(……)/굴류에 식당 같은 태양아"라고 노래했다. 이 에덴의 과일 같은 태양 이미지는 여기서 젊은이들이 뛰노는 식당으로 전환되어 있다. 바다를 꿈꾸는 김기림의 레스토랑 역시 그러한 태양의 식당이다. 그는 자신의 식당을, 비록 그것이 가식적인 연회와 자본의 차가운 테이블에 덮여 있는 것일지라도, 그러한 꿈을 통해 전복시킨다. 이효석의 「공상구락부」에 나오는 찻집과 비슷하게 이 속에서 그는 야생의 낙원인 열대의 섬을 꿈꾸는 것이다.

김기림의 이 '식당의 시학'은 죽은 이상의 영전에 바쳐진 추도시 「쥬피타 추방」에서 예술적인 상승을 이룩한다. 자신이 가장 존경했던 예술가이자 친구였던 이상의 죽음을 통해 그는 참담한 세계 속에서의 '시인의 죽음'에 대해 명상한다. 그는 진정한 시인이 먹고 마셔야 할 요리는

---

21) 조선일보 1934년 1월 1일자. 이 시는 후에 시집에 실으면서 「분수」라는 제목으로 바뀌었다. 이 개작된 시에서는 태양을 빵에 비유한 부분이 삭제된다.

과연 무엇일까에 대해 생각한다. "쥬피타 술은 무엇을 드릴가요? (……) 오늘밤 신선한 내 식탁에는 제발/구린 냄새는 피지 말어." 이처럼 시인의 식탁은 '신선한 식탁'이 되어야 한다. 그러나 정작 이상은 여러 글들을 통해서 그렇게 신선한 요리를 찬양해본 적이 없다. 「어리석은 석반」에 나오는 짜디짠, 소금에 절인 음식들, 「애야」에 나오는 국화과 식물과 우엉 등은 가장 비참한 음식들이었다. 그것은 생존을 위한 처참한 재료들, 두고두고 조금씩 아껴 먹기 위해 소금에 절인 것들이거나 타락한 성과 범벅이 된 식품이었던 것이다. 그의 단편 「단발」에서 이렇게 싫어하는 음식을 먹어보는 '음식의 패러독스'[22]가 나온다.

가량 자기가 제일 싫여하는 음식물을 상찌푸리지 않고 먹어보는 거 그래서 거기두 있는 '맛'인 '맛'을 찾어내구야 마는 거, 이게 말하자면 '파라독스'지. 요컨댄 우리들은 숙망적으로 사상, 즉 중심이 있는 사상생활을 할 수가 없도록 돼먹었거든, 지성—홍 지성의 힘으로 세상을 조롱할 수야 얼마든지 있지, 있지만 그게 그 사람의 생활을 '리-드'할 수 있는 근본에 있을 힘이 되지 않는 걸 어떻거나?[23]

자기가 싫어하는 음식을 먹어본다는 이 패러독스는 「어리석은 석반」의 도입부에 강렬한 압축적 어조로 놓여 있다. 매운 마늘과 짠 절임음

---

22) 이 음식의 패러독스는 우리가 앞에서 잠깐 살펴본 '부엌의 사디즘'과 연관된다. 우리는 이상의 여러 작품들에서 혐오하는 음식을 즐겨 먹어보는 음식의 사도-마조히즘을 발견하게 된다. 이러한 것 역시 그의 놀이적 글쓰기가 만들어낸 식사놀이의 일종이다. 이 식사놀이는 황무지 같은 세계에서의 비참한 식사를 전복시키는 놀이인 것이다. 이 놀이가 「권태」에 나오는 아이들의 똥누기놀이와 연관된다는 것을 알 수 있다. 이상은 「이 아해들에게 장난감을 주라」에서 이 놀이를 '거세되지 않기 위한 놀이'라고 말했다. 즉 성적 생식력, 대지적 생명력을 잃어버리지 않기 위해 몸부림치는 눈물겨운 놀이인 것이다. 비참한 음식물과 똥은 식사와 놀이를 위해 남겨진 '최저낙원'의 재료다.
23) 이상, 「단발」, 『조선문학』 1939년 4월호, 10쪽.

식들을 즐겨 쾌적하게 먹는다는 행위는 그러한 음식을 고통스럽게 여긴다고 하는 통상적 수사학을 넘어선다. 마치 죽음의 그늘 속에 파묻혀 있는 것 같은 이 성천 촌사람들의 식탁을 그는 이렇게 역설적으로 찬양한다. 그는 자기가 가장 즐기는 담배마저 끊은 상태로 이 쾌락의 제로 지대 속에서 자신을 비운다. 그리고 이 촌에서의 생활을 담담하고 역설적인 어조로 묘사한다. 대지의 깊은 심연을 그는 이 촌사람들의 삶 속에서 느끼고, 그가 먹은 마늘의 향기를 그러한 대지적 심연의 향기로 파악하기도 한다. 그러나 이상에게 식민지 어느 구석에 있는 시골 마을은 너무나 황량하다. 그것은 대지의 풍요로움이 아니라 대지의 가난, 생명력의 결여를 노출하고 있는 황무지적 풍경을 보여준다. 대지는 이 식민지 현실 속에서 가난하게 은폐되어 있다. 대지의 깊은 구멍 속에서 나온 개는 비참한 상태의 성욕(시들어버린 에로티시즘)[24]만을 보여줄 뿐이다. 그놈은 가난하고 비참한 모습으로 방황한다. 따라서 그가 싫어하는 음식을 먹어본다는 행위는 지식이나 지성이 아니라 자신의 몸으로 그 비참한 가난을 받아들인다는 표시이다.

위에 인용된 부분은 식민지 시대 전체를 통해서 가장 깊이 있는 울림을 들려준다. 그는 비참한 음식의 맛보기를 통해 당대 현실에 대한 통렬한 시학적 인식을 보여준다. 그것은 여타의 지식들, 즉 현실을 비판하고 개혁하려는 여러 사상과 철학들의 허무함, 그 관념적 유희의 무용성을 고발한다. 그러한 지식·사상·관념들을 이 생존적 음식에 대한 그의 역설적인 맛보기를 통해 전복시킨다. 식민지 현실에서 그러한 지식과 사상들은 '중심'의 자리에 설 수 없었다. 그것들은 그러한 사상 관념을 촉진시키는 주체들이 건설해야 할 체제의 중심에 위치할 수 없었던 것이다. 따라서 그런 것들은 이 황무지를 건져내기 위해 대지의 깊이

---

24) 이상의 「얼굴」이란 시 역시 같은 주제다.

속으로 내려가보지도 못하고 헛된 구름들처럼 사라진다. 그것은 대지를 적시는 비가 되지도 못하는 것들이다. 「어리석은 석반」에는 "단조롭고도 저능한" 구름이 나온다. 이 수필에서 이상은 밑바닥 심연의 "무신경한 둔감"에 대해 말하며, 동시에 권태로운 마을의 풍경에 이 무료한 구름을 덧붙인다. "이 세상의 어느 나라의 지도와도 닮지 않은 白雲"이라고 그는 말한다.[25]

그러나 이상은 같은 성천 기행문 중에서 이와 대조적인 수필을 또하나 남겼다. 아마도 우리나라 근대 이후 가장 아름다운 수필 중의 하나가 될 「산촌여정」에서 모든 글귀는 탄력 있고 싱싱하다. 그 문체는 새로운 발견에 놀란 듯한 어조로 물들어 있다. 그리고 자연의 리듬을 퍼뜨리는 아름다움으로 물결치고 있다. 이상 자신의 병든 육체, 그가 "폐허가 된 이 육신" "저절로 다 말라 없어지고 말 것"이라고 표현했던 그 황무지적 육체와 대조적으로 푸성귀 냄새가 밴 "하도롱빛 피부"를 가진 촌처녀의 육체, 코코아빛 입술을 간직한 풍염한 육체가 묘사된다. 그는 이 건강한 피부를 찬양하여 "무명같이 튼튼한 피부"라고 했다. 이상은 이러한 육체적 풍경을 도회인의 교활한 시선은 감당하지 못하고 수풀 속으로 숨어버린다고 말한다. 그는 당대 최첨단 유행이었던 초유선형 모자와 핸드백 등 최신 패션으로 감싼 도시의 모던 걸과 창백한 공장의 소녀들을 이들 촌처녀와 대비시킨다. 도시여성의 연약한 피부는 바로 그 "무명같이 튼튼한 피부" 앞에서 빛을 잃는다. 이상은 도시여성들의 피부를 남성적 사디즘의 공략지대로 묘사한다. 그에게 흔히 나오는 여성 피부에 찍힌 '지문'의 이미지는 이들 남성들에게 점령당해 순결함을 잃은 표시이다. 그것은 잘 보이지 않는 흔적이다. 남성의 육중한 지문에 대해 그는 말한다. 도시여성의 피부는 그것이 매춘이든 근대적 연애

---

25) 임종국 편, 『이상전집』, 문성사, 1966, 306~307쪽 참조.

이든 얼굴 없는 남성적 존재에 의해 쉽게 짓밟히고 파괴되기 쉬운 연약함을 갖고 있다. 근대도시에서 그로테스크하게 왜곡된 성욕이 그러한 비인간적인 사디즘/마조히즘적 풍경을 만들어낸다. 이상의 「광녀의 고백」이 보여주는 육체의 해부학적 미시적 풍경은 그렇게 파탄된 성욕의 사디즘/마조히즘적 시선과 상상력 속에서 만들어진 것이다.

「산촌여정」에서 압도적인 감각은 그러나 시각이 아니다. 위에서 보았듯이 도회인의 교활한 시선을 쫓아낸 이 시골 풍경, 촌처녀의 육체는 이 시골을 먹여 살리는 야채와 과일, 음식물들을 통해서 묘사된다. 푸성귀 냄새 나는 처녀들의 피부는 하도롱빛으로 빛나고, 그녀들의 입술은 머루와 다래로 젖어 있다. 그녀들의 눈 속에는 파란 창공이 통조림이 된 채 들어 있다. 그녀들의 발은 자외선에 맛있게 그을려 있다. 이상은 음식물에 대한 식욕을 통해서 처녀들의 육체를 표현한다. 신선한 식욕의 깊이 속에서 싱그러운 성욕적 풍경이 그려진다. 여기서 식욕과 성욕의 이 미묘한 융화를 통해 이상의 문학은 황금빛으로 빛난다. 그는 이 수필에서 「어리석은 석반」과는 대조적인 장면들을 그렸다. 비록 가난함에 물들어 있지만 그 촌에서 보고 맛볼 수 있는 것들 속에서 대지의 풍요로움을 건져내고 있다. 누에의 식사 장면을 묘사한 부분이야말로 이 글에서도 압권에 해당한다.

조이삭보다도 굵직한 누에가 삽시간에 뽕잎을 먹습니다. 이 건강한 미각은 왕후와 같이 지존스러우며 사치스럽습니다. 새악씨들은 뽕심부름 하는 것으로 몸의 마지막 광영을 삼습니다. 그러나 뽕이 떨어졌습니다. 온갖 폐백(幣帛)이 동이 난 것과 같이 새악씨들의 정열은 허둥지둥하는 것입니다.

자연의 생산력을 찬양하는 이 장면에서 누에의 건강한 식욕은 지상에서 가장 탐스러운 열매인 고치들을 만들어낸다. 이상은 여기서 그것을 '지혜의 과실'이라고 표현했다. 그가 '말캉말캉한 로맨스'라고 말한 이 누에와의 사랑은 '지혜의 과실'이라는 결실을 맺는다. 이상은 에덴의 과일을 따는 이브의 장면과 대조될 만한 다른 화폭을 여기서 준비했다.

　　황혼에만 사는 이민(移民) 같은 이국 초목에는 순백의 갸름한 열매가 무수히 열렸습니다.
　　고치—귀화한 '마리아'들이 최신 지혜의 과일을 단려(端麗)한 맵시로 따고 있습니다. 그 아들의 불행한 최후를 슬퍼하며 '크리스마스츄리'를 헐어들어가는 '피에다' 화폭 전도입니다.

에덴의 생명나무에 열리는 '지혜의 과실'이 여기서 누에고치로 전환되었다. 이브는 마리아가 되었다. 낙원상실의 신화가 다른 방식으로 개조되면서 예수의 희생나무와 관련되어 묘사된다. 희생된 예수는 또다른 생명의 과일이라는 해석이 이 장면에 등장하는 것이다.[26] 물론 여기서 그러한 기독교 신화는 비유적 차원에만 놓인다. 주도적인 것은 누에라는 자연의 생명력이며, 그것에 열심히 동참한 처녀들의 풍요로운 결실인 것이다. 그것은 성스러운 화폭으로 숭고하게 높여졌다. 크리스마스 트리를 둘러싼 축제적 분위기가 성스러움과 즐거움을 뒤섞고 있다. 예수의 처참한 죽음은 단지 누에의 창조적 변신을 뜻하는 작은 수사학

---

26) 예수가 처형된 나무는 생명나무의 이미지를 갖고 있다. 희생제물의 피는 대지에 되돌려져 이 생명나무를 풍성하게 한다. 이상은 에덴의 신화를 떠올리며 그 나무를 '지혜의 나무'로 받아들였던 것 같다. 여기에는 오해가 빚어질 수 있는 여지가 있다. 캠벨에 의하면 에덴의 생명나무는 동시에 지혜의 나무다. 그러나 그것은 문명의 발전과 분화를 담당하는 지식과 지혜의 측면과 그렇게 분화된 것들을 다시 통합하는 생명의 측면을 이해함으로써 그 동일성이 파악되는 것이었다. 이러한 맥락에서 본다면, 이상은 위의 나무를 생명나무라고 했어야 했다.

일 뿐이다. 마치 그러한 변신을 강력하게 증거하듯이 위의 글 바로 다음에 이어지는 곳에서 이상은 "족보를 찢어버린 것과 같은 흰나비 두어 마리"를 학교의 화단 위에서 날게 했다. 자연의 생명력이 갖고 있는 이 변신술은 학교의 지식과 지혜를 뛰어넘는다. "생도들은—정직과 순박을 지혜와 교활로 환산하고 있습니다. 탄식할 이식산(利息算)이 아니겠습니까"라고 그는 말한다. 이상은 이 글에서 신문과 족보를 찢은 것 같은 나비에 대해 말하고 있다.[27] 신문은 근대 부르주아지들이 만든 대중적 학교이고 족보는 봉건적 가문의 학교인 셈이다. 나비는 그러한 것들을 찢어버리고 가볍게 상승하는 존재이다. 그것은 자연의 변신술적 생명력에 의해 그러한 것들을 가로질러 가볍게 날아오른다.

이상은 이 글에서 「어리석은 석반」이나 「권태」 같은 글들에서 보여준 시골의 황무지적 풍경을 전도시켰다. 물론 여기에도 그러한 황무지적 인식이 사라진 것은 아니다. "지상의 원한이 스며 흐르는 정맥—그 불길하고 독한 물에 어떤 어족이 살고 있는지—시내는 대지의 신열을 뚫고 벌판 기울어진 방향으로 흐르고 있습니다"라고 한 부분에서 보듯이 그러한 인식은 근본적으로 밑바닥에 깔려 있다. 그러한 비참한 황무지적 현실에 대해 그는 역설적인 시각을 마련했다. 그는 오히려 싱싱하고도 풍요로운 문체들 속에 대지적 생명력의 미미한 흔적들을 끌어 모으고, 그 야성적 빛을 강력하게 분출시키고자 했다. 이 글의 아름다움은 바로 이러한 현실과 문체의 역설적이고 대비법적인 긴장 속에서 이루어진 것이다.

---

27) 족보와 신문을 찢은 것 같은 나비 이야기는 이상만의 독특한 이미지이다. 아마도 이러한 상상력은 우리 전통의 나비설화와 연관되지 않았을까? 옛날 소박맞은 여인의 옷을 세모꼴로 찢어 내쫓아 개가를 허락하는 표지로 삼았다고 이규태는 전해준다. 또 그는 이미 죽은 서방에게 시집가서 그 무덤 앞에서 계속 울며 지내다가 무덤 속으로 뛰어든 여인의 이야기를 소개했다. 그 여인을 붙들려고 하녀가 그 옷을 붙잡는 바람에 찢어진 그녀의 옷자락이 나비가 되었다.(이규태, 『민속한국사』 2권, 현음사, 1991, 184쪽 참조)

김기림은 「쥬피타 추방」에서 이 '나비' 같은 시인의 죽음을 다룬다. 신문과 족보를 찢으며 자신의 시적 서판을 마련했던 이 시인이 죽었던 것이다. 그의 작품들은 그러한 것들을 찢으면서도 그 힘으로 가냘프지만 힘찬 율동으로 날아오른 나비 날개였던 것이 아니겠는가. 그것은 황폐한 대지의 심연 속에서 분출하는 이상 특유의 그 '악의 충동'에서 비상의 힘을 얻고 있다. 나비는 파괴적인 죽음을 충동하는 힘으로 날아오르고 있는 것이다. 그의 글쓰기는 사도-마조히즘적인 서판이다. 근대적 자본의 서판인 신문(정보의 백화점이기도 한)을 찢고, 봉건적 가부장적 족보의 서판을 찢으면서 그 찢는 힘으로 날아 오른다. 나비 날개는 이상 특유의 시학적 서판인 것이다. 김기림은 이 나비-시인을 자신의 식당 속에 앉혔다. 메뉴판이란 상업적 서판을 뒤집는 축제적 글쓰기 공간으로서의 식당(레스토랑) 속에서 이상은 당대 시인의 희생양적 이미지를 드러내 보인다. 그것은 어떤 분위기를 통해 축제적 장면이 되는 것일까. 김기림은 위 시에서 전쟁에 휘말리는 당대의 암울한 분위기를 흉흉한 소문에 들썩이는 몸짓들로 형상화했다. 이러한 소문들을 퍼뜨리는 신문과 방송의 학교 속에 주민들은 앉아 있다. 시인은 그러한 주민들과 뒤섞인 채 식당 속에 자리잡고 있다. '바다의 유혹'이 잠잠해진 이 황량한 공간 속에 음식과 술의 족보가 또한 자리잡는다.

쥬피타 술은 무엇을 드릴까요?
응 그 다락에 언저둔 등록한 사상을랑 그만둬.
빚은 지 하도 오라서 김이 다 빠졌을걸. 오늘밤 신선한 내 식탁에는
제발
구린 냄새는 피지 말어.

높은 다락 속에 얹혀 있는 '등록한 사상'의 학교를 이 시인은 피한다.

중화민국은 바로 그러한 사상과 등가물이다. 이 시인은 간다라 벽화를 흉내낸 잔에서 중화민국의 술을 들이켜고 얼굴을 찡그리고 있다. 중화민국 술잔에 그려진 그리스 풍의 불화, 그리스적 육체와 인도적 정신의 결합인 이 간다라 벽화는 흉내만 낸 엉터리 모사품으로 존재한다. 이 장면은 김기림이 그 전에 썼던 『기상도』 중의 「시민행렬」을 연상시킨다. 거기에는 "양복 입는 법을 배워낸 송미령 여사"라는 구절이 나온다. 장개석 부인인 송미령 여사의 패션은 봉건적 정신 위에 뒤집어씌워진 양복처럼 우스꽝스러운 모습이다. 중화민국 술잔에 새겨진 어설픈 간다라 풍 그림 역시 그러한 송미령의 패션과도 같은 것이다. 그러나 그리스에 대한 동양적 패러디의 희극 반대편에 이 시인의 정신은 존재한다. 이 시인을 '쥬피타'라고 한 것은 바로 그 때문이다. 룸펜 시인은 광대처럼 찢어지고 쭈그러진 파초잎 같은 중절모를 쓰고 담배를 피운다. 그 파이프 연기가 이 시인을 감싸며 마치 예수의 후광 같은 원을 그린다. 보헤미안적 퇴폐의 분위기를 떠올리게 하는 담배연기를 신성한 후광으로 처리한 것은 단지 희극적 전도만은 아니다. 김기림은 시인 스스로가 연기하고 있는 희극적 가면 뒤에 숨어 있는 영웅적 성격을 간파한 것이다. 우스꽝스러운 풍모를 보이는 이 시인은 영웅적으로 이 세상의 희극과 맞서 싸웠음을 김기림은 역설적 이미지로 강조하고자 했다.

사실 어떻게 보면 김기림 자신도 이 시인에게 간다라적인 풍모를 씌운 것이지만, 여기서는 축제적 혼합, 웃음을 유발하는 기괴한 조합을 통해서 그렇게 했다. 그는 이 다채로운 가면무도회적 풍모 속에 깃든 예술가의 진실된 혼을 포착하려 한다. '쥬피타'와 예수의 결합이 이 시 전체의 상상적 기초로 놓여 있다. 「산촌여정」의 피에타 화폭 속에 있는, 희생제물이며 생명과일인 예수상이 여기서 연상된다. 그것은 고고하면서도 희생적인 시인상을 형상화하고 있다. 가장 밑바닥에 떨어진 룸펜-광대-지식인-시인은 그 자신의 고고하지만 참담한 정신적 탐구를 통해서, 그리고 그 밑바닥의 삶을 견디는 형벌을 통해서 성스러운 희생적 제물처럼 묘사된다. 이 도도한 시인의 정신은 독수리처럼 모든 것을 내려다보는 제우스적 존재다. 그러나 그 신성한 정신은 이 근대적 공간 속에서는 우스꽝스러운 광대적 얼굴에 가려져 있다. 이 축제적 전도에 대한 김기림의 날카로운 파악이 이 시 전체 속에서 축제적 위반의 힘을 퍼뜨린다. 그 위반은 바로 이상의 시학에서 작동하는 족보와 신문 찢기의 시학과 일맥상통한다. 그러나 여기서 강조되어야 할 것은 그러한 위반의 시학, 즉 나비로 상징되는 그 시학이 값싼 낭만주의와는 다른 것이라는 점이다. 김기림은 그것을 경계해서 이 '쥬피타'를 구름이나 장미, 별 들을 믿지 않는 존재로 그렸다. 이 천상적인 신 속에 그러한 낭만주의적 천상의 이미지들이 들어설 자리는 없다. 천사들 역시 그의 품안에서 시체가 되어 있다. 이 차디찬 지상의 땅바닥에 무겁게 가라앉은 대지의 시인을 그는 묘사했다. 천상의 거짓말들을 믿지 않고 지상의 바닥에서 자신의 육체를 채찍질하며 헤매는 이 존재에게 그는 현대적인 제우스의 신격을 부여했다. 이러한 축제적 이미지야말로 고대 신화에 대한 가장 강력한 전도가 아니겠는가. 이 시인의 병들고 가난한 황무지적 육체 속에 깃든 영혼에 대한 이 강력한 찬양이야말로 죽은 이상에 대한 진정한 추도이다. 김기림은 이 전도된 천상적 영혼을 담은 시인, 강력하게 대지를 긍정한 니체적 시인, 이 놀이의 시인을 자신의 식당 속에 배치했다. 이 식당은 신문과 족보에 싸인 주민들의 공간이다. 그것은 이 사회의 축도이며 그들이 살아가는 방식의 상징도이다. 이곳에서 진정한 식사란 어떤 요리를 먹는 것인가. 우리는 육체와 자연으로부터 어떤 요리를 만들어내야 하는가? 그것은 이상이 추구했던 진정한 사상에 대한 물음과도 같은 것이다. 그의 술은 신의 음료이자 동시에 대지의 참다운 음료가 되어야 하는 것이다. 그것을 추구하는 시인은 참혹한 사회 속에 자연의 생명력을 불어넣는 야생의 식사를 찾아 헤맨다.

은자(隱者)의 정원,
「안빙몽유록安憑夢遊錄」의 상징과 꿈

1. 기이함으로의 초대

조선 중기인 중종 때 문신으로서 벼슬을 하다가 기묘사화를 겪고 파
직되기도 했던 신광한(申光漢)은 소설집 『기재기이企齋記異』를 남겼
다. 이 소설에 대한 연구는 이미 여러 사람들에 의해 이루어졌다. 주로
문학사적인 측면에서 이 소설이 갖는 위상과 그 의미, 그리고 양식적
특징에 대한 고찰 등이 있으며, 신광한의 정치적 경력이나 은거했을 때
의 삶이 이 소설에 반영된 양상 등에 대한 연구가 있다.[1] 이 작품은 고
려 말 이후 발전된 가전체(假傳体) 양식의 흐름 속에서 파악되었으며,

---

1) 「안빙몽유록」의 문학사적 의미에 대해서는 소재영과 신해진 등의 연구가 있다. 소재영
은 이 소설이 몽유록이나 가전체의 과도적 변모 양상을 보인다고 밝혔으며(『기재기이 연
구』, 고려대민족문화연구소, 1990, 87~88쪽 참조), 신해진은 김시습, 임제와 허균 사이의
소설사적 공백을 메운 작품으로 평가한 바 있다.(『조선 중기 몽유록의 연구』, 박이정,
1998, 63쪽 참조) 신재홍은 『금오신화』와 『기재기이』의 전기성(傳奇性)을 비교 분석함으
로써 양식적 측면을 좀더 깊이 들여다보게 했다.(『한국몽유소설연구』, 계명문화사, 1994,
245쪽 이하 참조)

『대관재몽유록大觀齋夢遊錄』과 더불어 본격적인 몽유록의 효시를 이룬 것으로 소개되었다.

가전체와 몽유록은 다같이 소설 양식의 발전에 매우 중대한 역할을 한 것이 분명하다. 그러나 「안빙몽유록」의 환기적(幻奇的) 측면은 '꽃들의 변신'에서 기인한 것인데, 이것은 가전체의 특징인 의인화 기법과는 전혀 성격이 다른 것이다. 이러한 변신 모티프는 당나라 전기(傳奇) 소설가인 배형의 「강수江叟」[2]에 비슷한 형태로 제시된 적이 있었다. 거기서도 꿈에 홰나무의 신이 인간화되어 등장한다. 아마도 이러한 모티프의 기원은 『장자』의 「인간세人間世」에 나오는 상수리나무 이야기[3]로까지 거슬러올라갈 수 있을 것이다. 장자의 이야기에서도 상수리나무 신이 그 앞을 지나치던 목수의 꿈에 나타나 인간처럼 말을 한다. 이러한 것들은 꿈을 매개로 한 변신이라는 점에서 일치한다. 장자의 이야기는 그의 다른 이야기들처럼 우화적인 성격을 지니고 있지만, 배형의 변신담은 우화적인 소설의 특징인 교훈이나 풍자 혹은 비판을 직접적인 목표로 삼지 않는다. 그것은 순수하게 기이함 자체에 대한 오랜 호기심의 발로이며, 중국의 『산해경山海經』이나 『수신기搜神記』『열이기列異記』『동명기洞冥記』 등에서 유래되었을 것이다. 이 기이함의 의미를 인간이 지닌 인식의 한계와 연관시켰던 곽박(郭璞)은 그러한 기이한 사물들이 평범한 한계에 갇힌 인간의 판단에 기인한 것이라고 했다. 그는 기이하다고 생각되는 것들의 사실적 성격을 해명하려 애썼다.[4] 방정요가 비판하고 있듯이 곽박의 이러한 생각은 사실과 허구의 경계선을 무시한 부분이 있다. 그러나 곽박의 생각에서 우리가 취할 수 있는 것은, 기이함이란 것이 결국 미지의 세계에 대한 인간의 인식론적 호기심에

---

2) 배형, 『신선과 도사 이야기 — 전기(傳奇)』, 까치, 1999, 200쪽 이하.
3) 『장자』, 을유문화사, 1963, 49쪽.
4) 방정요, 『중국소설비평사략』, 을유문화사, 1994, 78~84쪽.

서 비롯된다는 것이다. 그것은 우리가 알 수 없는 것들의 신비로움에 접근하는 하나의 방식이었던 것이다.

「안빙몽유록」에서 기이한 꿈속의 변신은 그 내용으로 볼 때 장자의 상수리나무 이야기가 취하고 있는 우화 형식에 가깝다. 그러나 그것은 또한 기이한 이야기들의 신이함에 한쪽 발을 들여놓고 있다. 신광한은 가전체의 비유적 형식을 취하기보다는 꿈의 몽롱한 신비 속에 자신의 명료하고 비판적인 의식을 풀어놓았다. 그의 변신담이 변신의 기이함에 주목하기보다는 일종의 의인화적 비유담인 것이 분명하지만, 그는 여러 나무와 꽃들의 명료한 상징들을 꿈의 안개 속에서 흔들어놓음으로써 자신의 의식에 뚫린 구멍을 통해 낯선 세계의 의미를 드러내려 했다. 여기서는 바로 이러한 부분에 주목하여, 이 소설에서 주인공 안빙이 기이함에 연관된 의미가 무엇인지 해명해보고자 한다. 이것을 알기 위해서는 그가 은거하여 만들어가는 삶의 형태와 의미가 무엇인지 분석해볼 필요가 있다. 그의 의식적 측면에서 작동하는 유자적(儒者的) 이념과 대립하는 다른 측면이 이 소설에서 매우 중요한 문제로 부각되고 있다. 이 소설을 읽는 사람은 꿈과 동굴의 모티프 속에서 자신의 현실 존재 너머에서 전개되는 기이한 세계로의 초대장 같은 것에 마주친다. 우리는 주인공과 함께 몽유하며 그러한 세계와 교섭하고 자신의 존재를 변모시킬 수 있게 된다. 안빙이 어떠한 성격의 은자인가, 또 진정한 은자는 어떠한 존재이어야 하는가, 하는 물음을 던질 수 있다. 그것은 안빙의 질문이며, 그를 통한 작가 신광한의 질문이기도 하다. 그는 자신의 신분과 이념 그리고 정치활동 그 모든 것을 끌고 들어가면서, 그 속에서 자신의 진정한 자아가 나아갈 방향과 세상에 대한 궁극적인 이해를 구하는 것이다.

안빙의 존재에 얽힌 상징과 꿈, 의식과 무의식을 고찰하기 위해서는 특히 그의 정원에 나타난 상징들에 대해 면밀히 분석해야 한다. 우리는 그가 기댄 홰나무와 정원의 여러 꽃과 나무들에 대해 논의해볼 것이다. 거기서 나무의 남성적 의미와 꿈의 동굴이 지닌 여성적 의미가 대비될 것이다. 그리고 그 동굴을 안빙이 모색하는 소요유의 궁극적인 지점인 무(無)와 연관시켜볼 것이다. 그러한 것들이 유학자적인 이념들의 벽을 넘어서 안빙을 어떠한 곳으로 데려가는지 살펴보기로 하겠다.

2. 안빙의 은거와 은사적(隱士的) 삶의 의미

「안빙몽유록」은 신광한이 기묘사화에 연루되어 한직으로 물러난 이후 쓴 것으로 알려져 있다. 여러 연구자들은 그가 여주 원형리에 은거하고 있을 때 창작한 것으로 생각하고 있으며, 소재영과 신해진의 논문에서 그것을 확인할 수 있다.[5] 소재영은 이 소설 주인공 안빙의 모습이 여주 원형리 시절의 작자와 흡사하다고 여겼다. 혹은 한양의 타락산(駝駱山) 기슭에 서재를 짓고 화초를 가꾸며 지내던 생애와 일치하는 점이 있다고도 했다.[6] 소재영은 타락산에서 만년을 지냈던 신광한을 떠올린다. 그곳 낙산정사(駱山精舍)의 생활은 "그곳에 책을 가득 채우고 송죽을 심고 제자들과 시를 읊조리며 지냈다"는『기재집』의 「몽회夢回」한 구절과 흡사하다고 생각한 것이다. 특히 그의 만년의 생활을 안빙의 꿈 속 화초세계와 연관시키고 있는 듯하다.[7]

필자의 생각으로는 소설에서 배경이 되는 남산의 별업(別業)생활은 여주 원형리의 은거생활 이래 그의 만년에 이르러 맞게 된 낙산정사의 생활에 이르기까지 계속해서 탐색되는 은사적 존재에 대한 정신적 모

---

5) 신해진, 같은 책, 64쪽.

6) 소재영, 같은 책, 25쪽.

7) 같은 책, 20쪽 참조.

색과 관련된다. 그러나 안빙의 꿈속에서 진행되는 여러 인물들 간의 대화에서 우리는 우의적으로 표현된 정치적 분위기를 엿볼 수 있다. 이것은 신광한의 여주 원형리 시절의 분위기를 드러내는 것이다. 거기에는 신광한을 여주 원형리에 은거할 수밖에 없도록 만들었던 여러 정치적인 문제들과, 그 문제들에 대한 작가의 생각들이 여전히 식지 않은 정치적 현장의 열기를 간직한 채 반영되어 있는 듯이 보인다. 즉 이 작품에서 화원왕국과 그곳을 지배하는 여왕은 현실의 정치체제에 얽힌 문제들에 대한 작가의 비평적 반영이다. 그래서 그 여왕은 소설 속에 등장하는 은사들과 논쟁적인 분위기에 휩쓸리며, 꿈의 마지막 부분에서 여왕이 지배하는 정치판에서 소외된 존재로부터 비판된다. 이러한 논쟁과 비판은 아무래도 작가가 말년에 지녔을 심리 상태와는 거리가 있는 듯이 보인다. 왜냐하면 작가 말년의 은둔생활은 이미 정치적인 요직을 두루 거쳐본 자로서 이제는 그에 대한 욕망으로부터 벗어나서 대자연의 이법 속에서 성명(性命)을 닦는 일과 정신적인 이상향에 대한 탐구로 경사되는 듯하기 때문이다.

이 소설은 그러나 작가가 겪었을 혼란스러운 정치적 현실에 직접 관련시키지 않고서도 그 자체적으로 의미 있는 주제(작가가 살았던 시대를 포괄하면서 좀더 긴 역사적 기간을 통해 의미 있게 추구되는 주제이기도 한)를 갖는다. 그것은 위에서 보았듯이 신광한 자신의 고유한 인생적 주제, 즉 은사적 삶의 형태를 모색하는 것과 관련된다. 안빙의 은사적 성격은 작가의 그 주제가 한 측면에서 드러난 것이라 하겠다. 작가는 은둔의 참다운 의미를 탐구하고 있다. 계속적인 소설 창작을 통해, 특히 「최생우진기」 속에서 도교적 신비주의까지 넘나들면서 그 탐구를 심화시켰다. 그 가운데서도 「안빙몽유록」은 유가적인 정치이념에 아직 민감하게 구속되어 있다. 그것은 여전히 유자(儒者)가 일반적으로 갖는 뿌리 깊은 의식(환몽적인 것과 기이한 이야기들이나 도교적 은둔주의에

대해 경계하는)의 일단을 보인다.[8] 이 소설은 그러한 유가적 의식을 남
가일몽의 꿈속에 침몰시킴으로써, 꿈의 기이한 몽환적 안개로 유가적
현실주의를 뒤흔든다. 괴력난신(怪力亂神)을 멀리하고 실제적인 인간
사를 중시했던 공자는 중용을 강조했다. 신광한의 이 소설은 기이한 꿈
을 통해 바로 그 중용의 경계선을 뒤흔들어버린 것이다.

바로 이 부분에 이 소설의 문제의식이 있다. 안빙이 생각하는 괴이한
이야기[9]인 괴안국 이야기와 자신의 괴이한 꿈은 그의 유자적 존재와 의
식을 몽환적인 안개 속으로 이끌어간다. 이 소설의 끝에서 그가 꿈을
깬 후 다시금 자세를 가다듬고 책을 읽는 장면 역시 그러한 면에서 의미
있는 것이기도 하다. 그의 서책들은 괴이한 이야기들과 대립한다. 왜냐
하면 그의 책은 경전으로서 그러한 괴이함을 비난하는 유자의 학습 도
구이기 때문이다. 유자의 이러한 태도의 연원은 『논어』의 다음과 같은
언급에 있다. "자 불어괴력난신(子 不語怪力亂神)"(「술이편述而篇」). 그
런데 『논어』 「술이편」에서 성인의 말씀들이 적힌 책을 공부하고, 그에
대한 지식탐구와 기술을 논하는 공자의 말을 여러 곳에서 볼 수 있다.
그 첫머리에 놓이는 "술이부작(述而不作)"은 바로 그러한 태도를 일컫
는 것이다. "괴력난신을 말하지 않는다"라는 언급 이전에 "나는 태어나
면서부터 아는 사람이 아니라, 옛 글을 좋아하여 재빨리 그 지식을 구
하는 자다(我非生而知之者 好古敏以求知者也)"라는 말이 나온다. 공자
의 이러한 성실한 학문적 자세는 아마도 『시경』 『서경』 『역경』 등에 대

---

8) 신광한이 「안빙몽유록」의 서두에서 괴안국(槐安國) 이야기를 허탄하고 괴이한 것이라
고 비판한 것은 유자로서는 당연한 태도일 것이다. 장유(張維)의 『계곡만필谿谷漫筆』(을유
문화사, 1988, 98쪽)에서도 왕양명의 꿈 이야기를 말할 때 그러한 태도를 드러낸다. "일이
괴이한 말에 가까우니 유자로서는 말할 바가 아닌 듯싶다."
9) "世傳 槐安之說 甚誕 吁亦怪哉." 안빙은 세상에 전하는 괴안국 이야기가 심히 허탄하고
또한 괴이하다고 말하며 꿈에 빠진다. 그는 또 꿈속에서 호랑나비가 코끝에서 날아가는 모
습을 보고 괴이하게 생각하며 그 뒤를 따른다.

한 그의 공부를 가리키는 것이리라. 그것은 삼황오제나 그들을 보위했던 현인들의 사적과 언행, 사상을 가리키며, 『시경』에서처럼 백성들의 삿되지 않은 풍속과 노래를 가리키는 것이었다. '괴이한 것을 말하지 않는다'는 것은 성현들의 행적을 다만 '기술한다'는 태도와 동일한 것이다.[10] 방정요는 '不語怪力亂神'이란 공자의 사상으로부터, 사실 또는 실질을 숭상하는 문학사상이 선진 제자(諸子)들 이후 크게 피어났다고 했다. 그러한 태도로부터 사실을 역사적으로 기록하는 실록과 그러한 역사의 일부분을 기록하는 편기(偏記)가 생겼으며, 초기의 소설은 이러한 형태로 출발했다.[11] 방정요에 의하면 사마천의 『사기』는 그 전형적인 모습을 보인 것이다. 굴원의 글에 대해 비판한 반고나 『문심조룡』의 유협은 거짓됨과 귀신에 대한 이야기를 비판하고, 성인의 행적과 사상을 숭상하는 글을 권장함으로써 이후 유학자들에게 문학관의 한 전범이 되었다.[12]

이러한 태도는 사실에 대한 존중과 성현들의 행적이 기록된 경전에 대한 숭상이라고 요약할 수 있다. 여기서 역사적 사실을 기록하는 태도로서의 사(史)는 괴이함에 빠지지 않는 것이고, 귀신의 일에 기울어지지 않는 일이다. 그러나 공자가 귀신을 멀리한 것은 그 자체를 부정한 것이 아니고, 성현과 천자의 제사와 관련된 일에 감히 함부로 가까이 다가설 수 없다는 '삼감의 자세'에서 비롯한 것이라는 말을 덧붙일 필요가 있다. 이것은 공자에게는 아마도 '지자(知者)의 지나침(過)'에 속하는 문제라고 생각되었던 듯하다. 이러한 태도는 『중용』에서 군자의

---

10) 공자는 문채(文)와 바탕(質)에 대해 그 둘이 서로 어우러져야 한다고 했으며 그렇게 해서 그것들이 빛나야 군자가 된다고 했다.(「옹야편」, 『논어』) 여기서 그는 "文勝質卽史"라고 했는데, 이것은 실질적인 내용을 잘 갈무리한 '文'이야말로 '史'가 된다고 한 것이다. 여기서 '史'는 '中'을 붙잡은 것을 말한다.
11) 방정요, 같은 책, 109~110쪽 참조.
12) 같은 책, 110~111쪽 참조.

중용에 대해 정의하는 말 속에 들어 있다. "中者 不偏不倚 無過不及之名 庸 平常也."(「중용장구대전中庸章句大全」) 여기서 중(中)이라는 것은 치우치거나 기울어짐이 없고, 지나치거나 모자람이 없는 것으로 정의된다. '무과불급(無過不及)'은 그 뒤에 상세히 풀이된다. 즉 과(過)는 지식이 있는 자들이 범하는 오류이며, 불급(不及)은 우매한 사람들이 범하는 오류다. 공자는 자신이 행여 지식의 지나침에 기울어질까 삼가는 태도를 보인 것이라 하겠다. 그 지나침을 벗어나지 않는 범위 내에서 성현의 말씀을 "학이시습지(學而時習之)"하는 것이야말로 그에게 중요했던 것이다.

안빙에게 이 중용의 문제는 그의 은거와 괴이한 이야기 및 꿈을 통해서 시험을 받는다. 심히 허황되고 괴이한 이야기라고 자신이 말한 괴안국의 남가일몽 속으로 그는 빠져들게 된 것이다. 한문본에서는 잠에 빠지기 바로 전의 모습을 묘사한 '사의(徙倚)'라는 말이 나온다. 그 말에서 우리는 이미 불의(不倚), 즉 '기울어지지 않는다'는 뜻을 갖고 있는 중(中)을 안빙이 잃고 있다는 암시를 받는다. 우리의 짐작대로 안빙은 그후 바로 괴이한 꿈에 빠져들고, 괴이한 나비의 몸짓을 따라가게 된다. 그가 결국 나비를 따라 동굴에 이르게 된 것은, 비록 꿈으로 처리했을지라도 장자와 도연명의 사유를 상징적으로 드러낸 것이다. 즉 장자의 호접몽에 숨겨져 있는 물화(物化)의 사상과 도연명의 『도화원기桃花源記』에 나타난 은자들의 이상향적 신선사상이 거기 녹아들어 있다. 이러한 것들이야말로 위에서 보았듯이 반고나 유협 이후 유자들에게는 이단적인 사상으로서 경계의 대상이 되었던 것들이다. 이러한 이단적인 '허무적멸지교(虛無寂滅之敎)'는 『대학大學』을 크게 지나치는(高過) 것에 해당한다.(『대학』序) 이러한 것들은 실질이 없으며(無實) 지엽에 흐르는 것으로서, 결국 사람들을 혹세무민에 빠지게 하는 것이다. 주자(朱子) 이후 점차 엄격해진 이러한 유가적 이데올로기가 조선조의 대학자인 율곡에 오면 은자에 대한 비판을 분명히 드러낸다. 율곡은 "은자는 은둔에 편향하게 되니, 중도를 가는 것이 아니다"라고 했던 것이다.[13]

안빙이 지니고 있던 유자적 의식은 이러한 것들이다. 그의 꿈은 그러한 의식의 검열로 단단하게 다져진 지반 속으로 스며들어간다. 이것은 안빙이 유가적 이데올로기의 틀 속에 갇혀 있는 자신의 의식적 한계를 넘어가보려는 무의식적인 시도로 읽을 수 있다. 그리고 그것은 또한 안빙을 통해 당대의 유자들 일반이 갇혀 있던 한계에 대한 비판적 고찰로 읽을 수도 있다. 그것은 공자 이후 유자들이 경전과 실제적인 인간사에 대한 중용적 태도를 지나치게 협소하게 만들어왔다는 것에 대한 비판이기도 하다. 중용에 대해 공자가 말할 때에는 선왕들에 대한 그의 지나침을 경계하는 겸양과 더불어 질서정연한 실천이성을 염두에 둔 것이었다. 피에르 도딘에 의하면 실천적인 범주를 벗어난 문제들, 예를 들면 영(靈)과 신에 대한 문제들을 그가 논외로 한 것은 당시 모든 집이 각자의 신과 무당을 갖고 있었으며, 신들과 인간들이 서로 뒤엉켜 뒤죽박죽이었던 시대였음을 염두에 두었기 때문이다.[14] 공자에게 중요했던 것은 이러한 혼란을 다스려 거기에 질서를 불어넣을 수 있는 신성한 힘이었다. 그 힘은 곧 성현의 창조적 중심에서 나오는 것이었다. 여러 잡다한 신들을 (또는 여러 상이한 주술적인 행위들을) 통일하고 정리하는 것이 공자에게는 우선 중요했다. 이 세계의 중심에서 가장 높은 신성을 담지하게 되는 성인의 가르침을 이어받는 것이 그것을 실현하는 방법이었다. 그는 신성 자체를 거부한 것이 아니라 잡다한 신성을 거부했던 것이다.[15]

---

13) 「잡저」(율곡, 『율곡집』)의 「동호문답東湖問答」.

14) 피에르 도딘, 『공자』, 한길사, 1998, 159쪽.

15) 『중용』은 또한 귀신의 덕이 성함에 대해 말하기도 한다. 『중용장구대전中庸章句大典』에는 귀신에 대한 정자(程子)의 해석과 주자의 해석이 덧붙어 있는데, 그것은 천지의 조화

공자에게 이러한 일들은 분명 자신의 자아를 정립하는 문제이기도 했다. 중용이라는 것은 군자의 도리로서 천명인 성(性)에 따르는 것이다. 그 도를 깨우치고 가르치는 것이 바로 군자의 일이다. 그러나 공자의 뒤를 따랐던 많은 유자들은 자신의 마음을 천지의 현묘한 음양 변화에 일치시킬 수 있도록 심오한 중심에 다가서는 대신 경전의 자구 해석들과 서적들의 지식에 매달렸던 것 같다. 많은 사람들이 지식의 자구에 가려 그 심오한 중심의 깊이, 어떠한 지식으로도 체득할 수 없는 그 경지에 다가서지 못했다. 경전의 지식들에 가해진 여러 가지 경직된 해석들과 그것의 억압적 작용 때문에, 많은 유자들이 자아를 우주의 한 중심으로 정립하는 데 실패했을 것은 불을 보듯 뻔한 일이었다. 특히 그들의 현실주의와 경전 자구들에 대한 숭상 때문에 본래 '中'의 개념 속에 깃들어 있던 '無'를 이단적인 것으로 배척했다. '無'는, 본래 현실의 유한한 규정들과 일시적이고 덧없는 의미들에 갇혀 있는 인간의식의 한계를 극복하기 위해 '中'의 개념 속에서 작동하는 것이었다. 그것은 영혼의 텅 빈 공허와 자유를 확보해주도록 하는 계기였다. 그것을 통해서 명료한 의식과 지식의 한계를 자각하게 되고, 자연과 우주 전체 속에 통합되는 자아를 획득하게 되었던 것이다. 공자는 시중(時中)이라는 말로 자연의 시공간적 흐름에 일치하는 군자의 태도를 표현했다. 이것은 천지자연의 변화 과정 속에서 그때마다 달라져야 할 사람의 일과 행위의 적절한 방향을 가리키기도 했다. 그러나 이후 이 매우 탄력적인 실천적 중용의 개념은 여러 가지 예악의 경직된 행동규범으로 축소되어갔다. 그리고 '無'는 비실천적인 신비주의 혹은 도피주의적인 사유를 가리키는 것으로 생각함으로써 배제되어갔다.

안빙의 몽유는 이러한 유자들의 현실적인 한계를 벗어나게 해주는

와 한래서왕(寒來署往) 일월왕래(日月往來) 같은 현상들의 미묘한 조화이며 음양 이기(二氣)의 굴신(屈伸)으로 풀이되었다.

계기가 된다. 그것은 성인(聖人)의 정신과 백성의 현실을 기술하는 '史'의 영역을 벗어났다. 이 상상적 여행[16]은 은자들이 수행하는 방식의 하나였던 혼의 여행이기도 하다. 이 기이한 몽유 형식이 지나치게 형식적으로 제도화된 중용의 굳어진 틀을 뒤흔들어줄 수 있겠는가 하는 문제의식이 이 소설의 틀을 형성한다.

신광한은 현실의 유가적 이념에 '꿈의 비판'을 들이대고 있다. 안빙의 괴이한 꿈은 그의 유가적 이념을 기이한 세계의 동굴[17] 속으로 이끌어가면서 그 경직된 구조를 용해시킨다. 이 꿈의 동굴은 일종의 여성적 모체를 떠올리게 한다. 흔히 신선의 경지로 들어가는 표지들은 모두 이 동굴이다. 그곳은 통과제의가 이루어지는 통로 역할을 하며, 존재의 변화가 일어나는 곳, 그리고 다른 세계로의 입구가 된다.

우리는 여러 이야기들에서 이러한 꿈의 동굴을 발견하게 되는데, 꿈속의 굴 모티프는 일종의 욕망의 굴로서 자기의 욕망을 충족시키는 장소이자 세상과 가장 조화롭게 될 수 있는 장소가 된다. 우리는 꿈을 의식에 뚫린 동굴이라고 정의할 수도 있을 것이다. 그것이야말로 우리의 상상 속에서 우리 자신을 받아주고 키워내며 풍요롭게 해주는 모체가 된다. 김병국은 자아의 리비도적 흐름이 지향하는 모체의 내부를 '영원한 평화와 안식'[18]이라고 규정했다. 그의 생각으로 『구운몽』의 꿈의 세

---

16) 막스 칼텐마르크는 열자가 바람을 타고 다닌 이야기를 비롯해서 도가의 여러 신비주의적 여행을 '일종의 혼의 여행'이라고 하며 그것을 장자의 소요유에 연관시키고 있다. 이러한 여행은 정신적인 수행의 높은 단계를 의미하는 것으로 생각했다.(『노자와 도교』, 까치, 1993, 163~177쪽 참조)

17) 이 동굴은 흔히 고전소설에서 기이한 괴물이 살고 있거나 신비한 책이 감추어진 곳이다. 칼텐마르크는 도교의 문헌인 『도장』에 나오는 동(洞)의 의미를 해석하면서 '교통하다' '신비를 꿰뚫어보다'라는 뜻이 거기에 포함된다고 했다. 그에 의하면 동현(洞玄) 동신(洞神) 등은 태상도군이나 태상노군처럼 도교의 최고 신들에 바쳐진 이름이다.(칼텐마르크, 같은 책, 202~203쪽 참조)

18) 김병국, 『한국고전문학의 비평적 이해』, 서울대출판부, 1995, 281쪽.

계는 바로 그러한 어머니적인 것을 향한 소망과 관련된다. 「안빙몽유록」의 꿈의 세계 역시 여성에 의해 지배된다. 여왕이 지배하는 왕국에는 여러 여인들이 등장한다. 안빙의 동굴 역시 이러한 면에서 분명히 여성적 모체와 관련된 것임이 틀림없다. 그의 꿈은 이 동굴을 통과하면서 현실 속에서 높게 솟구쳐 있는 남성적 권력과 제도의 폭력적 힘들에 대해 되새겨보도록 한다. 그리고 그로부터 얻게 된 억압과 좌절, 상처와 소망들이 복합적인 풍경으로 드러나게 된다. 안빙은 이 동굴 속에서 우주적인 여성성을 회복할 수 있었던 것이 아닐까? 그런데 그 여성성은 무엇을 폭로하고 비판하며 감싸는 것이었던가?

　꿈은 안빙의 노닒이 여전히 안주하고 있던 중용적 안분(安分)[19]의 편협하게 경직된 질서를 위협한다. 안빙은 비록 세속에서 떠나 자연 속에서 노닐고 있지만 여전히 인의예지의 틀 속에 남아 있다. 장주의 나비를 쫓아가는 그의 꿈은 그러한 노닒의 허구를 드러내려 한다. 안빙의 꿈은 기이함을 통해서 현실의 두 가지 안정된 형태(경직되기도 한)에 대한 비판을 지향한다. 그 하나는 유가적 이념을 표방하며 행해지는 현실 정치의 구조다. 또하나는 그로부터 떨어져나가 은둔한 안빙 자신의 은거와 노닒이다. 꿈의 기이함 속에서 이 두 가지의 안정된 형태가 심각하게 요동한다. 허황된 거짓말을 한다고 핑계대면서 비판하기 힘든 이야기들을 교묘하게 우의적으로 할 수 있게 되는 것은 바로 이 꿈의 기이함 덕분이다. 안빙은 이 기이한 몽유를 통해서 현실에서 여전히 자신을 가두고 있는 허구적인 껍질에서 벗어난다. 그의 은거는 정치적인 현장으로부터 떨어져 있다고 해서 완성되는 것은 아니다. 오히려 이처럼 그 정치적 형태에 대한 뚜렷한 인식을 확보하고 그로부터 비판적이고 독

---

19) 김병국은 '강호가도'에 대한 최진원의 글을 소개하는 과정에서 자연의 규범성을 드러내는 대표적인 것이 '안분(安分)'이라고 말한다. 그것은 '안빈(安貧)'과 통한다.(김병국, 같은 책, 66쪽 참조)

립적인 존재로 스스로를 정립할 때 비로소 진정한 은거가 시작된다고 할 수 있다. 은거지에서 그의 노닒은 이러한 것을 획득하지 않을 때 허구적인 몸짓에 불과하게 된다. 그의 정원은 가짜 도피처다. 그의 노닒은 정신적으로 어떤 것에 구애됨이 없이 유유자적한 경지, 즉 자득(自得)의 경지에 올라간 것이 되지 못한다. 그의 꽃들이나 나무, 그 둘레를 감싼 산수는 그 껍데기 안에 여전히 떨쳐내지 못한 여러 욕망과 이념의 굳은 얼굴을 감추고 있는 가면에 불과한 것이다. 그의 꿈은 그 가면을 폭로한다. 가면의 굳은 틀을 벗김으로써 자아의 발견과 존재의 변모를 지향하게 된다. 결국 우리의 관심은 안빙의 은사적 존재와 삶에 이러한 발견과 변모가 어떻게 반영되는가 하는 것이다. 작가는 유가의 이념이 갖는 일정한 안정적 형태를 꿈을 통해 주물러댄다. 그는 그러한 이데올로기에 갇히지 않으면서 자신의 삶을 고유한 형태로 재창조하는 작업을 시도한다. 당시로서는 힘겨웠을 이 일은 유가적인 정신과 도가적인 정신의 미묘한 경쟁 및 융합을 통해 모색된 것처럼 보인다. 안빙이라는 존재는 그러한 모색의 한 양상이다. 은사의 역사적 존재 형태들을 꿈속에서 불러내어 대화시키는 것 역시 그러한 모색을 위해 필요한 일이었을 것이다.

소설 속에서 가장 철저하게 은사의 전형적인 면모를 보여주는 수양처사와 조래 선생은 유가적 왕도의 모범인 주나라 제도를 비판함으로써 유가적 정신 전체를 비판 대상으로 삼는다. 이러한 유가적 정신에 대한 비판은 「최생우진기」의 선도적(仙道的) 분위기에서 더욱 뚜렷한 모습을 보인다.[20] 이러한 모습은 그가 아직 한창 정치적 중심에 있을

---

20) 「최생우진기」에서 최치원을 가리키는 동선(洞仙)은 최생에게 주는 시에서 "다시 주머니 속 비결을 배웠으니 / 유학이 고상하다고 자랑치 말라"고 한다.(『기재기이』, 박헌순 옮김, 범우문고, 102쪽)
　박헌순은 한문 원문에 있는 '휴과석상진(休誇席上珍)'이란 구절을 주에서 풀이하면서 위와 같이 번역했다. 그에 의하면 여기서 '석상진'이란 말은 흔히 복고적인 유학자를 풍자하는 뜻으로 쓰였다고 한다.

때, 도교적 제사를 주관하는 소격서를 없애야 한다고 상소했던 것을 상기한다면[21] 매우 놀라운 변화다. 도교적 신비주의는 「최생우진기」에서 깊이 탐색된 주제다. 그리고 그것은 「안빙몽유록」의 은자적 모습에 논쟁적인 문제로 투영되어 있다. 작가는 안빙을 이러한 논쟁적인 지점의 어떠한 곳에 놓을 것인지 고민했던 것 같다. 작가는 안빙의 은거가 어떤 의미를 갖는지, 또 그가 어떠한 지향점을 가져야 하는지 그 시대 상황 속에서 진지하게 모색하는 공간을 이 소설 속에 열어놓고 있는 것이다.

여기에서 주인공 안빙이 유가적 존재에 속하는지 아니면 도가적 존재에 더 가까운지를 결정짓는 문제는 중요하지 않다. 그보다는 오히려 안빙의 꿈을 통해서 그의 이데올로기와 소망이 그러한 것들을 어떻게 가로지르고 있는가 하는 것을 알아보는 것이 더 의미 있는 일이다. 아마도 그러한 분석을 통해서 우리는 안빙이 은자의 독특한 한 형태를 보여줄 것을 기대할 수 있다.

3. 별서정원(別墅庭園)의 상징적 의미

안빙의 그러한 심리적 지형도를 파악하기 위해서는 안빙을 둘러싼 소재들의 기호학적 의미들을 이해할 필요가 있다. 소설 공간인 남산의 별업(別業)에 있는 정원은 안빙의 내면풍경을 들여다볼 수 있는 기호학적 공간이 된다. 그 정원은 은자의 처소를 형상화하기 위한 상징적인 소재들로 가득 차 있다. 그 상징들은 안빙의 꿈을 변신술적인 환상세계로 변화시킨다. 즉 그의 정원은 이러한 면에서 안빙에게 심각한 변화를 가져다준 특이한 장소가 된다. 그것은 어떠한 의미로는 존재의 심화 또

---

21) 이에 대해서는 조사수(趙士秀)의 『문간공행장文簡公行狀』에 이러한 내용이 나와 있음을 신해진이 밝히고 있다.(신해진, 같은 책, 74쪽 참조)

는 깨우침의 장소가 되는 것이다. 먼저 이러한 변신술적 성격을 갖는 정원에 대해 고찰해보기로 하자.

이 정원은 한문본에서는 후포(後圃)라고 표기되어 있다. 소재영은 이 부분을 다음과 같이 옮겼다.

> 글 잘하는 선비로 성은 안 이름은 빙이라는 사람이 있었다. 누차 진사시(進士試)에 응했으나 합격하지 못했고, 남산 별장으로 나아가 한가로이 살았다. 사는 곳의 후원에는 이름난 꽃과 기이한 풀을 많이 심었는데, 날마다 그 사이에서 시를 읊조렸다.[22]

한문본에서 '후포'라고 한 것을 소재영은 '후원(後園)'으로 번역했는데, 그것은 '圃'라는 말이 요즈음에는 거의 쓰이지 않음을 고려했기 때문일 것이다. 원래 포는 흔히 '채마밭' 정도로 번역되는 것이 일반적이다. 『시경』의 「빈풍豳風」편 「7월」이라는 시에 "구월축장포(九月築場圃)"라는 구절이 있다. "구월에는 텃밭에 마당을 쌓고"라고 한 번역본은 쓰고 있는데, 어느 주석에서는 장포(場圃)를 "마당이나 채소밭"이라고 했다. 즉 파종기에는 마당이 채소밭이 되고, 가을 추수기에는 채소밭을 돋워 추수한 곡식을 쌓아두는 마당이 된다는 것이다.[23] 같은 책의 「제풍齊風」편에 있는 「동방미명東方未明」에 나오는 번포(樊圃)에 대해서도 채소밭에 울타리를 친다는 식으로 풀이된다. 다른 시편들에 있는 원(園)은 나무들이 있는 곳으로 되어 있어서 채소류가 있는 포(圃)와 구별된다.

그러나 포가 꼭 이러한 밭의 개념으로만 쓰인 것은 아니다. 『중국고지도집』에 실려 있다는 〈군포도郡圃圖〉에는 커다란 담으로 둘러친 곳

---

22) 소재영, 같은 책, 91쪽.
23) 『시경』, 이상진 외 옮김, 자유문고, 1994, 224쪽 참조.

에 자리잡은 여러 채의 집들과 그 안의 여러 정원들을 보여주고 있다.[24]
여러 종류의 나무들이 그려진 이 정원은 포의 개념에 함축되어 있다.
좀더 신화적인 개념의 정원이 중국 고대 신화에 등장하는데, 그 하나는
전설적인 인물인 황제 헌원(軒轅)의 화원이다. 그것은 괴강산(槐江山)
의 꼭대기에 있는 현포(縣圃)라는 것이다. 그 화원은 아주 높은 곳에 있
어서 마치 구름 속에 걸려 있는 듯이 보여 현포라고 불렸다.[25] 『회남자』
에서 이 현포는 곤륜산의 창합(閶闔) 안에 있다고 했다. 그것은 곤륜산
언덕 높이보다 훨씬 높은 곳에 있다. 양풍(涼風)이란 곳이 있는데 이곳
은 곤륜의 언덕보다 두 배 높이에 있다. 현포는 그보다 두 배 더 높은 곳
에 있다. 이곳은 신화적인 장소로서 바람과 비를 부릴 수 있는 곳이다.[26]

　이렇게 '포(圃)'라는 말은 이미 '원(園)'과 같이 쓰일 수 있는 것으로
확인된다. 이 두 가지 단어의 쓰임새를 추적하는 것은 이 소설에서 그
것이 갖는 기호적 의미의 중요성 때문이다. 추정하건대 '원'이 나무들
과 그에 매달린 과일들을 연상하게 하는 풍경이라면, '포'는 거기를 거
니는 인물의 생활을 염두에 두면서 쓰인 것은 아닐까. 『시경』에서 보전
(甫田)은 큰 밭을 의미한다. '보(甫)'라는 것은 대개 큰 인물을 의미하
기도 한다. '포'가 대개 밭의 의미를 포괄하게 된 것은 그것이 거기서
살아가는 사람의 생활에 초점을 맞추고 있기 때문이 아닐까. 그것은 생
계를 위해 필요한 채소들을 재배하는 것과 연관되기도 하지만, 한 걸음
나아가서 정신적인 수양, 즉 마음의 밭을 갈아서 새로운 인격을 형성하
게끔 노력하며 변화되는 삶을 지향한다는 의미를 가질 수 있다. 즉 물
질적인 생활의 모습과 연계되었던 '밭'의 의미는 한 인간의 정신적 향
상을 위한 것으로 변모된 것이다. 황제의 전설적인 정원인 현포는 그러

---

24) 이일봉, 『한단고기』, 정신세계사, 1998, 57쪽 참조.
25) 『중국고대신화』, 김희영 편역, 육문사, 1993, 64쪽 참조.
26) 『회남자』, 이석호 옮김, 세계사, 1999, 99~100쪽 참조.

한 정신적인 삶의 측면을 한 극단적인 지점에서 보여준 것이겠다.

그렇다면 안빙의 정원은 과연 어떠한 면에서 그러한 정신적인 면모를 드러내는가? 그 정원은 묘하게도 황제의 전설적인 정원이 있다는 괴강산을 떠올리게 한다. 황제의 정원이 있는 산 이름에 붙은 '괴'는 아마도 거기 있는 신이한 나무를 가리키는 말일 것이다. 대개 그러한 신이한 나무들은 인간을 신이한 세계로 인도하는 사다리가 된다. 안빙의 정원에 있는 괴수(槐樹) 역시 그러한 역할을 한다. 안빙은 바로 자신의 집 후원에 있는 괴수(홰나무)에 기대 꿈의 세계 속으로 들어가기 때문이다.[27] 이 이야기는 물론 주인공 안빙이 중얼거리듯이 괴안국의 이야기, 즉 중국의 환기(幻奇)소설인 『남가태수전』의 남가일몽에서 따온 것이다. 이 모티프는 김만중의 『구운몽』에서도 볼 수 있듯이 인생의 부귀영화에 대한 소망과 그것의 덧없음을 깨우치는 상투적인 장치로 흔히 등장한다. 그런데 이 모티프의 입구이자 중심인 홰나무의 의미에 대해서 생각해볼 필요가 있다. 왜 하필 남가일몽의 주인공은 이 홰나무에 기대서 꿈을 꾸게 되었는가. 그는 결국 이 나무에 기대 어떠한 깨달음을 얻고 더 높은 존재로 변화되었을까.[28]

---

27) 안빙은 나비를 따라 한 동구(洞口)에 이르는데, 이 모티프는 도연명의 『도화원기桃花源記』에 나오는 것과 흡사하다. 이상향적인 세계나 신이한 세계로 들어가는 동굴이라는 모티프와 장자의 호접몽 모티프가 여기서 결합된 것이다. 이 『도화원기』 모티프는 조선조 안견의 〈몽유도원도〉에서 형상화되었다. 안평대군은 꿈속에서 무릉도원을 여행한 것을 신숙주, 최항 등에게 이야기했다. 그것이 안견의 유명한 〈몽유도원도〉를 탄생시킨 배경이다. 그 그림에 붙인 신숙주의 시에 도화가 핀 동굴에 대한 언급이 나온다. 신광한은 신숙주의 손자인데 혹시 그로부터 이러한 이야기를 들은 것은 아닐까.

28) 홰나무가 기이한 꿈속의 세계로 안내하는 매개체가 되는 것은 당나라의 이공좌가 쓴 『남가태수전南柯太守傳』과 그보다 조금 뒤에 나온 배형이 쓴 『강수江叟』에서 비롯된 것 같다. 이중에서도 『강수』는 직접적으로 「안빙몽유록」에 영향을 준 것은 아닐까 추정해볼 수 있다. 왜냐하면 『강수』에서 주인공 역시 홰나무에 기대서 꿈을 꾸며, 꿈속의 나무가 의인화되어 있다는 점이 유사하다. 『강수』에서 주인공은 그 나무의 신이 도와서 득도의 길을 찾게 되고, 마침내 신선의 경지에 오른다. 「안빙몽유록」의 주인공은 비록 그렇게 심오한

신화에 등장하는 우주적인 나무들은 대개 지상과 천상을 매개하는 통로다. 곤륜산 꼭대기에 있는 건목(建木)은 천신이 하늘과 땅을 오르내리는 문[29]이다. 태호 복희가 그것을 타고 하늘을 오르내렸고 황제가 가꾸고 지켰던 나무다.[30] 이 신화적인 나무들은 흔히 우주목이라고 말하는 것들인데, 무당들은 그것을 타고 오르내리며 천상적인 깨우침과 통찰력을 얻게 된다. 남가일몽의 모티프는 그 홰나무를 오르는 것이 아니라 거기에 기대는 모습을 보인다. 그러나 우주목을 오른다는 것 역시 현실에 있는 어떤 나무를 실제로 오르는 것은 아니다. 그것은 단지 정신적인 상승의 한 비유일 뿐이다. 나무에 기대 잠을 잔다는 것은 꿈의 세계로 진입한다는 점에서 나무를 오른다는 의미와 비슷한 것으로 생각해볼 수 있다.[31]

이렇게 한 존재를 다른 세계로 이끌어가고 그로부터 귀환했을 때 변화될 수 있도록 하는 우주적 나무는 이미 정신적인 상징을 그 안에 지니고 있다. 그러할 때 그 나무는 인간과 세계를 통합한 것으로서, 나무이자 인간이며 세계인 어떤 색다른 것으로 된다. 홰나무를 뜻하는 '괴'는 그러한 신비를 감당하는 귀(鬼)라는 글자를 갖는다. 여기서 '귀'는 열자가 말하듯이 '진(眞)으로 돌아가다'라는 귀(歸)의 뜻을 갖고 있다. 열자에 의하면 "정신과 형체가 분리되면 각각 그 진(眞)으로 돌아가므로 그것을 귀(鬼)라고 이른다. '귀'는 돌아가는 것(歸)이다. 그 진택(眞

<hr>

탈바꿈을 이루지는 못했지만, 홰나무에 기대 꾼 꿈을 통해서 진정한 깨우침의 계기를 얻게 된다는 점에서 비슷한 주제의식을 갖는다.(『강수』의 내용에 대해서는 배형, 같은 책, 200 쪽 이하 참조)

29) 하신, 『신의 기원』, 동문선, 1990, 158쪽.

30) 『산해경』, 정재서 역주, 민음사, 1996, 330쪽.

31) 성경 설화에 나오는 야곱의 이야기를 이러한 것과 관련하여 참조할 필요가 있다. 야곱은 돌베개를 베고 잠을 자는데 그는 꿈속에서 천상의 세계에 걸쳐 있는 사다리를 본다. 거기에 천사가 오르내리고 있는데 그것은 아마도 야곱의 정신적인 상승을 상징하는 것이 아닐까.

宅)으로 돌아가는 것이다"라고 했다.[32] 열자가 말한 '정신과 형체의 분리(精神離形)'라는 것은 꿈을 꿀 때 육체와 정신이 분리되는 현상과도 통한다. 따라서 꿈은 육체적 현실적 제약을 초월해서 순수한 정신의 세계로 비약하는 것이 되며, 결국 참된 것이 무엇인지 깨우치는 계기로 작용한다. 이렇게 보면 '참으로 돌아간다'라는 뜻은 참을 찾고 참을 깨우치는 것으로 된다.

우리는 이와 비슷한 용법으로 '鬼'가 쓰인 다른 예를 『장자』에서 찾아볼 수 있다. 『장자』의 「서무귀徐无鬼」에서 이것은 언덕을 뜻하는 부(阝)와 결합하여 대외(大隗)가 된다. 황제 헌원은 구자산으로 그 대외를 찾아갔다고 장자는 말한다. 그때 대외란 "대도는 광대하며 높고 쓸쓸함"이라고 풀이된다.[33] 여기서 황제는 천하를 다스리는 일을 묻기 위해 그 대외를 찾은 것이다. 따라서 외(隗)란 '鬼'가 붙게 됨으로써 신성함을 갖게 된 언덕을 의미한다. 『산해경』에는 그러한 신이한 언덕이 여럿 등장한다. 그러한 것들은 대개 정신적인 수준과 삶의 형태를 신이한 분위기로 드러낸 것이다.[34] 대외 역시 그러한 것의 하나인데 그것은 쓸쓸한 것으로서 정신적인 도의 경지를 상징하는 것이다. 홰나무 역시 그러한 정신적 경지를 상징하고 있다.

그런데 원래 홰나무 괴(槐)는 자전에 의하면 주나라 조정의 뜰에 세 그루 심어서 삼공(三公)의 자리를 표시하는 데 쓰였다.[35] "괴정지임(槐

---

32) 「천서편」, 『열자』, 자유문고, 1995, 25~26쪽.

33) 『장자』, 안동림 역주, 현암사, 1999, 596~597쪽 참조.

34) 『산해경』의 「해내경」에 아홉 개의 언덕에 대한 이야기가 있다. 도당구(陶唐丘), 곤오구(昆吾丘), 무부구(武夫丘), 신민구(神民丘) 외 여러 언덕이 있다. 거기에는 푸른 잎에 자줏빛 줄기, 검은 꽃에 누런 열매를 맺는 나무가 있는데 그 이름은 건목(建木)이다.

35) 삼괴(三槐): 주나라 때 궁정 뜰에 홰나무 세 그루를 심었다. 삼공(三公)은 천자를 조정에서 배알할 때 그 세 그루 홰나무를 향해 섰다. 후에 이로 인해 삼괴는 삼공을 비유하는 것이 되었다.(周代 官庭外種有三棵槐樹 三公朝天子時面向三槐而立 后因以三槐喩三公(周禮, 秋官, 朝士) (『漢語大詞典』, 한어대사전출판사, 1991, 중국 상해, 239쪽))

鼎之任)"이라는 말이 거기서 나왔다. 이것은 달리 말한다면 홰나무는 곧 삼공을 상징하는 솥의 세 발과도 같은 것이었다는 말이다. 솥의 세 발은 천지인 삼재(三才)를 뜻하며, 천문(天文), 지리(地理), 인사(人事)를 통합해서 터득한 경지를 상징하는 것이다. 『서경』「주서周書」에 이에 관련된 다음과 같은 구절이 보인다.

태사(太師)와 태부(太傅)와 태보(太保)를 세우니 이들이 바로 삼공이다. 도를 논하고 나라를 경영하며 음양의 조화를 다스리는 것이니, 관직은 반드시 갖추어지지 않아도 무관하며 오직 적임자가 있어야 한다.[36]

이처럼 나라를 다스리기 위해 음양의 조화를 알아야 하고 도의 어떤 수준을 이루어야 함이 삼공의 자리와 연관하여 운위된다. '음양으로써 천지를 다스린다'는 열자의 말은 성인의 정치에 대해 한 말이다. 그것을 실행하는 것이 바로 이 삼공의 도가 아니겠는가. 위에서 황제가 대외를 찾은 것 역시 같은 의미를 띤다. 아마도 안빙의 꿈 이야기는 이러한 홰나무의 상징적 의미와 분명히 연관된다고 할 수 있다. 왜냐하면 그가 꿈에 가본 곳은 바로 왕이 있는 조정인 조원전(朝元殿)이었기 때문이다. 그의 꿈은 대도에 대한 자신의 정신적인 깨우침에 대한 탐색이며, 그것은 결국 성인의 정치(왕도정치)에 대한 문제를 제기하는 것이기도 했다. 그러나 그 꿈은 다른 한편으로 아직 이루지 못한 소망을 실현하기 위한 통로이며, 억압된 현실을 조망하는 폭로와 은폐의 우화이기도 하다. 따라서 안빙이 기댄 삼공의 상징물로서의 홰나무는 정치적 중심으로 진출하고자 하는 소망과 정신적인 도의 깨우침이라는 두 개의 풍경을 겹쳐서 지닌다. 안빙은 과연 이 겹쳐진 풍경의 어디쯤에 존

---

36) 『서경』, 이상진 외 옮김, 자유문고, 1992, 382쪽.

재하는가?[37]

먼저 우리는 안빙이 기댄 홰나무를 여전히 안빙의 소망(과거시험을 통해서 조정에 진출하고 싶다는)과 연관시킬 수 있을 것인가 하는 문제를 제기할 수 있다. 그는 시험에 낙방했지만 여전히 삼공의 자리에까지 나아가고 싶어하는 유자 일반의 정치적 소망을 간직하고 있는가? 아니면 적어도 그러한 자리는 아니더라도 그러한 자리에 앉기에 합당할 만큼 지적이고 정신적인 수준을 성취하기 위해 노력하고 있는 것인가? 그러한 논의를 진전시키기 위해서는 안빙이 과연 이 남산의 별장에서 어떠한 상태로 은거하고 있는가, 즉 그는 어떤 은자의 모습으로 여기서 생활하고 있는가 하는 것을 파악해야 한다.

이 소설 초두에서 묘사되는 안빙의 모습은 은사의 전형적인 분위기를 보여준다. 그는 남산의 집 후원에 진기한 화초들을 심고, 날마다 그 꽃들 사이를 거닐며 시를 읊조린다. 이러한 생활은 유유자적하는 은자의 전형적인 모습이다. 그는 벼슬길로 나아가려는 소망을 이루지 못했지만, 여전히 선비로서의 품행과 덕망을 위해 수양하는 은자의 길을 택한다. 자연의 풍광이 어우러지는 산속에서 화초를 가꾸며 꽃을 감상하고 시나 읊으면서 한가로이 지내는 것은 "세상을 피해 여유롭게 은거해야 번민이 사라진다"[38]는 은자의 의식을 보인 것이다. 하지만 그는 과거에 낙방함으로써 벼슬길이 좌절되어 산속으로 들어온 것이기 때문에, "성품이 강직하여 시세의 변화에 견딜 수 없자, 벼슬을 버리고"[39]

---

37) 김병국은 '강호가도'에서의 귀거래를 도피로 파악했다. 그것의 특징은 "무구와 행복을 동시에 추구하는 이중의 갈망"이라는 것이다. 이러한 '복합심리적 개념'은 분열된 의식의 심적 동요를 드러낸 것이다.(김병국, 같은 책, 64, 83쪽 참조) 그런데 여기서 우리는 안빙이 그러한 이중의 갈망을 극복하려는 방향을 갖고 있으며, 자기회복이라는 환원적 소망이라기보다는 존재의 변모를 지향하는 적극적인 소망을 갖고 있다고 생각한다.

38) 마화 외, 『중국은사문화』, 동문선, 1997, 118쪽.

39) 같은 책, 12쪽.

은거했던 과거의 적극적인 은자와 구별된다.

마화에 의하면, 장자가 처음 썼던 은사라는 말은 시세가 크게 잘못되었기 때문에 몸을 숨기거나 말하지 않으며, 지식을 숨기고 드러내지 않는 것을 가리킨다. 즉 산속에 숨어야 은사가 되는 것이 아니라 어디에 있든 자신의 마음과 덕을 숨긴 자를 말하는 것이다. 마화가 생각하기에 은자에 대한 장자의 또 한 가지 중요한 정의는 "정신상으로 세상에서 독립하여 자기 사상의 독립성을 지킨다"는 것이다.[40]

즉 잘못된 세상과 자신을 구별하여 자신의 정신적 고고함을 지킨다는 것이다. 그 결과로 나타나는 은사의 생활은 천명(天命)을 알아 즐거우며, 인위적으로 무엇인가를 하려 애쓰지 않고 여유롭고 차분하게 지내는 것이다. 그는 정신적으로 굳게 지키며 변함없이 자신의 자리에 거처한다. 마화는 그러한 태도를 주역 고괘(蠱卦)를 빌려 이렇게 요약했다. "왕이나 제후를 섬기지 않고, 고상하게 자기의 일을 한다."[41] 이러한 태도는 현실에 대한 반감에 그치는 것이 아니라, 한 걸음 더 나아가서 하나의 이상향을 꿈꾸는 것이 된다. 즉 노자(老子)적인 소국과민(小國寡民) 사회를 지향하거나, 도연명의 시에서처럼 도화원 같은 신선의 경계를 꿈꾸는 것이다.

마화가 제시한 이러한 은사의 상에 비추어 볼 때 안빙은 과연 어떠한 삶과 꿈을 지니고 있는가. 그의 노닒(逍遙)은 마화가 은사의 대표적인 유형으로 제시한 오륜(吳綸)과 종제(鍾濟)의 그것과 흡사하다. 오륜은 산에 별장을 짓고서 소요자적했으며, 종제는 배산임수의 지형에 동산을 만들어 시를 읊으며 그곳에 편안히 은거했다.[42] 종제의 시 속에서 은거에 대해 사람들이 물으니 "마음이 무(無)와 더불어 아무것에도 구애

---

40) 같은 책, 14~15쪽 참조.
41) 같은 책, 16쪽.
42) 같은 책, 130쪽.

되지 않고 잠과 꿈 사이에서 노니네"[43]라고 했다. 이것은 안빙의 몽유
와도 흡사하다. 그도 역시 화초를 감상하면서 읊조리고, 홰나무에 기대
그러한 노닒의 한 극치인 꿈속의 세계로 빠져들어갔기 때문이다. 그러
나 그는 나중에 자신의 꿈에 대해 부정적인 태도를 갖는다. 그의 꿈은
종제의 시에서처럼 노닒의 극치로서 긍정되지 않는다. 그는 자신의 노
닒을 부정하게 된다. 그에게 꿈은 현실세계의 허상을 폭로시켜 무를 깨
닫게 하는 매개체로서 적극적으로 기능하지 않는다. 이것은 다른 여타
의 몽유록이나 몽기류(夢記類)들이 흔히 갖는 관점과 이 소설이 구별되
는 점이기도 하다. 안빙은 오히려 꿈의 괴이한 변신술에 사로잡힌(홀
린) 자신을 비판하고 그 몽유의 공간인 정원에서 떠난다. 그렇다면 그
는 자신의 꿈을 통해 어떻게 해서 그러한 생각을 갖게 되었으며, 또 어
떠한 깨달음 때문에 그렇게 했을까? 그의 은사적 삶은 결국 무엇을 지
향하는 것인가? 결국 그는 자신의 존재를 어떻게 변모시키려 했으며,
어떠한 세계를 꿈꾸었던 것인가? 우리는 그가 은사적 존재와 그 경계선
밖의 지대들을 가로지르며 무엇을 지향하는지 알아볼 필요가 있다.

　안빙이 최초로 보여주는 것은 유자의 상투적인 의식이다. 그것은 그
가 홰나무에 기대면서 다음과 같이 중얼거리는 데서 나타난다. "세상에
전해지는 괴안국 이야기는 매우 터무니없으니 그 참 이상한 일이지."
그러나 선비 안빙은 바로 자신이 터무니없다고 말하는 그러한 꿈의 세
계 속으로 빠져들게 된다. 여기서 안빙이 '심탄(甚誕)'하고 '역괴(亦
怪)'하다고 한 것은 그가 여전히 유가적 선비로서 비현실적이고 환몽적
인 세계에 대해 비판적인 태도를 유지하고 있음을 보인 것이다. 그러나

---

43) 인용된 구절은 원래 "心與無游睡夢間"인데 번역자는 "마음까지 즐거이 노닐지 않을 때
는 꿈속에서밖에 없으리라"라고 풀이했다. 번역자는 무(無)를 부정사로 생각했던 것 같다.
그러나 그 무를 소요의 경지에 들어간 마음의 상태로 해석해야 하지 않을까? 노자는 "만물
이 시작되는 근원에서 노닌다(遊於物之初)"라고 했는데 그것은 생성된 모든 것(有)의 근원
인 무를 가리킨다.

안빙의 그러한 언급은 유학자들이라면 누구나 하게 되는 상습적인 진술임을 우리는 알고 있다. 작가 역시 그의 진술에 반(反)해서 안빙의 다른 모습을 보여준다. 즉 안빙이 표면적으로 내세우는 유자의 경계선이 이 정원의 홰나무에서 무너지게 된다. 그는 장자의 호접몽이나 순우분(淳于棼)의 남가일몽과 같은 꿈의 세계로 깊이 빨려들어가게 되는 것이다. 사실 이러한 꿈의 깊이에서 이 소설은 비로소 '은사' 적 존재와 삶에 대한 탐색과 새로운 각성의 계기를 마련한다.

안빙의 노닒은 이렇게 유가와 도가적 의식이 표면과 그 안에 감추어진 것으로 겹쳐서 진행된다. 그의 정원은 은사가 공들여 구성하는 조경의 미학을 갖춘다. 그는 이러한 조경 속에 마련된 상징세계 속에서 노닒의 극치를 추구하지만, 결국 꿈의 세계 속에서 그 상징의 한 극적 장면을 만난다. 우리는 여기서 안빙의 노닒이 갈등을 내포하고 있다고 생각할 수 있는데, 왜냐하면 결국 소설의 말미에서 그가 즐기던 상징적인 꽃들은 외면당하기 때문이다. 이 갈등은 도가적인 분위기로 이끌려가는 환몽의 세계 속에서 이전에 그의 노닒을 정신적으로 이끌어가던 정원의 상징세계가 여러 낯선 모습들을 드러냈기 때문에 발생한다. 그는 꿈의 각성을 통해서 비로소 자신의 상징적 정원을 명료하게 인식하게 된다. 그의 정원에 대한 묘사는 소설의 끝에서 각몽(覺夢) 이후 이렇게 나타난다.

안생은 조금 전의 꿈이 역시 남가일몽이었구나 하며 나무 주위를 돌며 곰곰이 생각해보았다. 그러다가 갑자기 머리에 떠오르는 바가 있었다. 이에 곧바로 정원에 나가보았다. 모란 한 떨기가 비바람에 시달려 꽃잎이 땅에 다 떨어진 채 서 있었고, 그 뒤에는 복숭아와 오얏이 나란히 서 있는데 가지 사이에는 파랑새가 지저귀고 있었다. 대나무와 매화가 각기 한 둔덕씩을 차지하고 있는데 매화는 새로 옮겨 심은 것으로서 난간으로 받쳐 보호하고 있었다. 정원 안에 연꽃이 심어진 연못이 하나 있는데 넓적넓적한 잎사귀가 물 위로 떠오르고 있었다. 울타리 밑에는 국화가 이제 막 싹이 돋았고, 적작약이 활짝 피어서 뜰 위에 떨기를 이루고 있었다. 안석류 몇 그루가 화분에 심어져 있었다. 담장 안에는 수양버들이 늘어져 땅을 쓸고 있었고, 담 밖에는 늙은 소나무가 담을 내리덮고 있었다. 기타 붉고 푸른 잡꽃들과 날아다니는 벌과 나비들이 기녀들처럼 보였다. 안생은 이에 이것들이 요괴가 되었다는 것을 알았다.[44]

이러한 초목들로 가득한 안빙의 정원은 어떠한 유형의 것일까? 이 소설에서 안빙은 자신이 기르는 초목에 대한 특별한 식견이나 기호를 드러내지는 않는다. 이러한 정원은 당시 조선의 선비들이 즐기던 일반적인 유형과 크게 다르지 않다. 아마도 이것은 일종의 '별서정원(別墅庭園)'일 것이다. 이상희에 의하면 "조선시대에 별서는 유교가 성행하면서 은일사상이 농후해져 세상의 이욕을 피하여 번거로움 없이 풍경이 아름다운 전원이나 산속 깊숙한 곳에 별서를 지어 유유자적한 생활을 즐기려는 경향이 생겨나서 그에 어울리는 정원 양식이 생겨난 것이다"[45]라고 했다.

이 별서정원은 소박한 산수락(山水樂)을 위한 것이다. 그것은 조선시대 사림사회에서 흔히 볼 수 있는 일반적인 형태 가운데 하나였다. 손오규는 조선조 사림의 산수생활이 "이성적 판단에 의하여 결행된 또다른 하나의 삶의 방식"으로서 대단히 가치 있는 것으로 인식되었으며, "하나의 전통으로 이어질 만큼 사림사회의 규범적인 생활"이었다고 했다.[46] 그런데 이러한 사림의 전통에서 자연은 이전의 상징들에서 벗어

---

44) 신광한, 『기재기이』, 범우문고, 1990, 33~34쪽.
45) 이상희, 『꽃으로 보는 한국문화』 2, 넥서스, 1998, 240쪽.
46) 손오규, 『산수문학연구』, 제주대학교 출판부, 2000, 29쪽.

나서 새로 태어난다. 손오규가 말하듯이 안축의 「죽계별곡」과 「관동별곡」 같은 것에서 산수경물은 객관적이고 이전보다 훨씬 발전된 '사실의 요소'를 갖추게 되었다. 손오규는 이것을 '실재하는 진산진수'이며 불교의 초월적 공간이나 노장의 선경(仙境)과는 달리 "자연을 학문하는 장소"로 인식한 것이라고 했다.[47] 안빙의 정원 역시 현실적으로는 이러한 사림의 산수경물에 속하는 정원이다. 거기에는 규모로 볼 때 세속적인 명리를 초탈한 자의 검소한 생활이 펼쳐져 있다. 고려시대 문벌귀족의 농장에 속해 있던 큰 규모의 별장과는 다르다. 손오규가 밝혔듯이 고려시대 산수락은 이러한 대규모의 공간 속에서 펼쳐지는 강해지락(江海之樂)이었다. 그 당시의 산수락에는 호사스러운 귀족적 취미, 불교적인 선(禪)의 정신과 도교적인 선경에 대한 동경이 일반적인 것이었다.[48] 이러한 산수락의 특징은 손오규에 의하면 주관적이며 신비적이다. 이러한 특징은 주자학이라는 현실적인 학문이 대두되면서 밀려나 버린다. 손오규는 맹사성과 정극인의 작품들을 분석하면서, 새로운 유자들의 산수락은 "빈천에 만족하면서도 품위를 잃지 않아 소박하면서도 우아한 산수생활"이라고 했다. 그것은 "감성계를 초월한 형이상학적 미로서 대자연의 미를 발견하고 있지는 못"한 사실적이고 감성적 인식에 머물러 있었다.[49] 이러한 특징은 이후 퇴계에 와서 자연 본래의 실재적인 진산진수에 대한 서경(敍景)과 사실적인 사경(寫境)으로 확립된다. 그리고 그것은 대자연의 이법을 터득하고자 하는 격물(格物)의 태도로 인식된다.[50]

　신광한은 아마도 이러한 사림의 산수락이 발전하는 과정에서 문제적

---

47) 같은 책, 25쪽 참조.
48) 같은 책, 19~22쪽 참조.
49) 같은 책, 28쪽.
50) 같은 책, 33쪽.

인 위치에 놓일 것이다. 안빙의 정원에서 우리는 그러한 문제에 부딪치게 된다. 그의 정원은 오두막집 후원에 작은 규모로 조성된 것이다. 그것은 검소한 선비의 소박한 수준에 머물러 있다. 우리는 그 풍광에서 도가적인 신비적 이상향이나 불가적인 심리적 주관주의를 드러내려는 어떤 조경술도 볼 수 없다. 그러나 사림의 정원에서 옛날의 꽃들이 완전히 사라진 것은 아니었다. 안빙의 정원은 이전의 불교적 도교적 상징물들이 그 흔적만 남은 상태로 존재하게 되는 이행기에 걸쳐 있다. 그의 정원에 새겨져 있는 상징들의 드라마를 살펴보면서 이 문제에 대해 더 깊이 생각해보자.

일반적으로 이러한 별서정원에는 사절우(四節友)인 매화, 소나무, 국화, 대나무를 주로 심어서 선비의 절개를 상징했다. 연못에는 연꽃을 심어서 송나라 주렴계(주돈이)의 애련설(愛蓮說)에 나오듯 군자의 상징으로 삼았다. 실제로 이 소설의 몽유 속에서 처음 등장하는 초목들은 오얏꽃과 복숭아꽃을 제외하면 바로 이 다섯 가지 꽃이다. 도화(桃花), 이화(李花)가 흔히 이상향의 동굴 첫머리 입구에 놓이는 것을 알게 된다면 이 두 가지 꽃이 가장 먼저 등장하는 것이 전혀 이상할 것이 없다. 이 둘은 안빙이 들어간 몽유세계의 연회에서 풍류의 마지막을 장식하기도 한다. 몽유세계의 화원왕국에서 주인인 여왕-모란꽃과 함께 이들 일곱 가지 꽃이 연회의 주인공들이다. 이외에 시녀로 나오는 적작약과 안석류, 기생으로 나오는 버드나무와 버들꽃 그리고 뜰 아래 심은 줄당화 등이 있다.

이상희가 조사한 바에 따르면, 정원식물에서 고려시대에 가장 큰 비중을 차지한 것은 모란이다. 청초한 것보다는 화려한 것이 주로 심어졌는데 작약과 석류, 연, 국화가 그 뒤를 따른다. 그런데 조선시대에 오면 철저하게 유교적인 사상이 반영되어 집 후원에 송죽과 담 밑에 국화 그리고 연못에 연꽃을 심게 된다. 도산서원 같은 경우 매화와 송죽, 국화를 심어 절우사(節友社)라 불렀다고 한다.[51] 이러한 것으로 미루어볼 때 안빙의 정원에는 도가적인 이상향의 표지를 드러내는 꽃들과 유가적인 선비의 기풍을 드러내는 꽃들 그리고 부귀와 풍류를 뜻하는 꽃들이 모두 혼재해 있다. 안빙의 몽유는 이러한 꽃들의 상징적인 의미들을 탐색해보는 정신적인 여행이기도 하다. 그런데 그는 여기서 유가적인 절개의 상징인 사절우와 연꽃을 상대적으로 의미 있게 부각시킨다. 몽유세계 속에서 조래 선생과 수양 처사로 나오는 소나무와 대나무는 주나라 때의 백이숙제와 같이 은사적인 존재로 그려진다. 동리은일(東籬隱逸)인 국화는 동쪽 울타리 밑에 숨은 국화꽃을 말한다. 이것은 도연명이 은자의 세계를 노래한 「음주飮酒」의 한 구절에서 따온 것이다. "동쪽 울타리 밑에서 국화를 꺾어들고/유연히 남산을 바라보네"라는 시구인데, 도연명이 국화를 꺾어들고 그 향내를 맡거나 유연하게 남산을 바라보는 그림은 중국과 조선의 시인 화가들에게 전형적인 모티프의 하나였다.[52] 이들은 화려함을 대표하는 모란과 대비되면서 안빙에게 가까이 다가오는 꽃과 나무가 된다. 안빙의 몽유는 결국 자신이 거니는 이 정원의 정신적 상징세계 속으로 더욱 깊이 들어가서 자신의 정신적 풍경을 거기에 되비춰보는 과정이기도 하다.

4. 안빙몽유의 심리와 논쟁적 은유

그렇다면 안빙의 몽유는 그를 어디로 데려가는 것일까? 그의 몽유 속에서 벌어지는 정신적인 풍경은 과연 어떠한 것인가? 그의 꽃들은 그의 꿈속에서 그의 몽상과 소망 그리고 관념적 사색 및 통찰 속에서 어떻게

---

51) 같은 책, 260쪽.
52) 허균, 『우리의 옛 그림』, 대한교과서, 1997, 57쪽 참조.

부풀어나는가?

　이 소설은 우리 소설사에서 볼 수 있는 몽유의 일반적인 형식을 이어받고 있다. 이 유형은 정학성이 말하듯이 "꿈속에서 사자(死者)를 만나 그의 지식이나 예시를 구해오는 몽유담의 특이한 유형"[53]에 속한다. 즉 과거 역사의 위인들을 모아 전통사회의 이념적 형태를 그린 몽유 작품들인 『대관재몽유록』 『사수몽유록』 『금화사몽유록』 등이 바로 그러한 유형을 보여주는 작품들이다. 위 글에서 정학성은 몽유의 두 가지 측면을 밝히고 있다. 그 하나는 현실 경험의 좌절과 불안을 보상하는 환상 자체의 향락적 추구다. 이러한 몽유는 상징적 심리적 차원에서 절망과 불안 속에서 퇴행하는 내면세계로의 여행이다. 또하나는 심리적 차원에서 그러한 내면세계로 퇴행하는 것은 동일하지만, 그 과정에서 혼란스러운 현실문제가 해결되기보다 오히려 정면으로 인식 각성되는 유형이다. 「원생몽유록」 「달천몽유록」 「강도몽유록」 등이 그것이다.[54] 「안빙몽유록」은, 정학성의 이러한 관점에서 볼 때, 후자의 유형에 가까울 것이다. 왜냐하면 이 소설의 몽중세계인 화원왕국에서 여왕과 그곳에 초대받은 조래 선생, 수양 처사는 공자가 주나라 제도를 찬양한 것을 두고 서로 틈이 벌어져 어긋나 있기 때문이다. 당시 정치적 현실을 은근히 빗대고 있는 다음과 같은 부분에서 그러한 틈은 더욱 분명하다.

　"나는 왕도를 넓혀서 초목이 모두 내 교화에 잘 자라게 되기를 바라고 있습니다. 비록 하나의 미물이라도 내 교화에 순응치 않는 것이 있으면 마음에 부족하게 느껴집니다. 우리 함께 도와가며 다스려서 만물이 모두 봄을 즐기게 할 수 없겠습니까?" 하였다. 수양이 '기욱' 첫 장을, 동리가 '간혜' 끝 장을 읊고 말하기를, "각기 숭상해 지키는 바가 따로 있으니,

---

53) 정학성, 「몽유담의 우의적 전통과 개화기 몽유록」, 『관악어문연구』 제3집, 1988, 435쪽.
54) 같은 책, 435쪽 참조.

서로 빼앗을 수 없는 것입니다" 하였다.[55]

안빙의 몽유는 마지막에 그 화원왕국의 연회에서 소외되어 있는 출당화의 하소연을 들으며 끝난다. 그 여인은 "널리 사랑을 베푼다고 하면서 이런 일이 있을 수 있단 말입니까?" 하면서 원망하는데, 이 원망 소리에 이어 천둥이 치며 꿈은 끝난다.

안빙의 몽유는 정원의 화원에 새겨놓은 상징적 이념을 확장하고 그 세계 속으로 더욱 깊이 들어가게끔 해준 것이었다. 그는 은사로서 안빈낙도의 삶을 즐기기 위해 남산의 한 귀퉁이에 가꾼 별서정원에서 이러한 꿈을 꾼 것이다. 그런데 그는 꿈을 깬 이후 오히려 이 정원을 돌아보지 않게 된다. 이 마지막 장면이야말로 이 소설만이 갖고 있는 특징이다. 안빙은 은사로서의 풍류를 즐기기 위해 꽃들이 있는 정원을 조성했다. 그런데 그 꽃들이 '요괴가 되어' 자신의 꿈속으로 쳐들어왔던 것이다. 그 요괴들은 안빙의 노닒을 무너뜨리고, 그 노닒 속에 숨겨진 자신의 현실적인 갈등을 오히려 부각시킨다. 정치적 논쟁들은 다시금 꿈속에서 머리를 들고 꽃들과 나무는 정치적인 풍경으로 변하며, 자신의 평화로운 은둔과 노닒의 한가로운 껍질은 벗겨진다. 안빙은 마치 장막이 벗겨지듯 자신이 노닐며 즐기던 정원 풍경이 벗겨지는 것을 느꼈을 것이다. 그에게 현실정치의 소란스러움과 좌절된 자신의 상처와 소외된 자의 고독이 장막이 걷힌 자리에 펼쳐지게 된다. 이렇게 좌절된 내면의 정신적인 상처가 다시 들고 일어남으로써 안빙은 자신의 '안빈(安貧)'이 위협받는다고 느꼈을 것이다. 그는 정원을 소요하면서 은사가 되고자 했지만, 장자가 말했던 '마음을 숨기는' 경지, 즉 '덕이 감춰지는' 경지에는 이르지 못했던 것이다. 그는 세속을 초탈하여 어떤 것에도 구애

---

55) 신광한, 같은 책, 29~31쪽.

받지 않는 '처사(處士)' 나 '일사(逸士)' 가 되고자 했지만 그렇게 되지 못한 것이다. 그는 세상을 완전히 잊어 모든 것에서 자유로워진 상태가 되지 못했다.

안빙의 꿈은 장자의 호접몽을 연상시키게 하지만, 그 호접몽의 "스스로 유쾌하고 쾌적한 기분을 느끼는" 경지에는 이르지 못한다. 즉 "자기와 대상을 모두 시간과 공간으로부터 단절시킴으로써, 자기와 대상이 의기투합하여 주객합일의 경지를 이루도록 한다"[56]는 경지, 환경과 더불어 대융합을 얻어 대자유를 얻게 되는 화(和)와 유(遊)의 경지를 얻지 못했다. 서복관은 이 체험의 중요한 관건이야말로 망지(忘知)에 있다고 했다. 즉 장자가 나비가 되었을 때 자기가 원래 장주였다는 사실을 잊은 것이 바로 이것이다. 망아와 물화는 바로 이것을 가리킴이다. 그런데 안빙은 꿈속에서도 자신을 잊지 않는다. 그리고 꿈속의 대상들에 대해서도 물화의 상태로 들어가서 만나지 못한다. 그가 나비를 따라가면서 '이상한 일' 이라고 생각하며, 꿈속의 인물들을 만날 때마다 전혀 안면이 없는 낯선 존재로 느끼는 것은 바로 이러한 상태를 증거해준다. 물화의 상태로 진입하지 못하게 만드는 이 낯선 거리감은 무엇을 말하는가. 그는 여전히 꿈 밖의 자기 자신에게 완강하게 붙들려 있는 것이다.

그런데 바로 이러한 부분이 안빙의 정원을 다시금 그의 욕망이 투사된 화원으로 만든다. 안빙이 기대서 꿈을 꾼 홰나무(槐樹)는 앞에서 보았듯이, 주(周)나라 때 조정의 뜰에 심어서 삼공의 자리를 표시하는 것이었다. 그가 그 나무에 기대서 꿈을 꾼 것은 은밀하게는 정치적 욕망이 여전히 자리잡고 있음을 말해주는 것이다. 꿈속에서 화원왕국에 초대받는 것 역시 이러한 것의 연장선상에서 이해될 수 있다. 그러나 이 꿈은 단순하지 않다. 왜냐하면 여기 등장하는 왕은 현실적인 권력의 중

---

56) 서복관, 『중국예술정신』, 동문선, 1991, 131쪽.

심으로 존재하는 왕(작가에게는 중종이 된다)과 어렴풋이 연결되는 끈을 갖고 있지만, 여전히 그보다 더욱 강력하게 이상적인 왕도정치의 표상인 요순시대의 분위기를 가득 담은 왕이기도 하기 때문이다. 안빙이 자황(紫皇)이라고 칭하는(자색 모란을 가리킨다) 이 왕은 요임금의 후손이다. 그녀는 순임금의 〈남훈곡〉을 즐긴다. 이 꿈에는 정치적 중심으로 복귀하고자 하는 작가의 욕망이 개입되어 있다. 이 이상적인 여왕의 상에는 작가의 정치적 관념(유가적 선비가 갖는 일반적인 관념이기도 한)이 투사되어 있다. 그리고 여기에는 자신이 갖고 있는 그러한 이상적인 정치적 이념이 현실적으로 거부되어버렸다는 좌절감이 스며들어 있다. 자신의 정치적 패배는 자신의 정치적 이념에 문제가 있었던 것이 아니라, 그것을 거부한 현실적인 권력에 있다. 꿈속에서 이상적인 정치적 이념의 화신으로 등장하는 여왕의 상은 작가가 자신의 이념으로 만들어낸 상이다. 작가의 욕망은 이 여왕의 상 속에서 작동한다.

주인공 안빙은 작가가 예술적으로 동원할 수 있는 상징체계에서 크게 벗어나지 못하기 때문에 자신의 욕망을 자신의 존재 속에 강력하게 자리잡도록 하지 못한다. 안빙은 말하자면 이미 작가에 의해 검열된 존재이며, 굳어진 상징들의 망 안에 갇힌 존재다. 그렇지만 안빙은 그러한 것을 뒤흔들기 위해 몸부림치며 그것이 이 소설의 중요한 흐름을 낳는다. 그는 안빈낙도와 왕도정치의 상징틀 속에서 그것을 균열시키기 위해 등장한 것이다. 그의 정원은 중세적인 유가적 선비의 이념 속에서 가꾸어진 질서 있는 세계다. 하지만 그의 꿈을 통해서 꽃들이 요괴가 되어 침입함으로써 그 질서를 깨뜨린다. 그 질서에 의해 누려야 할 안빈낙도의 삶도 깨뜨려진다. 안빙이 다시는 정원을 돌아보지 않게 되는 것도 그 때문이다. 그의 꿈은 그가 의식적으로 구축해놓은 상징세계를 뒤흔들고 다시금 자신의 내면세계를 들여다보도록 만든다. 그가 오직 글만 읽었다는 소설의 마지막 대목은 바로 이것을 가리킨다.

안빙의 정원에 건설된 상징세계 속에 그의 욕망이 깃들고, 그것이 꿈을 꾸며 자라서 상징의 틀을 넘쳐나와 그것을 붕괴시켰다고 말할 수도 있을 것이다. 꽃들이 요괴로 변신하여 꿈속에 나타나 그를 현실의 정치적 알레고리인 화원왕국으로 인도한 것은 그의 정치적 욕망이 아직도 남아 있음을 보여준 것이다. 그는 아직도 완전한 은사의 자격을 획득하지 못한 것이다. 안빙의 꿈은 그것을 고발하고 내면에 대한 근본적인 성찰을 다시금 요구한다.

안빙이 정원을 돌아보지 않고 글을 읽는 것은 유가적 선비로 되돌아간 것인가 아니면 은사로서 더 깊은 초탈의 경지를 얻기 위함인가? 글 읽는 장면으로 끝난 이 소설의 결말은 열려 있다. 그의 행위는 한편으로는 요괴적인 괴이함을 꿈속에서 연출한 화원의 기이함과 환몽성이 못마땅해서 나온 것일 수 있으며, 그로 인해 유가적인 수양이 모자랐음을 깨달은 것일 수도 있다. 그러나 다른 한편으로 그것은 아직도 그러한 현실적 욕망의 얼굴들이 남아 있음을 깨달은 자로서 다시금 마음을 가다듬고 그로부터 얼굴을 돌리며 더욱 초월적인 경지(이것은 비유가적인 목표일 수도 있다)로 나아가기 위한 것이기도 하다.

그런데 안빙의 이러한 불확실한 모습은 꿈속의 장면들에도 어느 정도 조응된다. 그는 연회 장면에서 모든 것에 대해 열려 있으며 중성적인 태도를 취한다. 그는 서로 시비하고 논쟁하는 사람들을 앞에 두고 그저 안내를 받으며 술잔을 들고 시를 읊을 뿐이다. 그의 꿈속에 등장하는 인물들 가운데 여왕 역시 이중적인 성격을 갖는다. 연회의 주인이자 만물을 다스리는 권력의 주인공인 그녀는 다른 한편으로는 여전히 중세적인 여인이다. 그녀의 남편인 동황(東皇)이 젊은 나이에 이리저리 놀러 다니며 임무를 게을리 하여 귀양가 있는 상태에서 그녀는 남편을 그리워하며 기다리는 소박한 여인에 불과하다. 그녀는 시름 가득한 노래를 짓는다.

한편 이 소설에서 가장 중심에 놓인 상징이자 절개 있는 존재(이것이야말로 타락한 정치적 현실에서 물러나와 은사로서 살아간다는 적극적인 의미로 작용한다)인 조래 선생과 수양 처사(소나무·대나무의 의인화)에 대해서도 비슷한 이야기를 할 수 있다. 왕이나 제후를 섬기지 않는 자로서, 고상하게 자신의 일을 하는 은사로서 이 둘은 이 소설의 중심 이미지를 이룬다. "그 한 사람은 푸른 수염에 키가 크고 기개가 드높았다. 한 사람은 곧바르고 준엄하며 절조가 쇄락했다"라고 이 소설은 묘사한다. 그들은 어떠한 것에도 얽매여 머무르지 않는다는 은사의 태도로서 왕에게도 절을 하지 않는다. 즉 왕을 섬기지 않는다는 것이다. 신하로서의 예를 갖추지 않음은 그들의 정신적인 태도에서 나온다. 이 둘은 동리은일(국화)과 더불어 남성이다. 이들을 빼면 모두 여성이다. 그런데 이들은 각기 시를 지은 뒤 여왕에게 은근히 풍자를 당한다. 공자가 찬양한 주나라 제도 속에서도 여전히 그러한 은사적 절개를 지키는 것이 과연 의미가 있겠는가 하는 물음을 여왕은 그들에게 던졌던 것이다. 이것은 주나라의 땅에서 나오는 음식을 먹지 않겠다고 해서 수양산에서 고사리를 캐먹다가 죽은 백이숙제를 은근히 꼬집은 것이다. 비록 여왕이 구체적으로 이야기하지는 않았지만 절개를 지키는 자의 융통성 없음을 비난한 것이라 할 것이다. 열자가 말한 바 "백이는 욕심이 없었던 것이 아니다. 청렴을 과시함이 매우 심했던 것으로, 그것으로써 굶어서 죽음에 이른 것이다"(「양주편」 『열자』)라고 한 것이 이러한 여왕의 비난에 함축되어 있지는 않았을까? 그래서 그런지 이 소설에서 그러한 여왕의 비난에 대해 수양 처사가 "요순시대에도 소보나 허유 같은 은자가 있었다"고 대답하는 말이 공허하게 들린다. 이들은 마치 어떠한 시대에도 그러한 은사의 절개를 지켜야 한다는 돈키호테식 정신으로 무장한 것처럼 보인다. 그들이 자리에서 물러날 때 "간다는 인사도 없이 담을 넘어 훌쩍 가버렸"을 때 이 부인이 이렇게 놀리는 것도 그러한 풍자의 연장선에 있다.

"옛날에 어떤 처사가 노래에 놀라 담을 넘어 도망갔는데, 좌중의 어떤 이가 희롱하며 말하기를 '홍분(紅紛)의 즐거움 산새가 알 리 없지. 둥기 둥 줄소리에 놀라서 날아가네'라고 했었답니다. 그것이 바로 이런 상황을 두고 말한 것인가 봅니다" 하였다. 두 사람은 대답도 않고 잇따라 나가버렸다.

안빙은 물론 이러한 풍자에 긍정이든 부정이든 참여하지 않았다. 그러나 안빙의 꿈속에서 여인들은 유연하게 남성적인 경직성을 흔들고 그 굳건한 상징의 틀을 금가게 만든다. 안빙은 자신의 상징적 선조인 백이숙제와 이념적으로 연결되어 있다. 하지만 꿈속에서 피어난 꽃들의 여성적 힘들 속에서 그것은 무기력한 모습으로, 끝없이 고정된 비활력적인 것으로 드러난다.

「안빙몽유록」은 이렇게 본다면 굳어지는 상징들에 대한 비판이다. 그의 꿈속에 나타난 여인들은 안빙 자신의 남성성을 해체하는 것들이다. 그는 은사가 되기 위해 정원을 만들고 꽃을 가꾸었지만 은사의 이념적 상징들 역시 그 꿈속에서 풍자된다. 그는 그 상징적인 정원에서 그 꿈을 통해 빠져나간다. 그리고 왕도정치에 대한 그의 욕망 역시 해체된다. 왜냐하면 여왕은 이상적인 요순시대의 정치적 이념을 구현하는 존재이지만 동시에 하나의 평범한 아녀자에 불과하기 때문이다. 여성성은 상징의 굳은 틀과 그 상징이 지닌 높은 이념들을 무너뜨리고 가장 낮은 곳으로 안빙을 내려가게 만든다. 그가 정원에서 빠져나가 틀어박힌 방 안에서의 독서는 따라서 진정한 은사란 무엇인가, 그리고 진정한 왕도정치란 무엇인가, 자신의 삶은 과연 무엇을 향해야 하는가에 대해 생각하는 근본적인 자리로 내려가보는 행위이다. 이렇게 꿈의 형상들은 모두 논쟁적인 은유였던 셈이다.

뱀의 바다와 차라투스트라의 바다
─미당과 니체의 '바다'

1. 미당의 바다와 성적 육체의 상징인 뱀

육당 최남선의 「해에게서 소년에게」 이후 '바다' 이미지는 많은 시인들에게 가장 중요한 시적 재료가 된다. 그것은 매우 집요하게 여러 시인들을 사로잡으며 현대적 사유의 한 초점을 이루었다. 정지용에게 바다는 변신술적 사유와 상상의 공간이었다. 그것은 새롭게 다가온 낯선 근대문명에 대한 불안하고 긴장된 대면 과정에서 나타난 것이다. 김기림에게 바다는 낭만적 동경의 대상이 된다. 그것은 꿈을 안고 있는 수평선 너머에 미지의 세계를 감추고 있는 공간이었다. 그 때문에 바다는 여행에 대한 충동을 강력하게 유발시키는 대상이었다. 미당 서정주도 바다를 모티프로 한 시를 여러 편 남겼다. 그의 초기 시부터 후기 시에 이르기까지 관통하는 이 '바다'란 대체 무엇일까? 그의 시에 대해 서정주는 정지용이나 김기림 같은 모더니스트 시인들과 어떤 부분에서 대립적인 견해를 지니고 있었다. 그러나 그의 '바다'가 우리 근대시가 발전시켜왔던 '바다' 이미지의 일반적인 특성 그리고 그것이 안고 있는 상징적 분위기에서 크게 벗어나지는 않는다. 물론 그 '바다' 가 이들 시인 모두에게 동일한 모습과 동일한 의미를 지니는 것은 아니다. 그들은 나름대로 다 각각의 독특한 '바다' 를 만들어냈다. 그러나 그러한 것들은 모두 하나의 비슷한 무리 속에 묶일 수 있어 보인다. 그것은 끊임없이 변화하지만 크게는 동일하다. 즉 그것은 아직 그 깊이를 들여다볼 수 없는 미지의 괴물적 존재라는 비슷한 성격을 가지고 있는 것이다. 바다는 한편으로는 매혹적이지만 다른 면에서는 감당할 수 없는 위험과 공포로 가득한 것이었다. 미당은 정지용의 기교주의에 대해서는 비판적이었다. 그러나 '바다' 와 관련해서는 그에게 맞닿아 있기도 하다. 그것이 영향 관계에 놓인 것인지에 대해서 확인하는 것은 이 글의 목표가 아니다. 단지 정지용의 '바다' 가 그의 「말」 연작과 관련하여 드러내는 방랑과 여행의 모티프가 미당에게도 그대로 나타난다는 것을 지적하고 싶을 뿐이다.

정지용은 자신을 낳아준 근원에 대해 알지 못하고 이방에서 헤매는 말(馬)을 노래했는데 그것은 일종의 식민지 지식인의 초상화였다. 「말 2」에서 그는 말(馬)을 동음이의어인 말(言)과 미묘하게 겹쳐놓았다. 그 시는 어둠에 갇힌 식민지의 땅에서 재갈 물린 우리 언어의 침묵과 신음, 그 질곡 속에 갇힌 내면을 드러냈다. 그가 우리 옛날식 집의 다락, 즉 부엌 위의 어두운 다락방을 가져와 '다락 같은 말' 이라고 한 것은 이러한 면에서 매우 뜻 깊은 것이다.[1] 잘 쓰이지 않는 것들이 처박혀 있는 어둡고 높은 다락, 그것은 먼 하늘을 쳐다보며 슬픈 표정을 짓는 재갈 물린 말의 내면 풍경처럼 느껴진다. 이러한 '말' 의 여행 속에 깃들어 있는 '헤매임' 이라는 개념은 보들레르적인 산책이나 장자(莊子)의 소요(逍遙)로부터 멀리 떨어져 있다.[2] 그것은 고독과 우울함 속에 잠긴 자

---

1) 이 '말' 의 이중성과 나그네적 방랑과 탐색에 대해서는 필자의 글, 「정지용 시에서 '시인' 의 초상과 언어의 특성」(『한국현대문학연구』 6집, 1998) 참조.

아가 마주하고 있는 낯선 세계에 대한 탐색의 일종이다. 그의 유리창은 바로 그러한 세계의 어둠을 내다보려는 자의 팽팽하게 긴장된 의식을[3] 조명해주는 독특한 이미지이다. 정지용이 '바다' 연작들을 그만두고 후기에 '산'의 공간으로 나아갔을 때, 이 병적인 헤매임은 자연의 깊이 속에서 치유의 여행으로 바뀐다. 그는 「나비」와 「장수산長壽山」 연작에서 바다의 출렁거림과 대비될 산의 깊은 고요 속으로 들어간다. 모든 것이 정돈되고 모두가 제자리에 알맞게 자리잡고 있는 공간을 「장수산」은 노래한다. 거기서 자신의 불안을 가라앉히고, 마치 눈이 내려앉듯이 앉을 수 있는지 「장수산」은 묻고 있다. 그것은 헤매임이 장자적인 소요유로 변하게 되는 경지를 가늠하는 것인데, 거기에 대해 그 시는 묻고 있는 것이다.

미당이 이와 비슷한 나그네 길을 갔다고 한다면 그것은 정지용을 흉내낸 것일까? 그렇지는 않을 것이다. 미당 역시 위와 비슷하게 그러한 헤매임으로부터 자연의 흐름을 닮은 '영원한 생의 발걸음'으로 나아갔지만, 그 양상이 정지용과 같았던 것은 아니다. 그는 『신라초』의 「바다」에서 『떠돌이의 시집』에 나오는 「격포우중格浦雨中」이나 「어느 늙은 水夫의 고백」에 이르기까지 몇 차례의 변화를 보여주었다. 그런데 미당의 바다는 모두 성(性)적인 특성을 그 안에 간직하고 있다. 이 생식적인 것이야말로 미당만의 독특한 것이다. 바로 이 부분 때문에 그는 정지용의 시적 경향들을 비판할 수 있는 힘이 있었다. 그러나 미당은 사실은 정지용의 시를 피상적인 수준에서 이해했고 몇 가지 부분에서는 오해하고 있었다. 정지용의 시에서 그는 인위적이고 섬세한 말의 기교를 느꼈

---

2) 신범순, 「정지용 시에서 병적인 헤매임과 그 극복의 문제」, 『한국 현대시의 퇴폐와 작은 주체』, 신구문화사, 1998, 69쪽 이후 참조.

3) 정지용의 시에서 중요한 이미지인 '유리'는 그러한 감각신경의 긴장이 대상에 대해 투명하게 접근하려는 '인식에의 의지'를 가리킨다.

고, 그것에 거부감을 나타냈다. 사실 정지용의 시에 억지로 꾸며낸 기교 같은 것은 없다. 아니, 있다 해도 그것은 단순히 기교만에 그치는 것이 아니었고, 감각적 인식을 고양하는 수단이었다. 그의 감각주의는 우울하고 고독한 자의 신경증에서 비롯한 것이다. 그것은 근대문명의 물결에 충격을 받은 자들의 병이다. 최남선도 일찍이『소년』지에 쓴 어느 글에서 자신이 앓았던 그 병증을 고백했었다. 그것은 근대문학 전반에 그늘을 드리운 병이다. 정지용은 자신을 뒤흔들어놓는 낯선 세계에 대한 병적 인식을 뒤흔들린 신경증적 감각으로 드러냈다. 신경쇠약증은 1920년대에 활동하다 요절한 고월(古月) 이장희에게서도 일찍이 보였던 것이다. 섬세한 감각적 기교는 정지용 이전에 이장희 시에서 선구적인 면모를 보였다. 근대의 속도감 있는 변화에 불안하게 대면하게 되면서 극도로 예민해진 신경은 우울증과 조증을 번갈아가며 드러낸다. 이에 대해서는『광기의 역사』에서 푸코가 세밀히 고찰한 바 있다. 우울한 무기력과 흥분된 신경의 자극적인 정신착란 사이의 왕복운동에 대해 푸코는 말했다. 신경증적인 시인들은 그러한 것들로 단련된 감수성과 감각으로 시를 쓰게 된다고 할 수 있다. 이장희와 정지용은 매우 감각적이고 긴장된 언어들을 가지고 시를 썼다. 아마도 그들은 비슷한 병증을 갖고 있었던 것은 아닐까? 미당은 그러나 이러한 것들을 알 수는 없었다. 그는 그러한 우울증의 안개를 헤쳐나갈 만큼 강력한 생에의 의지를 지니고 있었기 때문이다. 그는 바로 이 특출난 부분에서 니체의 혜택을 받고 있었던 것처럼 보인다.

정지용의 감각주의와 결정적으로 갈라지게 되는(바로 이 부분의 단절적인 틈새야말로 그 이전의 모더니즘과 서정주류의 소위 생명파 문학을 구분하게 만드는 문학사적 매듭이기도 하다) 미당의 시들에 나타난 '생에의 의지'는 1930년대 우리 시단에서 매우 획기적인 것이었다. 이 전환의 의미가 무엇인지 자세히 고찰해보아야 하지 않을까. 이 부분의 핵심에 '육체'와 인식의 관계가 놓여 있다. 그런데 이것은 이후 우리 현대시의 발전 과정에서 제대로 이해되지 못한 채 묻혀 있었다. 그 성과 역시 후발 시인들에게 제대로 이어지지 못했다. 나는 이 획기적인 지점에 서 있는 것이 바로 성이라고 생각한다.

정지용의 감각은 성적인 것이 거세된 육체, 점점 창백하게 그리고 순결하게 굳어져가는 육체에서 비롯된다. 그것은 대상을 투명하게 바라보려는 창백한 인식의 창만을 열어놓은 육체다. 어떻게 보면 이러한 자아는 사르트르가 해석해낸 보들레르의 고독한 자아와 비슷하다. 사르트르는 냉정성에 대한 보들레르의 집착을 분석했다. 사르트르는 보들레르 작품에 나타난 차갑게 빛나는 보석을 "무보상적이고 순수하며 불모성을 지닌 그 자신(보들레르 자신)"이라고 했다.[4] 차갑고 단단하게 굳어지는 이러한 '냉정성'은 정지용의 시들에도 집요하게 등장하는 이미지다. 그의 시에 나오는 유리나 조약돌 등은 사르트르가 말했듯이 "삶의 무르고 부드러운 점액성들"과 반대되는 것으로서 불모적인 사막의 모래알들이 응결되어 결정화된 것이다. 보들레르는 그 유명한 「고양이」에서 애인을 암시하는 귀엽고도 냉정한 이 동물을 인적 없는 사막에 누워 있는 스핑크스에 비유했다. 여기서 고양이의 눈은 별처럼 반짝이는데, 그것은 사막의 보석인 것이다. 정지용의 「유리창」에 나오는 유리는 어둠의 거대한 물결에 맞서서 그 출렁임을 막아낸다. 그것은 고독한 공간을 확보하고 투명한 시선만을 어둠 속에 열어놓고 있다. 이 유리의 시선 역시 어둠 속에 차갑게 얼어붙은 별빛을 그 안에 담아 반사시킨다.

1930년대의 모더니스트 시인인 김기림이나 이상에게서도 이러한 성적 불모성을 감지해낼 수 있다. 이상의 시들에 나오는 숱한 인공적인 복제품들은 성적 생명력을 상실한 불모적 존재들을 암시한다. 김기림

---

4) 사르트르, 『시인의 운명과 선택—보들레르』, 박익재 옮김, 문학과지성사, 1985, 126쪽 참조.

의 언어와 시적 대상들 역시 육체의 깊이를 잃고 표면에만 반응하는 감각들과 연관된다. 왜 이러한 모더니즘적 불모성이 횡행했는가? 나는 이상의 「날개」가 지니는 성적 불모성에 대한 고찰을 한 적이 있다. 거기서 "남녀간의 성적 관계가 이처럼 리비도적 생명력을 잃은 것은 무엇 때문일까"라고 물었다. 이상의 다른 소설 「실화」에 대한 분석에서 나는 그러한 현상이 자의식과 권태와 무기력증에 대응되는 것이며, 삶의 두께와 깊이를 잃어버린 감수성들에서 기인한다고 생각했다.[5] 이상의 경우 이러한 면은 「날개」에서 아무 일 없이 빈둥거리는 무노동적 존재인 주인공과 그의 불안정한 아내 — 매춘부와의 이상한 결합관계 속에 투영되어 있다. 이상 소설의 특징 중의 하나는 성적인 자유분방한 담론들이 거의 모두 성적 충동이 결여된 채 심리적이고 수사학적 유희로만 시종하고 있다는 점이다. 이러한 소설적 세계는 상당히 카프카적이다. 카프카의 「변신」에서 동물로 퇴화된 인간은 결국에는 인간끼리의 육체적 결합으로부터 완전히 격리되어 있음을, 또는 그로부터 완전히 도피하고 있음을 말해준다. 이상은 「날개」에서 유아적 퇴행을, 「지주회시」에서 동물적 이미지를 보여주었다. "현실의 생존경쟁적인 전장에서 발휘하여야 할 욕망과 의지와 감각"이 퇴화되어 있는 주인공을 그린 것이다.

이상의 문학에서 감지되는 성적 불모성의 특징은 여러 곳에서 너무도 뚜렷하다. 그가 아무리 남녀의 성적인 문제들을 다룬다고 해도 거기 가담하고 있는 남녀의 육체는 이미 성적인 리비도적 에너지가 거의 사그라든 상태에서 조망되고 있다. 이것은 말할 것도 없이 완전한 가족구성으로 나아가지 못하고, 기이한 심리적 연애놀이에서만 맴도는 것으로 귀결된다. 이러한 면에서 성교를 남녀가 같이 있다는 것에 대한 형벌이라고 생각했던 카프카를 떠올릴 수 있지 않을까? 카프카 문학 속에

---

5) 신범순, 「이상 문학에 있어서의 분열증적 욕망과 우화」, 『국어국문학』 103호, 1990, 172~173쪽 참조.

나오는 주인공들은 모두 아버지적 권력에 짓눌려서 쭈그러들고, 조직의 거대한 기계 속에 끼어서 권력의 명령을 기다리고, 그것의 진정한 의미가 무엇인지 찾아내려 그 더럽혀진 공기 속을 헤매는 존재들이다. 그들의 육체는 권력의 명령과 일에 매여 있어서 그것의 도구가 되어 있으며, 그로부터 탈출하는 일에 사로잡혀 있을 뿐이다. 그 세계는 카프카의 문학 속에서는 거대한 가족구조처럼 보인다. 아버지적인 관료나 권력자들로부터 도피할 수 있는 길은 성적인 결합구조에서 벗어나려는 시도 속에서 이루어진다. 아이가 된다는 것은 아버지적인 성인으로부터 후퇴하는 것으로서 성적인 에너지의 상실을 의미하기도 한다. 「날개」의 주인공이 유아적인 모습으로 퇴행한 것 역시 이와 같은 것이 아닐까?

미당 서정주는 「화사」에서 뱀의 이미지를 통해서 육체의 성적인 측면에 죄악처럼 이끌리는 유혹적 힘에 대해 썼다. 순네의 붉은 입술과 관능적인 피를 머금은 꽃뱀의 강력한 성적 자장은 이 시를 당시로서는 매우 충격적이며 매혹적인 것으로 보이게 했을 것이다. 바로 이 충동적인 관능적 힘이 1930년대 문학을 풍미한 불모적인 모더니즘적 경향과 맞서게 되며, 그것을 물리치면서 후에 생명파라는 말을 만들어냈다. 미당의 뱀은 성경적인 우화를 벗어나 있는 존재다. 그것은 니체적인 뱀이다. 그것은 선과 악 너머에 있는 것으로 그려져 있다. 석유 먹은 듯 가쁜 숨결로 사향 방초길을 따라 뱀을 쫓아가는 것은 성적 충동의 악마적인 아름다움으로 전환된다. 순네의 고운 입술로 스며들 것을 바라는 이 뱀을 남근의 상징물로 보는 것은 어렵지 않은 일일 것이다.[6] 뱀은 세계의

---

6) 그러나 이것이 남성 성기에 고착된 기호는 아니다. 이 시는 매우 유동적으로 변화하는 (충동적 리비도의 흐름 속에서) 이미지들의 고리로 이루어져 있기 때문에 남성적인 것은 쉽게 여성적인 것으로 전환될 수 있다. 그러한 변신술은 뱀의 속성이 변화하는 것에서 나타난다. 즉 시의 주인공이 돌팔매를 던지며 내쫓는 뱀은 곧 그것을 꽃대님처럼 몸에 두르기도 하는 뱀으로 변화된다. 혐오와 매혹은 여기서 서로 손쉽게 교환될 수 있는 것처럼 보

숱한 신화에서 바다의 상징으로 나타난다. 미당의 시에서도 그것은 바다와 밀접하게 연관된다. 그리고 이러한 바다와의 연관성이 니체에게서도 동일하게 나타난다. 미당은 니체에게서 생의 디오니소스적 긍정을 배웠다고 고백한 바 있기 때문에, 미당에게 나타나는 이러한 부분이 니체에게서는 어떠한 모습으로 나타나는지 확인해볼 필요가 있을 것이다.

2. 차라투스트라의 뱀과 바다

루크는 차라투스트라에 대해 쓴 논문인 「니체와 고지(高地)의 상(像)」에서 차라투스트라의 뱀은 심연과 관련되어 있으며, 이때의 심연은 "지식에 대한 니체의 개념에 늘 붙어다니는 음울하고 비극적인 요소"를 나타낸다고 했다.[7] 그에 의하면 이 검은 뱀은 바닷속 심연을 보는 행위이며, 그것은 영원회귀의 테마와 관련되어 있다는 것이다.[8] 이 논문의 주석에서 뱀의 전설적인 지혜는 의심할 바 없이 뱀과 지성 그 자체 둘 다에서 남근숭배의 중요성과 관련되어 있다고 했다.[9] 그러나 루크의 이 말에서 지성이라는 말은 자칫 오해를 불러일으킬 위험이 있다. 왜냐하면 니체에게 지성이란 흔히 육체와 대립적인 이성적 지혜를 가리킬 공산이 크기 때문이다. 이 성적인 상징으로서의 뱀은 니체가 소크라테스 이후의 철학과 기독교와 같은 종교들을 비판하면서 그에 대립적으로

인다. 그리고 순네의 입술이라는 여성성은 뱀의 성적 특성 속에 이미 내포된 것이다. 이 시에서는 마치 서로 다른 것처럼 보이는 뱀(남성성)과 입술(여성성)을 서로 스며들게 한다. 그러나 그 상이함은 성적 리비도의 변신술에서 드러나게 된 것으로 생각해야 한다.

7) 프리드리히 니체, 『차라투스트라는 이렇게 말했다』, 최승자 옮김, 청하, 1992, 40쪽.

8) 같은 책, 41쪽.

9) 같은 책, 41쪽, 각주 7번 참조.

자각시키고자 했던 육체와 자연(그의 문학적 어휘로 대지이기도 하다)의 상징물이기도 하다. 니체는 그리스의 디오니소스적 축제와 예술에서 자연과 육체를 통한 '삶에의 의지'의 강력한 표출을 보았다. 그에 의하면 이 디오니소스적 밀의(密議)는 "영원한 삶, 삶의 영원회귀"였으며, "생식을 통한, 성의 신비를 통한 생명의 총체적 존속으로서의 진정한 삶"이었다.[10] 그렇기 때문에 '성적 상징'은 그리스인들에게는 그 자체가 존경스러운 상징이었다. 그것은 경건하고 심오한 의미를 지니는 것이었다. 니체가 여기서 말하고 있는 '성적 상징'이라는 말에 남근이나 뱀을 갖다놓아도 좋을 것이다. 그 심연의 뱀은 대지의 무한한 창조력과 그 속에서 영위되는 모든 생명의 근원적인 에너지를 표상하고 있다. 니체의 차라투스트라는 이 뱀에 대해 이렇게 말했다.

　　너로부터 너의 뱀으로부터 나는 펄쩍 물러났다. 그러자 너는 당장에, 반쯤 몸을 돌린 채 멈춰 섰고, 네 눈은 욕망으로 가득 차 있었다.

　　(……)

　　가까이서는 나는 너를 무서워하고, 멀리서는 나는 너를 사랑한다. <u>네가 달아나면 나는 유혹되고, 네가 찾으면 나는 정지한다.</u>[11](강조―인용자)

'두번째 춤노래'라는 소제목이 붙은 글에서 차라투스트라는 이처럼 말하고 있다. 위의 밑줄 부분은 바로 미당의 「화사」에서 달아나는 꽃뱀을 쫓아가며 그 아름다운 성적 충동에 유혹되는 것과 거의 흡사하다. 차라투스트라의 말은 니체의 다른 글도 그렇듯이 매우 문학적인 표현들로 이루어진다. 인용된 위 글의 앞부분에 나오는 한 구절에서는 삶의 심연과 밤의 바다와 뱀이 서로 아무런 경계선도 없이 이어져 있어서,

---

10) 프리드리히 니체, 『우상의 황혼』, 송무 옮김, 청하, 1989, 113~114쪽.
11) 프리드리히 니체, 『차라투스트라는 이렇게 말했다』, 268쪽.

그 모두가 중첩될 수 있는 것이며 사실은 동일한 것임이 드러난다.[12]

니체는 이 뱀을 통해서 성적인 마력과 함께 삶에의 충동적인 사랑을 표현하고 있다. 니체에게 삶은 바로 이 '생식에의 의지'에서 가장 순수하고 순진한 모습을 띤다. 그리고 그것은 생성을 즐거워하는 자로서 "대지를 사랑하는 것"이며, 삶의 욕망으로 부풀어오르는 바다의 젖가슴을 사랑하는 것으로 표현된다. 바다의 이미지는 차라투스트라의 다음과 같은 말에서 매우 노골적으로 성적인 표현을 얻는다.

> 태양은 바다를 빨고 바다의 깊이를 자신의 높이까지 마시기를 원한다.
> 그때 바다의 욕망은 천 개의 젖가슴으로 부풀어오른다.
> 바다는 높이가 되고 빛이 걷는 길이 되고 빛 자체가 되기를 원한다.
> 진실로, 태양과 같이, 나는 삶을 그리고 모든 깊은 바다를 사랑한다.[13]

이 바다의 깊은 곳이 은밀하게 성적인 교합의 깊이를 은유적으로 함축하고 있음을 눈치챌 수 있을 것이다. 니체는 차라투스트라의 입을 빌려서 이것이야말로 '참된 인식'이라고 말한다. 이 깊이에 대한 성적인 인식이야말로 그가 감상적인 위선자들이라고 경멸하는 수도승적인 학자들의 관조적인 인식(예를 들면 칸트의 순수인식이나 기독교의 사제들이 사로잡혀 있는 신학적 인식)에 대립되는 것이다. 그에게는 창백한 달처럼 백 개의 눈을 가진 거울이 되어 만물 앞에 누워 있는 '결백한 인식', 즉 순수인식이라는 것은 삶, 즉 생식적이며 생성적인 삶을 결여하고 있는 것이며, 따라서 심연의 깊이를 알지 못하는 위선적인 앎에 불과한 것이다.

성적인 육체의 충동적인 생명력을 좇아가는 「화사」의 길은, 정지용

---

12) 같은 책, 267~268쪽 참조.

13) 같은 책, 165~166쪽.

등이 보여준 불모적인 육체의 순수한 감각적 인식을 넘어서 간다. 서정
주는 단지 그들의 기교주의를 비판한 것만이 아니라 그의 시를 통해 그
것을 넘어갔다. 그가 그러한 모더니즘적 언어에 맞세운 '직정(直情)의
언어'라는 것은 우리가 위에서 살펴본 니체적인 '삶에의 의지'가 담긴
언어를 가리키는 것이었다. 미당은 그 삶의 심연으로 내려가려는 뱀의
길을 어쩔 수 없이 밟아가지 않을 수 없었다. 「바다」의 한 구절은 바로
그것을 보여준다.

　　아— 반딧불만한 등불 하나도 없이
　　울음에 젖은 얼굴을 온전히 어둠 속에 숨기어가지고…… 너는,
　　無言의 海心에 홀로 타오르는
　　한낱 꽃 같은 심장으로 침몰하라.

　　아— 스스로히 푸르른 정열에 넘쳐
　　둥그런 하늘을 이고 웅얼거리는 바다, 바다의 깊이 우에
　　네 구멍 뚫린 피리를 불고…… 청년아.

　　　　　　　　　　　　　　　　　　　　　—「바다」 중에서

　미당은 어둠에 잠긴 바다의 깊이를 사유한다. 그것은 정지용의 시에
서 볼 수 있는 '유리판 같은 바다'가 아니며, 정열로 끓어오르는 바다이
다. 그는 해심(海深)이라는 단어를 슬쩍 海心으로 바꿔치기 한다. 그렇
게 해서 바다의 깊이는 마음의 깊이가 된다. 그곳은 꽃 같은 심장으로
침몰해야(여기서 침몰한다는 것은 능동태다) 비로소 다다를 수 있는 곳
이다. 즉 그곳은 정열적인 삶의 깊이인 것이다. 니체는 "아아 인간이 익
사할 수 있는 바다가 어디에 아직 있겠는가?"[14]라고 말했다. 또한 "내
발밑의 이 슬픈, 검은 바다여! 아 숙명과 바다여! 너희에게로 나는 내려

가지 않으면 안 된다(강조 — 인용자)".[15]

　니체의 이런 표현들이 침몰해서 그 깊이에 도달해야 할 미당의 바다와 동일한 것임은 분명해 보인다. 그런데 여기서 침몰한다는 것은 '삶의 깊이'에 대한 인식인데 그것이 왜 위험한 일이 되는가? 침몰이라는 말은 그 깊이 속으로 그저 빠져들어가는 행위를 가리키는 것으로 그치지 않고 그것이 매우 위험한 일임을 말해주는 단어다. 차라투스트라는 "사랑은 가장 고독한 자의 위험이다"[16]라고 말한다. 이 위험은 그에게는 '위대함의 길'이며, 가장 외로운 방랑의 가장 험한 길에서 비롯된다. 차라투스트라는 스스로에게 "너는 너의 위대한 길을 간다. 여기서는 아무도 너를 몰래 뒤따르는 자가 없으리라! 너의 발자욱이 스스로 네가 걸은 길을 지워버렸고, 그리고 그 위엔 불가라고 씌어 있다"라고 말한다.[17]

　여기서 강조되고 있는 방랑의 외로움은 뒤에 초인의 개념과 연관되겠지만 그것은 무엇보다도 대도시의 일반적인 인간들과 멀리 떨어져서 영위되는 삶에서 비롯하는 것이다. 누구도 감히 홀로 바다의 그 심연으로 내려가려 하지 않는다. 거기에는 아무런 위안도 신적인 구원의 손길도 존재하지 않으며, 단지 무자비한 자연의 생명들이 서로 힘을 겨루는 거대한 파랑만이 겹겹이 쌓여 있을 뿐이다. 거기에는 외부적으로 정해지거나 주어진 아무런 목표나 목적도 없고, 시작도 없으며 끝도 없는 영원회귀의 모래시계만이 있는 것이다. 그곳에서는 기존의 어떠한 안정된 삶의 체계나 표(흔히 선한 자들의 표라고 이야기되는) 하나 없이 출항해야 하기 때문에 커다란 공포와 뱃멀미가 찾아온다. 새로운 세계를

---

14) 같은 책, 176쪽.
15) 같은 책, 195쪽.
16) 같은 책, 196쪽.
17) 같은 책, 194쪽.

창조하는 자들이라고 니체가 말하는 이 출항자들, 실험가이며 탐색가인 그들은 그 모든 것을 스스로 혼자 결정해야 할 것이다. 그의 고독은 광대한 우주와 맞서 있는 고독이기도 하지만, 더욱 직접적으로는 기존의 낡은 가치들과 관습들, 정신적인 규범들과 맞서야 하는 고통스러운 행위이기도 하다. 그래서 니체는 그것을 범법자라고 부르지 않았던가.[18]

---

18) 같은 책, 255쪽.

풍류(風流) 공간인 산의 역사
―「혜성가」에서 「백록담」까지

1

전통적인 정신은 오늘날 과연 얼마만한 효용가치가 있을까? 개화기 이후 근대적인 물질문명을 발전시켜온 우리들에게 이제는 경제적인 이해관계가 가장 중요한 잣대가 되었으니 전통적인 정신에 대해서도 이렇게 물을 만하다. 과거의 경제활동을 다스리고 일상의 풍속에까지 깊이 스며 있던 유교, 불교, 그리고 민족종교의 개념들과 상징들은 우리의 오랜 역사를 확인시켜주는 유물이며 골동품일 뿐인가? 아니면 그러한 것들은 우리의 현대적인 경제활동에서도 인간관계의 독특한 윤리를 구축해서 새로운 경제활동 방향을 만들어낼 수도 있는 것인가?

근대적인 서구식 개인주의는 형식적으로는 무차별적인 자유를 모두에게 허용해주는 듯하다. 그러나 정치경제적인 권력의 분배와 소유는 개인마다 다르며 그들의 자유 역시 그에 따라 현실적으로는 많은 차이가 있는 것이 오늘날의 실정이다. 과거의 정신들은 자본주의적 개인을 발견하기 이전에 있었던 고대 중세의 특정한 공동체와 연관된다고 할 수 있다. 그러나 그것이 가지고 있는 내용 전체가 그 공동체의 한 측면, 예를 들어 고대와 중세의 경제적이거나 정치적인 것으로 완전히 환원되는 것은 아니다. 공자의 담론은 자신이 살았던 당대의 정치적 난세와 연관됨이 분명하다. 그는 주나라 도서관을 뒤지며 옛날 성인들의 법을 되찾고자 노력했다. 그의 담론들은 당대 현실 속에서 생생한 의미들을 얻는다. 그러나 그 담론 밑바닥에 놓인 철학에는 역사를 통해서 수없이 생성 소멸했던 공동체들을 관통하는 어떤 것이 있다. 자연과 인간의 근본적인 관계를 고찰하는 가운데 그가 통찰력 있게 붙잡아낸 혹은 과거 성인들의 법에서 이어받은 인의예지신(仁義禮智信)이란 오상(五常)은 어떠한 사회에서건 통용될 수 있는 것이다.

공자는 이 중에서 인을 평온과 고요를 간직하고 있는 산에 비유했다. 『상서대전尙書大傳』에서 그는 이처럼 말했다.

참으로 높은 산이로구나! 나는 산을 좋아한다네! 거기에는 푸른 나무가 자라고 꽃이 피네. 그곳에는 새와 짐승들이 살고 있네. 산은 온갖 보물을 간직하네. 그것은 누구나 가질 수 있으니 우리 모두의 것이라네. 하늘과 땅의 결합과 음양의 일치를 나타내려고 산은 바람과 구름을 일으키네.

공자가 발견한 군자(君子)로서의 개인은 이러한 인의 덕목을 우선으로 한다. 이러한 덕목은 우리 현대사회를 구성하는 이기적인 개인과 대립되는 면이 있다. 그러나 그것은 오히려 이기적인 개인의 삶을 구원할 수 있는 것이지 망치는 것은 아니다.

공자의 인의예(仁義禮)에 대해 비판하기도 했던(『도덕경』 38장) 노자는 이렇게 말하기도 했다. "도를 닦는 자는 날로 손(損)하니, 손에 손을 거듭하여 마침내 할 일이 없이 되는데 이르면 여기서 비로소 천리(天

理) 자연에 순회하여 하지 않는 일이 없이 된다."[1] 그는 또 작위적인 정치와 민중의 편리한 이기(利器)에 대해서도 비판했다(『도덕경』 57장 참조). 노자의 이러한 견해는 그가 살던 당대를 겨냥한 것이지만 오히려 현재의 자본주의적 경제활동과 정치제도에 대해서 가장 날카롭게 적용된다. 노자는 자신의 이기적인 활동을 위해서 전면에 나서고 경쟁하며 마침내는 군림하고자 하는 사람들의 욕망을 비판한다. 그는 "상덕(常德) 반박(反樸)"(『도덕경』 28장)에서 무위의 태도로 자연을 좇는 무극의 도에 대해 이야기한다. 산의 골짜기는 그러한 도의 비유적 상징이 된다.

남성적인 강건함인 수컷을 충분히 알아 여성적인 유연함인 암컷을 지키면 천하의 골짜기(谿)가 된다. 천하의 골짜기가 되면 떳떳한 덕이 떠나지 않아 갓난아이로 되돌아간다. 그 흰 것을 알아 검은 것을 지키면 천하의 법이 되나니 천하의 법이 되면 항상 덕이 어긋나지 않아 무극(無極)으로 되돌아간다. 그 영화를 알아 욕됨을 지키면 천하의 골(谷)이 되나니 천하의 골이 되면 떳떳한 덕이 족하여 박(樸)에 되돌아간다.

이처럼 공자와 노자는 자신의 사상을 그 궁극적인 지점에서 설명하기 위해 산의 형상을 빌려왔다. 공자의 산과 노자의 골짜기는 그리하여 오랜 세월 동안 동양의 전통적인 정신이 헤아릴 수 있는 꼭짓점에 놓여 있었다. 그것은 한마디로 말해서 자연과 합일된 청정무위(淸淨無爲)의 경지를 일컫는 것이었다. 이러한 정신세계는 이후 꾸준히 수많은 시인묵객들의 주제가 되었다.

우리의 전통적인 예술과 관련하여 항상 논의되는 풍류라는 것도 근본적으로는 이러한 것과 뗄 수 없다. 김택규는 일찍이 풍류에 대해 논

---

1) 『장자』, 을유문화사, 1963, 172쪽.

의하는 가운데 풍류의 어의가 역사적으로 볼 때 중국적인 것으로 변질
해왔다고 했다. 우리의 풍류를 찾기 위해 그는 우리가 일반적으로 사용
하는 '풍류'에 대해 말한다. 이 풍류라는 말은 "인위적이 아닌, 기교를
벗어난 어떤 자연적 조화와 같은 지각을 함유하고 있는 것"을 가리킨
다.[2] '바람의 흐름'이라고 한 것은 구속에서 철저히 해방되려는 움직임
과 관련된다.

그는 풍류의 첫째 조건으로 이속(離俗)을 꼽았다. 그리하여 풍류란
이속과 미의 추구가 자연과 결합될 때 이루어지는 복합적인 개념[3]이라
는 것이다. 그는 이러한 관점에서 자연미를 표출한 과거의 시조들과 현
대의 시조들 및 시를 분석했다.

허남춘은 이 풍류 사상을 최치원의 현묘지도(玄妙之道)와 연결시켜
이해하면서 신라 화랑들의 풍류가 우리나라 시가의 백미인 향가를 산
출시킨 힘이었음을 밝힌다. 그에 따르면 신라시대 산천숭배 사상은 과
거로부터 흘러내려온 선풍(仙風)과 관련된다.[4]

이 선풍은 흔히 우리 민족의 시조라고 일컬어지는 단군으로부터 비
롯된다. 최삼룡은 여러 문헌 전적을 통해 단군의 도맥이 아사달 산에서
문박씨(文朴氏)로 이어지고, 문박에서 영랑(永郎), 영랑에서 보덕신녀
로 이어지며 다른 또하나의 맥은 신라 초의 표공에서 물계자, 물계자에
서 대세 구칠, 대세 구칠에서 최치원으로 이어진다고 했다.[5] 이들 중에
단군은 아사달 산에서 산신이 되었고, 항미산인(向彌山人) 영랑은 금강
산을 비롯한 산수간을 소요했으며, 물계자는 사이산(斯彝山)에서 살았
고 최치원은 가야산에 은거했다.

---

2) 김택규, 『한국민속문예론』, 일조각, 1991, 297쪽.

3) 같은 책, 298쪽.

4) 허남춘, 『고전시가와 가락의 전통』, 월인, 1999, 34쪽.

5) 『한국문학과 도교사상』, 새문사, 1994, 24쪽 참조.

최치원이 말한 풍류도는 이러한 맥락에서 보면 우리 민족정신의 유구한 흐름에 맞닿은 것이다. 영랑의 도를 이어서 화랑들은 산수간에서 풍류의 도를 익혔으며 그 가운데 향가가 일정한 양식으로 틀을 잡았을 것이다. 향가의 작자 중 충담, 월명, 융천사는 승려라기보다 선가(仙家)라고 최삼룡은 주장했다. 그것은 월명이 경덕왕에게 "신승(臣僧)은 국선(國仙)의 무리에 속하여 단지 향가를 알 뿐이요, 범성(梵聲)에는 익숙지 않다"고 아뢴 것에서도 확인된다. 월명사는 「도솔가」를 지어 부르게 함으로써 두 개의 해가 나타난 변괴를 물리쳤다.

융천사의 「혜성가」에 화랑의 풍류가 최초로 그 모습을 보인다. 바로 거열랑, 실처랑, 보동랑의 금강산행이 바로 그것이다.

삼화(三花)애 오람보샤올 듣고

달두 바즈리 혀럴 바애

길 쓸 별 바라고

혜성여 살반여 사라미 잇다

아으 달 아래 떠갯더라

이 어우 므슴 彗ㅅ기 이실꼬[6]

세 화랑이 금강산 오름을 보고 하늘에서 내려와 그들이 올라갈 길을 쓸고 있는 별을 보고 누군가가 혜성으로 오해했다는 것을 두고 노래한 것이다. 이 시에서 우리는 화랑들의 풍류 공간인 산이 매우 신령스러운 공간임을 알 수 있다. 왜냐하면 그들이 가는 금강산행 길을 하늘의 별이 내려와 청정하게 만들고 있기 때문이다. 하늘의 감응(感應)이 서려 있는 공간으로 산은 변화된다.

---

6)『원역 향가여요』, 서음출판사, 1985, 17쪽.

신라의 풍류는 그 유명한 「처용가」에서 깊숙한 풍속의 면모를 엿보인다. "새블 발긔 다래/밤드리 노니다가/드러사 자리 보곤/가라리 네히어라." 신라의 서울 경주의 밤 밝은 달 아래의 풍류는 밤을 지새우도록 그칠 줄 모른다. 이 멋진 풍류는 밤공기와 달빛의 어우러짐 속에서 자연의 멋을 즐긴 것일 터인데, 그것을 즐길 수 있는 정신의 극치를 한편에 지니고 있어야 가능한 일이다. 처용이 그러한 정신적 풍모를 지니고 있지 못했다면 어떻게 역신이 아내를 범한 장면에서 춤과 노래로써 그 역신을 물리칠 수 있었겠는가? 고려 「처용가」를 보면 이러한 처용의 정신적인 면모는 더욱 분명하게 형상화되어 있다.

> 너와 아비의 모양이여, 처용아비의 모습이여
> 만두삽화(滿頭揷花) 겨우시어 기울어지신 머리에
> 아, 수명장원(壽命長遠)하시여 넓으신 이마에
> 산의 기상 비슷이 무성하신 눈섭에
> 애인상견(愛人相見)하사 온전하신 눈에
> 풍입영정(風入盈庭)하사 우굴어지신 귀에
> 홍도화(紅桃花)같이 붉으신 모양에
> 오향나무 맡으시어 우멍하신 코에
> 아, 천금 머금으시어 넓으신 입에[7]

처용의 기상은 꽃과 산, 향나무와 보석으로 비유되어 아름답고 덕이 있는 것으로 묘사된다. 우리 시가사상 이렇게 화려한 여러 가지 형상들이 한 군데에 동원된 경우는 찾아보기 힘들다. 처용의 형상은 악귀를 내쫓는 무서운 형상으로 흔히 생각되지만 위의 시가에서는 전혀 그러한

---

7) 같은 책, 100쪽.

점을 찾아볼 수 없다. 처용무의 탈에서는 오히려 이러한 시가상의 아름
다운 형상을 찾기 힘들다. 아마도 처용의 풍류적인 아름다운 정신은 시
가의 내용이나 춤의 동작으로 전해진 것이 아닌가 한다. 탈춤에도 전승
되었을 처용의 얼굴은 단지 축사(逐邪)를 위해 무서움을 과장한 모습이
되었을 것이다. 그러나 그의 풍류는 웃음을 폭발시키는 탈춤의 해학적
내용과 신명을 돋우는 춤사위의 멋진 가락으로 전승되지 않았겠는가?

　이육사의 친구이기도 했던 신석초는 서구적인 감수성으로 현대화되
었지만 여전히 우리 삶 속에 스며 있는 그 깊은 가락을 되살리려 노력했
다. 이미 현대의 처용은 자연과 인간의 정신 사이에 벌어진 틈으로 찢
겨 있다. 그는 풍류의 흐름 속에 혼연일체로 녹아 있던 정신과 육체의
합일에서 벗어나 육체의 관능과 투명한 정신의 갈등을 보인다.

　　석양은 이제 깊은 적막을 흔들고
　　적막 속에 속삭이는 가랑잎 소리—
　　나는 게으른 낮잠을 깨어
　　수풀에서 늘어진 몸을 일으킨다.
　　이제야 어둠이 나에게 형체를 주고
　　나는 붉은 긴 소매를 휘날리며
　　투명한 몸둥이를 이끌어
　　눈부신 화석의 숲을 내리노라

　　아아 무슨 운명의 장난이
　　나로 하여금 이렇게 육체에까지
　　이끌리게 하는가.
　　아아 무슨 크낙한 잊기 어려운 미련이
　　내 몸을 이다지도 그리운 형태로

소생하게 하는가

—「처용은 말한다」 중에서

신석초의 처용이 잠에서 깨는 산의 숲속은 이미 화랑들이 찾던 풍류의 공간이 아니다. 자연과 합일된 인간 정신의 풍요로움과 신성함이 여기서는 개인의 투명한 의식세계로 전환된다. 숲속에서 깨어 일어나는 처용은 과거의 모든 추억과 함께 일어나는 것이지만, '나'라는 주체는 '혼자'라는 의식의 예민한 교차점에서 느끼고 생각하며 말한다. 그의 산은 이러한 의식이 잠들고 있는 수풀을 마련할 뿐이다. 화랑들이 제사지내던 신들은 사라졌으며, 그 속에서 노래하고 춤추던 자연의 현묘한 깊이도 없어졌다. 신석초의 처용은 우리의 현대시가 전통적인 정신을 어떻게 받아들이고 이어가며 변용시키고 있는가를 측정할 수 있는 하나의 척도다. 그의 시를 통해서 알 수 있는 것은 우리 현대인들이 '현대적인 개인의 잠'에 빠져 있다는 것이다. 우리는 개화기에 과거의 잠에서 깨어나기 위해 몸부림쳤지만, 서구의 근대문명을 상당 부분 따라잡은 오늘날 되돌아보면 우리는 '근대'라는 또다른 잠 속으로 빠져들었다. 우리는 서구의 합리주의적인 문명에 맹목적으로 빠져들어간 셈이 되었다. 그것이 우리의 과거를 송두리째 잠들게 만들었다. 앞으로 현대시는 이러한 것에 대한 반성을 위해 전통을 어떻게 재해석할 것인가 하는 문제에 봉착해 있다.

2

고려가요 「청산별곡」의 그 유명한 구절 "살어리 살어리랏다/청산에 살어리랏다/멀위랑 다래랑 먹고/청산에 살어리랏다"를 외우지 못하는 사람은 거의 없을 것이다. 이 시 전체에 깔린 체념적 애조를 염두에 둔다 해도 이 시의 '청산'은 분명 그곳을 찾아든 사람이 어떠한 사람이든 푸근하게 감싸줄 수 있는 느낌을 준다. 그 산은 인생이 힘든 자에게 피난처를 제공해준다.

역시 고려 때 불린 무가로 알려진 「내당內堂」에서도 산은 모든 번뇌를 씻어낼 수 있는 신성한 공간이다.

> 산수청량소래와
> 청량애사 두스리 믈어디새라
> 도량애사 오시나니
> (……)
> 다로럼 다리러
> 열세남종이 다여위실 더드런
> 니믈뫼셔 살와지
> 성인무상 양산대륵아
> 다로럼 다리러
>
> 山水의 淸凉한 소리와
> 그런 청량에야 數里나 되는
> 쌓이고 쌓인 번뇌가 무너지는구나
> 이런 도량에 염불하러 오시나니
> (……)
> 다로럼 다리러
> 열셋 남종이 모두 말라빠지면
> 임을 모시어 사라지고 싶습니다
> 聖人無上 兩山의 大彌勒아
> 다로럼 다리러[8]

인생세간의 욕망으로 인한 번뇌가 마지막으로 찾아가는 곳은 바로 청량한 산의 도량이다. 무(巫)와 불(佛)이 묘하게 습합된 상태에서 산은 욕망의 번뇌에 빠진 아낙을 받아주며 그 어지러운 마음을 다스려준다.

조선 사대부의 시조 역시 산을 즐겨 소재로 삼았는데 이들 가운데 율곡 같은 이는 유가의 도(道)를 거기서 보고자 했다. 율곡은 "자연을 즐기고 사랑하는 예사로운 마음을 산 속에서 고립시키지도 않았고 그 자신도 은둔에 빠지지 않았다".[9] 즉 그에게 산은 소요의 즐거움을 주는 곳이지만 거기 몰입하여 은둔하는 곳은 아니다. 그는 「고산구곡가高山九曲歌」에서 이렇게 노래했다.

> 四曲은 어듸메오 松巖에 해넘는다
> 潭心巖影은 온갖 빛치 줌겨셰라
> 林泉이 깊도록 됴흐니 興을 계워 ㅎ노라

율곡의 이 시조에서 자연에 대한 사대부들의 흥취를 느낄 수 있다. 산의 계곡 깊은 곳에 고인 물은 고요한 성정(性情)의 비유가 되었다. 그러나 비유라고 할 수 없을 정도로 거기에는 선비들이 바라는 마음의 한 경지가 실제로 담겨 있다. 비록 소나무나 바위 같은 것들이 유가들의 군자적 덕목을 지칭하는 상투형으로 굳어진 것이지만, 그러한 상투형들의 삶은 깊고도 지속적인 것이어서 쉽사리 메말라버리지 않는다. 왜냐하면 그러한 것들은 당대의 정치와 윤리, 풍속에 이르기까지 모든 부분에 스며들어서 삶의 다양한 힘들을 조율하는 것이었기 때문이다.

우리에게 이렇듯이 풍류의 공간이며 피난처이자 군자의 덕을 상징하는 것이었던 산은 근대에 와서 이 모든 것을 잃어버리게 되었다. 1920년

---

8) 같은 책, 291쪽.

9) 허남춘, 『고전시가와 가락의 전통』, 월인, 1999, 287쪽.

대의 민요 시인으로 알려진 김소월은 그의 시 중에서도 가장 비극적인
절창인 「차안서선생 삼수갑산운」에서 지금까지와는 전혀 다른 산을 노
래했다.

> 삼수갑산 나 왜 왔노
> 삼수갑산 이 어디메냐
> 오고 나니 기험타 아하
> 물도 많고 산 첩첩이라 아하하
>
> 내 고향을 도로 가자
> 내 고향을 내 못 가네
> 삼수갑산 멀더라 아하
> 촉도지란이 예로구나 아하하

"삼수갑산이 날 가둡었네"라고 하면서 그의 가락은 형벌받은 고독한
개인의 운명을 노래한다. 이러한 비극적인 가락은 풍류적인 가락과 얼
마나 멀리 떨어져 있는가! 소월은 그의 또다른 절창인 「산유화」에서는
"산에서 우는 작은 새여/꽃이 좋아/산에서/사노라네"라고 했다. 이
산은 철에 따라 꽃이 피고 지는 산, 자연의 변화를 안고 있는 산이며, 그
자연의 질서 속에 생명체를 깃들게 하는 산이었다. 그런데 「차안서선생
삼수갑산운」의 산은 자연의 풍요로운 생명력을 모두 빼앗긴 삭막한 공
간으로 나타난다. 그것은 심지어는 다른 어떤 삶도 가능할 수 없게 만
드는 유폐의 공간이 된다.
　김소월의 이러한 산은 그 자신이 빠져든 삶의 질곡을 암시한 것이지
만 동시에 근대에 들어와서 전통적인 정신이 마주친 질곡을 의미하는
것이기도 하다. 김소월은 전통적인 가락을 되살리고 변용하면서 새로

운 시의 길을 더듬어나갔다. 그 가운데 그는 그러한 가락과 언어, 상징들 속에 깃들어 있는 전통적인 정신의 여러 가닥들을 숨쉬면서 계속 활로를 모색했던 것이다. 「차안서선생 삼수갑산운」은 우리 국토의 끝, 더 이상 도망칠 수 없는 마지막 경계에서 그러한 것들이 외쳐대는 절규를 담고 있다. 이 시의 산은 여전히 과거의 혼에 매달려 초혼의 외침을 절규하는 자에게(「초혼」) 남아 있는 황량한 세계를 암시한다. 근대적인 환경들이 과거의 모든 것을 다 쓸어낸 황량한 풍경이 여기에 남아 있다.

　김소월보다 훨씬 뒤에 고은은 "먼 산들을 좋아하지 말자"라고 함으로써 그 옛날의 풍류적 산들을 현대시에서 지워버리고자 했다. 그에게 그 산들은 지난날의 잘못된 역사를 짊어지고 있는 것이다. 여기서 우리의 '산'은 이제 우리 정신의 가장 깊은 곳으로부터, 중심으로부터 멀리 물러나야 하는 것처럼 된다.

　　먼 산들을 좋아하지 말자

　　먼 산에는 거짓이 많다

　　시인이여

　　이제는 먼 산들을 좋아하지 말자

　　우리나라의 씨 짐승인 시인이여

　　좀더 가까운 볏단 검은 들로

　　커다란 땅거미 속으로

　　우리에게 막아야 할 재난이 또 오고 있다

　　이제까지의 오랜 오욕으로

　　어리석음으로 기뻐한 것들이

　　먼 산들이 되어 저물고 있다

　　태백산맥의 오대산에서

　　치악 백운 서운산으로

천안의 작성 흑성산으로 저물고 있다

—「차령산맥」 중에서

이 시인에게는 삶의 가까운 현장에서 찾아야 될 진실들이야말로 중요한 것이다. 산은 그것이 비록 "자손만대로 이어지는 산들이／이 세상에서 가장 자랑일지라도" 우리들의 가슴속에서 지워버려야 할 대상이다. 그는 바로 이 부분에서 우리 역사의 거대한 줄기들을 진실의 현장에서 물러나게 한다. 그것은 풍류일 수도, 유교적이거나 불교적인 정신일 수도 있다. 그가 먼 것을 부정하고 가까운 것들을 들여다보도록 요구하는 것은 점차 감각적인 수준에서 붙들 수 있는 것 속으로만 모든 것을 몰아가는 근대 이후의 현실과 함께한다. 민중적인 삶의 현장은 경제적인 이해관계에서 포착되는 것이며, 바로 이 층위에서 드러나는 현상만이 진실된 것처럼 여겨진다. 고은은 김소월이 삭막한 폐허의 어둠으로 인식했던 것에서 진실의 빛을 보려 했다. 멀어져가는 정신들을 한낱 거짓된 이데올로기로 만들어버리는 이 민중적인 세계관은 먹고 사는 경제적 기초에 너무 몰두함으로써 풍류의 정신을 거짓으로 내몰았다. 그러나 과연 우리가 무엇으로 사는가 하는 것을 다시 생각해보아야 할 것이다.

3

우리의 옛 정신을 담고 있는 산에 대한 이러한 시각의 변화는 가히 충격적이라 할 만하다. 그러나 다른 한편으로 근대적인 것의 충격에 대항하며 과거의 정신을 보존하거나 회복하고 다시금 거기서 새로운 생명력을 되찾고자 하는 노력이 끊임없이 이어지고 있다. 아마도 이러한 모습을 가장 최초로 그리고 집요하게 보여준 사람으로 육당 최남선을 들

수 있을 것이다. 그는 최초로 근대적인 시를 실험한 공로가 있다. 하지만 또한 그러한 근대와 맞서 과거의 정신과 그 형식을 되찾고자 노력한 최초의 근대적 인물이기도 하다. 그는 「해에게서 소년에게」 이후 근대적인 풍모를 띤 시가들을 만들어냈지만 『태백산 시집』 이후로는 오히려 시조 형식에 몰두한다. 정한모는 일찍이 이러한 경향을 "민족의식적 관념의 덩어리"라고 하면서 "이 조선정신은 바다의 광활성보다는 '산'의 폐쇄성을 택하게 되었다"[10]고 비판했다. 정한모는 그의 이러한 이념적 경향 때문에 시에서 더욱 멀어질 수밖에 없었다고 평가했다. 그러나 조선의 산들에 대한 육당의 열정은 이념의 건조함을 넘어설 수 있을 정도로 풍부한 정념을 불러일으켰다. 그는 이렇게 말했다.

조선의 국토에 대한 나의 신앙은 일종의 애니미즘일지도 모릅니다.
나의 보는 그는 분명이 감정이 있으며 언소(言笑)로써 나를 대합니다.
이르는 곳마다 꿀 같은 속살거림과 은근한 이야기와 느꺼운 하소연을 듣습니다.
그럴 때마다 나의 염통은 최고조의 출렁거림을 일으키고, 실신할 지경까지 들어가기도 한두 번이 아니었습니다. 이런 때의 나는 분명일 예지자(叡智者)의 몸이요, 일 대시인의 마음을 가졌지마는, 입으로 그대로 옮기지 못하고 운율 있는 문자로 그대로 재현치 못할 때에 나는 의연한 일 범부(凡夫)며 일 박눌한(樸訥漢)이었습니다.[11]

그는 이 글의 첫머리를 "조선의 국토는 산하 그대로 조선의 역사며 철학이며 시며 정신입니다"라면서 시작했다. 위의 글은 이 국토에 뿌리 박혀 있는 "조선인의 마음의 그림자와 생활의 자취"를 발견하며 탐구하

---

10) 정한모, 『최남선 작품집』, 형설출판사, 1982, 204쪽.
11) 정한모, 「순례기의 권두에」, 같은 책, 180쪽.

는 자로서 벅차게 느껴오는 감격을 말한 것이다. 「해에게서 소년에게」
이후의 근대적인 안목에 가려졌던 조선의 역사가 그 본 모습을 드러낼
때 그는 너무나 감동한 나머지 이렇게 고백하고 만다.

> 도리어 서적과 책상에서 병신된 내 소견을 진여(眞如)한 상태로
> 있는 활문자(活文字) 대궤안(大机案)에 교정받고 보양(補養)얻지
> 아니치 못할 것을 통절히 느끼었습니다.[12]

실물로 보는 역사와 정신의 시와 철학 속으로 빠져들면서 육당은 자
기의 계몽주의적 교양이 얼마나 천박한 것인지 뼈저리게 깨닫는다. 그
는 이 국토순례에서 거의 종교적인 몰입의 상태로 들어가는 것인데,
'백운향도(白雲香徒)'라는 말로 자신을 지칭한 것은 그 옛날 신라 화랑
들의 국토순례 정신을 본받고자 한 것이다. 그는 신라 화랑들이 산천의
신들에게 제사하며 거기서 풍류의 도를 닦았듯이 조선의 산하를 더듬
으며 '국토여래(國土如來)'의 상적토(常寂土)를 호흡한다. 그는 '숭고
한 종교적 충동'이라는 말로 국토여행을 지칭하고 자신의 이 '수행(修
行)'이 오래도록 지속될 것이라고 말한다.

그가 「태백산과 불함문화」라는 글을 쓰게 되는 것은 바로 이러한 수
행과 이어지는 것이 아닐 수 없다. 그는 이 글에서 조선정신의 상징어
인 '백(白)'을 신의 의미를 갖는 것으로 풀이하면서 환웅, 단군으로부
터 내려오는 성스러운 역사적 의미를 더듬는다. 고대역사에 대한 탐구
는 서구 근대문명의 충격에 흔들린 그의 주체성을 회복하고자 하는 염
원과 맞닿아 있다. 이것이 시에서는 「태백산 시집」의 성과로 나타난다.
그는 「태백산가」와 「태백산부」를 썼는데 이것은 조선 전 국토에 벋어 있

12) 같은 책, 179쪽.

는 "원시문화의 일대만다라(一大曼茶羅)"(「태백산과 불함문화」)의 중심 성소인 '밝산'을 염두에 둔 것이다. 그가 이렇게 고대신앙의 중심지인 신산(神山)을 찬양하는 것은 역설적으로 그가 가장 근대적인 계몽정신의 선구자였기 때문에 가능했다. 왜냐하면 그의 계몽정신은 조선시대의 유가적인 법도와 풍속의 재갈을 풀어 그를 자유롭게 해주었기 때문이다. 중화적인 사유체계인 주자학적 정신에서 볼 때 이 단군정신에 대한 종교적 찬양은 분명 이단적인 것이었다. 조선의 지배 이데올로기인 주자학에 지배되는 유자들에게 이러한 조선의 고대적 정신은 식민지 시대에도 여전히 문제적인 것으로 남아 있었을 것이다. 육당은 중화주의에 맞선다는 분명한 의식에서 '우리 대황조(大皇祖)'라는 말을 쓰고 있다.

질거움과 태평의 크나큰 빗흘
모든 것에 골고로 난화주라신
하날 명을 밧드신 우리 大皇祖
이 세상에 오심애 네게로로다

머리에 인 흰 눈은 억만 년 가도
변하거나 녹음이 결코 업나니
순결하고 영원한 마음과 정성
속으로서 밧그로 드러남이라.

— 「태백산가」(其一) 중에서

그는 「태백산가」(其二)에서 이 태백산(지금의 백두산)이 "중원에 모진 바람 불고 사나운 비 올 때엔/행여 무궁화 건더릴까 가로 웃둑 막도다"라고 노래했다. 그는 여기서 중화주의에 맞선 주체성을 분명히 내보인다. 비록 어린 소년들을 대상으로 『소년』지에 게재한다는 한계 때문에 소박함을 넘어서지 못했지만 이러한 주체적 의식은 문명의 전환기에 매우 중요한 문제를 제시했음이 틀림없다. 그것은 새로운 세계를 건설하기 위한 중심과 토대의 구축이기 때문이다. 이 정신적인 중심 없이는 서구적인 근대문명으로 나아가는 것 자체가 허망한 일이 될 것이기에 육당은 자신의 뿌리를 더듬지 않을 수 없었을 것이다. 단군이 건설한 세계는 태백산을 우주의 중심적인 성소로 만들어야 가능한 것이었는데 육당 역시 그러한 성스러운 중심을 다시금 회복하고 싶었을 것이다.

이 성소에 대한 우리의 전통은 매우 뿌리 깊은 것이다. 이미 옛날의 가사에서도 백두산, 태백산은 우리가 살아가야 할 터전을 마련하는 데 없어서는 안 될 조종산(祖宗山)이다.

북으로 머리 드러 開北山川 바라보니
백두산 祖宗峰은 玄武方에 들러 잇서
태극성이 되었는데 古往今來 人傑地靈 몇몇인고
—「사친가思親歌」 중에서

天文을 바라보고 地理를 둘러보니
태백산이 현무되고 형산이 주작이라
천태산이 청룡이요 금강산이 백호로다
—「옥설화답가玉屑和答歌」 중에서

고구려의 고분에서도 확인되는 동서남북 사령신은 터를 잡는 데 빼놓을 수 없는 것이다. 태백산은 위의 두 가사에서 북방 현무의 신으로 자리잡고 있는데 이것은 맥이 벋어나가는 시초이다. 이 태극의 자리에서 모든 것이 비롯된다. 하나의 세계를 다스리는 중심은 이 현무의 좌우에 벋어 있는 동청룡 서백호를 담장으로 하여 남주작을 향해 자리를 잡는다. 옛날의 임금은 이 자리에서 북좌남향을 하고 앉아 섭정하는 것이다.

육당이 이렇게 고대적인 정신의 중심을 되살리려 하고, 거기 '황령 皇靈' 이라는 명칭을 부여한다고 해서 그것이 당대 사회주의자들이 흔히 비판하듯이 단순히 낡은 것으로 복귀한 것이라고 규정할 수 있을까? 우리의 고대는 항상 낡기만 한 것인가? 서양의 근대는 고대적 이상을 부활시킨다는 명제에서 새로운 세계를 만들어냈다. 그들에게는 당연한 것이 우리에게는 있어서는 안 되는 것인가?

우리의 정신적 중심을 찾는 이 성소 순례는 이후 정지용의 후반기 시들에서 그 맥을 잇는다. 정지용 역시 이러한 국토순례를 했는데 그의 여행기 중에서 금강산과 한라산은 그러한 성지순례의 중심에 놓여 있다. 그는 천고의 신비를 감추고 있는 백록담을 소요하며 동방의 현인들의 높은 덕을 거기서 본다. 그는 「귀거래」라는 제목으로 암시하듯이 그러한 세계로의 복귀를 꿈꾼다. 역시 전통적인 세계를 자신의 독특한 가락으로 되살리려 했던 김영랑과 함께 여행하면서 지용은 한라산의 성스러움에 대해 이렇게 말했다. "산이 얼마나 장엄하고도 너그럽고 초연(超然)하고도 다정한 것이며 준열(峻烈)하고도 지극히 아름다운 것이 아니오리까"(「일편낙토」).[13] 그가 소요하는 백록담 자락은 새들과 나무와 꽃, 우마(牛馬)와 인간들을 깃들이게 하는 곳이다. 마치 공자와 노자가 말했던 산록(山麓)의 도덕을 지용의 백록담도 갖추고 있는 듯하다. 그는 "산이 하두 너그럽고 은혜로워 산록(山麓)을 둘러 인축(人畜)을 깃들이게 하여 자고로 넷 골을 이루도록 한 것"이라고 말했다. 이 거리와 저자의 사람들이 "지리(地利)와 인화(人和)로 생동하는 천민(天民)들"이 아니냐고 그는 말하는 것인데, 천시(天時)와 지리(地利)와 인화(人和)가 바로 이 성스러운 산자락에서 조화롭게 베풀어지고 있음을 나

---

13) 정지용, 『문학독본』, 122쪽.

타내고자 한 것이다. 그가 발견한 백록담은 자신의 근대적 정신이 기어올라가서 도달한 옛정신의 감격스러운 꼭짓점이다.

풍란이 풍기는 향기, 꾀꼬리 서로 부르는 소리, 제주 회파람새 회파람 부는 소리, 돌에 물이 따로 굴으는 소리, 먼 데서 바다가 구길 때 쇄—쇄— 솔소리, 물푸레 동백 떡갈나무 속에서 나는 길을 잘못 들었다가 다시 측넌출 긔여간 흰돌바기 고부랑길로 나섰다. 문득 마조친 아롱점말이 피하지 않는다

—「백록담」 중에서

그는 여기서 옛정신의 추상적인 관념에 대해서 한마디도 이야기하지 않는다. 모든 것은 그 꼭대기에서 느끼는 감각들만으로 제시된다. 이 투명한 감각적 풍광은 그가 산문에서 말한 바 높다란 산의 덕(德)을 풀어내는 세계다. 근대적인 개인주의적 사유를 상당히 갈고 닦은 그가 그러한 생활 속에서 쌓인 자신의 피곤한 신경을, 항상 긴장해 있던 예민한 감각들을 편안하게 여기 풀어놓는다. 산꼭대기에서 그의 감각들은 더 이상 긴장되게 외부세계와 접촉하지 않는다. 대도시 속에서의 긴장된 투쟁, 타인들과의 긴장된 관계 속에서 자신의 영역을 구축해야 하는 극도로 개인주의화된 의식이 여기서는 나타나지 않는다. 향기와 소리와 빛깔들이 서로 조응하면서 이 꼭대기의 조화롭고 평화로운 세계를 풍요롭고 아늑하게 빚어낼 뿐이다. 이 세계는 우리의 현대시가 되찾아야 할 정신의 한 경지를 엿보게 한다. 정지용이 날카로운 감각들로 빚어냈던 모더니즘 시들보다 이 「백록담」은 우리에게 현대시의 나아갈 참다운 방향을 가리켜준다. 그의 현대적인 모든 고민과 상처, 방황과 탐색의 모든 족적이 이 산의 꼭대기에 놓여 있는 것이다.

문학의 황무지를 건너기

1. '좋은' 의 축제적 기원

사람들은 나이가 들면 뒤돌아보는 버릇이 생긴다. 우리가 흔히 '현대문학' 이라고 하는 것도 이제는 걸어온 길을 돌아볼 만큼 지난 여정이 아스라하게 보이는 것 같다. 수많은 시인과 소설가들, 그리고 여러 장르들을 뒤섞어서 자신과 우주를 글로 남긴 많은 사람들이 있다. 일반 인들에게는 그 가운데서도 잘 알려진 '명작' 이나 '베스트셀러' 만이 익숙한 모습으로 다가와 있다. 그러나 정작 무엇이 '좋은' 문학이란 말인가? 이 새삼스러운 물음 앞에서 이미 어느 정도 굳어진 '명작' 이나 '베스트셀러' 라는 과거의 딱지들은 잠깐 유보될 수도 있을 것이다. 많은 경우, 그러한 딱지에 붙여진 평가들은 당대적 감상의 결과들이다. 당대의 유명한 비평이나 짧은 평론들의 수군거림이 만들어낸 것이다. 사람들은 그러한 비평가들이나 매스컴의 견해에 의해 조종당하며 자신들의 생각이나 느낌, 견해들을 갖게 된다. 사람들은 사회적인 존재인 만큼 사회적 권위에 의존적이며, 그 사회적 망에 재빨리 가담해서 그 망의 흐름 속에 자신을 내맡겨 자신의 존재 의의를 찾고 싶어한다. 서로 독립적이며 자율적인 개인들의 계약에 의해 사회가 만들어진다는 '사회계약론' 이야말로 얼마나 엉터리 이론인가! 우리의 약속은 우리 개인들 안에 있어야 할 참된 '주인' 들끼리 이루어지는 것이 아니다. 약속은 어디선가 만들어지며 바람을 타고 퍼져나갈 뿐이다. 우리들은 단지 거기 동참하기만 하면 되는 것이다. '이러이러한 것이 명작이다' 라는 말도 어쩌면 어디선가 음흉하게 몇몇 사람들에 의해 주도되는지도 모른다. 그들이 자신들의 이데올로기나 상업적 이익 또는 명예를 위해 그러한 약속을 조작해내고 사람들을 파고들 수 있는 포장들을 마련하면서 치밀하게 준비하고 있는 것이다. 한 사회의 가치평가를 만들어내는 사람들 가운데 그 분야의 전문가들이야말로 그 분야에서 자신의 이해관계 속에 가장 깊이 매여 있으며, 그만큼 편견에 사로잡힐 가능성도 많은 사람들이다. 그들은 자신의 좁은 분야에 속한 광대한 자료의 수풀 속을 헤매며 세상의 많은 부분들에 대해 거의 알지 못한 채 일생을 마친다. 그러한 전문가가 때로는 세상 전체와 연관된 이야기들에 대해 평가하는 것이다.

좋은 문학이란 무엇인가라는, 이 너무나 일상적이고 비전문적인 냄새가 물씬 풍기는 물음 앞에서 나는 이렇게 내 직업적인 편견의 그늘에 대해 약간 비평적인 이야기들을 내뱉지 않을 수 없다. 그래야 어쩐지 말하기가 편안해진다. 왜냐하면 '좋은' 이라는 말은 우리 모두가 사랑하는 말이기 때문이다. 내 좁은 울타리를 벗어나서 그 넉넉한 사랑의 품에서 말한다는 것이 나는 좋다.

얼마 전에 어떤 비전문적인 재야 한글학자 한 분을 만나뵌 적이 있었다. 그분은 재미교포인데 이제는 연륜이 지긋해서 당신이 평생 동안 자료로 모아놓은 한글에 대한 지식들을 정리할 필요를 느꼈다. 너무 잡다한 원고를 일일이 정리하기에는 자신의 정력이 너무 쇠약해졌기에 나를 통해서 원군을 좀 얻어볼 생각이었는데, 나 자신도 산더미 같은 자료에 짓눌려 있고 그것을 정리해줄 학생들도 없는 형편이어서 그만 쓸쓸한 분위기 속에서 그분을 보내고 말았다. 봄날의 내음이 막 피어날 때, 매화 꽃망울들이 막 터져나왔을 때 인문대 뒤뜰 벤치에서 커피도 같이 한잔하면서 여러 이야기를 나눴다. 나중에는 함께 사진도 찍었지만 그분과 나눈 악수의 손길에는 서운함이 배어 있었다. 그러나 그 짧은 만남 속에서도 우리 한글에 대한 사랑으로 평생을 지내온 그 살뜰함에 나는 깊은 감동을 받았다. 그분은 한글에 대해 잘 알려지지 않은 여러 가지 색다른 지식들을 갖고 있었는데, 그 가운데 나에게 지금까지 남아 있는 것이 있다. 그중 하나는 '좋은'과 '나쁜'에 대한 어원을 추적한 그분 나름의 해석이었다. 즉 '좋은'은 '주는'이며 '나쁜'은 '나뿐'이라는 것이다. 누군가에게 주는 것이 좋은 것이고 오로지 자신만을 위하는 것이 나쁜 것이라는 뜻이다. 언뜻 너무나 평범한 이 해석은 그러나 내게는 아주 소중한 것이었다. 그때 나는 몇 년 전부터 내 이론으로 다듬어오던 우리 문학의 축제적 기원과 특성에 대한 연구들을 진행하고 있었다. 그 가운데 '축제적 시장'이란 개념을 통해 나는 서로 나누어주는 행위가 시장의 가장 원초적인 기능임을 주장하고 있었다. 축제적 분위기 속에서 무엇인가 서로 나누어주는 행위는 일종의 선물교환과도 같은 것이었다. 거기에는 줌으로써 내가 얼마만큼 되돌려받을 수 있을 것인가에 대한 치밀한 계산이 배제되어 있다. 즉 축제의 분위기는 냉정한 이해타산을 바탕에 깔고 있는 '사회계약'의 분위기와는 다른 것이다. 나는 자본주의의 주도적 특징을 차갑고 냉정한 결정체 이미지로 묘사하는 반면에 그와 반대되는 축제적 특징을 뜨겁고 용해되는 변신술적, 생식적 이미지로 생각했다. 고대사회를 형성한 기본적인 분위기를 지금 우리가 이해하는 식의 강압적인 소수권력자의 지배체계로 볼 것인가 아닌가 하는 전문적인 문제에 대해서는 논할 자리가 아니다. 단지 나는 그러한 축제적 분위기가 모든 정치제도와 법의 구조물보다 사람들의 삶 속에 훨씬 근원적으로 퍼져 있는 본질적인 것이라는 점을 강조하고 싶을 뿐이다. 왜냐하면 그것은 사람의 존재와 삶 전체의 가치와 질서를 우주 자연과 합치시키며, 우주 자연의 수레바퀴로 그 모든 것을 굴러가게 만들어주는 것이기 때문이다. 제도와 법 그리고 그것을 집행하고 거머쥐고 있는 자들이 타락해도 이 축제의 수레바퀴는 그 낡아 부서진 잔해들을 밟고 넘어가면서 영원히 더 창조적인 세상을 향해 끊임없이 나아가고 있다. '좋은'의 기원을 이러한 축제적 분위기 속에서 건져낼 때 그 참된 넓이와 깊이를 그 말 속에 함축시킬 수 있다. 그 재야 한글학자의 이야기처럼 그렇게 해서 '좋은'은 '주는' 것이 될 수 있다. 나는 축제 이론에 대해 깊이 빠져 있을 때 미처 대하지 못했던 단어인 이 '좋은'이란 말을 그후 너무나 사랑하게 되었다.

2. 문학의 거짓 몸짓, 절망과 부정, 해체의 모래언덕

우리는 사춘기 이후 술을 마시고 담배를 피우면서 무엇인가 깊은 고뇌와 고독 속으로 들어가는 듯한 몸짓을 한다. 예술과 문학은 왠지 그러한 퇴폐적인 몸짓 속에서 나오는 것처럼 여겨지기도 했다. 그후 어른이 되어서 많은 문학작품들을 섭렵했다. 이제 나는 그러한 퇴폐적 몸짓들까지도 점점 더 짙어지고 구체적이 되면서 사회와 국가, 세계의 많은 문제들까지도 그러한 분위기 속으로 빨아들여 하나의 우중충한 우주처럼 만들어진 것을 '문학'이라고 부르는 것은 아닐까 생각해본다. 이상의 「날개」와 카프카의 「변신」을 읽으면서 그 이해되지도 않는 소설의 암울한 분위기 속으로 빠져들어가는 것이야말로 문학의 깊이를 체득하는 것이라고 많은 사람들은 생각한다(사실은 내가 한때 그러했다). 김소월의 쉬운 시들보다는 김수영의 난해한 시나 요절한 기형도의 현대풍

시를 읽어야 그러한 문학의 깊이 속으로 전진하는 것처럼 생각하는 것
이다. 그러나 과연 그러한 것들이 어떤 의미에서 '좋은' 문학일까에 대
해 우리는 진지하게 의문을 던져야 한다. 김수영의 시는 '사회적' 관심
과 사회참여라는 물길을 텄던 전환적인 분위기에서 대단한 주목을 받
았다. 그러나 지금 되돌아서 꼼꼼히 읽어보면 그의 시들은 너무 현학적
이며 외래적인 분위기의 난삽한 용어들을 편집한 듯한 느낌으로 다가
온다. 그의 시들은 우리 자신이 써온 말의 강물에서 길어 올린 것이 아
니다. 일본과 서구의 현대적 지식들을 섭렵한 비체계적 독서열에서 파
생된 것이 많다. 비슷한 시대에 소설을 썼고 주목을 받았던 난해한 소
설가 장용학의 작품들 역시 마찬가지다. 이들은 대개 한글에 미숙한 세
대였다. 일본어로 글을 쓰고 한국어사전을 옆에 놓고 우리말로 번역하
며 작품을 쓴 세대인 것이다. 김수영의 작품들에는 물론 괜찮은 것들이
많이 있다. 그렇다고 해도 그에 대한 과대평가는 수정될 필요가 있다.
그것은 사회운동과 그를 연계시키면서 새로운 문학적 헤게모니를 장악
하려 했던 사람들의 비평적 전략에 의해 만들어졌기 때문이다.

그후 우리는 사회적 경향을 넘어서서 사회운동을 일깨우고 민주화운
동의 선구에 섰던 많은 작가들을 만나게 된다. 서구적 자유라는 개념은
4·19 세대 이후 가장 신성한 표어가 되었으며 그것은 문학이 차지한 사
회의 전위적 자리이기도 했다. 그러나 우리 문학은 프랑스 혁명을 본받
으면서 또는 러시아 혁명이나 남미 혁명들을 부러워하면서 걸어온 길
이 과연 최선의 길이었는가에 대해서는 미처 반성할 여유조차 없었다.
우리의 문학은 마치 레지스탕스처럼, 혁명투사처럼 부정하고 깨뜨리고
절망하며 분노하는 외침들로 장식된 꽃수레와 같았다. 그러한 것들에
대해 박수 치며 찬양하고, 그러한 것들에 최대의 가치와 찬사를 바쳤던
것이다.

그러나 물론 이러한 경향만 있었던 것은 아니다. 가령 김수영과 대립

적인 자리에 있는 김춘수도 있다. 그는 언어와 존재의 깊이를 자신의 주제로 삼았다. 이 반사회적 순수함의 깊이 속에는 사회와 역사 전반에 대한 증오가 가득 서려 있다. 그에게는 어떤 계층이나 이데올로기가 아니라 아예 사회 전체, 그러한 사회적 역학이 수선스럽게 진행되는 역사의 흐름 전체에 대한 무관심과 외면 나아가서 증오가 있다. 왜 너는 사회참여를 하지 않는가 하는 물음을 마치 꾸짖듯이 그에게 함부로 건넬 수 없다. 모든 행위의 참된 의미는 언제나 쉽게 판별되지 않는다. 혁명투사가 항상 옳은 것도 아니다. 그는 때로 너무나 많은 사람들을 희생시키며 자신의 명예와 지위를 얻기 위해 말과 행위의 수많은 수사학들을 동원하기 때문이다. 그리고 그렇게 해서 성취시킨 결과물들 역시 언제나 그가 동원했던 말들과 동일한 것이 되지 않는다. 레닌과 마오쩌둥이 노동자 국가를 만들었지만 그것은 비창조적이고 무기력한 사회였을 뿐이다. 다양한 개성들이 죽고 수많은 차이들을 없애며 획일적인 당의 지령들이 사회를 움직이는 사회는 자기가 주체가 되지 못하는 죽은 사람들의 사회를 만들었다. 당과 국가의 계획들에 무조건 참여하는 사람들은 이미 자신의 속에 '주인'이 없는 존재들이다. 그들이 아무리 역사적인 '진보'라는 말을 전유물처럼 쓴다고 해도 거기에는 이미 '진보'적인 아무 내용도 없다. 사실 진보라는 것은 자연의 창조적인 진화에 동참하는 것 말고는 다른 아무 뜻도 없는 것이다. 자연은 수많은 존재들이 서로의 차이를 인정하고 서로 조화를 이룸으로써 점점 더 풍성하게 진화된다. 빅터 샤우버거는 『살아 있는 에너지』에서 그러한 차이들의 다양한 조화를 모든 창조력의 핵심으로 꼽았다. 서구사회는 그러한 재야학자의 엉뚱한 발언들을 감당하지 못하고 제도권 전문가들의 지식을 좇아갔다. 그들은 자연의 창조력을 따라잡지 못하고 자연과 불화하며 그것을 파괴하는 잘못된 길을 걸어왔다. 그들이 세계를 지배하면서 아시아 역시 그들이 개척한 길을 따라갔다. 이상한 방향을 '진보'라고 착각하면서 말이다.

김춘수는 그러한 진보적 사회참여와 진보적 역사에 대한 관심을 휴지처럼 버린다. 그는 릴케와 횔덜린을 따라가며 존재의 본질과 그것에의 통로인지도 모를 언어의 미로 속에 잠긴다. 물론 우리는 마르크스와 헤겔에 따라 어떤 사물도 독립적인 존재를 갖지 못한다고 말할 수 있다. 그리고 바흐친처럼 어떤 언어도 이미 이데올로기적인 가치평가에 물들어 있다고 말할 수 있다. 그러나 김춘수는 사물에 대한 그러한 사회역사적 존재 장악력(침투력)과 언어에 대한 이데올로기적 영향력(지배력)에서 멀리멀리 달아나면서 만들어지는 존재와 언어의 백지에 관심을 기울인 것이다. 그러한 것들을 모두 증발시켰을 때 과연 무엇이 얼마나 남아 있는가 확인하고 싶었는지도 모른다. 그는 어떤 의미에서는 말라르메와 이상의 후계자인 것이다. 그러나 그의 언어들에는 여전히 자신의 개인적 역사들이 진하게 남아 있고, 그가 거부하고 도피해야할 대상들에 대한 감정들이 도처에서 효모처럼 끓어오른다. 그의 순수한 언어들은 강박관념이나 피해의식, 상처와 증오, 두려움 같은 것들에 의해 부풀어오른 빵인 것이다. 김춘수 이후 그의 뒤를 좇은 많은 시인들이 있다. 마치 김수영 뒤를 많은 시인들이 좇은 것처럼 말이다. 다양하게 분화되면서 어떤 부분들을 더 심각하게 전위적으로 이끌어가면서 그렇게들 많은 후배 시인들이 진군했다.

그런데 안타깝게도 김수영과 김춘수는 모두 '살아 있는 말'의 거대한 흐름을 무시했다. 첨예한 지식이나 정치사회적 이슈를 들먹거리는 매스컴의 신지식들과 관련되는 말이 아니다. 전문적인 학자와 철학자의 내면을 파고들어야 조금 연결되는 창백한 말들이 아니다. 우리의 삶 전체에 얽힌 말들, 우리의 일상생활을 유지시켜주고 흘러가게 만들며 우리를 이 세상과 엮어주는 그러한 말들인 것이다. 해체주의가 유행한 이후 우리 시단의 한 경향은 언어를 사유의 미로 속으로 이끌어가면서 그것을 사유의 미세한 조각들로 만들어버렸다. 그러한 시적 경향은 몇몇 그쪽 전문가들끼리 서로 대화하는 고립적인 장이 되었다. 또 반대로 사회적인 이슈들을 건드리는 민중적인 시인들은 계급적 주제들을 다루고 권력을 비판하는 시들을 썼다. 그들의 언어는 이러한 사회적인 그물망 속에서 싱싱하게 살아 있는 것이 될 수 있다고 생각했던 것이다. 그러나 앞에서 말했듯이 '사회'라는 것은 근대적 고안물이다. 그들은 넓게 말해서 그 근대주의 안에 여전히 갇혀 있다. 우리는 아직도 개인의 자유와 평등이라는 근대적 가치와 그 환상의 가면에 대해 진지하게 비판해본 적이 없다. 이 신성한 가치를 누가 감히 비판할 수 있단 말인가?

나는 요즘 가일스 밀턴의 『향료전쟁』을 재미있게 읽고 있다. 이 책을 읽으면서 17세기 이후 동인도제도의 여러 섬들을 둘러싼 피비린내 나는 유럽인들의 전쟁 배후에 향신료에 대한 유럽인들의 기호가 놓여 있음을 알게 되었다. 목숨을 걸고 이 지구의 알 수 없는 곳을 헤매다닌 탐험정신의 배후에도 이 향기에 대한 매혹과 그 상업적 지배력을 위한 투쟁이 숨어 있었던 것이다. 서유럽 국가들은 이 전쟁을 통해서 지중해권 국가들인 이탈리아와 이슬람 세력들이 독점해왔던 향료무역을 빼앗을 수 있었다. 서구 르네상스를 주도했던 이탈리아의 도시들은 이후 급격하게 쇠퇴했다. 유럽의 근대주의를 주도했던 중세의 도시들은 무역상권들을 독점하면서 부를 축적했고 봉건지주인 영주들과 동등해졌다. 그들은 봉건영주들과 마찬가지로 자신들의 이익을 위해 많은 농민들을 착취했다. 도시의 공기는 자유롭다는 말 속에는 이렇게 배타적인 도시들의 투쟁적이고 착취적인 이해관계가 스며 있다. 개인의 자유와 평등이라는 깃발도 역시 그렇다. 서양의 근대적 발전은 이러한 도시국가들의 배타적인 이익을 위한 침략과 도전, 투쟁의 역사였다. 『향료전쟁』을 보면 이 머나먼 섬의 낙원에 거주하는 토착민들을 철저하게 노예로 복속시키고 거기서 주인이 되려는 포르투갈과 영국, 네덜란드의 피비린내 나는 전쟁, 끔찍할 정도로 야만적인 전쟁이 기록되어 있다. 프랑스도 뒤늦게 거기 뛰어들었다. 나중에 동아시아를 둘러싼 전쟁, 아편전쟁과 일본의 대동아전쟁 등은 모두 그 후일담인 것이다. 우리 역시 그 전쟁의 후일담 속에 편입되었으며 그때 입은 상처의 후유증에서 여전히 빠져나오지 못하고 있다. 역사를 보면 이러한 후유증은 너무나 오래가며 몇 세대가 흘러가도 제거되지 않는다. 우리는 그 향료전쟁에 뛰어든 네덜란드 함대의 갑판 한쪽 구석에서 네덜란드와 한패가 되어 싸우는 일본 해적들을 만나게 된다. 나중에 일본도 그들의 무역전쟁에 뛰어들어 그들을 흉내내게 된다. 그들은 우리를 식민지로 지배하면서 중국대륙에 손을 뻗친 것이다. 그들은 서구제국들에 의한 태평양 섬들의 식민사를 까밝히면서 자신들이 당당하게 그들과 겨뤄야 한다는 명제를 세운다. 그들은 대동아전쟁을 일으키면서 서구 열강과 대립할 동양주의라는 깃발을 세웠다. 그들이 동양정신을 제국주의 이데올로기로 오염시킨 이후 이 동양정신에는 항상 그림자처럼 이 부정적인 가면이 따라다녔다. 이 가면을 벗겨내는 일이 언제부턴가 쉽지 않게 되어버렸다.

어떤 한 사물에 대해 제대로 알려면 전체적인 관련이 중요하다는 것을 보이기 위해 잠깐 나의 짧은 지식을 동원했다. 한 개인의 자유라는 말 뒤에는 이렇게 피비린내 나는 침략과 살육의 행위들이 있으며 서구의 근대문명 뒤에는 심각한 야만이 숨어 있는 것이다. 우리는 찬양의 꽃다발로 장식된 프랑스 혁명 그 자체만을 보는 데 익숙해 있다. 그리고 그들이 해마다 혁명 기념일에 자신들의 역사적 과업 성취를 찬양하는 모습만을 여전히 부럽게 쳐다보고 있는 것이다.

3. 우리가 키워야 할 축제적 문학, 참된 글얼을 위해

근대문학과 긴밀하게 결합된 개인과 사회라는 명제에 대해 비판적인 생각을 짧게 개진해보았다. 그 개념에 대한 학적 체계보다는 그러한 것을 형성시킨 모태로서의 배경적 분위기를 살펴본 것이다. 그저 쉽게 말해본다면 이 모든 것은 너무나 차갑다. 냉정한 이해관계에 대한 철저한 인식. 이것이 그 모든 것의 밑바탕에 놓여 있다. 근대 이후의 '사회'라는 것은 이러한 이해관계의 갈등을 치밀하게 판독하고 어느 수준에서 평정시킬 것인가 하는 계약의 문제였다. 그 계약까지는 끊임없는 투쟁과 갈등의 연속이 있다. 그리고 그 계약도 잠시 동안의 휴전이며 소리 없는 전쟁, 억지된 전쟁의 불안한 연속을 만들어낼 뿐인 것이다. 물론 이러한 문제가 왜 중요하지 않겠는가? 먹고 사는 문제인데. 그런데 문제는 그러한 이해관계의 구조적 평정이 결국에는 가능하며, 그로 인해 유토피아가 도래할 것이라고 생각하는 데 있다. 문학도 그러한 유토피아적 환상에 뛰어들어 사회적 주제를 자신의 핵심적인 주제로 삼아 전위적인 행동대의 일원이 된 것이다. 이것을 지상 최대의 명제로 삼는다면 문학은 정말 길을 잘못 든 것이다. 오히려 문학이 참된 길을 가기 위해서는 안목을 훨씬 더 넓혀야 한다. 프랑스 혁명의 깃발 뒤에 펼쳐진 배경을 다 볼 수 있을 정도로 말이다. 우리는 이제 '사회'라는 것의 근대적 정의를 비판해야 할 때가 되었으며, 정치경제학과 사회학보다 문학이 그 전위를 맡을 때가 되었다. 지금까지의 진보적 문학은 혁명의 사회학과 정치경제학 뒤만 쫄쫄 따라다녔다. 얼마나 희극적인 일인가? 문학은 그 모든 것을 가로질러서 진리의 하늘 위를 맴돌 정도로 강력하게 비상해야 하는데, 거리의 학문과 투쟁대열 뒤만 따라다니며 회개하고 반성하고 약간 소리 높여 대중들에게 그러한 것을 선전하는 메가폰이 되었을 뿐이니.

우리는 진정 무엇으로 사는가? 이러한 질문에 대해 우리 현대문학은 자신의 탄생지를 묶고 있는 그 족쇄에서 벗어나면서 대답해야 한다. 이해관계가 평등하게 평정되는 사회를 향한 진군 이상으로 더 중요한 물음들을 문학은 던져야 한다. 그것은 냉정한 구조적 계산보다 앞서서 우리를 참되게 살게 하는 것에 대한 것이다. 사회는 우주적 자연 속에 통합되는 방향으로 길을 바꿔야 한다. 이것은 프랑스 혁명 이전으로 거슬러올라가 근대를 비판하는 방향이다. 문학의 뿌리는 사람들의 축제적 향연 속에 박혀 있다. 이 나눔의 잔치는 자연과 교섭하는 행위였다. 그들은 자신을 살게 해주는 이 자연을 진정으로 찬양했다. 자신들의 수확을 별들에게 바치면서 노래하고 춤췄다. 나는 이것을 '놀'이라는 한 마디로 압축하고 싶다. 그것은 자연의 생명력이 지닌 파동을 의미한다. 바람과 물의 파도, 물질의 거시적이고 미시적인 모든 흐름의 파도, 우리 피의 맥동적인 흐름 그 모든 것이 이 한 단어 속에 있다. 백석은 「목구」라는 시에서 '피의 비'라는 말로 그 생명의 흐름을 표현했다. 그는 제의에 참여한 사람들의 슬픔 속에서 아름다운 생명력의 끊임없이 굽이치는 흐름을 마침내는 강물처럼 흘러가게 되는 빗줄기에 빗대어 말한 것이다. 그때도 마찬가지였지만 진보주의자 같으면 대뜸 제사의 봉건적 형식을 비판하고 그것을 만들어낸 계급의 이데올로기 운운하며 그 시에 흠집을 내고 싶어할 것이다. 그런데 백석은 그러한 이데올로기를 몰랐던 것이 아니라 그러한 것들을 넘어서고 그 깊이 속을 파고들어 갔다. 그것도 자신들의 직접 조상이 아닌 사람을 모시는 최방등 제사를 통해서 말이다. 자신들과 직접적인 이해관계만을 따지는 자리에서 어떻게 그러한 제사가 가능하겠는가?

우리의 문학은 '향료전쟁'을 관통해가야 한다. 그것은 서구의 근대 이후 문명을 관통해가야 하는 것이며, 거기 뛰어든 일본의 대동아주의, 서구와 맞세운 사이비 동양주의를 관통해가야 하는 것이기도 하다. 우리의 현대문학은 아직도 그러한 것들에 너무 깊이 오염되어 있다. 민족이란 말도 이제는 부패해져버렸다. '피의 비'는 이제 순결하지도 애틋하지도 않다. 서구 민족주의가 타락의 온상이라고 해서 우리는 민족주의라는 말을 그냥 뭉개버렸다. 나치 세력에 이용당하기도 했던 빅터 샤우버거는 혈통의 중요성을 나치즘과는 전혀 다른 방식으로 말했다. 각 민족과 종족의 혈통에는 선대 조상들이 개척했던 수많은 정보들이 간직되어 있다고 말이다. 우리는 그러한 정보가 창의적으로 개발될 수 있도록 길을 트기보다는 수많은 외래적 지식들을 수입하는 데 더 많은 시간을 쏟았다. 이제 우리 문학은 '민족'이란 말에 대해서도 백석의 「북방에서」와 같은 장대한 서사시적 지평을 회복하면서 그 참뜻을 새겨보아야 한다. 그 속에는 너무나 많은 이야기들과 지혜들, 지식들이 버려진 창고 속 물건들처럼 어두운 구석에 처박혀 있다. 개인의 자유라는 서구적 명제에 갇히지 말고 그 개인으로서의 '나'에 대한 장대한 계보학적 지식을 추적해야 할 때다. 「북방에서」의 서사시적 '나'는 여전히 그 출발점에 서 있다. 그 나의 기원에 우리의 고대축제가 가로놓여있다. 그것은 '좋은' 문학의 탄생지였다. 자연의 거대한 축제적 나눔터 속에서 사람들은 서로에게 자신을 나누어주었으며 그 속에서 '놀애'(노래)가 탄생했다. 우리는 근대 이후 문명의 타락을 되돌리는 방향으로 나아가야 하며, 그 '놀'을 되살려야 한다. 문학은 그 전위대가 되어야 한다. 글은 본래 '클'에서 나왔다고 어떤 학자가 말했다. 나는 옛 민화 속에 그려진 붓통 속에서 그것을 확인할 수 있었다. 거기 씌어진 '태을'(太乙)이란 말은 '클'의 이두식 표현이다. '클'은 생명력이며 모든 것을 키우는 힘이다. 글이란 나와 세계, 세상의 모든 것을 얽어매는 그물이며, 그 의미들을 담는 그릇이다. 그 그물로 우리는 많은 것을 낚고 그 그릇에 우리의 양식들을 담는다. 그것들을 먹으면서 우리의 지식과 정신을 키운다. 우리의 문명을 키운다. 우리의 글이 자연의 '클'과 '놀'을 본받도록 우리 모두 노력해야 하지 않을까. 서구의 근대적 지식들과 그 문명의 독기들을 걸러내면서 우리는 백석이 헤매다니던 저 먼 시간대들을 거슬러 항해해야 하지 않을까? 우리 자신의 새로운 개벽이 시작되어야 하지 않겠는가.

2부
자연의 매혹과
삶의 연금술

떠도는 존재들의 우울과 사랑의 향기로 된 우주
―김소월의 『진달래꽃』에 대하여

1. 소월의 생애와 문학적 배경

우리가 가장 애송하는 현대 시인 중의 한 사람이 바로 김소월이다. 그러나 정작 그의 생애는 그렇게 상세하게 알려진 편은 아니다. 그는 자신에 대한 기록을 별로 남겨놓지 않았다. 아마 그러한 기록을 남겨놓기에는 그의 삶이 너무 짧았을 것이다. 문단에서도 자신의 스승 격인 김억 외에는 별로 교제한 사람이 없기 때문에 김억의 글 말고는 그 흔한 인상기나 인물평 같은 것도 변변히 남아 있는 것이 없다. 단지 그를 어려서부터 키웠다고 하는 김소월의 숙모 계희영의 『약산 진달래는 우련 붉어라』가 1982년에 문학세계사에서 출판되어 소월의 출생과 가족관계, 그의 성장 과정과 죽음에 이르던 상황 등이 어느 정도 밝혀졌다. 물론 계희영의 진술은 여러 부분에서 자신의 주관적인 인상과 추측, 상상이 뒤범벅되어 있어서 냉정한 전기적 기술로 보기에는 어려운 점들이 많다. 그러나 김억의 글 역시 불확실한 점들이 있기 때문에 계희영의 글은 그의 생애를 들여다보는 데 매우 중요한 자료임이 틀림없다. 우리는 이들의 전언을 통해서 김소월의 생애 속에 깃들어 있는 어둡고 불행한 부분을 만나볼 수 있게 되었다. 그의 아버지는 정신적으로 불구였다. 계희영이 전해준 말이 가장 상세한데 소월의 아버지는 고향 마을인 정주와 그 이웃한 곽산 사이에서 철도부설공사를 하던 목도꾼들에게 몰매를 맞은 이후 정신이상자가 되었다. 그때는 1904년이었는데, 일본이 러시아와 싸워 크게 이긴 상황이어서 일본인들의 기세가 등등했다. 그 폭력적인 상황의 말단에 철도 노동자들의 행패가 있었던 것이다. 소월의 아버지는, 계희영에 따르면, 곱게 다듬은 명주 바지저고리를 입고 외가에 가는 중이었는데, 말 등에 떡과 술, 낙지 안주 등을 싣고 있었다. 나이 어린 새신랑이었던 소월의 아버지는 음식과 술에 눈이 뒤집힌 목도꾼들에게 봉변을 당했다. 그들은 굶주린 마적떼처럼 변해서 이 어린 신랑을 덮쳤다. 그는 이후 헛소리를 하는 정신병자가 되어 완전히 폐인이 되었다. 소월은 성장해가면서 자신의 아버지가 폐인임을 깨닫게 되었다. 이 비참한 사실은 그의 생애 깊숙이 비극적인 그림자를 드리우게 된다. 아마도 이 비극적인 사건으로 김소월은 그의 아버지가 당했던 일 배후에서 망국이라는 어두운 그림자를 더듬어보게 된 것 같다. 계희영이 정확하게 기록한 것인지는 몰라도 김소월은 "나라가 없어서 나의 아버지는 저렇게 되었어요"라고 말했다고 한다. 그는 비단옷 타령을 하는 숙모에게 무명옷을 입어도 나라를 가져야 한다고 말했다. 이러한 생각은 그의 시에서도 보이는데 「옷과 밥과 자유」가 바로 그것이다. 1928년에 씌어진 이 시는 뿌리를 잃고 떠도는 당시 우리 민족의 가난한 현실을 암시하고 있다.

공중에 떠다니는
저기 저 새요
네 몸에는 털 있고 깃이 있지

밭에는 밭곡식
논에는 물벼
눌하게 익어서 수그러졌네!

초산 지나 적유령
넘어선다
짐 실은 저 나귀는 너 왜 넘니?

　일본이 식민지 침략을 하면서 많은 농민들이 땅을 빼앗기고 만주와 북간도로 넘어갔다. 기름진 평야에서 척박한 산골로 쫓겨 들어간 자들도 많았다. 김소월은 「삼수갑산」 같은 시에서도 첩첩 쌓인 산악의 험한 지형으로 들어가서 인생의 감옥에 갇힌 자의 답답한 심정을 노래하고 있다. 위의 시에서 우리나라 최북단에 있는 험준한 고개인 적유령을 넘어가는 나귀 역시 한가로운 여행자의 몸을 싣고 가는 것은 아닐 것이다. 옷이나 밥 걱정 없이 험한 준령을 자유롭게 넘나드는 새들은 부러움의 대상으로 등장한다. 그것은 이 땅의 헐벗고 질곡에 빠진 자들을 역으로 드러내주는 시적 장치이기도 하다.
　김소월을 알기 위해서는 한때 그의 스승이었던 김억을 빼놓을 수 없다. 김소월의 고향 마을 가까운 곳에 있었던 오산학교에서 이 둘의 만남이 이루어졌다. 당시 평안북도에서 거의 유일한 사립학교였던 이 오산학교는 많은 인재들을 배출했다. 김억 역시 여기서 이광수에게서 인상 깊은 가르침을 얻을 수 있었다. 이광수의 풍부한 문학적 교양은 여러 학생들의 감수성을 일깨운 바 있었다. 투르게네프와 바이런 등의 작품들을 소개한 이광수는 김억에게 새로운 정신적 신천지를 소개한 것이나 다름없었다. 아마도 그는 그 충격 때문에 문학에 입문했던 것이고 나중에 김소월을 가르칠 때 역시 그 충격적 분위기를 전달했을 것이다.

소월이 죽은 뒤에 김억은 과거를 회고하면서 자신은 투르게네프의 「엽인(사냥꾼) 일기」를 읽고 문학에 뛰어들었으며 김소월 역시 그러했다고 고백했다. 김소월은 동일한 내용의 고백을 한 적은 없지만 그가 김억에게 보낸 편지에서 투르게네프의 「연기」 같은 것을 언급하고 있음을 보면 김억의 이러한 고백이 신빙성 있다고 느껴진다.

　김소월의 문학적 배경을 좀더 깊이 이해하기 위해서는 평북 정주와 곽산 그리고 평양, 영변 등의 여러 지역들에 대해 더 알아볼 필요가 있다. 이 글에서는 그러한 지역의 여러 정보들을 꼼꼼히 다룰 수 없기 때문에 대략적인 분위기만을 말해보기로 한다. 김억은 곽산이 고향인데 그의 글들을 보면 자기의 고향마을인 황포 바닷가 이야기가 자주 나온다. 김억은 일본으로 유학 가서 공부하다가 신경쇠약증에 걸려 고향으로 돌아오게 되는데 오산학교 교사로 근무하게 된 것도 그 후의 일이다. 그는 고향에 돌아와서 고향의 어머니 품 같은 정서에서 자신의 병적인 상태를 치료하게 된다. 이보다는 좀 뒤의 일이지만 그는 평양의 〈수심가〉나 북청의 〈수심가〉와 같은 종류인 자기 고향의 〈수심가〉를 만나게 되었던 장면을 감격스러운 어조로 말했다. 바로 이 부분에서 그는 우리의 초창기 근대문학자들인 최남선, 이광수, 주요한, 김동인 등의 전통탐구적 측면과 맞닿아 있다. 육당의 끈질긴 단군 탐구가 있었으며, 우리 고대적 정신을 기독교 정신과 조응시키면서 춘원은 새로운 시대정신을 모색하고 있었던 것이다. 주요한과 김동인은 일본유학 과정에서 새로운 문학의 기치를 내걸었는데, 그 중심에는 평양의 대동강에 깃들어 있는 그 유구한 풍속이 마치 늪처럼 달라붙어 있었다. 주요한의 「불노리」와 김동인의 「배따라기」는 〈수심가〉의 주제와 가락으로 빚어진 그러한 늪의 정신과 정서 위에 세워졌다. 이 〈수심가〉의 세계가 그러한 작품들 속에 확고한 물질적 토대처럼 작품 깊숙이 스며 있었던 것이다. 이들 모두 근대적인 세계에 뛰어들어 충격을 받고 뒤흔들린 채 신경증적 존재가 되어 되돌아왔다. 그들은 우리에게 오래도록 끈질기게 이어져 내려왔던 풍속의 늪 속으로 돌아왔던 것이다. 그들은 그 늪 속에서 뒤흔들리고 균열된 존재를 드러내고, 그 속에서 이것을 어떻게 처리할 것인가 하는 길고 긴 탐색의 여로에 들어서게 되었다. 평양과 정주 지역은 이러한 첨예한 정신적 모험이 가장 선구적으로 그리고 가장 전형적으로 이루어질 수 있는 배경이 되었다. 이 지역들은 조선이 해체되면서 가장 먼저 개화된 지역이었으며, 1920년대까지 천도교와 기독교가 번성했던 지역이다. 3·1운동 당시 저항이 가장 치열했던 곳도 역시 평북 지역이었다. 오산학교는 그러한 정신적 분위기 속에 있었다. 김소월의 시에 흘러 들어온 것은 단순히 옛날 전통에 대한 향수와 회고가 아니다. 그 역시 김억의 전철을 어느 정도 밟고 있었다. 그는, 김억에 의해 더욱 빠른 속도로, 전통과 근대의 강력하고도 실천적인 결합에 대한 혼돈스러운 질문 속으로 깊이 뛰어들었다. 그의 시들 가운데 「무덤」 「초혼」 「여자의 냄새」 등은 그러한 충격과 혼란, 삶의 불안한 고뇌 속에서 울려나온 것들이다. 그러한 시들 속에 깃든 전통적인 정서와 가락, 상징들은 모두 심각하게 훼손되고 균열된 거대한 심연 속에 걸려 있다. 이미 슬픔이나 한도 옛날의 것은 아니다. 죽음도 그러하다. 옛날에는 모두에 의해 인정되고 그 속에서 안정되었던 그러한 정서들은 사람들의 삶에 입혀진 옷과도 같았다. 그것은 여러 가지 상징물들로 포장되어 있었다. 그러한 것들이 이제는 그러한 포장이 없어진 현실 속에서 옛날의 껍데기를 찾아 헤매거나 소멸되어간다. 죽음과 영혼에 대한 노래들을 통해서 김소월은 새로운 삶의 형식을 찾아 헤맨다. 그는 1925년 『진달래꽃』이란 시집을 한 권 낸 이후 한동안 문학을 떠나 있게 되었다. 결국 1935년 자살로 생을 마감하게 되기까지 그의 방황은 그의 시 속에 있었던 이러한 실제적인 고뇌와 밀접한 연관 속에 있다. 그가 생의 마지막 기간을 보냈던 구성에서의 생활은 술과 계집, 번뇌와 우울로 점철

되어 있었다. 물론 김억이 전해준 소월의 상은 보들레르적인 퇴폐와는 거리가 멀다. 김억에 의하면 그는 "차디찬 이지(理智)가 언제나 감정의 바로 뒤에 대하고 섰는 듯하였"던 사람이었던 것이다. 그는 산문「팔베 개 노래조」에서 자신의 우울했던 삶의 한 단면을 내보이고 있다. 그것 을 읽어보면 김억의 그러한 지적이 틀린 것은 아니라는 생각이 든다. 영변에 갔을 때의 추억을 쓴 것인데, 거기서 홀로 가을의 쓸쓸한 정경 을 견딜 때 담 너머에서 한 기생의 처절한 노랫소리를 듣게 된다. 이 떠 돌이 기생의 인생역정과 한이 담긴 그녀의 노래를 그대로 적은 것이 바 로 그의「팔베개 노래조」이다. 그가 왜 이 노래를 소중하게 간직하고 와 서 그대로 당시 지면에 발표했을까? 아마도 그녀의 인생역정 속에는 자 신의 운명과 비슷한 어떤 것이 담겨 있다고 느껴서 그러하지 않았을까? 기생이란 존재는 전통적인 예술을 전해주는 하나의 매개체 이상이었을 것이다. 주요한과 김동인의 문학에 스며 있는 늪 속에는 분명 이 기생 의 풍류가 눈물처럼 존재한다. 그러한 존재의 방황과 파탄, 유랑이라는 비극적 여정이 김소월의「팔베개 노래조」속에 있는 것이다. 진달래꽃 으로 유명한 영변의 약산 동대를 모티프로 한 그의 시「진달래꽃」역시 그러한 배경 속에서 빛을 발한다. 기생들의 〈영변가〉〈수심가〉〈황계사〉 의 절절한 가락들이 그러한 시들의 배경에 놓여 있다. 근대적인 시인들 이 왜 이러한 노래들에 매혹되고 압도당했을까? 이것이 단지 낭만주의 를 받아들인 사람들의 관념적인 편향과 연관된 호사적 취향에 불과했 을까? 아마 당대 가객의 하나인 임방울의 창작 노래인「추억」같은 것 이나 이상준의 유행창가 등을 본다면 문단에 데뷔한 시인들과 광대와 기생, 새로운 가객들의 수준을 비교한다는 것이 그렇게 만만한 일이 아 님을 알게 될 것이다. 근대적인 시인들 중 많은 사람들이 근대적인 관 념들을 추상적으로 이해하는 수준에 머물러 있었고, 그것들을 생활과 정서 그리고 살아 있는 말 속에 녹여내지 못했음은 이미 다 알려진 사실이다. 급진적인 관념이나 감정에 그치는 문학적 교양들은 우리의 오래된 세련된 예술적 전통과 다시금 대면해야 했으며 그것과 뒤섞여야 했다. 김억이나 주요한 등은 그러한 당위성을 알았지만 김소월처럼 그 일을 성공적으로 수행하지는 못했다. 과연 김소월은 어떠한 측면에서 그러한 성과들을 보여주고 있는 것일까? 그의 시들은 김억이나 주요한의 밋밋한 민요시들에 비해서 어떠한 점에서 탁월하게 전통을 극화시키고 있으며 또한 근대적인 고뇌를 각인시키고 있는 것일까? 이러한 문제들에 대해 『진달래꽃』을 중심으로 생각해보기로 한다.

2. 시집 『진달래꽃』의 몇 가지 모티프들 — 무덤과 집, 옷과 육체와 물

시집 『진달래꽃』은 1925년 매문사에서 출판되었다. 이 시집은 출판되기 전에는 '금잔디' 라는 이름으로 나올 예정이었다. 김억은 이에 대해 미리 자신의 글에서 예고한 적이 있다. 이 시집은 총 열여섯 부분으로 되어 있는데 이렇게 나누게 된 이유를 잘 알 수는 없다. 각 부분에 배정된 작품 수도 일정하지 않다. 각 부분에는 소제목이 붙어 있는데 마지막 부분인 '닭은 꼬꾸요' 에는 동일한 제목의 시 한 편만이 게재되어 있다. 소제목을 '진달래꽃' 이라고 붙인 부분이 15편으로 많은 편이지만 '귀뚜람이' 가 19편이고 '한때 한때' 가 16편이니까 가장 많은 작품이 실린 소제목을 전체 제목으로 잡은 것도 아니다. 아마도 김소월은 이 시집 전체를 관통하는 사랑과 이별의 문제를 의식했던 것은 아닐까? 그러한 주제를 가장 절실하게 읊은 것으로서 「진달래꽃」을 내세우고 싶었던 것이 아닐까? 그런데 그 작품이야말로 영변의 묘향산과 약산의 동대를 둘러싼 전통적인 정서와 가락을 자신만의 독특한 분위기로 새롭게 창조해낸 대표적인 것이었다.

아마도 옛 가락인 〈영변가〉나 〈수심가〉에 익숙해 있던 당대의 많은 문인들이나 독자들에게 「진달래꽃」의 사랑 이야기는 보편적인 울림을 주게 되었을 것이다. 주요한의 「불노리」나 김동인의 소설 「배따라기」 또는 「눈을 겨우 뜰 때」 등에서 대동강의 모란봉과 을밀대에 얽힌 〈수심가〉나 '배따라기' 가락들이 새로운 사랑 이야기와 삶에 대한 번민이란 주제의 밑바닥에 마치 늪처럼 놓여 있었음을 소월은 알지 않았을까? 약산 동대에 얽힌 〈영변가〉의 사랑과 이별에 대한 절절한 가락이 김소월의 시에서는 그렇게 다가왔을 것이다. 그가 나중에 쓰게 되는 「팔베개 노래조」도 역시 영변에서 만난 기생 채란이와 함께 지내면서 그녀의 노래를 받아 쓴 것이다. 그에게 영변의 약산은 이러한 사랑의 고뇌에 얽힌 노래와 그 노래의 내용에 스며 있는 옛 광대 소리꾼들의 인생유전이 새롭게 탐색되는 지점이었을 것이다. 그는 아무튼 이 제목으로 시집을 엮었으며 당시로서는 방대한 양인 127편의 시를 수록했다. 계희영에 따르면 소월의 많은 시들은 일본 경찰에 의해 소각되었다고 한다. 나중에 그의 육필 원고도 여러 편 발견되었다. 아마 그러한 것들이 제대로 수집되었다면 우리는 또 한 권의 소월시집을 갖게 되었을지 모른다. 김소월이 죽은 뒤에 그의 시집은 여러 차례 간행되었지만 모두 『진달래꽃』을 그대로 낸 것이거나 그 뒤에 발표된 것들을 『진달래꽃』의 시편들 뒤에 덧붙여서 펴낸 것들이다.

옛 〈수심가〉를 들어보면 당시 문인들에게도 익숙했던 "인생 한번 죽어지면 만수장림에 운무로다"라는 구절이 나온다. 사랑하는 사람이 떠나간 것을 원망하면서, '꽃다운 얼굴도 죽어버리면 허망하게 백골만 남는다'는 내용이 뒤를 따른다. 그의 「진달래꽃」은 이러한 〈수심가〉 유의 사랑과 이별 그리고 원망 등이 배경을 이룬다. 소월의 시에서는 그러한 주제와 내용이 〈수심가〉보다 훨씬 섬세하게 개인적인 풍경으로 그려진다. 그는 한 여인의 심정을 통해서 이별의 정경을 구체적이고 감각적으로 그려낸다. 그리고 서정시의 특징처럼 그러한 것들은 행동이 아니라 행동에 대한 상상과 정서 속에 용해된 상태로 읊조려지고 있는 것이다. 감정의 점층법으로 진행되고 있는 이 시는 3연에 이르러서 감정의 고조와 함께 예민해진 감각이 드러나는데, 이러한 감정과 감각의 섬세한 화폭은 상당히 근대적인 것이라고 할 수 있다.

　비록 「진달래꽃」에서는 죽음의 문제까지 거론된 것은 아니지만 그의 다른 시들을 보면 〈수심가〉의 주제인 죽음의 문제가 일관된 양상을 띠고 있다. 「무덤」이나 「초혼」 「여자의 냄새」 등 숱한 시들이 죽음을 다루고 있다. 이러한 양상은 김소월만의 특징은 아니며 당대 문단의 일반적인 분위기를 반영한 것일 따름이다. 대부분의 시인이나 소설가들이 앞다투어 달려간 곳은 바로 사랑과 죽음의 문제였다. 김동인의 소설들에도 어김없이 그것은 기본적인 주제였다. 그는 「배따라기」 외에도 「눈을 겨우 뜰 때」나 「마음이 옅은 자여」 「목숨」 등에서 그것을 다루었다. 노작 홍사용은 시와 소설을 통해서 당시로서는 가장 집요하게 그 문제를 파고들었다. 「저승길」이란 소설과 「묘장」이란 시(「커다란 무덤을 껴안고」 「시악시의 무덤」이란 두 편의 시로 된)가 그렇다. 이상화의 「이중의 사망」, 박종화의 「사의 예찬」 등 이러한 예를 들자면 끝이 없을 것이다. 당시 많은 시인들이 보들레르적인 악마주의 영향 때문에 무덤이나 시체, 죽음에 관한 괴기스럽고 우울한 심상들을 다루고 싶어했다. 일종의 유행병이었는데 그 분위기에 사로잡혀 있던 박영희는 「월광으로 짠 병실」이라는 퇴폐주의적인 시를 쓰기도 했다. 그는 보들레르적인 관능적 감각들을 통해 삶의 강력한 욕구를 자극하고 싶어했다. 그가 쓴 보들레르론에서는 그러한 악마주의적인 육욕이 새로운 상상세계를 꿈꾸는 창으로 등장한다. 사실 어떻게 보면 당시 죽음에 대해 노래했던 것들 속에는 삶에 대한 부정이나 단순한 허무주의 이상의 어떤 것이 있다. 김소월의 시들은 비록 많은 부분 그러한 죽음 의식들을 포괄하고 있지만,

그의 죽음은 보들레르적인 악마주의를 끌어들이지 않았다. 그는 홍사
용, 김동인과 함께 과거의 전통적인 정서를 통해서 그러한 주제를 깊이
탐색했다. 비록 김억에 의해 깊이가 없다고 비판받은 작품이지만 김소
월의 초기작인 「옛이야기」나 「님의 노래」는 그러한 전통적인 이야기와
노래의 유산이 그 자신에게 어떻게 존재하는지를 잘 보여준다. 그 시들
을 읽어보면 그러한 것들은 과거의 추억처럼 그리고 마치 환청 같은 무
의식적 존재처럼 남아 있다. 그의 시 중에 걸작의 하나인 「무덤」에 나오
는 '형적 없는 노래'라는 것도 바로 그러한 존재다. 홍사용의 「나는 왕
이로소이다」에도 바로 그러한 이야기와 노래가 나온다. 그가 그 시에서
"이 세상 어느 곳에든지 설움이 있는 땅은 모두 왕의 나라로소이다"라
고 했는데, 이 슬픔은 김소월에게도 있으며 김동인에게도 있는 것이다.
김소월은 「늦은 가을비」에서 "구슬픈 날, 가을날은 괴로운 밤 꾸는 꿈
과 같이 / 모든 생명을 울린다"라고 했다. 「인종」에서는 어버이 없는 고
아들의 슬픔에 대해 노래한다. 그러한 슬픔 속에 "사뭇 우리의 정신이
있다"고 그는 말한다. 아마 김동인의 「눈을 겨우 뜰 때」의 주인공인 기
생 금패가 대동강의 놀이배인 매생이 속에서 광대한 우주 속의 고독과
'대규모의 슬픔'을 느낄 때의 그러한 슬픔이나 홍사용이 「저승길」의 기
생 희정에게서 발견한 '끝없는 설움'이라는 것도 그와 같은 종류의 것
이 아닐까. 사실 김소월이 나중에 자신의 산문을 통해서 그러한 슬픔의
운명에 얽힌 기생 채란이를 등장시키는 것도 우연이 아닐 것이다. 이러
한 유랑광대적 존재들은 식민지 치하에서 뿌리 없이 떠도는 예술가들
과 운명을 함께 하는 예술적 존재이기도 했다.

　김소월의 「초혼」은 그의 「무덤」과 매우 대조적인 작품이다. 「무덤」이
자신의 넋을 잡아 끌어 인도하는 마력적인 노래와 그 노래로 둘러싸인
무덤을 취급하고 있다면, 「초혼」은 산에 올라가서 죽은 애인의 이름을
불러 그 혼을 자신에게로 끌어오고자 한다. 이들 모두 죽음의 문턱에

위험스럽게 걸쳐 있다. 「무덤」에는 지하의 저승세계로 조상을 만나려 내려간다는 전통적인 무속적 행위가 암시되어 있다. 로마의 베르길리우스가 쓴 서사시 「아이네이스」는 이러한 내용을 보여주는 여러 가지 이야기들이 엮여 있다. 이러한 주제는 한 공동체가 위기에 처해 있을 때 그것을 타결하는 하나의 묵시록적 방식이었을 것이다. 우리의 경우에도 과거에 여러 몽유록에서 이러한 모티프를 발견하게 된다. 「초혼」은 그러한 묵시록적 지하세계가 아니라 주인공이 죽은 영혼을 따라잡기 위해 올라간 일종의 우주산을 보여준다. 그 산꼭대기에서 혼을 부른다는 것은 그 산이 하늘과 맞닿아 있기 때문이다. 그것은 죽은 자의 혼이 떠돌고 있는 하늘과 접촉할 수 있는 공간이다. 고대 중국(정인보에 의하면 우리의 고대사 영역인)에서 태산은 죽은 자의 혼이 돌아가는 곳이었다. 우리의 경우에는 태백산이나 금강산 같은 곳이 그러했다. 이러한 풍속에 대해서는 최남선의 자세한 해명이 있다. 홍사용의 「저승길」에서 죽은 희정의 영혼이 올라간 산도 그러한 산이 아니었을까?

이처럼 죽음의 문제는 단지 사랑하는 자와의 이별에 국한되는 문제만은 아니었다. 그것은 죽음을 통해서 이 세상의 비밀에 접근해보려는 예술적 탐색방식이었던 것이다. 당시에 기독교적 의식을 통해서 그러한 죽음과 삶을 이해하려 했던 전영택은 이 '죽엄이란 문제'를 "알 수 없는 신비적 대문제"(「생명의 봄3」)라고까지 했다. 김소월은 여러 시들을 통해서 이렇게 죽음과 삶을 전체적으로 알아볼 수 있는 일종의 우주산에 올라가고 싶어했다. 「하다못해 죽어달래가 옳나」에서는 "좀더 높은 데서나 보았으면"이라고 하는가 하면 「생과 사」에서는 "오늘도 산마루에 올라서서 우느냐"라고 했다. 「천리만리」에는 그러한 높이에 대한 강박관념이 보일 정도다. 이 시에서 그는 "말리지 못할만치 몸부림하며 /마치 천리만리나 가고도 싶은"이라고 했다. 이러한 몸부림은 그의 시편들에 다양하게 나타나는 만수산, 제석산, 약산 등과 어울려 우리의 근원적인 산악신앙의 뿌리에 그의 상상력이 깊이 자리잡고 있음을 보여준다.

3. 축제적 사랑과 여자의 영혼으로 된 세계

그의 시에 나타나는 죽음이 과거의 〈수심가〉 유나 〈상사곡〉 유의 전통을 이어받은 분명한 자취는 주로 사랑의 문제와 연결되어 나타난다. 사랑이란 그것에 빠져든 남녀를 구원하는 삶의 형식이다. 그로 인해 그들은 자신들의 세계를 구축한다. 모든 노래는 사랑의 결여를 읊조린다. 흔히 기생들의 사랑이 그러했다. 그녀들의 노래 속에 그러한 사념들이 짙게 반영되는데, 예를 들면 「상사별곡」을 지었다는 성천 기생 부용의 경우가 그러하다. 김소월은 이러한 상사곡의 전통과 이어지는 사랑의 노래들을 남겼다. 「꽃촉불 켜는 밤」「칠석」「밭고랑 위에서」「춘향과 이도령」「원앙침」 등 그의 시의 거의 대부분은 사랑의 시편들이다. 앞에서 거론했던 그의 대표작 「진달래꽃」은 이러한 시들 위에 우뚝 서 있다. 그의 사랑은 「칠석」이나 「춘향과 이도령」에서 알 수 있듯이 전통적인 사랑 이야기로부터 생명력을 가져온다. 사실 이러한 시들의 전통적인 흐름 속에는 풍요제적 배경이 놓여 있다. 오월 단오에 벌어지는 일종의 봄축제, 그리고 가을의 풍요로운 수확을 기대하는 칠월 칠석에서 남녀의 사랑 이야기는 근원적으로는 인간과 세계의 풍요로움을 위한 것이었다. 축제적인 흥겨움 속에서 남녀가 서로 자신들의 감정에 이끌리어 별 구속 없이 사랑을 나누게 되는 이 오랜 풍속은 김소월 이후 그의 후배 시인인 백석에 이르기까지 강력하게 지속되는 내면적 전통의 힘이었다. 김소월은 어떤 시에서 "현재의 모든 것은 옛날의 그림자에 불과하다"고까지 노래했다. 따라서 그가 그러한 풍속의 지속적인 행사에 대해 깊이 관심을 가지고 있었음은 분명한 일이다.

　김소월은 그러나 사랑과 이별의 옛 상사곡을 이어받는 것만으로 그친 것은 아니다. 그는 그것을 새롭게 변모시키는 데 탁월한 재능을 과시했다. 「밭고랑 위에서」와 같은 시에서 그는 건강한 사랑을 대지에 뿌리박은 삶의 형태로 포착했다. 그의 시에서 별로 발견되지 않는 건강하고 밝은 분위기는 이 시의 독특한 특징이다. 그것은 키가 높이 자란 보리밭의 고랑 위에 앉아 휴식하는 기쁨을 노래하고 있다. 이러한 기쁨은 사랑하는 '우리 두 사람'의 활기찬 노동에서 비롯된 것이다. 바로 이러한 것이 저 김동인의 소설에 나오는 기생 금패가 꿈꾸었던 '살림살이'의 낙원에 해당한다. 약간 관념적인 진술들이 이 시를 탁월한 예술적 수준으로 끌어올리지 못하게 했다. 「여름저녁」이 이러한 주제의 연장선상에서 훨씬 더 정서적으로 아름답고 풍요로우며 평화로운 정경을 만들어냈다. 그러나 이렇게 완결된 낙원의 세계는 단지 꿈의 차원에서만 존재하는 것이었다. 그래서 그러한 시들은 이별의 쓰라림을 노래하고, 죽은 혼을 부르거나 떠도는 넋에 대해 읊조리는 것보다 절실한 느낌을 불러오지 못했다.

　「묵념」은 이러한 유토피아적 풍경을 제시하지 않아도, 사랑하는 사람과 같이 있는 것만으로도 벅차오는 하나의 세계가 존재함을 보여준다.

　　촌가의 액맥이祭 지나는 불빛은 새어오며,
　　이윽고 비난수도 머구리 소리와 함께 자자져라.
　　가득히 차오는 내 심령은 ― 하늘과 땅 사이에.

　　나는 무심히 일어걸어 그대의 잠든 몸 위에 기대어라

　하늘과 땅 사이에 가득 차오는 심령은 편안하고 어느 정도는 풍성한

세계를 획득한 자의 마음을 가리킨다. 사랑을 한다는 것은, 김동인의
「마음이 옅은 자여」의 주인공 K에 따르면, 이 세계를 자신의 사지로 쥐
고 있는 황홀하고 벅찬 상태다. 위에 제시된 하늘과 땅에 가득 차는 심
령 역시 그러한 상태에 가깝다. 김소월은 「무덤」이나 「초혼」 그리고 다
른 여러 시편들에 나오는 삶과 죽음의 거리감을 이러한 시들 속에서 어
느 정도 극복하고 있다. 그것은 죽음을 단지 병적인 것으로 파악하지
않고, 이 세계를 전체적으로 파악하는 데 없어서는 안 될 하나의 매개
항으로 놓을 때 가능하다. 그가 죽음을 슬퍼하고 아직도 그 비극적인
거리감 속에서 헤매는 「옛님을 따라가다 꿈 깨어 탄식함이라」 같은 시
에서 「여자의 냄새」로 넘어갈 수 있었던 것은 놀라운 일이었다. 앞의 시
에서는 이미 죽어버린 여자의 사당에 걸린 사랑하는 여자의 초상이 집
요하게 '나'에게 달라붙어 있다. 이루지 못한 사랑의 대상은 과거의 시
간으로 '나'를 몰고 가며, 과거의 그 여인에 대한 이루지 못할 집착으로
시간을 소모한다. 그러나 「여자의 냄새」에서는 그러한 집착적 구속과
거리감이 사라진다. 이제 사랑하는 여자는 자신이 살아가는 우주 속에
스며들어 있다. 그녀는 달과 해의 냄새로 존재한다. 이 우주적 생명력
의 근원, 시간을 밤과 낮으로 펼치는 빛의 근원이 사랑하는 여인의 향
기처럼 이 세계를 펼쳐낸다. 이 죽어버린 여자가 살아 있었을 때 느끼
게 해주었던 그녀의 살과 옷의 향기들이 이 세계 속에 스며 있다. 소월
은 그녀의 영혼을 푸른 바다 위에 떠도는 배처럼 묘사한다. 그리고 그
것을 '살의 아우성'이라고 노래한다. 그 죽어버린 육체를 실어갔던 숲
속의 상여길에서도 그는 그러한 영혼의 뱃길을 감촉하려 한다.

다시는 장사(葬事) 지나간 숲속엣 냄새.
유령 실은 널뛰는 뱃간엣 냄새.
생고기의 바다의 냄새.

늦은 봄의 하늘을 떠도는 냄새.

　이 시에는 서로 내밀하게 조응하는 냄새의 상호조응이 있다. 이 세상
에 존재하는 여러 냄새들이 죽은 여인의 우주적 변신을 포착하려는 상
징주의적 기호처럼 펼쳐져 있다. 여인은 이제는 마나처럼 이러한 것들
속에 편재해 있다. 김소월은 김억이 보들레르적인 조응이론을 소개한
것 이상으로 그러한 것을 시 속에서 실천해 보인 셈이다. 그것도 가장
전통적인 방식으로 말이다. 김소월은 이 시 한 편만으로도 근대를 꿰뚫
고 우뚝 서 있을 수 있다.

삶과 죽음이 뒤섞인 바다의 길

—고은의 『문의마을에 가서』에 대하여

1. 미당과의 만남과 이별

1970년대에 고은은 여전히 미당의 그늘을 벗어나지 못했다. 그는 참여문학자들과 만난 어느 자리에서도 김수영의 뒤에 있기보다는 미당의 뒤에 있기를 원했던 것이다. 그러나 시간이 지날수록 미당의 삶은 그에게 정치적 측면에서 치졸한 행적들이 점철된 것으로 비쳤다. 미당의 시 세계는 고대적인 샤머니즘에 치우쳐서 이성적인 사유의 폭과 깊이를 마련하지 못한 것으로 보였다. 1970년대 김현이나 백낙청 같은 서구적 근대주의자들이 반샤머니즘의 기치를 들면서 전진하던 분위기 속에 그 역시 서 있었다. 그는 이후 수많은 문인들의 문학과 삶을 그려낸 『1950년대』(이 책은 1973년에 나왔다)에서 삶의 균형감각을 잃고 정신병을 앓았던 미당의 우울했던 한 시절을 그렸다. 미당의 이 우울한 초상화는 그에 대한 존경이나 애정이 느껴지지 않을 정도로 상당히 냉소적인 필치로 그려졌다. 이 책에서 고은은 전쟁의 충격 속에서 누구에게나 밀려든 비인간적 상황과 수없이 다가드는 죽음의 거대한 물결에 대해 말했다. 많은 시인들이 피난지의 끝에 있는 '바다' 앞에서 자신들이 뛰어들어야 할 죽음의 깊이를 매일 매일의 삶 속에서 가늠하고 있었다. 그는 그 우울한 죽음의 풍경을 보았다. 고은은 삶과 죽음의 강렬한 파도를 격렬하게 또는 그것을 잠잠하게 어우르는 어법을 미당에게서 물려받았다. "울음은 해일 /아니면 크나큰 제사와 같이"(「학」)라거나 "문 열어라 꽃아, 문 열어라 꽃아 /벼락과 해일만이 길일지라도"(「사소단장」)와 같은 미당의 열정적인, 드높은 목소리, 그 무속적인 영혼의 분위기로 저승의 문을 두드리는 듯한 목소리를 고은은 그대로 물려받은 것이다. 자신의 시적 스승에 대한 한때의 열광은 한 편의 흔적을 남겼다. 고은은 1974년에 발표한 다섯번째 시집 『문의마을에 가서』에 「공덕동」이라는 시를 실었다. 그는 이 시 첫머리에 "서정주 스승은 흰 옥당목 바지저고리 /한 십 년이 주렁주렁 열리고"라고 썼다. 마포 공덕동에 살고 있는 미당을 찾아가서 고은은 10여 년 세월 동안 있었을 여러 가지 이야기들을 풍성하게 나누었을 것이다. 꽃과 술에 대해, 즉 인생의 가장 좋은 부분들, 자신들을 취하게 하는 것들에 대해 그들은 정담을 나누었을 것이다. 고은은 이 시에서 미당의 옥당목 바지저고리, 그 스승이 걸친 오랜 전통의 옷을 마치 열매들이 풍성하게 열린 밭처럼 묘사했다. 자신의 시적 스승에 대한 찬사와 애정이 간결하게 여기 압축되어 있다. 그러나 고은은 이 스승을 배반한다. 그는 미당의 뒤가 아니라 김현과 백낙청에 의해 한껏 기세가 오른 김수영의 뒤로 가버렸다. 몇 년 전 미당이 타계했을 때 고은은 자신의 스승에 대해 가장 먼저 침을 뱉었다. 한때 미당을 "또하나의 정부(政府)"라고 찬양했던 그가 미당을 밑바닥으로 추락시키는 데 가장 먼저 앞장섰다. 너무도 사적인 삶을 살았다고 미당은 비판되었다. 그는 자신의 개인적인 분위기들을 시어로 사용하는 데 능숙했을 뿐이며, 현실적으로는 지배적인 권력에 야합하면서도 시세계에서는 그러한 것들을 자신의 사적인 세계의 초탈적인 몸짓으로 위장했다는 것이다. 사실 시는 다양한 창조적 지평에 열려 있는 것이어서 어떤 시를 써야만 한다고 쉽게 주장하기는 어렵다. 고은처럼 민중의 편에 서서 권력을 비판해야만 정당한 시인이 되는 것도 아니다. 고은은 미당과의 문학적 결별을 위해 미당의 삶을 비판하기 시작했던 것이다.

고은의 이러한 비판은 『1950년대』에서 이미 분명한 싹을 보인다. 그는 여기서 미당이나 김동리 등의 문학을 '성황당 문학'이라고 비아냥거렸다. 마포 공덕동에 있는 미당의 집을 가끔씩 찾아갔던 고은은 이제 막 문학에 입문한 젊은 이어령과 미당의 만남을 회상하고 있다. 거기에는 김동리가 와 있었다. 미당은 구린내 나는 재래식 변소 옆의 대추나무 밑에서 막걸리 잔을 기울이며 이어령에게 술잔을 건넸다. "이런 춘향이 똥 같은 구린내 나는 데서 한잔 하는 것도 썩 괜찮거든, 어때? 안 그래? 그렇지?" 고은이 전해주는 미당의 어법은 이러한 것이었다. 당시에 가장 현대적인 사조인 실존주의를 수입해서 의식이 한층 고양되어 있던 이어령은 징그러운 촌놈들이라고 욕하면서 자리를 박차고 그 구린내 나는 이야기로부터 도망쳤다. 전쟁을 통해서 겪은 수많은 죽음과 삶의 절박함을 건너와서 미당은 이제 그러한 『춘향전』 같은 고대적 세계로 건너가 있었다. 미당도 젊은 시절에는 마르크스나 니체, 톨스토이, 보들레르를 읽었다. 그는 톨스토이주의를 흉내내며 넝마주이 노릇을 하거나 보들레르와 니체를 흉내내며 고뇌에 몸부림치기도 했다. 그러나 그는 전쟁을 겪으면서 자신의 가슴속에 고대적 정신을 부어준 박한영 선사와 김범부의 전통적 정신세계에 참여했다. 김동리 역시 자신의 형인 김범부의 영향을 받아서 토속적인 세계로 나아갔다. 그러나 고은에 의하면 그 참혹한 전쟁을 통해서 대부분의 젊은 문인들은 오히려 1930년대의 모더니스트인 김기림이나 이상, 그리고 전후문학의 주역인 엘리엇과 사르트르에게로 달려갔다. 고은에게도 그 젊은 문인들처럼 미당이나 김동리 등의 '성황당 문학'이 현실과는 너무나 동떨어진 옛날

이야기로 생각되었다. 유행처럼 떠돌던 실존주의적인 담론들이 그 당시 젊은 사람들을 사로잡았으며 고은 역시 그러한 물결 속에 뛰어들었다. 고은은 전쟁 이후 불교와 미당과 실존주의가 교차하는 정신적인 소용돌이 속에 있었다. 그의 시집 『문의마을에 가서』는 그 혼돈의 소용돌이 속에서 그가 헤매고 찾아가는 길의 불안함이 주조적인 분위기를 이룬다. 「전생」의 길은 '흔들리는 길'이다. 「삼각산 보현봉을 바라보며」에서 길은 하나의 길이 아니라 "길로 가득하"다. 그의 길들은 흐르는 물과 함께 있지만 목표와 방향은 분명하지 않다. 그것들은 흩어져 있으며, 끊어지고, 간신히 이어진다. 길들을 어둡게 하며 불안하게 파도치게 하는 어둠은 아비규환의 지옥 같은 전쟁으로부터 흘러나온 것이다. 이 시집의 시들은 그 '죽음'과 '삶'을, 그 속에서의 고뇌를 다루고 있다.

2. '창경원'에서의 방황

우리의 현대시는 그 출발점에서부터 방황하는 자의 길과 마주친 광대한 바다, 처음 새롭게 꿈틀거리면서도 최후의 막다른 공간이기도 한 바다, 그 막막한 바다의 이미지를 발전시켜왔다. 그것은 육당 최남선의 「해에게서 소년에게」가 보여준 가슴 벅찬 바다로부터 출발했다. 이후 정지용이나 김기림의 신선한 생명력으로 물결치는 바다를 거쳐 미당의 막막한 '바다'에까지 이르렀다. 고은의 시집 『문의마을에 가서』의 마지막을 장식하는 장편 서정시 「바다의 무덤」은 우리 현대시사에서 '바다' 이미지가 갖는 이러한 역사의 한 매듭을 보여준다. 그는 이 시에서 "가야 한다고 가야 한다고 만나는 민족에게 맹서하였다./이윽고 바다 한복판에 나는 왔다"라고 노래한다. 사실 어떤 면에서 고은의 시편들에는 여전히 서정주가 『화사집』의 시편들을 통해서 제시했던, 삶의 궁극적인 지점에 대한 갈증나는 물음이 묻어 있다. 미당이 이 세상에서 겪는 모든 삶의 편린을 하나로 뭉뚱그린 '바다' 위에서 아라비아나 아메리카, 또는 아프리카 같은 나라들의 이름을 외쳐보듯이(「바다」) 고은 역시 그러했다. "몇백 년 동안 모든 사람들은/고비사막과 페르샤를/또는 대머리로 아메리카를 바라보았다./그러나 바다는 아무도 유혹한 일이 없다."(『바다의 무덤』중「패러수트」에서) 이 땅의 삶이 보잘것없는 것이라고 생각될 때 사람들은 새로운 세계를 향한 끊임없는 방랑의 세월을 시작한다. 젊은 시절의 미당 역시 그러한 방랑으로 자신의 세월을 탕진했다. 고은 또한 그러한 방랑의 정념을 어쩌지 못한다.「초추」에서 "저문 서쪽으로 길을 찾는다"고 했으며,「십일월」에서 "바람 속에서 바람도 몸인 것을 안다"고 그는 말했다. 바람에 떠밀리는 경험은 이렇게 해서 우리 시의 중요한 모티프로서 한 시대를 이끌어간다. 문둥이나 거지가 되어서 어디에도 정착하지 못하고 길을 헤매며 때로는 바람에 정처없이 떠밀려가는 이 행보는 고은의「창경원」에서 다음과 같은 멋진 구절을 낳는다. "내 문둥이 가슴 앞에서 바람이 분다./어쩌자고 만국기는 쉬었다가 또 휘날리는가./내가 갈 곳이 있다." 여기서 '내가 갈 곳이 있다'라는 말 속에는 뼈아픈 정념이 존재한다. 이「창경원」은 많은 군중이 모인 경축절 행사의 흥성거리는 분위기를 배경으로 하고 있다. 그러나 만국기가 휘날리는 가운데 몰려든 사람들은 마치 회전그네처럼 "비슷비슷하게 돌아가지만" 그 움직임은 응결되어 있지 않다. 이 군중은 그에게 우리 민족의 알레고리이다. "동족은 헤어진 것을 부르고/찾지 못한 목쉰 소리……" 이러한 표현에서 그는 몰려 있는 군중들이지만 그들은 본질적으로 흩어져 있다는 역설적 장면을 보여준다. 어지럽게 돌아가는 회전그네처럼 그들은 점차 땅에서 멀어져 "하늘 쪽으로 떨어지려" 한다. 고은은 그들의 풍선과 '나'의 볼펜을 대비시키면서 하늘과 땅의 이분법을 드러낸다. 풍선의 이미지는 바람든 존재로서 공허하고 너무나 광막한 하늘의 빈 공허 속을 방황하는 것이다. 땅으로 떨어지는 볼펜은 그와 반대되는 의미망을 갖는다. 그것은 기록하는 것이며, 의미의 영역을 확보하는 것이며, 대지적인 것이다. 고은의 '창경원'은 김수영의 '고궁'과는 다른 차원에서 우리의 공허해진 집단적 삶의 식민지적 성격을 비판한다. 정신의 하늘은 비어 있으며 거기에는 온갖 세계의 국기만이 펄럭인다. 정신적인 식민지의 하늘이 마치 신채호가 파악했던 우리 역사의 노예적인 정신세계처럼 펼쳐져 있다. 고은은 이처럼 우리 자신이 창조하는 세계와 상관없이 펄럭이는 깃발들의 세계 속에서 공허하게 방황하며 길을 찾는다. "아무도 가지 않는 암담한 곳"인 이 '창경원'에서 방황하며 그는 "내가 갈 곳이 있다"라고 외치고 있는 것이다. 비록 그가 비난한 스승이지만 미당 역시 식민지 시대에 썼던 「바다」에서 '무수한 길들이 있지만 가야 할 길은 없다' 라는 뼈아픈 역설 속에 사로잡혔다. 이 외침은 어떤 시인들에게는 자신을 사로잡는 분명한 신념이나 종교 혹은 이데올로기를 발견하기 전까지는 어쩔 수 없이 마주치게 되는 것이었다. 이러한 역설 속에서 자신의 길을 가기 위한 몸부림을 자신의 작은 사유나 감각들로부터 몇몇 덩어리의 삶에 이르기까지 어떻게 시적으로 포착하고, 시적으로 모색하면서, 시의 꼭짓점인 우주론적 중심(우주목이나 우주산의 꼭대기)에까지 밀어붙일 수 있는가 하는 것이 문제일 따름이다. 고은의 시에서 '바다' 와 '길'의 기호와 이미지, 그리고 그와 관련되는 '잠'과 '죽음' '물' '이름' 등의 어휘들이 시의 다양한 의미론적 보금자리를 만들어낸다. 그러한 기호와 이미지, 어휘들이 엮어내는 고은의 시세계는 그의 초기 시편들이 발전해간 한 정점을 『문의마을에 가서』의 몇몇 시편들 속에서 보여준다.

3. 죽은 자의 혼 부르기

1970년대 평론의 한쪽 기치를 이끌던 김현은 고은의 초기 시편들에 나오는 '누이의 죽음'이란 모티프에 주목했다. 그는 「사치奢侈」나 『피안감성』 『해변의 운문집』에 나오는 시편들을 검토하면서 그 '누이'를 제사장적 존재로 파악했다. 김현은 이렇게 말했다.

바다는 고은이 누이의 죽음을 통해서 찾아낸 가장 높은 단계의 제사인데, 그 제사를 통해 그는 누이의 부끄러움의 가장 접경지대에 도달한다.

「사치」라는 시에서 고은은 누이의 죽음(김현은 뒤에 이것을 고은의 전기적인 사실과는 상관없는 시적 허구로 단정했다)에 대해 이렇게 노래했다.

이듬해 봄의 음력, 안개 묻은 빨랫줄을 가리키면
누님의 흰 손은 떨어지고 이 세상을 떠났습니다.
저는 울지 않고 그의 흰 陶瓷에서 가까이 누워
얼마만큼 그의 혼을 따라가다 왔습니다

이에 대해 김현은 '누나의 추상화, 주술사로서의 추상화'라고 했던 것이다. 그러나 김현의 이러한 해석은 지나친 감이 있다. 위의 시에서 누이의 죽음은 시인에게 영적인 세계를 열어놓는 안내자에 불과한 느낌이다. 죽은 누이의 혼을 따라가는 저승체험에서 누이의 영혼이 저승의 안내자 역할을 하는 것은 사실이다. 그러나 그렇다고 해서 그 영혼이 주술사와 제사장의 역할까지 적극적으로 떠맡고 있다고 생각할 수는 없다. 오히려 시적 주인공에게 제사장의 역할이 주어져 있다고 말해야 할 것 같다. 「피안감성」에서 "소녀여/죽음의 주인공이여,/숨지라, 至上의 葬禮로 너의 새로운 魂을 부어주노라"라는 구절을 보아도 그렇다. 누이는 말하자면 '죽음의 주인공'이다. 그녀의 죽음을 관장하며 거기다 형식을 부여하는 것은 소녀를 호명하는 '나', 또는 그 '나'라는 가면을 쓰고 숨어 있는 시인이 아니겠는가. 시인은 누이로 대표되는 이 세상의 많은 죽음을 떠맡아야 하는 제사장적 존재다. 그는 죽은 혼들을 호명하며 그 생명의 원초적인 원소들을 죽음의 경계선에서 불러모아야 하는 것이다. 그의 시 「호명」은 『문의마을에 가서』의 첫머리에 놓여 있다.

잠든 것들아
그대들이 남겨둔 이름을 부르나니
넋마다 불을 달고
이 경기 땅 강기슭으로 내려오라.
북한강 어린 물소리 혹은 물 속의 돌소리도 함께 와서
이 땅의 잠이 되게 하라.
때로는 고대 遊民의 아비가 아이를 부르는 소리,
삼국 변경에 비 오는 소리 들리고
그것들과 함께 잠이 되게 하라.
잠든 것들아 잠든 것들아
그대들의 백골을 일으켜서
그 백골에 불을 달고 내려오라.
이 땅에서는 사람 가운데서 부르는 사람 없도다.

—「호명」 중에서

위에 인용된 부분 앞에서 이 시는, 북한강 기슭에서 여러 산 그림자를 보고 "내가 어둠을 따라 흘러왔도다"라는 영탄어구로 시작한다. 그가 흘러온 강줄기와 강기슭은 이 시의 끝부분에서 고대 유민인 양수척(楊水尺)의 버림받은 삶과 관련된다. 한치의 땅도 부여받을 수 없었던 이 무자리들의, 물가를 따라 떠돌던 삶은 오늘날 시인의 삶 속에서 되살아난다. 시인은 여기서 죽음의 영역에서 넋을 불러내는 샤먼의 고양된 목소리를 들려주는 듯하다. 역사에 묻힌 고대 유민들의 존재를 되살려내는 제사장적 존재인 시인은 스스로 벅차서 자기 외에 "이 땅에서는 사람 가운데서 부르는 사람 없도다"라고 말한다. 죽은 넋에 대한 이러한 호명은 김소월과 서정주의 넋 부르기와 분명하게 연관되어 있다. 그가 아무리 독자적인 외침이라고 주장해도 그가 이러한 시적 정신사의 흐름과 그 내적 형식의 흐름에서 벗어날 수는 없다. 김소월의 「초혼」과 「무덤」은 죽은 자들의 영혼을 부르거나 그들에게 이끌려가는 시인의 넋에 대해 노래했다. 죽은 조상의 영혼들과의 대화라는 모티프는 인류가 고대로부터 발전시켜온 신화적 모티프다. 그것은 그리스나 바빌론의 신화들, 로마 시인 베르길라우스나 이탈리아의 단테에도 있었고, 중국이나 우리나라의 많은 몽유록에서도 산견되는 것이다. 김소월 시대에 신채호는 만주에서 「꿈하늘」이라는 소설을 썼는데, 거기서도 주인공 한놈은 우리 역사의 주역들인 많은 인물의 혼령들을 만나고 그중 일부와 대화한다. 서정주는 「밤이 깊으면」과 「무슨 꽃으로 문지르는 가슴이기에 이리도 살고 싶은가」라는 시에서 그러한 혼령의 부름이라는 모티프를 채택했다. "엉기는 먹구름을, 먹구름 먹구름 속에서, 내 이름 자 부르는 소리를"(「밤이 깊으면」)이라고 미당은 노래했다.

하나의 삶은 다른 수많은 삶들의 흐름에서 생겨난 것이며, 그 흐름은 결국 죽음의 저편 세계로 넘어간다. 그것들은 많은 이야기들과 사연 그리고 비밀을 안고 이 세상에서 철수한다. 그러나 남아 있는 자들의 삶과 세계가 그것들과 완전히 단절되어 있는 것은 아니다. 오히려 어떤 사람들은 이 세상의 문제들을 알고 해결하기 위해서 이미 저 세계로 사라져간 존재들에게 다가가고자 했다. 베르길리우스의 「아이네이스」나 신채호의 「꿈하늘」의 주인공은 조상의 지혜를 그 혼령한테서 받아온다. 고은 역시 자신이 이어받은 이러한 전통 속에서 떠도는 유민들의 넋을 불러온다. 미당이 좀더 사적인 유년기의 존재들을 불러오고 있는 것과 비교하면 이 부분에서 고은의 분명한 특징이 나타난다.

고은의 이러한 넋 부르기는 과연 무엇을 위한 것인가? 그가 누이의 넋을 부르는 것으로부터 양수척들의 넋 부르기로 나아간 것은 무엇 때문인가? 앞의 것이 미당적인 것이라면 뒤의 것은 그로부터 이탈한 것인가? 이러한 문제들을 다루는 것은 이 시집의 본령을 묻는 것이 된다.

고은은 「청수장에서」라는 시에서 "이제 내가 무엇이 되어 여기에 남아 있는가"라고 물었다. 당대에 김춘수가 그 유명한 「꽃」에서 "누가 나의 이름을 불러다오"라고 한 것과 이 물음은 대비된다. 고은은 김춘수의 「꽃」에 해당하는 「최근의 권유」를 썼다. "모든 말은 虛辭로 돌아가야 한다"는 대담한 명제를 그는 제시했다. 모든 말을 묻어버리고 그대와 나도 "묻혔다가 살아나리라"라고 말한다. '다른 것'이 되어야 한다는 것, '말의 금'을 만들어야 한다는 표현은 거의 김춘수의 「꽃」 연작에 상응한다. 이 「꽃」의 형이상학적 존재론적 물음은 김춘수에게는 기호와 언어라는 인간 조건에 대한 물음이었다. 서정주에게서 이러한 물음은 구조주의적인 영역을 벗어나 있었다. 그는 신라시대의 신화적인 인물인 사소(娑蘇)의 샤머니즘적인 외침 속에서 그러한 물음을 던진다. 다같이 꽃에 던지는 물음이지만 사소는 그 꽃에게 '문 열어라'라는 주술적 명령을 던진다. 그 명령은 말의 언어학이나 의미론과는 상관없이 던져진 것이다. 이때의 말은 대상을 표현하는 기호가 아니라 말하는 자의 마음과 혼령의 기운인 것이다. 사소는 자신의 얼굴을 물에 비춰보며 자신의 존재에 의문을 던지는 아이와 같다. 꽃을 열고 그 세계로 들어감으로써 그는 자신의 존재에 대한 물음을 해결할 수 있는 길을 찾았다.

고은은 그러한 신화적인 언표들에 대해서는 관심이 없다. 그는 민중주의자들과 접합하면서 자신의 개인적인 구원이나 형이상학적 구원으로부터 벗어나 있게 된다. 그의 「호명」은 자신의 뿌리를 그러한 민중적 존재들에게 두는 것이며, 자신의 존재에 대한 물음을 그러한 존재들의 역사 속에서 찾는 것이었다. 그의 민중적인 시에서 언어들은 원초적 힘과 우주적 아우라를 잃어버린다. 그의 언어는 점차 사회적 그물망에 갇힌 대상들의 세속적인 거리를 거니는 것에 만족한다.

4. 언어적 변신술의 바다

'존재들의 역사'라는 것은 고은의 이 시집에서 삶과 죽음의 경계선(다양하고 복수적인 경계선)을 통해 이루어진다. 「초구楚句」에서 "동방 사나이들의 비탄은／모주리 모주리 귀신이 되어 떠도는구나"라고 했을 때, 그리고 「무위집」에서 '빗소리로 가까워지는 저 세상' (「추이追而」), 「죽사에서」에서 "이 세상은 서로서로 혼자 남아서"라고 했을 때 그렇다. 그의 시세계는 언제나 삶과 죽음이 얽혀 있다. 그의 현실은 너무나 깊이 죽음에 침범당해 있어서 거의 대부분이 허무함에 물들어 있다. 마치 스쳐 지나가는 그림자들처럼 현실은 환영 같은 속성들로 충만해 있다. 「몽유」는 그러한 주제의 극점을 보여준다. 「광화문에서」에서 되풀이되는 구절인 "지나가는 것들아／지나가는 것들아"라는 '호명'적 외침은 고은의 시적 본질을 드러내준다. 이름이 없다는 것은 그 존재의 가난함과 무의미를 가리킨다. 김춘수는 「꽃」에서 이름 없는 존재의 무의미함을 보여주었다. 비슷한 분위기를 고은은 역사적 감수성으로 처리한다. 마치 김춘수의 「꽃」에 역사의 넋을 채워 넣은 것처럼 그의 존재론은 역사의 드라마에 얽힌 감정의 굴곡을 파도치게 한다. 그는 희끗희

곳 지나가는 것들을 존재론의 깊이 속으로 이끌어오고 싶어한다. 그의 현실은 살아 있는 자들만의 것이 아니다. 이미 죽어버린 자들의 삶과 그들의 유랑하는 넋까지도 동참하는 이 현실은 점차 광막해진다. 그러나 아직 그것은 이 시인이 '이름'을 붙여 불러대는 적극적인 행위를 통해서만이 간신히 그 형태가 포착되는 그러한 세계다. 여전히 현실은 시인의 그러한 시적 의미화 이전에 존재한다.

그대들이 우리나라의 이름으로
공중에 모여서 울부짖어도
그 소리가 들리지 않고
저녁 무렵 광화문은
또 안으로 닫히는구나.

삶과 죽음의 경계선은 시인의 상상적 세계 속에서만 소통되는 것이며, 현실 속에서는 단절적인 것이 된다. 그 경계선의 문인 광화문은 닫힌다. 이 시에서 고은은 광화문의 알레고리를 통해서 권력이 지배하는 공간인 사대문 안을 그 밖의 공간과 대비시킨다. 이름 없는 것들은 그 밖의 공간에 있다.

고은의 경계선은 그의 가장 지속적인 이미지인 '길'에서 미묘한 변주를 보인다. 자신이 지나가야 할 땅의 연속성을 확보해주는 이미지인 이 '길'은 위태롭다. 「나의 왕오천축국전」의 길은 자신의 행방불명으로 나아가는 길이며, 「전생」의 그것은 흔들리는 길이다. 이 길은 때로는 무수한 길로 가득한 길(「삼각산 보현봉을 바라보며」)이기도 하다. 결국 이 모든 길과 그것으로 확보되는 땅들이 한데 뒤섞인 '바다의 무덤'을 노래하기 전에 그는 이 길의 미묘한 경계선을 생각하지 않을 수 없었다. 「문의마을에 가서」에는 이러한 길의 지속과 단절, 미묘한 접속의 이미지가 있다.

> 겨울 문의에 가서 보았다.
> 거기까지 닿은 길이
> 몇 갈래의 길과
> 가까스로 만나는 것을.

신동문 시인의 모친상을 위해 그의 고향인 문의마을에 내려갔던 경험을 토대로 쓴 이 시의 첫머리다. 자연의 생명력이 순환되는 계절적 이미지를 암시적으로 동원하고 있는 이 시는 겨울철에 내리는 눈과 삶의 재(생명이 불타서 소멸된 이미지)를 조응시키고 있다. "그러나 삶은 길에서 돌아가/잠든 마을에 재를 날리고/……/눈이여 죽음을 덮고 또 무엇을 덮겠느냐." 삶과 죽음의 연속성은 그 경계선의 미묘한 어긋남 때문에 확실하게 포착되지 않는다. 겨울철 모든 것을 덮는 눈의 이미지는 그 모든 어긋남과 단절을 지워버린다. 그러나 그것은 감추는 것이지 그 단절 자체를 없애는 것은 아니다. 문의마을의 땅에서 삶과 죽음의 경계선은 길들의 드라마가 된다. 길은 의인화되면서 몇 가닥으로 갈라진다. 갈라진 것들이 가까스로 만나는 장면은 심리적 드라마로 치환된다. 고은은 아마도 자신의 삶 속에서 해결해야 할 생사의 고뇌를 『법화경』의 비유적 이미지로 처리하고 싶었던 것이 아닐까? 『법화경』에는 보물이 있는 곳에 이르는 "오백 유순(고대 인도의 거리 단위로서 1유순은 40리 정도이다)이나 되는 길이 있었는데"라는 표현이 나온다. 그것은 부처의 길을 설명하기 위해 동원된 비유로서 '험난한 길'의 이미지로 제시된 것이다. 생사의 길에서 헤매며 겪는 온갖 괴로움과 두려움 그것의 초극에 대해 『법화경』은 말한다. 시인이기 이전에 승려이기도 했던 고은에게 이러한 『법화경』의 이미지가 살아 있다는 것은 당연한 일이다. 그는 그러한 불교적인 길의 이미지(모든 삶을 거쳐오고 또한 미래로 영원히 벋어 있는)에 자신의 인생을 올려놓는다. 전쟁에서 겪은 죽음들은 그 길이 부드럽게 지속되는 것이 아니라 끊임없는 위태로운 사건들로 점철되어 있는 것임을 알려주었다. 그는 많은 사람들의 죽음을 대하면서 전쟁의 한계상황 속에서 숱하게 겪게 된 인생의 단절 양상을 맛보았다. 생의 한계상황 속에서는 선택과 결의를 통해서 간신히 그 길의 새로운 연속적 지점을 획득하게 된다. 이렇게 길은 그 자체로 드라마다. 그러나 그 길을 갈 수 있다는 것은 그 자체만으로 하나의 세계를 갖는 일이 되기도 한다. 고은은 여러 시편들에서 삶 자체와 현생 자체를 부정하고 있지만(「돌배나무 밑에서」의 허무와 자살충동을 생각해보라) 결국에는 죽음을 껴안고 있는 현생을 긍정하는 것으로 돌아선다. 그는 지나간 존재들의 죽음이 그냥 공허하게 사라진 것이 아니라 자신의 삶 속으로 파고들어 자신의 삶을 만들어간다고 느끼게 된다. 사실 이러한 테마는 미당의 「부활」에서 볼 수 있는 것이었는데, 그것은 고은의 「환생」에도 그대로 나타난다.

죽은 그대를 이 세상에 두는 일이
내가 사는 일이다.
때때로 그릇이 깨어지고
고욤나무 열매 떨어지면서
내가 사는 일이다.
또한 그대를 더 길러서
나와 함께
긴 겨울을 맞는 일이
내가 사는 일이다.

―「환생」 중에서

사랑하는 사람의 죽음 이후에도 그 사랑했던 존재와의 삶을 지속시
킨다는 것은 김소월의 여러 시편들 이후에 중요한 주제가 되었다. 단지
그 주제를 어떠한 방식으로 새롭게 이야기하는가만이 문제였다. 고은
은 "그대를 멀리까지 불렀더니,/그대가 산 것으로 돌아와/첫눈 녹은
땅 위에/나와 함께 있었다"라고 노래한다. 김소월은 「초혼」에서 사랑
하는 여자의 혼을 부른다. 그의 「여자의 냄새」에서 그녀의 육체와 영혼
은 시인이 숨쉬고 바라보며 냄새 맡는 자연의 일부가 되어 있다. 그녀
의 존재를 살아간다는 것은 이 시에서 하나의 극치에 이른 표현을 얻었
다. 고은은 자신의 삶 주위로 다시 살아 돌아온 여인에 대해 노래한다.
그것은 그가 「범례」에서 "때때로 죽은 것들의 소식도 알아다주고"라고
말했던 것에서 한 걸음 더 나아간 것일 뿐이다. 「수유리에서」에서 말하
고 있듯이 "이 세상에 또하나의 세상"이라는 것, '이 세상에 담긴 것'이
라는 사유는 바로 이러한 것이다. 「라일락 앞에서」와 「서울의 비」가 아
마도 이러한 고은의 시적 사유를 가장 아름답게 노래한 것이지 않을까?

뜰에 전신으로 퍼붓는 것이 있다.
퍼붓다가 퍼붓다가
단 하루도
수없는 죽음이 이루는 것을,
아무도 달래지 말라
죽음은 살아가면서 이루어진다.

—「라일락 앞에서」 중에서

그는 매일매일의 죽음을 노래하는 것보다 한 세월의 모퉁이에서 그
러한 죽음들의 거대한 덩어리가 형성되는 것을 말한다. 빗속에서 그는
바다를 깨우친다. "몇 차례 적막으로/바다를 부른다"라고 이 시는 말

한다. 너무 심한 비약으로 인해 이러한 비와 바다의 연관을 이해하기는 어렵다. 그러나 시인은 떨어져내려 흘러가버리는 비의 속성에서 삶의 허무한 흐름을 본다. 그 모든 것은 바다에 모인다. 「서울의 비」에서 고은 특유의 과장법이 두드러진다. "비 오는 오대산이 떠내려왔다"고 하면서 "회오리치는 비로 / 내 썩은 오장육부가 펑펑 뚫려 / 죽을 때 외친 소리의 번개 바다가 들어왔다"라는 눈부신 표현을 낳는다. 불교적인 선문답의 혜택을 받지 않았다면 약간은 초현실주의적인 어법으로 보일정도인 이러한 표현을 하기가 쉽지 않았을 것이다. 죽음은 시인의 육체를 뚫고 삶의 존재 속에 죽음의 거대한 충격을 갖다놓는다. 삶의 무사함과 잠, 구태의연함이 모두 깨져나가며 죽음의 충격으로 파도치는 격정적인 삶을 낳는다. 「바다의 무덤」은 바로 이러한 상상력과 사유가 결집된 것이다.

아무도 바라보지 않을 때
바다는 무덤으로 삶을 이루었다.

(······)

바다 전체에 뿌린 고요가 뒤집혀서 파도친다.

(······)

모든 것은 깊은 잠 나는 잠 위에 있다.
그러나 나는 안개를 먹으면서 좀더 가야 한다.

「바다의 무덤」에 있는 부분들을 인용해보았다. 이 막다른 바다에는 모든 길이 모여 있다. 거기에는 숱한 길들이 파도치고 스러진다. 길들은 서로 엉키어 있고 한데 합치기도 한다. 땅들은 솟구치고 무너지며 서로 뒤집혀 섞인다. 이 바다에서 집을 발견한다는 것이 이 시의 주제다. "마침내 바다 위에 커다란 집이 선다. / 오오 온갖 민족의 집들이 / 제 죽음의 아우성으로 돌아와서 / 하나의 커다란 집으로 일어선다. / 오오 바다의 중국이여 바다의 페르샤여 / 바야흐로 하나의 집에 모여서 / 바다는 위대한 죽음과 삶과 / 저 스스로의 하루가 밝혀진다." 그렇다고 이 집의 의미가 분명하게 모습을 드러낸 것은 아니다. 마치 선문답의 화두처럼 우리는 이 시에서 무수한 언어적 변신술을 마주할 뿐인지도 모른다. 모든 화법은 은유이다. 집도 바다도 은유이며 어떤 다른 것도 될 수 있는 가변적인 이미지다. 고은 시의 성과는 바로 이 부분에서 찾아야 한다. 그의 사유는 어떠한 획기적인 순간에서도 긴 시간의 흐름을 가져오면서 그 순간에 벌어지는 사건들을 알아보려 한다. 그것은 이미 없어져버린 존재들의 넋을 소중하게 여긴다는 특징을 갖는다. 그의 길가에는 아직 태어나지 않은 넋들이 있다. 자신의 삶이 결국에는 사라지는 지점에서 그는 다시 시작한다. 따라서 지금 이 순간 이전의 지나간 것들에 대해서 넓고 깊은 시선을 열어놓아야 한다는 것이다. 그것이 바로 깨어 있음의 의미이다. "밤이 깊어서 길은 깨어 있다. / 우리를 위하여 멀리까지 깨어 있다"(「을파소」)라고 했을 때 이 '깨어 있는 길'의 이미지는 바로 그러한 것이다. 그의 시편들에 숱하게 나오는 '잠'의 의미도 이러한 사유 속에서 삶에 대한 반성적 이미지에 귀속되어 있는 것이다.

자연의 매혹과 상징의 숲
—오세영의 『벼랑의 꿈』에 대하여

1

연륜이 쌓인 시는 단순하다. 그리고 깊은 맛을 낸다. 나이든 우람한 소나무는 숲속에 침묵의 깊이를 만든다. 그 침묵은 우리에게 고요한 휴식 속에 잠기도록 한다. 그 '휴식의 부드러운 명령'을 찾는 것이 쫓겨다니는 우리의 삶에 얼마나 절실한 것인지.

오세영 교수의 새 시집을 읽으면서 나는 이러한 단순한 말들을 만난다. 마치 숲속의 오랜 소나무 같은 말들을 말이다. 노자가 말했듯이 '질박(質朴)' 함이야말로 도(道)에 가까운 것이다. 비늘이 그대로 붙어 있는 소나무 몸통 같은 질박한 언어, 오늘날 현대시들이 잊어버린 그 언어……

그 편안한 숨쉬기를 통해 흘러나오는 말을 현대시인들은 연습해야 할 것이다. 잠시 증오와 비판, 감정의 현란한 소용돌이, 그 숨가쁜 것들을 내려놓는 무위(無爲)의 말들 속으로 내려가보아야 할 것이다. 시인 오세영은 그러한 말을 찾아서 산속 깊은 곳에 삶의 둥지를 튼다. "산 두

릅 속눈 트는 겨울 한 철을/깨어진 기와처럼 살았더니라."(「속구룡사시편」) 그는 자신의 언어가 바로 이러한 침묵의 공간 속에서 과연 자연과 더불어 움틀 수 있는지 기다린다. 그는 시를 위해서 자신의 삶을 그 자연의 깊이 속에 넣는다. 그러나 시만을 위해서 그런 것은 아니며 이미 삶의 방향 자체가 심각할 정도로 현대적 도시를 탈출하고 있다. 그의 시들은 흔히 볼 수 있는 여행시와 다르다. 시 속의 구룡사는 여행객의 관람 대상이 아니라 깊숙한 삶의 공간이다. "한 철을 구룡(龜龍)에서 보냈더니라." 거북과 용은 대웅전의 바닥과 기둥, 서까래에 서리어 용틀임하며 시인의 정신을 닦아내고 휘감으며 고요한 명상의 하늘로 끌어올린다. "대웅전 추녀 끝을 치어다보며/미운 이 생각 않고 살았더니라./흰 구름 서너 짐 머리에 이고." 이 고요한 상승을 위해 시인은 '치악'의 꿩과 하늘 문을 엿보는 '산까치'의 도움을 받는다. 그것들을 수선스럽게 날갯짓시키지 않고 그저 잠깐 자신의 주위에 있게 함으로써 자연스러운 상승의 분위기가 마련된다.

  시인에게 이 구룡사는 현대적인 것들 속에 깊이 잠겨든 자신의 몸과 마음을 간추리는 곳이다. 얼마나 멀리 떠날 것인가, 어디로 떠날 것인가, 어떻게 말을 해야 할 것인가? 이러한 물음들을 묻게 되는 입구에 그 절은 서 있다. "오늘도 산문(山門)에 기대어/하염없이/먼 길을 바래는 사람아"(「산문에 기대어」)라고 그는 말한다. 하지만 거북과 용은 아직 그 세계의 깊이를 드러내지 않은 채, 아련한 안개를 품고 살짝 드러난 기둥의 상징적 무늬들로만 나타난다. 그러나 그 기둥은 이제 시인이 새로운 언어의 삶을 살아가야 할 자연의 사원(寺院)에 박혀 있는 기둥들이기도 하다. 그가 지나가야 할 숲속의 길에 서 있는 나무들은 모두 그러한 기둥들이다. 그가 이 시집에서 과연 어떠한 사원(寺院)을 짓고 있는지, 거기 어떠한 상징들을 통해서 어떤 입구를 찾아 들어가고 있는지 살펴보는 것도 우리들에게는 멋진 상상적 여행이 되고 휴식이 될 것이다.

2

"출가(出家)라니/정녕 어디로 간단 말이냐."(「집만이 집이 아니고」)
불교적인 용어 '출가' 는 새로운 삶의 형식에 대한 물음을 던진다. 그것
은 단순히 세속을 떠나 승려가 되는 것이 아니다. 집을 떠난다는 것은
과연 무엇인가? 삶을 꾸리고 설계하고, 번식시키는 공간으로서 자신의
거처(居處)인 '집' 은 시인에게 과연 무엇인가? "집만이 집이 아니고/
집 밖에 있는 것이 또 집인데"라고 시인은 말한다. 시는 단지 비유만을
말하지 않고 자신의 감정만을 표출하지 않는다. 그것은 세계에 대한 시
원적(始原的) 통찰력으로 철학 이상의 형이상학적 진술을 하기도 한다.
이 시에서 '집' 은 익숙해진 삶의 의미를 퍼뜨리는 기호이다. '집 밖의
집' 은 우주를 그러한 익숙함의 세계로 만든다. 어디를 가든 자신의 익
숙해진 삶 밖으로 떠나기는 어렵다. 집을 떠난다는 것은 따라서 단순한
문제가 아니다. 자신과 맺고 있는 모든 인연의 끈을 끊는 것은 단지 가
족에게서 떠남으로써 해결되지 않는다. 시인에게 출가의 길은 그런 것
이 아니다. 그는 "정녕 어디로 가란 말이냐"라고 묻는데 이 물음은 시집
전체의 언어가 통과해가는 흐름이기도 하다. 시인이 마주치는 산과 나
무, 물, 구름과 새들, 그러한 것들의 언어 이 모든 것 속에 그것은 스며
있다. 그것은 마주치는 모든 것, 심지어는 하나의 목표처럼 생각되었던
것조차 의문의 강력한 유동성 위에 부유(浮遊)하게끔 만든다. "흐르고
흘러서 어찌 산이 산이겠느냐"(「흐르는 것 어찌 여울뿐이랴」)에서처럼
'흐름' 은 시인을 끌어당기는 '산' 조차 물음의 진동 속에 던져넣는다.
그의 길은 바로 이 강력한 물음의 유동성 속에서 뒤흔들리는 독특한 길
이다.

　　어린 사미의 손목을 잡고

돌다리 건너 암자 가는 길.
흰 구름 굽이굽이 흘러가는 길.

—「흐르는 것 어찌 여울뿐이랴」 중에서

　이러한 흔들림이 현대시의 출발점에서는 집단적인 이념이나 신화로부터 개인이 쟁취하는 것이었다. 그 개인은 자신에게서 의미와 가치의 중심을 찾고 자연과 전체에 맞섰다. 그러나 오세영의 시에서 그 '개인'은 자연의 거대한 숲속에 파묻히면서 자신의 중심을 비운다. 그는 자신의 확실한 가치와 의미의 길을 잃어버린다. 갑자기 길은 흔들리고 길은 사라진다. 자연에는 수많은 길들이 도처에 놓인다.

길은
어디에도 없다.
어디에도 없는 그 길을
흐르는 흰 구름, 솔바람 좇아
다람쥐는
간 것일까, 온 것일까,
풀섶에 누워
먼 하늘을 우러르면
제비꽃 저더러 길이라 하고
망초꽃 저더라 길이라는데
아무 데도 없는 그 길을
내려가기 위해서 오르는
길,
정상(頂上)으로 가는 길.

—「자작나무 저더러 길이라는데」 중에서

　노자는 『도덕경』 첫머리에서 길에 대해 다음과 같이 말했다. "도(道)라는 것을 가히 도라고 한다면 그 도는 떳떳한 도가 아니다." 오세영의 시는 자신의 길을 산자락에 놓으면서 그 의미를 가늠한다. 그는 달려드는 세상의 나무와 꽃들, 바람과 구름을 보고 느낀다. 그의 시언어는 그러한 것들을 휘감고 돈다. 그러나 길은 사라지고 언어는 빈약한 껍질로 남는다. 그의 언어들은 산자락의 그늘에 깔리고 시인의 길은 하늘을 우러르는 가운데 삶의 바닥으로 내려간다.

　오세영은 세속을 떠나 산속에서 일생을 걸어가는 승려의 삶을, 그 내면을 들여다본다. 그것은 자신의 새로운 시적 여정에 거울처럼 다가서 있다. 한 늙은 중이 모든 것을 버리고 자신의 삶을 어디에도 의지하지 않고 나무처럼 서 있다.

너 어디로 가는 길이더냐.
이 벼랑 건너뛰면 또다른 벼랑
이 봉우리 넘어서면 또
흐르는 흰 구름,
가도 가도 길은 끝이 없는데
자작나무야,
산문에 기대선 늙은 중처럼
꽃잎을 버려
잎새를 버려
너 지금 허공에 몸 기대고
있구나.
어디로 가려느냐.

—「겨울길」 중에서

산에 들어온 것만으로 자연이 회복되는 것은 아니다. 오세영의 시 도처에서 '산문(山門)에 기대어'라는 표현은 미묘한 갈등을 표출한다. 그것은 세속에 남은 인연의 끈이 아직도 강렬하게 작용하는 것을 보여준다. 입산한 사람의 마음은 여기서 세속과 산의 경계에 놓인다. 아무리 산속 깊이 들어가도 마음속에 놓인 그 문턱은 사라지지 않고 오히려 더욱 강력하게 드러난다. 아마도 이 시집 2부 '정한부'는 이러한 문제들을 다룬 것으로 읽힐 수 있을지 모른다. 「어이할까나」에서 그 스산한 내부를 볼 수 있다.

언뜻 걷힌 산자락 사이로 너를 본 날,

한나절은 산문에 기대어
싸락눈을 맞고,
한나절은 바람벽에 기대어
먼 산만을 바래고,
한나절은 활활 타오르는 화주(火酒)로
울음을 태우던
날.

2부의 시편들은 사랑과 그리움을 읊은 것으로 읽힐 수 있는 것처럼 보인다. 그러나 그것들은 다른 한편으로는 세속적인 인연의 끈을 끊기 위한 몸부림이며, 그러한 애증들이 마지막으로 타오를 때 내는 선명한 불꽃들이다. 그리운 이의 편지를 읽으며, 꿈꾸기도 하고 다른 사물들 속에 떠오르는 환영들을 애타이 붙잡기도 하면서 그 불꽃들은 타오른다. 그것은 결국에는 사라질 것이면서도 마지막으로 그러한 것들의 강력한 거처인 육체를 다시금 솟구치도록 만든다. 생각으로는 그 모든 것을 쉽사리 끊고, 모든 문제를 해결했던 것 같았지만 그러나 육체 속에서 그 모든 것이 생생하게 살아난다. 육체는 자신의 모든 기억을 소중하게 간직하고, 자신의 생명력과 연결된 모든 이름을 불러낸다. 폭우가 쏟아지는 밤 시인은 육체의 거대한 울음을 체험한다. 그것을 "산은 전신으로 흐느껴 울었다"(「짐승」)고 했다. "본능이 서러워 나뒹구는/육신"에서처럼 구도자는 산에 깃든 짐승처럼 원초적인 육체를 발견하고 괴로워한다.

그러나 이 육체는 시언어에 생명력을 부여한다. 그것은 시가 감각적으로 꽃피어나게 하며, 웃고 울게 한다. 즉 시언어의 가장 적극적인 활동력으로 작용하는 것이다. 산철쭉을 까르르 웃게 하는 것도 그것이며, 나무들의 울음판을 느끼는 것도 그것 때문이다. 여기서 발견된 육체는 자연 속에 회귀하는 자가 털어버려야 할 기억의 저장소인 것만은 아니다. 그것은 다시금 생명의 근거지이며, 삶의 여러 가지 감각들이 활동해야 하는 의미의 생산공장이다.

그러나 자연에 깊이 회귀하는 자에게 이 육체는 궁극적으로 서러운 것들에 매여 있다. 그것은 인연의 사슬에 매여서 탄생하고 성장한 것으로서 그 사슬에 매인 다른 존재들과 엮인 사연들을 되새김질한다. 시인은 이러한 것들을 초극하기 위한 종교적 이념을 서러운 독경 소리, 부질없는 목탁 소리로 끌어내린다.

3

이러한 것들을 보면 오세영의 시가 산을 노래한다고 해서 단순히 종교적이거나 철학적인 것으로의 귀의를 기대해서는 안 된다. 그의 '산문(山門)'은 그러한 것으로의 회귀를 흔들며, 긴장하게 만드는 문턱을 만

들어내는 것이다. 그의 자연은 현대인이 현대인으로서 찾아가는 대상
이다. 참으로 독특하게 시인은 이 산의 공간에서 바다의 험난한 분위기
를 연출하는 것인데, 이것이야말로 우리의 현대시들이 근대적인 것을
추구하면서 만들어냈던 심상들 중의 하나다.

> 기우뚱
> 밀리는 선체(船體),
> 밖은 폭풍이 몰아치는데
> (……)
> 온 산은 칠흑의 밤바다,
> 한 차례 강풍이 불면
> 대숲은 큰 파도로 밀려와 벽을 후리치고
> 떡갈나무 잔 파도는 흰 이빨을 드러낸 채
> 으르렁댄다.
> 이 불안한 초옥은
> 광란의 바다에 표류하는 일개 돛배이거니
> 내 손수 해도를 작성해
> 격랑을 헤쳐가야 한다.
>
> ―「고죽도苦竹圖」 중에서

우리는 이 시에서 식민지 시대 정지용이 읊었던 유리창의 주제를 읽
어낼 수 있다. 두 시에서 모두 홀로 남은 개인의 불안함은 우주의 막막
함과 맞서 있다. 정지용과 달리 오세영은 산사의 초옥에서 한지에 대나
무를 치면서 그러한 막막함을 느낀다.
「뜨락」 같은 시에 오면 이러한 우주의 막막한 불안은 사라진다. 떨어
져내리는 것들을 받아주는 '뜨락'을 그는 '존재의 침실'이라고 말한다.

그러나 그러한 것들을 표현하는 말들은 여전히 치밀한 분석과 집요한 시선을 바탕에 깔고 있으며 시적 긴장력을 놓치지 않는다. "바람이 분다 / 운명의 책장들을 넘긴다. / 다시 살아야겠다"(「책장을 넘기며」)라는 발레리적인 어구도 이러한 것의 연장선상에 있다. 이 '불안'은 여전히 삶의 '의지'와 직접적으로 연관되어 있는 것이다. 이 현대적인 자의식이 산속 깊은 곳에서 여전히 활동한다는 것을 알아야 그의 시들이 자연과 합일을 위해 쏟는 노력이 빛을 본다. 그것은 현대인의 결함을 끌고 들어가는 것이기 때문이다. 자연으로의 회귀가 순식간에 이루어지는 것은 아니다. 「무덤의 노래」에서 그 자의식의 마지막 끈이 느껴진다. 그것은 자신의 이름을 불러대는 아련한 소리로 다가온다. 마치 무덤 속에서 들려오는 듯한 아득한 소리는 귀가한 아내가 부르는 소리처럼 마음속 깊은 곳을 잡아당긴다. 김소월의 「무덤」을 연상시키는 이 시는 그와는 반대 방향에서 그 소리를 듣는다. 그러나 또한 동일한 상황이 있는데 그것은 '지금 여기의 나'라는 존재가 막막한 우주 속에서 어떠한 것에도 귀속될 수 없이 그 존재의 테두리가 무너져버렸다는 것이다. '나'의 이름은 거의 사라져버리고 아득한 흔적만으로 남는다.

> 문득 일어나 귀 기울이면
> 빈 숲속 밤바람 소리 황망하게 달려가고
> 내 이름일까?
> 다시 한번 귀 기울이면
> 외 무덤 찬 빗소리 스산하게 적셔내리고,
> 나는 내가 아닌데
> 나는 이제 이름 없는 나인데
> 누군가 아득히 부르는 소리,
>
> ―「무덤의 노래」 중에서

거의 사라져버리는 나의 이름을 마지막으로 불러대는 것은 집에 돌아온 아내의 목소리이다. 모든 것을 묻어버리고 떨쳐버린 채 '무덤'으로 만들어도 그 무덤 속에서도 끈질기게 유령처럼 나타나 나를 사로잡는 유혹들이 있다. 집의 아내는 가장 끈질긴 인연의 끈으로서 내 마음의 가장 깊은 곳에까지 침투한다. 그것은 '나'의 반쪽으로서 내 삶의 일부분이다. 은밀한 측면에서 그것은 내 의식의 무의식이며, 내가 한쪽을 선택할 때 보충해야 할 부분이기도 하다. 그것은 내가 자연으로 회귀하는 마당에 이제 영영 되돌아갈 수 없는 일상에 남아서 그것을 지켜내고 그것을 수호하는 자로서 살게 될 것이다.

오세영이 이러한 유혹자, 수호자로서의 여성에 대해 이 시집에서 집요하게 탐색하지 않은 것은 분명하다. 단지 「왜 비켜가지 않는가」에서 마음을 흔들어대는 꽃들의 유혹에 대해 말하고 있을 뿐이다. '영등(靈登) 할미'라는 신화적인 여성이 산 전체에 이러한 유혹의 꽃바람을 보낸다고 시인은 멀리서 말한다. 유혹적인 바람과 맞서는 남성의 벽(壁)과 자신의 신체를 둘러싸는 옷이 고결하지만 애처롭게 드러나 있다. 여기서 불교적인 사유는 도가적(道家的)인 사유와 갈라지는 모습을 보인다. 자연의 일부가 된 이 유혹적인 성(性)이 거절되어야 할 마력(魔力)이 되어 있기 때문이다.

4

이 시집의 4부는 이 유혹의 마력을 떨쳐내고 비로소 이루어진다. 이제야 산은 모든 물결과 바람을 잠재우고 완성된다. "산과 더불어 산다는 것은/산이 된다는 것"(「나를 지우고」)인데, 산은 자연의 표상이다. 산과 더불어 있는 모든 것은 이제 다독거려진 모습으로 존재한다. 모든 것이 일체가 되어 하나로 숨쉬는 산이 완성된 것이다. 이것은 스스로 존재하며 어떠한 것과도 분열되지 않고 서로 각기 따로 있으면서도 자연의 거대한 흐름 속에 한결같은 것으로 스며 있다. "이슬이 이슬을 지우면/안개가 되고,/안개가 안개를 지우면/푸른 하늘이 되듯" 자연의 흐름은 끊어지지 않는다. 산속에서 '나를 지우는 일'이 끝난 것이다. 이 것은 물론 불교적인 사유에서는 이미 공식화된 것으로서 명백한 관념이며 상식화된 것이기도 하지만, 현대인의 깊은 내면을 들여다보면서 그것을 끌고 이 공(空)의 자리로 오기는 쉽지 않다. 그리고 이 빔/비움을 다시금 언어 속에 퍼뜨리고, 사물의 생생한 움직임들을 통해 새로운 생명력을 불어넣어 새로운 우주를 불러일으키는 것은 더욱 어렵다. 오세영은 비움 속에서 참된 삶의 의미를 불어오게 한다. 다시 '바람'이 불지만 이제는 유혹의 바람도 아니고 의지의 바람도 아니다.

> 바람이 분다
> 마파람이 불어온다.
> 마른 잔디엔 벙벙히 초록물 들고
> 숲은 거대한 파도 소리로 우느니,
> 봄 산은
> 밀물이 든 바다,
> 크고 작은 능선의 푸른 파도를 타고
> 산을 오르는
> 나는 뱃사람이었구나.

—「먼 하늘」중에서

봄의 생기는 산을 물들이고 생명의 푸른 파도를 퍼뜨린다. 이 용솟음치는 생명력을 시인은 새로운 차원에서 관조한다. 파도 소리는 막막함

의 바다, 모험의 바다, 세속의 바다에서 출렁이는 소리가 아니다. 그것
은 참된 자연의 생명에 귀 기울일 때, 그 안에 하나가 되어 참여했을 때
들리는 소리다. 파도는 생명의 한없는 기쁨을 품고 있는 파동이 되어
출렁인다.

'나무'의 심상(心象)이 이제 모든 것을 종합하고 정리한다. 생명력이
충일하게 되었을 때 그것은 숲이 된다. 그 숲은 자연의 언어이며 상징
이다. 하나의 나무가 자연이 내비추는 한 단락의 언어, 한 문장의 시행
(詩行)이 된다. "저것은 나무와 나무들이 이루어낸 한 문장의 시행,/저
것은 숲과 숲들이 엮어낸 한 단락의 산문"(「상형문자」). 인간의 언어는
자연의 언어를 발견하며 그것을 비추고자 한다. 그러나 이제 인간의 언
어는 점점 그 자연의 언어를 비추면서 침묵을 연습한다. 침묵의 공간을
늘려나가면서 언어는 단순해지고, 점점 크게 빈 공간을 스스로 속에 집
어넣는다. '나무'는 서서히 인간의 상징이 된다. 비어 있는 나의 상징을
「맨발」은 이렇게 말한다.

> 드디어 맨발이 된 그,
> 그는 흙과 살의 경계를 벗어나
> 측백처럼
> 나무가 된 것일까

그런데 시인은 과연 '말씀'까지 버릴 수 있을까? "산마루에 멍청히
서 있는 측백 또는 소철 한 그루"(「막다른 곳에서」)는 홀로 산이 되지만
그 무언(無言)의 말은 이제 스스로를 거두어들인다. 시의 말은 존재를
드러내기 위해 갈고 닦은 것이지만 그것은 오히려 인간과 자연 사이의
거리 속에서 말의 뒤틀림과 흔들리는 의미들을 간추리고, 보이지 않는
것을 붙잡으며 존재한다. 그러나 시의 언어는 '나무'가 되면서 자신의

기둥 속에 있는 우주의 중심 속으로 그 모든 것을 빨아들인다. 시의 언어가 틈 속에서 거리(距離) 속에서 존재이유를 찾는 것이 아니라 자신의 중심을 퍼뜨려나가는 생성적 차원에서 존재이유를 찾아야 할 때가 온 것이다. 불교적인 불립문자의 경지로 끝을 내는 것보다 새로운 중심의 언어가 산의 거대한 물결처럼 퍼져나가는 것을 지향하는 것이 기대된다. "시라니 무슨 시"(「후속구룡사시편」)는 기존의 시에 대한 비하(卑下)에 머물러야 할 것이다. 그 무량청정(無量淸淨)한 산속의 세계에서 다시금 세속의 중심으로 모든 것을 끌어안고 우뚝 솟는 언어의 절(寺)이 세워질 수 있을 것이다. 이 '벼랑의 꿈'은 우리에게 앞으로 걸어야 할 시의 새로운 지평을 가리키고 있다. 그 위의 꽃은 우리 모두를 한꺼번에 태울 수 있는 빛으로 불타고 있을 것이다.

늙은 누에의 비밀과 무한한 삶의 연금술
—송재학의 『기억들』을 중심으로

1. 현대시의 몇 가지 문제와 고상한 사유에 대한 탐색

한국의 현대 시단은 온갖 저열한 진보주의자들과 서구적 문화 취향을 흉내내고 싶어하는 딜레탕트들, 그리고 현대적 일상의 현기증들을 고백하고 싶어하는 수필주의자들로 가득하다. 그들이 시를 쓰는 것을 누구도 막을 수는 없다. 자유주의와 대중주의, 민중주의 시대에 그들을 가로막는다면 아마도 그들은 모택동 식의 문화혁명이라도 일으킬지 모르기 때문이다. 자기고백과 자기과시적 선전이 유행처럼 번지는 시대에 이러한 욕망을 막아선다면 그것은 마치 자유에 대한 탄압이라고 생각해 심각한 정치적 증오와 보복의 폭력(물론 글쓰기를 통한 것이겠지만)으로 다가올지 모른다. 현대문학의 거대한 허섭스레기 같은 조류 속으로 뛰어들어 무엇인가 말해본다는 것이 과연 무슨 의미나 있을 것인가? 그러나 그 안에서 탁류의 냄새를 맡는 것, 그리고 그 밑바닥에 가라앉은 것들이 무엇인지 알아보는 것, 결국에는 그것들이 흘러 들어가면서 정화되는 거대한 바다의 모습을 그려보는 것 등은 진지한 비평가에게 그 나름으로 매혹적이며 어울리는 과제가 아닐 것인가?

현대문학의 시끄러운 거리에서 현학적인 현대적 이론이나 이미 진보라는 기득권을 획득한, 그러나 이제는 낡아버린 이념에 재빨리 발을 맞추는 시인들을 피해가기는 어렵다. 그리 유명세가 없어도 참으로 독창적인 몇몇 시인들만이 이미 인정받은 이러한 저급한 조류를 헤쳐나갈 수 있는 것처럼 보인다. 그러한 시인들을, 그들이 어떠한 측면에서 새로운 시인들이며 어떤 점에서 창조적인 것인지에 대해 논의하는 것이 참다운 비평가의 의무이자 과제이기도 하다. 그리고 그것은 시인 이전에 비평가가 그 이전의 모든 시적 역사를 총괄하면서 내다보아야 할 미래에 대한 전망이기도 한 것이다. 나는 이 글에서 그러한 전망과 연관시켜 우리가 살려내야 할 고귀(高貴)한 가치와 신성(神聖)한 상징체계라는 두 가지 측면을 거론하고자 한다.

상품시장의 거대한 폭발 속에서 문학이 이끌려 들어간 대중적 취미는 단지 대중문학에만 국한되지 않고 문학의 머리 꼭대기에까지 솟구쳐 있다. 오늘날 패션잡지들을 뒤적여본 사람들이라면 그러한 취미가 일반 소비대중의 차원에서도 얼마나 세련되고 고상한 것처럼 보이는 수많은 고원들을(이곳은 유럽풍의 패션과 생활용품으로 몸과 그 거처를 둘러싸며 사이비 귀족 행세를 하고 싶어하는 자들이 기어오르는 욕망의 언덕이다) 가지고 있는지 탄복하는 데 정신이 없을 것이다. 평범한 대중들의 고귀한 가장(假裝)과 가면(假面)들(이러한 것들은 대중들의 신분상승 욕구를 대리 만족시켜주는 것들이며, 이러한 것들의 횡행이 우리가 처한 현대사회의 특징 중 하나다)에 대한 연구만으로도 우리는 많은 세월을 보내야 할 것이다. 이러한 것들의 정신적인 저속함은 단지 강남의 일부 귀부인들이나 그 자녀들에게만 있는 것이 아니며, 그 밑의 계층에까지 확산되어 이 소비사회를 거대한 허영의 사회로 만들고 있다. 서양의 멋진 귀족이 되어보고 싶은 욕망을 부채질하는 모든 고급 상품은 일상의 사치품과 기호품을 넘어서 문화 전반에 침투되어 있다. 문학이나 철학의 고급 소비재들은 이미 우리의 지성계에 차고 넘쳐서 지식대중 전반에 퍼져 있다. 서구식 고급이론의 메가폰이 되어서 우리 지성계를 좌우하는 학자 비평가들이 들끓고 있으며, 그들을 추종하는 지적 허영과 모방적 과시욕들이 거대한 물결을 이룬다. 이러한 것들 역시 상품의 유행과 크게 다를 것 없는 시대에 우리는 살고 있다. 그러나 이러한 지적 유행의 첨단에 서서 지적 귀족주의의 모습으로 우리 문단을 행보하는 무리들의 사이비 귀족주의를 비판하고 그 비천한 본질을 드러내야 하는 것이 가장 전위적인 비평가의 임무가 아니겠는가.

그리고 다른 한편으로 오늘날 우리 사회에 팽배한 하향평준화 민주주의, 대중주의는 문화적 천민을 양산해내는 데 조금도 부끄러움을 모르고 있다. 그러한 사조들은 자유와 평등, 기회균등을 외치면서 사회의 모든 권력을 부정하고 비판하며 모두 똑같은 존재가 되자고 외치고 있다. 서로간의 차이를 유발하는 간격을 그들은 견디지 못하며 계급적 약자의 편에 서는 것만을 최상의 가치로 삼는다. 그들이 새롭게 일구어내는 것들은 소득이 낮은 자들, 병자들, 천민들, 지적 허약자들을 존중하는 가치들이다. 그들은 고상하고 고귀한 가치들을 모두 약자를 억압하는 부정적 가치로 몰아붙인다. 현대적 일상에 대한 포스트모던한 접근들은 다른 방면에서 이러한 대중주의를 신비스럽게 감싼다. 그것들은 일상의 밑바닥에 뒤집혀 있는 형이상학적 징후들을 판독해내려 시도한다. 대중적 일상의 복잡한 다양성 속에서 '세속적 신비'를 찾아 헤매는 데 시간의 대부분을 보낸다. 거기에는 모든 권력을 흡수하며 동시에 권력의 그 손아귀를 빠져나가는 보드리야르적인 대중의 매혹적인 스펀지나 들뢰즈적인 육체의 판타즘 같은 것들이 있다. 그러나 아무리 거대담론 그물 밖에서 미시적인 단위들을 포착해낸다 해도 그들이 권력에 대한 부정적 편견에만 사로잡혀 있는 한 문화적 타락을 비켜가기는 어렵다. 우리의 형편은 훨씬 심각한 지경에 처해 있다. 우리 시대는 비판과 부정과 저항만이 남발되는 시대이며, 어떤 고귀함이나 고상함에도 냉소를 던지는 시대다. 민주주의나 민중주의라는 말이면 최상의 가치가 되고, 그러한 간판을 내걸면 모든 행위가 인정될 수 있는 것처럼 행동하는 시대이며, 그로 말미암아 실제로는 정신적 문화의 천민화, 평범한 인간들의 영웅화가 횡행하고 있는 시대인 것이다.

이러한 시대에 진정한 시인들은 모두 변두리로 쫓겨나 있다. 내가 아는 몇몇 시인들은 적어도 그러한 유행병적인 퇴폐주의와 현대주의라는 병에서 벗어나 있다. 이들은 적어도 서너 가지 점에서 그러하다. 첫째로 이들은 현대적인 언어의 민주주의, 대중매체적 특징을 잔뜩 담고 있는 무례함과 방자함에서 벗어나 있다. 우리 시단에서 김기림과 김수영에서부터 흘러나온 이러한 대중적 언어들은 심오한 지식의 경지에 올라가보지도 못하면서 대개 교양적인 수준에서 보고 들은 것들만으로 오만불손하게 함부로 모든 것을 판단하고 비판하며 폭로하고 부정하려는 습관을 가진다. 매체적인 언어의 자기 노출적 폭력을 자신의 지성적 몸짓으로 포장하며, 대뜸 지성의 권력자로 솟구쳐 올라가 비판적인 권위를 누리고 싶어하는 욕망이 거기에 짙게 배어 있다. 이러한 포즈들을 흉내내는 시인들은 습작하는 시인 지망생까지 포함해서 부지기수다.

둘째로는 언어의 해체와 언어 속의 욕망에 집착하는 현대시의 한 흐름을 비판하는 것이다. 이 흐름은 언어구조의 통사법이나 관습적 어법들을 해체하는 경향, 그것을 통해서 고정된 주체를 분열시키는 경향을 가리킨다. 이러한 해체적 경향은 1980년대 이후 점차 복잡해지는 우리 사회 현실에 대응하기 위한 모더니즘적 전략의 일환으로 나타났는데, 그것은 여러 차원으로 분기된 언어재료들을 텍스트로 끌어 모으면서 현대의 다양하게 분화된 복잡성에 대응하려는 시도로 나타난 것이었다. 여기서는 의미의 집중보다는 분산이, 담론의 주제적인 통일성과 일관성보다는 그러한 것들의 파괴와 혼돈이 과장되게 찬양되었다. 그러나 이러한 파괴와 해체가 매우 면밀한 이성적 구조의 탐색과 건설에 긴밀하게 맞물릴 때에야 비로소 그 파괴와 해체작업이 실질적으로 이루어진다는 것에 대해 여러 해체론자들이 등한했다는 것을 지적해야겠다. 즉 우리 사회에서 문제 삼아야 할 것이 어떠한 이성적 측면이며 도대체 그것의 어떠한 구조가 문제인가에 대한 논의가 심각하게 이루어지지 못했던 것이다. 이성이라는 괴물이 살고 있는 성채의 비밀에 근접한 자만이 그것을 파괴하고 해체하는 지식을 어느 정도 얻어낼 수 있다. 그러한 것에 근접도 못한 채 멀리서 부르짖기만 하고 파괴적인, 해체적인 몸짓에만 취하는 시인들이 얼마나 많은가?

이제 이러한 부정적 경향에 맞서서 이 자리에서 중요하게 논의해야 할 것은 무엇인가? 그것은 먼저 이 시대의 파괴적 분위기 속에서 사라져간 언어의 신성한 분위기를 일깨우는 것이 될 것이다. 현대의 복잡다단한 문맥 속에서 서로 어긋나는 잡다한 의미들을 세계의 심연으로부터 조망하여 보는 태도가 필요하다. 언어의 표면과 육체의 표면 위로 미끌어져가는 시대에 이러한 심연이 과연 주목의 대상이나 될 것인가. 그렇다. 그것은 육체와 언어의 신성한 기원을 통찰할 수 있을 만큼 삶과 세계의 밑바닥으로 내려가려는 모험 속에서 비로소 이루어진다. 그것은 먼저 '현대'라는 물질주의적 집착과 현대주의의 특징인 대중주의와 진보주의에서 벗어남으로써 시작된다. 그리고 그것은 우리 근대시 초창기에서부터 발전되어온 한 줄기의 경향, 즉 김소월에서 시작해서 정지용과 백석, 서정주와 그 후로 이어지는 경향을 탐색하는 것이기도 하다. 그것은 우리 조상의 전통 가운데 가장 고귀한 것들을 '회통(會統)'의 방식(신채호가 우리 역사의 가장 신성한 부분을 복구하고 회복하기 위해 제안했던 역사연구의 한 방법)으로 이어 나가는 것이다. 그것은 무례하고 방자하게 마구 지껄이는 것이 아니라, 풍속 속에 살아 숨쉬는 말과 침묵을 미묘하게 반죽하고 그 풍속적 언어들을 새롭게 변주함으로써 이루어진다. 그것은 현실의 억압적인 구조물들을 파괴하거나 해체하기보다는 춤추면서 넘어가는 미묘한 어법을 개발해내기도 했다. 이러한 것들을 이 자리에서는 그저 소박하게 정신적인 고상함이라고 말해보기로 한다. 그 고상함은 김소월이 슬픔의 강력한 힘으로 부여잡고 감싸고 있던 영적인 세계와 관련되어 있다. 그것은 또한 정지용이 '다락 같은 말'을 타고 나그넷길을 떠나면서 비애 속에 가라앉은 식민지 땅의 거대한 어둠을 끌어안았던 그 광대한, 그렇지만 동시에 압축된 언어와 관련되는 것이다. 그리고 그것이 미당 서정주에 와서는 육체의 영적인 생명력을 복구시키기 위한 노력으로 이어졌다. 목숨의 영원한 이어짐을 염원하며 그것을 우리의 가락으로 녹여내기 위한 언어들을 그는 추구했다. 아무리 밑바닥에 떨어져도 "마음속의 힘"을 통해서 영원을 살아갈 수 있도록 자신의 존재와 세계를 환하게 비추게 되는 그러한 시를 바랐다. 이들의 공통성은 대중적인 소란스러움과 현대적인 지적 허영을 경멸하며 자신만이 독자적으로 간직하고 있는 매우 까다로운 입맛들을 가지고 있다는 점이다. 이들의 언어는 산문적이지 않다. 그것은 쉽사리 입에 담을 수 있는 사회적 비판에 별 관심이 없다. 그것은 부정적 대상을 우리에게 잘 보여주지 않는다. 사회적 이해관계에 예민한 대중들이 금방 알아들을 수 있는 화제를 거론하지 않는다는 것이야말로 이들이 문단이나 비평가들에게 현실적으로 비난당해온 이유이기도 하다. 도대체 그들은 무엇을 말하려 했던가? 나의 생각으로는 그것은 자신들이 처해 있는 심연으로부터 솟아올라 이 세계 전체에 대해 말해보고자 했던 언어의 음악이나 춤 바로 그것이었다. 그 음악과 춤은 언어의 일상성과 당대의 교환가치적 유용성이라는 굳은 틀을 넘어서서 과거의 영혼과 현재의 육체 사이의 틈을 일깨우고, 거기서 솟구치는 의미의 소용돌이를 내려다보면서 그러한 것들을 휘젓고 가로지르며 건너

가기 위한 것이기도 했다. 이 글에서 나는 단지 이러한 경향을 드러내는 시인의 하나로 송재학을 꼽고 그의 최근 시집인 『기억들』에 있는 시들을 통해서 그러한 경향의 새로운 가능성을 분석해보기로 한다. 이러한 흐름은 아직 현 문단에서는 미미한 것이라고 해도 송찬호와 몇몇 신인들, 나희덕과 조용미, 김혜옥의 시들 속에 강력하게 자리잡고 있다. 우리 시의 역사에서 볼 때 이들에게는 매우 중요한 역할과 과제가 부여되어 있다고 할 수 있다.

2. 현대병인 우울증의 치료로서 '광대한 기억'의 시학

오늘날 우리 대부분은 우울증과 건망증에 빠져 있다. 우울증은 격렬하게 흘러가는 산업화와 정보화 물결의 미친 듯한 속도 속에서 어쩔 줄 모르며 뒤처진 채 그 광포한 물결에 휩쓸린 자들 대부분에게 일어난다. 현재의 우리 삶이란 그러한 속도에 발맞추도록 강력하게 압박받는 가운데 억압되고 움츠러들어 있다. 거리의 자동차들이란 모두 그러한 속도의 강박관념들이다. 약간의 빈틈이라도 있으면 비집고 들어오며 새치기하고, 조금이라도 자신의 앞을 가로막는 것이 있으면 신경질적으로 반응하는 이 여유 없는 생활이란 과연 다 무엇이란 말인가? 이게 어디 거리만의 풍경인가? 거의 정신병적인 이러한 우리 삶의 기이한 모습은 근본적으로 자기 존재의 불안함에서 나온다. 이 경쟁적인 속도에서 탈락한다면 뒤처질 것이고 자신의 지위는 형편없이 추락할 것이다. 이 파시즘적인 속도는 정치경제적인 차원에서 우리 모두에게 '행복'의 나라에 대한 약속을 빌미로 직장에서 강제되고, 모든 행동 속에 무의식적 구조로 각인되어 있다. 무자비한 경쟁 속에서 이미 우리 존재의 많은 부분이 사라져가고 없다. 우리는 속도의 감옥에 갇혀서 살고 있는 것이다. 일에서 빠져나온 휴식조차도 이 속도 속에서 이루어진다. 산이나 바다에서도 주말의 휴식은 느긋하지 못하다. 우리는 남보다 먼저 재빠르게 그곳에 가야 한다. 흘러가는 시간을 재면서 우리는 긴장되게 쉬다가 온다. 이러한 긴장의 팽팽한 줄이 끊어질 때가 찾아온다. 긴장은 불안을 넘어서 결국에는 우울증으로 고착된다. 우리는 모두 이 속도의 종착지를 어쩔 수 없이 알게 된다. 그것은 우리 인생의 종착지와도 같은 것이다. 아미엘이 "우울이란 모든 것의 바닥상태에 존재하는 것"이라고 했다지 않은가. 모든 강의 끝에는 바다가 있듯이 말이다. 그것은 결국 모든 것이 무의미하게 사라져버리는 속도의 흐름을 염두에 두고 있는 말이 아닌가. 요즈음 많은 시인들이 이러한 우울증 상태 속에서 자신의 존재가 갖는 공허하고 피상적인 느낌을 표출하는 데 집요하게 매달리고 있다.

이러한 우울증의 시인들 옆에 조증(燥症)의 시인들이 길게 늘어서 있다. 이 조증은 그 병적 증상이 우울증과 반대되는 것이다. 하지만 우울증이 심화되면서 겪게 되는 것이기 때문에 결국은 동궤의 것이다. 미셸 푸코는 '광기의 역사'를 추적하면서 이러한 우울증과 조증의 순환관계를 파악했다. 그에 의하면 조증은 발작으로 발전한 긴장에서 유발된다. 그것은 현악기의 줄이 지나치게 수축되어 있어서 아주 미세한 자극이나 먼 거리에서의 자극에도 매우 민감하게 진동하는 악기에 비유되었다. 조증의 정신착란은 감각의 끊임없는 전율이나 진동으로 이루어지게 된다. 푸코에 의하면 조증환자에게서는 모든 관념과 개념이 해체된다. 따라서 정합성이 결여된 채 횡설수설하는 조각난 생각들과 폭발성 행위, 쉼 없는 지껄임 등의 특징을 보인다. 푸코는 이것을 문학현상과 연관시키지는 않았지만 나의 생각으로는 이러한 우울증과 조증이 요즈음 시인들의 시적 특징을 개괄하는 데 매우 중요한 점을 시사한다고 여겨진다. 즉 속도감에 짓눌리거나 거기 사로잡혀버린 인간들의 공허함은 시인들의 예민한 감성과 우울한 의식에서 시적인 표현들을 얻는다. 시인들은 일반인보다 훨씬 민감하게 긴장과 불안을 느끼며 우울증에 더 깊이 빠져든다. 그들에게서 우리는 터무니없는 흥분과 자아도취의 강렬한 신경증적 폭발을 볼 수 있다. 혼란된 언어와 눈부신 이미지들의 착란적 환상들이 시인들에 의해 시적 상상과 사유로 가공된다.

이러한 우울증과 조증의 문학은 상당 부분이 현대적인 풍모로 각광받아왔다. 그것은 사실 현대적인 문제의 가장 깊은 곳에서 솟구친 것이며, 현대사회의 병적 구조와 현대인의 병적 심리학을 통해 현대의 심연 속으로 가장 깊이 내려갈 수 있는 것이기도 했다. 그러나 그것은 역시 현대의 한계 속에 갇혀 있는 것이다. 그러한 시인들은 가장 좁혀진 현대적 우주 속에 유폐되어 있는 것이기도 하다.

벤야민은 한때 보들레르와 프루스트 분석을 통해서 이러한 우울증을 극복할 수 있는 문학적 성찰에 대해 탐색했다. 프루스트에게는 그것이 '무의식의 기억'이었다. 보들레르에게는 충격애호증이 있는 산책가였다. 이 산책가란, 벤야민에게는 자본주의의 거대한 바퀴가 굴러가는 거리 속에서 거기 통합되지 못하는 이방인적 존재다. 벤야민은 그러나 그 이방인적 존재를, 그 모든 것을 구경꾼처럼 바라볼 수 있는 만화경적 유희꾼으로 여긴 것이 아니었을까? 프루스트의 무의식의 기억도 그 이방인처럼 거리의 실용적인, 산업적, 상업적 시간 밖으로 빠져나가 있다. 그것은 순차적인 질서를 무시한 채 과거의 시간들이 뒤섞여서 존재하는 무의식의 연상적 시간 속으로 침몰해 들어간다. 이 둘은 모두 현대의 대중들을 사로잡고 있는 속도감 있는 시간, 목적론적인 역사의 시간에서 일탈한 것이다. 그리고 그것들 모두 현대의 우울증의 시간, 즉 순간에 갇히게 되는 유폐적인 시간을 거둬냄으로써 자신의 전체성과 세계의 전체성을 회복하려 한다. 그리고 그 안에서 자신의 고귀한 주체를 창조적인 것으로 내세우려는 거대한 야심을 갖고 있다. 그러한 면에서 보들레르적 산책가나 프루스트적 회상가는 귀족적인 자태를 뽐내고 있다.

송재학의 시를 읽으면서 나는 "텅 빈 내 상자"라는 것이 무엇인지 생각해본다. 그에게도 모든 것이 가라앉은 우울한 바다가 있다. 그러나 그는 보들레르처럼 도시의 거리를 산책하는 것이 아니라 우리의 옛 시대들을 여행한다. 그 여행에서 그에게 발견된 것은 "추억과 생각을 담아둔 나라"였던 것인데, 나는 그것이 개인적인 무의식의 기억보다 더 광대하고 오래된 '세계의 기억'이라고 여겨진다. 현대적인 우울증의 공허를 채워나가려는 그의 반현대주의적인 심오하고 다소 귀족적인 여행은 나에게 얼마나 매력적인 것이었던가. 그의 시들을 통해 이 오래된 세계의 기억이 무엇인지 알아보기로 한다.

「여기는 지금 바닷속」은 그의 시들 중에서 가장 경쾌한 어조와 유쾌한 음악으로 된 것인데, 나는 그것이 바로 우울증에 대한 시인의 미학적 치료라고 여겨진다. 드뷔시의 인상파적 음악을 들으면서 그는 대기의 '무거운 햇빛'을 인상파적인, 경쾌하고 가벼우며 부드러운 빛으로 바꾼다. 그는 그러한 가운데 우울의 바다를 상쾌한 동화 속의 바다로 바꾸어버렸다. 시적 상상력을 통해서 말이다. "지금 어깨를 짚은 건 기진맥진한 하루가 아니고/가오리의 지느러미라고 단정하라"고 권유하는 어조는 강렬한 것이 아니고 은근한 것이다. 부드럽고 싱싱한 감촉으로 어루만지는 바다의 해류, 가오리의 지느러미는 그것이 생명체로 변신하여 다가온 것이다.

그러나 「빗소리를 듣는다」에서 이러한 상상적 권유가 없을 때 그 우울의 빗줄기가 존재의 깊숙한 곳으로 스며들어온다는 것을 생생하게 보여준다. "마침내 등뼈뿐인 물고기 닮은 비가 쏟아진다/우리는 빈집의 빗소리를 되살리려 한다"고 그는 노래했다. 이 '등뼈뿐인 물고기'는 여기서 분명 삶의 풍요로움이 다 빠져나가버린 빈약한 존재의 상징이 아닌가? 그것은 위의 시에 나오는 바닷속의 싱싱한 물고기들과 반대편에 있다. "빈집의 목소리"에서 그것은 연상되었을 것이다. 이상야릇하게 불안한 침묵으로 채워진 이 빈 공간이 빗소리를 부른다. 빗소리는 이 시에서는 비어 있음을 울려주는 소리다. 이 시인만이 드러내 보인 현대적인 존재론의 우울한 울림이 여기서 멋진 표현을 얻었다. 아마도 이러한 빈 공간, 우리의 텅 빈 내면에서 우리의 식탁에는 풍성한 생명력이 별로 마련될 것 같지 않다. 그 공간을 울리는 빗소리는 "등뼈뿐인 물고기"와 결합되지 않을 수 없을 것이다. 그는 「평정을 잃으면 소리를 낸다」에서 "무릇 사물이란 평정을 잃으면 소리를 내는 법이다"라고 했는데, 이 빗소리는 평정을 잃은 야릇한 침묵이 외치는 내면의 소리가 아닐까?

3. 기억술—현존재의 긍정과 변신술의 계보학

위의 시들을 읽어보는 것은 「조문국의 입구」를 이해하기 위한 것이다. 이 시에서도 뼈와 소리의 만남이 있기 때문이다. 송재학에게 뼈는 존재의 근본 구조물인 것 같다. 그것은 존재의 모든 외형이 붕괴된 뒤에도 그 존재의 흔적을 유지하려 노력하는 고고학적 유물과도 같은 것이다. 그는 여기서 빗소리 대신 "수도꼭지에서 쏟아지듯" 쏟아지는 매미울음을 헤치고 고대의 부족국가인 조문국의 흔적을 기웃거린다. 그는 왕의 뼈를 지키는 향유 냄새를 시장터의 나프탈렌 냄새 속에서 맡는다. 그것은 왕의 뼈를 지켰던 냄새가 아니었을까라고 그는 생각한다. 이 시끄러운 시장과 겹쳐 있는 고대 왕국의 뼈는 과연 그에게 무엇이었을까? 이 부분에서 이 시의 가장 중요한 진술에 다가서게 된다.

이 낯선 곳에 도착한다면 얼굴을 거울에 비추지 말고
손으로 찬찬히 만져보아라
누구의 얼굴이라도 해골부터
나라 없는 왕의 미라와 조금조금 닮아간다
나도 추억과 생각을 담아둔 나라의 신민이었던 것

　여기서 '거울'이란 현재적인 시선의 거울이다. 시장을 바라보는 시선과 마주하고 있는 나의 얼굴이 거기 있다. 손으로 만진다는 것은 내면의 눈으로 더듬어보는 것이며, 내면의 동굴 속으로 들어가서 세계의 기억을 더듬는 것이다. 그렇게 하여 그는 왕의 뼈 위에 자신의 살을 덧붙인다. "추억과 생각을 담아둔 나라의 신민"이 이렇게 해서 탄생한다. 이러한 변신이 매미의 허물 벗은 변신과 어우러져 나타나는 것이 이 시의 묘미이다. 그는 매미 소리와 시장의 소음이 나중에 이렇게 뚜렷하게 갈라져 있음을 드러낸다. 사람들은 시장의 상품들 속에 갇혀서, 그 상품들이 외쳐대는 소리들 속에 갇혀 그러한 사물들의 오랜 기억을 더듬지 못한다. 그러나 매미 소리가 그 시장의 울음을 압도하면서 그 사물들을 자신들의 추억의 깊이, 내면의 깊이로 되돌려놓는다. 그렇게 해서 그는 그 스스로도 이제 추억의 그릇으로 변모되는 것이다. 현대적인 것들은 모두 이렇게 거슬러올라가는 흐름 속에서 그 뿌리에 연결된다. "어쩌면 옛 나라란 소가 씹고 씹었던 풀에서/살코기로 변해 다시 우리가 씹었던 만큼 수천 번 바뀌었을 거다" 하고 말하는 것에서 그러한 인식의 특이함을 읽어낼 수 있다. 이것은 바로 그만이 이룩한 것이다. 수천 번 모습과 형질을 바꾸며 지금 상태에 이른 사물들 속에서 여전히 최초의 것과 동일한 무엇인가를 감촉하는 것, 존재의 변화를 변신술로, 가면으로 파악하는 것이 그의 독특한 인식인 것이다. 그의 기억은 따라서 단순히 과거에 대한 향수라거나 한번쯤 반추하고 싶은 행위로서의 회고가 아니다. 그것은 현존재의 의미에 대한 계보학적 고찰로 생각되어야 할 것이다. 그 계보학은 발전이나 진보를 목표로 하는 부정의 계보학이 아니라 변신술로서 파악되어야 할 변화의 계보학이다. 그것은 스스로의 존재를 강력하게 긍정하고 그것의 끊임없는 변신을 긍정한다. 그것은 최초의 존재를 변신 속에서 여전히 긍정하는 계보학인 것이다. 그의 기억은 이러한 긍정으로서의 계보를 더듬어내는 존재의 지적 활동이다. 이 시의 끝 부분에서 "달맞이꽃은 외래종이므로/이 나라 신민의 자격이 없다"고 한 것은 그러한 기억의 왕국을 강조하기 위한 반어법이다.

그렇다면 이 기억의 왕국이란 송재학에게 도대체 무엇이란 말인가? 송재학의 시들은 '소리'에 대한 주제로 얽혀 있다. 그가 시인이기 때문일까? 그의 언어는 음악의 기원을 찾아 헤매는 것이며 그의 육체는 소리의 통로이며 입구이고 떨림판이기 때문일까? 매미 소리에서 그가 고대를 더듬어내는 것 역시 그러한 주제의 한 고리다. 「내소사 운(韻)」에서 그는 목판본을 읽는 입만을 남기고 육체의 다른 부분은 내소사의 눈 속에 파묻는다. 그의 존재는 뼈만 남아 그 입을 지탱한다. 그런데 그의 소리들은 「만어산」에서 가장 세밀한 표현들을 얻는다.

내 안으로부터 그 소리의 덩어리를 제발 밖으로 끄집어내달라고 애원한다 한껏 입 벌려도 소리가 너무 크고 넓어서 허공에 걸쳐야 제격이다 싶을 때, 그 소리가 이명과 비슷하고, 그 소리가 비에 젖어 있으며 거무틱틱하고 각이 졌고 깊이 울리고 그 소리의 수가 하염없이 많아서 내 목청으로 도저히 감당하지 못할 때, 한때 만어산 부처 그림자라던 커다란 편마암 바위처럼 편경의 형편이 돼보려 한다

—「만어산」 중에서

이 시는 송재학의 시론이 아닌가. 그 옛날, 만어산 계곡에서 일어난 구름이 치올라가 산꼭대기에 걸쳤는데 그 구름 가운데서 소리가 났다. 그 산 계곡의 돌들 가운데 3분의 2가 금과 옥의 소리를 냈다. 이러한 전설을 한 자락 깔아놓으며, 그의 소리의 미학이 만어산의 풍경 속에 펼쳐진다. 『삼국유사』에 나오는 옛날의 설화를 통해서 그의 소리는 서서히 열두 가지 율려의 발걸음을 펼쳐놓을 수 있게 된다. 그의 소리가 여기서 은밀하게 물의 변화와 연관되어 있음을 발견하게 된다. 그것은 물소리가 시작되는 장소인 계곡에서 비롯된다. 그는 물소리를 담은 계곡의 돌들과 그 물이 휘말려 올라간 구름이 내는 신비한 소리들을 엿듣는다. 그의 소리들은 그러한 소리들을 배워야 하고 그것을 빌려야 한다. '내' 무형의 소리들, '나'의 서투른 음계는 자연의 음악으로 바뀌어야 하며, 그것은 만어산의 용이 신묘하게 일으키는 변화의 의미를 터득함으로써 비로소 이루어지는 일이기도 하다.

4. 늙은 누에의 비밀 — 수많은 생(生)이 반죽된 연금술적 산(山)

그의 시집 『기억들』에서 가장 아름다운 시는 「숨쉬는 산」이다. 이 시를 읽으면서 나는 우리 시대의 시 중에서 가장 아름다운 시 하나를 음미하고 있다고 느꼈다. 이 시는 우리가 앞에서 거론한 그의 '기억의 시학'이 시간과 공간의 경계선을 허물고 모든 것을 부드럽게 삼투시켜 완성한, 존재와 삶의 참으로 부드러운 합성체를 보여준다. 그가 기억의 왕국을 더듬어간다는 것은 단지 과거로의 복귀만이 아니며, 결국은 미래적인 후생을 더듬는 것과 다르지 않음을 여기서 분명히 보여준다. 나는 여기서 비로소 미당 서정주의 시학이 변화되어 새로운 모습으로 계승되고 있음을 본다. 미당의 '영생의 의지'는 얼마 안 되는 노잣돈으로 이

승에서 저승으로, 과거에서 미래로 끝없이 이어지는 길을 영원히 걸어
가는 풍류적인 노랫가락(그가 육자배기 가락에서 배운)이었다. 그런데
송재학은 그러한 노래 속의 삶을 생명의 길고 긴 순환의 고리들을 찾아
가서 그것들을 맛보고 온 자의 여유와 애정으로 지금의 삶을 풍요롭게
채운다.

    내 늙은 누에는 어디까지나 비밀이라네 나도 벌레로의 환생을 믿어서
팔다리 집어넣고 가끔 후생을 기다린다네 몸 길이 약 일천 미터에 사십
미터 어깨 넓이를 유지하는 누에란 놈은 흔하디흔한 야산 같다네 실제로
그곳은 억새와 참나무의 군락지 열네 마디에 새겨진 오솔길 따라 사람들
은 소풍을 간다네 도심의 강 옆에 와불처럼 누운 놈의 화두가 예사롭지
않지 그의 오래된 하품도 배울 만하다네 나의 한없는 게으름이란 느릿느
릿한 벌레의 다른 말 삼유, 잠노, 또는 홍잠이라는 이름을 버선목처럼 뒤
집으면 바로 나의 아명이지 저 몸피에는 애장터도 있을 법한데 일제히 아
우성치는 누에와 야산의 초록색에는 나와 이어지는 손금이 있네, 연약한
운명론자! 애벌레로 탈바꿈하면서 누에는 엉덩이를 치벼들고 잎새 사이
자꾸 새초록 고치를 꺼낸다네 저녁 무렵 저 누에가 그저 웅크린 산이고
만 싶을 때를 나는 안다네 그때 나도 누에도 몸 한쪽은 벌써 나비인 것을

—「숨쉬는 산」 전문

그는 아마도 이 시를 그의 다른 시 「누에」와 「환생」을 읽고 나서 감상
하기를 바랄 것이다. 장자의 호접몽 모티프가 「누에」에서는 환생의 여
러 장면들을 겹쳐가면서 자신의 존재를 의문에 빠뜨리는 것으로 변모
되어 있다. 물론 그 의문은 존재에 대한 참된 깨우침을 위한 물음이다.
장자의 호접몽은 '물화(物化)'라는 말로 나비와 장자의 경계선을 허물
게 된다. 그것은 대자연과 하나가 되어 나와 타자의 구별이 없게 되는

정신적인 경지를 비유한 것이다. 송재학은 「누에」에서 "내 전생은 축생이었으리/누군가 내 감정을 건드린다면 하루아침에 나는 누에로 되돌아가버릴지 모른다"라고 읊었다. 앞에서 우리가 보았던 기억의 왕국은 노력해서 찾아내야 할 어떤 것이었지만 여기서는 이제 이미 그 안에 건드리면 금방이라도 깨어날 듯이 잠자고 있는 어떤 것이 되었다. 그의 삶은 그러한 과거들이 겹쳐 있는 삶이라는 것이다. "강변의 야산이 친애하는 벌레처럼 다가오곤 했다"(「누에」)라고 할 때, 그렇게 수많은 생이 겹쳐 있는 존재는 외부의 어떤 것들과도 친밀한 동류의식을 느낄 수 있는 것으로 변모된다. 그의 나비는 모든 존재의 간격과 시간의 모든 간격을(이 간격에는 얼마나 깊은 심연이 놓여 있겠는가!) 건너다니는 것이 되었다. 전생과 후생을 잇는 생의 영원회귀적 존재를 상상적인 어법으로 처리한 「환생」의 주제는 이 「누에」에서 발전된다. 그것은 나와 사물이 뒤섞여 연금술적인 화합을 일으킴으로써 새로운 존재로 변신되는 매우 독특한 주제를 보여준다.

「숨쉬는 산」에서 이렇게 연금술적으로 화합된 존재인 "내 늙은 누에"는 비밀스러운 것이다. 그래서 시인은 "내 늙은 누에는 어디까지나 비밀이라네"라고 그 시의 첫 부분에서 읊었다. 여기서 늙었다는 것은 '변신'의 입구에 다가서 있는 것이다. 거기서 우리는 비밀스러운 분위기가 스며들어갈 여지를 기대할 수 있다. 늙음은 변신의 가능성이 최대한 부풀어난, 충분히 성숙된 시간을 의미한다. 그리고 그것은 어디서나 볼 수 있는 흔하디흔한 야산으로 비유된다. 도심의 강 옆에 와불처럼 누운 야산은 다시 누에로 비유된다. 이 미묘한 겹침을 시인은 매우 독특하게 처리했는데, 그것은 누에와 산의 중간 항에서 누에의 어떤 부분과 야산의 어떤 부분을 떼어와서 누에도 산도 아닌 제3의 이미지로 만들었기 때문이다. 예를 들면 "몸 길이 약 일천 미터에 사십 미터 어깨 넓이를 유지하는 누에란 놈은 흔하디흔한 야산 같다네" 같은 구절에서 앞부분이 바로 그러한 제3의 이미지이다. 몸 길이 일천 미터에 사십 미터의 어깨 넓이는 누에의 형상을 염두에 둔 것이면서 산의 전체적인 길이와 산 등성이의 넓이를 누에의 형상에 겹쳐놓은 것이다. 아마도 이 시를 읽는 사람들은 처음에는 누에와 야산을 서로 다른 독립적인 존재로 생각하다가 이 제3의 이미지에 부딪혀서는 혼란을 느끼게 될 것이다. 나도 바로 그러한 혼란의 시간을 가졌으며 그 시간 속에서 이것이 무엇인가 따져보기도 했다. 그러나 그러한 논리적 추론의 사유라는 것이 여기서는 쓸데없는 짓이다. 송재학은 초현실주의적으로 낯선 이미지의 충돌 같은 것을 염두에 둔 것은 아니다. 그가 앞에서 보여준 기억의 왕국에서 시간의 먼 거리가 여기서는 공간적인 것의 거리, 즉 같은 시간대에 놓여 있는 서로 다른 존재 사이의 거리로 치환되어 있을 뿐이다. 자신의 얼굴을 만지면서 조문국의 왕의 얼굴을 느끼게 되듯이 누에는 자신의 몸에서 야산을 느끼고 야산은 누에를 느낀다고 하면 될 것이다. 존재의 크기가 여기서 문제될 수 있겠는가? 수많은 생의 영원회귀 가운데 다양한 존재들은 모두 하나이며 동시에 여럿이다. 산과 누에의 공간적 거리에는 영원회귀하는 시간의 긴 흐름이 놓여 있다. 누에이자 산인 위 시의 제3의 이미지는 누에와 산 그 둘의 독자적인 존재의 경계선을 허물고 서로를 삼투시키며 은밀하게 동류의 성질을 풍류처럼 화합한다. 그렇게 해서 우리는 "열네 마디에 새겨진 오솔길 따라 사람들은 소풍을 간다네"라는 구절을 얼마나 즐겁게 읽게 되는가. 수많은 생의 영원회귀와 그 무한한 삶의 변신술을 간직하고 있을 '누에-산' 이자 '산-누에'의 열네 마디 오솔길은 어디에도 없는 것으로 유독 송재학의 이 시 속에만 존재하는 것이다. 머리와 꼬리가 합쳐져서 만들어내는 열네 마디는 우주적인 오솔길이다. 나는 머리와 꼬리를 뺀 열두 마디가 이 세상의 오솔길이라고 말하고 싶다. 이 세상의 모든 존재는 해와 달이 걸어가는 이 열두 마디의 변신술을 살아간다. 그것은 십이 율려의 가락으로 계절의 변화를 만들고 탄생과 성장 그리고 죽음의 순환적 고리를 이어간다.

이 '누에-산'의 오솔길로 소풍을 가는 도시인들의 삶이 이 늙은 누에의 화두(話頭)에서 무엇을 깨우치고 갈 것인가? 시인은 왜 와불처럼 누워 있는 누에의 "오래된 하품도 배울 만하다네"라고 말하는 것일까? 바로 이어지는 구절 "나의 한없는 게으름이란 느릿느릿한 벌레의 다른 말 삼유, 잠노, 또는 홍잠이라는 이름을 버선목처럼 뒤집으면 바로 나의 아명이지"라고 한 부분을 자세히 음미해보자. 어린 시절의 게으름을 찬양하기 위하여 누에의 느린 움직임을 갖다놓은 것은 괜찮은 일이었을까? 누에의 여러 이름들에 들어가는 잠(蠶)이란 글자는 길게 누운 누에와 어울린다. 그것은 와불의 이미지를 불러온 무의식적 근거가 아닌가. 그리고 그것은 이 세상의 수많은 삶들을 꿈처럼 담고 있는 거대한 존재의 잠이 되는 것은 아닌가. 늙은 누에의 비밀은 바로 인생이라는 꿈의 비밀을 담고 있다. 누에의 하품이란 바로 그 꿈의 깨어남이며 깨어남 역시 꿈과 다르지 않음을 말해주는 것이기도 하다. 누에의 깨어남은 워낙 느려서 그의 잠과 크게 다르지 않은 것 같다. 그 게으른 느릿느릿한 움직임은 영원회귀하는 너무나 길고 긴 시간을 먹어버린 존재의 움직임처럼 보인다. 그 움직임은 자연의 흐름을 타는 것이다. 장자가 말한 유유자적(悠悠自適)하는 소요유(逍遙遊)의 발걸음이라고 하지 않을 수 없는 것이다.

우리의 소풍은 바로 그러한 움직임과 흐름 위를 걸어보기 위한 것이다. 우리 현대인들의 조급성은 우리가 이미 앞에서 보았듯이 자본주의가 강제하는 파시즘적 속도에 길들여진 것이다. 그러한 강제 속에서 파탄된 병의 모습으로 나타나는 우울증과 조증의 순환고리를 앞에서 거론했다. 이 시에 나오는 오솔길은 이 현대병을 치료하기에 알맞은 산책길이다. 송재학은 여러 편의 시에서 그러한 길을 찾기 위한 여행을 하고 있다. 그것은 자신 속에 있는 현대인이라는 병자를 치료하기 위한

길이 아니었겠는가. 그런데 그게 어디 그만이 간직한 병인가? 현대도
시는 우리 모두를 병들게 하고, 나아가 자연 전체의 조화로운 변신술을
위협한다. 오늘도 한 치 앞의 이익을 위해서 그리고 자기가 만들어놓은
야심적인 목표와 목적을 위해 모든 수단과 방법을 가리지 않고 돌진해
나가는 계산적이고 실용주의적인 인간들의 독기가 너무나 광대하게 퍼
져나가고 있다. 우리는 「숨쉬는 산」을 읽으면서 자연의 부드러운 기운
으로 그러한 것들을 정화할 필요가 있다. 시인이 그 누에를 자기의 손
금과 이어지는 "연약한 운명론자"라고 말한 것은 옳지 않다고 본다. 나
는 이 아름다운 시를 더 빛내기 위해서 그 구절을 "강건한 운명론자"로
바꾸어 읽고 싶다. 자연의 흐름은 강력한 것이다. 우리 목숨을 인도해
가는 운명 역시 얼마나 강력한 것인가! 그 운명을 긍정하는 것이야말로
우리 자신의 삶을 긍정하는 것이며 이 세상을 긍정하는 것이 아닌가!
그리고 이러한 긍정이야말로 삶에 가득한 활력을 주고 이 세상을 타락
시키는 부정적인 힘들을 몰아내는 것이다. 그것은 인간이 자연의 강력
한 운명과 함께할 수 있도록 해준다. 인간의 새로운 창조적 삶의 형식
들이 그로부터 생겨나지 않겠는가.

우리 시대의 아름답고 슬픈, 단단한 심연의 별
—김혜옥의 『취하요리』에 대하여

1. 머나먼 도시 가장자리의 축제

시를 연구하는 학자로서 그리고 즐겨 감상하는 독자로서, 때로 가끔 지면에 평을 하는 비평가로서 그럭저럭 나는 20여 년을 지내왔다. 그 사이에 수많은 시들을 읽고 시인들을 만났다. 지나고 보니 흘러간 강물처럼 아득하게 느껴지지만 그 동안 내 안에 적히고 구겨진 시편들이 있다. 그리고 내 기억의 사진첩들에 끼이거나 흩어진 시인들이 있다. 그 중에 몇몇은 벌써 죽음의 우울한 어쩌면 너무나 편안한 영적인 세계로 넘어갔다. 이렇게 되돌아보며 내 가슴속 수첩을 들여다보면 거기 진정으로 새겨진 사람들은 별로 많지 않다. 나는 시에 대한 갈증을 지니며 긴 시간을 기다려왔다. 이제 등단한 지 몇 년 되지도 않고 저 시골 구석에 처박혀서 별로 알려지지도 않은 한 무명시인의 시들을 읽으면서 나는 그 긴 기다림의 시간을 어떤 한 측면에서는 마무리해야 할 것 같은 느낌이 든다는 것을 고백하고자 한다. 문단의 숱한 유명세를 타고 있는 시집들을 가로지르면서 남아 있던 갈증이 이 낯선 시집 앞에서 사라져간다는 것을……

　김혜옥의 첫 시집인 『취하요리』는 우리 땅의 짙은 향기를 담고 있다. 「대관령삽화」나 「아우라지」 「지도 없는 마을」 등을 읽으면서 우리는 애환과 투박함에 젖어 있는 그 옛 산천들이 이상야릇한 신비의 안개 속에 떠 있는 듯한 느낌을 받는다. 그녀는 동해안의 첩첩산중에 갇힌 작은 마을들을 지나치며 낡고도 신비스러운 풍경을 노래한다. 그러나 그 시들이 그저 한 지역에 파묻힌 지방색의 비좁은 세계 속에 갇혀 있다고 할 수는 없다. 그녀의 시들은 둔탁한 지방색이 아니라 매우 예민한 감수성들로, 또 때로는 푸근한 풍속과 지긋한 삶의 연륜에 기대 그러한 것들을 노래한다. 그녀는 현대문명이 스며든 강릉이란 도시의 깊이를 꿰뚫는다. 그리고 거기서 분출된 감각으로 그 주변의 자연과 시골 마을의 풍속들을 자신의 시적 서정 속에 휘저어넣는다. 도시의 현대적 삶을 깊이 있고 날카롭게 포착하는 언어들이 거기에도 있다.

　그러나 그녀의 도시적 감수성들은 무한경쟁으로 질주하는 자들이 뒤얽힌 미로에 대한 독특한 이미지들을 창조해냈다. 강릉 주변의 파도치는 자연들이 없었다면 그녀의 그 작은 도시는 얼마나 황량했겠는가. 그녀의 시들은 우리 시대 문명의 혼탁함과 어지러움의 밑바닥 심연에 함께 빠져 있다. 하지만 그 시들 속에서 우리는 자신을 둘러싸는 대관령과 동해의 파도들, 정선의 아우라지 같은 오랜 전통의 아련한 풍속들로 나아가는 '길의 핏줄들'을 갖는다. 바로 이러한 측면에서 그녀의 시들이 독특하게 빛난다. 이러한 것들은 그저 자연과 문명의 대비법 같은 상투적 수사학에서 이루어지는 것이 아니다. 자연과 문명이 서로 뒤얽힌 심연 속에서 자신이 견디어낸 육체와 영혼의 흔적들, 그 삶의 상처와 꿈들이 뒤범벅되면서 그 핏줄 같은 길들은 만들어지는 것이다. 우리 인생은 모든 것이 뒤섞인 물결처럼 흘러간다. 시인은 그로부터 한 가닥씩 노래와 이야기의 황금빛 실들을 뽑아낸다. 그 작은 실들 속에서 우리 평생의 경험과 꿈들이 짜여진다. 이 시집을 직조한 그 황금빛 실의 향기와 빛에 대해 이야기해보기로 하겠다.

가장 아름다운 시의 하나인 「제웅」의 우주적 집에 대해 말하기 전에, 그리고 도시의 황량한 길인 '아스팔트'와 「대관령 삽화」의 불경을 웅얼거리는 안개의 길을 말하기 전에, 수많은 존재들의 경계를 가로질러가는 '나비'나 '코끼리'에 대해 말하기 전에, 이 시집의 마지막에 놓인 쓸쓸한 축제에 대해 먼저 이야기해보는 것이 좋겠다. 경포대의 벚꽃축제를 시작으로 강릉의 한 해는 외지인들에게 그 막을 연다. 오히려 가장 성대한 축제인 강릉 단오제에 대해서 그녀는 시를 쓰지 않았다. 그 지나친 웅성거림 대신에 그저 작고 짧게 끝나는 벚꽃축제에 대해 그녀는 노래했다. 「벚꽃축제는 끝이 나고」는 슬프고 아름다운 감정이 스며 있는 한 폭의 서정시다. 그 첫 줄에서 이미 이 시 전체의 울림이 가볍게 퍼진다. "지난밤 나는 한 그루 열차를 놓쳤네"라고 이 시는 노래한다. 벚꽃나무와 기차를 합성한 이중주의 서곡이 거기서 울려퍼진다. 그 축제 자리에서는 보이지도 않고 그저 멀리에서 기적 소리를 울리며 레일을 뒤흔들 뿐인 기차가 이 시 전체 속에 짙은 그림자를 드리운다. 그 그림자를 시인은 길을 따라 가지런히 서 있는 나무들과 자신의 소중한 추억들, 축제 속에서 진행되는 풍경들에 겹쳐놓는다. 기차는 축제와 추억의 여러 가지 단편들을 묶어주며 이별의 시간을 내어주고 멀어져간다. 우리는 조심스럽게 이 기차가 시인에게 내뿜고 환기시키는 여러 가지 이미지들을 따라가기만 하면 된다. 실제 기차의 묵중한 존재를 가볍게 지우면서 말이다. 그러면 다음과 같은 구절 "나는 다만 책상 위에 길고 반듯한/기찻길 두 줄만 깔아두었을 뿐이네"라는 것도 그렇게 어렵지 않게 읽힌다. "빛바랜 기억의 검은 레일 위에도/황금빛 마차와 박하향의 여인들을 함부로/풀어놓지 않았다네"라는 그녀의 눈부신 환상이 진정되는 곳은 축제의 수런거림이 모두 사라진 자리에 펼쳐지는 책상 위의 원고지다. 이제 모든 것은 종이 위의 철길을 오가는 언어들 속에서 정리될 것이다. 그러나 기찻길만 깔아두었다고 해서 금방 모든 것이 해결되지는 않는다. 철길처럼 나란한 원고지 칸 속으로 언어들은 쉽게 오지 않으며, 초조하게 광막한 우주의 침묵 속을 서성이는 순간들이 있게 된다. 시를 쓴다는 것은 바로 그러한 것이다.

벚꽃들이 꽃망울을 터뜨리고 밤공기 속에서 자신을 불 밝혀주는 알전구들을 휘감고 죽 늘어서 있다. 사람들은 그 축제의 들뜬 어둠과 빛의 거리를 황홀하게 거닌다. 거기 물론 황금빛 마차와 박하향의 여인들은 없다. 그저 조금 경쾌하고 낭만적인 마차와 연인들과 또는 아이들, 아줌마들이 약간은 이 야릇한 분위기 속에서 가볍게 흥분하고 먹거리들에 탐닉하며 이 축제의 거리를 거닐 뿐이다. 남자들은 술을 마시고 이들을 구경한다. 그러나 시인은 그 축제의 중심적인 풍경들을 재빨리 스쳐 지나가고, 그 대신 그 축제에 대한 환상적 풍경으로 그 모든 것을 요약해 정리한다. 그녀는 축제의 추억에 강렬한 인상의 벚꽃들만을 남긴다. 황금빛 마차와 박하향의 여인들은 바로 그 벚꽃이 만들어낸 축제적 환상이다. 그리고 그것도 다 끝나버린 추억에 대한 환상인 것이다.

이 시는 아직도 시적 서정이 도시의 메마른 삶을 견디는 힘이 될 수 있음을 보여준다. 우리 삶의 황량함을 적셔주기 위한 축제의 길목에 그 시는 놓인다. 그곳을 스쳐 지나가는 추억의 많은 창문들을 그것은 부풀어오르는 상상력의 힘으로 붙잡는다. 우리는 자연의 풍요로운 힘들이 붕괴된 현대도시 속에서 적어도 이러한 작은 서정의 샘물들로 목을 축여야 하지 않을까? 벚꽃 망울들은 조용하게 빛나는 자연의 불꽃들이며 그것이야말로 축제의 영혼 속에서 불타오르는 생명력의 빛인 것이다. 모든 축제는 바로 이 불로 시작하고 그것으로 마무리한다. 이 시인은 우리나라 귀퉁이의 작은 도시 속에서 잠깐 스쳐 지나가는 변두리 축제를 노래하며 자신의 애틋한 만남과 이별(우리 모두의 그것이기도 한)을 반추했다.

2. 희생제의적 존재로서의 시인과 「제웅」

1930년대 후반에 모더니스트 시인 김기림은 황량하고 폭력적인 분위기로 얼룩진 세계 속에 희생양처럼 놓인 한 시인의 상을 창조했다. 『바다와 나비』란 시집에 끼어 있는 「쥬피타 추방」이란 시에서 죽은 친구 이상(李箱)에 대한 추도시를 썼던 것이다. 그는 파초잎처럼 축 늘어진 중절모를 쓰고 파이프에서 나오는 담배연기의 동그라미로 원광을 그리고 있는 떠돌이 보헤미안 시인을 그렸는데, 이 일상의 밑바닥에 추락한 시인에게 제우스(시에서는 쥬피타라고 썼다) 같은 신성을 부여했다. 이 너무 높은 정신적 경지는 퇴폐적인 파이프 담배 연기의 둥근 도너츠 이미지로 패러디되었다. 현대의 신성은 광야나 숲속에 홀로 앉은 자의 머리를 감싸는 눈부신 영적인 후광 대신에 퇴폐적인 일상의 거리에서 탐닉하는 향신료와 먹거리의 감각으로 빚어진 원광을 갖게 되었다. 어느 식당의 테이블에서 폭력적인 국제정세의 소식들에 들썩이는 의자들 가운데 그는 앉아 있다. 시대에 영 걸맞지 않는 이 시인의 영혼은 '세기의 아픈 상처'라는 칭호를 받는다. 그리고 마침내 이 신성한 시인은 "실수 많은 인생을 탐내는 썩은 체중을 풀어버리고/파르테논으로 파르테논으로 날아갔다"고 김기림은 썼다.

김혜옥의 『취하요리』 첫머리에 놓인 「제웅」의 소재는 민속적인 희생제의이다. 짚으로 만든 이 제웅이란 인형은 음력 정월 보름날 저녁에 내다버리는 것이다. 제용이라고도 하고 일설에는 신라 처용가를 노래한 '처용'이라고도 한다. 그것은 사람들의 액운을 대신 짊어지고 멀리 사라진다. 프레이저의 『황금가지』를 보면 여러 지역에서 이와 유사한 짚인형 제의가 있었다. 유럽의 어떤 지역들에서는 짚이나 버들고리로 만든 거인 같은 인형들을 축제에 동원한다. 그것들은 대단한 볼거리를 제공하면서 축제의 마지막에 불태워진다. 프레이저는 거기서 고대 희생제의적 흔적을 찾아냈다. 그는 그 배후에서 모든 사악한 힘을 없앰으로써 맞이하게 되는 풍요제적 양상을 포착하기도 했다.

마치 이 시집의 서문처럼 「제웅」은 그 첫머리에 놓여 있다. 이 시에서 짚인형인 제웅은 마치 시인의 창조적 작업처럼 신화적인 우주 속에 삼투된 존재로 만들어졌다. 고려 「처용가」에서 처용 탈을 만드는 작업을 그려나갔듯이 이 시에서도 '제웅'을 만드는 작업이 묘사된다. 그런데 이 작업은 매우 창조적이며 시적인 역동성이 있다.

> 오른 새끼 외로 꼬면 불끈 눈썹 하나 심어지고
> 성근 줄 촘촘히 당기면 터진 실밥처럼 귀밑까지 웃는 입
> 작은 지푸라기들 둥글게 모아 우레 같은 뿔도 달아주마

물론 실제 제웅은 이렇게 눈썹과 입이나 뿔이 없다. 그저 지푸라기를 대충 엮어 사람 형체를 흉내낸 것일 뿐인데 시인의 상상력 속에서 그 얼굴의 표정까지 역동적으로 창조된 것이다. '불끈'이란 말 때문에 '눈썹'은 상당히 강력한 표정을 뿜어낸다. 실밥이 터진다는 표현 때문에 '웃는 입'에서 웃음이 폭발하는 것을 느끼게 된다. 노여움과 웃음 그리고 그 다음에 슬픔이 따라온다. "물기 마른 슬픔은 다 가져가고 저 짜디짠 눈물바다를 돌려다오"라고 했는데, 그 '눈물바다'란 이미지가 이 시의 중심에 놓인다. 왜냐하면 제웅의 풍속 중에 어떤 것은 강물이나 바다에 던져버리는 것이 있기 때문이다. 사람들은 자신들의 고통과 슬픔의 눈물들을 그 인형에 실어 보내는데, 바다는 그 종착지다. 거기에는 아마도 눈물의 소금들이 쌓여 있을 것이다.

이 시는 그러한 풍속 자체를 노래한 것이 아니다. 그 풍속은 비유법처럼 현대적인 황무지의 세계를 덮고 있다. "물기 마른 슬픔은 다 가져가고"라는 구절은 이 시대의 황량함을 노래한 것이다. 그녀는 건조한 시대를 살고 있는 것이다. '건조한 슬픔'이란 감정을 풍부하게 하는 마음의 수분이 말라버렸음을 의미한다. 사람의 마음이란 깊고 풍요로운 호수나 강물과도 같다. 그것은 작은 불행을 보아도 민감하게 떨며 그 속에 깃든 슬픔의 호수를 물결치게 한다. 황량한 기계적인 시대 속에서 이 마음의 물들이 말라버렸다. 슬픔은 자신의 물길을 길어 올리지 못한다. 그것은 팍팍하고 심드렁하게 길바닥에 누운 개들처럼 버려져 있다. 이렇게 진정한 눈물을 잃어버린 시대에 시인의 몫이란 과연 무엇인가? 그것은 이 황량한 공기 속에서 말라버린 삶의 지푸라기들을 엮어서 제웅을 만드는 일이 되지 않겠는가? 시란 바로 그러한 인형 만들기다. 상품광고와 매스컴의 수많은 프로 속에서 수없이 웃어대는 웃음들에 우리는 파묻혀 있다. 이 가짜 웃음들 속에 우리의 슬픔이 매몰된 것이며, 진지한 고뇌의 깊이도 매몰되어버렸다. 시와 예술에서도 비아냥거리는 패러디적 웃음과 시니컬한 조소들이 난무한다. 이 「제웅」의 눈썹과 뿔은 이 모든 것에 대해 강력한 노여움을 표시하는 것으로 읽힐 수 있다. 이 인형의 웃음은 그 노여움 뒤의 웃음, 모든 것을 떠안고 갈아마신 자의 웃음이다. 그것이 노여움을 초탈한 것인지 아니면 체념한 자의 그것인지 우리는 결정해야 한다. 그는 곧 태워져 재로 남을 것이고 먼 우주로 날아갈 것이다. 그 물질적 형상이 사라진 공간 속에서 그는 새롭게 우주적 집을 짓는다. 아마도 그것은 사람들의 마음의 공간 속에서 이루어지는 것이 아닐까. '먼 우주'라고 시인은 말한다. 사람들은 그렇게 먼 미래의 이상적인 꿈을 바라보며 살아간다. 시인은 그러한 꿈을 창조해주면서 사라져간다. 그는 자신의 삶을 일반 사람들에게 그러한 꿈의 재료로 제공한다. 그는 이 시대의 팍팍한 재료들로 제웅을 만들면서 살아간다. 시인 자신이 시를 쓰면서 존재하는 것이라면 그의 존재 자체가 바로 제웅인 것이다.

「취하요리」 역시 그러한 시인의 삶을 술에 절인 새우요리에 비유했다. 새우의 아가미는 시인의 입이다. 왜냐하면 시인은 강물 같은 노래를 숨쉬며 살아가기 때문이다. 새우 등뼈의 현은 시를 팽팽하게 긴장시키며 말들을 고르고 진동시키는 시인의 척추다. 시적 삶의 척추는 악기의 활처럼 구부려 팽팽해져야 한다. 등이 굽은 새우요리를 통해 그녀는 시적 사유와 상상의 세월에 잠겨든 채 자신이 체험하고 바라보며 생각한 것들을 시적 우주의 자궁 속에 끌어모은다. 마치 둥글게 휜 악기처럼 이 새우는 술 속에 잠겨서 점점 오그라든다. 심장을 부둥켜안고 자신의 맨발을 손으로 만지며 둥글게 휜다. 마치 자궁으로 회귀하는 것 같은 이 동작 속에서 그녀는 자신의 시적 창조의 원형을 제시하는 것 같다. 마지막 연은 이 시의 신화적인 깊이를 일상의 식탁에 풀어놓는다.

「애집증, 나의 우로보로스」의 뱀 이미지가 직접적으로 이러한 원형의 신화를 제공한다. 서정주의 「화사」를 한 구절 인용하기도 한 이 시는 서정주의 시를 여성적 화사함으로 풀어놓은 것 같은 시다. 원초적인 이미지인 뱀은 풋잠 속에서 우리 존재의 심연으로부터 올라온다. "그가 나를 부른다"라고 시인은 말한다. 사악한 사탄의 악마적 이미지가 이 뱀에 덧씌워져 있다. 그것은 아름다움과 섬뜩함의 이중주 속에서 변주된다. 우리의 명료한 의식 속에서 그것은 아주 멀리 불가해한 그림자처럼 나타난다. 이 심연의 존재는 우리의 의식을 잘라 먹으면서 커간다. "넌 이제 늙었어"라는 말을 이 심연의 존재에게 듣는다는 것은 너무나 큰 불행이다. 왜냐하면 그것이야말로 우리 존재가 있기 전의 존재이며, 우리의 뿌리이고, 우리를 생장시킨 힘이기 때문이다. 몰락해가는 우리 의식은 몰락해가는 나날 속에서 이에 대해 무슨 말을 해야 하는 것일까?

3. 경계선 위에서의 삶, 보호색

김혜옥의 시들은 여러 부분에서 '경계'에 대한 강박관념을 보인다. 거의 무의식적으로 표출되는 이 '경계'의 문제는 과연 무엇을 의미하는가? 「자벌레」와 「보호색」 「하루」 「코끼리나무」 「민달팽이」 등 여러 시편들에서 이 모티프는 확연한 모습을 보인다. 이 모티프는 또한 그녀의 시에 많이 등장하는 '길'의 모티프와도 연관된다. 수많은 길들이 있다. 도시의 황량한 사막에 놓인 아스팔트에서부터 아련한 시골마을의 노랫가락같이 휘도는 길 등이 있다. 그리고 이러한 길들은 인생행로의 궁극적인 지점을 향한 것이다. 그것은 어떤 존재들에 대한 탐구의 과정이기도 하다. 그러한 탐구의 행로를 차단하는 벽처럼 이러한 경계들이 있다.

「아스팔트」는 이러한 시들 가운데 가장 현란하고 놀라움을 주는 시다. 너무나 빨리 스쳐가는 속도감 있는 장면들이 마치 영화 속 몽타주 장면들처럼 진행된다. 도시의 거리, 속도의 전쟁에 휘말린 아스팔트의 한 지점에서 발생한 사고가 이 시의 모티프다. 거기 한 여인의 출산과 어머니의 죽음이 경계를 잃고 겹쳐 있다. 이미 명료한 의식을 잃어버린 한 존재의 뒤죽박죽된 관점들이 모든 경계를 허물면서 서로서로 삼투되고 있다. 이러한 기교는 단지 기교적인 차원에서 만들어지는 것이 아니다. 모든 것을 뛰어넘고 압축하려는 현대적 속도의 강박관념이 그러한 기법을 만들어냈다.

"앰뷸런스가 그녀의 몸을 빠르게 지나갔다"라는 표현 뒤에 "아스팔트가 뒤집힌다 진통이 시작됐다"라는 구절을 이어 붙이며 시가 시작된다. 속도의 광적인 전장인 아스팔트에서 한 젊은 여인이 길을 잃어버렸다. 차가 지나가면서 순식간에 그녀의 모든 것이 뒤집힌다. 그녀는 야간운전을 했고 어둠 속에서 길을 잃었으며 사고를 당했다. 그러나 이미 그녀는 빨간 스포츠카 자체다. 그것이 구겨지면서 그녀의 존재 속에 깊이 파고들어온 차의 구조물들이 뒤집히고 뜯겨나간다. 시인은 아이를 낳는 것으로 이 장면을 치환했는데, 이 급격한 치환 역시 너무 속도감 있는 비약이다. 육체의 파손과 차체의 파손 속에서 해산 장면으로의 이행은 너무 절박하게 존재의 변환을 요구한다.

이 시는 현대의 속도 속에 파묻힌 우리 삶의 황량함에 대해 노래한 것이다. 그 스펙터클한 사고현장의 이미지를 통해서 속도의 광기적 파괴와 그것의 새로운 창조적 가능성에 대해 어둡고 우울한 회의적인 질문을 하고 있다. 속도는 신호등에 의해 규제된다. 이 규제들을 기억해야 한다. 속도를 줄여야 하는 것이다. 그러나 이러한 규제에 붙잡히는 순간, 속도에 사로잡힌 인생의 많은 부분을 잃어버린다. 우리는 길 위에서 사는 것이며, 그것도 너무나 빠른 속도의 길 위에서 살아가는 것이다. 속도에 대한 광적인 사랑과 그 사랑의 재생이 있을 뿐이다. 그러나 이 시는 파괴적인 속도의 비극을 말해준다. 사고는 더 빠른 속도의 투쟁 속에서 벌어지며, 그 처참한 육체적 파열도 그 속도의 리듬 속에서 인정되고 수용된다. 그러나 우리의 어머니는 그러한 거리의 사고 속에서 이미 멀리 떠나 있다. 그 어머니는 무덤 속에 있는데 그것은 우리 시대의 도시 전체를 휘감은 어두운 무덤인 것이다.

우리는 이 시를 읽으면서 현대의 근본적인 불행을 맛본다. 마치 인생 전체를 가로질러 가듯이 아스팔트 위의 차들은 질주하는 것이지만, 그리고 속도의 광적인 무한경쟁 속에 모두 이끌려가는 것이지만, 이 속도는 인생의 성숙한 도달점들로 우리를 인도해주지 못한다. 수많은 속도들 사이의 부딪힘들이 있을 뿐이다. 그리고 그러한 속도들의 파국을 막기 위한 브레이크처럼 신호등들이 군데군데 서 있을 뿐이다. 그러나 신호등의 약속은 이 적대적인 속도의 광기를 길들이지 못한다. 우리는 이 속도로 포장된 길 위에서 너무 많은 것들을 잊어버렸다. 이 아스팔트 도로의 속도와 그것에 대한 억압의 강박관념들 밖으로 너무 많은 것들이 사라져버린 것이다. 어머니의 품과도 같은 아늑하고 따뜻한 풍경들과 그녀의 자궁 같은 생명의 공간은 남아 있지 않다. 이 시에 대한 보충으로 그녀는 「시간 속에 머리를 내밀다」를 썼다. 이 시 역시 매우 놀랄 만한 현대적 감수성으로 속도에 쫓기며, 시간의 기계적인 리듬 속에 갇힌 인간의 황량한 삶에 대해 날카로운 이미지들을 포착해냈다. '시계'와 기계적 시간들이 우리의 모든 것을 둘러싸고 있다. 시인은 아침잠을 깨우는 벽시계로부터 이 시간의 강력한 명령과 추적 그리고 감시 속에 갇혀 있는 인간을 그려낸다. 삶의 행로 전체 속에 이 현대적 시간 개념의 비인간적 지시와 명령이 깔려 있다. 그녀는 이러한 이야기를 의인화의 기법으로 매우 생동감 있게 묘사했다.

  목구멍으로 모래알같이 까슬한 시간들을 구겨넣고 현관 앞에 던져진 시계 한 켤레를 찾아 신는다 시동을 건다 어둠 속에 갇혀 있던 시계가 갑작스런 불빛에 화들짝 놀란다 시간을 세게 밟는다 앞만 보고 달리던 수척한 시계에 부딪친다 좀더 세게 시간을 밀어낸다 빵빵! 삑삑! 뛰뛰! 퉤퉤! 시계들이 반란을 일으키며 순식간에 신호등을 둘러싸고 장승처럼 버티고 선다 네모난 길쭉한 짤막한 시계들이 시간을 할퀸다 물어뜯는다

  현관을 나설 때 급하게 허둥대는 모습을 "시계 한 켤레를 찾아 신는다"라고 표현한 것은 재치에서 나온 것만은 아니다. 이미 구두라는 사물은 다급한 시간에 쫓기면서 그 자체의 무게와 의미를 잃고 사라진 것이다. 자동차들 역시 마찬가지다. 길 위에서 허둥대는 자동차들은 그 속에 탄 사람의 초조함과 그러한 불안 속에서 수척해진 존재의 표징이된다. '수척한 시계'라고 시인은 표현했다. 아스팔트 위에서 그렇게 시간에 쫓긴 자들이 서로 몰리고 서로간에 물린 채 가로막혀 허둥대는 난장판이 서로 다른 얼굴의 경적음들로 표현된다. 이 시에서 멋진 부분은

이러한 속도의 강박관념이 만들어낸 파국적 정체 속에서 시계 자체의 반란이 장승처럼 버티고 일어선다는 것이다. 이 날카로운 인식이야말로 현대문명의 깊이를 꿰뚫은 것이기도 하다. 이 시계는 사람들의 속도감을 측정하며, 그 현대적 리듬을 지시하고 관리하는 그러한 시간의 충복이다. 그런데 충실하게 현대적인 길을 안내하던 그 시계들이 반란을 일으킨 것이다. 이제 시계들은 그러한 속도의 관리자로부터 벗어나서 정체된 거리의 한복판에 우뚝 장승처럼 선다. 이러한 일탈을 시간의 마조히즘이라고 할 만하다. 마치 줄에 묶인 개가 자신의 먹이를 바로 앞에 두고도 어떻게 하지 못해 독이 오르면 스스로를 물어 뜯으며 맴돌 듯이 시계는 스스로의 시간을 마구 씹어댄다. 이 현대적 도시의 속도감 있는 삶의 리듬을 이렇게 도시의 한가운데에 놓인 길 복판에서 이루어지는 마조히즘적 광기로 표현한 시는 아직껏 없었다.

이에 비한다면 이 시집의 앞에 놓인 「뻐꾸기 시계」는 얼마나 낭만적인가. "저 버드나무의 승강기는 한 번도 멈춘 적이 없다"라고 하면서 정오만 되면 멈추지 않고 종소리를 울리는 벽시계에 대해 말한다. 시인은 정상에 오른 것들의 허무함에 대해 말하고 있다. 우리 시대 모든 삶이 그러한 허무한 절정을 간직하고 있다는 것이다. 그녀가 사랑하는 것들 역시 그렇다. 땅 밑을 향하는 세상의 모든 종들 역시 그렇다. 그녀는 올라가고 내려가는 엘리베이터를 이러한 삶의 일상 속에 스며 있는 운명의 상징처럼 만들었다. 이 기계적인 상하 왕복운동은 삶의 오르내림이 갖는 다양한 느낌들을 단순화하고 추상화했다. 그러한 기계적인 엘리베이터의 문에서 서로 엇갈리는 한 존재에게 "현관문이 닫히고 네 이마 위에 저녁이 버드나무처럼 흘러내린다"라고 했다. 이 서정적인 이미지는 이 단조로운 비극의 황량한 풍경을 우수 어린 어둠으로 덮어주는 것 같다.

「자벌레」를 읽는 것은 매우 색다른 즐거움을 준다. 풀밭이나 숲속에 있어야 할 이 작은 벌레는 도시 위를 기어가는 다리 없는 불구자의 알레고리다. 자연을 한번 깊이 호흡하면서 이 시는 도시의 황막한 풍경 속에 자연의 잣대를 조용히 갖다놓는다. 그것도 그 주변의 어떤 것과 명확하게 구별되지 않게 만드는 보호색을 띤 존재를 말이다. 자벌레는 마치 엄지와 검지로 손뼘 자를 재듯 그렇게 꿈틀거리면서 움직인다. 그것은 나뭇가지에 붙어 있을 때 거의 그 나뭇가지와 구별되지 않는다. 전생의 죄를 자로 재듯 한 뼘씩 보도블록 위가 깨끗해졌다고 이 시는 노래한다. 그것은 자벌레와 걸인 불구자를 겹쳐놓은 표현이다. 그 불구자는 아마도 전생의 죄를 자신의 고통스러운 행보 속에서 갚고 있는 것이 아니겠는가? 이 시적 상상력이 불교적인 인과응보라고 말하기는 쉬울 것이다. 그러나 아무려면 어떠한가. 사람의 불행에는 이유가 있게 마련이고 그것은 과거 행적의 결과다. 시인은 단지 유행가 가락의 녹음기를 켜놓고 길바닥을 쓸며 가는 그 걸인 불구자의 몸짓에서 무섭게 엄밀한 운명의 잣대를 본 것이다. 그 운명의 자벌레가 자신을 재러 오지 말기를 시인은 염원한다. 이 도시 거리의 삶이 아무리 복잡하고 현란하며 혼돈스러워도 자연의 자벌레는 정확하게 찾아온다. 그것은 이 거리를 심판하기 위해 우리 모두를 찾아온다. 이 거리의 가장 비참한 존재 속에서 그녀는 그것을 가장 명확한 형태로 포착한다. 그 불구자는 가장 밑바닥에서 가장 명료하게 그것을 보여주고 있을 뿐이다. 자벌레는 그런데 자신의 보호색으로 어디에든 숨어 있다.

「보호색」에서 우리는 어떠한 경계도 없는 나방의 존재를 본다. 이 아슬아슬한 경계에 알을 슬었던 나방은 나방과 나무의 경계를 무너뜨린다. 도대체 '너'와 구별되는 '나'는 무엇이란 말인가? 한 존재의 경계에 대한 물음이 여기에 있다. 김혜옥은 어디서나 이것과 저것 사이의 경계 속에서 방황한다. 이 경계는 서로 다른 사물들의 차이 속에 놓여 있다. 한 존재의 경계선을 구획하는 이 차이들이 서로 맞물리면서 녹아

드는 곳에서 그녀의 상상력이 꿈틀거린다. 이 혼돈의 지역은 의식과 무
의식 사이에, 이승과 저승 사이에, 너와 나 사이에, 민물과 뭍 사이, 길
들의 교차점 속에 있다. 시는 바로 이러한 구별들이 안개처럼 사라지는
곳에서 싹이 튼다. 모든 사물을 통합시키려는 우로보로스적인 힘이 이
곳에서 꿈틀거리며 모든 것을 관통한다. 모든 사물은 하나의 궤도 속에
이끌리며 둥근 뱀의 고리처럼 휘어지게 된다.「취화요리」의 새우는 그
렇게 구부러진 것이다. 거대한 상상력의 술 속에 절여진 채 숙성되면서
그것은 처음과 끝의 구별이 없어지는 원환적인 존재가 된 것이다. 시를
쓴다는 것은 그렇게 어떤 개별적인 한정에 머무르는 불행을 극복하는
일이 아닐까?

　「파사」라는 시에서 그녀는 시를 쓴다는 것이 무엇인지에 대해 한번
더 말한다. 얼룩사슴 한 마리를 통째로 삼킨 한 시인의 죽음에 대해 이
시는 이야기한다. 그는 사슴에 대해 시를 쓰려고 무던히 애쓰지만 한 문
장도 쓰지 못하고 목을 매 죽는다. 그 시체를 꿰뚫고 한 줄의 검은 시가
나온다. 그 시는 "어느 것이 몸통이고 어느 것이 뿔인지／도무지 분간할
수 없게" 된 어떤 것이다.『말테의 수기』의 릴케 시론이 여기서 다른 모
습으로 반추된다고 할 수도 있을 것이다. 우리가 평소에 관찰하고 체험
했던 것들은 아직 시가 될 수 없다고 릴케는 말했다. 그것을 1930년대
순수시론의 대표자인 박용철이 자신의 시론에서 다른 말로 되풀이했
다. 김혜옥은 그 시론을 시로 쓴 셈이다. 우리의 감각적인 체험들은 그
개별성 때문에 아직 시적 총체성을 갖지 못한다. 그것은 방대한 우주적
총체성 속에서 유기적인 모습으로 다시 태어나야 한다. 왜냐하면 그래
야만 그것은 참다운 생명력을 얻기 때문이다. 모든 창조물은 우주적 총
체성 속에서 유기적인 관련을 맺으며 창조된다. 하나의 티끌조차도 그
렇다. 그러한 관련과 질서를 이탈한 것은 파괴적인 것으로 작용하며 참
다운 생명의 동반자가 되지 못한다. 현대문명을 일으킨 많은 것들이 자

연과의 유기적인 관계를 상실하면서 자연을 파괴하는 오염의 주범이 되었다. 그것에 둘러싸인 인간의 생명력을 타락시켰다. 자연의 전체적인 진화의 숨결을 저만치 뒤로 되돌려놓은 것이다. 이 시대 시인들은 바로 그러한 지점에서 소리 높이 외칠 부분들이 있는 것이다.

4. 나비와 바다의 집

「운명」을 읽으면서 운명의 강물에 걸린 슬픔에 함께 젖어본다. 누구나 자신의 힘으로 어쩔 수 없는 이 강력한 힘을 느낄 때가 있다. 그녀는 경쾌하지만 슬픔이 배어 있는 짧고 압축적인 표현들로 이 운명의 억센 물결에 휘말린 삶에 대해 이야기한다. 여기에는 그녀의 불행한 삶의 기록들이 적혀 있을 것이다. 시인들은 대개 자신만의 일생에 대해 끊임없이 되돌아보며 말한다. 그 속에서 그들은 많은 것들을 알게 되고, 인생에 대해 배우게 되며, 이 세상에 대해 말할 수 있게 된다. 그렇다면 이 세상에서 살 수 있도록 하는 힘은 과연 무엇일까? 우리의 집은 무엇이며 그것은 어디에 어떻게 있는가? 시인은 자신의 물음을 모든 사람의 물음으로 만들면서 이렇게 묻는다.

「민달팽이」에서 '집'에 대한 시인의 물음은 벗어나야 할 집에 대한 이야기로부터 시작한다. 그녀는 '나비'의 이미지들에서 가벼운 존재, 어디 한 군데 머물지 않으며 자신의 존재를 변화시키고 가볍게 허공 속에서 춤추는 존재를 만들어냈다. 「어둠 속의 댄서 — 불나방」은 "춤을 추면 길이 열리지"라고 말한다. 푸른 허공에서 어떻게 당신을 찾을까라고 물으면서 나비날개의 투명한 혈관들을 노래한다. 나의 손금과도 닮은 그 핏줄들은 바로 나의 손금에 새겨진 운명의 손금인 것이다. 허공 속에 구름꽃 흰 눈동자를 가득 피워낼 수 있을까라고 시인은 묻는다. 이 시적인 질문은 우리를 둘러싸는 모든 것 속에 미세하게 퍼져가는 빛의 신경망들로 인해서 가능하다. 나비날개의 투명한 혈관들은 현실 속의 모든 사물 속으로 퍼져나가야 한다. 이 나비날개의 우주적 확장은 너무나 광대한 몽상이다. 아마도 이 시인의 초기 시편들에 속하는 「유리창나비 1」과 「유리창나비 2」는 위의 시에 비한다면 그저 감정이입이 된 나비 한 마리의 여행을 서정적으로 읊조린 것처럼 보인다. 이러한 시들에서도 유려한 서정적 율조와 이야기의 다채롭고 정겨운 흐름은 유지된다. 그러나 운명의 심각한 파도들 속에서 격렬하게 부서지는 물결들을 대할 때 이러한 부드러움은 연약한 감정의 껍질처럼 느껴진다. 이 연약한 나비는 이 세상의 격렬한 파도들을 전부 끌어안으면서 두텁고 강렬한 존재로 변했다. 이 나비가 격렬하게 파동치며 허공 속에서 춤출 때 「제웅」에서 말했던 우주적 집이 서서히 다가오는 것이다.

화려한 나비의 변신술적 존재와 대응하는 것이 '거미'일 것이다. 「거미의 집」에서 허공에 지은 이 새카만 존재의 집은 13층 서민아파트의 한 집이다. 명주실 같은 여자들이 사각거리며 새어나간 이 허공의 집은 곧 없어져버릴 것처럼 희미한 끈들을 얽어놓은 것이다. 그것은 이미 권위가 사라진 아버지들에 의해 이제는 더이상 못 박히지 않는 여자들이 사는 허무한 공간이다. 이 전통의 무거움이 사라진 가벼움의 공간에는 거기 정박시킬 만한 삶이 별로 없는 파편들만이 가득하다. 밥풀과 깨진 거울 조각들이 거기 매달려 있다. 거미는 수많은 발로 자신의 집을 방사선처럼 사방으로 벋어나가게 하는 여자들을 표상한다. 그녀들은 도시 전체 속에 자신이 빠져나갈 길들을 만들어놓으면서 집의 중심을 해체했다. 이 시인은 섣부른 페미니즘으로 이 시를 만든 것이 아니다. 왜냐하면 이 해체된 집의 허무주의는 결코 긍정적인 상황으로 제시되어 있지 않기 때문이다. 그렇다고 남자들이 중심을 차지한 집을 지지하는 것도 아니지만.

'바다'의 이미지는 언제나 모든 시인에게 영원한 모티프다. 우리는 수많은 시인들에게서 그 이미지의 여러 가지 양상을 볼 수 있다. 그것은 우리 존재의 뿌리이며 도달점이다. 우리는 이 시집의 첫머리에 놓인 「제웅」에서 짚인형이 죽음의 재가 되어 흘러가 쌓이는 곳인 '눈물바다'를 보았다. 짜디짠 소금의 바다는 절대 부패하지 않는 생명력의 고향이다. 우리의 눈물에도 그 바다의 소금물이 들어 있다. 우리의 피와 눈물은 바다와 연결되어 있는 것이다. 김혜옥의 시들을 읽으면서 동해안 마을 사람들의 바다에 얽힌 삶을 떠올리는 것은 자연스럽다. 그 바다는 뭍을 감싸안으면서 마치 어머니처럼 다독거리고 있었을 것이다. 「지도 없는 마을」의 구성진 가락은 아마 그러한 바다의 리듬에서 나온 것이 아니겠는가. 정선의 아라리 가락을 배경 삼아 그녀는 홍수 때문에 건너 갈 수 없는 어떤 마을에 대해 노래한다. 구성진 논둑길 아리랑 노랫가락에 흔들리며 넘어가야 할 고갯길에 대해 그녀는 묻는다. "돌고 돌아 한바다로 나간다는/아리랑 고갯길일랑 일러주오/산이 불어 못 간다오 물 깊어 못 간다오." 옛 민요가락을 현대적으로 변형시키면서 그리고 식민지 시대의 유행가 가락을 삽입시키면서 이 시는 독특한 창법을 하나 개발해냈다. 그것은 현대적인 지리학이 가미된 지도의 표기법을 등장시키면서 만들어진다. "빛바랜 지도 하나 물에 잠겼다오/달 묵은 해시계는 물밑에 가라앉고/섬돌 위에 조개 같은 신발도 잠겼다오/구성진 논둑길 노랫가락 들리던/아리랑 고개를 아시나요." 이 '빛바랜 지도'는 억수장마 속에 잠기며 근대적인 지리학적 지식으로는 접근할 수 없는 신비로운 마을을 떠올리게 한다. 정선 아라리 마을에 우리는 누구든지 갈 수 있지만 지도에 없는 이 아리랑 마을에는 갈 수 없다. 우리 민족의 아련한 추억들을 담고 있는 이 영원한 가락은 아리랑 고갯길을 아득한 바닷속으로 흘러가게 만들었다. 이 '바다'는 과연 무엇인가? 모든 것을 잠기게 만드는 홍수의 반대편에 이 '바다'가 놓여 있다. 우리는 어쩌면 근대 이후 바다와 산, 들판을 수량적인 도식으로 깔아놓은 지도와 같은 이성적인 사유와 지식들 때문에, 그러한 것들의 홍수 때문에 그 아리랑 마을에 접근하지 못하는지도 모른다. 시인이 직관적으로 갈파한 이 홍수와 바다에 대해 우리는 더욱 많은 생각을 해보아야 한다.

이 시집의 마지막을 장식하는 「코끼리나무」는 바다의 파도만큼이나 많은 세월의 주름이 있는 나무에 대해 노래한다. 그 속에서 그녀는 인생에 대한 많은 질문과 대답들로 주름잡힌 길과 책장을 본다. 우리의 인생은 그러한 '주름의 숲'을 통과하는 것이고 그것도 자신이 태어난 동굴의 허무 속으로 되돌아가면서 그렇게 걸어가는 것이다. 이제 죽음의 동굴 속으로 나아가는 코끼리의 존재는 바로 우리 인생의 상징이다. 그것은 인생의 모든 것을 담고 서 있는 나무이기도 하다. 시인은 수천 겹 가면들을 지나서 자신의 얼굴을 찾아 헤맨다. 우리 역시 각자 자신의 얼굴을 찾아서 세상의 안개 속을 방황한다.

「대관령 삽화」의 첫머리에 놓인 안개가 그 세상의 신비스러운 장막을 보인다. "수억 년 신화가 잠들어 있는" 이 안개 속에서 시인은 눈 멀고 귀 먹는다. 그녀는 "만리향 같은 주문 하나 왼다"라고 말한다. 대관령을 오르내리면서 신화와 전설에 얽힌 이 고갯길을 감싸는 짙은 안개를 경험한 적이 있다. 산을 닮은 문신 하나를 심장 깊숙이 새겨 넣어도 좋다고 말하는 시인의 고백은 안개를 경전처럼 생각하는 자의 고백이다. 모든 것을 품는 이 높은 고갯길의 운무…… 이 용틀임하는 대자연의 기운 속에서 그것을 흠뻑 마신 자는 도시의 황량한 삶을 가장 바닥으로부터 다시 시작하게 만들 수 있는 숨을 쉬고 있을지 모른다. 이 숨을 쉬는 것들은 이 시집의 수많은 이미지들이며 언어들이다. 그것들은 모두 이 황량한 세계의 돌처럼 단단한 심연 속에서 빛나는, 깨어지지 않는 별들로 태어났다.

소리와 맛과 풍경의 설법
—이상범의 시조집 『은행나무 설법』에 부처

1. 속이 비면 배는 가볍게 가나니

　흔히 유학자들의 풍류와 도락은 시조의 산하를 소요하며 그것을 깊이 있게 했고 풍성하게 했다. 그러나 그것은 우리 모두의 마음을 깨끗하게 닦는 서정적 수련의 한 방식이기도 했다. 우리 겨레들은 어떤 계층을 막론하고 시조의 청정한 운율을 타고 흐르는 말씀에 자신들의 기개와 회한 그리고 사유와 철학을 담아냈다. 그리고 그러한 것들을 읊조리면서 정신의 높은 계단을 오르고 마음의 높다란 탑을 쌓아올렸다. 이 거대한 마음과 사상, 자연과 인간의 정서적 혼일체로서의 시조가 서구화의 물결에 밀려 쓸쓸한 뒤안길을 걸어온 지 오래다. 낡아버린 것, 비현대적인 것, 그저 자연산천과 노닥거리는 한심한 것이라는 편견과 오해 속에 그것은 남아 있었다. 우리의 오랜 전통을 숨쉬는 보석은 우리 옆에서 먼지 낀 채 버림받아 뒹굴고 있었던 것이다. 그러나 육당 최남선의 시조부흥운동 이래 꾸준히 불을 지펴온 시조 갱생의 움직임이 이제 우리 문단에서 무시할 수 없는 강력한 세력으로 커가고 있다. 그것은 어떤 면에서는 우리 문단에 심각한 문제를 도전적으로 제기하고 있다. 이 시조 장르는 현대적으로 변신하면서 새로운 사상과 정서를 통해서 현대의 감정과 사상, 생활을 포착하고자 한다. 이렇게 변화되는 시조의 흐름 가운데서 가장 명료하게 옛시조가 지녔던 말씀들의 맛깔스러움을 지켜내고 새롭게 이어가는 분이 바로 이상범이다. 그는 그러한 우리의 맛깔스러운 말들을 가지고 불교적인 법문을 두드렸다. 그는 천년을 내려온 시조의 말씨를 가지고 비로소 불교적 사유의 깊은 장을 열기 시작했다. 그의 시조들은 불교적인 사유의 깊은 곳으로 들어가는 감각적이며 정서적인 침(針)이다. 그리고 생활의 소박한 테두리에 그 심오한 사상을 불러오는 편안한 울타리이다. 그의 언어 속에 감추인 침들이 우리 내면의 어떤 맥을 찌르고, 그의 말씀이 세우는 울타리들이 우리의 어수선한 마음들을 어떻게 감싸는지 살펴보기로 하자.

　벌써 세속을 떠난 듯한 숲속에서 나뭇잎들이 푸른빛들을 잃고 땅에 떨어지는 계절이 되었다. 부처님의 말씀처럼 여름에 머물고 또 가을에 머물면 계절이 흘러흘러 마침내 죽음으로 돌아감을 깨닫지 못하는 것이 인생이 아닌가? 점차 벌거벗는 나무들을 보면서 우리들의 산행은 잠깐이지만 아득하게 우리 자신의 뿌리이며 결국 돌아가야 할 종착점인 무(無)와 공(空)을 뼈에 저리도록 느끼지 않을 수 없다. 이상범은 여러 산들의 가람을 돌면서 그 숲속의 법문들을 유람했다. 그의 느낌들은 유랑의 바람 속에서 탄생하여 냇물의 흐름과 물결 소리를 삼키며 성장한 시조가락 속에 깃들어 있다. 그는 「시인의 말」에서처럼 "선(禪)의 참모습을 찾아" 헤매는 나그네가 되어 떠다니는 하얀 종이배였던 것이다. 이는 『법구경』의 한 구절처럼 "빈 집에 들어가 공을 깨닫고 / 혼자 있어 마음이 고요한 비구는 / 오직 한 생각, 법을 생각하면서 / 사람 가운데 없는 즐거움을 맛본다"는 즐거움의 한 경지에 맛들었기 때문이 아니겠는가. 『법구경』의 다른 구절에서 붓다는 또 이렇게 말씀하셨다. "비구여,

이 배 밑의 물을 퍼내라/속이 비면 가볍게 배는 가나니." 또한 법성 스님이 소개한 천동정각(天童正覺) 선사의 「선문념송禪門拈頌」의 마지막을 보면 "빈 배가 물결 타고 흘러가도다"라고 읊었다. 이상범은 바람처럼 물처럼 그 흐름에 떠맡긴 텅 빈 배가 되어 이 사찰에서 저 사찰로, 이 탑에서 저 탑으로, 이 법문에서 저 법문으로 흘러다녔던 것이다.

2. 시와 법의 맛과 소리

이상범 시인의 사무실은 조계사 가람 입구에 서 있는 빌딩 4층인가 5층에 있는데(지금은 다른 자리로 옮겼다), 그의 작은 다실이 거기 조그만 창문을 통해 조계사를 바라보고 있다. 차의 맛에 길든 손님들이 들락거리며 칭찬하는 것은 그 창가의 난초들이다. 풍성한 잎사귀들을 싱싱하게 활짝 피우고 있는 그 난들을 보며 그것이 은은한 묵향이라도 피우는 날이면 정말 감탄이 절로 난다. 나는 그 꽃들이 수줍은 얼굴들을 모조리 드러낸 어느 날 그 향기에 취하며 차의 맛을 잊었다. 이상범 시인은 이놈들이 조계사의 목탁 소리와 독경 소리, 종소리 들을 들으며 이렇게 싱싱하게 자라난다고 넌지시 일깨워주었다. 별로 힘들여 가꾸지도 않는데 저절로 자라고 잎과 꽃을 피운다는 것이다. 이상범의 시조도 그의 마음속에 키운 난초들처럼 그렇게 부처의 말씀과 그 기운이 동하는 목탁과 종의 울림들을 들어왔던 것이리라. 그가 읊은 「개화」는 바로 그렇게 독경 소리를 들으며 꽃을 피운 풍란들을 노래한 것이다. "가만히 향기를 맡으면/독경 소리 묻어난다"라고 그는 읊었다. 그가 키워낸 이 시조들은 그 다실에 깊이 배어든 경전의 울림을 생각하지 않을 수 없게 한다. 그가 끓여내는 차의 맛도 다기를 두드릴 때 그 다실을 은은하게 울리는 소리의 여운을 통해 익혀진 것이다. 마치 나뭇잎에 수놓인 그물 같은 잎맥의 가지친 선들처럼 찻잔 가득 앳질에 배인 찻물 흔적을 그는 예사롭게 보지 않는다. 그의 사무실에 있는 찻잔의 앳질 속에서 그는 차와 더불어 지낸 세월의 맛을 본다. 그 맛은 어디 가든 따라붙는다. 바로 거기서 「앳질」이 탄생한 것이다.

> 팔당호 발아래 펼치고
> 작설차를 들다보면
> 차 빛깔이 번져와서
> 풀풀 드는 독경 소리……
>
> 금 따라 찻물 배인 찻잔
> 실눈 뜨는 마음자리
>
> ―「앳질―수종사에서」

　그가 소중하게 여기는 이 앳질은 나에게도 전염이 되어 내 연구실 탁자에 놓인 하얀 찻잔 속을 계속 살피게 했다. 그것은 어느덧 내 마음의 그릇을 수놓는 내 삶의 금들이었던 것이다. 그는 고행으로 인해 핼쑥해진 「토굴스님」의 얼굴을 이 차의 맛으로 떠올린다. 한번 스쳐간 인연의 소중함이며, 그 인연의 길고 긴 여운이다. 그에게 스며든 불가의 탈세속적 분위기를 엿보게 하는 단편이기도 하다. 아무래도 이러한 맛 가운데 그가 취한 산의 맛이야말로 가장 일품이 아닐 수 없다.

> 지리산을
> 풀어 마시니
> 물소리가 깨어났다
> 한 모금 다시 마시니

하늘빛 더욱 맑고

초록물 입에 물고서
산을 내려놓는다

—「우전차 — 칠불사 가는 길에」

　부처님 말씀에 먹고 마심에 절도를 알아 항상 즐겨 정진하게 되면 마치 거대한 산처럼 우뚝하게 된다고 했다. 차를 좋아하는 시인은 그 절도(節度)의 맛을 음미함으로써 산의 덕성을 마신다는 것을 깨우친다. "지리산을 풀어 마시니 물소리가 깨어났다"고 그는 노래했다. 시인은 일상의 생활에 깃든 절도와 산사에서의 수행을 서로 화답하게 한다. 어떻게 단지 산속에서의 수행만이 부처에 이르는 길이겠는가. 행주좌와 어묵동정의 모든 부문에서, 우리는 그러한 차맛을 가꾸듯이, 밝고 맑은 맛을 우려내듯이 마음밭을 갈고 또 닦아야 하지 않겠는가.
　그의 산은 또한 소리로 가득한 곳인데, 물소리 새소리 그 어느 것이든 그것은 이 세상의 생명력을 분출시킨다. 그것은 생명의 거대한 품 안에 껴안기는 소리다. 「새소리」에서 그는 이 생명의 소리가 마치 밝은 해를 깨워내는 것처럼 이야기한다. 산사의 새소리들은 돋는 해와 함께 대웅전을 비추고 들어가 부처님께 공양한다. 모든 생명은 이 위대한 각자(覺者)의 정신 앞에 와서 조아리며 우주의 지혜에 참여하고자 한다. 결국 깨달음이란 것은 우리가 이 사소한 소리의 비밀스러운 전언을 알아듣는 것에서 시작되는 것이 아니겠는가? 인간의 언어란 자연의 진리로 가기 위한 하나의 작은 징검다리일 뿐이다. 말이 되기 이전의 소리들은 우주의 원초적인 질료들이다. 말로 번역될 수 없는 소리의 그 전언들은 우리의 의식 이전에 있는 것이다. 그것을 우리의 마음 거울에 투명하게 받아들일 때 비로소 그것들은 순수한 모습 그대로 비추인다.

이상범이 청정한 산의 물소리에서 진리의 입구를 발견한 것에서 우리
는 시인의 거울 같은 마음을 본다.

　　천천히 가슴 비우면
　　고요가 눈부시고
　　시공을
　　넘어선 유역
　　물소리가 진을 쳤다

　　먼 뒷날 그 물소리가
　　화두임을 알았다

—「禪1—청운정사에서」

　텅 빈 마음의 고요 속에서 대자연의 원초적인 모습을 그대로 비추는
거울이 마련된다. 물소리는 화두처럼 언어를 넘어선 언어의 모습을 띤
다. 물소리 속에서 시인은 어떤 말씀을 꺼낼 수 있었는가? 그는 「밀짚
모자」에서 언어의 또다른 모습을 보인다. "다 태워 가슴 뚫린 말"이 바
로 그것이다. 말을 비우고 거기 있는 의미들을 다 태워 없애는 것, 즉 언
어를 지우는 것은 흔히 불교의 화두선처럼 말에 얽힌 삶과 사유의 고정
된 틀을 지워 없애는 것이다. 그것은 우리의 인식을 얽어매는 허상들을
지워 없애는 것이다. 또한 그것은 우리의 의식들이 만들어낸 모든 가상
들과 거기에 대한 집착을 지워 없애는 것이기도 하다.
　「싹—법주사에서」는 종소리의 긴 여운을 노래한다. 오랜 세월 뒤에
까지 남는 소리, 그 소리로 인해 새로 깨어남을 얻는 것에 대해 그는 말
한다. 모든 생명체를 진리로 깨우칠 수 있게 하는 이 범종의 대음이 어
찌 사바세계 한 중생의 마음을 깊이 울려주지 않았겠는가. 그 유명한

성덕대왕신종의 명문(銘文)에는 이러한 내용의 글귀가 새겨져 있다고 한다.

> 무릇 지극한 도는 어떤 형상으로 포착할 수 없어서 그것을 보려 해도 그 근원을 볼 수 없다. 大音은 천지 사이에 진동하나 들으려 해도 그 소리를 들을 수 없다. 이러한 고로 假說을 베풀어 열고, 그에 의지하여 세 가지 참된 것의 오묘함을 觀하고, 신령스러운 종을 매달아 걸어서 한 번에 그 둥근 音을 깨닫도록 하노라.

우리 마음을 청정하게 울려대는 이 종소리를 통해서 도와 법의 오묘함과 심오함 속으로 빠져들어간다면 그것이 곧 깨달음에 이르는 길일 것이다. 꼭 경전의 말일 필요가 어디 있겠는가. 좋은 절의 좋은 종소리에 목욕을 할 일이다.

시인은 또한 바다의 물결 속에서 팔만대장경의 海印 경문을 읽는다. 밀고 밀리는 파도 속 부서지는 물결 속에서 자연의 언어, 초록의 말을 읽는다. 뒤채이는 파도 자체가 이미 자연의 경전이다. 시인의 눈과 말이 거기서 대자연의 경전을 보고 읽는다. 홍련암에서 떠올린 시이다.

「귀─파계사에서」는 팔공산 자락의 파계사에서 들은 풍경 소리, 그 적막한 고요의 소리를 듣는다. 절의 풍경 소리를 "징강 댕강 부딪는 소리"라고 시인은 맛깔스럽게 표현한다. 이 풍경 소리야말로 고요가 울리는 소리이다. 시인은 그 적막한 고요가 물오른 나무처럼 성숙해진 것을 어느 순간 깨우친다. 그렇다. 사람마다 느끼는 고요가 따로 있다. 그 고요들은 서로 다른 의미를 지니며 그 경지 또한 다르다. 도대체 어떠한 고요에 대해 말해야 적멸(寂滅)에 대해 말할 수 있는 것인가?

보문사의 곰취는 산사에서 맛보는 즐거움이다. 자연 속에 파묻힌 자의 맛, 바람과 하늘 그리고 흘러가는 세월의 묵묵함에 취한 자의 맛이 거기 있다. 어디에서 본 것보다 큰 곰취 때문에 독경 소리가 더 맑고 투명하게 다가온다.

이러한 맛의 대선사를 우리는 조선 말기에 하나 가질 수 있었다. 대둔산의 일지암에 거처했던 초의선사는 귀양 가는 추사를 맞이하여 시를 그리고 서화를 논하며 거기 차를 곁들였다. 그의 차맛은 어느 정도 정신의 높이에까지 올라간 혀에 의해 감지되는 것일까? 일지암 초의선사 유적을 보며 돌로 된 흔적들을 배회했다. 나에게 그 맛은 너무나 먼 거리에 아련한 그림자처럼 흩어져 숨어 있었다. 거기서 기거하는 스님에게 차 공양을 받으면서도 그 차의 맛과 내 의식은 너무 멀리 떨어져 있었던 것이다. 이상범의 「자연법—일지암에서」를 읽으면서 차와 선(禪)에 대해서 다시 생각할 기회를 갖게 된 것이 기쁘다. 우리의 혓바닥은 검푸르게 쪼그라든 까치혀 같은 찻잎들을 통해서 깨어날 일이다. 가난하게 아무것도 걸치지 않고, 산속에서 세속의 어떤 티끌도 거기 뿌리지 말고 그 맛을 느낄 일이다.

3. 가난한 도의 맛

수도하는 길은 화려한 길이 아니다. 부를 축적하기 위해서 고생하는 길도 아니며 명예를 쌓기 위해서 고심하는 길도 아니다. 우리의 가난한 산천 한구석에 소리없이 깃들어 있는 작은 암자들을 보면서 거기에 도대체 인생의 어떤 의미가 있을 것인가 묻게 된다. 수도자들은 구름과 바람 그리고 나무들에 감싸인 채 하루하루를 흘려 보낸다. 그들은 세상으로부터 멀리 떨어질수록 산의 품속으로 더 깊이 파고든다, 잠겨 있다. 거기서 사람들은 자연의 품에 길들고 그 하염없는 깊이에 배어들어 간다. 이상범 시인은 그러한 수도자의 삶이 갖는 허전함과 자연스러움을 '가난'이란 어법으로 접근해본다. 가난은 산속의 수도자에게는 부끄러움이 아니다. 오히려 그 반대로 가난은 마음의 풍요로움을 낳는다. 「오두막 설법」에서 시인은 "가난이 덩그런 자리"인 정토사의 풍광을 엿본다. 오랜 세월 돌보지 못한 단청과 기둥 그리고 기와가 낡을 대로 낡아 이제는 헌 오두막처럼 되어버린 절을 그는 본다. 도가 타락하지 않을 때 세속적인 재물의 발길로 절의 문턱이 닳지 않게 된다. 대개 사람들로 어수선한 절들은 진정한 수도자들이 은거하기에는 소란스러워 보인다. 이 시에서 "오두막이 고대광실"이라고 반어적으로 표현한 것은 세속적인 재물과 담을 쌓은 이 절의 정신적인 풍요로움을 드러낸다. 부처님의 설법은 세속적인 부귀를 문제 삼지 않는다. 그래서 수도자들은 탁발하며 다니는 것을 부끄럽게 생각하지 않는다. 오히려 그렇게 가난함을 수행함으로써 깨달음을 얻으려 한다.

「눈부신 배추밭」은 산속에서 가난하게 수도에만 정진하는 수도자들의 일상을 싱싱하게 그려낸다. 밀짚모자를 쓰고 호미질을 하며 배추밭을 일구는 육체노동은 생활에 찌든 행위가 아니다. 먹고사는 문제에 대한 고달픔과 걱정거리에서 멀리 떨어진 이 배추밭의 싱싱한 생기를 시인은 파란 물이 뚝뚝 듣는 하늘을 통해 부각시킨다. '푸성귀가 서걱이는 소리'도 그러한 싱싱함을 파도치게 한다. 노동은 자연의 질서를 배우는 것이며, 그 질서의 생명력이 내뿜는 참다운 기쁨에 동참하는 일이다. 가난한 노동이야말로 흙과 바람과 하늘을 생생하게 호흡하는 마음의 문을 활짝 열게 만드는 것 같다. 시인은 바로 그러한 노동을 찬양하는 것인데, 그것이 독경이나 참선과 다르지 않음을 은연중 이야기하려는 것이 아니었을까?

그의 시에서 '가난'이라는 주제는 불교적인 무와 공의 세계로 안내하는 역할을 한다. 「禪 3」은 무금선원에 있는 3년 면벽 과정인 무문관(無門關) 수도를 다루고 있다. 문이 없다는 것은, 들어왔지만 나갈 문이 없

다는 것이요, 바깥의 모든 것을 포기하고 자신의 마음세계 속으로 들어
간다는 뜻이다. 이 방에 들어가는 사람은 3년 동안 나오지 못하기 때문
에 자신의 신발을 들고 들어간다. 이 시에서는 미처 들고 들어가지 못
해, 고스란히 그 긴 세월 동안 눈이 오면 눈을 맞고 비가 오면 비를 맞은
고무신 한 켤레에 대해 노래한다. 세월의 상징인 거미줄이 신발 속에
엉켜 있으니, 그 거미줄은 곧 안에 들어간 수도자의 세월이리라. 아득
한 세월이련만 그것은 다만 수도자의 세월일 뿐이다. 그의 굴은 자신의
내면 속에 깊게 뚫려 점차 깊어지고 넓어져 마침내 우주와 하나가 될 지
도 모를 일이다. 우리 모두 자신의 작은 굴을 하나씩 품고 있는 것이지
만 그러나 항상 그 안에 머무를 수 없으니 세상의 일들에 휘말리고 걱정
거리에 쫓겨다니며 굴 밖에서 세월을 그저 소모할 뿐인 것이다.

'가난'은 또한 이렇게 극적인 것 외에 소박하게 절의 풍경 여기저기
스쳐 지나가는 것들에도 고여 있다. 선암사의 석간수(石間水) 맛에 시
인은 홀려 있다. 자연이 주는 이 물은 그저 얻을 수 있는 것이지만 얼마
나 소중한 것이며 얼마나 즐거움을 주는 것인가? 나무통 홈을 따라 돌
확에 고이는 물을 보며 시인은 아마도 이제는 오래되서 썩어 있는 나무
통과 이끼 낀 돌확을 보는 작은 기쁨을 누렸을 것이다. 산에 얼마든지
지천으로 있는 것들 가운데서도 바로 이 자리에 놓인 그것들을 보는 남
다른 기쁨이 있다. 거기 고여오는 신선한 물을 마시며 그 아득한 순간,
찰나적인 삶의 꼭대기에 오르는 맛이 있다. 돈이 들지 않지만 어디에서
도 맛보기 힘든 이 맛을 시인은 산속 깊은 곳에서 음미하고 되새긴다.
그는 결국 자신의 사랑스러운 말들 속에 그 맛을 옮겨놓게 된다.

통도사의 풍광 속에서 그러한 맛이 담긴 「장독」을 그는 발견한다. 거
기에서도 시인은 일상의 삶이 담긴 그릇을 보는 것이 아니라 그 일상 속
에 담긴 수도자의 삶을 본다.

수행의 입 다문 묵상
가지런히 줄을 세운
가을 한낮 여무는 씨
기도가 익는 장독대

비워서
차오르는 넉넉함
단물 잡힌 장항아리

—「장독」 전문

장독 항아리는 우리 민족이 만든 생활예술품이다. 그것은 세계 어느 항아리와 비교할 수 없이 매우 얇게 빚어진다. 하늘과 땅을 숨쉬기 위해 그것은 그 얇은 피부로 감싼 것이다. 그 항아리는 여인의 몸뚱어리처럼 오동통하게 풍만하다. 그것은 물과 바람의 매끄러운 흐름을 닮은 선으로, 물고기와 과일의 부드러운 곡선으로 우리의 마음을 뿌듯하게 한다. 옛 시골집 뒷마당에 흔히 놓이는 장독대는 우리 생활의 넉넉함을 보여주는 곳이기도 하다. 그 항아리들이 큰 것들에서 작은 것들에 이르기까지 가지런히 장독대에 가득 놓여 있는 것을 보면 우리 가슴은 이유 없이 풍성해지곤 한다. 콩이 숙성되어 만들어진 이 장들은 항아리에 담겨서 세월과 함께 익어간다. 우리가 먹는 모든 음식에 그것은 영양과 맛을 듬뿍 담아준다. 옛 사람들은 그 장독대에 정성스럽게 신을 모시고 기도를 드리기도 했다. 우리의 어린 시절 할머니나 어머니가 정화수를 떠놓고 마음속의 염원을 간절히 빌었던 곳이 바로 여기다. 그곳은 바로 우리의 삶을 다스리던 곳이었던 것이다. 그러니 이 시에서처럼 절간 뒤편에서 발견되는 이 장독대 항아리들을 보고 어떤 느낌이 없지 않을 수 있겠는가. 시인은 그 항아리들에서 입 다물고 조용히 앉아 있는 수행자의 모습을 본다. 무엇인가 가득 담고 익히는 그 항아리들은 깊은 묵상에 잠겨 있다. 그 항아리는 원래 비어 있는 존재다. 그럼으로써만 그것은 비로소 그 자리에 놓일 수 있었다. 바로 이것이야말로 수도자의 기본적인 이미지가 아니겠는가. 단맛이 나는 그 항아리의 장맛은 오랫동안 들어앉은 수도자의 몸속에서 세월과 더불어 익어간 정신적 깨달음, 그 열락의 경지를 암시해주고 있다.

4. 자연의 뿌리와 기둥

시를 쓴다는 것은 어떻게 보면 우리 주변의 일상적인 말과 글을 통해서 모든 일상을 꿰뚫는 법에 가까이 가보려는 행위이다. 우리 각자는 자신의 마음의 물결과 마음의 무늬를 통해서 법화세계의 한 편린을 본다. 우리의 말들은 노래하고 춤추며 그 세계의 중심으로 귀의한다. 인간에게는 말이 중요하므로, 그리고 말을 통해서 인간세계는 유지되고 계속해서 흘러가게 되므로, 시인은 말을 다루는 자로 남는다. 누구든 말을 쓰지 않는 사람이 있으리요마는 시인은 그 말의 역사와 창조적 기원을 탐색하고, 그 말을 새롭게 고쳐 쓰는 데에 자신의 삶을 건다. 시인은 그러한 말의 드라마 속에 자신의 운명을 새겨 넣는 것이다. 따라서 시인의 말에는 그의 운명이 있다고 해도 틀린 말은 아닐 것이다.

해인사의 팔만 경판에 새겨진 대장경의 법어는 우리 민족, 아니 인류 역사의 한 줄기를 담아내고 있다. 흩어지는 말씀의 소리를 글자로 만들고, 나무에 새겨, 그것은 세월의 흐름 속에서 흩어지지 않도록 그 안에 모두 담았다. 그 한 자 한 자 판각행위에는 인간의 모든 행위 중에서도 가장 성스러운 의미가 깃들어 있다. 이상범 시인은 해인사를 다녀오고 팔만대장경을 판각하던 장면에 대해 생각해보았을 것이다. 시인이라면 그 오랜 세월 동안 판각된 그 경판을 보고 감동하지 않을 수 없었을 것이다. 그가 밤하늘에서 보는 반짝이는 별빛들 역시 그렇게 하늘에 판박혀 있다. 시인은 자신의 시 속에 바로 그러한 밤하늘을 만들어간다. 시적 창조행위는 자연의 비밀에 접근하는 길이기도 하다. 「물무늬」는 백담사 계곡에서 백 번이나 굽이치는 물에 대해 노래한다. 그 물소리 속에서 시인은 범어 소리를 듣는다. 우리에게 낯설게 들리는 이 이방언어의 소리가 시인을 찾아 무엇인가 속삭이려 한다. 시인은 이따금 그 소리의 비밀을 알아채는 듯싶다. 마치 스님들이 바람 소리 속에서 언뜻 부처님 말씀을 떠올리고 무엇인가 깨우치듯이 말이다. 그러나 시인은 자신의 모습을 겸손하게 그린다. 시인은 이렇게 자연의 소리들과 벗하며 법의 문턱에 다가서 있다.

시인이 발견하는 절의 풍경들은 그러한 문턱에서 멀리 보일 때 아름답다. '성전암 인상'이라는 부제를 달고 있는 「입동 무렵」을 보라. 멀리에서 바라보이는, 불빛에 비치는 저녁예불은 너무나 아련한 풍경이다. 멀리서 눈에 어른거리는 장삼자락은 먼 발치에서 바라보며 그곳을 그리워하고 꿈꾸는 자의 시선에 다가오는 절간 풍경의 향기와도 같다.

이렇게 멀리서 보이는 절을 좋아하고, 그곳에 배어 있는 법의 향기에 멀리서나마 취하는 사람들은 「부처바위」를 읽어도 좋을 것이다. 바람 안개에 눈꽃이 핀 봉정암의 부처 바위에 대해 이 시는 노래한다. 가장 높은 곳에 있는 이 절의 적멸보궁 뒤쪽으로 부처의 얼굴 모습을 한 바위가 옆모습을 보여주며 노을에 물들어 불그레한 후광을 받고 있다. 우리는 그러한 신비스러운 풍경에 이끌려 법의 문턱을 넘어서는 것이 아닌가. 시인은 내소사의 꽃살무늬 문짝에서 받은 아름다운 인상을 이끌고 다닌다. 감칠맛까지 느낀 것은 깨달은 마음처럼 둥근 형상 꽃들 때문이 아닐까? 그 꽃들은 법열을 의미한다. 우리 순례자들을 대표해서 시인은 사찰에 새겨진 상징들 하나하나를 소중하게 관찰한다. 그 멋과 맛에 길들어가며 점차 그러한 상징세계의 깊은 숲속으로 들어간다. 절의 중심은 바로 그 숲속에 있다.

　이상범 시인의 이 시조집은 시조시인으로서는 드물게 본격적으로 불교적인 주제를 다룬 것이다. 불교에 귀의한 수도자의 입장이 아니라 그저 한 사람의 시인으로서 그는 불교에 다가섰다. 그리고 그의 느낌과 생각, 단편적인 깨우침과 아련한 몽상들을 자신의 시조가락에 녹여냈다. 우리는 이 시집을 통해서 불교에 대한 전문적인 지식과는 상관없이 편안하고 푸근하게 불교의 한 경지를 노닐어볼 수 있다. 불교의 법이 어찌 경문의 구절들에만 있겠는가. 이 시인이 스쳐간 은행나무는 우리가 마주하는 자연의 뿌리이자 기둥이다. 어떤 하찮은 대상도 바로 그러한 법의 화신이 될 수 있다. 그는 일상생활에서 스쳐가는 하찮은 소재들에도 그러한 법이 스며 있음을 일깨워주고, 우리로 하여금 그것에 쉽게 다가서도록 한다. 아마도 이 시조집은 불교 대중들 곁에 친숙한 이웃처럼 부드럽게 놓일 수 있을 것이다. 이 시편들은 자신들의 마음을 이끌고 갈 부처님의 가장 사랑스러운 말씀 한 자락이 될 것이다. 시인은 그 여유 있는 부처님의 품안에서 우리가 맛보아야 할 자연스러운 삶의 향기를 들추어내고자 했으며, 그것을 조금이라도 우리가 손쉽게 누릴 수 있도록 자신의 말씀으로 건네보고자 했다.

마음의 서녘 하늘에 울리는 말
—석성우의 시조집에 부쳐

1. 절 속의 돌, 돌 속의 부처, 부처 속의 마음

내가 다녀왔던 이 땅의 모든 절을 떠올려본다. 해인사, 금산사, 월정사, 은하사, 낙산사, 영혈사, 대흥사, 무위사, 운주사, 쌍계사, 보경사, 각화사, 영은사, 부석사, 운홍암, 보리암, 삼성암, 감추암 등…… 이 헤아릴 수 없이 많은 절들 속에 우리가 있다. 세상에 눈을 뜨면서 여행을 하고, 산과 구름과 바람을 보고 듣고 맞으면서 우리는 이 아름다운 산하의 인생을 우리 존재 속에 퍼 담는다. 은하사의 아름다운 석양 놀 속으로 퍼져가던 은은한 종소리는 지금도 내 마음속 깊이 살아 있다. 영혈사의 소박하고 담백한 아름다움이 내 마음 어딘가에 깃들어 있다. 운주사의 투박스러운 돌미륵들이 스러져가는 절 유적의 낡은 옛날을 회고하고 있다. 그것들은 부서진 역사의 슬프고 아련한 이야기들을 내 마음 어딘가에 담아놓았다. 무위사의 자연스러운 풍광 속에는 먼 미래를 껴안고 돌 속에 앉아 있는 미륵불이 있고, 둥그렇게 내려앉은 화판을 간 동백나무가 있었다. 보리암 앞쪽에 뚫린 두 개의 동굴 구멍 속으로 들어가서 세속을 떠난 또하나의 천지가 있음을 알았다.

이러한 것들을 보고 느낀 감동의 순간들이 우리를 자라게 한다. 그러나 이제 다시는 지나가버린 그러한 순간들로 되돌아갈 수 없다. 그 순간의 한 장면을 못 박아놓은 사진들조차 마치 골동품처럼 간신히 그때의 일들을 떠올리게 하려 그 입구의 머뭇거림처럼 멍청히 서 있을 뿐이다. 다시는 되풀이되지 않는 그 순간들은 영원히 스스로를 위해 자기 자신만을 고집하며 거기 남아 있다. 그것들은 거기서 영원한 삶을 산다.

그러한 순간의 영원한 향기들을 끌어모아 인간의 언어들은 새로운 세계를 만든다. 마치 절들처럼 우리의 삶 속에 깃들기를 바라는 듯이 말이다. 언어의 정화인 시는 언어의 절이다. 시는 언어를 신성한 것으로 만든다. 그것은 자연과 인간이 이 세계 속에서 어떻게 만나 이야기하고 서로를 나누어 가질 것인가에 대해 의논하며 깊이 사색하도록 만들기 때문이다. 이 땅의 많은 시인들은 절을 찾아다니고 거기서 자신의 인생을 되씹어봤으며, 자신의 언어로 다시금 그러한 절들을 세웠다. 그리고 불교의 많은 선승들은 자신들의 구도행각과 법열을 그러한 시언어들의 거울에 담았다. 수많은 선시들이 오랜 역사를 가지고 이 땅의 절들로부터 세속으로 흘러 내려왔다. 그 물줄기들과 그 향기가 우리의 역사 속에 감돌고 있다.

석성우 스님의 시조를 읽으면서 나는 어쩔 수 없이 내 인생의 편력에 스며 있는 절들을 떠올리지 않을 수 없었다. 그 절들 속에는 세계의 비밀을 삼킨 돌들이 있었고, 그것들은 다듬어져 부처가 되어 있었다. 돌(石), 이 단순한 우주의 원초적인 질료 속에 도(道)의 비밀이 깃들어 있다. 스님들은 그 돌 위에서 참선을 하면서 점차 그것을 연화대로 만들어간다. 석성우 스님의 시조 한 편에서 그것을 읽을 수 있다.

마음을 물에 풀면 마음도 물이 되고

마음을 돌에 녹이면 마음도 돌이 된다

─「작품 52」

내 마음속에는 돌부처가 있는데 그것은 내 마음이 여러 절들의 돌부처 속에 녹아 있기 때문이다. "돌 속에 부처 있고 나무 속에 보살 있어"(「작품 51」)라고 시인은 말한다. 조각가는 돌 속에서 부처를 꺼내고 나무 속에서 보살을 꺼낸다고 말할 수도 있을 것이다. 마음을 닦는 사람들은 이러한 부처와 보살을 어디서도 *끄집어낼* 수 있을 것이다. 그 부처야말로 그가 어떤 세상의 외물(外物)로도 얻지 못할 기쁨을 가져다준다. 그의 마음속에 솟구치는 웃음에 대해 시인은 이렇게 노래한다.

보아라 저 아름다운 푸른 보석 광채를
들어라 저 은밀한 고요의 작은 소리를
오늘도 마음자리에 웃고 있는 돌부처

─「작품 19」

이 '은밀한 고요'가 소리와 빛을 낸다. 고요함은 모든 번뇌가 사라졌기 때문이다. 고뇌 어린 세상의 파도가 점차 진정되면서 가라앉는다. 그것은 자신의 마음 저 깊은 곳에서 일어나는 현상이기 때문에 은밀한 것이다. 은밀함은 그것이 세상에는 감추어진 것이기 때문이다. 그것은 감추어져 있으면서도 있지 않은 데가 없으며 말없는 가운데 모든 곳에서 움직인다. 시인은 이 들리지 않을 은밀한 소리를 '작은 소리'라고 말하는데 그것은 마음으로 듣는 소리이기 때문이다. 그래서 시인은 이 어디든지 있는 법의 소리를 부서진 벽돌 조각에서도 듣게 되는 것이다.

햇볕 한 줌 움켜쥐고 걸어서 다다른 곳

부서진 벽돌조각 반야경을 읊조리네
내 한 생 사슴이 되어 놀고 싶은 녹야원

─「작품 36」

반야경을 읊조리는 이 벽돌 조각은 다른 벽돌 조각과 별로 다른 것이 아니다. 시인의 마음이 찾아간 곳에서 발견된 것일 따름이다. 자신의 마음이 빛을 발하면서 찾아가고 다다른 곳에서는 어디서나 부처의 말씀이 울려나온다. 시인의 '녹야원'은 인도에 있는 것이 아니다. 마음이 찾아간 곳에는 어디든지 있는 것이다. "바람 조금 스쳐도 울리는 풍경 소리/그 소리에 고요히 마음을 찾아보렴/숨기지 못할 모습들 생생하게 마주하리"(「작품 38」)라고 시인은 읊었는데 '마음을 찾아보렴' 이 석성우 스님의 주제다. 견성(見性)의 주제는 불교에 입문한 사람이면 누구나 입에 달고 있는 것이어서 새삼스러울 것이 없다. 그러나 그 견성이라는 것에 대해 어떻게 말하는가 하는 것이 문제다. 석성우 스님의 경우에 '찾아보렴' 이라는 말투 속에 그 '어떻게' 가 숨어 있다. 너무나 티끌처럼 작은 것에도 움직여 소리치는 풍경(風磬)과도 같은 마음에 대해 이 시는 말하고 있는 것인데, 그 소리는 세상의 소음들로부터 자신을 고요하게 하는 소리이다. 그것은 마음이 스스로의 본성으로 향하도록 하는 소리인 것이다. 시인은 그 길을 험난한 것으로 묘사하지 않는다. '찾아보렴' 이란 말의 어조 속에는 다정다감한 부처의 마음이 녹아 있다. 그것은 엄숙한 모습이 아니다. 친근한 이웃같이 투박하면서 다정한 아낙네와 같이 그 부처는 말한다.

2. 구도를 위한 편력, 그 스산한 아픔을 껴안기

그렇다고 해서 이 시인에게 이처럼 이미 세속의 모든 것을 초월한 것 같은 분위기만을 요구할 수는 없다. 석성우 스님의 '인간'은 어디 있는가? 사실 위의 시에서 논의된 '찾아보렴' 속에는 추억 속으로 멀어진 아픔이 있다. 그가 "산새의 지저귐 속에 손금 아득 흐르는 강"(「작품 40」)이라고 아름답게 노래할 수 있는 그 세월은 추억과 깨달음의 깊이 때문에 아름답게 색칠된 것이다. 그 강이 아름다운 빛을 뿌릴 때까지 흘러온 편력의 세월 속에는 짐승들의 울부짖음이 있다. 늦가을 찬바람에 허공이 씻기우는 스산한 날들이 있다(「작품 37」). 그는 산새의 울음소리에 깃든 '파란 번뇌'를 아프게 느낀다(「작품 4」). 그의 나그네 길에는 간신히 자신의 몸을 기댈 벽과 고독, 그리고 지저분하고 나른한 피로가 있다.

> 날 저물어 찾아온 집 쥐들만 오고 가네
> 어두워 분간 못 해 기댈 곳을 더듬는다
> 가만히 앉아 있으면 졸음 속을 가는 이
>
> —「작품 3」

쥐들이 사는 폐가에서 편력(遍歷)하는 수도자는 자신의 몸이 드러내는 가난함을 맛본다. 몸을 통해 존재하지만 그것이 주는 구속과 한계에 대한 뼈저린 느낌이 없이 어떻게 인생의 의미를 알 것인가? 세존이 제자 아난에게 설법할 때 그것은 번뇌의 근본과 관련된다. 그리고 또한 그것은 깨달음으로 가기 위한 도정이기도 하다. 석가세존은 이렇게 말했다. "아난아! 네가 보리를 닦는다면서도 만약 번뇌의 근본을 살피지 못한다면 허망한 감각기관과 그 대상인 물질이 어느 곳에서 뒤바뀐 것인지를 알 수 없으리니."(『능엄경』) 세존은 눈과 귀, 코와 혀와 몸과 뜻이 도적의 앞잡이가 되어 자기 집의 보배를 스스로 빼앗는다고 했다. 세존은 우리 몸의 이목구비가 느끼는 감각과 피부의 촉감은 허망한 것임을 깨달아야 한다고 아난에게 설교한다. 세존에게 그러한 것은 병(病)이며 피로(疲勞)다.

> 아난아! 저 중생들이 따로 지은 업장의 허망하게 보는 것 때문에
> 등불 주위에 둥근 그림자가 비록 대상의 물체처럼 나타나지만 마침내
> 보는 이의 눈병으로 생긴 것이니, 눈병은 곧 보는 이의 피로 때문에
> 생긴 것이지 물질에서 만들어진 것은 아니다. 그러나 그 눈병을 보는
> 것도 마침내 보는 잘못은 없느니라.
> 예컨대 네가 지금 눈으로 산과 강, 그리고 국토와 여러 중생들을
> 보는 것이 모두가 시작이 없는 과거로부터 보는 놈이 병듦으로 인하여
> 생긴 것이다. 보는 것과 보이는 대상은 마치 눈앞의 경계로 나타나지만
> 본래는 나의 깨닫는 것이 대상인 물체를 보다가 생긴 병이다. 그러니
> 깨닫는 것이 보는 것이 병든 것이지 본래부터 있어온 깨달음의 밝은
> 마음으로 대상인 물체를 깨닫는 것은 병들지 않았느니라.
>
> —『능엄경』 중에서

세존의 말씀이 주는 오묘함은 근대 이후 철학이 발전시켜온 인식론 수준을 훨씬 뛰어넘는다. 붓다의 인식론은 한 존재의 구체적인 삶이 짐진 과거의 운명까지 포괄한다. 우리 존재는 투명한 존재가 아니다. 우리 각 개인은 이미 수많은 과거의 업장이 누적된 결과물이며, 그가 바라보는 대상, 세계 그리고 그의 삶은 이미 피로한 것이고 병적인 것이다. 이렇게 수없이 겹쳐진 주체에 대한 개념을 근대 이후의 철학은 가져본 적이 없다.

석성우 스님의 시조에서 줄기차게 솟구치는 물음도 바로 이러한 것과 관련된다. 그의 구도행(求道行)의 진정한 출발점은 이러한 '몸'의 '피로(疲勞)'이다. 「작품 3」은 이 시집에서 그 출발점이다. 그에게 '몸'은 거추장스러운 것으로서 끊임없이 부처님 앞에 굴복시켜야 하는 것이다.

지금 이 몸뚱이 이것마저 많아 뵌다

그나마 업에 눌려 지탱하기 힘에 겨워

서녘의 아미타불에 오체투지 하여이다.

—「작품 13」

자신의 운명 속에 업장이 몰려 있음을 느끼는 사람만이 갖는 이 독특한 감정이 바로 이 시의 첫 줄에 있다. 자신의 한 몸조차 많아 뵌다는 이 역설적인 시구는 고독하게 방랑길을 더듬던 식민지 시대의 고독한 시인 백석에게도 있었다. 그도 역시 「남신의주 유동 박시봉방」에서 고독한 방랑 끝에 몸의 피로를 느끼고, 자기 한 몸을 간수해야하는 번거로움에 대해 말한다.

그 어느 바람 세인 쓸쓸한 거리 끝에 헤매이었다.

바로 날도 저물어서

바람은 더욱 세게 불고, 추위는 점점 더해오는데

나는 어느 木手네 집 헌 삿을 깐

한 방에 들어서 쥔을 붙이었다.

이리하여 나는 이 습내 나는 춥고, 누긋한 방에서

낮이나 밤이나 나는 나 혼자도 너무 많은 것같이 생각하며

(……)

나는 내 슬픔이며 어리석음이며를 소처럼 연하여 쌔김질하는 것이었다.

피로한 몸을 간수하기 힘들어하는 이 시의 주인공은 자신의 의지를 넘어서 있는 운명의 거대한 힘을 느낀다. 그는 슬픔과 어리석음 속에 밀폐된 채 그 공간 밖의 창과 천장을 바라보며 자신의 뜻과 의지를 넘어서는 더 큰 것에 대해 생각한다. "이것들보다 더 크고 높은 것이 있어서 나를 마음대로 굴려가는 것을 생각하는 것인데"라고 시인은 말한다. 백석은 비록 구도자의 길을 떠난 것은 아니지만 그의 방랑은 자신의 편력 가운데 깊은 깨달음으로 이끌어간다. 세속적인 삶 속에서도 깨달음의 길은 이렇게 진행된다.

석성우 스님의 구도행에도 이 피로한 몸을 이끌고 가는 세속적인 삶의 쓰라린 기록들이 있다. 「작품 33」은 별 하늘 저편에 숨은 인간사의 쓰라린 기록을 들춰낸다. "지난밤 잠이 안 와 한강 가에 갔더니/푸른 물줄기 속에 피 빛이 어렸어라/별 하늘 숨은 저편에 기록되는 인간사". 자신의 개인적인 마음 저편에는 개인으로서는 어쩔 수 없는 인간의 역사, 그 쓰라린 핏빛의 역사가 있다. 그러한 역사에 물들어 있는 인간세계는 피로한 몸의 한계를 넘지 못하고 마음의 깨달음에 대해 무정한 표정으로 빗겨 흐른다.

그러한 세계의 냉혹한 객관성을 깨뜨리는 것이 또한 구도행각일 것이다. 석성우 스님에게도 냉혹한 세계를 다시금 마음의 허허로움 속에서 되돌릴 수 있는 깨달음이 중요하다. 굳건하게 자신의 법칙 속에서 움직이는 현실은 이리하여 다시금 꿈과 마음의 현실이 된다.

모두들 꿈꾸면서 꿈꾸는 줄 모르고
펼쳐진 육도 경계 쉼없이 드나듦을
스스로 휘장 내리고 아미타불 찾는가.

—「작품 49」

이 '꿈'이란 것은 우리가 앞에서 말했던 몸의 병과 피로에서 비롯한 것이다. 우리의 운명 속에 가득한 업장으로 부딪치는 이 세상은 자신이 만들어낸 하나의 꿈이다. 그러나 그것을 자신의 꿈이라고 생각하는 사람들은 별로 없다. 이 세상은 그렇게 해서 이루어진다. 구도행각도 자신의 꿈을 쉽게 넘어서기는 힘들다. 수많은 경들을 읽고 설강하고 토론하고 논쟁을 해도 그 법권의 세속적인 이권에 얽힌 투쟁들이 구도자들의 성역을 세속(世俗)의 가장 밑바닥까지 떨어뜨리는 경우를 얼마나 많이 구경하게 되는가! 그러한 것들을 생각하면 이 꿈의 문제란 그리 단순한 문제가 아니다. 우리의 업장 속에 얽힌 많은 욕구들을 한바탕 풀어버리는 꿈판이 필요한 것은 아닌지 생각해볼 필요가 있을 것이다. 우리의 고전소설 『구운몽』은 바로 그 세속적인 한바탕의 꿈판을 보여준다. 주인공 양소유는, 구도자인 성진이 자신의 세속적인 욕망 때문에 세속에 떨어져 내려와 겪게 되는 한바탕의 꿈판에서 인생의 온갖 부귀영화를 다 누린다. 그는 그러한 욕망들을 다 맛본 뒤 그것의 허망함을 깨우친다. 그리고 그는 다시금 옛날의 구도자 성진으로 되돌아간다.

이렇게 꿈꾸는 세상의 길은 시인에게 아직은 진정한 길이 시작되지 않은 길이며 '길을 잃어버린 길'이다. "길에서 길을 잃어 길을 찾는 나그네/저렇게 밝은 대낮 눈뜨고 못 찾는 길"(「작품 86」)이라고 시인은 말한다. 왜냐하면 마음은 아직 욕망으로 차 있고, 그것도 자신이 만들어낸 환상에 의한 것이기 때문이다. 석성우 시인은 이러한 현실을 거슬러 올라 모든 것이 존재하기 이전의 세계를 꿈꾼다. 그리고 현실에서 환상을 만들어낸다. 왜냐하면 이러한 것들이 현실의 절대적인 견고함을 뒤흔들어버릴 수 있으니까.

하늘 땅 나기 전에 나의 모습 어떤 걸까
어제는 비 내리고 오늘은 바람 분다

돌사자 웃음소리에 나무 닭이 홰를 친다.

—「작품 83」

참된 자아를 찾는 길은 이 세상의 모든 것을 아는 것과 통하는 길이다. 그것은 이 천지와 천지간의 세계에 대해 아는 것이다. 아마도 진정한 부처란 자신으로부터 비롯된 천지와 세계를 완전히 껴안고 이해하며 즐기는 자일 것이다. 우리는 위의 시에서 이러한 부처의 마음을 향해 움직이는 시인의 마음을 읽는다.

3. 마음의 서녘 하늘에 울리는 말들

석성우 스님의 시조들은 한결같이 소박하고 단순하다. 노자는 도덕경에서 질박(質樸)함을 들어 도(道)에 비유했다. 사실 요란한 기교를 터득한 매끄러운 시들이 오늘날에는 가을철의 낙엽처럼 어디에나 쌓여 있다. 그러나 참된 마음의 깊이를 담백하게 담아내는 질그릇 같은 시들은 찾아보기는 땅 속의 보석을 찾는 것처럼 어렵다. 그의 시들은 자연을 닮은 언어들로 되어 있다. "꽃 피는 날에는 산에 올라 노래하고/봄 가는 날에는 개울 소리 귀에 담아/내 생각 깊은 갈피에 나고 죽음 게 있다"(「작품 11」). 여기서 우리는 자연의 계절과 함께 어우러지는 우리들의 감정과 생활을 볼 수 있다. 그리고 그에 대해 씌어진 말 역시 우리가 자연스럽게 쓸 수 있는 말들을 넘어서지 않는다. 흔히 선시(禪詩)들에서 볼 수 있는 선문답 같은 기교가 이 시인에게는 별로 없다. 이러한 무기교가 시조라는 그릇에 잘 어울려들었다. 시조의 압축된 형태는 최소한의 말 무리에 자연의 질박한 맛과 멋을 담도록 발전되어왔다. 이 형태는 우리의 말 가운데 마음의 지혜를 담고 있는 것들을 살아 있는 형태로 다듬어왔던 것이다. 이 시인의 시조에서도 그러한 것들을 많이 발견할 수 있다.

> 어제는 산이더니 오늘은 산이 아니다
> 이제사 자세히 보니 산이 거기 있었다
> 흰 구름 토막내어서 아란에게 줄거나.
>
> —「작품 18」

"어제는 산이더니 오늘은 산이 아니다." 이 역설적인 진술을 압축적으로 진술한 이 시의 첫부분은 깨달음의 경지를 노래한 것이다. 그러나 거기에는 자신의 깨달음을 수식하는 과장된 포장이 없다. 그저 역설을 말할 뿐이다.

다음과 같은 시에는 산뜻한 수사법이 있다. 그 산뜻함은 새로운 감각에 눈뜬 자의 신선함에서 온다. 그로 인해 환하게 밝아오는 새로운 세계가 성큼 다가선다.

> 밤비 내리더니 산이 한 치 내려앉고
> 밤바람 지나더니 별들마저 야위었다
> 흰 구름 끝자리마다 푸른 물결 파란 산
>
> —「작품 34」

시인의 상상력은 여기서 도를 둘러싼 불경의 논리들 밑으로 가라앉는다. 불경의 논리들이 상상력의 생명력을 얻어 생기 있는 시세계를 열어놓는다. 밤에 내린 비로 산이 내려앉는다. 아마도 그것은 그 비 때문에 대지에 더욱 굳건하게 마치 나무처럼 뿌리를 박을 것이다. 모처럼 시인은 자신의 생명력을 산에 불어넣는다. 이 생명력은 세존의 말처럼 병이나 피로에서 나온 것은 아닐까? 아니면 그러한 것을 넘어가는 것일까? 이것은 예술이 구도의 길에 동참할 수 있는 것인가를 묻는 것에 해당한다.

시인의 상상력은 이러한 물음에 발목을 잡히지 않고 계속해서 움직인다. 그의 「작품 35」는 '허공의 뼈'라는 심상(心象)을 얻는다. 이제는 이러한 예술적 심상들이 도의 비유를 넘어서서 도에 가까이 다가서는 언어 자체가 된다.

새움 돋아나고 하늘 기운 다시 세워
한 점 바람 없어도 저 꽃잎 떨어지는
노스님 기침 소리에 허공의 뼈 부러진다.

—「작품 35」

허공 속에서 움직이는 창조적인 생명력들을 시인은 느끼는 것인데, 그것은 우리의 감각기관을 넘어서서 우리의 상상적 인식이 포착하는 것이다. 허공에는 그리하여 '뼈'가 있게 된다. 이 보이지 않는 '뼈'는 우주적 생명력의 표상이 된다. 그리고 그것은 다시금 현실적으로는 가벼운 환상에 불과하다. 기침 소리에도 깨어져버리는 환상인 것이다. 그러나 시인은 이러한 현실과 환상의 대결을 통해 현실이라고 알고 있는 것이 바로 육체의 병이며 피로라는 세존의 깨달음으로 나아가고자 한다. 시인이 이러한 깨달음의 선에서 오늘날의 현실을 읽은 것이 바로 다음의 작품이다.

탐욕의 검은 마음 하늘 기운 흐리어
풀이며 나무들이 제 모습 바랬구나
역사에 꽂힌 칼날은 바람 속에 잉잉 운다.

—「작품 45」

현대문명에 대한 비판이라는 상투적일 수도 있는 주제를 이 시는 마음에 대한 탐구라는 구도의 주제로 만들었다. 현실의 부정적인 모습이 탐욕의 마음으로 환원된다. 이 유심론은 그러나 '마음'이 모든 것을 제멋대로 결정한다는 유의 그러한 것이 아니다. 그에게는 이 세상의 어느 것 하나 그냥 되는 것은 없다. "구름 한 움큼도 우연히 모이지 않는다/ 바람 한 가닥도 무심히 불지 않는다/뒤채는 강물도 그냥 흐르지는 않는다"(「작품42」)고 그는 분명히 말하고 있다. 산새가 울어야 꽃잎이 지고 바람이 불어야 다래가 익는다(「작품48」)고 노래한다. 이 엄격한 인과의 법칙이 이 세상의 모든 그물을 엮는다. 마음에 따라 이 그물이 어떻게 달리 바뀌는 법은 없다. 이것이야말로 마음 닦는 것의 어려움이 아니겠는가! 견성(見性)이라는 것은 바로 이 마음이란 것이 이러한 필연적인 법의 경지에 다다를 때 비로소 얻을 수 있는 것이 아니던가.

　　있는 마음 못 쓰는데 없는 마음 어이 쓰랴
　　변하는 것 가운데도 변치 않는 그 마음을
　　남녘이 훤히 밝은데 북녘에서 오는 비.

—「작품 62」

마음에도 여러 경지가 있음을 알 때 이 '변치 않는 마음'의 경계가 눈에 띄게 된다. 이 생생불멸의 마음이란 어떠한 것인가? 시인의 역설은 모든 언어를 차츰 '있음'과 '없음' 사이에서 사유의 왕복운동을 시킨다. 색즉시공과 공즉시색의 역설이 우리의 모든 사유 속에서 움직이도록 시인은 이렇게 말한다. "바람 없는 바람에 나부끼는 마음자락"(「작품 65」), "모양 없는 차 한 잔 손 없는 손으로 올려"(「작품 61」), "모양 없는 금도끼로 뿌리 없는 나무 잘라"(「작품 58」). 이러한 역설들이 이 세상의 혼란들을, 그 뒤엉킨 대립들을 질타한다. "어디가 동녘이고 어디

가 서녘인가"(「작품 46」). 자신의 업으로 쌓인 병 때문에 세상의 환상이
있으며, 자신의 집착이 있고, 그 때문에 여러 가지 대립과 투쟁도 있게
된다. 그러나 이러한 논리는 너무 명쾌해서 그러한 환상들에 사로잡힌
사람들의 절실함에 다가서기는 너무 투명하다. 논리의 투명한 빛은 그
사람들의 욕망의 두께를 그냥 투과해 지나쳐버린다.
　이제 시인은 구도의 길이 고독한 자신과의 싸움이라는 것을 시에서
노래하며 살아갈 것이다. 이렇게 읊으면서 말이다.

　　일상의 숲그늘에 자성불을 숨기고
　　동쪽이며 서녘에 초가삼간 짓고 있네
　　이 마음 앉힐 자리는 바로 지금 그 자리.

—「작품 28」

　'일상의 숲그늘' 을 시인은 발견하는 것인데, 일상에서 휴식할 수 있
는 이 숲을 발견한다는 것은 얼마나 멋진 일인가! 그야말로 어떤 일을
하건 자신의 마음을 휴식시킬 수 있는 자리라는 것은 바로 부처의 깨달
음의 자리가 아닌가? 옛날 어떤 선사가 '천휴천처득(千休千處得)' 이라
고 했을 때 그것은 바로 이러한 경지를 일컬음이었을 것이다. 만일 그
러한 자리를 얻게 된다면 시인의 말처럼 거기 우리들의 마음을 앉혀야
할 것이다.

3부
풍류와 미로

‘심오한 어머니’ 사소의 연금술 삼각형
—서정주의 풍류적 반외디푸스

1. 추락한 신모(神母)인 무녀(巫女)의 모습

성개방 풍조가 점점 거세져가는 현실에서 점차 남녀의 성적 차이를 무의미하게 생각하려는 추세가 늘어나고 있다. 이제 우리는 과연 그러한 성 차이를 무시하면서까지 남녀를 동등한 존재로 만드는 사회가 바람직한 것인지 물어볼 때가 되었다. 오늘날 성관계라는 것은 소비되는 쾌락의 한 분야로 축소되었으며, 성적 창조의 신비는 제거되었다. 여성운동은 여성에 대한 남성의 억압을 문제 삼으면서 불평등한 사회 속에서의 기회 균등을 주장하고 나선다. 그리고 다른 한편으로는 여성 육체의 생산성을 범우주적인 특성으로 확장시키면서 여성성의 신화를 되살리거나, 더 나아가서 여성 육체를 남성 육체보다 우월한 지위에 올려놓으려 한다. 이러한 여성운동의 이념적 조류들은 대부분 서구의 페미니즘 운동에서 영향받은 것이다. 거기에는 서구적 근대에 대한 서양인들의 자기비판이 어느 정도 스며들어 있다. 하지만 서구의 페미니스트들이 자연과 여성을 동등시하는 사유구조는 여전히 서구적이다. 자신들이 비판하는 서구의 이론과 역사는 서구적 남성들의 사유체계 및 권력체계의 이론과 지식의 역사에 맞물려 있다. 그들이 가이아라는 그리스 신화의 자연 개념을 도입하고, 그것을 자신들이 만들어온 근대문명에 대한 반개념으로 만들고 있는 것은 분명히 반성적인 태도다. 그러나 그러한 태도 역시 서구적 한계를 넘어선 것은 아니다. 동양, 적어도 동아시아적인 사유에서 자연이란 물질적인 것만이 아니다. 그것은 무와 유, 즉 물질적인 것과 정신적인 것을 동시적으로 가지고 있는 것으로서 조화되고 변화되면서 영원히 흘러가는 것을 가리킨다. 그것은 양과 음, 남성과 여성의 두 측면을 갖는다. 그리고 동양의 사유체계와 사회조직도 그러한 두 측면의 조화와 변화를 반영하는 역사를 만들어왔다고 할 수 있다. 자연의 이러한 양가성을 염두에 두지 않고 여성과 자연을 동일시하는 것은 니체가 말했던 노예적인 사유의 특징인 부정적 사유체계(남성 중심주의를 부정한다는 측면에서)의 고리를 넘어서지 못하게 되는 것이다. 페미니즘 운동이 이러한 것을 의식하지 못할 때 그것은 아무리 범우주적 포즈를 취해도 잘못하면 남성에 대한 적대주의 내지 여성 우월주의에 빠지기 쉽다.

이 글에서 나는 우리 현대시에서 다루어진 여성성의 한 특성, 특히 모성의 측면을 검토해보기로 한다. 급진적인 페미니즘은 흔히 따뜻하게 후세들을 감싸주는 푸근한 모성을 비판하고 양육의 의무를 벗어던진 좀더 독립적이고 해방적인 여성을 찬양하고자 한다. 이것은 가정을 감옥으로 묘사하고 싶어하는, 소위 자각적인 여성들에 의해서 흔히 만들어지는 새로운 '해방적 여성상'이다. 그런데 그들이 주장하듯이 가정에 매인다는 것이 과연 여성 자신의 고유한 존재 또는 자아를 상실하는 일일까? 자아실현이란 것이 꼭 가정의 밖에서 이루어지는 어떤 것일까? 이러한 물음들에 간단히 대답하기는 어렵다. 아무튼 지금 많은 여성들은 가정에서 지내는 것을 매우 보람 없는 일로 생각하며 자신의 개성을 잃어버리는 것으로 여긴다. 가정 밖에서 자신들이 해야 할 일들이 야말로 그것이 아무리 하찮은 것이라 해도 가정에서의 일보다는 멋진 것처럼 느껴지는 시대에 우리는 살고 있다. 도대체 이러한 이데올로기를 무엇 때문에 누가 어떻게 퍼뜨린 것인가?

근대 이후 여성해방의 역사는 우리나라에서는 근대적인 지식인들과 선교사들에 의해서 이루어졌다고 할 수 있다. 그 가운데 많은 부분은 우리 고유의 가치체계를 부정하고 기존의 사회체계를 붕괴시켜 식민화하려는 서구적 지식과 권력의 침투 전술에 맞물려 있다. 오랫동안 '봉건적'이라는 말에 사로잡혀 우리 정신의 많은 것들이 폐기처분되기 시작했다. 과거의 부정적인 것들뿐 아니라 긍정적인 것들의 많은 부분이 낡은 쓰레기처럼 내몰렸다. 그 자리에 서구의 근대적인 정신과 제도들이 식민지 침탈 세력들의 이권 개입과 함께 몰려들어온 것이다. 요즈음 운위되는 페미니즘 운동과 환경운동 역시 그러한 운동가들이 개발한 새로운 이념과 제도 그리고 상품들을 등뒤에 담고 있다. 우리가 새로운 삶의 양식을 만들어나갈 때 정신의 중심을 어디에 두어야 할 것인가 하는 것은 너무나 중요한 문제다. 서구의 페미니즘은 그들의 근대에 대한 비판적 반성이며, 그들 세계에서는 중심적인 문제다. 그것이 우리의 문제들을 해결하는 데 중심이 될 수는 없다. 우리는 먼저 근대가 시작되는 지점으로 다시 되돌아가서 우리의 전통적인 것들을 모두 몰아내며 절대적인 가치로 작용했던 서구적인 정신들을 상대화할 수 있어야 한다. 우리의 주체적 사유가 시작되어야 하며 그 중심을 찾는 일의 기초를 놓아야 하는 것이다.

그렇게 서구의 근대적인 사유에 의해 미신적인 것으로 밀려난 것 중의 하나가 우리의 무속이다. 무속은 고려와 조선조의 불교, 유교에 밀려나 사회의 밑바닥으로 추락했다. 그러나 그것은 여전히 우리의 마을 단위에서는 상당한 정도의 정신적인 밑받침이나 구심점이 되었던 것이다. 그것은 불교와 유교의 어떤 부분들을 자신의 영역 속으로 흡수하면서 그와 어울렸다. 여전히 삶의 상당한 부분을 떠받치거나 보조함으로써 그것은 자신의 명맥을 유지해왔다. 이러한 무속적인 것은 특히 여성적인 몫으로 분화되어 남성들이 주도하는 제도들을 다른 측면에서 보완해왔다. 이 샤먼적인 무속이 끈질기게 모든 역사의 질곡들을 견디며 지탱하고 유지해온 정신적 자산들은 이제 거의 파편처럼 흩어지거나 닳아버렸다. 현대적인 학문의 세례를 받은 사람들 눈으로 보면 무속이란 것들은 정말 한심하기 그지없는 것처럼 보인다. 그러나 그 단편 조각들을 끌어 모으면서 역사를 더듬어 올라가서 그 거대한 정신적 줄기를 훑어볼 수 있다면 그것은 결코 미신적이고 낡아빠진 원시적 사유라고 무시할 수 없게 된다. 앞으로 이러한 것에 대한 연구는, 지금까지 소박한 언어로 정리하는 차원에 머물렀던 민속학적 언어들을 현대의 좀 더 정교하고 치밀한 개념들과 서로 얽어매고 조응시키는 일에서부터 시작되어야 한다. 아마도 이러한 연구를 통해서만 우리는 '우리의 여성주의'를 발견할 수 있으며, 그것이 만들어낸 중요한 매듭을 건져올릴 수 있을지 모르겠다. 이제는 고인이 된 미당 서정주가 말했듯이 우리의 여성적 전통들은 문자를 통해서가 아니라 실생활을 통해서 수천 년을 두고 그 맥을 이어왔다. 그는 "정신이란 문맹을 통해서도 더 잘 이어질 수도 있는 것"[1]이라고 했다. 많은 수의 여인들과 민중들은 문자생활을 하지 못하고 제도권에서 소외되면서도 그들의 오랜 전통을 이어왔다. 그들의 전통은 매우 보수적인 것이다. 그들을 지배하는 논리들에 맞서서 그들은 그 지배논리보다 훨씬 오래전에 이루어졌던 보수적인 것을 바탕으로 저항해왔다. 오늘날 서구적인 여성주의와 이 보수적인 여성주의를 비교해보는 것도 새로운 사유를 찾는 데 의미 있는 것이 되지 않

---

1) 서정주, 「내 마음의 편력」, 『서정주 문학전집』 3권, 일지사, 1972, 29쪽.

겠는가?

미당은 무당의 계보를 거슬러 올라가서 시조인 단군에 이른다. 그의 시 「단군」[2]을 보면 요즈음에 무당을 지칭하는 말인 '당굴'을 단군의 뜻으로 쓰고 있다. "당굴은 아주 먼 우리 옛말로 하늘이란 뜻이니, 사람은 언제나 두루 하늘다워야 한다는 속셈을 이 이름은 간직하고 있는 것이지요." 이 시에서 미당은 이 당굴이라 불리던 무당들이 천대를 받으면서도 1920년대까지 이 나라에 어느 정도는 있었지만 이제는 다 뿔뿔이 흩어져 떠돌이가 되어 외톨이들로 남아 있다고 했다. 이렇게 형편없이 추락한 무당을 그는 자신의 고향 질마재 마을에서도 본다. 무속 연구자인 최길성이 조사한 바에 의하면, 전라도 무당인 당골은 다른 지역보다 더 심한 차별구조 속에서 살아오고 있었다.[3] 앞에서 소개한 미당의 「내 마음의 편력」에서 무당인 단굴네는 백정보다 더 천대받는 존재였음이 드러난다. 백정에게 하대를 하라고 교육받으면서도 그들은 단굴네보다 더 아랫것들이라는 말을 듣는다.[4] 미당은 「단골 암무당의 밥과 얼굴」이라는 시를 쓴다. 이 시에 나오는 여자 무당은 이 마을에서 제일 희고 부드러운 손과 얼굴을 하고 있다. 왜냐하면 그녀는 여러 귀신들을 쫓아내서 병자를 낫게 하기 위해 아픈 곳에 눌러놓는 쌀을 가지고 밥을 지어 먹기 때문이다. 비록 계급적으로 천대받고 있지만 그녀의 정신적인 차원은 매우 높다. 그녀는 "귀신같이 방 안에서 평안하게 늘 실컷 자고 놀며 손발과 얼굴을 깨끗하게 깨끗하게 씻고 문지르"며, 육체를 정결하게 하고 마음을 고요하게 유지할 줄 아는 존재다.

그런데 여자 무당의 이러한 정신적 삶은 질마재 마을의 다른 여인들에게도 있다. 미당이 '도깨비 마누라'라고 부른 과부 할머니가 그중 하

---

2) 서정주, 『미당 시전집』 2권, 민음사, 2000, 250쪽.
3) 최길성, 『한국인의 한』, 예전사, 1996, 316~317쪽 참조.
4) 서정주, 같은 책, 87쪽.

나다. 무당이라는 천대받는 직업이나 계층은 아니지만, 이 과부 할머니
는 아들과 손자를 위해 육체를 팔면서도 "영생하는 정신의 상징처럼 어
디에도 굽히지 않는 눈썹과 코와 입술과 단단한 이빨과 또 그 피보다는
오히려 더 지독한 늙바탕의 눈 흰자위의 맨드라미빛을 만들어 가지고"[5]
있다. 미당은 그것을 번뇌하면서도 번뇌하지 않는 빛깔이라고 했다. 그
녀의 친정이 선도(仙道)쟁이 집이어서 그런지 두문불출하는 그녀의 이
러한 꿋꿋한 모습을 두고 그는 신라시대부터 내려온 국풍(國風)이라고
규정한다. 질마재 마을에는 이러한 여인들이 두루 발견되는데 자신의
어머니와 할머니, 외할머니들도 그러한 여인들 가운데 포함된다. 신라
류의 자연주의는 신라의 시조 박혁거세를 낳은 사소로부터 이 마을의
여인들에 이르고 있다. 미당에게 자신의 어머니는 자연 속에 있을 때
가장 아름다운 모습으로 비친다. 그녀는 하늘 속에서 옥황상제의 고동
소리를 듣는다. 그의 할머니는 한 집안의 신관 노릇을 한다. 누가 아프
면 산에서 약초를 캐어 치료하거나, 그도 안 되면 무당처럼 신의 힘을
빌려 역신을 내쫓는 의식을 치르기도 한다.[6]

　마을을 지배하는 유학자들의 그늘에서 이 여자들은 단군시대 이래의
우리 전통을 지켜온다. 이 무속적인 세계는 이능화가 말하듯이 단군시
대에서 비롯된 것이다. 환웅천왕이 신단수에 내려와 단을 설치하고 제
사를 지냈으므로 단군이라 불렀다. 그것은 고대의 무축(巫祝)이었다.[7]
이후 신라 고구려에도 이 무풍이 강력하게 남아 있었지만 후대로 갈수
록 인문이 진화되어 유(儒) 불(佛) 도(道)가 들어오면서 이 고유한 풍속
은 사회의 배척을 받아 동렬에 나란히 서지 못하게 되었다는 것이다.[8]

---

5) 『미당 시전집』 5권, 53쪽.

6) 『미당 시전집』 3권, 13쪽 참조.

7) 이능화, 『조선무속고』, 동문선, 1991, 32쪽.

8) 같은 책, 10~11쪽 참조.

그러나 미당은 고향인 질마재 마을에 대한 이야기를 통해서 이 고유한 풍속이 오랜 세월을 거치면서도 여전히 굳건하게 살아 있음을 확인한다. 그것은 어떠한 권력적인 이데올로기에도 불구하고 자연스러운 생활의 지혜로서 여인들과 민중들 속에 뿌리박혀 있는 풍속으로 살아남은 것이다.

이 풍속의 특징은 특히 여성적인 것으로 보인다. 그의 시 「당산나무 밑 여자들」에서 보듯이 오래도록 모진 풍상을 겪고 남자들의 시달림을 모두 받으며 나이가 든 여자들은 무성한 풍모를 보인다. 당산나무 밑 여자들은 처녀 때나 한창인 장년에는 연애를 하지 못하다가 50쯤 되어 늙기 시작할 때 연애를 시작한다. 이 이야기는 무엇을 말하는 것인가? 그것을 알기 위해서는 이 부분을 읽어보아야 할 것이다.

처녀 때는 친정 부모 하자는 대로, 시집가선 시부모가 하자는 대로, 그 다음엔 또 남편이

하자는 대로, 진일 마른일 다 해내노라고 겨를이 없어서 그리 된 일일 런지요? 남편보단도

그네들은 응뎅이도 훨씬 더 세어서, 사십에서 오십 사이에는 남편들은 거이가 다

뇌점으로 먼저 저승에 드시고, 비로소 한가해 오금을 펴면서 그네들은 연애를 시작한다

합니다. 박푸접이네도 김서운니네도 그건 두루 다 그렇지 않느냐구요. 이제는 방을

하나 온통 맡아서 어른 노릇을 하며 동백기름도 한번 마음껏 발라보고, 분세수도

해보고……

—「당산나무 밑 여자들」 중에서

미당은 여기서 이 여자들의 텅 빈 그릇에 대해 말한다. 그녀들은 자신들의 자아를 주장할 겨를이 없이 주위의 주장을 따르느라 젊은 시절을 정신없이 지낸다. 자아를 비우는 그 텅 빔이야말로 그가 다른 곳에서 노자의 '현빈지문(玄牝之門)'이라는 개념을 번역해서 쓰고 있는 '심오한 어머니'의 밑바탕이 된다. 그녀들은 빈 그릇인데 이 비어 있는 무, 이 신묘한 큰 그릇을 미당은 "한 큰 어머니의 한정 없는 마음의 아량"[9]이라고 풀이하고 있다. 이 심오한 어머니의 문은 천지의 뿌리로서 죽지 않는다. 왜냐하면 대자연의 영기(靈氣)가 늘 죽지 않고 그 문을 들락거리기 때문이다. 그 여자들은 남자들이 다 죽어서 없을 때 비로소 해보고 싶은 일을 한다. 그녀들은 늙었어도 젊은이보다 더 정력이 센데, 그것은 집 뒤의 무성한 당산나무 — 칠백 살의 암느티나무의 힘이 뻗쳐서 그렇게 되었다. 그 당산은 우리 고유의 무풍이며 자연과 더불어 살아가는 삶의 방식이 보존된 장소다. 그 삶의 양식은 여전히 자연의 법칙을 거스르지 않고 순응하면서 오히려 강력한 힘을 발휘할 수 있는 것으로서 드러난다. 그것이 '심오한 어머니'라는 여성적인 것으로서 여기서 제시되고 있다.

2. 반외디푸스적 풍류로서의 심오한 어머니

미당이 그렇다고 해서 일방적으로 여성만을 강조하고 남성을 반자연적인 존재로 비판하는 것은 아니다. 그는 질마재 마을에서 "무당 식의 고유한 심미주의 멋쟁이들"[10]이라는 표현을 쓰면서 진형이 아재를 비롯한 몇몇 남자들을 무풍의 풍류적 존재들로 규정한다. 그들은 흔히 남

---

9) 『서정주 문학전집』 4권, 49쪽.
10) 서정주, 「내 문학의 온상들」, 『서정주 문학전집』 5권, 271쪽.

자 무당을 일컫기도 하는 재인(才人)이나 광대 유의 존재이지만 직업적인 존재들은 아니다. 그러나 그들 때문에 마을 전체의 삶은 매우 역동적인 활력을 얻는다. 이 심미가들이 없었다면 유교적 엄숙주의 때문에 경직된 마을 사람들의 삶은 재미가 없었을 것이다. 그리고 자연에 대한 깊이 있는 심미적 교류도 그러한 삶의 범주 속으로 들어오지 못했을 것이다. 결국 미당이 위에서 말한 '심오한 어머니'는 자연적인 삶의 한 상징이었던 셈이지 여성성 자체를 가리키는 것은 아니었다. 그것이 자연의 여성성을 가리킨다고 할 때 그것은 곧바로 자연의 남성성을 그 짝으로 갖는 여성성이었다. 실제로 그 구절이 나오는 노자의 도덕경은 그 둘을 짝으로 갖고 있다. 노자는 이렇게 말했다. "수컷의 강력한 힘을 알아 암컷의 유순함을 지키면 천하의 골짜기가 된다(知其雄 守其雌 爲天下谿)." 남성적인 산봉우리의 이미지가 여성적 골짜기의 짝이 되고 있음이 여기에 분명히 나타난다. 실제로 거대한 봉우리만이 깊은 골짜기를 만들어낸다. 성인이나 현자의 권력은 그러한 산의 봉우리가 된다. 그러나 봉우리만을 밀고 나가며 골짜기를 만들지 못한다면 아무도 거기 모여들지 않는다. 암컷의 유순한 골짜기야말로 모든 것을 모여들도록 하는 봉우리의 부드럽고 선량한 마음이며, 아량과 겸양의 처세인 것이다. 그렇게 천하의 골짜기가 되면 떳떳한 덕은 떠나가지 않는다(常德不離)고 말한다(『도덕경』 제28장). 그것이야말로 항상 젊은 생기로 되돌아가는 방법이기도 하다.

미당은 무등산에서 바로 이 남성과 여성의 자연스러운 조화를 느꼈던 것이 아닐까? 그는 무등산을 보며 "마치 흉허물 가릴 것 없는 두 중년의 부부가 휴식의 한때를 나란히 짝하여, 하나는 앉고 하나는 엇비슷이 그 옆에 누워 있는 상호로 놓여 있어서"[11] 거기서 적지 않은 위안을

---

11) 『서정주 문학전집』 4권, 318쪽.

받는다고 했다. 그는 이 무등산에서 이백이나 도연명, 장자, 노자가 느꼈던 자연몰입의 경지를 처음으로 잘 이해했다고 말하기도 한다.[12] 그 유명한 「무등을 보며」는 여기에서 비롯된 시이다.

가난이야 한낱 남루에 지내지 않는다
저 눈부신 햇빛 속에 갈매빛의 등성이를 드러내고 서 있는
여름 山 같은
우리들의 타고난 살결 타고난 마음씨까지야 다 가릴 수 있으랴

靑山이 그 무릎 아래 芝蘭을 기르듯
우리는 우리 새끼들을 기를 수밖엔 없다
목숨이 가다 가다 농울쳐 휘여드는
午後의 때가 오거든
內外들이여 그대들도
더러는 앉고
더러는 차라리 그 곁에 누어라

지어미는 지애비를 물끄럼히 우러러보고
지애비는 지어미의 이마라도 짚어라

어느 가시덤풀 쑥굴헝에 뇌일지라도
우리는 늘 玉돌같이 호젓이 무쳤다고 생각할 일이요
靑苔라도 자욱이 끼일 일인 것이다
—「無等을 보며」 전문

---

12) 『미당 시전집』 3권, 325쪽.

미당은 6·25전쟁 과정에서 정신적인 혼란을 겪고 실어증에 걸리거나 자살을 시도하는 등 험난한 삶을 살게 되었다. 그는 전주에 파묻혀서 그 전주만이 갖고 있는 전통적인 안일함 속에서 전쟁의 혼란과 불안을 가라앉히고 싶었는데 그만 거기서 자살을 시도하다 미수에 그치고 만다. 그런데 특이하게도 그는 그 자살시도 원인을 전주의 풍류적 분위기에 돌리고 있다. 이에 대해 설명하자면 꽤 많은 이야기를 해야 한다. 하지만 여기서는 그 한 대목만을 잠깐 짚고 넘어가겠다. 전주 풍류를 익히어본다는 것이 그러한 엄청난 결과를 낳았다는 그의 이야기는 미당의 정신적 특성의 한 단면을 잘 보여준다. 그는 이렇게 말했다. "저 여러 천 년 쌓여온 전라도 산조의 잦은 머리나 어디 그런 데 휘말려들어서, 약질이 그걸 멋들어지게 아주 썩 잘 견뎌내지 못하고 삐르적거리고 있었던 것 아닌가 한다."[13] 그가 이전에 김영랑과 함께 빠져들었던 명창 이화중선의 가락이나 육자배기 가락들을 다시금 선명하게 떠올리게 되는 것은 이러한 일이 있고 나서의 일이다. 이때까지만 해도 그가 아직 초창기의 예술적 분위기, 즉『화사』의 육체적 성적 생명충동의 전율에 대해 그가 보들레르적이고 니체적인 것이라고 이름 붙였던 것을 간직하고 있었다. 그가 밑바닥 육체에 대한 긍정과 고대 그리스적 육체성이라고 말했던 아폴로적 디오니소스적 신성에의 회귀라는 것이 그에게는 삶과 예술의 추진력이었다. 그러나 잔인하고 참혹한 전쟁은 그러한 육체성의 무의미를 그에게 일깨워주었다. 그는 전율이 느껴지는 충동적인 육체의 맹렬한 운동을 긍정하는 대신에, 저 밑바닥에서 짓누르는 힘을 견뎌내고 풍상을 겪으면서도 그 애절함 속에 삶의 기름진 촉기(燭氣)를 생생하게 담고 있는 육자배기 가락의 풍류에 몸을 맡긴다. 이 촉기라는 것은, 전쟁 이전이었던 1949년 봄 그가 김영랑과 이화중선의 노

---

13)『서정주 문학전집』3권, 321쪽.

래를 구식 축음기를 돌려 들어보며 이야기할 때, 영랑에게서 들었던 말이다. 미당은 이화중선의 소리를 듣고 "무슨 서러움의 짙은 안개나 자욱한 이끼가 낀 것처럼 그건 답답하고 아득하군요"라고 말했다. 영랑은 다시 이화중선의 동생 이중선의 육자배기를 들려주며 이 촉기에 대해 이야기했던 것이다. 그 촉기란 과연 무엇이었던가? 미당은 슬픔 속에서도 생기가 있다고 했는데, 그 말을 영랑이 바꾸어 '촉기'라고 표현했다. 미당에 의하면 그것은 슬픔을 암담하지 않게 만드는 일종의 싱싱함이며, 이것이야말로 "어떤 큰 가뭄에도 말라 비틀어지지 않고 살아온 우리 민족정신의 가장 큰 힘"[14]이었다. 그는 일제 강점기에 절에 들어가 있을 때 방 안에 날아 들어와 푸드득거리던 박쥐를 잡아 벽에 꽂아놓고 「대낮」이란 시를 쓴 적이 있다. 마치 이 박쥐처럼 그의 육체는 그가 그리스적 육체성이라고 불렀던 의지와 충동으로 푸드득거리며 이리저리 날고 부딪치며 방황하다 죽음에 이르게 되었던 것이 아닐까? 전주 풍류 속에서 그것을 익히면서 그 박쥐시인의 육체는 견뎌내지 못하고 침몰했다. 균형감각의 상실이며 혼란이었고, 풍류의 끈질긴 생명력이 살아 숨쉬는 밑바닥으로의 추락이었다. 바로 그 밑바닥에서 그는 『삼국유사』나 『삼국사기』를 뒤져보며 자신에게 중요한 것으로 생각되는 것들을 카드에 적었다. 그 후 그는 노자와 장자의 글들을 되새긴다. 마치 이화중선의 소리 속에 있는 서러움의 짙은 안개와도 같은 무등산의 아련한 이내에 잠기게 된 것도 이때부터였던 것이다.

이러한 전주 풍류의 세례를 받은 후 그는 광주 조선대학교에 근무하게 되었고 무등산의 그 유려한 풍류적 분위기를 느낄 수 있게 된다. 산을 자욱하게 감싸는 푸르스름한 이내의 기운을 그는 "옛 신선들이 그들의 정신의 어떤 전답으로, 아니면 내려와 숨쉬어 가끔 마시던 것"[15]이

---

14) 『서정주 문학전집』 5권, 119쪽.

라고 생각하게 되었다. 그는 "아주 깊이깊이 몇 천 길같이 빛나는 풀빛"
이라고 묘사하기도 하는데, 이러한 묘사는 그가 이전에 충동적인 들끓
는 감정으로 '침몰하라' 고 외치던 그 바다의 깊이(「바다」)와 상응하는
바가 있다. 이제 그의 바다는 풍류를 알게 됨으로써 다른 것이 되었다.
감정의 충동들과 감각적인 전율들을 가라앉히면서 물의 자연스러운 흐
름에 맡기며 저절로 내려앉고 가라앉은 깊이를 그것은 갖게 된 것이다.
이러한 바다야말로 노자가 말한 바 '모든 골짜기의 왕' 이라고 할 수 있
지 않겠는가. "큰 강과 바다가 수많은 골짜기의 왕이 될 수 있는 까닭은
그것이 자연에 순응해 낮은 자리에 처하기 때문이다."(『도덕경』제66
장) 미당이 자신의 말로 '심오한 어머니' 라고 했던 노자의 이 어둡고 깊
은 암컷(玄牝)은 광주의 무등산 위에 덮여 있기도 했다. 이 이미지야말
로 수컷을 알고 암컷을 지키는 것이며, 양을 알고 음을 지키는 것을 그
에게 실감시키는 것이었다. 노자를 해설한 칼텐마르크는 양이면서 동
시에 음인 존재는 그 자체가 우주적이라고 했다. 그는 고대 중국의 '신
성결혼' 을 이러한 예로 제시하면서 이러한 의식의 주제는 서로 떨어져
있게 된 "남성과 여성이 화합된 전체의 힘을 다시금 회복하는 데" 있다
고 했다.[16) 그런데 여기서 칼텐마르크가 이러한 사고방식을 샤머니즘
계통의 의식에서 비롯된 것으로 생각했다는 것은 주목할 만하다. 그에
의하면 노자의 위와 같은 사유는 고대의 샤머니즘 속에 있던 여성 숭배
의 흔적을 지닌다.[17)

　　박용숙은 이러한 신성결혼의 샤머니즘적 기원과 그 의미에 대해 방
대한 연구를 남겼다. 그에 의하면 그리스나 바빌론을 비롯해서 세계 각
지에 보이는 성혼(聖婚)의 풍습은 동이족의 무풍(巫風)에서 비롯된다.

---

15)『미당 시전집』3권, 325쪽.

16) 막스 칼텐마르크,『노자와 도교』, 장원철 옮김, 까치, 1993, 109쪽.

17) 같은 책, 111쪽 참조.

환웅이 신단수에 내려와 웅녀와 결혼한 일부터 시작해서 금와왕이나 탈해, 혁거세, 수로왕의 탄생에 얽힌 이야기들에서 그는 모두 성혼의 자취를 읽는다. 중국 제실의 딸인 사소와 진한의 노인이 결합하는 이야기나 지금까지 남아 있는 강릉 단오제의 서낭신-여신의 결혼의식은 모두 그러한 자취다.[18] 혁거세 왕의 탄생과 결부되는 우물은 고대의 숲속에 있던 여인국의 여신전이라고 그는 주장했다. 그러한 여신전은 바다라고 불리는 숲속의 용궁에 있는 신들에게만 출입이 허용된 성역이다.[19] 강릉 단오제의 무속을 그러한 성혼과 상세히 연관시키면서[20] 그는 신라의 화랑도가 그러한 성혼 풍속의 정신적 배후로서 이야기될 수 있는 풍류도라 했다. 지금의 눈으로 볼 때 성적인 문란으로 보일 수도 있는 화랑의 일부 이야기들도 그러한 풍류의 한 측면으로 해석될 수 있다는 것이다. 그에 의하면 화랑의 풍류라는 것은 화랑과 원화 사이의 자유연애가 그 근간에 놓인다. 이 자유연애라는 것은 문란하게 영위되었던 것은 아니고 바다를 의미하는 숲속에서 신성한 제사를 드리며 심신을 수련하고 서로 뒤섞여 지내는 가운데 뛰어난 인재로 발탁된 자와 이루어질 결합을 의미한다. 온갖 기예를 연마하고 그 성과를 겨루는 과정 속에서 인재를 발탁하는 것이 그러한 풍류의 목표였다.

이러한 대목에서 기예 연마와 그 성취를 숲속의 남성결사와 여성결사가 거쳐야 하는 통과의례라고 해석하고, 그것을 통과한 자들의 결합이 일종의 중매쟁이인 미륵선화에 의해 이루어진다는 비의적 삼각구조를 밝힌 것은 박용숙의 탁견이 아닐 수 없다.[21] 필자의 생각으로는 바로 여기에 풍류사상의 핵심이 있다. 풍류도의 중심적인 존재인 미륵선화

---

18) 박용숙, 『한국의 시원사상』, 문예출판사, 1987, 31쪽 ; 『황금가지의 나라』, 철학과현실사, 1993, 33쪽 참조.

19) 『황금가지의 나라』, 56~57쪽 참조.

20) 같은 책, 219쪽 이하 참조.

21) 이에 대한 자세한 내용은 박용숙, 『한국의 미학사상』(일월서각, 1991) 177쪽 참조.

는 중매의 역할을 떠맡는다. 이것은 그가 양과 음을 조화시켜 통합시킬 수 있는 안목과 기술과 능력을 갖고 있음을 말해준다. 『삼국유사』에서 「미륵선화 미시랑」 조에서 미륵선화로 제시되는 미시랑(未尸郞)은 화랑의 무리들을 서로 화목하게 하여 풍교(風敎)가 남달랐으며 풍류를 세상에 빛냈다고 하였는데, 그 후 이 이름을 따서 중매하는 사람을 미시(未尸)라 했다고 하였다.[22]

이러한 중매, 즉 양음의 결합, 남성과 여성의 결합을 어떻게 이루어야 하는가가 풍류의 핵심이었음을 이 대목은 말하고 있다. 중매쟁이로서의 미륵선화는 양과 음의 이치를 잘 알아 그 조화와 변화에 통달해야 할 것은 물론이다. 그는 남성인 화랑과 여성인 원화 중에서 그러한 이치를 잘 터득한 사람을 골라낼 수 있어야 했다. 그는 동시에 그 둘을 연금술적이고 주술적으로 결합시킬 수 있어야 했다. 그러한 내용들이 풍교(風敎)의 핵심이었다. 이러한 능력과 수준에 도달한 사람이야말로 우리가 앞에서 말했던, 수컷을 알고 암컷을 지키는 '골짜기의 왕'이며 '심오한 어머니'와 같은 존재다.

미당은 『화사집』의 시편들에서 충동과 의지의 실존적 풍경으로 비치던 고립적인 자아로부터 무등산의 풍류적 자아로 비약한다. 그는 프로이트적인 성욕의 주체들을 제쳐버리고 우주론적인 성의 연금술적 풍경으로 나아간다. 이때 그가 만들어내는 자아는 프로이트적인 이분법이 빚어내는 성의 갈등에서 벗어나 있으며, 적대적 고리로서의 외디푸스적인 삼각형에서도 벗어나 있다. 양음의 미묘한 결합을 터득하고 있는 골짜기의 왕이자 심오한 어머니는 이 세상의 성혼적 삼각형들을 주재하고 다스린다. 이때의 삼각형은 연금술적 삼각형이며 우주론적 삼각형이다. 여기에서는 아버지를 죽이는 외디푸스가 없다. 오히려 성혼의

---

22) 일연, 『삼국유사』, 을유문화사, 1978, 250쪽 참조.

결과 숲속의 돌로 된 신전에서 낳아서 버려지는 아이는 버려짐이라는 의례를 통해서 성스럽게 세속의 왕 자리로 올라간다. 버려짐은 숲속의 성(聖)과 세상의 속(俗) 어디에서도 잘못된 것이거나 비극적인 것이 되지 않는다. 그의 복귀는 당연한 것으로 받아들여진다.

이제 우리는 박혁거세의 어머니인 사소에 대해 미당이 쓰고 있는 「사소단장」에 대해서 말할 수 있게 되었다. 그 성혼은 아버지가 생략되어 있으며 단지 우물가에 버려진 아기의 이야기와 하늘로 올라간 말의 이야기만이 전한다. 여기서 말은 신적인 남성의 상징이며 남성의 씨를 운반하는 매체다. 우물은 여신들의 신전이다. 사소는 이 신전에서 수행을 하고 있는 수련자이며 통과의례를 거쳐 성모가 되어야 한다. 미당은 그 수련에 임하기 전의 사소와 수행 시절의 사소를 「꽃밭의 독백」과 「사소 두번째의 편지 단편」으로 각각 나누어 노래한다. 여기서 꽃을 앞에 두고 "문 열어라 꽃아. 문 열어라 꽃아"라고 외치는 이유는 무엇인가? 박용숙의 멋들어진 해석에 의하면 우리의 신화적인 이야기들에 나오는 많은 꽃들은 대개 "무당들의 천국행 통관"과 연관되는 것이다. 바리공주는 이 꽃에 의해 난관을 해결한다. 『심청전』의 연꽃도 '바다'에 들어간 수련자 심청이 새롭게 탄생하게 되는 매개체가 된다. 그것은 성혼의 매개물이다. 그는 그것을 꽃의 연금술적 의미로 해석한다.[23] 성혼을 이루기 위해서는 이 꽃의 연금술을 터득해야 한다. 『삼국유사』의 「선도성모」 조에서 사소를 가리켜 "일찍이 신선의 술법을 배워 해동에 와서 머물러 오랫동안 돌아가지 않았다"[24]고 했다. 그녀는 신선의 옷을 짰다고 했다. 이러한 일들은 무당의 기원이 되는 곤륜산의 서왕모와 연관되는 일이다. 서왕모는 무함산(巫咸山)에서 열 명의 무녀들을 데리고 백도(白道)라는 걸 연마했다고 한다. 박용숙은 그것이 화도(花道)이며 원시

---

23) 『황금가지의 나라』, 46~47쪽 참조.
24) 일연, 같은 책, 358쪽.

적인 화학일 것이라고 말한다.[25] 서왕모는 약을 캐거나 길쌈을 하기도
한다. 이러한 것들이 모두 신선의 술법이며 꽃의 연금술이었다. 박용숙
은 꽃봉오리 속에서는 음양의 두 가지 기가 미묘한 비례를 유지하면서
서로 투쟁하는 것이며, 그것이 서로의 힘을 부풀게 만들면서 팔방으로
활짝 피어난다고 해석한다. 그리하여 꽃의 이치는 음양의 미묘한 이치
를 상징하게 된다는 것이다.[26]

미당은 이러한 꽃의 연금술을 사소의 수행 주제로 보았다. 꽃의 문을
여는 것은 '문 열어라' 라고 외치듯이 주술적인 수련에 의해 이루어진
다. 그러한 주문은 꽃 속에 숨어 있는 양음의 이치와 정신적으로 교통
함으로써 비로소 만들어지고 외워질 수 있는 것이다. 샤머니즘적인 무
서(巫書)의 성격을 띠는 『산해경』에는 고대의 무당이 있던 무함국(巫咸
國)의 여축이 양 손에 각각 푸른 뱀과 붉은 뱀을 쥐고 있다고 했다. 이
두 마리의 꿈틀거리는 뱀은 아마도 우주의 본원적인 에너지를 가리키
는 것이 아닐까? 『산해경』에서는 무녀 여축이 등보산에 있는데 그 산은
여러 무당들이 하늘을 오르내리는 곳이라고 했다.[27] 이 구절을 잘 읽어
보면 무녀들의 수행이 결국 하늘과 통하는 것임을 알 수 있게 되는데,
그녀들의 수행 결과 얻어낸 그러한 능력의 표징이 바로 그 두 마리 뱀을
손에 쥐는 것으로 나타난 것이다. 여기서 우리는 앞에서 언급했던 비의
적인 삼각형의 다른 모습을 보게 된다. 즉 이 뱀을 쥔 무녀가 삼각형의
꼭짓점에 있다. 그녀의 두 손에 있는 붉은 뱀과 푸른 뱀은 양과 음의 본
원적인 기운을 의미한다. 그 양음을 손에 쥐고 다스릴 수 있는 조화와
통합의 능력자가 바로 그 여축의 모습에서 확인된다. 그녀는 바로 '심
오한 어머니' 인 것이다.

---

25) 박용숙, 같은 책, 46쪽.
26) 같은 책, 44~45쪽 참조.
27) 『산해경』, 정재서 역주, 민음사, 238쪽 참조.

「사소 두번째의 편지 단편」에서 미당은 피가 잉잉거리던 병은 이제 다 나았다고 노래한다. 아마도 미당의 시적 편력에서 이것은 「화사」이후 끓어오르는 성적인 에너지로 인해 괴로워하며 충동적으로 헤매던 병일 것이다. 그는 이러한 헤매임 속에서 '바다' 속으로 침몰하라고 외치기도 했다. 그러나 이 시에서 그의 바다는 무등산 위에 덮여 있던 그 짙은 초록빛의 이내처럼 서연산 위에 덮인 '이내의 밭'으로 나타난다. 이 바다는 이제 '골짜기의 왕'으로서의 강물이나 바다가 된 것이다. 그는 "진갈매의 향수(香水)의 강물과 같은／한섬지기 남직한 이내의 밭을 찾아내서"라고 노래하고 있지 않은가. 아마도 「화사」의 꿈틀거리는 뱀은 이제 사소의 손에 들려 있을지 모른다. 그녀의 피는 연금술적으로 변화되어 "비취의 별빛 불들을 켜고" 생금(生金)의 광맥을 하늘에 펴게 된다. 「무등을 보며」에서 "청산이 그 무릎 아래 芝蘭을 기르듯／우리는 우리 새끼들을 기를 수밖엔 없다"라고 했듯이 그 피의 연금술은 대지의 생식력과 인간의 생식력을 모두 포섭해들인다. 이러한 생식력을 미당은 그의 수많은 시편들에서 피와 더불어 노래한다. 그의 핏빛은 영원한 빛깔이다. 그것은 그가 아끼며 보고 또 추억했던 이조백자의 검붉은 진사(辰砂)로 남게 된다. 그 빛은 그가 전주 시절 즐기고 탐구했던 풍류의 빛이기도 했다. 그의 「마른 여울목」은 이러한 빛에 도움을 받아서 읽어나가야 제대로 읽힌다.

　　말라붙은 여울 바닥에는 독자갈들이 들어나고
　　그 우에 늙은 巫堂이 또 포개어 앉아
　　바른손바닥의 금을 펴어보고 있었다.

　　이 여울을 끼고는
　　한켠에서는 소년이, 한켠에서는 소녀가

두 눈에 초롱불을 밝혀 가지고 눈을 처음 맞추고 있던 곳이다.

소년은 山에 올라
맨 높은 데 낭떠러지에 절을 지어 지성을 디리다 돌아가고,
소녀는 할 수 없이 여러 군데 후살이가 되었다가 돌아 간 뒤……

그들의 피의 소원을 따라 그 피의 분꽃 같은 빛깔은 다 없어지고
맑은 빗낱이 구름에서 흘러내려 이 앉은 자갈들 우에 여울을 짓더니
그것도 할 일 없어선지 자취를 감춘 뒤

말라붙은 여울 바닥에는 독자갈들이 들어나고
그 우에 늙은 巫堂이 또 포개어 앉아
바른손바닥의 금을 펴어보고 있었다.

—「마른 여울목」 전문[28]

이 막연한 내용을 담은 시를 제대로 해석하기 위해서는 우리가 위에서 논의한 것들을 이해해야 한다. 오늘날 사소의 수행 같은 어려운 길을 택하는 여인들은 없다. 무풍은 미신 짓거리로 전락했으며 풍류의 강물은 말라버렸다. 우리 선조들이 행했던 그 신비스러운 자연과의 교감 그리고 풍류적인 생식력으로 남녀들을 결합하고 새로운 새끼들을 키우는 일들은 옛날의 일이 되어버렸다. 연금술적인 삼각형의 세 축은 모두 뒤틀어지고 성스러운 양음의 배치 대신에 난잡스럽고 이기적이며 충동적이고 투쟁적인 힘들로만 가득한 일그러진 삼각형들이 외디푸스적이고 기괴한 반외디푸스적인 모습들로 번져나갔다. 오늘날 유행하는 페

---

28) 『미당 시전집』 1권, 민음사, 198~199쪽.

미니즘 역시 이러한 경향에서 벗어나 있지 않다. 말라버린 여울의 바닥에서 늙어버린 우리 역사의 무당은 '바른손바닥의 금'을 펴보고 있다. 앞으로 그녀의 운명은 어떻게 될 것인가? 헤어져버린 소년과 소녀의 일 그러진 두 축을 이 늙은 무당은 어떻게 다시 가다듬고 손에 쥘 수 있을 것인가? 그녀의 뱀들은 어떻게 그녀의 왼손과 오른손에 다시 쥐어질 수 있을 것인가? 이러한 물음들에 대해 위의 시는 질문하고 있다. 이 물음에 우리는 다시 대답할 수 있어야 한다.

처용, 허수아비, 갈대
—가난한 일상의 자화상

1

나는 얼마 전에 길거리에서 잠시 스쳐가면서 임영조 시인을 만난 적이 있었다. 그때 나는 그가 보내준 시집 『갈대는 배후가 없다』를 읽었으며, 거기 실린 조그만 사진을 통해 그에 대한 약간의 불확실한 인상만을 가지고 있었다. 그는 복잡한 종로 거리에서 자신을 알아본 정진규 시인과 인사를 나누고 나를 스쳐가 거리의 물결 속으로 사라져갔다. 나는 그 짧은 시간에 물끄러미 그의 얼굴을 바라보았으며, 내가 사진에서 살펴보았던 이마의 주름살과 그 선량해 보이는 인상을 조금 구체화할 수 있었다. 그러나 스쳐가는 만남에는 아무 인사도 없었으며, 그는 자신의 시집을 잘 받아 간직하고 있는 나를 전혀 알아보지 못했다.

지금까지 여러 번 글을 써오면서 그 사람에 대해서 잘 알지 못한 채 나는 그들의 글에 대해 여러 가지 이야기들을 해왔다. 사람을 알고 나서 글을 읽게 되면 사람 자신이 내뿜는 강력한 인상들 때문에 그의 글이 제대로 읽히지 않는다. 우리는 인간적 친밀감 때문에 얼마나 헛된 상찬을 늘어놓게 되는가! 그리고 어떤 인물에 대한 적대감 때문에 얼마나 잘못된 편견에 사로잡혀 그를 깎아내리는 데 골몰하게 되는가 말이다. '인간관계'라는 것이 글의 깊이 속으로 들어가는 우리의 정신의 발목을 잡으며, 냉철한 판단력을 마비시킨다.

그러한 인간적 친밀함과 적대감은 모두 우리의 사유를 비천한 것으로 전락시킨다. 우리는 문학적 사유의 치열한 탐색선 위에서 마주치는 정신들과 친교를 맺어야 한다. 한 인간이 아니라 그의 사유와 그의 정신들 가운데 어떤 경향과 마주쳐야 하는 것이다. '인간'이라는 것은 그러한 글이 체현하는 정신적 지형들의 배경으로만 머물러야 한다.

나는 그뒤의 어느 술자리에서 임영조 시인의 그러한 인간, 즉 글의 배경적 면모들을 접할 수 있었다. 아무런 격식이나 겉치레도 의식하지 않을 수 있는 한 인간을 그는 내 앞에서 자신의 자리에 앉혔다. 어떤 전위적인 실험에도 투신하지 않는 자의 평범함과 소박함이 주위에 있는 어떤 사람도 억압하지 않고 부담을 주지 않는 편안한 공기를 만들어냈다. 어떠한 사상적 높이나 권력의 높이에 자신이 기어올라가 있다는 자부심 때문에 흔히 자신의 어조를 날카롭게 하고, 눈빛을 빛내는 그러한 자들과 달리 그의 눈빛은 낮은 자리에서 순하고 부드럽게 열려 있었다. 그의 어조는 구수한 이야기꾼과 곡마단의 피에로의 그것을 뒤섞은 것처럼 술잔 속에 스며들고 우리의 웃음 섞인 흥겨운 뱃속으로 흘러 들어갔다. 그의 '얼굴'은 생활의 저 낮은 자리로부터 괴로움과 오기, 분노와 체념, 작은 희망과 웃음들을 가지고 버무려 만든 오래된 탈처럼 내 앞에 걸려 있었다. 나는 거기서 비로소 그의 시들이 그 '얼굴'의 휴식이며 사다리이고, 징검다리임을 느꼈다. '얼굴'의 기호학을 간파하는 것은 그의 시를 이해하는 중요한 기회다. 시인도 그것을 알고 있지 않을까? 임영조는 수없이 자신의 얼굴을 글의 거울 속에 비춘다. 그의 거울에는 끊임없이 생활의 물결들이 밀려온다. 그것은 심각한 철학이나 종교적 성찰의 높이로 우리를 불안하게 뒤흔들거나 하지 않고, 우리가 일상 속에서 친근하게 느껴지는 것들을 가지고 일그러지는 수면을 만든다. 그는 친근함의 깊이를 가지고 우리를 비춘다. 언젠가 오세영이 시집 해설에서 말했듯이 그의 시는 생활하는 인간이 겪는 삶의 아픔들을 쓴 것인데, 그는 자신의 글에서 그 '아픔'을 우리가 잘 알고 있는 '자아'의 주변에 배치하고, 우리가 그 '자아'를 잘 붙잡고 확인할 수 있게 한다. 우리는 그의 이러한 친근함에 있는 미덕과 가치에 거의 관심을 보내지 않았다. 우리의 문학은 너무 심각했으며, 너무 흥분된 상태에서 우리의 생활 저 너머를 날아다녔다. 이제 그의 시를 읽는 것은 그러한 흥분을 가라앉히는 하나의 방법이 될 수도 있지 않겠는가?

2

그의 초기 시에서 그는 자신의 구체적인 생활현장에서 빚어지는 '자아'에 대한 성찰을 가장 중요한 주제로 삼는다. 그 자아는 어느 때는 거대한 도시 서울의 주민들과 비교되면서 무한히 왜소하고, 좌절된 모습으로 그려진다. 「과천 뻐꾹새」와 「남태령을 넘으며」에는 자신의 생활터전이 황폐하며, 자신이 그 거대한 서울 변두리에서 왜소한 존재로 숨죽이고 있음을 보여준다.

서울은 알리바바의 동굴처럼 온갖 보물을 숨긴 채 그의 앞에 놓여 있지만, 그 입구를 가로지른 바위문은 그를 짓누르고 있을 뿐이다. 그의 생활터전인 과천은 바로 그 바위문 밖에서 끊임없이 그 동굴의 안을 엿보는 자리이며, 그 서울에 매달려 있음으로 해서만 의미가 있을 뿐인 장소다.

자신의 서울살이가 바로 그 동굴의 욕망에 대한 탐사였음이 「사십 줄

나이」에서 드러난다.

사십 줄 나이에 서면 하늘과 땅이 더욱 분명해지고 흐르는 강물의 나직한 말귀도 트입니다. 四季를 무시로 왕래하는 온갖 바람의 잡스런 거동하며 별의별 소문까지 다 들립니다. 잠시 오던 길 돌아다보면 내 욕망의 벼랑에서 낙상한 기억들은 더 멀고 찬 별이 되어 빛나고 처음 보는 들꽃들의 웃음만 낭자합니다.

그는 벌써 인생의 산길을 내려오고 있다. 어느덧 회고적인 시선으로 세상과 자신을 돌아다보고 있는 것이다. 그 인생의 구불구불한 길을 걸어오면서 체득한 지혜와 단련된 시선으로 바라볼 때 '하늘'과 '땅'은 더욱 분명해진다. 나이와 함께 굳어지는 세계를 그는 말하고 있다. 그가 갈 수 있고, 도달할 수 있으며 붙잡을 수 있는 것들과 그렇게 할 수 없는 것들 사이의 명확한 분리가 이제야 선명한 거리감을 가지고 그에게 다가온 것이다. 이러한 깨달음은 너무 일찍 온 것인가 아니면 너무 늦게 온 것인가? 그 안에 있는 시인은 자신의 인생의 뒤안길을 쓸어 모으면서 그러한 깨달음 속에서 탄생한다. 「모과나무」는 그러한 깨달음을 정리해서 우리 주위의 가장 친근한 사물들을 반죽해 만든 비유를 통해 짧은 이야기를 만들어냈다. 우리의 인생은 모과나무와도 같은 것이 아니겠는가라고 그는 우리에게 묻고 있는 것이다.

그 무덥고 긴 여름날엔 또
내 꿈의 열매를 주렁주렁 매달고
제법 근사한 이야기만 채우는가 싶더니
(……)
모두들 가꾼 대로 거두는 이 가을에

　　남세스런 몰골로 내게 오다니
　　나 정말 환장하겠네.

　그의 젊은 날의 꿈과 환상 그리고 욕망을 배반하는 것처럼 보이는 열매인 '모과'는 그가 여기서 "남세스런 몰골"이라는 지방어로 말하듯이 그의 기대를 형편없이 어긋나게 하는 과일이다. 그는 시골 마을의 가난한 서민들이 자신들의 삶을 죄어오는 운명에 못 견디어 내뱉는 말인 "나 정말 환장하겠네"라는 말을 그 못생긴 과일에 뒤집어씌운다. 그러나 그 '환장하겠네' 속에는 운명과의 비극적인 대결보다는 그것을 곱씹고 되새기며 그 운명의 물줄기를 움켜잡고 몸부림치는 자의 낮은 어조가 실려 있다.

　그가 자신의 운명에 쫓기면서 얻은 깨달음을 정리하는 가운데 이렇게 몸에 밴 외침을 터뜨리는 것은 그의 시를 진지하고 생기 있게 만든다. 그러나 그냥 깨달음만을 전해주고자 하는 「어머니의 손」이나 「바람의 탈」 같은 시들은 그저 담담하게 읽힐 뿐, 시인의 독특한 분위기와 그만이 가지고 있는 삶의 무게를 잊고 있다. 아마도 초기 시에서 그가 자신의 삶과 거기서 얻은 깨달음 그리고 시적 담화의 적절한 구사능력을 어느 정도 잘 꿰어맞출 수 있었던 것은 「달빛 아래서」와 「처용별곡」 등을 통해서였을 것이다. 그는 이 두 편의 시에서 비로소 '처용'이라는 문학사적 이미지에 도전한다.

　'처용'은 우리의 민속을 통해서 전래되어온 벽사(僻邪)의 상이며, 신석초의 「처용은 말한다」와 김춘수의 「처용단장」 등을 통해서 구축된 좌절된 지식인의 자의식적 상이기도 하다. 그런데 임영조의 처용상은 이 둘의 어느 것에도 속하지 않는 독특한 것이다. 그의 처용은 민속적인 것도 지식인적인 것도 아니다. 그는 이 시대의 선량한 시민에 그 처용상을 겹쳐놓았다.

눈물겹도록 부신 달빛 아래서 선량한 시민 처용과 나는 뜨거운 손 마
주 잡고
울었습니다.
(……)
이런 꼬락서니가 하필이면 우리 것이어야 하고 힘없고 주변 없는 우리
신세가 너무너무 한심하고 부끄러운 생각이 앞서 남들이 듣지 못하게 작
은 소리로 더욱 작은 소리로 실컷 흐느껴 울 뿐, 우리는 정말 순진한 시
민이었습니다.

—「달빛 아래서」 중에서

처용이여, 그대 속마음 왜 모르겠소. 세상만사 상심할 일 그뿐인가요.
—마누라 몰래 술잔이나 돌리며 육자배기 가락에 맞춰 곱사춤이나 춥시
다요.— 참을성 없는 녀석한테 이미 빼앗긴 가랭이 헤아려 무엇하리. 그
저 지지리 주변 없고 못난 놈 끼리끼리 뜨거운 가슴 나누다보면 이 땅의
온갖 액신도 스스로 물러갈 것. 처용이여, 모든 것 용서하는 셈치고 춤이
나 춥시다요.

—「처용별곡」 중에서

'처용'의 이미지는 자신의 가장 소중한 것을 상실하게 된 자의 윤리
의식과 미의식을 동반한다. 자신의 아내를 빼앗겼다는 사실을 한탄하
면서도 그 적을 응징하려는 적극적인 행동을 취하지 않는 수동성과 무
기력은 우리 민족의 전통 속에서 우리 스스로의 일상적인 이미지로 굳
어진 것이다. 처용의 적극적인 윤리의식은 단지 그 증오의 대상을 용서
하고 춤추면서 스스로 물러난다는 데 있다. 여기서 '춤'이라는 미적 행
위는 용서라는 윤리의식을 감싸고 있다. 그런데 임영조의 처용은 그러
한 용서의 윤리와 그것의 미학적 감싸기인 춤을 다른 시인들처럼 숭고

한 차원으로 승화시키지 않는다. 그의 처용은 차라리 그 반대로 해학적인 성격을 띤다. 이 해학적 이미지는 우리의 전통적인 판소리와 민요, 서민가사 등에서 가장 소중하게 발전되고 이어진 우리의 독특한 미학이다. 임영조는 자신의 삶의 가락이 바로 그러한 부분과 이어지는 것으로 느끼는 듯하고, 자신이 살아온 의미들을 그러한 부분 속에서 정리하는 것이 좋다고 여기는 듯하다. 그러나 그는 정작 이 중요한 매듭에서 오래 머무르지 못하고 지나간다. 그의 해학은 처용의 이미지를 좀더 이 시대의 생생한 시민적 상 속에서 구축하지 못한다.

그의 초기 시집인 『바람이 남긴 은어』에서 가장 성공적인 수준을 보인 것들은 내가 보기에는 「바느질」「자명고2」「하일주제夏日主題」「기러기 앞1」 정도다. 이러한 시들에서 그는 자신이 개발해낸 이야기와 이미지의 조직 그리고 감정의 독특한 조율방법 등을 선보인다. 「바느질」은 가난한 아내의 바느질에서 짜여지는 한 가정의 이야기가 한 가정의 삶과 시적 주인공의 내면적 환상, 강박관념에 이르기까지 샅샅이 살펴볼 수 있게 한다. 「자명고」 연작은 소시민의 패배주의적인 한탄 속에서 자신의 모습을 그려낸다. 「자명고3」「자명고4」 등은 그가 처용의 이미지를 통해서 보여주었던 좌절과 한탄, 그리고 춤과 노래에 의한 극복이라는 공식을 좀더 절실한 표현들로 구성했다.

3

임영조의 두번째 시집 『그림자를 지우며』에 「허수아비의 춤」 연작이 있다. 이 연작에서 우리는 그가 이전의 「자명고」와 처용의 이미지를 통해서 보여주던 자신에 대한 단편적이고도 다분히 감상적이던 생각들을 좀더 촘촘한 서사적 끈들로 얽어매려 한다는 것을 알게 된다. 「허수아비의 춤1」은 '나'의 혈연적 계보를 더듬고 그 조상들 신분의 비천함, 그리고 가난한 삶의 면면이 시적인 압축과 긴장 속에서 나열된다. 자신의 조상들이 부여안고 있던 가난의 운명 속에서 바로 자신의 가난이 잉태되어 있었다는 것을 그 시는 이야기하고자 한다.

「허수아비의 춤2」는 바로 그 가난했던 '어머니'의 고향에 대해서 한 편의 아름다운 노래를 만들어낸다. 자신의 존재를 싹틔우고 성장시켰던 그 '어머니'는 자신의 고향 구석구석에 스며 있다. 그 가난한 삶을 등에 지고 한 가정의 생활을 올올이 짜내는 어머니의 '베틀 소리'가 거기 있었던 것이다.

> 지금도 고향에 가면
> 이승에서 끊어진 세월을 잇는
> 어머니의 베틀 소리 들린다
>
> 풍천 임씨 가문과
> 광산 김씨 가문이
> 한 필의 인연으로 짜이는
> 어머니의 고단한 베틀 소리 들린다
>
> 내 가난한 유년의 꿈이
> 씨줄과 날줄로 촘촘히 직조되는
> 그 질긴 모정의 베틀 곁에서
> 나는 늘 허기진 불씨로 눈떠
> 구구단을 외우고 일기를 썼다
>
> (……)

나의 일기장을 적시던

뜨거운 모음과 슬픈 자음은

한 소절씩 밤하늘로 날아가

가장 추운 별이 되어 떨다가

더러는 한 마리 새가 되어 울었다

—「허수아비의 춤2— 베틀 頌」 중에서

이 시는 바로 그 어머니의 고단한 베틀 소리 속에서, 그 가난과 인고 그리고 한없는 사랑이 뒤범벅이 되어 있는 그 소리 속에서 어떻게 자신의 유년 시대가 흘러갔는지를 말한다. 그의 시는 바로 거기서 자라났던 것이다. 그의 일기장은 그의 유년 시대 속을 흘러 내리는 베틀 소리와 함께 구부러지거나 펴지고 눈을 뜨고 감으며, 하늘을 날아오른 자음과 모음들의 텃밭이었다. 이미 미래의 시인이 어리고 순수한 형태로 거기 시작되고 있다.

그러한 유년의 추억이 굽이치고 있는 고향은 그러나 이제 텅 비어 있다. 「허수아비의 춤 4」는 "홀로 남은 초가집 나의 생가엔 /이젠 아무도 없었다"라고 말한다. 유년의 가난한 시절이 이제는 추억 속에서 더없는 풍요로움으로 보상받고 있지만, 그 추억의 밖에 서 있는 고향은 아무도 살지 않는 텅 빈 공간으로 남아 있다.

「허수아비의 춤 5」는 바로 그 유년에 대한 아름다운 추억을 그리고 있지만, 「허수아비의 춤 6」에서 '기차'는 고향의 모든 것을 서울로 실어 나르면서 그 고향을 황폐하게 만든다. 「허수아비의 춤 3」은 고향을 떠나 시작한 서울생활에서 자신이 어떠한 깨달음을 얻게 되었는지를 보여준다. 인생의 중반을 넘어온 그 생활은 바로 '허수아비'라는 야릇한 깨달음의 존재를 남겨준 것이다.

아직 덜 익은 이삭들은 또

저희들 끼리끼리 부딪쳐 시끄러워라

바람이 자주 불어 잠을 설치는

이 황량한 벌판에서 혼자인 나는

빈 가슴으로 서 있을망정

허리 휘며 살지는 않을란다

이대로 부러져 죽을지언정

허리 꺾고 숨쉬지는 않을란다.

─「허수아비의 춤─휘몰이」 중에서

이처럼 허리 휘며 살지 않겠다는 의지를 당당한 자신의 윤리로 선포하는 '허수아비'는 어쩐지 그가 앞에서 그려냈던 '처용'의 이미지와 잘 어울리는 것 같다. 흔히 민속에서 처용은 '제웅'이라는 지푸라기 인형으로 변조된다. 임영조의 허수아비는 그러나 사십 평생을 살면서 자신의 보잘것없는 처지를 솔직하게 인정하는 것을 넘어서서 좀더 적극적으로 모든 것을 버리는 금욕주의적인 윤리학으로까지 발전한다. "가능하면 다 버리고 싶다"라고 외치는 그에게 '허수아비'는 모든 것을 버리고 모든 것을 벗어버린 솔직해진 상(象), 세상에 흉될 것 하나 없는 상인 것이다.

그의 최근 시집인 『갈대는 배후가 없다』에 오면 그의 자화상은 이제 허수아비에서 '풍뎅이' '염소' '갈대'로 변한다. 이 중에서 '갈대'는 '허수아비'와 가장 가까운 이미지이며, 그것을 좀더 정교하게 가다듬은 것이다. 그는 '갈대'라는 가냘픈 존재를 최상의 극기적인 윤리학의 존재로 승화시킨다. 그는 마치 노자가 '도'에 대해 말했듯이, 텅 빔의 존재를 자신의 평범한 시민적인 윤리학의 지평으로 이끌어오면서 이렇게 말한다.

청량한 가을볕에
피를 말린다
소슬한 바람으로
살을 말린다

갈대는 갈대가 배경일 뿐
배후가 없다, 다만
끼리끼리 시린 몸을 기댄 채
집단으로 항거하다 따로따로 흩어질
반골의 동지가 있을 뿐
갈대는 갈 데도 없다

—「갈대는 배후가 없다」 중에서

여기서 '갈대'는 피와 살을 말린 채 뼈로 서 있는 존재다. 그러나 그 것은 무수한 갈대밭에 함께 모여 있는 존재이기도 하다. 이것이 바로 시민적인 존재와 도가적인 윤리학의 만남인 것이다.

그러나 이러한 윤리학의 극점에 항상 올라가 있기란 쉬운 일이 아니다. 이 시집에서 '염소'와 '풍뎅이'의 이미지는 이미 그러한 갈대의 꼿 꼿한 자세를 살펴볼 수 없을 만큼 비참하고 풍자적인 모습으로 드러난다. 그는 「풍뎅이」에서 자신의 모습을 사지를 잘리고 목이 비틀린 채 "잔등으로 춤을 추는 피에로"라고 말한다. 자신의 목줄을 잡고 있으며 옴짝달싹하지 못하게 만드는 일상생활의 단단한 굴레가 여기서 강조되어 있다. 「넥타이」에서 그 생활의 굴레는 자신의 목을 옭아매고 있는 올 가미로 표상된다. 거기서 그는 길들여지며 노예처럼 끌려간다.

「염소를 찾아서」 연작은 다시금 자신의 윤리학을 그러한 일상생활의 굴레 속으로 이끌어오려는 시도처럼 보인다. 그러나 그 굴레의 엄청난 힘 때문에 그의 윤리학은 풍자적인 지위로 떨어진다. 그의 '염소'는 풍자적으로 묘사되는 귀족, 백면서생의 후예이지만 겸손하게 자신을 내세우지 않고, 자신의 굴레에 저항하는 고집과 검소함을 간직하고 있다. 그러나 「염소를 찾아서 2」에서의 '염소'의 이미지는 이 세상에 대한 환멸과 권태 그리고 탈출의 욕망으로 새롭게 빚어진다. 「염소를 찾아서 3」은 바로 그러한 염소의 상이 시인 자신의 자화상임을 우리에게 확인시켜준다.

4

임영조의 시들은 흔히 다른 현대시들처럼 난해한 수사법이나 관념을 동원하지 않으면서 어떻게 여러 가지 이야기들을 할 수 있는지를 보여준다. 또 그는 어떻게 극단적인 삶의 극한과 전위적인 자리를 비켜서서도 현대시가 가능한지를 보여주기도 한다. 이러한 것들은 그가 과장된 허세와 과시적인 욕망을 비켜가기 때문에 가능했던 것으로 생각된다. 이것이야말로 그의 시 속에 담겨 있는 윤리학의 근본 지침이기도 하다. 그의 시가 개발해온 '처용'과 '허수아비' '갈대'와 같은 이미지들은 바로 그러한 윤리학과 자신의 솔직한 삶을 결합시킴으로써 만들어졌던 것이다.

그러나 이러한 그의 장점은 그가 자신의 일상생활을 너무 평범한 자리에서 조망하면서 무뎌진다. 그는 난해한 수사법이나 관념을 비켜가는 절제된 평범함을 간직했지만, 그러한 정신적 극한의 지점에서 자신의 평범함을 해체시켜보지 못했다. 즉 그의 평범함은 그러한 극렬한 불길 속에서 구워질 기회를 찾아보지 못한 것이다.

그는 자신의 처지를 너무나 잘 알고 있으며, 그 처지에 맞는 윤리학을 구축할 줄 알고 있다. 그러나 그의 윤리학이 진짜 독자적인 것이 되려면 일반적인 윤리학의 틀을 벗어날 필요가 있다. 그러기 위해서는 그의 평범함 역시 독자적인 것이 되어야 한다. 그의 시민적 삶 또한 그 독자적인 시인에 의해 파괴되어야 한다. 우리는 그에게 시민으로서 다른 삶을 살라고 강요할 수 없다. 그러나 시인으로서 그 삶에 새로운 의미와 가치들을 가지고 덤벼들어 그 시민적인 굴레와 리듬을 변화시키라고 말해야 할 것이다.

그의 시들은 많은 독자들을 갖고 있다. 그 쉬운 말들의 친근함은 그들과 함께 우리의 삶 속에 있는 많은 것들을 독특한 깨달음과 충격적인 느낌 속으로 떠올릴 수 있도록 해야 한다. 그는 그러한 일에 능숙하다. 다만 얼마나 자신의 익숙한 테두리 밖으로까지 과감하게 나서면서 그러한 일을 하느냐가 문제일 따름이다. 많은 독자들은 그것을 기다리고 있다. 이 글을 정리하는 지금, 임영조 시인은 이미 이 세상의 저편으로 건너갔다. 그분의 임종 소식을 제때 듣지도 못한 채, 나는 아쉽게 사당동의 술집과 이소당(耳笑堂) 서재를 쓸쓸히 회고할 수밖에 없었다. 고인의 명복을 뒤늦게나마 빈다. 그 소탈한 주름살들로 가득한 웃음 띤 얼굴을 추억하면서 말이다.

민화적 웃음과 천년의 뿌리
— 오탁번론

1. 웃음과 거울

민중적인 시인으로 전향하면서 고은은 서정주의 노선에서 벗어났다. 그는 처음엔 미당의 현란한 생명력을 배웠다. 죽음과 삶의 몇 세기를, 아니 그보다 훨씬 길고 긴 세월의 삶들을 노래하면서 그의 허무는 미당의 묵은 허무를 맛보았다. 그러나 그는 민중적인 시인으로 변모하면서 복잡한 현대의 이해타산에 얽힌 현실의 첨예한 시간들에 매였다. 미당은 오래 묵은 해학들을 민중들의 전통적 어법 속에서 낚아 올렸지만 그것은 그뒤에 이어지지 않았다. 오탁번 시인의 시들을 읽으면서 나는 미당에게서 맛보았던 그러한 해학의 편린들을 느낀다. 물론 오탁번 나름의 독특한 개성 속에서 다시금 주조된 것이지만 말이다. 그와 내가 마주친 장면들은 많지 않다. 내가 별로 문단 출입을 하지 않기 때문이다. 문단을 들락거리는 시인들에 대한 뿌리 깊은 불신이 나에게는 있다. 그러나 몇 년 전에 그를 처음 보았을 때 나는 시에 대한 그의 순수한 열정을 보았다. 이미 오십 줄 중반에 접어든 그 얼굴에는 서서히 황혼의 그림자가 깃들기 시작했지만, 예술에 대한 정열은 새로운 잡지와 시집들에 대한 그의 미적 취향을 다채로운 언어들로 내뿜고 있었던 것이다. 나는 빌딩들 주위로 함몰하는 태양처럼 그 예술적 향기를 느꼈다. 우리 주변에는 너무나 많은 시인들이 있다. 그러나 좋은 시인들은 정말 손가락에 꼽을 정도로 얼마 되지 않는다. 시인들은 모두 자신이 최고라는 은밀한 자존심 속에서 살고 있기에 그들을 함부로 건드리면 안 된다. 단지 나는 그들에게 진솔한 예술적 탐구와 꾸준한 공부를 권하고 싶을 뿐이다. 몇 세기의 시간들이 그들 위를 흘러가면서 많은 것들은 그 시간의 강물에 휩쓸려 갈 것이다. 결정적인 심판자는 우리가 아니다. 우리는 조용히 자신의 입장에서 어떤 것들이 좋고 취할 만하며, 즐겨도 될 만한 것인지 이야기를 나누어볼 뿐이다. 오탁번에 대해서도 그의 경쾌한 소박함 그리고 민화 풍의 자연주의 미학에 대해 말해보면서 그러한 것들을 미래의 강물에 실어 보내도록 하자.

「조선백자」는 우리의 전통적인 골동품에 대한 민화 풍의 스케치다. 그의 대부분의 시들이 그렇지만 여기서도 그 귀족적이거나 고답적인 품격 또는 화사한 가격 등으로 그 골동품을 취급할 수 없다. 항상 모자라는 것, 볼품없는 것, 싱거우며 무덤덤한 것 등이 이 시인의 품안에 들어온다.

떨어진 귀 아교로 붙인
보잘것없는 조선백자가
문갑 위에서 깊은 잠에 빠져 있다.

이 "보잘것없는 조선백자"는 오탁번 시의 전형적인 대상이다. 여기에는 우리 역사 전반에 대한 그의 미적 은유가 작동하고 있다. 화려하게 드높지 않지만 소중하고 보면 볼수록 정겨운 것, 그리고 질리지 않는 생활의 미학이 거기 있는 것이다. 도굴된 이 백자는 그만 귀퉁이가 떨어져나가는 바람에 부잣집에서 밀려나 이 시인의 소박한 문갑 위에 앉아 있다. 이 싱겁기만 한 '무덤덤한 생김새'가 "미나리꽝 물빛만큼 정겹다"고 그는 말한다. 우리 주변에 놓인 것들, 우리를 평범하고 소박하게 살게끔 해주는 것들이 이 백자 주위에 놓인다. 미나리꽝이나 외양간 구유의 물과 김은 백자의 빛깔이다. 그것이 우리 생활의 옷이었던 것이다.

「꼴뚜기와 모과」에서 길거리의 생활은 어린아이의 소박한 시선과 어투로 씌어지는 그림일기다. 술 좋아하는 아빠가 포장마차 갈 때 따라나서는 이 꼴뚜기처럼 생긴 아들 때문에 이 거리의 민화적 화폭이 그려진다. 거리의 풍경과 언어들은 포장마차의 술과 꼴뚜기, 모과와 호박 등에서 빚어진다. 거리의 사물들은 작은 것들이며, 이 못생기고 작은 아이에게 친근하게 다가온 것들이다. 포장마차와 국도의 노점에서 이 아이는 차갑게 얼어붙지 않은 열린 상품들 속으로 들어와 있다. 가게 주인들은 악랄한 이윤추구보다는 해학적인 웃음 속에서 이 아이에게 선물을 준다. 매매행위는 이 밑바닥에 처박힌 사물들이 그 속에 품고 있을 해방감 덕분에 자신의 철저한 냉혹함을 상당 부분 제거당한다. 이 밑바닥에서 이해에 얽힌 아귀다툼을 해서 무엇을 할 것인가. 커다란 권력도 여기에 없고 지켜야 할 절대적인 영토도 여기에는 없다. 이곳에서 우리는 단지 자연에 자신을 맡길 수밖에 없는 자유로운 영토에 들어간 것이 된다. 어른들의 투쟁이 멀리 물러나 있는 곳에서 아이가 외친다. "조그맣고 못생기고 맛있고 향기로운/꼴뚜기와 모과가 나는 젤이다아".

1930년대 천재적이며 괴상한 패션으로 자신을 뒤집어씌운 시인이자 소설가였던 이상의 어떤 작품에는 슬픈 웃음, 광적인 웃음, 기계적인 웃음 등이 있다. 그는 「나비」(「오감도」 연작 중의 하나)에서처럼 죽음의 아득한 세계를 이웃하면서, 그 죽음의 세계에서 빨아들인 언어들로 작품을 썼다. 그 죽음은 단지 폐병만의 문제는 아니었다. 그에게는, 모든 생명력이 말라붙는 황무지적인 근대세계가 문제였으며, 대지의 깊은 심연 속에 숨어 있는 죽음의 에로티시즘이 문제였다. 그는 여러 웃음을 통해서 근대세계의 진지한 논리들을 비웃으면서 그 의미와 가치들을 전복시켰다. 그는 웃으면서 그 죽음의 깊이로 모든 것을 끌고 내려가려 했다. 「지도의 암실」에는 그러한 웃음의 농담이 있으며, 「광녀의 고백」에 그러한 웃음이 있다. 오탁번의 시들을 읽으면서 그에게도 여러 가지 웃음이 있음을 느끼게 된다. 물론 그는 이상처럼 심각한 언어들을 만들어내지 못했다. 사디즘적인 언어, 또는 미로 같은 언어, 황무지적인 병과 기계론적 해골들을 엮어서 만든 그로테스크한 언어들이 그에게는 없다. 처절하게 병을 앓다가 간 이상의 극단적인 위험한 언어를 대학교수에게 요구할 수는 없다. 모두 자기만이 가야 할 각자의 길이 있다. 그러나 그에게도 이상은 자신의 거울이 된다.

「거울속의나는왼손잡이」
이렇게 말한 시인이 있었지
띄어쓰기도 할 줄 모르면서
우리 현대시사의 문법을 다 띄어놓고 죽은
버릇없는 시인이 있었지

—「거울」 중에서

거울에 비친 "흰 수염 깎여나간 낯선 늙은이!"라고 시인은 외친다. 이 거울 역시 이상의 거울처럼 기분 좋은 거울이 되지 못한다. 자신으로부터 어긋나는 괴상한 그림자, 자기도 알 수 없는 정체불명의 그림자 존재가 그 속에 있는 것이다. 그것은 결코 내가 아닐 것이다. 거울을 보는 시인은 그렇게 생각한다. 그러나 거울 속의 그는 나를 흉내내고 마치 자신이 나라고 말하는 것 같다. 아, 사람들은 얼마나 거울 속에서 자신의 아름다운 모습을 보고 싶어하는가! 여인들은 특히 얼마나 자신의 이상적인 모습을 꿈꾸는가. 나르시시즘은 자아의 이러한 이상화적 욕망을 반영한 것이다. 그런데 이 기분 나쁜 그림자가 출렁이며 나의 이상화적 욕망을 배반한다. 그것은 또한 이상한 몰골로 나로부터 벗어나며 이상한 음모를 꾸민다. 이렇게 우리의 자의식은 비극적인 심연을 그 거울 속에 열어놓는다. 이 창백한 공간은 나르시시즘의 분위기가 철저하게 깨져나가는 곳이다. 위 시에서 시인은 늙음의 비탄을 발견한다. 시간은 흘렀으며 과거의 사랑은 멀어졌다. 인생의 모든 시간을 통해 자신을 사랑한다는 것은 얼마나 어려운가. 타인을 사랑하기는 쉽다. 그렇게 사랑하고 싶으나 많은 경우 자신이 자격이 안 될 뿐이다. 그러나 타인을 향한 자신의 사랑을 감추기는 어렵다. 일생 동안 우리는 수많은 사랑의 대상을 갖는다. 그러나 자신은 사랑할 자격을 상실해가면서 시들어가는 것이다. 시인은 늙고 술에 취한다. 그는 인생의 바닥으로 서서히 미끄러져 내려간다. 마침내는 우리 모두가 내려갈 그 자리에 그는 자신의 술처럼 또는 지팡이처럼, 자신을 달래줄 시를 들고 간다.

2. 바닥 위 알몸의 기억

우리 겨레의 민속적인 해학은 풀이름에도 깔려 있다. 개똥지빠귀, 소불알꽃, 며느리밥풀꽃 등등. 근자에 내가 만났던 어떤 교수님은 우리 풀들의 이러한 비미학적인(?) 이름을 비난하면서 그러한 것들에게 아름다운 이름을 선사하자고 제안했다. 나는 한편으로 수긍하면서도 그러나 다른 한편으로는 우리 자신의 민속에 스며 있는 이 밑바닥 용어들의 아름다움에 대해 생각해보게 되었다. 나도 분명히 예전에는 이러한 못난 이름들을 싫어했다. 그러나 한동안 시골에 근무하면서 고서점을 들락거리고 민화를 수집하며 서낭제들을 둘러보는 동안 나는 변했다. 별로 치장하고 싶지 않은 것들, 우리 생활에 소박하게 놓여 있는 그러한 것들은 삶 그대로를 드러내는 것들이다. 노골적인 욕설은 우리 육체를 벌거벗긴다. 그것은 생식기관들을 거리낌없이 늘어놓으면서 풍요제적 분위기를 들썩이게 한다. 우리는 낄낄거리면서 모든 예절과 수사학, 고상함을 내던지고 이 흥겨운 난장판의 바닥으로 내려온다. 오탁번은 오줌이나 똥을 시어로 과감하게 채용한다. 그는 고상한 교수의 품위를 내던지며 이 육체의 밑바닥 풍경으로 내려오는 것이다.

　　간밤에 술을 엉망으로 마시고 길가에 방뇨를 했다 이튿날 아침 나의 공중도덕심을
　　의심하는 대자보가 하얗게 나붙었다─너무 많은 도덕군자 횡행하는 아침에는 차라리
　　난초에 물이나 주며 먼 하늘 허리 펴고 바라볼 수밖에 없었다─오줌이 자꾸 마렵다

─「오줌」 중에서

언제나 술이 문제다. 그것 때문에 균형잡힌 한 인격이 어딘지 모르게 바닥에 나뒹구는 것이다. 예절이나 도덕이 거추장스러운 옷이 되는 순간들이 있다. 우리들의 알몸은 에덴동산의 하늘을 검게 드리운 율법에 의해 가려졌다. 사과를 먹는 것은 본래 자연스러운 우리 알몸 충동에 의한 것이다. 시인들은 그 에덴동산의 인류의 직계후손이다. 아무리 그 옷의 문명이 바뀌고 번창해도 그 알몸의 기원을 외쳐대는 것은 시인들의 임무이며 그들의 천성이다. 사과는 사랑의 과일인데 우리는 지식의 과일만을 먹고 자라났다. 우리의 학교는 지식을 위한 책과 책상과 교단

의 탁자와 칠판을 세워놓았다. 교수들은 그러한 학교의 주인이다. 학생들은 손님으로서 그곳에 온다. 오탁번은 그 점잖은 주인의 자리를 그만 내팽개치고 싶은 순간들이 있음을 고백한다. 그는 시인인 것이다. 옛날 식민지의 비극적인 시인 이상은 그의 수필 「산촌여정」에서 서북지역 시골에 있는 성천의 풍경을 묘사했는데, 그는 그곳 시골처녀들의 싱싱한 육체 속에 여러 가지 과일과 채소들의 이미지를 집어넣었다. 그러나 그는 시골학교에 묶여 있는 순진한 학생들을 가엾어했다. 그 학교의 화단에 나비들을 날게 하면서, 그는 그 나비를 족보와 신문을 찢은 것 같은 나비라고 했다. 그에게 족보는 가정의 학교를 상징하는 것이며, 신문은 근대 사회의 학교를 상징하는 것이다. 우리는 그러한 것들의 논리와 조직과 법 속에 길들며 그러한 것들 속에 구속된다. 시인들은 때로 욕을 먹으며 방랑자가 되어야 한다. 가족과 친지들에게 욕을 먹어야 하며, 학교의 직원과 동료교수들이나 학생들에게도 욕을 먹어야 하는 것이다. 많은 것들을 무너뜨리고 위반하면서 그는 그러한 것들의 문서들을 찢어버리고 날아 올라야 하기 때문이다.

그의 「애기똥풀」과 「또 애기똥풀」을 읽으면서 오탁번의 알몸이 저 유년기적 풍경에서 비롯되었음을 본다. 시골에 자라는 이름 없는 풀꽃들에는 사실 모두 이름이 있다. 단지 잊혀졌을 뿐이다. 그렇게 잊혀진 유년기의 기억을 그의 알몸이 드러내고 있는 것이다.

애기똥풀의 가녀린 꽃잎 위로
문득 떠오르는
진외육촌 누나의 얼굴이여
아직 눈도 못 뜬 내 사타구니에
새끼 자라의 연한 살결 간지럼 태우며
애기똥풀 柑黃빛 꽃물 발라주던

누나의 눈웃음이

봉숭아물 곱게 든 손톱만큼 예뻤다

둠벙도 먼 강물도 꿈꾸지 못하는 나에게

누룽지처럼 맛있는

추억의 한 페이지를 마련해주고 떠난

누나여

—「애기똥풀1」 전문

　세상의 강물 속으로 다 사라져버린 이 '빛바랜 페이지'에서 그는 자신의 성기의 추억을 본다. 그것은 바로 그 흔한 애기똥풀이 있었기 때문이다. 성에 대한 여인의 콤플렉스가 봉건적인 분위기 속에서 부각되고 있는 이 추억은 이제는 잔잔한 민담과 설화적인 거리감을 갖고 다가온다. 그것은 마치 깨어진 백자 항아리만큼이나 정겹지만 멀어져버린 옛 추억인 것이다. 그 거리감 때문에 이 추억의 장면들은 찬양의 대상이 된다. 그러나 이러한 찬양들은 어떤 때는 지나치게 자신의 기원에 대한 그리움과 미화법의 대상이 되는 경우가 많다. 시인은 그러한 위험한 경계선상에서 방황한다.「또 애기똥풀」의 엄마는 유년의 모든 세월을 품고 있는 성스러운 화폭을 마련한다. 그러한 위대한 엄마들은 우리 모두에게 있으며 우리 삶의 거대한 뿌리이기도 하다. 그 에너지가 우리 평생을 먹여 살린다. 그것은 단지 추억으로만 찬양될 것은 아니며 두고두고 그것이 우리의 생애를 통해서 어떻게 변해가고 있는 것인지 추적되어야만 할 것이다.

　미당 서정주는 신라시대의 사소 같은 신적인 어머니, 그리고 지혜로운 선덕여왕 같은 인물들을 통해 위대한 여성성의 비밀을 파고들었다. 미당에게 그러한 전통은 나중에는 좀더 민속적인 차원으로 내려간다. 『질마재 신화』에 나오는 암무당은 바닥에 떨어진 여인의 강건한 생명력을 갖고 있다. 그가 요강의 이미지를 즐기고 여인네의 오줌을 생식력의 하나로 찬양한 것은 우리 시사에서 건져낼 수 있는 멋진 장면 중의 하나다. 오탁번이 「미당을 위하여」를 쓰게 되는 것은 어쩌면 매우 자연스러운 일처럼 보인다. 그의 시적 경력으로 볼 때, 그 알몸의 민화적인 몸짓들이 그려내는 언어를 볼 때, 미당을 이어받아 발전시킬 수 있었던 것은 다행스러운 일이다. 왜냐하면 이 부분이야말로 우리 문학의 전통 속에서 가장 독자적인 영역이기 때문이다. 판소리와 탈춤, 사설시조와 잡가의 연면한 전통 속에서 그 해학적 영역은 외설적인 이미지들을 통해서 빛나는 이야기들을 만들어냈다. 근대문학 이후 이 중요한 흐름이 점차 메말라들어갔다.

> 당신은 내가 한밤중 홀로 마시는
> 약간 쓰디쓴 매실주 한잔입니다
> 빛 바랜 습작노트 갈피에 있는
> 향나무 냄새나는 몽당연필입니다
> (……)
> 내 전생의 습작노트에 적혀 있던
> 지상과 천상의 이미지라는 것
> 용용 몰랐죠?
>
> ―「미당을 위하여」 중에서

오탁번은 미당의 시구절인 "껌정거북표의 고무신짝"과 "기러기표 옥양목"을 인용하면서 그것이 자신의 전생에 있었던 습작노트의 한 구절이었던 것이라고 말한다. 그리고 그는 꽃가마에 놋요강을 싣고 시집온 이야기, 마늘쫑보다 싱싱한 사랑의 혓바닥으로 고모의 몸을 홀려낸 이야기들을 미당식 화법의 연장선상에서 전개한다. 이 추억의 사물들, 하

찮고 바닥에 있는 것들이며 생식적인 육체의 기관들과 연관된 것들이
이들의 시에서 뿌리가 되고 이파리가 된다. 「태초 후 45억 년」에서 이러
한 것들은 거대한 역사의 뿌리가 된다. 이 시에서 작은 고모의 아랫배
와 뜨거운 몸에서 연상된 원초적인 생명력은 이제 세상의 범우주적 공
기 속에 떠다니는 빨간 고추가 된다. 씨르렁거리며 우는 매미 소리 역
시 이 세상의 그러한 떨림이다. 그 생명력들은 서로 조화되며 서로 간
지럼 태우는 놀이 속에서 번성한다.

　　참매미 울음에 간지럼 타며
　　조그만 나뭇잎 자꾸 흔들면서
　　땅 밑으로 천년의 뿌리를 꽝꽝 내린다.

　이 천년의 뿌리는 고모의 아랫배, 즉 자궁 속에서 꼼지락거리는 인간
의 애벌레 속에도 그 실뿌리가 닿아 있다. 이 시인은 바로 그러한 생명
의 끈을 붙잡고 서서 저 먼 은하계 너머로 사라지는 별을 바라본다. 우
주적인 현상들은 모두 그러한 끈 속에 서로 연결되어 있다. 이렇게 긴
밀하게 서로 엮인 팽팽한 공기로 하늘을 뒤덮은 시인이야말로 진정한
서정시를 지향하는 존재인 것이다. 오탁번의 시들이 우리 시의 한 가능
성을 열 수 있다면 바로 이러한 부분에서일 것이다.

'이서국'의 클라인 씨 병과 푸른 물결의 사막
—서림론

1

우리 중 많은 사람들은 어려서 맞닥뜨렸던, 말로 쉽게 설명할 수 없는 어떤 강렬한 느낌이나 의문들을 일생 동안 짊어지고 간다. 그 의문의 무게를 견디며 걸어가야 하는 것이다. 우리의 유년기는 헤아릴 수 없이 아련하며 신비로운 이 우주의 구석구석에서 분비되는 야릇한 느낌들로 휘저어지는 시기다. 그러나 그러한 것들은 이미 굳어져 있는 기존의 견고한 언어와 개념들의 역사 속에서 닳아 없어진다. 우리의 그 부드러운 머리를 엄격한 틀로 성형하기 이전에, 우리의 유년은 너무나 풍요로운 자기만의 은밀한 사색 속에서 얼마나 깊이 그리고 높게 꿈꾸고 있었는가! 그 유년의 신화를 누가 우리에게 되돌려줄 수 있겠는가!

요즈음의 우리 시인들은 그러한 것에 별로 관심이 없다. 그들은 많은 사람들이 매달려 있는 것들, 현실의 첨예한 이해관계에 얽혀 있는 것들에 관심이 많다. 대중들의 관심, 문단에서 주목받는 경향에 관련된 주제나 형식에 그들은 쏠려 있다. 이제는 아무리 전위적인 몸짓을 해도 그러한 전위적인 것 자체가 이미 유행이 되어 있기 때문에 모두 진부한 울타리를 벗어나지 못한다. '자기'만의 내밀한 사유들, 자기만의 우주에 대해서 자신의 일생을 투자하며, 진지하게 파고드는 시인들은 거의 눈에 띄지 않는다.

오늘날 시의 자리는 썩어가는 나무 밑동에서 시들어 떨어지는 이파리들에 둘러싸여 있다. 우리는 조락의 계절에 살고 있으며, 퇴락의 감정에 언제나 젖어 있다. 너무나 익숙해진 그러한 퇴폐의 시대, 우리가 입고 있는 사고와 개념들의 옷을 벗고 우리에게는 낯선 시선을 불현듯 던짐으로써 새로운 삶의 지평을 열어야 한다. 우리의 삶이 너무 낡은 것이 되어 때 묻은 역사의 저 컴컴한 지하창고에 갇히지 않도록 하려면 말이다.

때때로 시인들은 역사의 단조로운 물줄기를 거슬러 올라가 수많은 세기의 삶을 살아보기도 한다. 우리가 여러 시대를 한꺼번에 살 수 있다면 얼마나 멋진 일이 되겠는가? 우리의 존재를 압박하는 편견과 습속의 잘못된 굴레들을 좀더 느슨하게 할 수 있는 어떤 쐐기, 우리의 사고와 행동보다 좀더 다른 방식으로 살아볼 수 있게 하는 어떤 게임을 거기서 얻어낼 수도 있을 것이 아니겠는가?

서림의 시들을 읽으면서 나는 '이서국'이라는 고대 부족국가의 설화적 환상에서 우리의 근대적 사유를 뒤흔들어볼 수 있는 어떤 조짐을 발견할 수 있지 않을까 하는 기대감을 갖게 되었다. 그 설화적 환상 세계는 단순히 고대 역사의 한 페이지에 대한 고고학적 서사시가 아니다. 그것은 자신의 고향마을이며, 자신의 유년이고 또한 저 고대의 설화적 환상이 분출하는 시간의 검은 구멍인 것이다. 이러한 것들의 동시적인 뒤섞임, 그리고 서울에서 대학생활의 파란만장한 시기를 겪고, 숱한 생활고와 정신적인 방황 속에서 돌연히 뚫고 솟구친 이 '이서국'과의 해후…… 내가 이에 대해 다 말할 수는 없으리라. 나는 단지 그 시인의 숱한 우여곡절을 옆에서 바라본 하나의 관찰자로서, 그리고 정신적으로 여러 가지 교감을 나누면서 삶의 여러 굴곡들을 함께 어루만진 친구로서 옆에 남아 있을 뿐인 것이다. 나는 때로는 그의 깊은 고뇌의 안을 엿보았고, 또 때로는 먼 거리에서 그의 주름살과 눈빛의 표면을 보았을 뿐이다. 그리고 이제는 그의 언어가 달려가고 멈추며, 방황하고, 모색하며, 춤추고, 사물과 자신의 생각들 그리고 자신의 변두리에 있는 집과 학교, 그 위에 떠 있는 작은 우주를 매만지는 것을 바라볼 수 있다. 나로서는 그것을 바라본다는 것이 한편으로 즐겁다. 그러나 그것은 또한 나를 괴롭힌다. 그의 언어 속에는 여전히 그의 즐겁지 않은 생활이 깊이 배어 있기 때문이다.

2

　나는 그의 시를 이미 오래전에 읽었다. 그것은 아마도 도봉산 한쪽 등성이를 거의 다 올라간 어느 오솔길 속에서였을 것이다. 그는 원고 한 뭉치를 꺼내서 천천히 우리 일행에게 낭독해주었다. 약간은 단조로운 어조로. 그러나 어떤 여흥도 준비하지 않은 삶의 진지한 알몸뚱이를 보여주면서 말이다. 우리는 땀을 닦으면서 산들바람을 통해 들려오는, 세월의 바람에 깎인 컬컬하고 낮은 서림의 목소리를 들었다. 그것은 「이서국으로 들어가다」와 「하수구에 핀 자주달개비:이서국 여가수」 「곰티고개:이서국 동쪽 입구」 「청도 그리고 이서국」 「패랭이 눈에 고정된 하늘」 등이었다. 물론 내가 그때 들었던 이 시들의 제목을 있는 그대로 기억해서 이렇게 쓴 것은 아니고 그뒤에 발표된 것을 통해 확인한 것을 적은 것이다. 아마 약간의 수정이 있었던 것으로 안다. 왜냐하면 그때 나는 기성 평론가랍시고 몇 마디 비판적인 말을 했고, 서림은 그에 대해 난감한 표정을 지으면서 약간 고쳐보겠다고 했기 때문이다.

나는 나중에야 그의 그러한 난감한 표정을 이해할 수 있었다. 그리고 그 당시 내가 그의 세계를 거의 이해하지 못하고 나 자신의 어떤 느낌에 사로잡혀 그 독특한 시세계에서 멀리 떨어져 있었다는 것을 이제야 확실히 알 수 있게 되었다. 평론가들이란 것이 때로는 얼마나 허풍쟁이이며, 또 때로는 얼마나 미숙한 독자란 말인가! 나는 그의 시가 너무 단조롭고 어떠한 서정적 긴장도 없이 명확한 서술적 단위들로 이어져 있어 그만 맥이 빠졌는데, 아 그러나 그의 의도는 좀더 높은 곳에 있었다. 그는 너무 긴 시간을 압축하면서 우리 삶의 주변들을 조감해 들어왔기 때문에 순간적인 감정의 폭발이나 서정적인 감성의 물결 같은 것들을 조그만 점들 속에 집어넣어버렸던 것이다.

'이서국'은 바로 그러한 시간의 압축작용을 하면서 고대의 설화와 역사 그리고 현실을 뒤섞는다. 「이서국으로 들어가다」 연작의 제2편 「불개」는 삼국사기와 삼국유사의 이서국 이야기를 설화와 역사의 단편들 속에서 풀어놓는다. 그리고 그것은 곧바로 오늘날의 현실에까지 이어져 내려옴을 확인시켜준다.

> 이서국은 살았을 땐 많은 청도 사람 밖에 나가 있더니
> 그것은 죽자 모든 청도 사람 속에 들어와 영원히 살아 있다
>
> ―「불개」 중에서

『이서국으로 들어가다』 제1편 「청동검」에서는 그 옛 이서국이 있었던 청도읍의 현재 상황과 옛 이서국의 상황이 겹쳐 있다. 이 시를 잘 읽어보면 청도읍의 현재 상황이 어디에서 이서국의 상황과 갈라지는지 알 수 없게 되어 있다.

청도읍 뒷들 예비군 훈련장
교육 나온 조교, 땡볕에 약간 지친 듯
담배 물고 이서국 남방식 고인돌 밑에다
길게 오줌 갈길 때, 오줌은 땅 밑에서
꿈틀거리는 이서국 산과 개천 그린다

—「청동검」 중에서

이렇게 고대의 이서국에 대한 연상을 단순히 회고적으로 처리했다고 생각해서는 안 된다. 제3편인 「이서국 이야기」를 보면 점차 이서국은 오늘날 청도의 구체적인 현실 속으로까지 파고들어 깊이 삼투되어 있음을 알 수 있다. 「감나무」는 그것을 청도 사람의 독특한 시각 속에 그대로 이어진 이서국의 독특한 시각을 묘사함으로써 보여준다.

제8편인 「고인돌」에서는 그러한 삼투현상을 좀더 극화시켜 처리했다. 이서국의 밤거리는 오늘날 청도의 밤거리와 뒤바뀌어 있는 것이다.

그들은 가만가만 층계를 내려
새벽의 어두운 이서국 밤거리를 밟았다
검문소 무사히 통과하여 경찰서 소방서 약국 증권회사 빌딩 빠징코를
지나
부족장 관저 옆
상수리나무 소나무 우거진 숲에 둘러싸인
박물관으로 들어갔다

—「고인돌」 중에서

이제 서림의 이서국이 어떠한 것인지 여기서 확연해진다. 그것은 실제 우리 고대사의 한 장을 들춰냄으로써 비로소 발굴되는 어떤 것이 아

니라, 단지 그것을 빌린 하나의 시적 알레고리일 뿐이다. 서림은 이서국 이야기를 통해서 사람들의 삶이 역사적으로 무수한 변화를 거쳐 발전하고 전혀 다르게 흘러가는 것만은 아니라는 사실을 강조하고 싶었던 것이다. 적어도 옛 이서국 자리인 지금의 '청도'에서만은 그렇다고 외치고 싶은 것이다.

그렇다면 그 '청도'는 과연 무엇인가? 「청도 그리고 이서국」의 1연은 이렇게 되어 있다. "청도 사람에게 이서국은 끝도 시작도 없다" "청도에서는, 모든 사물이 이서국의 입구고 끝이다". 이 시의 마지막 부분은 또 이렇다. "낚싯줄 삼킨 시커먼 물이 / 하늘과 땅 휘돌아 / 끝도 시작도 없이 / 클라인 씨 병처럼 흐른다 / 이서국 속으로".

한때 우리 세대는 가수 최진희의 〈사랑의 미로〉를 중얼거리며 우울하고 애매한 세월을 달랬다. 거기에는 "끝도 시작도 없이 아득한 사랑의 미로여!"라는 우울하고 달콤한 구절이 있다. 그리고 누군가가 미로는 끝도 시작도 없는 길이라는 그리스 신화의 한 대목을 읽어준 적이 있다. 바로 그때는 서림이 열렬한 마르크스주의 이론가에서 전향하여 방황할 때였다. 그는 운동에서 멀어졌으며 자신의 삶 밑바닥으로 다시 떨어져내렸다. 그는 자신을 구워낸 자신의 고향 '청도'—그곳에 누워 있는 아버지와 고향 친척들, 친구들 그리고 거기서 혈연의 끈에 매달려 가끔 서울 자신의 자취방에까지 끌려오는 자신의 늙은 어머니를 어쩌지 못한다. 그러한 것들은 서울에서 배운 머릿속의 것들로도 어찌할 수 없는 것들이지 않은가!

「신림동 289 종점」은 서울의 불안하고 낯선 삶 속에서도 자신의 뿌리를 잃지 않으려고 안간힘을 쓰는 이서국의 그 '청도'를 볼 수 있다. 그가 서울에서 삶의 바닥에 내려앉았을 때 발견한 것이 바로 그것이었던 것이다.

크락숀 소음과 디이젤 기름에 절어
죽음 속에 갇힌 콘크리트 담벽,
갈라진 틈새 먼지 속에 고개 쳐든
민들레 하나, 단단히 뿌리를 내리고 있다.
혼신을 다해, 기름덩이 삭이면서 ―
이서국 남쪽 변방 田戶의 흙담에 붙어서
돌멩이 속으로 환하게 입김을 불어넣던 민들레,
홀씨 하나, 맹목의 욕망을 품은 채
흙먼지 바람에 실리고 실리어

—「신림동 289종점」 중에서

　서울 신림동의 콘크리트 담벽에 끼어들어 "어둠 속 깊숙이 광기 어린
발가락을 펴면서" 빳빳이 고개를 쳐들고 있는 이 '민들레'는 고향 '청
도'에서 맹목의 욕망과 흙먼지 바람에 실려온 것이다. 그것은 '청도'에
서 뿌리를 내리고 있던 삶의 테두리 안에서만 빛나는 것일 뿐이다. 그
리고 청도에서의 삶이란, 끈질기고 대대로 내려오면서 그 자체로 굳어
져 있는 그 삶이란 바로 '이서국'을 가리키는 것이다. 청도의 이서국은
옛날로부터의 이어져 내려오는 삶의 가장 원초적인 부분들과 그것들을
둘러싸고 있는 사물들을 여전히 지배하고 있다.「청도장 ― 이서국 한
복판으로 들어가는 입구」에서 그것은 이와 같은 부분에서 생생한 표현
을 얻는다.

　이천 년 청도 사람 밥줄 이어온 장터, 어귀
오동나무 밑 생선 파는 늙은 과부 장씨, 대대로
장터 살아온 어머니 닮아 새까맣고 기름기 빠진 얼굴에
자잘한 욕정과 좌절이 검버섯으로 박혀,

인생살이 모든 게 그저 목쉬는 흥정으로
그에게 세상은 절인 고등어다.

(……)

청도장서 어머니 따라 생선장사나 할 그녀, 지금
뼈까지 녹아내린 이서국 잉어즙 짜내고

—「청도장」 중에서

이 시를 전부 인용하지 못했지만 청도 장터의 과부 장씨는 이서국의 늙은 수렵꾼과 동일한 삶의 궤적을 밟는다. 장터에서의 삶과 수렵장에서의 삶은 같은 것이다. "그에게 세상은 절인 고등어다"라는 표현은 얼마나 절절하게 한 과부여인의 고뇌와 한 그리고 인내를 보여주는 것인가!

서림은 이렇게 이서국과 청도를 클라인 씨의 병으로 결합해놓았다. 이서국 이야기를 따라가다보면 그것은 곧 고향 청도의 이야기이며, 그것은 오늘날 자신의 삶의 근본자리를 다시금 판 짜는 이야기이기도 하다. 그에게는 새로운 삶의 자리가 필요한 것이다.

3

이 시집의 제2부는 '노예'라는 부제를 달고 있는 일련의 시들과 '사막'과 관련된 시들로 채워진다. 삶을 부대끼게 만드는 밑바닥의 굴레에 대해서, 그리고 고집스럽게 자신의 가난한 삶의 밧줄을 비벼꼬아 간신히 스스로를 지탱하고 있는 것들에 대해서 이 시들은 이야기한다. '이서국' 연작에서 볼 수 있는 설화적 알레고리의 후광이 멀어지고, 현실의 고뇌 어린 삶이 직설적으로 등장한다. 그것은 의미를 확장시키거나 생동하게 만드는 어떠한 매개체도 없이 등장하는 것이다. 이러한 고뇌 어린 이야기들은 우리 주위에서 얼마든지 발견할 수 있는 것이어서 과연 서림이 색다른 무엇을 보여줄 수 있을 것인지 은근히 걱정이 된다. 자칫 자신의 고뇌에 대해서 이야기한다는 것은 자기고백이라는 나르시시즘의 술잔에 취하는 것에 그칠 수 있다. 얼마나 멋지게 자신의 내면을 고백할 것인가 하는 개인주의적인 서정시의 재주놀음은 오래전에 의미를 상실했다. 여전히 많은 시인들이 거기 매달려 있기는 하지만……

다행히 서림은 자기의 고뇌 어린 삶을 현실의 거대한 악마적 거울에 비추어서 붙잡을 줄 안다. 그리고 현실에서 부대끼며 살아가는 자들의 일생 속으로 파고들어가서 그들의 미묘한 심리적 무늬와 운명 그리고 그 속에 뼈처럼 박혀 있는 의지 등을 조각해낸다. 이러한 것들은 모두 자신의 막연한 서정적 진동을 넘어선 것이다.

그러나 그의 시들이 이러한 측면에서 모두 성공한 것은 아니다. 노예 연작인 「진광옹기 1」 「진광옹기 2」 「지렁이가 꿈틀하였다」 등은 부분적으로 지루함을 어쩌지 못한다. 그러한 지루함은 삶의 고통스러운 측면에 시인의 시선이 너무 갇혀 있기 때문에 생겨난다. 그는 거기서 그의 시선이 부딪치는 거대한 벽을 볼 뿐이다. 그러한 가운데서도 「진광옹기 1」은 그릇 굽는 노인의 그 고통 속에서 아름다운 추억을 골라내고, 그의 삶이 지나온 궤적과 갇혀 있는 힘 그리고 그것의 도피로를 추적해서 어느 정도 가능성을 보여준다. 그가 구워내는 옹기는 젊은 시절 아내에 대한 추억에 붙잡혀 살아가는 회한의 산물이다. 그러나 그것은 과거의 삶이 간직했던 아름다움을 끊임없이 연장해가고자 하는 고집스러운 의지이며, 더 나아가서 모든 것을 용해시켜 그 아름다움을 새롭게 탄생시키려는 미적 결정체이기도 하다. 그런데 서림은 노인의 운명 깊숙이 숨어 있는 그 힘을 영웅적인 모습으로 확대하지 않는다. 그 대신 그는 현실에서 그가 처해 있는 보잘것없는 노예적 지위를 우리 눈앞에 내민다. 옹기 굽는 일에 끊임없이 잔소리를 늘어놓는 존재, 팔리지 않는 옹기만을 통해서 세상을 바라볼 줄 아는 존재…… 노인은 그릇 굽는 하찮은 일, 그 답답함 속에 갇혀 있으며, 가난한 삶의 쇠사슬에 묶여 있다. 이 시의 2연이 그 노인의 노예적인 일상 속에서 빠져나가 유려하게 거대한 자연과의 합일을 마련하지 않았다면 이 시의 평범함이 어떻게 구제될 수 있었겠는가?

> 노인은 산 속의 푸른빛에 녹아들어가
> 언젠가 자신도 푸른빛으로 떠돌 거라고 생각한다
> 노인은 점점 계곡물 소리나 새소리처럼
> 투명해간다

　자신의 투명함을 느껴가는 존재. 바로 여기에 서림이 힐끗 쳐다본, 이 시대를 꿰뚫고 지나가는 어떤 빛이 있다. 그 빛은 이 시대를 정치적으로 끌고 가는 온갖 사상이나 권력, 시끄러운 온갖 전위적 운동이나 목청 높은 온갖 예술적 깃발 그 어떤 것에도 이끌리지 않고 자연 속에 숨어서 이어져 내려온 것이다.
　그러나 이러한 투명함은 순간적인 구원일 뿐이다. 서림은 여전히 그 노인의 삶 밑바닥을 헤맨다. 「진광옹기 2」에서의 주인공 이혜연, 「지렁이가 꿈틀하였다」의 변진태 등은 자신을 짓누르는 현실의 거대한 무게 속에서만 존재한다. 「마니아」 「급류 속에서」 「대학원생 곽」 등 노예 연작 거의 대부분이 그러하다. 하지만 이 운명의 쇠사슬 속에서나마 서림 자신과 같은 운명의 배를 타고 있는 그러한 자들의 인생에 대해서 하나의 송가를 마련하여 위로하여주어야 되지 않겠는가. 「푸른빛으로 돌아오다」가 바로 그러한 송가를 이처럼 노래한다.

묵계리(默溪里) 가는 길은 푸른빛으로 돌아오는 길, 푸른빛은 늑골 사이로 나온다

심장에 새치가 희끗하다 바람에 흔들리는 새치 사이로 옛 강이 슬며시 다시 흐르고 물새가 흩어진다 깊은 물 우에서 햇빛이 꺾여 푸른빛을 낸다 굽은 빛이 속살 깊숙이 파고든다 안개를 먹은, 혼돈의 급류에 끌려 무릎 꿇은, 중년의 빛은 아름답게 휘인다

여행은 굽은 마음이 잠시 허리 펴는 것, 길은 늑골 밑에서 기어나와 그곳으로 돌아간다 나이 30 넘으면 인생에서 송장 냄새가 난다던 후배, 그의 여로는 아직 햇빛 뒤꽁무니에 매달려 발버둥치리라 내게도 빛이 직선으로만 운동하던 때가 있었다 강바닥까지 비추며 물살을 몰아가던

사춘기, 어린 늑골 사이로 늘 강물이 깊었고 물새가 하얗게 울었다 햇빛을 잡아먹고 강은 푸르게 내장을 뒤척였다 얼굴 없는 푸른빛 속에서 자맥질하다 잠들고…… 어느 날 햇빛 아가리 속으로 뱉아져……
—「푸른빛으로 돌아오다」 중에서

묵계리라는 지명 자체가 잠잠하고 깊은 사색과 몽상의 공간을 담고 있는 듯하다. 사색과 몽상이 깊어지면 인생의 긴 시간 동안 흘러가던 물결이 잠잠해지면서 그 투명한 속이 들여다보이지 않겠는가? 회한의 시간과 고통의 시간이 길었던 사람일수록 자신이 들여다보던 내면을 더 깊이 비춰보게 되지 않겠는가? 서림은 그 묵계리의 풍경 속에서 자신의 그 깊은 내면을 건져 올린다. 그 풍경 속에는 자신의 유년기에서부터 성장하고 있는 몽상적인 육체가 뒤섞여 있다. 늑골과 심장이 푸른 강물 속에 있다. 거기서 그는 유년기의 얼굴 없는 푸른 빛과 만난다. 이제 중년이 되어서 그 만남은 이루어진다. 그의 중년은 "혼돈의 급류에

끌려다녀 무릎 꿇은" 세월이며, 그렇게 휘어진 세월의 빛은 푸르고 아름답게 빛난다.

독자들은 「진광옹기 1」의 노인이 쳐다보았던 그 푸른빛을 여기서도 보게 된다. 서림은 여기서 솟구치고 퍼져오르는 이 은총의 빛 물결 속으로 황홀히 빠져든다. 그가 이에 대해서 어떤 이름을 마련할 것인가? 이 시의 아름다움은 인생의 여러 구비들이 유년기의 단순함 속에서 정리될 때 생겨난 것이다. 이처럼 인생의 한 구비에 자신의 깊숙한 내면을 잠가놓을 수 있는 아름다운 풍경은 우리 현대시에서 별로 찾아볼 수 없는 것이다. 서림의 이 시는 아마도 이 시집에서 그리고 요즈음 씌어진 시들 가운데서 가장 돋보이는 시가 되리라.

그가 '사막'이라는 이미지를 동원해서 만들어낸 「사막으로 들어간다」(노예 11), 「사막으로 가고 싶다」 「주점 '블루' 그리고 사막」 「꿈틀거리는 사막」 「절족동물」 「나의 사막으로 기.어.들.어 오라」 등은 우울한 현실에서나마 그 은총의 푸른 빛에 취해 쓸 수 있었던 최상의 수준을 보여준다. 나는 이 시들을 읽으면서 그의 「이서국」 연작에서 느꼈던 갈증과 오늘날 우리 현대시의 흐름 가운데서 계속해서 기다려왔던 기다림의 한 대목이 매듭지어졌다고 생각한다. 자신이 겪는 삶의 구체적인 면모를 붙잡으면서도 그것을 우울한 자아의 격화되는 몽상 속에서 극적으로 폭발시킬 줄 아는 능력이 이들 시에서 제시된다. 자신이 겪는 일상의 삶들 깊은 곳으로 맨몸을 들이밀지 않고는, 그 맨몸의 진실이 없이는 서정시의 중심이 공허해지기 쉽다. 그러나 그러한 중심이 있어도 상상적인 높이와 그것의 역동적인 폭발력이 없이는 범속해지고 지루해지는 것이다. 그의 '사막'은 시인의 삶 속에 깔려 있는 무의미함과 공허함을 넓게 편 것이다. 그리고 그것은 자신을 에워싸고 있는 현실의 여러 가지 벽과 기둥 그리고 장애물들을 가루로 만들어 그 안에 잠겨버리게 하려는 분노의 허무, 허무의 분노에 출렁대는 몽상에서 빚어진 것이다.

그 몽상이 활동적일수록 그의 시들이 빛난다. 위의 시들 중에서 그 몽상의 중심에서 약간 거리를 취해서 객관적인 시점을 확보한 「사막으로 들어가다」와 「즐거운 인생」은 다른 시들에 비해 열기가 떨어져 보인다.

그가 그려낸 '사막'의 매혹적인 이미지들을 하나씩 드러내보기로 하자. 먼저 「사막으로 들어간다」에서 그 '사막'은 컴퓨터그래픽으로 그려진 모래와 전갈, 사막박쥐, 애니깽으로 구성된다. 광고 대행사의 디자이너가 자신의 일에 갇혀서, 그리고 모종의 암투 속에서 패배하면서 분노의 불길이 퍼져나간다. 그녀의 가슴속에서 사막이 시작되고, 그 사막은 패배한 작업이 시작된 장소인 컴퓨터 화면 속에서 형상을 얻는다. 그 사막의 형상들이 증식되고 분노의 드라마가 그 형상들을 조작하여 형성되어간다. 이 시에서 분노는 너무 노골적이고 그녀의 작업은 너무 표면적이며 그녀의 패배는 깊은 사연이 없다. 이 시가 너무 직선적이어서 그의 다른 사막 연작에 비해 떨어지는 것이 눈에 띄는 이유이다. 그렇지만 '사막' 이미지가 어떻게 분노와 연관되어 있는지 잘 보여준다.

「사막으로 가고 싶다」에서는 이러한 단점들이 사라지고 분노의 드라마가 미세한 부분에서부터 시작되어 다층의 사연들과 중첩됨으로써 정신분석적 의미들이 도드라지는 초현실주의적 드라마를 만들어낸다. 이 시에서도 '사무실'은 무의미한 일의 감옥이다. 그것이 감금의 분위기를 만들어낸다는 것은 '수족관'의 이미지와 겹침으로써 분명해진다.

오후 4시, 햇살이 창에 잘린 채, 그의 사무실 바닥에 고여 있다 늙고 질긴 햇살은 물을 갈아주지 않은 수족관의 수초처럼 흐느적거린다 수초 손가락들이 가 닿아 어루만지면 그의 장서들은 이상하게도 더욱 가지런해져서 딱딱한 위엄을 더한다 수초 속에 휘감긴 그는 창을 굳게 잠그고 주름진 철갑상어 모양으로 버티고 앉아 있다 가볍게 미소 띤 얼굴엔 적의

가 수초 그림자처럼 어른거리고

—「사막으로 가고 싶다」 중에서

사무실의 사각형 속에서 가지런하고 딱딱한 위엄 속에 틀어박혀 있는 존재, 그는 딱딱하고 각진 '철갑상어' 가 된다. 심리적인 공격과 방어의 드라마가 교차되면서 주인공의 분노가 몽상 속에서 확장된다. 그를 가두는 권력의 사각형을 부숴버리려는…… 이 도시에 가득한 권력의 네모 상자들의 군집 저 밖에 부드러운 모래만이 한없이 펼쳐져 있는 사막이 존재한다. 그 사막은 딱딱하게 버티고 일어선 것들을 거부하면서 부드럽게 내려앉아 있다. 야생의 부드러움과 항상 새롭게 시작되는 넓은 태초를 가득 담고 말이다.

이러한 사막에 대한 그의 몽상이 우울한 현실 그 밑바닥에 고이는 술을 통해서 상승한다는 것, 바로 그 때문에 그 '사막' 은 이 시대 퇴폐주의의 가장 빛나는 이미지가 된다. 그것은 바로 술이 우리 육체 속에서 가장 깊은 바닥인 무의식 속으로 우리를 이끌어 내려주기 때문이다. 가장 높은 현대의 인공물들 속에서 그 바닥은 더 깊은 한없는 심연을 만들어냈다. 오늘날 우리 도시를 뒤덮고 있는 인공물들의 높이가 높아갈수록 그것은 더욱 깊은 나락으로의 퇴폐를 준비하는 것이다. 서림의 '사막' 은 그 깊은 나락 속에서 이 도시를 빠져나가는 원시의 공간을 그린다. 퇴폐가 그러한 원시를 만들어낸다는 것, 원초적인 활력을 되찾게 만든다는 것을 그가 깨달았던 것일까?

햇빛이 더이상 수색할 수 없는 소도, 주점 블루에
날마다 바다가 떠오른다
대낮에 술을 마시고
푸른빛의 흐느적임을 따라

'이서국' 의 「클라인 씨 병과 푸른 물결의 사막   355

알코올은 몸 구석구석으로 흘러 들어간다
알코올이 온몸에 불을 지르면
몸은 바다로 떠오른다
빌딩이 사라진, 바람만 부는 모래바다
벌거벗고 술 마시는
꿈틀거리는 사막, 이곳에서 사람들은
푸른빛을 마신다

—「주점 '블루', 그리고 사막」 중에서

이제 그의 사막은 바다의 물결로 꿈틀거린다. 그것은 축축한 푸른빛의 '바아' 속에서 이 도시에서 멍든 삶의 상처를 쓰다듬고 위로하며 출렁이는 것이다. 그 몽상의 힘은 「나의 사막으로 기어 들어오라」에서는 무의식의 폭발을 통해서 모래폭풍이 된다. 그러한 폭풍 속에서 비로소 수족관 속에서 굳건하게 조형된 그의 얼굴이 사막 깊숙이 스며들어 파열된다. 사막에 깊이 뿌리내리는 '메스키트'가 그 안에서 자라서 새로운 얼굴을 만들어내는 것이다. 「꿈틀거리는 사막」은 그 파열의 힘이 이 도시의 상층에서 길들여져 있는 한 여자를 해체한다. 그녀를 가두고 있는 모든 각진 껍질을 벗기고, 그녀 육체의 가장 밑바닥에 있는 원초적인 해류를 출렁거리게 한다. 그 출렁거림 속에서 그녀의 현실에 있는 모든 것이 무너진다. 알코올이 스며들어가면서 그녀의 몸은 꿈틀거리는 사막이 된다.

「절족동물」은 다리 없는 하반신 불구자의 구걸행각을 '절족동물'의 이미지로 잘 포착하면서 퇴폐주의가 흔히 빠지는 감상주의의 구덩이와 사회·정치적 소재들이 흔히 함몰되는 통속적 문명비판을 넘어서고 있다. 노래통을 밀면서 명동 거리를 기어가는 그 밑바닥 존재에 대해서 그는 다음과 같은 명확한 형상을 준다.

먼지와 땀과 세균으로 범벅된 천막인

너무 익어버린 그의 등과 튜우브, 아래

크고 작은 구멍들이 숭숭 뚫려 있다

어둠은 그 속에서 파장을 일으키며 삐져나온다

빛은 어둠에서 나와 어둠으로 들어가는 것,

빛을 낳는 어둠은

먼지와 물을 섞어

피와 살과 뼈를 만든다, 그의 노래는

먼지와 물이 빚어내는 것

—「절족동물」 중에서

　　여름날 아스팔트 위의 뜨거운 햇빛 속을 기어가는 그의 천막은 그의 노랫소리와 햇빛이 서로 교차하여 직조한 것이다. 그 노랫소리 속에서 '푸른 어둠'이 숨을 쉰다고 시인은 말한다. 그의 그 어두운 노랫소리는 퍼져나가지 못하고 기어가는 그의 존재를 간신히 둘러싸며 그가 안주할 수 있는 천막을 만들고는 다시금 그 불구의 다리를 휘감고 있는 튜브 속으로 빨려들어간다. 여기서 시인은 우주적인 상상력으로 이 작은 존재를 포착한다. 갑자기 빛과 어둠의 가장 원초적인 드라마 속에서 이 존재는 태어난다. 그는 이 도시의 황량한 거리환경 속에서 잘 진화된 하나의 생명체가 된다. 먼지와 물이 섞여 만들어진 피와 살과 뼈, 그것은 아스팔트에서 가장 잘 적응된 '절족동물'이다. 여기서 우리는 어떠한 메시지를 읽어야 할 것인가? 시인의 분노는 냉정한 상상력으로 포장되어 있는 '절족동물'의 이미지 속에 있다. 시인의 말처럼 타이어 파편 가루와 매연을 마셔대면서 아스팔트 위를 기어다니는 도시의 이 불구자는 과연 누구란 말인가? 그야말로 이 도시의 거리를 가장 잘 '사막화'할 수 있는 존재다. 그는 이미 이 도시 속에서 '사막'을 발견하고 생활하는 자, 거기 적응되어 있는 자다. 우리에게는 섬뜩한 과감성으로 비치는 밑바닥에서의 생활, 거기 떨어져내리지 않기 위해 몸부림치는 우리에게 그의 존재는 다만 섬뜩한 것이다.

4

나는 이 시집의 제3부에 대해서는 말하지 않으련다. 거기에 있는 시들이 결코 수준이 낮아서가 아니다. 이미 앞에서 내가 한 여러 가지 이야기들 속에 그 시들이 다 뿌리와 가지를 내리고 있기 때문이다.

내게는 인생의 한 계단을 같이 올라가고 있는 친구이지만, 다른 문단의 독자들에게는 아직도 신인인 서림의 이 시집에 대해서 어떤 사람들은 내가 너무 친분관계 때문에 과장된 칭찬을 한 것이 아닌가 의심을 품을 수도 있을 것이다. 전혀 그렇지 않다. 나는 몇 개월간 그를 전혀 만나지 않은 자리에서 이 글을 쓰고 있으며, 그가 단지 문단에서 권력을 휘두르는 어떠한 서클에서도 멀리 떨어져 있는 존재일 따름이라고 말하고 싶다. 그의 시들은 흔히 문예창작과에서 가르치듯이 감정의 포즈나 문체의 기술적인 수사법에 취해본 적이 없다. 그러한 수련을 그가 받은 적이 없기 때문이다. 그의 이미지나 수사법들은 모두 그의 삶의 굴곡들과 그가 몸으로 부딪히는 사물과 현상들에 대한 격투 속에서 붙잡힌 것이다. 과거에 개발된 책 속의 수사법들 역시 그 탄생의 자리에서는 그러했다. 그의 시가 얼핏 보아 유려하지 못하다고 해서, 또 투박하다고 해서 내던지는 독자들은 문학의 새로운 탄생을 기다리지 못하는 사람들이다. 그들은 자신이 길들여진 문학의 습관 속에서 계속 젖먹이로 남아 있는 것이다. 독자들 역시 그들의 '사막'으로 가야 한다.

서림의 시들은 독특하지만 여러 군데서 여전히 미숙한 점들을 지니고 있다. 그러나 나는 그에게 쉽게 세련되지 말 것을 요구하고 싶다. 이미 대가가 되어 있는 많은 시인들처럼 헛된 포즈로 자신과 독자들을 속이지 말라고 이야기해주고 싶다. 그러나 벌써 걱정이 앞선다. 그의 시를 구워냈던 현실의 구덩이에 그는 취직자리라는 다리를 하나 박아놓았기 때문이다. 아마도 그 고난의 구덩이에서 그가 오래도록 받은 교육과 단련을 한층 확장하기 위해서는 새로운 모험이 시작되어야 할지 모른다. 그러기 위해서는 그가 이 시집에서 함몰된 퇴폐주의의 구덩이 전체를 건너뛰어야 하는 새로운 철학, 새로운 세계에 대한 철학에 대해 고민할 필요가 있다. 그의 삶 자체 속에서 부대끼는 것만으로는 위대함에 도달하지 못할 것이기 때문이다.

역사의 미로 속에 빠진 존재
─이명찬론

1

대학의 강의실이나 연구실에서 얼굴을 익혀왔던 친구나 후배들이 이제는 대부분 모두 자신들의 생활 속에 침잠해 있다. 거의 매일 얼굴을 마주대고 서로의 체취를 느끼면서, 세계와 자아의 철학에 대하여, 또는 현실과 역사에 대하여 진지한 말들을 만들어내거나 토해내던 때들이 있지 않았던가? 그러한 말들이 때로는 격정적인 행동으로 이어지기도 했지만, 많은 경우 그러한 것들은 우연한 인연의 행로에서 또는 개인적인 욕망의 한 형식으로 화려하게 수놓아지기도 한다.

진정으로 희생적이었던, 열정적으로 어떤 경향에 열심이었던 친구가 있었다. 그는 지금은 그늘진 거리의 조그만 출판사 속에 묻혀 있다. 매우 선동적이었지만 이제는 누구보다 야심적인 행보를 통해 상당한 지위에 올라 거드럭거리는 친구도 있다. 삶은 오래 지속된 이후 그 본질을 드러낸다. 그렇다. 역사도 그러하다. 인생의 의미는 한때의 생각으로 그 모든 것을 알 수 없게 된다는 것을 나이가 들수록 깨닫게 되는 것은 아닌지?

　이명찬의 시를 읽으면서 나는 그런저런 여러 가지 사연들이 복잡하게 얽힌 인생의 한 미로를 걷게 된다. 시인 자신의 과거와 현재 그리고 미래가 여러 가지 꿈과 열정, 분노와 회한과 좌절, 그리고 애증으로 복잡 미묘하게 얽혀 있는 이 길은 단지 한 시인이 붙들려 있는 길만은 아닐 것이다. 이 시인이 자신의 삶의 가장 내밀한 처소에서부터 일상의 가깝고 먼 여러 경계들에 이르기까지 정신적인 답사를 하는 시적 여행들을 다소간 함께 저린 감정들로, 또 때론 논쟁적으로 이모저모 말을 거들면서 동참하고 싶은 사람들이 있지 않겠는가?

　나는 이 시인의 시편들이 우리 시대의 순수한 '고뇌하는 젊음의 편력에 대한 기록물'이라고 생각한다. 이 시편들의 주인공이 한 시대의 격렬한 흐름 속에서 한 경향에 몸을 담았고, 거기에서 자신의 영혼이 느낄 수 있었던 민감한 감정의 무늬들과 자신이 살고 있는 현실에 어떤 의미들을 적극적으로 부여하려 했던 그 몸짓들을 우리는 찾아낼 수 있으리라. 그러한 것들은 역사의 거대한 흐름 속에서 잊혀질지라도, 한 인생의 발자취에서는 너무나 소중한 것들이며, 더욱 깊고 높은 삶의 의미를 깨닫기 위한 징검다리이며 주춧돌이 된다. 이 시편들 속에 자그마하게 움츠러든 그 주인공의 이야기를, 우리의 삶과 연관된 현실의 여러 흔적들을 일깨우는 그 세계의 상상적 지역들을 그 주인공이 지닌 나침반을 갖고 탐색해보기로 하자.

2

　80년대 대학의 전위적인 운동들 속에서 자신의 소중한 신념과 희망의 원리와 뿌리를 찾아낸 젊은이들 가운데 그러한 것들이 여전히 자신

속에 생생히 남아 있다고 생각하는 사람들은 거의 없을 것이다. 그 젊음의 순수성을 가지고 그러한 운동의 순수성을 지키고자 하는 정신은 이제는, 세속적으로 현실과 타협해 권력과 돈의 그늘 속에서 살찌워가는 것들에 대한 혐오를 드러낸다. '—80년대'라는 부제를 붙인 「빛 4」에서 그 혐오는 현실에 대한 한탄에서 비롯한다. "우리는 헛살았는가. / 신념과 희망은 물 건너가고 / 바람결에 전해오는 이야기만이 / 진정 우리의 유일한 양식인가." 이렇게 직설적인 표현이 수사법으로는 세련되지 않은 것이라 해도 여기서는 좌절을 단도직입적으로 인정하겠다는 울림을 갖는다.

그러나 이 시는 그렇게 단순하지만은 않다. 투쟁의 대상이었던 적을 닮아간 동지들에 대한 애증은 자신의 신념을 상대화하며 이 세상을 좀 더 깊이 볼 수 있도록 한다. 단순한 가치판단들이 복잡해지며 심리의 깊이를 마련한다.

나무란 사방으로 뻗은 가지의 다양하고 풍성함으로
죄도 되고 자랑도 되는 법.

너의 자랑이 내 죄가 될 때까지
내 사랑이 네 무관심을 데워
오히려 나를 미워하게 될 때까지

이렇게 해서 새로운 현실에서 '존재의 방식'에 대한 깊이 있는 물음이 시작될 수 있게 된다. "우리는 자신의 꼬리를 먹어들어간 / 한 마리 거대한 뱀이 아니었을까"(「적과의 동침」)라고 하면서 "몸 둘 바를 몰라, 생각하고 생각하고 또 생각하고 / 생각만 하고 있다"(「적과의 동침」)라고 그는 말한다. 그는 존재의 이유가 아니라 '존재의 방식'에 대해 생각한다.

그런데 적과 닮아간 옛 동지들에 대한 격렬한 혐오와 증오가 곧 이러한 반성적 사유 속에서 자신에 대한 그것으로 옮아간다는 것이 눈에 뜨인다. 「나의 모험」은 스스로에 대한 풍자이며, 내밀한 심리를 파고들어가 그 속에서 자신의 우스꽝스러운 모습을 비춰 보인다. 남들의 시선을 의식하면서 적당한 거리로 뒤따라갔던 모습들이 이 희극적 무대에서 상연된다. 이것을 '적당한 모험'이라고 하면서 그것은 "차라리 은밀한 내통"이었다고 비판한다. 자신의 그러한 적당한 모험을 자랑스럽게 자신의 후광처럼 내비치는 속물적 의식이 고발된다.

이러한 자기비판은, 국문학사에서 영웅적 주인공을 내세우는 시 창작방법, 즉 '낭만적 히로이즘'을 내세우며 자신의 삶도 거기 근접시키려 했던 30년대 이후의 임화를 불꽃처럼 바라본다. 그래서 "긴가 민가 망설이는 와중에/가장 멀리 떨어진 은하의/그중 바깥에서 서성거리던 희미한 별 하나가 있어"에서처럼 멀리 있는 별 하나를 바라보며, 자신의 시를 "그 혁명에 육박하고 싶다"(「내 詩」)라고 말한다. 그러나 이 자기비판의 시선이 곧 자기의 미약함과 자신의 존재상황을 풍자하는 방향으로 나아가게끔 한다. 그리하여 「시인」에서 돈 벌지 못하는 시인의 일상적 무기력함이 혁명의 시인 임화의 비극적 생과 대조되어 그 희극적 담론들을 내뱉는다. 임화를 꿈꾸면서 살아가는 시인은 빚에 쪼들리면서 원고료 4만원으로 규정되는 시를 쓴다.

누군가 혁명이 끝나면 일상이 시작된다고 했다. 이 시인은 "이 미궁의 시대 어느 시궁창에라도" 혁명의 시인 임화가 강림해주기를 바라지만, 일상의 견고한 힘들 앞에서 그러한 혁명적 낭만주의는 빛이 바랜다. 「와이셔츠를 다리며」는 그 혁명적 낭만주의가 일상의 리얼리즘 속에서 어떻게 사소하게 다스려지는가 하는 것을 매우 인상적으로 보여준다. 이 시는 그의 다른 시편들에 비해 득의의 경지를 이루고 있는데,

그것은 '와이셔츠'라는 일상적 사물을 통해서 그가 사로잡혀 있던 야망과 욕망 그리고 현실적인 일상의 힘들이 서로 얽힌 가운데 미묘하게 꿈틀거리고 있음을 잘 보여주고 있기 때문이다. 시인은 먹고살기 위해 그리고 현실적인 지위를 위해 자신을 묶어두기 위해 '와이셔츠'를 다린다. 자신이 만들어낸 주름들을 다리며 그는 그 주름들 속에서 짜증과 분노, 욕망들을 읽어낸다. 그 주름을 다리는 것은 스스로의 존재방식에 대한 깊은 반성을 불러일으킨다.

와이셔츠를 다린다. 때때로,
불끈 치미는 짜증과 미지근한 일상의 분노
내 성마른 욕망까지 모두 평정하며……

애초부터 큰 주름 잡겠다고 덤비면
언제나 처음과 끝이 어긋나는 법.
오히려 자잘한 주름들과
일관되고 꾸준하게 씨름하다보면,
그제서야 스스로 날을 세우는 단 하나의 칼주름.
만물이란 반드시 연관되게 마련이어서
나는 결코 사소하지 않았다.

나를 죽이는 인내만이
날을 세우는 유일한 무기.
물론 비접착 감색 싱글 아래 받쳐져
한나절 강의로도 다시 형편없이 구겨지리라는 걸
모를 리야 없지만,
나는 오늘도 와이셔츠를 다린다.

배경과 그늘만이 남을지라도
독버섯 같은 내 야망을 다린다.

—「와이셔츠를 다리며」 중에서

이렇게 시인은 일상의 리얼리즘을 배우기 시작한다. 사실은 모든 혁명적 낭만주의의 불길들을 빨아들이는 일상의 주름들과 자아의 일상적인 전략들을 배우기 시작한 것이다. 일상의 복잡한 그물들을 깊이 있게 이해하기란 그러나 쉽지 않다. 혁명의 불길들조차 그러한 그물들의 어떤 틈새들로부터 그리고 거기 묶여 있는 자들의 야망과 욕망들로부터 솟구치는 것이다.

3

낭만적 동경의 높이에서 떨어져내리는 것은 아픔이지만 그것은 비극적인 아름다움을 지닌다. 그러한 비극성은 항상 서정시의 모티프들이 되어왔다. 이명찬의 시들은 일상의 가장 깊은 밑바닥과 자아의 깊은 구멍 속으로 내려가기 이전의 그러한 '낙하'에 대해 말한다. 매우 서정적인 목소리로 「흔들리지 않게」나 「겨울 편지」를 노래할 때 그는 조금씩 삶 일반에 녹아 있는 감정의 무늬들로 자신의 구체적인 경험이나 신념의 뼈대들을 감싼다. 많은 사람들을 감쌀 수 있는 따뜻함의 커다란 품을 마련하려는 것처럼 보이기도 한다. 이러한 측면은 한편으로는 그의 시가 발전하는 것으로 느껴지게도 하고 또다른 측면으로는 그의 주제가 모호해지는 것처럼 느껴지게도 한다. 그러나 위에서 다룬 그의 시편들보다 훨씬 시적으로 세련된 것임은 틀림없다. "이제는 기억마저 희미한 청춘/늘 우중(雨中)이어서 발치부터 검버섯이 피는 추억이여,/어

느 별의 운행을 닮아 우리 서로 어긋나기 시작했는지"(「흔들리지 않
게」). 그의 시들은 이제 언어와 감정의 미세한 실마리들을 잘 풀어내고
또 그럴듯한 형상들로 그 실들을 엮어낼 수 있음을 보여준다. 그러한
형상력이 일상 속에서 패배한 자들의 삶을 수놓아 하나의 '시'를 가능
하게 한다. "한때는 내게 속한 것이었으나/이제는 기억마저 희미한 청
춘"에서 우리는 과거의 열정과 꿈에 대한 회상이 이 축축한 일상의 바
닥과 뒤엉키며 '시'를 만들어냄을 본다. 「겨울 편지」에서는 '무슨 안쓰
러운 기억'을 당신께 열어 보여야 할지 망설인다고 말한다. 사라진 청
춘은 마치 노을로 스러져가는 호수처럼 아름답다.

> 눈은 내리고 벌써 얼어갑니다.
> 먼 어느 날엔가 그 얼음장을 헤집고
> 낙엽들이 내미는 화해의 손 볼 수 있겠는지요,
> 지금 제가 선 백암 팔부능선엔 설화가 곱습니다.
> 노을로 스러져갈 저 호수가
> 이제 다시는 아름다울 수 있을까 생각합니다.
>
> —「겨울 편지」 중에서

석양에 물든 호수의 아름다움은 그 호수의 사라지는 운명이 내뿜는
비극적인 감정의 물결 때문에 더욱 빛난다. 혁명의 낭만주의에 물든 청
춘의 스러짐 역시 마찬가지다. 「포물선」에서 그것은 "비스듬히 기울어
진 하늘 가득히/지기 위해 차오르는/저 처연한/궤적"이라는 표현을
얻는다. 「내 마음의 장마」에서 '아름다운 패배'라는 말은 이중적인 의
미를 띤 수사법이다. 모든 것이 뒤집혀버린 장마가 실제적인 진실로 이
단어 앞에 육박해 있다. 이러한 시들을 보면서 현실을 탐구하는 시선은
과거에 대한 회상의 서정성과 맞물려 있을 때 참으로 빛나는 것이며,

더 깊은 울림을 가져오는 것이라는 생각이 든다. 「도시의 나무」 역시 과거와 현재의 대비법을 가지고 있다. 어떻게 보면 단순하지만 대비적인 은유법을 통해 한 시대의 풍경을 만든다. 꿈이 사라졌을 때 도시의 풍경은 "요즘은 어떤 나무들도 집들 위로 솟지 못한다"라는 정의 속에 붙박인다. 그 나무에 어떤 궁색한 상징들을 집어넣어서 앞으로 어떤 꿈들을 거기 깃들이게 할는지 이 시는 물어보게 한다.

4

이명찬의 시들은 스스로를 고립적으로 파악하지 않는 방식에 의해, 타인과 세상, 역사와 현실에 질문하는 방식에 의해 존재한다. 나는 스스로 존재하지 못한다. 그의 시에서 데카르트적인 '코기토'는 타인들의 사유와 행동이 널려 있는 세상의 드넓은 그물 때문에 비로소 존재한다. 그래서 그는 이 세상의 이곳저곳에 자신의 길을 만들며 그 길 위에서 사유한다. 그의 시 곳곳에 서울의 여러 동네 이름들이 나오고, 우리나라 각지의 여행처가 나오는 것은 바로 이 때문이다.

봉천동이나 옥수동 그리고 삼선동의 옛날은 우리의 어두운 살림살이와 그늘진 표정들을 갖고 있다. 그는 삼선동의 재개발 지역에 얽힌 쭈그린 삶에 대해 말하고(「아주 오래된 동네」), 옥수동의 신림극장 그 낡은 필름의 추억에 대해 말한다. 거기 놓인 사람들의 삶의 표정을 읽어내며 이 시들은 한 시대에 대한 자신의 감정과 의지 그리고 신념의 외적 상관물들을 읽어내는 것이다. 「봉천동1」에서 그러나 "누가 있어 봉천동을 보았겠는가"라는 의외의 물음을 던진다. 그것은 거기 사는 "새카맣게 내려다만 보이는 아랫것들"의 뿌리까지 뒤흔드는 힘을 보았는가, 라는 물음이다. 「봉천동2」는 오징어 좌판을 깔고 앉은 늙은 여자의 후

줄근한 이력을 배경에 놓고 그 속으로 침잠해 들어가는 주인공의 서글 픔을 이야기한다. 그리고 그 속에 있는 칼날에 대해 말한다. 그러나 이 제는 그 어느 것도 잠잠한 서정적 어조의 흐름 속에 있으며 그 속에서 읽는 사람들을 편안하게 다스리고 있다.

그의 여행시들은 「지리산행」처럼 역사의 현장에 대한 순례자적 태도 를 보인 것, 「미시령에서」처럼 자신의 내면 깊이 침잠하며 자신을 돌아 보고 다시금 가다듬는 것, 「운리에 가면」에서처럼 역사와 시대에서 멀리 떨어져 하늘 깊이 외떨어져 있는 자신의 얼굴을 바라보는 것 등이 있다. 그중에서 「겨울 을숙도에서」가 그 여행시들의 높이를 가늠하게 한다.

을숙도엘 다니던 적이 있었지.
내 삶이 너무 야위었다고 생각던 시절,
명지로 가는 발동선을 타고
홀로 을숙도에 내리던 겨울이 있었지.

세상을 이루는 것들의 허망한 중심을
내 다 안다고 생각던 그때,
을숙도는 내게 있어 의식의 끝이었지,
그러나 강이 끝나는 곳에서는 바다가 새로워지고
섬 하나 고요히 가로누워 있었어.

버려진 얼어터진 마늘밭
구석구석에 빌붙어 사는
사람의 집들을 바라보거나,
빈 들판을 들먹이는 개 울음을 들을 때면
언제나 나는 영 알 수가 없었다,

왜 모든 수평은 슬픈 얼굴을 하고 있는지.

—「겨울, 을숙도에서」 중에서

한때 열렬했던 젊은 정신, 세상을 전체적으로 그 중심 속에 빨아들이려는 그 열정적인 의식의 한 끝에 '을숙도'가 있다. 이 새로운 바다 위에 고요히 가로누워 있는 섬 하나는 과연 무엇이겠는가? 아니 무엇일 수 있겠는가? 여기에도 우리가 위에서 말했던 그 '노을'이, 그 아름답지만 허망한 노을이 나온다. 모든 것이 하나의 표정으로 누워 있는 수평선의 '슬픈 얼굴'은 아름답다. 그러나 "자잘한 일상들만 돌아와 누운 빈 마을"의 풍경이 그것과 겹쳐 있다. 눕고 싶게 만드는 풍경이 바로 거기 깊고 넓은 화폭을 마련한다. 이 시의 주인공은 그러나 버티고 서는 '마른 갈대의 자세'를 갖고 싶다고 말한다. 이 시는 그리고 그러한 것들을 모두 또하나의 먼 과거로 흘려 보내는 막막한 세월의 깊이를 통해 주인공 '나'의 슬픔을 깊어지게 한다.

그의 다른 시들 즉 「신이문역에서」나 「우후요雨後謠」 그리고 「사방거리를 위하여」 연작 등은 타인들의 거처와 여행처 등으로 향한 길과 달리 미로와 같이 방향을 잃는 길이다. 그는 이제 자신을 찾아나서기 위해 타자를 찾고 거기서 자신을 되비추는 반성적 작업에서 방향을 잃고 길을 잃는다. 「신이문역에서」의 '구절양장' 같은 길은 주인공이 찾아가는 '내 서울'의 입구이자 그 지리학이다. 그 길 위에 놓인 좌판과 철공소, 간판집, 목공소, 영자네, 방석집 그리고 마침내는 자신의 병을 다스려줄 한약방에까지 그가 지나쳐야 할 것은 너무 많다. 그 무의미한 아득함이 길을 잃게 만들 만큼 위험하게 이 도시에 미로의 어둠을 짙게 한다. 그 어둠은 「우후요」의 안개와 같은 것이다. 여기서 '안개'는 산의 높낮이를 지우고 길들을 미로로 만든다. "산은 이미 높낮이를 지웠고 길들은 모두/남북과 동서를 흩어 미로만을 남겨놓았답니다". 이 안개의 미로 속에서 의식의 깊은 잠이 마련된다.

「사방거리를 위하여」 연작은 이명찬 시가 향하는 한 열정이자 동경의 목표인 임화의 '종로 네거리'와 대비되면서 끝을 맺는다. 이 '네거리'는 사람다운 사람이 사는 세상을 상징한다. 그러나 '사방거리'는 이미 남북 분단으로 찢긴 곳으로 한쪽 군대의 권력이 갖는 음침한 분위기에 의해 기우뚱한 구도가 되어 있다. 그것은 막혀 있는 네거리이다. 이 시들에서 군대의 을씨년스러운 풍경을 통해 또는 수잔 브링크의 그 애절하고 부끄러운 경력을 통해 우리 현실 전체를 비유한 것은 적절한 것이기도 하지만, 어떻게 보면 너무 당연해서 자칫 평범해지기도 하는 것이다. 「사방거리를 위하여5」는 오히려 그러한 사방거리를 하나의 배경으로 암시하고 정작 연구실에 갇혀서 거미 한 마리를 깊이 관조함으로써 그러한 평범함을 넘어설 수 있었다. 시는 역시 이렇게 멀리 떨어진 것을 결합시키고, 자신의 감각에 깊이 있고 미세하게 다가와 삶의 평면을 떨리게 하는 것을 붙잡아야 성공한다.

어쩌면 내 몸 속 어디서거나 내 머리 속 책갈피에서 겨우내 同棲
했을지도 모르는 그놈도 역시 다리가 길고 가늘고 여릿여릿했다.
여섯 개의 거미줄 같은 다리로 사소한 몸 하나를 둘 바 몰라 비척대면서
장방형 본타일 바닥의 경계를 넘어간다.

—「사방거리를 위하여5—아침거미」 중에서

연구실 타일의 사방거리는 우리의 삶을 짊진 이 시의 시적 자아를 조그만 연구실 속으로 집어넣는다. 이 연구실의 막막한 공간은 현실 속에서 미궁에 빠진 곳이며, 시적 자아와 거미 역시 그러하다. '미궁에 빠져버린 거미여'라는 것이 이 시의 중심주제이며, 이 시집의 마지막 부분의 주제이기도 하다. 아, 이제 어떻게 할 것인가? 이 추운 겨울에 그것

을 잊게 하는 '마법의 노래'(「사방거리를 위하여6」)를 지을 것인가? 아
니면 여전히 순정을 간직한 채 네거리에 서서 "사방으로 찢어져 흩날
릴"(「사방거리를 위하여7」) 것인가? 낭만적 혁명의 불길은 꺼지고 이제
모두 흩어지거나 현실에 안주할 때 이명찬의 시에 주인공으로 등장하
는 추억과 동경과 쓸쓸함과 애증들을 어떻게 할 것인가? 한반도의 길들
은 이 겨울에 더욱 몸을 움츠리고 있다.

글자 위의 생(生)

─이선영론

1

이선영의 시들은 화려하거나 아름답다고 말할 수는 없지만 매우 독특한 매력들을 지니고 있다. 나는 흔히 그녀의 시들에서 일상생활의 가느다란 실타래들이 얽힌 작은 사연들의 맑고도 뚜렷한 조각들을 발견하곤 했다. 그녀는 작은 동전이나 책, 신발, 사람들을 사소하지만 가깝고 친숙한 애정의 눈빛으로 그려냈다. 우리 삶의 잔잔한 흐름 속에서 그러한 것들을 적시는 풍습들을 그 투명한 눈으로 들여다보았다.

그러한 일들이 그녀의 가냘픈 손가락들 사이에서 이리저리 이동하는 실의 언어들에 의해 미묘한 모양과 빛깔의 천으로 짜였을 때, 그녀는 자신의 작업실에서 조용한 행복을 누렸을 것인가? 아니면 그 천에서 스며나오는 인생의 어떤 어둠과 그 서글픔을 계속해서 짜고 풀고 하면서 지냈을 것인가? 나는 그녀의 슬픔을 읽으면서, 그녀의 언어들이 그녀의 작은 가슴과 불확실한 미래에 대한 불안을 휘저으면서 그 힘든 걸음을 걷고 있는 것을 보았다. 그녀가 그러한 시들을 쓰면서 문단의 조용한 구석에 자신의 그늘진 얼굴을 내밀다가 빠져나가곤 하는 것을 우리는 어떻게 알았겠는가.

그러나 이제 그녀의 시들은 점점 그러한 어둠의 구석에서, 점차 우리가 이제는 그 이름을 붙여주어야 할 의무를 갖게 되는, 이름 모를 빛의 영역으로 나오고 있음을 알아야 하지 않을까? 『글자 속에 나를 구겨넣는다』에 실린 시들을 읽어보며 나는 그녀의 시에 인생의 깊이와 자신의 문학이 향해야 할 정신의 깊이들이 좀더 드라마틱한 언어의 실타래들을 요구하고 있다는 생각을 하게 되었다. 그녀의 시들은 새로운 인생이 펼쳐지는 가운데 글자와 육체의 야릇한 갈등과 투쟁, 사랑을 빚어내고 있는 것은 아닐까?

2

「글자 속에 나를 구겨넣는다」는 바로 그 주제를 정면으로 다룬다. 이 시에서 우리는 점점 살이 붙어버린 자신의 존재에 대해 자신의 정신적인 활동이 걸리적거림을 느끼게 된다는 은밀한 고백을 듣게 된다. 그런데 이러한 조화롭지 못한 간극이 왜 생기는 것일까? 그 부조화의 양상은 어떤 모습을 띠는가? 그녀의 육체는 글자 속에서 오그라들고 불어나는 움직임을 갖는다. 시인의 글자는 그녀의 삶을 육체 속에서 부풀리거나 움츠러들게 한다. 글자와 육체의 이 서글픈 드라마에 대해 알아보기로 하자.

한 글자 한 글자 씌어질 때마다 한 치 한 치 오그라드는 내 육체는
수천 수만 가지 글자들로 다시 태어나고
새로 만들어지는 글자마다에 나의 육체는 자신의 새로운 집을 짓는다

나는 수만 채의 집을 거느리고 산다,
나의 살점을 나누어 조금씩 떼내어서는 각 집의 관리인으로 둔 채

그런데 이즈음 내 육체는 "이 안은 왜 이리 어둡고 갑갑한가?"라고 말
한다
나는 공들여 지은 내 집을 잃을 위기에 처했다
늙어 눈이 어두워진 도장공처럼
나는 지금 끙끙대며 나를 글자 속에 구겨넣으려 안간힘 쓴다
내 커진 몸집의 풍요를 맛본 내 육체가 더이상 좁은 집에 살려 하지 않
기에

—「글자 속에 나를 구겨넣는다」 중에서

이 시에서 우리는 '풍요를 맛본 육체'가 글자 속에 처박혀 있고 싶지
않게 되었다는 진술을 듣는다. 이 말은 무슨 뜻인가? 그녀의 글쓰기 작
업이 부딪친 위기상황을 거기서 읽을 것인가? 육체의 물음인 "이 안은
왜 이리 어둡고 갑갑한가?"에서 우리는 그녀의 정신과 몽상, 감각의 각
인(刻印) 작업이 너무 답답하고, 삶의 폭발을 견딜 수 없는 곳임을 느낀
다. 그녀 시의 주인공은 아마도 그녀가 겪게 되는 새로운 인생의 무수
한 파도 속에서 저 조용한 사색의 글쓰기 공간을 멀리하게 된 것에 미묘
한 갈등을 일으킨다. 마구 부딪쳐오는 생활의 거대한 파도들과, 이제
그 위에서 육체가 빨아들이고 또 발산하는 생명의 향기들이 소용돌이
를 일으킨다. 그녀는 과거에 멀리서 바라보던 인생의 풍경들 속으로 들
어와버린 것이다. 먼 거리 속에서 어렴풋한 인생의 어두운 커튼들에 비
친 그림자로 존재하던 한 타자가 갑자기 자신의 육체 앞에 얼굴을 내민
다. 그 눈은 그녀가 알 수 없던 열정의 불을 뿜고, 그 입은 가슴속과 그
둘레의 여러 가지 일들을 표출하고 나누어 갖기 위해 여러 가지 표현들

을 흘려 보낸다. 사랑의 대상은 그녀의 육체 속에 잠자고 있던 삶과 욕
망의 여러 요소들을 깨우고 뒤흔든다. 「사랑」 「그녀가 혼자 있는 방은
뜨겁게 불타오른다」 「그대여」 「그대와의 입맞춤」 「그대의 품에 안겨」
등은 이렇게 과거와는 달라진 상황 속에 놓여 있다.

그녀는 "글자 밖의 풍요가 나를 불러내었으며, 세상에 새로 눈뜨기
시작했으므로"(「글자 밖에서」)라고 말한다. 그녀는 글쓰기에 대한 집착
의 끈이, 그 두터운 사랑과 증오의 끈이 여전히 강력하게 자리잡고 있
는 마당에서 "나는 글자 밖으로 던져졌다!"고 외치는 것이다. 아마도
그녀의 육체가 이 새로운 환경에서 폭발시키는 삶의 향기와 그 파도들
을 그저 세상의 상투적인 생활관습 속으로 몰아내지만 않는다면, 그것
은 얼마나 의미 있는 것이며, 얼마나 즐거운 것일까? 「그대와의 입맞
춤」은 이 삶의 양방향, 이것이냐 저것이냐에서 과연 어느 쪽을 가리키
는 것일까?

그대와 내가 입맞추는 입 안에 물고기 집이 생겼어 그대와 나의
입 안에서 사랑에 빠진 두 물고기가 놀고 있는 것 같아 숫물고기가
된 당신의 혀와 암물고기가 된 나의 혀가
　　　　　　　　　　　　　　　　　　　—「그대와의 입맞춤」 전문

사랑에 빠진 남녀에 관해 이처럼 멋진 시를 쓴다는 것. 육체의 한 기
관인 '혀'에 대해, 이 얼마나 멋진 비유인가. 매끄럽게 꿈틀거리며, 재
빨리 쫓고 달아나며 서로 뒤엉키는 물고기들의 움직임은 사랑의 한 구
체적인 움직임을 잘 보여준다. 이러한 열정은 「그녀가 혼자 있는 방은
뜨겁게 불타오른다」에서 이미 마련된 것이다. 타오르는 열정의 불길이
육체의 대지 전체에 퍼져나가 있는 것을 이 시는 말해준다. 그 타오르
는 육체는 자신이 갇혀 있던 작업장의 작은 공간을 견디지 못하고 빠져

나간다.

　하지만 이선영의 이러한 열정은 이미 그녀가 과거에 보아버린 인생의 깊은 구덩이 위에 가냘프게 놓여 있을 뿐이다. 그 구덩이의 깊이와 사랑의 열정은 시에서 아이러니의 다양한 무늬를 새겨놓는다. 「사랑」은 이렇게 말하고 있다.

> 그렇지만 나는 아직도 다른 육체와 그 육체가 가져올 다른 인생을
> 내 육체와 바꿀 수 없다는 사실 때문에 괴로워하곤 한다 그럴 때마다
> 나를 안아준 당신의 육체도 버리고 싶어지는 것이다
>
> —「사랑」 중에서

　이러한 평범한 진술보다도 그 아이러니의 깊은 결 속으로 파고들어 삶의 한 파도를 쥐어짜내어 시의 독특하고도 매혹적인 이미지들로 제작할 수 있는 것을 「내가 깎은 밤」을 통해서 알아볼 수 있다.

> 밤 껍질을 깎는다
> 밤 껍질은 그 알맹이의 단단함을 아껴 딱딱하지만
> 그 딱딱함을 이기려 힘이 세어진 내 손길에
> 껍질일 뿐인 그 스스로를 알고 허문다
> 이 정해진 인과관계에도 내 욕망은 값싸게 모습을 드러낸다
> 깎여나오는 껍질에 밤 알맹이까지 베어져나오는 것을 보면서도
> 입 안에 숨은 갈급한 내 혀는 밤을 깎는 내 손길이 거칠어지는 것을
> 말리지 않는다
> 내 욕망이 투박하게 깎아내는 밤을 먹는다
> 밤 껍질을 깎는 욕망의 손놀림에 따라
> 껍질 밖으로 다르게 생겨나올 수 있는 밤, 삶의 맛

그 어떤 맛을 놓치고

—「내가 깎은 밤」 전문

　욕망의 손길에 대해 이 시는 섬세하면서도 정확하게 그 의미를 드러
낼 수 있는 진술을 한다. '밤'은 그 손길에 따라 다 다르게 생겨 나온다.
삶은 어떠한 욕망의 손길에도 자신의 맛을 완전하게 다 주지 않는다.
　그래도 이 시는 「나이를 먹어가는 그녀」나 「잘못 키운 육체」에서 보
이는 인생의 '구덩이'에서 아직 멀리 떨어져 있다. 그 '구덩이' — 과거
에 세상을 바라보던 음울한 커튼이었던 — 를 통해서 삶의 모든 향기가
빠져나간 육체는 단지 우울한 무게만을 남긴다. '나이'를 먹는다는 것
은 얼마나 큰 비극인가? 육체는 그저 무기력한 생활에 빠진 비곗덩어리
일 뿐이다. 생활의 무의미가 육체의 생동력을 앗아가고 점차 무게만이
삶의 지평선을 짓누른다.
　그때 글자로부터 정신의 많은 활동력을 빼앗아갔던 육체는 다시금
그 글쓰기 작업에 숙련된 육체의 여러 습관들로 자신들의 영토를 되찾
으려 찾아온다.

　　영화 '인생유전'에서 행복해진 바띠스뜨가 불행했던 시절의 연인
　　가랑스를 다시 외칠 때
　　글자를 고치고 다듬는 내 한결같은 직업에서 단련된 상습적인 동작을
　　하는 내 육체는 그 마지막 장면을 멀거니 바라본다

—「잘못 키운 육체」 중에서

　「사랑」은 그 인생의 구덩이로 거의 기울어진 사랑의 지평선에 남아
있는 참담한 저녁노을을 보여준다. 사랑의 황홀했던 순간들이 길러낸
은밀한 열매인 아이들은 인생의 무거움에 동참한다. 아이가 점차 무거

글자 위의 생(生)　377

워진다는 것은 인생의 비참함에 대한 얼마나 참혹한 진술이란 말인가.

3

그렇다면 이선영의 시들은 단지 인생의 구덩이로 흘러내리는 여러 비탈들에 대한 이야기들뿐인가? 그녀의 시에서는 순간순간 자신의 발걸음에서 인생의 황혼을 향해 째깍거리는 시계바늘의 소리를 들을 뿐인가?

그녀의 시들에서 육체와 글자의 미묘한 다툼이나 그 안의 미묘한 사상에 대한 탐구가 없다면 아마도 황량한 들판에 남아 있는 것만이 전부일지 모르겠다. 다시금 되돌아가서 글쓰기의 위기와 글쓰기의 본질적인 문제를 자신의 인생행로 밑에 깔아놓는 것, 이것이야말로 그녀의 시들의 진정한 주제가 아니겠는가? 그녀가 인생의 구덩이로 빠져들면서 되돌아볼 때 글쓰기의 풍요로움이 그 창백한 여유로움을 과시한다.

글자여, 내 앞에 언제나 너그럽게 열어둔 문인 양 있는,
한번은 내가 그 문을 통해 네 안에 들어갔다 나온, 쫓겨나오기도 한,
지금은 왠지 다시 열고 들어가기가 두려운,
나는 너를 어쩌지 못하고
내 손이 밀치기에 그다지 무거워 보이지는 않는 네 문 앞에서
끊임없이 너를 곁눈질하면서, 다만 내 안의 상반된 갈망만으로
타오르고 사그러들며 혼자서 쇠락해간다
나는 꿈꾼다 글자, 네가 나의 육체를 파기하고
내 육체의 황홀한 폐허 위에 견고한 글자의 집을 짓기를
그리고 나는 꿈꾼다 글자, 내 육체에 더께처럼 내려앉은 너를 낱낱이

파기해버리고
내 육체만의 홀가분한 길을 떠나기를

—「글자 밖에서」 전문

이제 그녀의 시에서 주인공은 이처럼 말하는 것이다. 자신의 육체를 글자가 파고들어와주기를 바란다고 말이다. 그 옛날의 단조로운 공간, 삶의 격투에서, 그 열기와 소음에서, 그 끈적거리는 열정에서 멀리 떨어진 공간으로 피난해 들어가고 싶은 것이다. 그녀는 그 글쓰기의 공간을 둘러싸고 웅성거리는 삶의 소란스러움과 그 풍경들을 수액처럼 글자들의 가지와 뿌리로 빨아들이려 한다. 문학의 풍요로움은 환상적이지만 삶의 여러 가지와 상응하려는 풍경을 빚는다. 그것은 위안의 수풀을 만들어낸다.

글자의 나무껍질로 육체를 삼고
글자의 잎으로 옷을 삼으며
글자의 열매를 따먹고
글자의 끈덕진 수액을 분비해내리라

—「글자 속으로」 중에서

물론 이러한 환상이 바로 이 시의 마지막에서 깨어진다고 해서 문학의 풍요로움이 깨지는 것은 아니다. 메마른 글자들의 부서짐은 글쓰기가 삶을 붙들고 가면서 끝없이 자신의 지평을 넓혀갈 때 흔히 일어나는 일 중의 하나이니까 말이다. 그것은 좌절이지만 새로운 도전을 가리키는 일이다. 그녀가 자신의 어떠한 허무감도 극복할 수 있는 글자들을 어떻게 만들어낼 것인가 하는 것에 온 정신을 바쳐 추구할 것임을 그것은 가르쳐준다. 「그는 한 점의 습기조차 없는 종이가 되고자 한 것」에서 우리가 그 가능성을 확인하는 것은 기쁨이 아니겠는가?

나는 그녀의 시들이 걸어가는 한 도정에서 하나의 매듭을 장식하는 시일지 모르는 「저녁 차창 위 내 얼굴에 뜬 뭉게구름 하나」를 읽어본다, 천천히.

　　　내 얼굴 양미간에 뭉게구름 하나 떠 있네
　　　하늘의 뭉게구름 어느새 내 얼굴로 떨어졌을까
　　　저 뭉게구름엔 무슨 사연이 담겨 있을까
　　　아무래도 기쁨만 똘똘 뭉친 것 같지는 않은,
　　　서른 해 지난 눈서리 비안개깨나 뭉쳐 있는 것 같은
　　　눈썹을 이리저리 치켜올리고 이마를 펴봐도
　　　사라지지 않는 뭉게구름 내 인생의, 해독되지 않는 게 좋을, 블랙박스

이 투명하게 밝은 우울한 인생의 얼굴. 거기 자신의 인생, 그 우울한 사연들이 담겨 있는 구름이 앞을 가린다. 멀리 관조하는 시선을 가로막는다. 그러나 이 시선은 인생의 깊이에 더욱 다가서서 그 모든 골짜기를 탐색하고자 하는 열정이 시들어 있기에 더욱 불행한 것인지도 모른다. 아, 삶의 향기가 다 시들어버린 이 세상의 모든 골짜기를 이 황량하고 여린 가슴이 어떻게 할 수 있단 말인가?

4부
두타 태백의 이상향

새로운 시대의 예감과 준비를 위한 시의 여정(旅程)[*]

1. 지연된 광명(光明)

일제 식민지로부터 해방이 된 1945년 이래 50년이 지났지만 아직도 응어리졌던 그 식민지 시절의 한을 결정적으로 풀어냈다는 느낌은 다가오지 않는다. 정치경제적으로 우여곡절을 겪으면서 많은 발전을 이룩했다고 말들을 하지만 우리 민족이 이전에 가지고 있었던 통일적인 내면적 외면적 질서를 새로운 차원에서 회복했다고는 아무도 자신 있게 주장하지 못하는 데 이 시대의 비애가 있다.

우리의 시(詩)들도 그러한 비애에 동참하고 있다고 생각한다. 지나간 50년이 과연 시부문에서 어떠한 궤적을 그린 것인지 돌아다보는 이 자리에서 필자는 약간은 우리를 즐겁게 만들지 못할 수도 있는 이 '비애'라는 말을 중심 단어의 하나로 만들어보고 싶다.

그러나 50년 동안 우리 문단에 쌓인 그 풍성한 시작품들을 놓고 왜

---

* 1995년 9월 21일 열린 대산문화재단 주최 '해방 50주년 기념 심포지움' 시부문 토론 요지.

하필 방정맞게 '비애'를 들먹이는가? 대답은 의외로 간단하다. 이 시대의 작품들 대부분이 그 '비애'에 젖줄을 대고 살아가고 있기 때문이다. 시부문을 벗어나서 문학 일반, 아니 예술 일반이 자신의 풍요롭지 못한 삶에 대해, 질서를 잃어버린 채 불안하게 흔들리는 지평선 한 변두리를 방황하는 혼에 대해 모든 주제와 소재 그리고 기술의 열정들을 바치고 있다. 요즈음 나오는 문학작품들 가운데 진지함을 표방하는 것치고 우울한 옷을 걸치지 않은 것은 없다. 이러한 현상은 한마디로 우리가 1945년 8월 15일에 내걸었던 '광복'이라든가 '해방'이라는 주제가 여전히 실현되지 못하고 있음을 증거하는 일인 것이다.

이 50년의 흐름과 자취를 조명하는(심포지엄 주최 측의 요망사항) 자리에서 이 짧은 시간에 시의 어떤 부분들에 대해 말할 것인가를 결정하기란 매우 어려운 일이다. 되도록 간단하고 결정적으로 중요한 한 줄기를 건져올리게 되면 다행한 일이 되리라. 필자는 그러한 고민 끝에 이미 50년도 훨씬 거슬러올라가 1930년대 초에 모더니즘 시의 기수였던 김기림이 자신의 새로운 견해를 가히 혁명적으로 피력했던(그러나 그 당시는 물론 지금까지도 별로 주목받지 못했던) 글인 「시인과 시의 개념」에서 약간의 지혜를 빌려오고자 한다. 즉 시인이란 존재는 과연 어떻게 형성된 존재인가? 오늘날 시인이란 과연 어떠한 편견 속에서 조망되며 어떠한 위치에 있는가? 우리는 시에 어떠한 지위를 부여하고 있는가? 등등의 물음이 김기림의 글에서 번뜩이고 있는데, 시인과 시에 대한 이러한 근본적인 물음들이 전제되지 않고 우리가 과연 50년 동안 쏟아져나온 그 숱한 작품들을 제대로 분별해낼 수 있겠는가?

세월은 인생에서도 많은 것을 잊게 하지만 문학사에서도 그러하다. 우리는 수많은 작품들의 대부분을 망각의 구렁텅이로 몰아넣는 지혜도 필요하다. 새로운 시대를 내다볼 수 있는 빛줄기들을 내뿜는 몇몇 작품들만을 살려내 더욱 강력하게 그 힘을 이어가고 그로부터 새로운 시대의 작품들을 번식시킬 수 있는 씨앗들을 퍼뜨려야 하지 않겠는가? 그러한 맥락에서 생각할 때 이 자리가 지난 50년을 조명하는 자리라고는 하지만, 여기서 지나간 흔적들을 시시콜콜히 모두 드러내어 당시의 찬사나 논쟁 그리고 몇몇 개인이나 집단의 욕망이나 선전의 스펙터클적인 대리물이었던 것들을 다 이야기할 필요는 없다고 본다. 이제는 당시의 흥분들을 식히고, 혹시 그러한 역사의 소란한 물결 뒤로 밀려나 버려진 것 중에 소중한 것들은 없는지 다시금 냉철하게 꼼꼼히 살펴보아야 할 때다.

2. 현대시 역사의 드라마와 운명

먼저 우리 현대시사에서 가장 의미 깊은 것은 식민지 시대 이래로 점차 소외된 채 개인의 깊은 내면세계로 파고들어갔던 시인들과 그러한 시들이 있었다는 점이다. 이것이 바로 현대시가 짊어진 '비애'의 운명이다. 식민지 시대 초기에는 상징주의를 도입하면서 그러한 연습을 할 수 있는 여러 가지 도구들을 마련할 수 있었다. 그러나 20년대 초의 낭만주의나 상징주의는 허무나 비애 고독 등에 대해 말해도 대체로 추상적이고 일반적인 감정의 차원을 벗어나지 못했다. 해방기를 맞이해서 시단에 쏟아져 나온 기념시집들의 감격적인 측면들에 지나치게 주목하는 것은 시의 역사에서 잘못된 것이다. 그것은 시의 역사를 단순히 정치경제의 역사를 반영하는 것으로 떨어뜨린다. 오히려 시의 역사에서 중요한 것은 그러한 것이 아니다. 해방기 시에서 풍요로웠던 측면은 그보다는 과거 어느 때보다(식민지 시대 이래) 한 개인의 윤곽이 분명하게 자리잡게 되었다는 점이다. 개인의 내면은 그 '개인'의 구체적인 숨결로 더욱 분명하게 육화될 수 있었다. 해방기에 이러한 측면에서 주목되는 시들은 박산운의 「구두」「버드나무」「노래」 이병철의 「목아지」 유진오의 「산」 이상로의 「구름의 일기」 김철수의 「역마차」「추우」「장추葬秋」 양운한의 「가난을 깔고 먹고」 장서언의 「단념」「차표팔이 노래」 서정주의 「밤」「한강 가에서」 김영랑의 「망각」 등이다.

좌파 계열의 시들은 무조건 투쟁적이고 정치적이어야 한다는 편견만큼 고집 센 것도 없다. 박산운, 이병철, 유진오의 시들은 그러한 편견 없이 읽을 때 한 개인의 순수한 서정이 섬세한 고뇌의 그림자와 함께 드러난다. 이들의 시는 30년대까지 해결되지 않았던 카프 계열의 정치시들이 지니고 있던 문제점들을 극복하고 있다. 이러한 일이 가능했던 것은 이들 대부분이 이미 우리가 단지 암흑기로만 알고 있던 40년대 초에 상당한 수준의 서정시들을 써낼 수 있었기 때문이다. 해방은 이들의 활동에 더욱 큰 생명력을 불어넣어준 셈이다. 그렇게 활발한 생명력은 위축되었던 자아를 자연스럽게 풀어놓았으며, 그 결과 개인의 외연적 윤곽은 더욱 적극적이고 분명하며 다채롭게 드러났다. 서정적 내면 역시 훨씬 더 강렬하게 구체적인 모습을 띠고 분출했다. 그러나 이들 시인들이 언제나 이러한 면에서 성공했던 것은 아니며 위의 시들은 드문 결정체들이다.

이 시기에 김기림이나 김광균 등의 모더니스트들이 그 실험적인 면모들을 잃어버리고 이렇게 새 시대적 풍모를 띤 서정시들을 지원하고 옹호했던 것은 주목할 만한 일이다. 김철수의 시집 『추풍령』의 서문을 쓴 김기림은 이 시집이 서정시 정신의 계승자라고 칭찬했다. 발문을 쓴 김광균은 호소의 형식을 띤 서정의 피리라고 찬양했다. 한낱 신인에게 이 두 대가급 시인이 한 시집 속에서 칭찬과 격려를 아끼지 않은 것이다. 이러한 현상은 또다른 모더니스트인 장서언이 「차표팔이 노래」에서 분단의 비애에 잠긴 한 개인의 우울한 감정을 극명하게 노출시킨 현상과 함께하는 것이다. 식민지 시대 모더니즘의 특징인 반개인주의 반

낭만주의가 철저하게 모습을 바꾼다. 그것은 이 시대에 개인이 힘을 얻은 것과 상응하는 것인지도 모른다.

그러나 50년 전후를 계기로 새롭게 출발한 모더니즘은 이러한 궤적에서 완전히 이탈하여 후퇴한 듯이 보인다. 49년에 나온『새로운 도시와 시민들의 합창』, 1957년도에 그간의 성과를 모은 사화집들인『평화에의 증언』(현대시 9인집, 김종문 이인석 김춘수 이상로 임진수 김경린 김수영 김규동 이홍우),『전쟁과 음악과 희망과』(김종삼 김광림 전봉건),『현대의 온도』(김경린 김차영 이영일 이철범 이활 등) 등에 나오는 시들은 격렬한 실험들을 내세우면서 현대적인 관념적 용어들을 개인의 윤곽이 해체된 파편적인 의식들과 마구 뒤섞어내기 시작했다. 식민지 시대에서부터 쌓아올린 모더니즘의 한 발전 궤적이 여기서 소리없이 무너졌다. 두서없는 관념과 섣부른 현대적 멋내기의 기교가 다시 모더니즘의 출발기로 되돌아가게 만들었다. 아마도 그로부터 김수영이 탈출해서 자신의 명료한 개인을 되찾지 않았다면 새로운 모더니즘은 별로 큰 의미를 남기지 못했을 것이다.

이 과정에서 보여준 이상로의 후퇴는 매우 심각한 것이다. 그는 지금까지 별로 주목받지 못한 사람이지만 48년에 쓴「구름의 일기」를 선입견 없이 읽어본다면 대단한 충격을 받을 것이다. 이 시에서는 이 땅에서 살아가는 평범한 사람들의 위대함을 느끼게 해주는 미묘한 수사법과 단어의 열기가 구석구석을 지배한다. 광대한 시야와 긴 역사를 담아내고자 하는 회고조의 어조들은 이 땅에서 어렵게 살아온 삶의 신성함을 이 시의 모든 정서와 감각들 밑에 깔아놓는다. 그러나 이 시는 이러한 서사시적 담론을 현대적인 것으로 바꾼다. 어떠한 종교 신화적인, 아니 사상적인 중심도 없으며 그저 투명하게 삶의 터전이 떠맡고 있는 시련과 위험, 고난의 순간들이 그 삶의 신성함을 빛내주고 있을 뿐이다. 이 시의 주인공은 지금은 그 마을에서 쫓겨난 채 이 모든 것을 그 신성함의 열기로 회고하고 되새기며 다시금 그 삶의 터전으로 되돌아가고자 한다. 그의 상처가 돌아갈 수 없는 거리를 만들며 서사시적인 거리를 유지하게 만든다. 이렇게 성공적인 시가 그 뒤에는 이어지지 않는다. 이상로가 모더니즘적이 되기 위해서 노력하면서 쓴 「불온 서정」이후의 작품들은 그가 얼마나 잘못된 길로 들어서서 시를 망쳐버렸는가를 웅변해줄 따름이다. 그는 시를 살찌울 수 있는 요소들을 자신의 실험과 동시에 모조리 날려버린 셈이다. 김수영처럼 개인이 처하는 구체적인 상황에 대한 팽팽한 접전을 시 속에서 구체적으로 마련하지 않는다면 결국 공허한 실험만이 남든가 평범한 일상적 수필시들을 쓰게 될 뿐이다. 아마도 이상로의 이러한 궤적은 대다수 모더니스트 시인들이 지나온 한 궤적을 조망하는 데 빛을 던질 수 있을 것이다.

김수영이 60년대는 물론 70년대까지 그 생명력을 유지할 수 있었던 것은 무엇인가? 그것은 모더니즘의 여러 가지 기교와 실험들을, 개인으로서의 자신을 더 철저하고 특수하게 드러내고자 하는 전략으로 밀어넣었다는 점 때문이다. 그가 자신의 선배인 박인환을 철저하게 비판한 것은 바로 그 '개인'에 대한 진지함의 문제와 연관되어 있다. 사실이 문제가 가장 '현대적인' 문제다. 우리의 전통적인 질서가 근대의 침입 이후 무너져내렸다면 여전히 남아 있는 문제는 바로 '나는 누구인가? 나는 어떻게 살아갈 것인가?'라는 외디푸스적인 문제이기 때문이다. 이 '개인'의 문제는 근대의 발전 과정과 함께하는 것이며, 근대의 사상 속에서 점차 정교화되어가는 것이기도 하다. 현대시는 이 운명의 밑바닥에 도달할수록 자신의 진짜 얼굴을 마주하는 것이며, 자신의 과거와 미래 속에서 자신을 들여다보는 것이기도 하다.

30년대 모더니즘을 출발시켰던 김기림은 시인의 역사적 계보학을 들춰내면서도 이 '개인'을 단순히 낭만주의라는 사조 속에 편입되는 것으로만 생각했다. 그는 이 개인에 대한 추구를 영웅적인 것으로 비판하고 현대적인 도시의 대중들을 새로운 주인공으로 대치하고자 했다. 아마도 김기림의 이러한 시도는 70년대 이후 우리나라가 산업화된 뒤부터 그 진정한 싹이 텄으며, 80년대 후반에 이르러서야 활짝 개화되었던 것이 아닌가 생각된다.

70년대 말 이후 80년대까지 흔히 '리얼리즘'이라고 일컫는 민중시, 노동시들이 나타났는데, 이 시들은 도시적인 대중이 아니라 계급적인 대중을 주인공으로 삼거나 그들의 삶과 관계하는 개인적인 주인공의 문제를 다뤘다. 필자는 이들 시들 중 상당 부분이 식민지 시대의 카프에서 제기되었던 문제를 다시 들고 나온 것으로 생각한다. 그 문제들이 역사적으로 폐기처분된 것이 아니고 다시금 가치를 발해야 한다는 것이었다. 김수영의 현실참여적인 문제의식은 계승 발전되었지만 그의 개인적이고 모더니즘적인 전략들은 거의 비판되었다. 박노해와 백무산에 의해 대표되는 이 시들은 개인을 집단 속에서 용해시켜 집합적인 개인의 모습으로 만들어내는 것을 목표로 삼았다. 갈등과 투쟁의 면모와 노동자 농민들의 소박함이 성스러운 것으로 내세워졌고, 개인적인 서정이 후퇴했으며, 미묘한 기술적 실험이나 수사법들이 모두 팽개쳐졌다.

그러나 지나고 보면 이러한 실험들 역시 현대적인 것의 하나였다. 즉 인간 자신이 만들어가는 사회에 의해 유토피아를 만들어낼 수 있다는 생각, 물질적인 것만이 확실한 토대라는 감각주의적인 생각에 기초한 실험이었던 것이다. 그러나 그 실험이 불러일으킨 엄청난 현실의 갈등과 투쟁 속에 휘말린 참여시인들은 그것을 최대한 신성한 가치로 밀어붙였다. 노동자들은 성스러운 후광으로 빛났으며, 이상하게도 예수와 부처의 신화적 분위기마저 그 리얼리즘의 분위기 속으로 파고들었다. 지금은 이 모든 것이 마치 한 나라가 붕괴된 이후 뒹굴고 있는 폐허의 유적처럼 느껴진다.

김지하는 이러한 과정에서 가장 주목할 만한 시인으로 남아 있다. 그는 민중적인 주인공을 성화하는 작업에 같이 참여하면서도 과거의 민중적인 담론들을 이 시대의 온갖 갈등과 투쟁 그리고 새로운 전망에 이르기까지 생생한 가락과 말투 그리고 해학과 풍자적인 서정, 비애와 끈질긴 생명력의 여러 요소들로 되살려놓았다. 「오적」과 「대설」 「남」 「이 가문 날에 비구름」 등은 바로 그러한 기념비들이다. 그는 한때 조선시대 말기의 민중적인 사상인 동학이나 그 후의 증산사상에 심취했다. 그러한 경향이 몰고 온 과도한 사상성 때문에 그의 시들이 현실과 괴리되었다고 민중론자들은 비판했다. 그러나 그와는 달리 그의 시는 그 때문에 여전히 남아 있다. 그는 여전히 시인 사상가로서 남아 있고 미래에 대한 선도자로 남아 있고 싶어한다.

그러나 7, 80년대를 경과하면서 이러한 측면들과 대조되는 또다른 양상이 자라났다. 대도시 대중들이 점차 세력을 얻어가면서 대중적 언어들은 신성함이나 진지함에서 멀어지기 시작했다. 김기림이 30년대에 내세웠던 '기술'의 시학이 대중소비사회가 본격화되면서 새로운 가능성을 얻기 시작한 것이다. 오규원은 그러한 면에서 자신의 언어를 개발시킨 선구적인 시인이 되었다. 그는 자신의 언어에서 진지함의 무게를 떨구어내고자 무던히 애쓴 시인인데, 그는 광고언어의 얄팍한 면모를 가져오고, 상품들의 가상적인 이미지들로 자신의 생각이나 느낌들을 다루었다. 유하와 함성호의 시들 중에 상당수가 각각 독특한 각도로 대도시의 대중적인 감수성이 불러일으키는 파도와 대면한다. 그러나 이들 중에 어느 누구도 이 도시의 거대한 깊이와 넓이를 꿰뚫어보지는 못했다. 대중의 물결이 우리의 역사 속에서 구체적으로 어떠한 의미를 갖는가 하는 것을 그들은 밑바닥까지 추구해보지는 못했다. 이들의 시도는 색다른 것이기는 했어도 김기림보다 그렇게 진보된 것은 없었다.

90년대에 들어와서 문단의 한 귀퉁이에서 별로 주목받지 못하는 늙은 신인 두 명이 있는데, 서림과 김인희가 바로 그들이다. 서림은 『이서국으로 들어가다』를 썼고 김인희는 『별들은 여자를 나누어 가진다』를 썼다. 이들은 우리 시에서 아직까지 왜 미당 서정주의 한 측면이 여전히 중요한가를 말해주는 듯하다. 그들이 서정주를 이어받았다는 뜻이 아니라 서정주가 가지고 있는 핵심의 하나인 "긴긴 마음의 연결사(連結史)"를 색다르게 구축하고 있다는 데에서 그러하다.

서림은 '이서국'이라는 고대 부족국가를 자신의 고향인 청도에서 발굴해낸다. 그가 이서국을 가지고 펼쳐내는 세계는 단순히 고대 역사의 한 페이지에 대한 고고학적 서사시가 아니다. 그것은 자신의 고향마을이며, 자신의 유년이고 또한 저 고대의 설화적 환상이 분출하는 시간의 검은 구멍이며, 이러한 것들이 동시적으로 뒤섞인 것이다. 그의 청도와 이서국은 클라인 씨의 병이며 뫼비우스의 띠처럼 서로 연결되어 있다. 여기서 그는 지금까지의 역사관을 뒤집어버리는 예언자 자격을 시인에게 부여하고 싶어한다. 그는 한 인간의 삶을 우주론적인 차원에서 조망하고 그 운명의 끈을 붙들고자 한다. 이러한 그의 시도는 매우 색다른 것이다.

김인희는 『별들은 여자를 나누어 가진다 ― 불의 오르가슴』에서 현실 속의 신화와 무의식 그리고 역사, 이 모든 것을 조망하며, 언어학적인 깊이까지 그 속에 구겨넣는다. 이 광범위한 야심은 시적 언어에 대한 근본적인 성찰로부터 시작해서 시인의 존재론에 이르기까지 매우 어렵고도 난삽한 작업을 전개시킨다.

이 두 명의 신인은 문단의 변두리에서 오랜 세월을 자신의 주제와 씨름하면서 살아왔는데, 그 결과는 매우 신선한 것이다. 이 둘은 서로 매우 다르면서도 지금까지 우리를 지배하고 있던 근대적인 관념을 그 근본에서부터 뒤흔들고 있다는 점에서 공통적이다. 즉 역사의 무조건적인 진보성에 대한 관념 그리고 민주주의적인 대중에 대한 믿음, 물질주의적 감각주의 등에 대해 그들은 근본에서부터 부정적인 생각을 갖고 있는 것이다. 이러한 생각의 싹은 그들이 쓰는 언어 자체 속에서부터 꿈틀거린다. 이들의 언어는 삶의 단순함을 어떠한 비틀림도 없이 투명하게 전하면서 아무런 과장된 기교 없이도 우리에게는 멀어져버린 신화와 우주론적인 감각을 거리낌없이 그 투명함 속으로 이끌고 오는 것이다.

하지만 한국의 시는 아무리 이러한 색다른 신화 속에서도 그 근본적인 우울을 벗어내지 못한다. 그것이 바로 근대 이후 시인들이 처한 운명이다. 아마도 우리들의 대상으로 멀어져버린 세계와 우주 그리고 신을 우리 자신의 세계 속에서 투명하게 발견하게 될 때 그러한 우울을 벗을 수 있을지 모른다. 그것은 전혀 다른 세계일 것이며 우리 우울한 시인들이 자신의 개인적인 감각들을 그리고 욕망들을 지금까지와는 전혀 다르게 사용하게 될 때 그러한 미지의 세계가 열릴지 모르겠다. 오늘날 시인이라고 데뷔하는 꼴을 보면 정말 한심하기 그지없다. 그것은 어느 대기업에 신입사원으로 뽑힌 것보다 별로 나은 것이 없다. 어떻게 하면 빨리 자기 이름을 드러내고 출세할 것인지가 최대의 관심사인 것이다. 유행에 민감하고 싶어하는 신인 대중가수들이나 탤런트들보다 나은 것도 없는 것이다! 그러나 어느 시대에나 위대한 시인은 한두 명밖에 없는 것 또한 진실이다.

사이버 시대 시의 유령적 초상

1. 속도의 글쓰기와 글쓰기의 피로

현대문화의 특징인 젊음의 문화는 근대 도시문명의 소산이다. 르페브르는 모더니즘을 젊은이들의 영속적인 문화라고 생각했다. 무한히 변화하며 화살처럼 날아가는 시간 속에서 그 변화무쌍한 삶을 즐기는 것, 그리고 넘쳐나는 다양성을 즐기는 것, 그리고 결국에는 그러한 변화무쌍함 속에서 스스로를 잃고 가볍게 사라져가며 젊음의 매혹적인 환상으로만 영속하는 것이 그러한 현대문화의 특징이다. 계속해서 새롭고 다양한 욕망을 발굴해내는 것이야말로 이러한 문화를 지속시키는 원동력의 하나다. 그러한 속도감 속에서 젊은 존재들은 순간적으로 반짝거리는 조명들이나 허공의 물방울처럼 순간적인 환영적 존재들로 살아가고 있으며 그에 익숙해 있기도 하다. 그리고 이러한 속도감 속에서 질리고 지쳐버리며, 점차 확실한 실재감을 상실하는 느낌들이 오늘날 문학의 한 주제가 되기도 한다.

그러한 젊음의 문화 속에서 느끼게 된 속도와 피로에 대해 식민지 시대의 젊은 이상(李箱)은 팽팽한 긴장감이나 아니면 느슨한 유희적 기분 속에서 사물과 언어 그리고 상상의 복잡한 계산과 놀이를 시적인 틀 속에서 보여준 적이 있다. 그의 다소 환상적인 몽롱한 분위기의 '거울'은 현대문명에 깊이 발을 들여놓기도 전에 열정이 식어버린 자의 그 '피로'를 보여준다. 「시 제15호」의 '거울'은 그 복잡한 현대의 뒤엉킴 속에서 불길한 '음모'를 본다. 그에 대항할 만한 의지를 포기한 자의 피로가 이 세계를 석화(石化)시킨다. 무기력증에 빠진 자에게 세상의 모든 것은 돌덩어리로 변하는 것이다. 그의 숱한 시들에서 보이는 '생명체의 인공화' 모티프가 이 시에서 그 싹을 보인다. 통제되지 않는 거울 속의 존재는 이 현대적인 문명의 모든 대상과 더불어 점차 피와 살과 영혼으로 구성된 나로부터 떠나간다. 그것은 마치 기계적인 존재처럼 인공화된다. 「시 제11호」에 나오는 신체는 인공적인 부속물들이 엉성하게 합쳐서 만들어진 인형처럼 보인다. 어두운 밤 속에서 "제웅처럼 자꾸만 減해간다"(「가정」)는 주제는 그에게 다가오는 가련한 연인인 광녀나 '작난감 신부' 같은 여인들에게도 그대로 해당되는 것이다. 그의 놀이는 진정한 생명의 활기가 사라져가는 이 석화된 세계의 단편들을 가지고 점차 수동적으로 폐쇄되어가는 작은 놀이공간 속에서 놀이의 활력을 시험하는 것일 뿐이다. 그에게 그것은 "囚人이 만들은 소정원"으로 상징된다. 그가 자신의 지식이나 사유 그리고 언어들을 가지고 복잡하게 이리저리 배열하고 짜맞추며 뒤집고 뒤트는 것들은 일종의 놀이의 기하학이라 할 만하다. 그러나 그것은 엄격한 이성의 통제와 세상의 구조와 의미를 정복하며 새로운 지평선을 넓혀가려는 건강한 기하학은 아니다. 그의 난해한 작품들은 이미 피로한 자로서, 더이상 앞으로 나아가기를 포기한 자로서, 유폐된 채 스스로를 해체해가며 이상한 신경증적 무질서와 사유의 오만한 계산들을 뒤섞어 만들어졌다. 생명의 즙들을 증발시키는 삭막하게 무미건조한 인공물들을 조립함으로써 '최저

낙원'을 건설하려는 것이 그의 문학적 실천이었던 것이다.

이러한 피로가 요즈음의 시인들에게는 일반적인 것이 된다. 어느 젊은 시인은 '먼지의 세월'을 살면서 텔레비전과 신문과 침대의 먼지 속에서 먼지의 죽음을 만진다.(남진우, 「먼지 속의 속삭임」, 『타오르는 책』) 시간의 너무나 빠른 흐름 속에서 늙어감을 감지하는 피로는 한 여성 시인에게 한 박자 늙는다는 표현을 쓰게 만든다. "어제가 아닌 오늘 나는 또한번 흘렀다/다만 나는 강물이 아닌 육체여서 또한번 흐른 내 육체는 어제보다 한 박자 늙어 있는 것이다"(이선영, 「어제가 아닌 오늘」, 『평범에 바치다』). 싱싱한 창조적 생명력의 열기가 사라진 시대의 분위기는 '황무지'라는 말을 이 시대를 표현하는 말로 다시 등장시키기도 한다. 마음의 창이었던 눈에서 진실을 읽지 못하는 시대를 "눈은 마음의 창이 아니라 마음의 그림자이다/철저히 모욕당한 영혼의 흔적"이라고 하는 시인은 이 시대를 통찰력을 잃어버린 황무지의 시대라고 정의한다.(김상미, 「잃어버린 눈」, 『검은 소나기 떼』)

이러한 통찰력의 상실은 위 시인의 시에서처럼 이 시대의 깊이 없는 문화를 만들어낸다. 아니 그 반대로 깊이 없는 문화의 전면화, 일상화 때문에 끈질긴 사유도 깊이를 뚫고 들어가는 통찰력도 사라진 것이다. 마음과 영혼의 깊이가 없는 육체, 그 육체의 느슨한 무의식과 일상적 의식의 기묘한 결합에 의해서 글쓰기 역시 깊이를 거부한 채, 긴장된 탐구와 팽팽한 논리나 열정도 없이 복제된다. 쉽게 어디에서나 인용되는 언어들의 조합이 '시'라는 이름으로 등장한다. 우리는 바로 이 부분에서 우리 시대 시의 피로와, 바닥의 가벼운 흥분들을 가지고 시로 만드는 행위를 보게 된다. 이승훈의 「난 글 쓰는 사람」은 이미 오래전에 그 피로를 시작했던 이상한테서 이어받은 한 줄기 현대적 주제가 이 시대에 와서 어떻게 그 종말을 겪고 있는지를 보여준다.

난 글 쓰는 사람

불행이여 우린 실컷 싸웠다

난 위대한 작가가 아니야

난 위대한 시인도 아니야

난 글 쓰는 사람

난 글을 사랑하는 사람

난 언어를 사랑하는 사람

언어여 우린 실컷 싸웠다

이제부턴 휴식이다

(……)

나의 병은 글쓰기 나의 병은

나의 건강 오늘도 글을 쓰고 지치고

언어여 당신에게 전화를 했지

내가 쓰는 글은

나의 애인, 나의 정부, 나의 천국

나의 지옥, 나의 숨결, 나의 가슴

나의 가슴의 흉터, 나의 섹스

서지 않는 섹스 오 내 사랑,

나의 항구, 나의 결핍, 나의 몸

이유는 없다

난 그냥 글 쓰는 사람

(……)

—이승훈, 「난 글 쓰는 사람」 중에서

이제 한 가지 주제에 대한 깊이 있는 탐구를 진실이나 진리와 연결시
키지 않는 이러한 진술을 더이상 소개할 필요는 없을 것이다. 언어의

기표에서 모든 철학적 성찰이나 판단 그리고 진지한 토론의 가능성을 포기하며 피로 속에 가라앉는 이러한 시에서 시인의 포스트모던한 세계관을 읽는 것은 비평가들의 임무인지 모르겠다. 아니면 그러한 시인 속에서 그러한 비평가의 고상한 목소리가 들리는지도 모른다. 그러한 복잡한 문제를 떠나서 이 시는 무한하게 확장되어가는 정보의 물결 속에서 오늘날 언어가 어떠한 상황에 처해 있는가를 역설적으로 보여준다. 노혜경의 「포스트모던 실종 1」에서 '잃어버린 편지'는 반대로 기표의 위력을 시위하는 현대의 다른 풍경을 보여준다. 시인은 그 위력과 맞서는 한판 게임에 들어서 있다.

우리가 위에서 소개한 이러한 문학현상은 한마디로 말한다면 생명력 있는 대상들의 붕괴현상이다. 대상의 실제적인 무게가 점차 삭제되어 감으로써 언어의 기표들이 주인공이 될 수 있었던 시대만 해도 행복했던 시절이라고 오늘날 시인들은 회상하고 있는지 모른다. 그 무게가 나가는 언어들을 가지고 시인들은 그것을 무기처럼 휘두르며 세상을 휘젓고, 또는 그 언어들의 차이들을 점검하고 그 법칙을 탐구하면서 이 세상의 진면목을 파악하려는 야망을 가졌던 것이다. 그러나 이미 출발점에서부터 이상이 그랬던 것처럼 시적인 언어는 현실의 광범한 세계로부터 후퇴하여 작은 공간 속에 유폐된 채 '세계에 대한 기억' 대신에 의식과 무의식의 자유로운 환영으로 나아갈 조짐을 보였던 것이 아니었던가? 우리의 경험들을 소화하여 하나의 견고한 구조로 묶어내던 '이야기'와 '상징' 그리고 우주적 신화에 대해 머뭇거리고 비웃으며 거부하는 언어들이 우리 시대에 남게 되었던 것은 아닐까? 그리하여 정보가 빛의 속도로 광활한 공간을 여행하는 오늘날 그러한 언어들은 사이버적인 존재와 결합되어 점점 더 빠른 존재, 우리의 육체를 벗어나서 새로운 환영적 존재 속에 둥우리를 트는 존재가 되어버렸다.

2. 사이버적인 글쓰기의 특징

기표들의 빛이 빠른 속도로 출렁이는 무한한 정보의 바다를 접하게 된 이 사이버 시대에 과연 시문학은 어떻게 존재하며, 또 어떤 의의를 갖는 것인가? 이러한 사이버적 공간은 시적 창조에 어떠한 신세계를 펼쳐주는 것인가? 이러한 물음에 대해 생각해보기로 하자.

월터 옹은 전자기술에 의한 컴퓨터 글쓰기가 옛날의 구술적인 문화를 새롭게 부활시키는 측면이 있다고 보았다.[1] 그러나 그러한 구술문화적인 것의 부활이 책과 글쓰기, 인쇄의 속성이 가지고 있던 비인간성과 '죽음'을 극복하고 과거 구술문화의 활력과 따뜻한 인간성을 회복한 것인가에 대해서 물어보아야 한다. 컴퓨터는 글쓰기를 속도의 흐름 속에서 뒤흔들면서 글쓰기의 완강함과 고집스러운 지속성을 붕괴시킨다는 면에서는 옛날의 구술적 활력을 되찾는 것 같다. 하지만 그것은 쌍방향적인 대화를 닮아 있기는 해도 여전히 '말의 활력'과 기억의 내면성을 확보하지 못함으로써 폐쇄회로적인 답답함과 얄팍한 외면성 그리고 익명적인 평면주의라는 부정적인 모습을 떨쳐내지 못한다. 이러한 부정적 측면은 '기억의 내면성'을 기계적인 장치로 전환시킴으로써 생겨난 것이다. 컴퓨터의 기억장치는 기계적이며 어떠한 사유로도 유통되거나 저장된 자료들을 반죽하거나 숙성시키지 못한다. 릴케가 말했던 것처럼 우리가 알게 된 세계에 대한 지식과 체험들을 하나의 무형적인 전체성으로 변형시키는 기억과 망각의 미묘한 변증법을 그것은 만들어내지 못한다. 유기체적 생명이야말로 기억된 것들을 알지 못하고 의식하지 못하는 사이에 서로 연결시키고, 본래의 형태에서 벗어나 새롭게 변형되고 숙성된 어떤 것으로 변화시키는 것이다. 그러한 가운데 전혀 새로

---

1) 월터 J. 옹, 『구술문화와 문자문화』, 이기우·임명진 옮김, 문예출판사, 1995, 205쪽 참조.

운 의미를 빚어내기도 하는 것이다. 옹에 의하면 플라톤이야말로 이러한 인간적인 '기억'을 쓰기와 대립시킨 첫번째 철학자다. 물론 그것은 소크라테스의 견해를 대신한 것이다. 소크라테스는 "쓰기는 비인간적이고 또 쓰기는 하나의 사물이며 만들어낸 제품"이며 "기억을 파괴한다"고 했다. 쓰기에 의해 내적인 수단인 기억은 역할을 멈추고 외적인 수단에만 의존함으로써 인간은 '망각' 속에 빠져든다. 그것은 정신의 약화를 가져온다.[2]

사이버적인 대화적 글쓰기가 여전히 이 어두운 '망각'에서 벗어나게 해주지 못하는 것은 분명하다. 이 대화는 오랜 기억과 창조적인 사유와 상상 그리고 휴식의 시간들을 기다려주지 않는다. 이 대화는 서두르는 시간 속에서 어떠한 기다림도 없는 성급한 만남 속에서만 이루어진다. 어떻게 보면 이러한 사이버적 대화는 인쇄적인 글쓰기에서보다 더 심각한 비인간화를 촉진하는 것처럼 보인다. 인간의 육체에 의해 미묘하게 작동되던 언어의 '기억과 망각의 변증법'이 점차 역할을 잃어버리게 된다. 육체의 여행과 체험 그리고 육체의 민감한 표면들에 각인되던 것들이, 언어의 대화적 지평 속에서 작동하던 의미론적 파동들이 이 짧은 그리고 단속적인 기계적 시간 속에서 마멸되고 깊이와 두께를 상실하게 된다는 것은 자명하다. 그러한 모든 복잡함을 사이버적인 글쓰기와 대화는 몰아낸다. 그렇다고 해서 사이버적인 글쓰기가 인쇄문화적인 글쓰기보다 나쁘게 평가되었던 것만은 아니다. 그것은 오히려 몇몇 선구적인 비평가들에게는 근대적인 인간의 글쓰기가 갖는 권력과 그에 의한 통제로부터 벗어나서 새로운 글쓰기를 가능하게 해주는 것이었다. 데리다와 푸코, 보드리야르 같은 사람들이 그러한 생각을 보여준 대표적인 경우다.

---

2) 같은 책, 125쪽 참조.

종이 책과 선형적(線形的)인 글쓰기가 끝나고 있음을 데리다는 『문자학에 대하여』에서 말했다. 데리다는 언어와 세계의 조직화가 글쓰기의 선조적인 시간성과 맞물려 있음을 간파했다. 그에게 문제되는 것은 '상징의 선조성(線條性)'을 어떻게 파괴할 것인가였다. 그에 의하면 근대적인 역사관의 바탕이 되는 선조적인 시간은 근대적인 이성적 '인간'이 만들어낸 것이었다. 과거의 신화가 상징들을 다차원적인 의미로 해석하며, 연속적이고 논리적인 역사적 시간이 아니라 서로 다른 시간대의 역사적 체험이나 사유들과 조응한다는 점을 데리다는 상기시킨다. 마렝에 의하면 신화적인 이야기는 시간을 앞서는 시간, 근원적인 시간에 대해 언급한다. 그것은 제의적인 것으로서 역사 이전의 역사에 대해 말하는 것이기도 했다.[3] 데리다는 신화적인 것이 지닌 창조적 다양성을 억압한 근대적 선조성에 대해 전쟁을 선언하고, 파괴적이고 해체적인 글쓰기를 시작했다.[4] 나중에 마크 포스터는 이러한 데리다의 작업을 '형이상학적 주체의 틀을 해체하는 것'이라고 정의했다. 포스터에 의하면 전자적인 글쓰기는 데카르트적인 주체, 칸트적이고 헤겔적인 주체 등의 근대적인 주체들을 분산시키고 해체한다는 것이다.[5] 데리다의 주장을 포스터는 사이버적인 시대에 대한 데리다의 예언이라고 생각한다. 컴퓨터에 의해서 텍스트는 탈인간화되고 개인성의 흔적들은 제거되며, 글자 표시들은 탈개인화된다.

이러한 데리다의 생각은 근대적인 형이상학[6]이 계속해서 인간의 본질을 이성적 동물로 규정했던 것을 무너뜨린다. 데리다가 하이데거론

---

3) Timothy Murray, *Mimesis, Masochism, and Mine*, The Univ. of Michigan Press, 1997, p.115.

4) Jacques Derrida, *Of Grammatology*, The Johns Hopkins Univ. Press, 1977, pp. 84~86.

5) 마크 포스터, 『뉴미디어의 철학』, 김성기 옮김, 민음사, 1994, 188쪽.

6) 같은 책, 214쪽.

에서 대비시켰던 정신으로서의 이성과 육체로서의 동물성 중에서[7] 그는 글쓰기 속에 스며 있는 이성적 정신을 비판하고 있는 것이다. 그는 『글쓰기와 차이』에서 프로이트적인 '글쓰기의 장면'을 상세히 분석했다. 그것은 문자 속에 스며 있는 흔적과 차이의 미묘한 움직임과 극적인 드라마들에 대한 분석이다. 아르토의 잔혹극적인 언어들에서 솟구치는 육체적 광기의 드라마들 역시 그러한 글쓰기의 드라마 속에서만 논의된다. 사실 아무리 이성에 대한 비판이 제기되고 육체적인 것의 흔들림이 개입된다 하더라도 여전히 '텍스트'의 범주 밖으로 나가지는 못한다.

데리다의 이러한 논의 방향이 사이버적인 환영의 세계로 자연스럽게 진입한다는 것은 당연해 보인다. 글쓰기와 기억 사이에 있는 공간에서 그 양쪽을 모두 혼란스럽게 만들며 서성이는 유령[8]이야말로 사이버적인 글쓰기에 와서 전면화되는 것처럼 보인다. 마치 유령처럼 시간과 공간의 제약을 무시하고 전 세계적인 규모로 갑작스럽게 출현하는 환각과 정보, 글쓰기들이 오늘날 일반적인 양식으로 존재하게 되었다. 오늘날 세계는 유령이 출몰하는 찰스 디킨즈의 도시처럼 된 것이다.

3. 해체적인 시와 유령적인 시

세계가 순식간에 뒤바뀌는 컴퓨터의 가상세계 속으로 들어가 순간적으로 변화되는 삶에 희열을 느끼고, 그 속에서 점차 단속적으로 명멸되는 존재의 불안에 대해 시인들은 시를 쓴다. 컴퓨터 속에서 보고 느끼고 주문하며 대화하는 것들은 모두 유령적이다. 이원의 「나는 클릭한다 고로 나는 존재한다」(『현대시』 2000년 12월호)는 그러한 사이버적인 특

---

7) Jacques Derrida, *Of Spirit*, The Univ. Of Chicago Press, 1989, p.73.
8) Julian Wolfreys, *Deconstruction Derrida*, Macmillan Press, 1998, p.139.

징을 서술한다. 둔중하고 확고하며 실체감이 있어야 될 것들이 여기서
는 전부 금방 나타났다가 사라지는 환영으로만 존재한다. 데리다를 좋
아하는 이승훈 역시 그러한 생각을 시로 써놓고 있는데 「나의 한 조각
에 대해」가 바로 그것이다. "유령 선생이신 이승훈씨가 오늘은 집에서
쉬고─오랜 사고의 광란 속에서 오늘도 쉰다." 이런 구절들이 사이버
적인 분위기를 보여주는 것은 '사고의 광란'이라는 심각함을 가볍게 이
야기하기 때문이다. 어느 정도는 심각한 시인인 남진우 역시 그러한 유
령적 분위기를 「겨울 저녁의 방문객」에서 보여준다.

> 그대는 이야기하고 있었던 것일까
> 사막의 신기루 속에 떠오르는 거대한
> 모래사나이의 모습을 혹은 북극의 오로라를 등지고
> 이리로 걸어오고 있는 한 남자의 그림자를
> (······)
> 어쩌면 그는 없었던 것인지도 모른다 그는 다만 내가 지어낸
> 나와 그대 사이 건너갈 수 없는 시간의 저편에서
> 우리의 모습을 엿보고 우리의 말을 엿듣는
> 그는 어쩌면 환영에 불과할지도 모른다
> ─남진우, 「겨울 저녁의 방문객」 중에서

오늘날 시인은 마치 유령 같은 어떤 존재들과 사귀고 있는지 모른다.
그들과 접촉하고 대화하며, 자신의 기다림을 채우고 정신의 여행을 하
며, 모든 시간을 끌어 모으는지도 모른다. 데리다적인 해체의 세계는
이렇게 해서 유령의 세계로 진입한다. 그렇다고 해서 이 두 세계가 크
게 다른 것은 아니며 후자가 전자를 극복한 것도 아니다. 그 둘 모두 들
뢰즈가 세계-알(world-egg), 또는 우주적 태아(cosmic embryo)라고

했던 '기관 없는 육체'의 강렬한 열정적 감수성을 결여하고 있기 때문이다.[9] 해체의 문제는 '문자'적 글쓰기 안에서만 논의된 기표의 놀이인 것이다. 유령적인 것 역시 기호의 과잉생산으로 인한 기호의 무의미, 무차별화의 진행 속에서 더욱 선명한 현상이 되었던 것이다.

우리 문단에서 해체주의 시에 대한 논의는 십수 년 전에 시작되었다. 그러나 해체적 담론들은 당시에 오늘날같이 인터넷이 왕성하게 발전된 상황 속에서 이루어진 것은 아니었다. 지금처럼 컴퓨터를 통한 커뮤니케이션이 일상의 큰 부분을 지배하게 된 것은 불과 몇 년 사이의 일이다. '종이책의 위기'는 아직까지는 예언적인 말이지만 이러한 인터넷의 발전을 염두에 두었을 때 그 시기가 얼마 남지 않았다는 느낌을 반영하고 있다. 그러한 위기감이라는 것이 문학적 글쓰기 전체를 압박해 들어가고 있음을 많은 문인들은 느끼고 있다. 시인들은 이제는 과거 어느 때보다 잡담 같은 수다스러움으로 시를 메우고, 길거리에 굴러다니는 언어처럼 닳고 닳은 그리고 별로 진지하지 않은 언어들을 시 속으로 끌어들이고 있는 것이다. 이제는 '해체'라는 말로 심각하게 무엇을 파괴하거나 비판하려는 열정이나 몸짓도 없는 것 같다. 그리고 거꾸로 점차 그 중요성이 적어지는 고전적인 시의 작업 장소인 종이와 연필, 글자에 대한 고고학적 집착이 생겨나기도 한다. 신성함이 사라진 그 장소에서 쓸쓸해진 옛날식 애정의 기묘한 심리학을 펼치기 위해서 말이다.

오늘날 이 땅에는 이제 진정한 떠돌이 시인이 없다. 미당이 떠돌이 창녀시인 황진이를 통해서 추적하던 시인의 초상은 사라져간다. 백석의 유랑이나 정지용의 여행, 그리고 오장환의 방랑은 적어도 스스로의 존재에 대한 물음이자 타락한 세계의 진실을 찾으려는 노력이었다. 함북 경성과 서울의 거리를 좁히지 못한 채 그 틈 속에서 찢겨 있던 김기

---

9) Ronald Bogue, *Deleuze and Guattari*, Routledge, 1989, p. 95.

림은 보들레르의 여행을 찬양했다. 그는 그 여행을 통해서 자기 존재를 파악하는 데 도움을 줄 수 있을 것이라고 생각했던 것이다. 그래서 그는 서울거리를 배회하는 삶의 형식 속에 세계에 대한 광활한 여행의 형식을 겹쳐놓을 수 있었다. 그에게는 그것이 한 시인에게 다가온 문제, 즉 "한 시대와 사회의 유동상(流動相)의 복판에서 자기의 위치를 의식"[10] 하는 것이었던 셈이다.

김기림이 이러한 시인을 근대적인 수난자라고 불렀다는 사실, 그리고 근대 초기에 어떤 시인이 이러한 시인들의 길을 낭만적인 어조로 "피투성이 순례의 길"이라고 멋지게 표현했다는 것이 이제는 조금 멋쩍어 보이는 시대에 우리는 살고 있다. 젊은 시인들 몇 사람이 요 몇 년 사이에 요절했지만 그렇게 큰 뉴스거리가 되지 못하는 시대에 우리는 있다. 그러한 죽음들은 문단의 한 그룹에서 조용한 애도의 분위기를 넘어서지 않고 그저 평범한 한 개인의 죽음처럼 사라지게 되었다. 이제 매체 속에서 그러한 현실들은 너무 작은 부분에 속할 뿐이다. 신문이나 방송 그리고 컴퓨터 속에서 폭발하는 스펙터클, 해프닝, 수다한 잡담 등에 시인의 죽음은 파묻힌다. 정보의 엄청난 홍수가 무서운 속도로 흘러가는 시대에 어떠한 문자도 이제 삶의 깊이를 감당할 수 없게 되었다. 너무나 오랜 시간을 끄는 사색도 몽상도 이 정보의 속도에 휩쓸려나가는 상황에 이르게 되었다. 오늘날 시인들은 자신들이 쓰는 말들이 새롭게 처한 운명에 맞닥뜨리게 되었는데, 이것이 어떤 경우에는 새로운 멋진 신세계로 보이는 반면 어떤 경우에는 그러한 것에 대한 극도의 혐오나 비판으로 나타나게 되었다.

오늘날 진정한 시인들은 이러한 환경에 저항한다. 이미 맥루한도 논의거리로 삼았던 현대매체의 '자극적(hot)'인 성격은 언어의 진지함을

---

10) 김기림, 「신춘의 조선시단」, 조선일보 1935년 1월 3일자.

쓸데없는 재치놀음으로 대체하는 데 공헌했다.[11] 그러한 언어들은 들뢰즈적인 개념인 세계-알로서의 육체가 갖는 강렬성이 없다. 그리고 릴케처럼 체험을 오래도록 반죽하는 창조적인 내면성의 깊이도 간직하지 못한다. 릴케적인 체험은 시인으로 하여금 이 세상을 떠돌면서 자신의 육체를 활짝 그 밑바닥까지 열어놓도록 만드는 것이다. 일찍이 미당은 떠돌이들의 인생과 예술가의 인생을 겹쳐놓고 그것을 주제로 시를 썼으며, 그리고 그러한 체험들 가운데 녹아 있는 영원의 시간을 관조했다. 그 시간은 마치 「이조진사李朝辰砂」(『떠돌이의 시』)의 도자기처럼 생의 가장 강렬한 '심장의 붉은 물감'이 되어 이 세상의 무수한 시간 속에서 되풀이되는 수많은 삶들을 윤회하면서 영원회귀하게 된다. 미당의 「침향沈香」(『질마재신화』)은 그 영원한 시간의 깊이 속에 자신들의 삶을 참여시키는 그러한 삶의 양식을 노래한 것이다. 질마재 마을의 설화적인 이야기들은 모두 그러한 삶에 참여한다. 그의 시들은 구술적인 대화체의 그 끈끈한 삶의 결을 놓치지 않는다.

오늘날 우리는 무서운 속도로 날아다니는 정보의 수집과 전달기관들에 둘러싸여 산다. 오래도록 구워내는 하나의 도자기 같은 삶은 질마재 마을의 삶처럼 구닥다리 같은 것이 되었다. 이제 이 현대도시는 그리스 신화에 나오는 소문의 여신인 파마가 사는 집들로 이루어진다. 파마의 집이란 어떤 것인가? 그것은 땅과 하늘과 바다가 만나는 이 세상의 한가운데에 있으며, 이 세상의 모든 것이 내려다보이고, 이 세상의 모든 소리가 들리는 곳이다. 그곳의 산꼭대기에 소문의 여신인 파마가 산다. 그녀의 집은 밤낮으로 열려 있다. 수천 개의 문이 항상 열려 있으며, 집의 재료는 소리를 잘 울릴 수 있도록 청동으로 만들어져 있다. 그 집 안은 오고 가는 말로 항상 시끄러워서 침묵과 고요라는 것은 존재하지 않

---

11) 조너선 밀러, 『맥루한』, 김영로 옮김, 탐구신서, 1981, 157~158쪽 참조.

는다. 이 집의 주인들은 이렇게도 들리고 저렇게도 들리는 갖가지 소문, 참말 같기도 하고 거짓말 같기도 한 갖가지 소문을 모아들인다. 이 집에는 '경거망동', 생각이 깊지 못한 '실수연발', 터무니없는 '기쁨', 소심한 '공포', 당돌한 '선동', 어디에서 왔는지 아무도 모르는 '속삭임'이 식객으로 붙어 산다.[12]

오늘날 이 파마의 여신이 사는 집은 현대도시에서 현실화되었다. 신문과 텔레비전 그리고 컴퓨터 망으로 이어진 대중매체의 거대한 그물은 이 도시 전체를 하나의 '소문의 집'으로 만들어버렸다. 모든 소문의 시끄러운 말들로 가득한 이 공간에서 현대인들은 태어나고 죽는다. '청동의 거실'이라고 오비디우스가 표현한 그 공간은 항상 웅성거리는 소리로 울려대는데, 오비디우스는 그러한 소음들이 귀 얇은 사람들한테서 모아진 소문들의 거대한 합성음임을 말해주고 싶었던 것 같다. 소문에 의해 삶의 의미와 방향을 잡고 미래를 설계하며 타인들의 욕망을 숨쉬며 산다.

노혜경은 그러한 소문의 집으로서의 현대를 특징짓는 오늘날의 가상 존재를 하나 만들어낸다. 「멀티미디어 베이비 자장가 1」에서 그녀는 그 얇은 껍질 같은 현대의 삶을 환상적인 희극으로 그려 보인다. 소문의 허영적인 포장들로 먹고 살아가는 사람들의 희극적인 모습들이 죽을 때까지 늙지 않고 아기로 남아 있는 '날개 달린 아기'라는 이미지를 만들어냈다. 여기에 나오는 텔레비전 기자는 "모든 심오한 진리는 전파 속에 있거든—그 가운데서도 가장 심오한 것은 전파는 임신시키기도 한다는 사실이야" 하고 말한다. 다소 해설적인 면이 있다고 해도 현대적인 삶의 한 본질을 극화시킨 이 시는 오늘날 소문의 집에 사로잡힌 사람들 속에서 시인의 언어가 어떤 식으로 맞서 있는지 보여준다. 그것은

---

12) 오비디우스, 『변신이야기 2』, 이윤기 옮김, 민음사, 1998, 152쪽.

소문의 유령적인 성격을 간파하고 그것에 홀려서 일생을 허망하게 탕진하는 삶을 비판하기 위한 것이다. 김상미는 이러한 소문의 유령을 단순화시켜 "타인들의 시선이 둘러싸고 있는／포장꾸러미"인 '캄캄한 밤'으로 표현한다. 그 어둠은 타인들의 '넋두리'로 이루어진 것이다. 그녀는 "넋두리는 포장지와 같다／포장지를 뜯어보지 않고선／그 속에 무엇이 들었는지 아무도 모른다"(「넋두리」)라고 말한다.

그러나 벤야민이나 엔첸스베르거 등이 그랬던 것처럼 매체의 발전이 가져올 대중적 해방이라는 긍정적인 가치에 대해 생각하고 기대하는 움직임들이 상당히 거센 조류로 움직이고 있다. 어떤 경우는 그러한 매체를 주도하는 기관들이나 회사들의 거대한 지원 속에 있는 비평과 창작활동이 있으며, 그 바깥에서 개인적으로 새롭게 다가오는 사이버적인 환경에 대해 매혹되며 그 환상적인 새로운 낙원에 대한 꿈으로 흥분하는 예술가들도 있다. 이러한 움직임들에 의해 새로운 예술들이 탄생하는 것은 기대해볼 만한 일이다. 인쇄문화가 처음 시작될 때에도 그에 대해서 비판하고 회의하며, 창조적인 것의 사망을 점쳤던 수많은 논의들이 있음에도 불구하고 그것은 새로운 글쓰기의 발전을 통해서 근대적인 문학의 거대한 봉우리들을 만들어냈던 것이다. 사이버 매체에 대해서도 이와 비슷한 이야기가 가능하지 않겠는가.

4. 하이퍼텍스트 시의 실패와 사이버 로봇 시인의 가능성

컴퓨터의 새로운 정보축적 기술과 현실 이상의 리얼리티를 보여주는 가상 시뮬레이션에 도취된 많은 사람들은 사이버 유토피아를 꿈꾸며 그 세계를 건설하는 일원이 된다. 100여 명 이상의 시인들이 문예진흥원 '새로운 예술의 해' 사업의 일환인 '언어의 새벽'이라는 하이퍼텍스트 작업에 매달렸는데 거기서 시인들은 문자의 주도적 지위 하락을 인정하면서 다른 매체들, 즉 동영상, 음향 등에 매달리는 실험을 했다. 이 실험의 의도에 대해 설명한 한 부분을 읽어보면 이렇다.

> 이 실험의 기본적인 의도는 동영상 음향을 주된 매질로 하고 감각적 반응시간을 최대한도로 단축하는 하이퍼텍스트를 순수한 문자언어로만 구성하여 감각적 반응시간을 가능한 한 지연시키고 그 사이에 사유와 상상이 개입될 여백을 열어놓음으로써, 문자언어 특히 문학의 고유한 본성인 반성적 활동을 하이퍼텍스트에 심어보고자 하는 것입니다.[13]

이 작업은 김수영의 「풀」을 기본 텍스트로 하고 있다. 최초의 씨앗글인 이 시의 한 부분(한 단어나 한 구절)을 클릭하면 이어서 새로운 시를 접목시킬 수 있다. 그런데 여기에는 제한적 규정이 있다. 즉 적어도 김수영의 시 「풀」의 중심단어인 '풀'이나 '눕는다' 등 몇 가지를 반드시 몇 군데 집어넣어야 한다. 글의 분량은 400자 이내로 제한된다. 그리고 이렇게 해서 만들어진 시는 또하나의 씨앗글이 되는데 이 글에 접속한 사람은 새로운 시를 거기 덧붙일 수 있다. 이렇게 해서 '언어의 숲'을 만들어낸다는 것이다.

이 작업의 목표는 문학과 멀티미디어의 만남을 통해 문학의 새로운 장르를 탄생시키는 것이다. 그러나 작업의 결과는 참담한 모습을 드러낸다. 소위 집단창작의 한 유형이 거대한, 시작도 끝도 통일성도 없는 텍스트를 통해 드러났다. 글 쓰는 시인들은 이름을 남겼지만 누구라도 좋을 정도로 익명의 상태가 되었다. 해체주의 이후 비판의 초점이었던 부르주아적 개인의 글쓰기 주체는 이렇게 해서 사라진다. 그러나 그렇

---

13) www.spritandeye.com의 「언어의 새벽 — 하이퍼텍스트와 문학」에서 「언어의 새벽이란?」 부분.

다고 해서 이 익명의 거대한 사이버텍스트가 단순한 퍼즐식 언어게임 수준 이상이 되는 것은 아니다. 수많은 시인들이 가지를 치는 시들은 단지 몇 가지 단어들의 공유라는 연관성만으로 엮인 채 각각 고립된 섬으로 흩어져 있다. 그 각각의 시들은 김수영의 시 「풀」을 이리저리 잘라내고 다른 구절들을 적절히 이어 붙인 모자이크적 텍스트들이다.

　이러한 작업은 80년대 중반 프랑스에서 리오타르가 벌였던 실험에서 힌트를 얻은 것 같다. 리오타르는 〈비실물非實物〉이라는 제목의 전시회에서 집단적인 컴퓨터 글쓰기를 실험했는데, 이것은 작가 26명에게 전시회가 선별한 50개의 단어들을 컴퓨터를 이용해 정의하는 것이었다. 이러한 정의는 데이터베이스에 저장되었고 다른 작가들이 이 데이터베이스의 텍스트에 자신의 논평을 덧붙였다. 리오타르는 여기서 언어들이 합의를 지향하기보다 분쟁(differend)을 지향한다는 것을 예측했다.[14]

　주체의 분산이 이 실험의 주제다. 「언어의 새벽」 역시 하나의 완결된 작품을 만들기보다는 서로 상이하게 흩어지는 분산적 텍스트, 어떠한 중심도 시작도 결말도 없는 텍스트를 지향한다. 그러나 그것뿐이다. 이 문학의 숲에서 우리가 만나는 것은 문학의 형편없는 가난함과 무기력일 뿐이다. 타 매체와의 결합 속에서 문자언어는 가장 재주 없는 모습을 드러낸다. 그것은 영상들의 하이퍼리얼한 발전과 가상적 시뮬레이션들의 역동적인 드라마와 비교해볼 때 선명히 드러난다. 마치 어떤 바보들이 문학이 성취했던 사유와 상상, 기법이나 문체 등을 다 팽개치고 가장 빈곤한 수준에서 이리저리 헤매는 것을 두고 새로운 경지라고 착각하는 것과도 같은 꼴이다. 주체의 분산이 이러한 헤매임을 두고 말하는 것이라면 얼마나 한심한 일이란 말인가?

　주최 측은 이 실험을 두고 '시민민주주의적 실험'이라고 했으니 '주

---

14) 마크 포스터, 같은 책, 216쪽 참조.

체의 분산'에 대해 우리가 논의한 것 자체를 부정하는 꼴이 되었다. 시민이란 근대적 주체의 확립과 관련되는 것이므로 근대적 주체를 비판하려는 마당에 오히려 그곳으로 되돌아간 꼴이 된 것이다. 김수영의 시민성, 4·19의 시민혁명이 이 실험의 사상적 기반으로 제시되어 있다.

아마도 이 실험이 진정 새로운 사이버 문학의 수준 높은 가능성을 지향하려 했다면 이러한 사상적 혼란부터 극복한 자리에서 출발했어야 할 것이다. 언어퍼즐 게임에 오락적으로 참여하는 대중을 끌어들이는 것이 문학의 민주주의라고 착각하는 것이야말로 얼마나 순진한 일인가. 집단의 참여는 그 양으로 측정되어야 할 일이 아니다. 많은 사람의 참여가 중요한 것이 아니라 그들 간에 어떤 관계가 이루어지는가 하는 것이 더 중요하다. 필자의 생각으로는 심심풀이 낙서장 수준을 넘어서기 위해서는 적어도 논쟁적인 주제가 던져졌어야 했다. 김수영이 시를 쓴 관점과 맞서서 그에 대해 논쟁적으로 된 다른 사상이나 상상력에 의해 「풀」을 해체하고 다시 쓰는 텍스트들이 그로부터 출몰할 것이다. 적어도 그러한 것들은 그저 약간의 오락적 흥미에 머물러 인터넷을 들락거리는 태도를 지양하게 될 것이다.

대중들을 끌어들이기 위해서는 골치 아픈 논쟁거리들을 집어치워야 한다고 생각한다면 그것은 대중을 우롱하는 태도다. 오락게임의 치밀한 전략들에 대해 끈질기게 접근하는 대중들은 누구인가? 스타크래프트의 복잡성은 문학의 대중성에서는 걸림돌이 되는가? 대중성을 위해 문학의(여기서는 시 장르의) 고도한 기술과 언어의 전략들을 포기한다는 것은 여전히 대중에 대해 위에 있다고 생각하는 사람들의 자만에서 나온다.

그러나 이 「언어의 새벽」이 보여준 실험은 우리에게 사이버 시의 새로운 가능성을 암시하는 것처럼 보인다. 그것은 사이버 로봇 시인의 가능성이다. 먼저 가장 기본적으로 컴퓨터의 데이터베이스에 들어 있는 수많은 시 텍스트와 언어사전 그리고 사회, 문화, 예술의 텍스트들을 검색하는 기계와 문장구성 기계가 결합된 상상적 로봇이 필요하다. 시인의 역할을 맡을 사람은 언제나 이 로봇을 하나의 시인기계로 만들어내도록 조작하고 그 기계를 시적으로 숙련시켜야 할 것이다. 이 로봇은 처음에는 초보적인 시인이 되는데, 예를 들면 어떤 가상의 숲을 만들어내는 일부터 시작한다. 휴식과 몽상 그리고 공포와 괴기가 뒤얽힌 숲을 만들어보자. 휴식과 공포가 동시에 깃들려면 어떠한 숲이어야 하는가? 로봇은 휴식과 공포의 기본개념들과 연관된 정보들과 단어들을 뒤져내야 한다. 조작자는 로봇과 함께 자신의 휴식과 공포를 어떤 층위에서 결정할 것인지 선택해야 할 것이다. 아마도 로봇은 쥐라기 공원의 섬을 검색해낼지 모른다. 공룡들이 서식하는 숲속의 유리공원이 선택된다. 그리고 '섬'은 '숲'을 보완하는 의미론적 담이 된다. 로봇은 여기서 이렇게 질문할 수 있다. 이제 참여자는 이 섬과 숲에 대해 어떠한 관계를 가지고 싶은가? 거리, 시간, 친밀도의 관계. 어떠한 영역의 주제로 접근하고 싶은가? 심리학적, 정치적, 고고학적 등등. 그리고 선택한 것들의 구성요소들로 이루어진 가장 기본적인 문장을 가지고 변형을 시작한다. 시적인 여러 가지 장치들을 준비한 기계가 이때 동원되기 시작한다.

너무 방대한 정보를 담고 있어서 무한하게 여겨지는 보르헤스적인 바벨도서관을 건드려서 로봇 시인을 미로에 빠뜨린 것은 아닌가 걱정할 수도 있을 것이다. 그러나 특정한 제한들을 두고 작업한다거나 몇몇 시들을 기초로 패러디하는 작업에서 출발한다면 그렇게 막막한 이야기는 아니다. 앞으로 누구나 이러한 로봇 시인을 만들어내고 키워내고 성장시킬 수 있다. 만일 이러한 일이 실제로 상당한 수준에서 실현될 수 있다면 이러한 물음이 제기될 수 있을 것이다. 이 로봇 시인은 '창조적 주체'를 가지고 있는가? 그의 가상세계는 어떠한 의미를 갖는가?

보드리야르는 엔첸스베르거를 통해서 '인간기계론의 환상'이라는 비판적인 생각을 개진하고 있다.[15] 엔첸스베르거는 대중매체가 주체와 대상의 변증법적 상호작용을 통해서 유연한 역할교환과 되먹임구조(feedback)를 보여준다고 했지만, 보드리야르는 엔첸스베르거가 기대했듯이 그러한 것이 검열과 통제를 벗어나서 민주주의적인 기능을 효과적으로 발휘할 수 있다고 보는 것에 대해 회의적이다. 우리가 위에서 거론한 로봇 시인은 사실 이러한 대중적 소통관계 속에 참여해야 하며, 수많은 되먹임구조들을 소화해야 한다. 그것은 사이버 가수처럼 대중들의 시인이 되어야 하는 것이다. 그런데 보드리야르가 생각했던 것은 이러한 대중매체의 조작이 그 자체 속에 통제적인 검열 기능을 지니고 있다는 것이다. 로봇의 인공두뇌는 이러한 범주를 벗어날 수 없다. 그것은 한 사회 속에서 저절로 작동하는 많은 대중적 삶의 구조들을 닮을 뿐이다. 그의 가상세계는 대중들의 조작된 환상의 영역을 벗어날 수 없을 것이다.

5. 사이버 매체의 충격과 시의 변모

우리에게는 아직 진정한 하이퍼텍스트 시나 사이버 시는 없다. 컴퓨터 작업 속에 뛰어든 문학적 글쓰기들은 여전히 종이 위의 글쓰기와 크게 다르지 않다. 사이버 문학관인 '시인학교'나 '현대시 엔터테인먼트' 'offoff' 등 시와 관련된 사이트를 모두 뒤져보아도 새로운 사이버 시는 나타나지 않았다. 그저 컴퓨터 밖에서 볼 수 있는 작품들을 사이트에 올려놓았거나 그러한 것들 중 좀 쉽다고 여겨지는 작품들을 선정해서 올린 것들이 눈에 띈다. 오히려 사이버 시대의 강렬한 충격과 인상을

---

15) 장 보드리야르, 『기호의 정치경제학 비판』, 이규현 옮김, 문학과지성사, 1992, 205쪽 이하.

새긴 시들은 컴퓨터 안에서 찾기보다 밖에서 찾는 것이 낫다. 이러한 시대의 충격을 예언한 먼 조상은 식민지 시대의 이상이다. 그의 시들은 언어의 미묘한 건축학적 설계다. 자신의 영혼과 현실의 지시대상이 삭제된 언어기호들의 미로적 건축에 대해 그는 흥미를 보였다. 그에 의해서 최초로 언어의 인위적인 실험과 조작, 게임이 하나의 미학으로 제시된다. 그는 도시의 인공물들이 증식되는 공간 속에서 가상들과 가면들의 무한한 복제와 대량생산이 주도적이 되는 사회의 미학을 그려냈다. 인공물화된 천사, 수수께끼의 쾌락을 맛보게 하는 도시의 미로, 위조된 모조품과 장난감들을 통해서 그는 희극적 유토피아(「최저낙원」)를 알게 되었다. 이러한 것들은 실재의 불완전한 모사, 자연의 불확실한 모방 때문에 희극적이 되었다. 그러나 이 희극적 가상들은 우울한 분위기에 감싸인 것들이다. 근대인들이 만들어낼 수 있는 것은 시인의 눈에는 단지 어린아이들이 유희처럼 만든 장난감 세계에 불과하다. 이상은 이 근대적 세계를 축소시켜 희화적으로 자신의 폐쇄적인 방 속에 가둔다. 그것은 마치 벤야민의 그것처럼 '집 안에 있는 도시'와도 같은 것이다.

오늘날에는 이상이 가지고 놀던 어린아이의 장난감 도시가 거인들의 도시가 되었다. 폐쇄된 자아도 없다. 가상들은 어린아이가 졸라서 간신히 갖게 된 장난감들과 달리 도처에 깔린 현실이 되고 우리 현실 전체를 끌어들이며 거대한 가상세계로 자라났다. 이상은 인공물들에 대해 그것이 지닌 위장과 가면의 독특한 느낌들을 생생하게 포착할 수 있었지만 이제 오늘날은 실재와 가상의 경계가 모호해지고 의문스러워졌으며 그 경계 자체에 대한 탐색이 삶의 한 측면이 된다. 가상들은 빠른 속도를 갖게 되었으며 그것들이 빨아들인 현실을 빠른 속도로 변화시킨다. 이상은 이러한 가상들의 속도가 느린 시대에 살았고 그 가상의 가면 뒤에 숨은 진실이 무엇인지 알려 애썼던 시대에 살았다. 가상과 가상의 연결들, 그리고 그러한 것들의 복잡한 연결인 미로 속에서 그는 해학적으로 쭈그러들면서도 진실을 찾는 게임을 벌였다. 역설과 패러디, 아이러니로 뒤집히고 긴장되어 있는 그의 언어들은 여전히 그러한 진지함을 간직하고 있다.

90년대 이후 이상의 후계자인 이승훈은 이러한 진지함을 포기한다. 그는 '포스트모더니티'를 자신의 시학으로 삼는다. 긴장이 풀어진 언어, 그저 빠져나오는 언어, 아무 의도도 없이 새어나오며 자의식을 지워 없애는 언어가 등장한다. 잡담과 비슷해지는 언어가 그의 시들에서 등장하는 것이다. 그런데 김혜순의 시들이 요즈음 이러한 수다스러움을 확장하며 또 동시에 길게 늘어지는 말들을 수없이 토막낸다. 그 토막들은 비슷한 어조들을 지니며 연결되지만 어떠한 내적 필연성을 강력하게 요구하지 않는다. 「신파로 가는 길」 연작들 중에서 1과 4가 특히 그렇다. 박상순의 여러 시들, 예를 들어 「고독의 이미지」 같은 것들 역시 비슷하다. 고독에 대한 성찰은 없으며 단지 고독이라고 여겨지는 것과 관련된 어조의 진술들이 어떤 익명의 삶의 조각조각들과 만난다. 그러한 조각들이 부담 없이 여겨지는 '사이'를 넘어서 이어지는 것은 부담 없는 상상적 연상작용에 의해서이다.

김혜순의 「출구를 찾아라」는 주체의 가상과 실재가 뒤섞인 혼돈을 보인다. 비디오의 줄거리를 가지고 시인의 의식과 뒤섞어 보여주고 있는 이 시는 컴퓨터 시스템과 연관될 때 더욱 설득력을 얻을 것 같다. 잠에 빠진 몸의 무기력은 가상들이 육박해오는 거대한 세계 속에서 움츠러든 수동적 육체와 대응된다. 가상세계의 무법자 팩맨은 잠에 빠진 '나'를 마구 침범하고 그의 세계를 가지고 '나'를 포착해서 가두어버린다.

사이버 매체의 충격은 언어의 흐름을 정보의 속도 속에서 조절한다. 하나의 언어 속에 깊이 머무르지 않게 되는 현상들이 보편적인 언어 상태로 나타난다. 옛날 정지용 같은 시인은 어떤 이미지나 언어에 망각의 깊이를 집어넣었다. 그것이 시의 언어가 되기 위해서는 오랜 기다림의 시간이 필요했다. 그러나 오늘날 그러한 언어의 금욕주의는 사라졌다. 상상과 논증, 체험, 의미의 이해를 위해 필요했던 시간들이 욕망의 재빠른 달성을 위한 속도 속에서 무너졌다. 볼츠가 말하듯이 "현대에 와서 시간구조들은 합의구조들보다 더 중요한 것"이 되었으며 "속도는 논증보다 더 중요한 것"이 되었는지 모른다.[16]

사이버 매체가 가져온 이러한 충격을 수용하는 시들이 중요한 논쟁점들로 부각되고 새로운 경지를 개척한 것처럼 평가되는 것은 꼭 바람직한 것만은 아니다. 이러한 현상들은 새로운 현상이기는 하지만 대개의 경우 문학의 위축을 가리키는 것이다. 빠른 속도로 소비되고 유통되는 언어들은 마치 어떤 여가수의 '바꿔 바꿔'라는 소리의 경련적인 리듬에 강박관념적으로 대응하는 것처럼 보인다. 깊은 사유를 담지하는 총체적 주관성, 자신의 사유 속에 신성한 중심을 깃들이게 하는 주체가 이제는 낡은 세계의 골동품처럼 취급된다. 해체주의 이후의 급진적인 사조들은 그러한 주체와 중심을 파괴하고 그것을 다수적인 것으로 분열시켜 화려한 불꽃놀이 게임으로 만들어왔다. 그러나 그것이 공격하던 대상인 근대적인 주체의 인간주의적 형이상학만이 파괴된 것은 아니다. 우리가 서둘러서 찾아내고 되돌아가야 할 곳은 오히려 신성한 중심에 있다. 그것만이 이 숨가쁜 혼돈과 혼란의 물결들을 가라앉힐 수 있는 것이며, 인간과 자연의 진정한 관계를 회복시킬 수 있을 것이다. 그 중심을 되찾는 일은 자연의 신화를 파괴한 근대적 주체를 거꾸로 넘어서서 그 이전의 신화적 세계로 되돌아가는 길이다. 컴퓨터의 세계가 이상향을 가져다준다고 섣불리 예언하는 자들에 대해 우리는 어떻게 비판해야 할지 진지하게 모색해보아야 한다. 우리의 미래가 전혀 다른 방향으로 전진할 수는 없는지 생각해보아야 할 때다.

---

16) 노르베르트 볼츠, 『구텐베르크 은하계의 끝에서—새로운 커뮤니케이션의 상황들』, 윤종석 옮김, 문학과지성사, 2000, 147쪽 참조.

두타, 태백의 이상향

1. 삼척의 지명들에 새겨진 이상향의 자취

삼척 지역의 여러 곳을 둘러보며 익혔던 풍광들을 떠난 지 이미 여러 해 되었지만 나는 그것들을 잊을 수 없다. 두타산의 무릉계곡, 구방산의 굴과 그 안의 샘, 여삼리의 장뇌주, 바닷가에 솟아 있는 촛대바위, 해신당, 감추암의 샘물 등 이 모든 것은 내 안의 깊은 곳에 간직되어 있다. 그러한 것들은 삼척 바닷가의 검푸른 바위들과 모래를 때리며 철썩이는 파도들에 감싸인 채 망상 해수욕장의 긴 모래톱과 함께 내 그리운 추억의 한 페이지가 되었다.

그러나 그러한 것들이 지니고 있는 깊은 의미가 역사의 오랜 세월을 뚫고 내 마음속에서 자신의 진정한 얼굴을 드러낸 것은 그 후의 일이다. 나는 그 지역의 아름다운 풍경들을 내 안에 들이마실 때 그리고 그것에 대한 그리움에 추억의 앨범을 정리할 때도 그 풍경들에 깃든 역사적 의미, 아니 정신적인 의미라고 해도 좋은 그러한 것을 알지 못했던 것이다. 수많은 날들이 지나고 여러 해가 바뀌면서 우리의 정신도 성숙한다. 사실 한 번의 여행만으로는 어떤 여행도 충분하지 않다. 한 번의 유람으로 어떤 곳의 풍광을 완전히 자신 속에 담아내기는 어렵다. 그 풍광에 스며 있는 인간들의 흔적이나 역사 그리고 결국은 거기 깃들어 있는 조물주의 신비를 속속들이 맛보고 깨우치기는 어려운 것이다.

동해안 일대를 유람하는 것은 예로부터 많은 사람들의 꿈이었다. 나는 이제야 그곳을 헤매던 나의 발길이 이미 수많은 세월 동안 그러한 길들을 걷고 다지던 수많은 선조들의 발자국 위를 걷고 있다는 것을 알게 되었다. 내 직계 선조의 한 분(이 분은 바로 「관산융마」와 「관서악부」로 유명한 신광수이다. 이광수는 이분을 흠모해서 그로부터 자신의 이름을 땄다는 말이 우리 가문에 전해온다)이 이미 영조 시대에 죽서루에서 풍류를 즐겼다. 더 거슬러올라가서 중종 때 다른 한 분(이 책의 1부에서 다룬 「안빙몽유록」의 작가 신광한이다)은 삼척에서 잠깐 벼슬을 하고 그 체험을 한 편의 소설로 남겼다. 그 소설은 나에게 깊은 감동과 함께 아련한 깨우침을 불러일으켰다. 두타산 깊은 계곡의 신비로운 동굴을 지나 겪게 되는 별유천지의 세계가 그 소설 속에 나오는데 그 세계는 그 소설 주인공의 정신적인 깨우침과 관련되어 있는 것이었다. 정치적 탄압 때문에 몸을 피해 세력다툼의 회오리에서 멀리 빠져나온 신광한은 이 두타산 골짜기에서 자신의 존재에 대한 철학적 성찰을 하지 않을 수 없었던 것 같다. 유학자로서의 자기 존재는 「최생우진기」라는 소설의 주인공을 통해서 비판되었다. 왜냐하면 소설 속에서 주인공 최생은 비결책(秘訣冊)을 배우고 노장철학에 빠져 있으며, 유학자들의 태도를 비난하는 시를 짓기도 했기 때문이다. 나는 이 소설을 읽으면서 결국 인간은 자신이 살아가는 지역 속에서 자신의 인생을 만들어간다는 평범한 진리를 확인한 셈이 되었다. 내 선조의 한 분이 피신 와서 그러했듯이 사람들은 자신을 둘러싼 환경 속에 많은 의미들을 부여한다. 그것은 말하자면 하나의 우주를 건설하는 것과도 같은 행위이다. 이 자연을 조물주가 창조했다면 인간은 그 안에서 자신의 세계를 창조한다. 이곳저곳에 이름을 붙이면서 인간은 자신의 삶을 고양시킨다. 좀더 가치 있는 삶을 위해서, 자신이 살아가는 곳에는 특수한 이름들이 필요하다. 오랜 세월 이 지나면 최초의 명명(命名)행위는 잊혀진다. 사람들은 그저 습관적으로 자신이 지나치는 곳의 이름을 부르며 익힌다. 이윽고 자신의 내면에 자기를 둘러싼 세계의 지도를 하나 그리게 된다. 두타산과 감추암(甘湫庵), 구방산(九房山), 미인폭포(美人瀑布) 등의 이름들도 내 안에 그러한 지도를 한 장 만들어냈다. 이제는 직접 가지 않아도 나는 그러한 지역들을 내 몽상 속에서 찾아가고 이리저리 헤맬 수 있다. 내 선조가 그곳을 떠나서 그에 대해 소설을 썼듯이 나도 내 내면의 지도 위에서 다시금 여러 가지 느낌이나 생각들을 더듬는다. 그리고 그 소설 주인공 최생처럼 내 정신의 절벽 꼭대기를 향해 오른다. 열자가 백혼무인에게 시험당하던 그 절벽을 말이다. 그 절벽은 우리 선조가 그 두타산의 용추동에서 만난 것이다. 소설 주인공 최생에게 그 절벽은 근원을 알 수 없이 오랜 세월을 흘러와서 최생의 손에 놓이게 된 한 신비로운 책과 연관되는 것이기도 하다. 그는 그 절벽 밑으로 떨어져내림으로써 신비로운 동굴 속 책을 만나게 되었다. 그것이 이제 나에게까지 흘러와서 내 안에 깃들었다는 것이 과연 이상한 일만은 아니지 않은가.

먼저 이 골짜기의 절벽이 어떤 의미를 지니고 있는지에 대해서 말해보기로 하자. 『열자列子』라는 책에는 도에 관련된 재미있는 이야기들이 많이 있다. 열자의 친구인 백혼무인이 열자의 활쏘기를 시험하기 위해 절벽 꼭대기로 데리고 올라가는 이야기도 바로 여기에 나온다. 이 책「황제」편의 한 부분을 보면 열자의 기가 막힌 활쏘기 솜씨가 소개된다. 열자는 자신의 팔꿈치에 물이 가득 찬 잔을 올려놓고 활을 쏜다. 앞에 날아가는 화살의 꼬리를 잡듯이 뒤의 화살이 날아가도록 쏘는데 마치 인형처럼 움직이지 않는 듯이 보였다. 얼마나 대단한 경지인가? 그러나 친구인 백혼무인은 이렇게 말한다. "이것은 활 쏘는 것을 의식하고 쏘는 것이지, 의식이 없이 쏘는 무위자연의 사(射)가 아니다. 그대는 나와 함께 높은 산에 올라가 위태로운 돌을 밟고 서서 백 길이나 되는 낭떠러지의 못을 굽어보면서 능히 활을 쏠 수 있겠는가?" 백혼무인은 열자를 데리고 높은 산에 올라 위태로운 바위를 밟고 백 길 낭떠러지를 향해 뒷걸음질을 쳤다. 발은 반이나 낭떠러지 밖으로 나가 걸쳐졌는데 열자를 향하여 허리 굽혀 가볍게 인사하고는 열자를 시험하고자 했다. 그런데 열자는 아직 시작하지도 않았는데 백혼무인의 그러한 모습을 보고는 땅에 엎드러져 등의 땀이 발꿈치까지 적셨다. 백혼무인은 그러한 열자를 보고 이렇게 말했다. "대저 지인(至人)은 위로는 푸른 하늘을 엿보고, 아래로는 황천의 물 속으로 들어가 팔방으로 마음대로 휘돌아다녀도 신기가 변하지 않는 법이다. 지금 그대는 겁에 질려 눈을 멍청하게 뜨고 있으니, 그대가 쏘아 맞춘다는 것은 생각지도 못할 일이로다"

두타산 중턱에서 나도 그러한 절벽을 본 적이 있다. 그 절벽 꼭대기에 자일을 걸쳐놓고 몇 명의 젊은 산악인들이 내려오고 있었다. 그러나 자신이 붙잡을 어떤 줄도 없을 때 그 절벽을 아무렇지도 않게 내려다볼 수 있겠는가? 죽음에 대한 공포, 그 까마득한 심연은 언제든지 우리를 아찔한 현기증으로 이끈다. 신기에 가까운 활쏘기의 소유자였던 열자를 백혼무인은 이 절벽에 세웠다. 이 죽음의 심연 위에서 열자는 정신이 흐트러진다. 그의 신기(神技)는 맥을 못 춘다.

사실 이 일화 속에는 심오한 도가의 철학이 숨겨져 있다. 이 『열자』라는 책은 그 첫머리에서 기근이 들어 살기 어렵게 된 정나라를 떠나는 열자를 소개한다. 그때 제자가 위나라로 떠나는 열자를 붙잡고 가르침을 청한다. 이때 열자는 자신의 스승이었던 호구자림이 자신의 친구인 백혼무인에게 말했던 것을 전해준다. 그것은 모든 생성변화의 근본자리에 대한 것이었다. 모든 것은 태어나고 변화하며 왕복한다. 도를 알기 위해서는 그 밑바탕에 놓인 것이 무엇인가 알아야 한다는 것이었다. 호구자림은 황제의 서책에 있는 말을 전해준다. "황제의 서책에 이르기를 곡신(谷神)은 죽지 않는다. 이것을 현빈(玄牝)이라 한다. 현빈의 문을 천지의 근본이라고 한다. 이것은 면면히 존재하는 것과 같고, 그 작용함에서 수고하지 않는다." 미묘한 암컷의 문이라 지칭되는 이 골짜기 신은 무엇을 의미하는가? 이 상징적이고 비유적인 깊이를 드러내기는 쉽지 않다. 노자의 『도덕경』에도 나오는 이 구절은 어떠한 것들이 있기 이전의 무, 그리고 또한 존재하는 어떠한 것들이 마침내는 사라져가는 무에 대해 말한다. 비록 그것이 사람이나 동물의 암컷이 품고 있는 자궁을 암시하고, 모든 것을 빈 허공에 품어안고 가득 채움으로써 공기와 물을 베풀어주는 산의 골짜기를 암시하고 있기는 하지만 말이다. 이 사라짐과 태어나기 이전의 허공인 무의 신묘함에 대해 열자의 스승은 말하고 있는 것이다. 죽음이라는 것은 바로 그곳으로 돌아감이 아니던가? 그러나 삶에 애착을 갖고 삶의 허상에 사로잡혀 있는 우리 범인들은 그 무의 심연을 공포스럽게 마주한다. 벌벌 떨면서 자신의 존재를 잡아먹을 듯이 위협하며 입을 벌리고 있는 골짜기 신의 검은 목구멍을 들여다본다. 열자는 백혼무인의 손에 이끌려 이 무의 심연에 이르렀던 것이다. 그는 땀을 적시며 떨면서 그 심연을 내려다보았다. 열자의 활쏘기 경지는 여기서 한계를 드러낸다. 활쏘기의 극한적인 경지는 정신통일에 있으며 자신을 잃어버리는 망아의 경지에서 이루어진다. 열자는 두려웠으며 여기서 활을 잡는 자연스러움을 얻을 수 없게 되었다.

이 활쏘기의 도를 궁을(弓乙)의 도라 한다. 동이족의 도이며 단군 이래의 도이다. 태백산이나 백두산의 성산(聖山)을 모시고 사는 백의민족의 도인 것이다. 태백산의 한 자락인 두타산의 골짜기에서 나는 나의 선조가 쓴 소설을 통해서 그 도의 한 경지를 가늠해보고 있는 셈이다. 우리 조상의 연면한 정신과 철학이 그 안에 깃들어 있다. 그 소중한 정신적 맥은 태백산이란 이름이 끝나지 않듯이 쉽게 단절되지 않는다. 내 선조이신 신광한의 소설 「최생우진기」에서 최생은 그 골짜기 까마득한 절벽 위에 가볍게 올라섰다. 그러나 그는 거기서 균형을 잃고 까마득한 심연 속으로 떨어져내렸다. 그는 그 속에서 동굴을 하나 찾아내고 거기를 통과해서 별세계의 이상향을 발견하게 된다. 이 동굴은 비유적인 것이다. 그것은 자신 속에 뚫린 존재의 깊은 구멍을 끝까지 들여다본 것이다. 최생은 한마디로 깨우침을 얻은 것이다. 그가 찾아낸 이상향은 자신의 내부에 있다.

나는 이 소설을 통해서 두타의 의미를 다시금 되새겨보게 되었다. 비탈을 의미하는 타(陀)는 분명 불교적 용어이다. 아미타(阿彌陀), 두타에서 비탈 언덕은 과연 무엇을 의미하는가? 흔히 여러 나라의 신화에서 보듯이 태초에 창조된 낙원의 그 평화롭고 풍족한 언덕을 말하는 것인가? 그런데 이 언덕은 골짜기를 지닌다. 골짜기의 허공을 품어 안지 않고는 언덕을 솟구치게 할 수 없기 때문이다. 태초에 육지라는 언덕은 바다의 깊은 골짜기 없이 만들어질 수 없었다. 창조의 원초적인 장면이 이 비탈의 의미에 숨어 있다. 그것을 본래 우리는 양과 음의 원리로 파악하지 않았던가. 차안(此岸)과 피안(彼岸)이란 말에도 이러한 생각들이 들어 있다. 두타산 골짜기에서 우리는 이러한 철학의 근본자리에 들어가볼 수 있다.

삼척의 여러 지역에는 높다란 정신세계를 깨우치게 할 만한 곳들이 도처에 널려 있다. 바로 태백산이라는 우리의 중심 산이 거기 있기 때문이다. 그것이 이 지역 여러 곳의 지명들을 다스리고 있다. 그 산은 꼭대기에 우리의 성스러운 정신을 모시고 긴 세월을 견뎌왔다. 삼척지역의 여러 곳에서 우리는 우리나라 어느 곳보다 또 세계의 어느 곳보다도 가장 완강하게 남아 있는 민속적 제의들을 볼 수 있다. 이 지역 관련 자료들을 통해 살펴보면 그중에서도 '오금잠제(烏金簪祭)'가 가장 인상적이다. 조선시대 이곳에 벼슬살이를 온 유학자들이 그것을 미신적인 것으로 치부하고 그 제의(祭儀)를 말살하고자 했다. 그러나 그것은 여전히 죽지 않고 그 설화적인 모습을 남겼다. 어떤 연구자가 조사한 바에 의하면 이 제의의 신은 백두옹(白頭翁)이라 했다. 나는 이 백두옹이라는 것이 혹시 태백산의 신을 가리키는 것이 아닌지 생각해본다. 왜냐하면 옛날에 흔히 태백산을 백두산과 혼용해서 쓴 적이 있기 때문이다. 사실 백두나 태백이나 함축하는 의미는 동일한 것이다. 오금잠은 오금(烏金)으로 만든 비녀인데 이 물건이 언제부터 신적인 물건이 되었는지는 알 수 없다. 오금은 검은 쇠인데 이것이 태백과 어떻게 연관되는 것인가? 백(白)은 원래 해(日)에서 나온 것으로 해의 빛을 의미한다. 햇빛을 통해 지상에서 익어간 곡물의 하얀 기운과 하얀 빛도 역시 백의 의미에 포함된다. 검은 빛의 오금은 아마도 이 태양의 안에 있는 삼족오(三足烏)와 관련이 있지는 않을까 생각해볼 수 있다. 그것은 태양의 신, 광명의 신을 상징하는 것이다. 태백산을 성스럽게 제사한 사람들은 이 태양신, 세 발 까마귀를 모셨을 것이다. 이 삼족오는 고구려 벽화에서도 볼 수 있듯이 우리의 신화적인 중심에 있다.

우리가 받들어온 이러한 신화들은 사라졌다. 우리의 풍속과 정신, 고유한 문화가 오늘날 얼마만큼 살아남았는가에 대해 우리는 부끄럽게 말해야 한다. 우리는 타민족이 만들어낸 이데올로기들을 수입하여 살아가면서 우리 자신의 정신들을 억압해왔다. 현대에 와서는 그 정도가 헤아릴 수 없을 정도다. 이제는 그러한 것들이 남아 있는 흔적조차 제대로 찾아내지 못할 정도가 되었다. 현대문명은 마치 야만적인 흔적처럼 그러한 것들을 바라보게 만든다. 삼척지역의 민속들은 오늘날 대부분의 사람들에게 먼 이국의 모습처럼 비춰지기까지 한다. 그러나 나는 이 희미한 흔적들을 추적하며 간신히 옛날의 정신을 탐색해본다. 그것이 과연 낡은 것인가? 오늘날 그것은 원시적인 야만의 희미한 기록에 불과한 것인가? 이러한 것들에 대해 물어본다. 그러나 내가 보기에 오히려 우리 현대인들이 정신적인 야만에 사로잡혀 있다. 자연의 신비는 멀어졌으며 물질적인 풍족은 정신적으로 가난해진 존재, 불안하고 여유롭지 못한 인간존재를 만들어냈다. 나는 삼척지역에 와서 이러한 현대적인 불안, 현대적인 가난을 극복하기 위해 신화적 지리학을 시작하였다. 현대인들은 여기 와서 옛날의 생각들에 많은 것들을 씻어내야 할 것이다. 여기에는 태백에서 흘러내리는 도의 냇물 도계천이 있고, 그 모든 것을 창조하는 오십천이 있기 때문이다. 이러한 말들에는 심오한 뜻이 도사리고 있다.

옛날 석북 신광수는 영월부사로 있을 때 죽서루에 놀러와서 기생 농월선과 풍류를 즐기고 「관무觀舞」라는 시를 남기기도 했다. 그는 또한 "五十川의 물소리에 움직이는 풍경 속"에서 네 신선(영랑 유의)의 유람처를 보기도 했다. 정철은 「관동별곡」에서 "오십천 느린 믈이 태백산 그림재를 동해로 다마가니―선인(仙人)을 츠즈려 단혈(丹穴)의 머르살가"라고 했다. 오십천 주변의 아름다운 경관은 많은 시인들을 유혹했던 것 같다. 그들은 신선이 사는 단혈이 바로 이 지역 어딘가에 있다고 생각한 것은 아닐까?

『삼척군지』에 실린 작자 미상의 가사 「척주가」에는 그러한 생각이 엿보인다. "오십천 홀른 믈이 귀뷔귀뷔 둘너잇네／동해의 가를 하고 만산이 중위(重圍)한데／요나(嫋娜)한 이 경개(景槪)는 인간이 아니로다" 이것은 바로 별유천지비인간(別有天地非人間)의 경개를 말한 것이 아닌가? 이 가사는 무릉계와 삼척의 각면을 돌아보며 지명을 이렇게 열거한다.

각면을 도라보니 동서의 풍속다래／十二面 이음호매 意義를 내 모를세
근덕은 올커니와 원덕은 무슴일고／道上 道下 兩里名은 길을 두고 일

너시니

上長生下長生은 長生不死 하단말가/蘆谷可谷 末谷曲은 무스거슬 이름인고

所達이라 니르기는 穆祖로셔 낫다ㅎ고/아니 늙는 未老里와 質朴ㅎ 見朴谷은

强忍ㅎ여 命名ㅎ니 녯사롬의 뜻일는가

삼척 열두 면의 이름을 들먹이며 작자는 신선의 도와 삼척을 연관시킨다. 태조와 목조를 거론하며 여기서의 풍류행락도 성은에서 나온 것이라고 감사하며 이 가사를 끝맺고 있기는 하지만 그러한 유가적 선비의 태도는 그저 관습적이며 형식적인 것처럼 보인다. 작자의 마음이 꿈틀거리는 본류는 장생불사의 신선도인 것이다. 노자가 도의 본질적 성격이라고 도덕경에서 말했던 질박(質朴)함이 여기서 견박골(見朴谷)의 지명에 담긴 뜻과 연관된다는 것도 동일한 맥락을 지닌다.

2. 태백정신에서 비롯되는 여러 지명의 의미들

사실 삼척지역처럼 우리 고유의 풍속과 거기 깃든 고유한 정신이 완강하게 남아 있는 곳은 우리나라 그 어디에도 없다. 여기야말로 우리의 가장 순수한 고대적 정신의 보고이다. 수많은 세월 동안 외래적인 지배 이데올로기와 맞서면서 이 지역은 지금도 많은 서낭당과 신목(神木)들, 풍속과 전설들을 보존해오고 있다. 그것들은 이제는 오늘날 발전된 현대문명의 거대한 대륙 가운데 하나의 작은 섬처럼 떠 있다. 수많은 세월의 향기와 신비에 싸여서 무심코 지나가는 사람들에게는 그 실체를 드러내지 않으며 그 깊은 곳에 정신적인 재보(財寶)를 쌓아놓은 채 말

이다. 어떻게 해서 그러한 일이 가능했던 것인가. 나는 그것이야말로 과거로부터 이어져 내려온 우리 선인들의 정신적 수련의 결과물이라고 생각한다. 세상이 아무리 혼탁해져도 우리 태초의 신화를 통해 이룩해 냈던 성스러운 정신적 높이를 잃어버리지 않기 위해 선별된 사람들은 정신적인 끈으로 계속해서 끈질기게 이어져 내려오며 그것을 이어받고 그 경지에 이르기 위해 고행했으며 그 성스러움을 후대에 전해주었다. 태백산의 천제단과 삼성봉이라는 명칭, 신령스러운 나무들인 주목이나 자작나무 등 박달(朴達)나무들은 그러한 정신의 상징물들이다. 엘리아 데나 캠벨 같은 신화학자들이 말한 것처럼 어느 민족 또는 부족이든 성 스러운 우주의 배꼽을 지닌다. 신령한 산인 히말라야나 곤륜산이 그것 인데 우리는 태백산을 그러한 성스러운 중심으로 삼았다. 거기 깃든 우리의 정신은 거기서 우리의 삶이 가지는 모든 의미와 가치를 만들어내는 중심이었던 것이다. 나는 그것을 태백정신이라고 부르고 싶다. 이것이야말로 우리 정신의 뿌리이다. 여기에는 동양철학의 핵심이 자리잡고 있어서 그것을 깨우쳤을 때 "널리 인간을 이롭게 할 수" 있게 되었던 것이다. 옛날부터 삼척 사람들은 이 태백산 꼭대기에 이르러 그 정신의 높이에 경배하고 자신을 거기 붙들어 매기 위해 느릅령을 넘었다. 기록에는 태백산 천제단에 제를 올리기 위해 희생제물인 소를 몰고 이 우보산을 넘었다는 것이다.

내가 가르침을 받았던 인희 도인은 이 지역에서 오랫동안 수도하셨는데 이분의 책 여러 곳에 이 태백정신에 대한 설명이 나온다. 「지남거 指南車」의 한 부분에서 태백정신은 이렇게 설명된다.

太淸玄氣 太白精神曰 元始本然之 一太極也 故 太極曰 道也 生生元氣 充滿

無不包容之一元氣蓋 天圓形之圖生 地方體之籍生 人世上之本生 事經

綸之 業生
物動靜之度生 造化變通往來不窮之至神至靈 眞氣專一也

    그것은 태극으로서 하늘과 땅과 사람 그리고 사물의 모든 조화변통의 오고감을 관장한다. 그 태백정신으로 가득 찬 거울 같은 마음의 눈을 떠서 만상을 환히 비춰볼 수 있어야 한다는 것이 이 책의 다른 부분에서 하신 말씀이다. 즉 "태백정신 망경개안"이란 구절이 바로 그러한 뜻을 담고 있는 것인데, 태백산 꼭대기에 있는 망경대를 가지고 그 뜻을 풀이한 것이다. 이 신령스러운 누대, 즉 영대(靈臺)는 도를 깨우친 마음의 원만함과 그 도의 실체가 밖으로 실현되어 움직여나가는 활동을 동시에 일컫고 있다. 망(望)은 그렇게 둥글게 가득 참이며 거울 경(鏡)은 체도(體道), 즉 도의 체화를 가리킨다. 누대는 그 위에서 편안하게 안식을 누리며 즐거움으로 모든 것을 관망하는 곳이다. 인희 도인이 지은 다른 책 『도교편道敎篇』 상권의 한 구절에서는 삼척지역의 여러 지명을 이용하여 이 태백정신을 더욱 상세하게 설명하고 있다. 제16장 '물태생(物態生)'에서 "망경대 위에서 태백정신을 깨달았노라. 그것은 천지인 삼성(三聖)이 함께 어울려 합심하여 도의 몸체인 원황정기 내합아신(元皇正氣 來合我身)을 만들어내는 것이라." "감추암의 신령스러운 샘(靈泉)으로 용궁의 문을 열고 일월광명을 얻은 시절이 왔으니, 구방득수 구정녹존지식신자래(九房得壽 九鼎祿存之食神自來)라." 구방산의 아홉 방과 샘물은 수명과 복록을 가져오는 것이라는 말이다.

    성스러운 깨달음의 경지인 이 태백정신은 민족의 성산 태백산을 상징으로 삼고 풀이된다. 그것은 마치 중국의 곤륜산이나 인도의 수미산처럼 성스러운 우주의 중심 산인 것이다. 그 꼭대기의 누대인 망경대는 마음의 한 극치를 상징하는 것으로서 말하자면 도덕의 극치를 의미하는 것이다.

태백산은 그 영대의 한 짝으로서 영소(靈沼)를 또한 지니고 있다. 그것은 황지 연못이다. 비록 불교적인 연기설화(緣起說話)로 후대에 변형된 것 같은 인상을 주기는 하지만 황지 설화 속에는 여전히 신령스러움이 남아 있다. 설화에서는 탁발 온 중에게 똥을 퍼준 황부자가 천벌을 받아 그 지역은 못이 되고 황부자는 이무기로 변해버렸다. 그 후 그 못 속에는 이무기가 사는 것으로 나온다. 이 이무기는 우리의 전통적인 용 신앙이 한 불교 승려에 의해 하급적인 신앙으로 전락해버린 모습을 보여준다. 『삼국유사』의 사찰건축 설화에서 흔히 볼 수 있듯이 불교 가람들은 늪이나 연못을 메운 자리에 대웅전을 짓고 있다. 그 자리에는 용 대신 대웅(大雄)으로 자리잡은 석가불이 모셔져 있다. 특히 신라시대 문무왕과 신문왕대의 이야기들을 깊이 살펴보면 이 두 신앙의 불화와 적대관계가 은밀하게 숨겨져 있음을 알게 된다. 문무왕이 죽어서 용이 되겠다고 하자 왕실의 승려들은 왜 하필 죽어서 짐승의 우두머리가 되려 하느냐고 핀잔한다. 그러나 신문왕은 그러한 문무왕의 유지를 받든다. 동해 용왕이 된 문무왕에게 만파식적을 전해 받는 이야기는 『삼국유사』 중에서도 가장 신비한 부분이다. 거기에는 우리 정신의 가장 비밀스러운 부분이 숨겨져 있다.

동해에 떠도는 섬인 부산(浮山)의 대나무를 꺾어다 만파식적을 만든다는 이야기는 어찌 보면 단순해 보인다. 하지만 여기에는 과거의 전통적인 용 신앙과 신선사상의 맥이 어떻게 해서 불교국이 된 신라의 왕에게 여전히 정신적인 지주로 남아 있을 수 있겠는가에 대한 시험이 들어 있다. 신문왕이 이 바다에 떠다니는 산으로 가까이 갈 때 용은 구름 속에서 나타나 옥 허리띠를 선물하고 그 부산 위의 신비로운 대나무에 대해 설명해준다. 그것은 두 개로 쪼개졌다가 하나로 합쳐지는 신비, 즉 양음의 신비였던 것이다. 그 양음의 이치를 깨닫는 순간 신문왕은 만파식적의 깨달음을 얻게 된 것이다. 즉 그것으로 모든 것을 통치할 수 있게 된 정신적인 권능을 그 대나무 피리는 상징한다.

　대개 동아시아의 설화에서 이 떠도는 섬은 거북이 위에 얹혀 있으며 거기에는 대나무가 자란다. 설화에는 숨겨 있지만 이것은 거북이 세계 전체를 떠받치고 있다는 신화와 연관된다. 필자의 생각으로는 아마도 거북의 형상이 갖는 우주적 의미와 관련 있는 것이 아닐까 한다. 그놈은 네 발로 둥근 뚜껑을 떠받친 모습을 하고 있다. 즉 천원지방의 형상인 것이다. 그놈은 또 육각형 모양의 무늬를 등에 지고 있다. 그것은 우주를 창조해낸 기본 원소의 모습이다. 음양철학에서 그것은 육효(六爻)를 의미한다. 지금 중국 땅에 있던 고대 동이족 국가들은 그래서 거북 껍데기를 가지고 점을 쳤으며, 나중에 그것을 서죽(筮竹)으로 대체했다. 대나무는 모든 문자가 적히는 책의 원료였으며, 그 마디를 통해 자연의 법칙인 절기를 드러내고, 열두 달의 음률인 십이 율려(律呂)를 그 구멍을 통해서 만들어낼 수 있었다. 이렇게 거북이와 대나무는 양음의 이치를 서로 다르게 드러낸다. 하나의 다른 형상인 것이다. 따라서 거북이는 모든 생명의 원천인 물에서 나오며, 그 물 속의 궁전인 용궁의 사자(使者)가 된다.

　연못과 샘은 육지에 있는 바다 용의 통로이다. 그래서 사람들은 산꼭대기의 샘에도 용신을 모시곤 한다. 황지는 그러한 연못들 가운데 가장 중심적인 것이다. 왜냐하면 황(黃)이란 중앙의 색, 즉 오방색에서 가운데의 색이기 때문이다. 태백산이 중심 산인 것처럼 황지도 그러하다. 그것은 사방을 아우르며 물거울을 빛내고 모든 것의 길흉을 환히 비춘다. 위에서 말한 바다 위의 부산이 여기서도 그대로 재현된다. 바다는 황지 연못으로, 부산은 태백산으로 바뀌었을 뿐이다. 그 어느 것이든 그러한 것들은 세상의 창조적인 중심을 말한다. 그것은 또한 지리적으로 구속되고 제한되는 것이 아니라 정신적인 것을 상징할 뿐이다. 삼척 지역의 모든 지명은 이 성스러운 중심의 의미를 이해할 때 비로소 그 상징적인 기호를 해독할 수 있다. 삼척지역은 그 자체가 하나의 책이다. 해독을 기다리고 있는 묻힌 책인 것이다. 아마도 오십천의 의미도 우리가 위에서 살펴본 황지의 의미와 연관된다고 할 수 있지 않을까. 그것은 위에서 논의한 양음철학의 맥락에서 볼 때 중앙 토덕운(土德運)을 의미하는 대련(大衍)의 수다. 그것은 세상을 창조해내는 수의 중심에서 中을 붙잡고 동시에 전체적인 통합을 관장한다. 그런데 나는 『삼척군지』를 뒤적이다 우연히 이 오십이라는 숫자가 심상치 않게 등장한다는 것을 알게 되었다. 오십천의 원류인 미인폭포는 우보산 계곡에서 발원하는데 높이가 오십 장(丈)이라 하여 일명 오십장 폭포라 한다. 두타산 중턱에는 오십정(五十井)이라는 샘이 있고 화방산(花房山)에는 오십혈(五十穴)이 있다. 이 지역의 의미 있는 구멍(물과 바람이 통하고 솟구치는)에는 우연히도 오십이라는 숫자가 붙어 있다. 그러니 이 지역의 여러 부분에 도와 덕이라는 문자가 붙어 있는 것도 우연이겠는가? 그러한 이름들은 사람들이 의도적으로 붙인 것인가? 아니면 우연히 그렇게 변한 것인가? 자연의 힘이 그러한 지명에도 개입하는 것인가? 아니면 자연과 인간의 조화 속에서 만들어지는 것인가? 지명에는 이러한 물음들을 통해 접근해야 할 많은 문제들이 흥미롭게 가로놓여 있지 않겠는가.

3. 오늘날 우리 문학에서 이상향의 의미

무릉계곡을 따라 올라가 용추폭포에 이르면 별유천지(別有天地)라는 말이 새겨져 있다고 한다. 중종 때 기묘사화를 피해 삼척부사로 온 신광한의 소설집 『기재기이』에 나오는 소설의 하나인 「최생우진기」는 바로 용추동의 별유천지인 원화동천(元化洞天)을 그리고 있어 흥미롭다. 소설은 두타산의 깊은 골짜기에 있는 학소동과 용추동에 대한 이야기를 꺼내면서 시작된다. 그곳을 진경이라고 하지만 아무도 들어가본 사람이 없다고 하여 신비로운 분위기로 감싸고 있다. 그런데 주인공인 최생은 원래 유가 선비였지만 선(仙) 공부를 하는 증공(證空)이라는 스님과 더불어 두타산 무주암에서 오래 지낸다. 거기서 그는 비결책인 『청낭비결青囊秘訣』을 공부한다. 어느 정도 공부한 후 그는 신령스러운 골짜기인 용추동에 가고 싶어한다. 그러나 증공은 최생을 말리는데, 왜냐하면 까마득한 벼랑 끝을 기어 올라가야 그 골짜기로 들어갈 수 있기 때문이다. 증공은 최생에게 『열자』에 나오는 백혼무인 같은 도인도 그곳에 올라서기 어렵다고 겁을 준다. 그러나 최생은 호기심을 어쩌지 못하고 증공을 부추겨 기어코 그 벼랑 끝에 오른다. 그 벼랑은 증공이 "그대가 만약 이 바위를 딛고 올라설 수만 있어도 대단한 것입니다"라고 했던 바로 그곳이다. 최생은 가볍게 그곳에 오르지만 곧 천길 아래 골짜기로 추락한다.

최생은 백혼무인 같은 경지에 도달한 사람은 결코 아니었다. 그러나 신광한은 최생의 선 공부가 결국 별유천지를 발견하려는 의지의 산물임을 여기서 이야기하려 했던 것 같다. 최생은 의식을 잃고 떨어졌는데, 절벽의 나무에 걸려 살았으며, 거기서 동굴 입구를 발견한다. 그 동굴을 통해서 그는 곧 별천지를 만나게 되는 것이다. 그 세계는 물 속의 세계이며, 용왕과 신선들이 사는 세계였다. 아마도 작가는 그곳을 백옥유리 세계처럼 묘사하고 싶었던 것 같다. "기둥은 황금으로 되어 있고 주춧돌은 벽옥이며 가운데 의자는 백옥이었다. 아홉 가지 유리로 장식하였는데 영롱하고 서늘했다. 그 안의 사람들은 수정처럼 깨끗하여 마치 거울 속에 있는 것 같았다." 최생은 여기서 용왕과 동선(洞仙), 도선(島仙), 산선(山仙)을 만난다. 여기서 산선은 불교의 선승이고 앞의 둘은 선가와 도가의 신선이었다. 최생은 유자였기 때문에 자신을 포함하면 유불선이 다 모인 것이다. 이들은 돌아가며 시를 짓고 노는데, 최치원을 암시하는 동선은 최생이 자기 자손의 항렬이라고 하면서 자신의 시에서 최생을 언급한다. 동선은 최생에게 "주머니 속 비결을 배웠으니 유학이 고상하다고 자랑치 말라"고 은근한 경계를 준다. 그리고 10년 뒤에 봉래섬에서 만나자고 하며 시를 끝맺었다. 이 봉래섬은 다른 신선들의 시에도 나온다. 그리고 용궁의 잔치가 끝날 무렵 최생에게 알약을 하나 주는데 그것은 100년을 더 살 수 있게 해준다는 약이다. 그리고 그때 만나자는 곳 역시 이 봉래섬이다.

신광한은 당시 신진사류들과 뜻을 같이했지만 조광조의 몰락과 함께 벼슬길을 떠난다. 그는 여주 원형리에 은거하면서 이 소설들을 썼다. 위에서 보듯이 유학에 대한 은근한 비판은 자신의 경세적(經世的) 신념의 좌절과 함께 나타난 것이다. 여기서 특이하게도 유불선이 한 자리에서 조화롭게 만나는 장면을 연출했는데 어디까지나 그 중심은 선가로 기울어 있다. 봉래섬은 그러한 선가의 이상향으로 등장한다. 그곳은 이 소설의 마지막 종착지이기도 하며 유가였던 최생의 마지막 귀향처로 내세워지기도 한 것이다. 최생이 『청낭비결』을 공부하며 들어간 동굴은 정신적인 재탄생을 준비하는 자궁이었던 셈이다. 두타산의 여러 지명들은 최생이 유람한 곳들이지만 백혼무인의 경지를 향해 공부하던 최생의 내면풍경이기도 하다. 그가 올라선 절벽은 열자가 자신의 경지를 시험했던 그 절벽이다. 그것은 우리의 밖에 펼쳐져 있는 지형인 것만은 아니다.

두타라는 산 이름은 불교적이다. 「미륵대성불경」의 한 부분에 마하가섭의 뼈가 노래하는 게송(偈頌)이 나온다. "두타행은 보배곳간이고/계는 생명의 감로이네./두타행을 잘 닦는 이는/죽음 없는 저 세계 얻으리." 미륵부처가 타고 남은 가섭의 뼈를 보고 "갸륵하다 가섭이여, 저 악한 세상에서 능히 거룩한 마음을 닦았도다"라고 했을 때, 그 뼈가 노래한 부분이다. 가섭은 자신의 선굴(禪窟)에 들어가 이러한 경지를 얻어냈다. 마음의 모든 것을 다 비우고 번뇌를 모두 떨어버림으로써 가섭은 두타행을 성공적으로 마쳤던 것이다.

인희보감에서 이 타(陀)를 가리켜 평상대전(平床大塵)의 무우낙원(無憂樂園)이라고 했는데 이 비탈은 마음의 번뇌가 다 미끄러져 내려가는 곳이며, 거기 편안히 기대 살 수 있는 언덕이다. 두타란 그러한 언덕 중에서 가장 으뜸이 아니겠는가? 그러나 우리 시대의 정신은 이러한 편안함에서 너무나 멀어져버렸다. 오늘날 이러한 이상향을 그리는 문학도 드물어졌다. 현대인은 별유천지에 대한 꿈마저 접어버린 채 기계적인 문명의 이상향을 그리는 쪽으로 돌진하고 있다. 정신적인 해방은 물질적인 도움이 없이는 설 자리도 없게 되어버린 것이다. 현대문학에서 현대적인 욕망들은 과거의 전통적인 윤리 도덕을 비판하면서 스스로를 긍정하고 새로운 욕망들을 부추기도록 충동질한다. 여타의 현대적인 예술에서도 과거의 정신들은 그 시대의 지배권력을 신화적으로 포장한 것 아니면 세계에 대한 미신적 이해와 모호한 은유 정도로 축소되어 평가되고 비판받고 있는 실정이다.

삼척을 여행하면서 나는 현대문명의 소용돌이에서 멀리 떨어져 산의 침묵 속에 빠져보았다. 거기서 고요한 기쁨이 주는 진정한 가치를 여러 번 느꼈다. 서울 사람들이 번화하게 산다고 해서 결코 더 행복한 것은 절대 아니다. 그들의 죽음은 언제나 더 불행하고 더 참혹한 마음의 상태 속에서 진행된다. 물질적인 번영이 주는 쾌락은 점점 부패하는 냄새를 진동시킨다. 우리가 남겨놓은 이 별유천지의 깊은 세계는 멀어진 것이 되었지만 여전히 여기 남아 있다. 그곳을 향해 우리는 정신적인 여행을 시작해야 할 때다. 최생이 발견한 그 굴의 입구를 향해서 말이다. 그 신비스러운 여행의 주제는 오늘날 문학에서 다시 일구어야 할 것이다.

유랑예인의 넋에 대한 찬가 혹은 비가
— 임권택의 영화들 〈서편제〉와 〈취화선〉을 중심으로

1

우리의 일생은 이제 어느덧 우리가 보았던 수많은 영화들로 채색되어 있는 것 같은 느낌이 든다. 내가 보았던 인상적인 영화들 속의 어떤 장면들은 때로 나의 추억들을 압도한다. 내 사랑과 회한의 우울한 나날들보다 어떤 비련의 여주인공이나 남자 주인공의 아련한 슬픈 얼굴, 그가 거니는 들판이나 고독한 방, 빗방울이 맺히는 유리창 등의 이미지들이 마치 낡은 사진처럼 내 가슴속에 박혀 있는 것이다. 현대문명의 기술이 발전하면서 갖게 된 수많은 놀라운 환상들 역시 우리가 일상에서 체험한 것들, 또는 특별한 충격적인 사건들에서 겪은 것 이상으로 우리의 뇌리 속에 깊이 박혀 있다. 우리의 과거 역사와 미래의 환상들이 필름과 영사막을 통해서 우리의 식사와 데이트 그리고 향긋한 잠자리와 함께하게 된 것이다. 나는 이러한 현대인 가운데 하나다. 젊은 시절 그 누구보다 많은 영화를 보았고 즐겼다고 생각한다. 특히 비가 내리는 우울한 공기 속에 있으면 영화관의 어두운 공간 속으로 이동하고 싶은 억

누를 수 없는 충동을 느끼곤 했다. 그 어둠 속에서 나는 얼마나 많은 이야기들과 꿈 같은 이미지들에 빠져들었던가.

그러나 나는 지금 우리의 영화들에 밀어닥치는 폭력과 웃음들 때문에, 그러한 것들 속에 스며 있는 상업적 계산과 저질스러운 대중성 때문에 그 친숙한 꿈의 공간을 빠져나왔다. 한동안 거의 영화관에 가지 않았다. 사실 나는 지금까지 너무 많은 영화를 보았다. 이제 그러한 것들을 정리할 시간이 필요한 것이 아닐까? 내 젊은 시절의 입구에 있었던 장 가방 주연의 〈망향〉으로부터 이탈리아 영화들인 〈시네마천국〉〈지중해〉, 그리고 우리의 〈서편제〉〈반칙왕〉〈살인의 추억〉〈취화선〉 등을 떠올려본다. 내가 서울을 떠나서 가장 긴 세월을 보냈던 동해안의 작은 도시 강릉을 오갈 때 유일한 벗이었던 음악은 바로 〈시네마 천국〉의 주제가였다. 그 쪽빛 지중해변의 도시에서 주인공 토토의 낭만적인 꿈과 사랑 그리고 이별, 젊은날의 추억의 배경에 그 음악이 있다. 특히 그것은 그리운 것에 대한 애틋한 추억, 영원히 치유되지 않는 상처와 그 상처를 달래는 자의 방황을 담고 있다. 강릉과 정동진, 묵호와 삼척을 따라 내려가는 해안도로는 무수히 몰려오는 파도의 하얗게 부서지는 물결처럼 내 추억의 책갈피 속에 있다. 그 길을 벗어나서 몇 년 후에 나는 서울대학의 인문학 포럼 자리에서 임권택 감독을 만났다. 그의 주름진 얼굴은 영화와 함께한 삶의 파도들처럼 보였다. 나 역시 바닷가 유랑의 길들을 떠나와 서울대의 한 비좁은 교실에서 단지 유랑예인들의 예술에 대해 강의를 하고 있을 뿐이었다. 교재의 내용 속에는 이청준의 「서편제」와 김소월의 「팔베개 노래조」, 백석의 「북방에서」 등이 오장환의 「월향구천곡」, 서정주의 「격포우중」과 함께 놓여 있었다.

임권택 감독의 〈서편제〉는 이청준의 「남도사람」 연작을 재편집한 것이었고, 특히 판소리의 몇몇 대목을 우리 산하의 멋진 배경 속에서 울려나오게 했다. 강의 때문에 나는 그 영화를 여러 번 보았다. 화면 가득

내리는 눈발에 덮이는 가운데 산골의 오두막에서 뼈에 사무치는 소리가락이 솟구치고 휘몰아가며 잦아든다. 우리의 축제에 대해 연구하면서 나는 천민광대들의 신성한 기원에 대해 사로잡힌 적이 있다. 영화 〈서편제〉의 한 대목에서 나는 개인적으로 그러한 신성한 분위기의 한 단면을 보았다. 그것은 임권택 감독 속에 스며들어 있는 유랑예인의 넋에 관련된 것이 아닐까? 인문학포럼 자리에서 나는 그에 대한 질문을 해야 했던 것인데 그만 기회를 놓치고 말았다. 아마도 이 자리에서 이 글을 쓰게 된 것은 잃어버린 기회를 다시 잡기 위한 것일지도 모른다. 나는 우리 문학의 가장 소중한 주제의 하나인 '유랑하는 넋의 노래'를 영화 장르에서는 유일하게 임권택 감독의 작품들 속에서 느꼈던 것 같다. 〈서편제〉에서 떠돌이 소리꾼이 이끄는 지팡이를 붙잡고 소리의 방랑길에 나선 눈먼 여주인공의 운명은 우리를 가슴 아프게 한다. 그 속에 우리 민족의 예술이 거쳐온 고난과 수양, 고통과 한 그리고 깨우침의 길이 있다. 임감독의 영화들은 그 후 방랑자의 길들을 우리의 독특한 자연 속에 깊이 새겨넣었다. 구불거리며 수없이 흔들리는 풀들 사이로 흘러가는 길들을, 산과 강의 바람과 비와 눈을 맞으며 수많은 인생들을 흘려 보냈던 그 길들을 말이다.

2

　〈살인의 추억〉 이후 영화를 거의 보지 않았다. 〈실미도〉와 〈태극기 휘날리며〉도 보지 않았으니 이제 나는 영화 팬의 자격을 잃어버리게 된 것인지도 모른다. 사실 한 영화를 너무 많은 사람이 본다는 것에 대해 나는 경악했다. 어떻게 보면 이러한 것들은 우리 시대의 병적인 징후가 될지도 모른다고 생각했다. 또는 분출구를 찾지 못한 어떤 목마름이라고 할 수도 있을 것이다. 이제 지배적인 권력에 대한 반항이라는 주제는 점차 대중적인 것이 되었으며, 그 미묘한 변종인 길거리의 폭력과 무질서에 대한 찬양도 너무 상업적인 것이 되었다. 학생층의 수요를 의식한 학교권력과 그에 대한 저항이라는 방식의 이상한 영화들이 난무하기도 한다. 그러한 영화들에서 교사들은 마구잡이로 무식한 폭력을 휘두르는 이상한 존재들이다. 그에 맞서는 학생들은 언제나 선의의 피해자이며, 따라서 그들의 폭력도 정당화된다. 학생들은 이러한 구도 속에서 학교에서 억압된 자신의 스트레스를 푼다. 물론 상업주의는 바로 이 지점을 노리고 파고들어오는 것이다. 국가권력에 대한 것들 역시 마찬가지다. 우리 시대는 권력 자체를 무조건 이상한 물건으로 보고 죄악시하는 비판적 담론들에 길들여져 있다. 파괴라는 것이 이처럼 그 자체로 대중적인 상품이 되었던 시대가 과거에 또 있었던가. 깡패들에 대해서도 권력의 수많은 비리들에 의해 억압된 그늘 속에서의 저항적 측면으로 이렇게 미화되었던 시대가 또 있었는가. 임권택 감독의 영화들을 내가 사랑하는 이유 중의 하나는 그가 적어도 그러한 대중적 분위기에 골몰하지 않기 때문이다. 그는 자신의 영화 〈서편제〉가 그렇게 폭발적인 호응을 받은 것에 대해 어리둥절해했다. 나 역시 그 영화를 보고 이 산뜻한 예술영화를 백만의 인파가 관람했다는 것에 놀랐다. 아직 임권택은 〈현 위의 인생〉의 장이모우처럼 높은 인지도를 가지지 못한 때였던 것이다. 그러나 그 두 편의 영화를 다 본 다음 〈현 위의 인생〉에 나오는 악기 연주가의 현자적이고 영웅적인 과장된 제스처보다 〈서편제〉에서 조용히 시들어가며 인생의 한 귀퉁이에서 쓸쓸하게 자신의 예술적 높이를 지향하는 주인공의 삶이 훨씬 아름답게 와 닿았다. 여기에는 분명 어떤 이유가 있는 것이 아니겠는가. 이 몰락하는 유랑예인의 운명과 예술에는 아직도 우리 자신 속에 흘러내리는 '피의 비'(백석의 「목구」에 나온 한 구절) 같은 것이 있지 않을까? 〈현 위의 인생〉에서처럼 모든 갈등을 해소해줄 수 있는 것으로 표현한 것은 아니지만, 이 눈먼 예술가의 방랑 속에는 우리 전체를 잡아 끄는 힘이 있다. 우리는 아마도 그녀와 함께 방황하며 우리 자신의 예술적 혼을 다시 찾아내야 하는 처지에 있는 것은 아닐까? 〈서편제〉는 아직도 많은 질문들을 내게 던진다. 그 첫번째 물음은 판소리의 시대적 의미에 대한 것이다. 그것은 여전히 우리 혼의 노래인가?

　임권택 감독은 소리꾼 광대의 두 차원을 펼쳐줌으로써 이 영화의 서사적 뼈대와 내면적 깊이를 동시에 보여주었다. 즉 하나는 당시 판소리가 소비되는 장면들을 엮어나간 것이고, 또하나는 그와 연관된 것이기도 하지만 그보다 더 본질적인 것으로 포착한 소리 자체에 대한 깨달음, 즉 득음의 경지를 향한 끊임없는 몸부림이다. 임권택은 이 가운데 어떤 것에 더 비중을 둔 것일까? 이 영화는 두 가지 차원을 적절하게 배합하면서 전개된다. 이청준의 작품들에서는 사실 후자적 측면만이 강조되어 있다. 임권택은 이청준의 작품에 상당히 많은 변형을 가했다. 그는 특히 판소리가 유통되던 현장을 좀더 극적이고 시대사적인 줄거리 속에서 드러내고자 했다. 양반집에 불려다니며 소리꾼의 천한 신분과 예술가적 자존심 사이에서 흔들리는 외적 내적 현상들을 포착한 것은 〈서편제〉의 성과 가운데 하나다. 임권택은 이 속에 여러 소리꾼들 사이의 예술적 경쟁이란 요소를 첨가했다. 이 예술적 경쟁의 드라마틱한 요소들은 서구 예술영화들 속에서는 언제나 두드러진 요소였다. 〈아마데우스〉는 바로 그것이 영화 전체의 긴박한 주제다. 다만 이 부분에서 임권택 감독은 자신이 다루는 예술적 특징에 대해 좀더 깊이 있는 지식과 안목을 영화 속에서 드러내지 못할 뿐이다. 〈아마데우스〉에서 모차르트와 살리에르 사이에 드러나는 음악적 표현의 문제들은 매우 섬세한 곳까지 추적되며 관객들에게도 그 섬세한 차이가 드라마틱하게 추적될 정도다. 임권택은 〈취화선〉에서도 장승업의 예술적 독자성을 드러내기 위해 많은 용어들을 동원했지만 단지 개념적인 비평용어 수준을 넘어서지 못한다. 〈서편제〉역시 그러한 부분에서 전문가적인 지식과 개념을 대중들에게 다가설 수 있는 느낌들로 풀어내지 못했다. 이 아쉬움을 그는 어떻게든 해결해내지 못한다.

그러나 〈서편제〉는 이 예술적 경쟁이란 요소를 당대 사회적 변동상과 긴밀하게 엮어냄으로써 영화를 생동감 있게 만들 수 있었다. 즉 주인공에게 뒤처졌던 다른 소리꾼은 흥행과 대중적 오락에 자신의 인생을 건다. 판소리 자체의 예술성에는 우리 민족의 고대사에서부터 전개되었던 음악적 수련과 관계된 정신이 깃들어 있다. 고대 문헌들을 보면 신라 이전부터 악기와 노래는 정신적 수련의 가장 중요한 수단이었다. 영랑과 보덕선녀라는 전설적인 인물들은 그러한 수련사의 꼭짓점에 있다. 후대의 화랑들은 모두 그 계승자들이었다. 불교와 유교가 들어와 우리 고유의 정신이 밑바닥으로 추락하면서 그러한 정신과 예술은 모두 천민화되었다. 화랑은 화랭이가 되었던 것이다. 소리꾼 광대들 역시 그러한 계보의 하나에 들어가 있다. 그들은 천민화된 처지 속에서 한곳에 정착하지 못하면서 떠돌고, 그 방랑 속에서 자신의 예술과 인생을 숙성시킨다. 임권택은 이청준이 몰입했던 이 주제를 소중하게 자신의 영화 속에 담았다. 그리고 이청준이 미처 생각지 못했던 예술적 경쟁이란 요소를 소리꾼들의 수련 속에 도입했다. 〈아마데우스〉에서 그러한 경쟁이란 단지 예술적인 기교의 세련됨이나 새로운 감각의 발견 정도에만 연관된다. 〈서편제〉에서 그것은 득음의 경지를 향한 소리의 발견과 고통스러운 목청 수련에 연관된다. 육체와 영혼의 예술적인 참여가 골방 속에서가 아니라 대자연의 숲과 하늘, 폭포와 강물과 바람 속에서 이루어진다. 이 경쟁은 자연의 미묘한 율동을 소리 속에 어떻게 담아낼 수 있는가 하는 줄다리기인 것이다. 결국 이 경쟁에서 밀려난 소리꾼들은 재빠르게 저속한 시세에 영합하면서 대중적 인기의 길을 간다. 물론 그것은 돈과 연결된다.

  임권택은 우리의 전통적인 소리가 어떻게 몰락하는가를 극적으로 보여주었다. 식민지 근대의 여러 요소들이 그러한 이야기의 배경으로 펼쳐진다. 〈서편제〉가 이청준의 「남도사람」 연작을 서사적인 측면에서조차 압도하는 부분은 바로 이 지점이다. 개화기 이후 서구화된 일제의 조선 강탈은 총칼 뒤에 문화적인 풍속들을 이 땅에 상륙시켰다. 새로운 춤과 노래, 무성영화, 신파극 등이 근대적인 문화의 풍모를 띠고 우리의 전통예술을 내려다보며 관중들을 유혹했다. 영화 〈서편제〉는 서양 음악인 〈베사메무쵸〉를 뿜어대며 시장거리를 휘젓는 양악대와 그 무리 속에 참여한 신파배우들을 보여준다. 왜식 화장으로 얼굴을 꾸민 이들의 행진은 떠들썩하게 식민지 도시의 중심가를 누비고, 한쪽 옆에서 펼쳐지는 판소리의 흥행을 완전히 압도한다. 바로 그 신파배우들 가운데 주역을 맡은 인물이 옛날 판소리 수업 때의 경쟁자였다. 그는 소리판의 중심부에서 밀려났지만 재빨리 새로운 시세에 영합해서 그에 적응한 것이다. 신극 춘향전의 주인공 이몽룡 역을 그가 맡고 있음을 그의 분장에서 확인할 수 있는데, 눈치 빠른 관객이라면 이 장면이야말로 이 영화의 압권임을 알게 되었을 것이다. 〈서편제〉의 주인공 광대와 그의 눈면 딸 송화의 소리 중에서 가장 처절한 곡은 〈춘향가〉 중의 한 대목인 〈쑥대머리〉였다. "쑥대머리 귀신형용……" 이 쥐어짜는 듯한 절절한 음조는 옥중 춘향이의 고난과 그 속에 지닌 꿋꿋한 절개를 찡하게 울려준다. 다른 한쪽에 활짝 핀 〈사랑가〉가 있다면 그 반대편에 이 〈쑥대머리〉가 있다. 〈서편제〉에서 이 〈쑥대머리〉는 소리꾼 광대 자신의 운명을 풀어내는 목소리처럼 들린다. 몰락해가는 뒤안길에서 이 춘향가의 어둡고 우울한 그리고 처절한 한 대목이 소리꾼 광대가 외롭게 자신의 길을 가야 함을 암시해주고 있다. 그러나 이 절창의 경지에 오르지 못한 옛날의 경쟁자는 수입된 무기를 쥐고 의기양양하게 거리의 중심부를 행진하고 있다. 그것도 춘향전의 주인공 행세를 하면서 말이다. 이제 이 몽룡의 얼굴은 일본의 가부키식 화장이 가미됨으로써 창백하고 짙은 색조들로 그로테스크하게 과장된 낯선 모습이 되었다. 일본식 문화의 가면을 덮어쓴 춘향전의 주인공 얼굴은 이 영화를 통해서 우리에게 너무나 공세적이며 압도적인 형상으로 다가왔다. 그것은 분명히 우리를 종속시키는 식민지 지배세력의 문화적 침투였는데, 그것도 바로 우리 자신에 의해서 그렇게 침투되었던 것이다.

『춘향전』은 단지 춘향과 이도령 사이의 사랑 이야기로만 읽힐 것이 아니다. 실제 이 이야기책을 읽은 독자라면 서두의 구절마다 우리의 민족정신을 일깨우는 것들로 가득 차 있음을 알고 약간은 놀라게 될 것이다. 고대소설은 언제나 광대한 우주로부터 한 인간의 탄생지점으로 나아간다. 고본『춘향전』은 이 광대함 속에 우리나라 산천을 가득 펼쳐놓았다. 의미심장하게도 그 첫부분에 우리 민족의 시조인 단군이 하강한 백두산을 갖다놓았다. "동대륙에 솟은 형세 백두산이 조종이라 마루마루 넘는 거름 상상봉 다다르니 신인하강 박달나무 천지만엽 너울너울 근고역사 일만 년에 민족 퍼진 근본이오 백리주회 용왕담에 천파만랑 출렁출렁 남북평야 삼만리에 강토 벋은 혈맥이라" 숙신과 발해의 영토까지 우리 강토의 서북혈맥에 포함시키고 있는 이 서두는 당당한 민족의 역사를 품에 안고 북쪽에서 남쪽으로 우리 강산의 혈맥들을 노래해가며 이야기의 현장인 남원에 이른다. 김소월의 「춘향과 이도령」이란 시를 읽어보면 역시 이러한 『춘향전』의 서두를 압축한 듯한 느낌을 준다. 우리는 김소월의 시를 통해서 우리 민족이 항상 읊어왔던 사랑노래의 근대적 비가를 느끼게 된다. 우리 근대문학 초창기를 장식했던 '백조'파의 중심인물인 홍사용은 이러한 비극적 사랑노래를 '부루족'의 넋두리라고 했다. 그는 이 강산 어디에나 퍼져 있는 수많은 메나리(우리의 각 지역 민요를 일컬음)를 너무나 사랑했다. 이러한 노래 가운데 들어 있는 '사랑'이란 우리의 생명력과도 같은 것이었다. 춘향과 이도령의 사랑 역시 본래는 광대들의 사랑노래에서 기원했을 것이다. 춘향전은 그 사랑노래를 서사적으로 확장해서 우리 강산의 광활한 배경 속에 펼쳐놓았다. 그리고 그것은 봉건적인 탐욕을 위해 자신의 권력을 남용하는 관리를 등장시켜 그 사랑에 장애물을 놓는다. 진정한 사랑은 이렇게 경직된 권력의 압박을 견디고 극복할 수 있어야 한다. 그것은 사회를 경직시키는 이기적 욕망과 그에 봉사하는 권력을 비판하고 사랑의 힘으로 그것을 붕괴시킨다.

영화 〈서편제〉에서 가장 극적인 한 장면을 좀더 깊이 있게 들여다보기 위해 문학의 영토를 꾸미는 한 작은 숲속을 들여다보았다. 아무튼 신극적으로 새롭게 꾸며진 이도령의 얼굴에서 나는 춘향의 사랑을 억압하는 새로운 권력의 가면을 보게 된 것이다. 〈베사메무쵸〉와 같은 이국적인 노래들로 치장한 이 식민지 문화권력은 우리 민족예술에 열등감을 불러넣으며 새로운 장르들로 그 거리를 장악했다. 그 거리의 한 귀퉁이에 서서 자신의 관객을 잃고 판을 접는 주인공 광대는 그 새로운 예술의 보무당당한 행진을 보면서 자신이 참패했다는 사실을 뼈저리게 느낀다. 이 장면은 어쩌면 좀더 깊은 또하나의 질문, 예술과 상업적 흥행 사이의 갈림길이 무엇인가에 대해 물어보게 한다. 임권택 자신의 얼굴이 이 주인공 광대의 얼굴에 겹쳐 있을지도 모른다. 그 역시 자신의 영화를 만들어가면서 언제나 그러한 현장에 있게 되었기 때문이다.

3

임권택은 영화판의 밑바닥에서부터 지금의 명예로운 지위에까지 이르렀다. 그러나 그는 〈잡초〉(1976)와 〈족보〉(1978) 이후, 〈씨받이〉

(1987), 〈아다다〉(1988)를 거쳐 〈취화선〉(2002)에 이르기까지 그 '바닥'에 대한 집념을 보이는 것 같다. 그는 자신의 고백적인 글에서 자신의 삶과 자신이 살고 있는 이 땅에 대한 사랑이 영화의 시초라고 했다.(〈임권택의 영화이야기〉, 서울대학교 인문학포럼 자료집에서) 그는 1970년대에 외화수입 쿼터를 따내기 위해 의무적으로 만들던 저예산 영화제작의 풍토 속에서 흥행은 염두에 두지 않아도 되는, 부담 없는 영화를 만들 수 있었다고 했다. 할리우드 영화들이 지배하는 거리에서 한국영화란 단지 의무 편수 상영을 위한 끼워넣기에 불과했다. 요즈음 우리 영화들이 할리우드 영화들을 제치고 천만 관객을 동원하고 있다는 사실에 세계가 놀라고 있지만 이러한 흥행감독에 임권택이 끼지 못하는 것은 당연하다. 그는 아직도 고집스럽게 할리우드와는 다른 것을 지향하고 있기 때문이다. 요즘 젊은이들은 임감독의 영화 스타일을 좋아하지 않는다. 그들은 경쾌하거나 스펙터클한 그리고 변화무쌍한 할리우드 식 기교에 익숙해져 있다. 우리의 영화들도 거의 할리우드적 문법을 이제는 매우 익숙하게 익혔다. 아마 그로부터 우리 식의 새로운 기법들이 창안될 수도 있을 것이다. 우리는 아직 우리 식의 영화예술이 그러한 것들로부터 우러나오기를 기다려야 한다. 그와 관련된 측면에서 젊은 감독들에게 임권택의 전통적 미학은 여전히 배움의 장이 될 수 있다.

〈취화선〉은 임감독의 영화 중에서 기법적인 측면에서는 가장 경쾌하고 속도감 있는 작품이다. 나도 그런 느낌을 받았지만, 여러 사람들이 너무 많은 이야기들로 분산되어 미처 그것들 전체를 재빠르게 하나의 이야기로 소화할 수 없었다고 하였다. 마치 유럽영화를 볼 때처럼, 우리는 너무 많은 것들이 생략된 채 비약되고 압축된 장면들 앞에서 약간은 어리벙벙했던 것이다. 임권택은 〈취화선〉에서 영화 장르의 현대적 발전 방향에 압박당했던 것처럼 보인다. 하지만 이러한 기법 덕분에 그는 장승업 일대기를 한정된 시간에 여러 가지 맥락 속에서 펼쳐 보일 수 있었다. 그는 〈서편제〉에서 이루지 못했던 것을 〈취화선〉을 통해 달성하고자 했던 것이 아니었을까? 그것은 한 인생의 의미를 엮어가는 혹은 관통해가는 여러 가지 요소들, 예를 들면, 꿈과 욕망, 제도와 권력, 운명 등에 관한 것이다. 그리고 그것은 또한 여러 인생들이 짜나가는 좀 더 거대한 배경에 관한 것이다. 〈서편제〉에서 식민지를 장악하는 거리의 새로운 풍모는 하나의 단편적인 일상의 풍경에 불과했다. 임권택은 아직 길거리 광대의 작은 삶에 우리 민족 전체를 뒤흔드는 광대한 사회 정치적 풍경을 갖다놓을 수 없었다. 그것을 영화제작상의 이유로 돌릴 수도 있을 것이다. 광대한 세트를 제작할 만한 여유와 그러한 시대적 배경의 등장은 함수관계에 있지는 않을까? 그러나 반드시 물질적 이유만은 아니었을 것이다. 나는 임감독의 예술적 안목과 그것을 관련시키고 싶다. 그는 〈서편제〉에서 광대가족의 파탄된 모습과 그렇게 몰락한 존재의 운명 그 자체를 그리고 싶어했다. 이청준의 「남도사람」 역시 그러했다. 임권택은 이청준으로부터 약간 일탈하는 데 그쳤다. 1970년대의 시대적 압박이 이청준의 내면적인 작품들을 낳았다. 그는 몰락하고 쪼그라든 존재들의 광막한 시대배경의 드라마를 리얼하게 그려낼 수 없었다. 정치적인 권력의 압박이 그러한 리얼리즘을 가로막았고 그는 그에 대항해서 내면적인 인물들을 만들어내었다. 영화란 장르는 그러한 내면성에 집착할 수 없다. 그것은 많은 풍광들을 보여줌으로써만 그러한 내면에 약간의 조명을 가할 수 있을 뿐이다. 영화 〈서편제〉는 이청준이 만들어낸 몰락한 광대의 내면에 약간의 수식을 가한다. 이 떠돌이 광대는 자신의 천민적인 신분 때문에 벌어지는 약간의 파문들을 보여준다. 이 광대의 소리에 진정으로 감동하는 사람들은 별로 없다. 단지 오락적으로 즐기는 사람들은 이 천민광대를 자신의 장난감처럼 마구 대하려 든다. 여전히 양반들은 지체 높은 위치에서 거들먹거리고, 새롭게 등장한 개화신사 나부랭이들은 더욱 그러하다. 임감독은 이 디테일들을 조금 보여주었을 뿐이다. 그러한 갈등적인 디테일의 파문 뒤에 숨어 있는 거대한 힘들의 투쟁에 대해서 그는 입을 다물었다. 아직 그러한 것들을 다룰 때가 아니었던 것이다. 그리고 그것은 단지 시대적인 압박의 문제만도 아니었다고 생각한다. 영화 한 편에 그러한 것들을 유기적이고 총체적으로 짜서 보여준다는 것은 결코 쉽게 이룰 수 있는 만만한 문제가 아니었을 것이다. 〈취화선〉에서 임권택은 바로 이 문제에 도전한 것이다.

임권택 감독의 결단은 세트장 규모에서 드러난다. 양수리에 2천5백여 평을 마련해서 22억원을 투자해 만들어진 세트는 구한말이라는 시대적 배경을 그가 얼마나 광대하고 세심하게 처리하려 의도했는지를 측정할 수 있는 자료다. 이제 문제는 한 떠돌이 광대의 예술적 역정만으로는 해소될 수 없는 것이다. 역시 밑바닥 천민화가인 장승업을 추적하기는 하지만 임권택은 거지에서 궁정화가에까지 치솟아올라간 이 인물의 진폭 큰 운명을 시대 전체의 화폭 속에서 발견하고자 한다. 그리고 그는 한 예술가의 삶을 결정짓는 많은 요소들의 복합적인 드라마를 구성하고자 했다. 물론 그 기본 뼈대는 한 예술가의 예술적 열정과 언제나 그에 동반하는 사랑 이야기이다. 그러나 그것을 이끌어가는 힘들은 시대적인 것들이다. 장승업의 예술적 소질의 씨앗은 개화파 선비 김병문(안성기 역)에게 발견되면서 개화된다. 아마도 이 선비는 개화파의 숨은 인재였던 오경석의 화신이 아닐까? 어쩌면 도올 김용옥이 이러한 시나리오에 개입했을지도 모른다. 영화 속에서 이 개화파 지식인은 줄곧 장승업을 예술적으로 인도해간다. 그의 비판적인 안목은 이 천민 예술가의 신분적 장애를 극복하며 중국적인 화풍에 예속되는 것을 비판한다. 그는 새롭게 펼쳐질 예술의 방향을 탐색한다. 그리고 그것을 가로막는 장애물들을 비판하고 잘못된 방향들에 대해 질타하며 이 천민 예술가의 행보를 감독한다. 그런데 사실 영화 속에서 김병문은 너무 관념적인 인물이다. 그는 역동적인 삶을 살아가는 실체적인 인물처럼 보이지 않는다. 그는 근대적 지식인의 관념적 형상일 뿐이다.

장승업은 어떤 자료에 의하면 유숙이란 화원을 첫번째 스승으로 모셨다. 영화 속에서는 본격적인 그림 수업을 받는 장면에서 이 대목을 다룬 것 같다. 유숙은 〈대쾌도大快圖〉 같은 풍속화를 남기기도 했는데 장승업은 이러한 풍속화를 발전시키지 못했다. 그는 주로 중국의 남종화풍으로 자신의 화풍을 만들어갔다. 중앙대 김선두 교수는 "최민식은 몸으로, 나는 붓으로 연기했다"라고 했는데, 그는 이 영화에 등장하는 70점의 그림을 위해 수백 장의 그림을 그리고 찢고 했다. 그의 인터뷰를 『문화일보』에서 볼 수 있었는데 그는 실제 장승업 그림을 모작하기도 했고 때로는 다른 방식으로 창작하기도 했다. 김선두 교수의 장승업에 대한 해석이 이 영화의 예술적 견해에 반영된 것이다. 한 화가의 적극적인 참여가 이 영화에 활력을 불어넣었다. 임권택은 도올 김용옥과 화가인 김선두 교수의 비평적 예술적 견해들을 취합하면서 이 영화를 제작했던 것이다. 이 과정에서 오히려 임감독의 입지점이 좁아진 것은 아니었을까라고 나는 생각해보았다. 왜냐하면 예술에 대한 장승업의 다양한 자료와 여러 각도에서의 접근이 마치 수많은 단편들처럼 놓여 있지만 말끔하게 하나로 엮이지 못하는 부분들이 존재한다고 느껴졌기 때문이다. 장승업의 예술을 이해하기 위해서 그러한 것들은 물론 필요하다. 그러나 장승업 자신의 꿈틀거리는 피와 살로 용해되지 못할 때 그러한 것들은 단지 자료에 지나지 않는다. 장승업이 중국화풍을 소화하면서 놀라운 경지로 진입한 그림들을 품평하는 자리에서 나오는 말들은 본격적인 화론에 나오는 것들이다. 김용옥의 입김이 느껴지는 이러한 비평적 용어들은 아직 장승업 자신의 용어로 번역되어 있지 못하다. 장승업이 아무리 천민 출신이고 교양이 부족하다 해도 자신의 느낌과 자신의 필치에 대한 자신의 언어가 있어야 했다. 김용옥 교수의 비평적인 안목들은 임권택의 상식들 속으로 녹아들어와야 했으며, 자신의 영화적 언어로 해석되어야 했다. 관객들은 이 고답적인 화론이 뽐내고 뽐어내는 언어들을 먼 나라 말처럼 밖으로 흘린다. 그들은 알 수 없는 말들의 난해한 풍경으로부터 답답해하며 물러난다.

임권택 감독은 장승업의 답답함을 광기로 채색한다. 영화 속에서 장승업은 너무나 노련한 흉내내기의 명수라는 게 얼마나 공허한 것인가를 느끼기 시작한다. 이 부분이 이 영화 속에서 가장 성공적인 부분이다. 몰락해가는 제국의 상층 귀족들은 여전히 대국인 중국의 기풍에 사로잡혀 있다. 그들은 수입된 중국 그림에 취하고 그에 버금가는 장승업 그림에 취한다. 수많은 사람들이 장승업 그림을 원하지만, 그것은 외래적인 문화에 대한 선망에 불과하다. 장승업은 이러한 상층 귀족들의 허상 속에서 자신의 예술을 키운 것이다. 이 거대한 사회적 욕망과 그것의 요구에 한편으로는 흥분하고 다른 한편으로는 절망하면서 이 위대한 예술가의 삶이 전개된다.

이 혼란스러운 시기의 공허를 꿰뚫으며 새로운 세계관을 떠맡은 중인층 역관인 김병문이 등장하고 그가 장승업의 화풍을 비판하며 인도하고자 한다. 그러나 그가 내뱉는 말 역시 공허하다. 그는 나중에 식민지 시대의 카프 문인들이 말하듯이 '현실을 그려라' 라고 말할 뿐이다. 사실 이 말은 당대 화단의 흐름 속에서 별로 큰 울림을 갖고 있지 못했다. 겸재의 〈진경산수〉 이후 '진경' 이란 말은 실학파들의 '실사구시' 와 함께 근대적인 사실주의를 여는 것으로 평가되어왔다. 이 상식 위에 김병문의 말이 떠 있다. 그러나 '진경' 이란 말은 '사실' 과는 다른 것이다. 겸재는 단지 중국의 산수가 아니라 우리나라의 산수를 그렸을 뿐이지 그저 자기 앞에 놓인 '사실' 적인 경치를 그린 것은 아니다. 그는 참다운 경치를 그린 것이며, 이때 참(眞)이란 것은 모든 것이 절묘하게 어우러져 이상향적인 지경이 되는 것을 가리킨다. 보이는 것 이상으로 참에 대한 관념이 먼저 존재한다.

임권택은 장승업으로 하여금 이 시대 민중들이 비현실적인 신선경을 보며 위안을 받는다고 말하게 함으로써 김병문의 말에 대항했다. 신선경이 진경의 뜻이기도 하다는 점에서 이러한 답변에도 일말의 진실은 있다. 그러나 기교가 잔뜩 들어간 장승업의 중국적인 신선경은 아무래도 우리의 마음에 와 닿지 않는다. 아마도 김병문은 그에게 우리 민화의 신선경에 대해 배워보라고 말해야 하지 않았을까? 사실 이러한 김병문의 한계는 개화지식인들의 한계이기도 했으니 더 할말이 없기는 하다.

이 영화 속에서 오히려 압도적인 장면은 취중에 장승업이 그려놓은 원숭이 그림이다. 붓 대신 손으로 그려놓은 이 원숭이는 이 영화의 극렬한 초점을 이룬다. 그것은 흉내내기에 열중했던 장승업 자신의 모습이다. 광기 어린 취중의 손가락 그림은 미친 듯이 휘저어지면서 중국식의 교양과 필법을 뛰어넘고 그 속에 억압된 육체의 생명력을 솟구치게 했다. 그는 완전히 타인이 된 상태에서 이 그림을 그렸다. 장승업은 술이 깬 뒤에 이 그림을 보았으며 이 새로운 경지의 그림에서 타자를 보았다. 누가 다녀갔냐고 외치는 그의 놀라움에 떨리는 목소리는 새로운 예술경지의 입구에서 떨리고 있는 것이다. 이 광기의 순간 모든 필법에서 해방됨으로써 육체 자신의 붓이 그려놓은 이 그림은, 그러나 조용히 이 시대의 격랑 한가운데 펼쳐져 있다. 그것은 광대한 거리에 전시되지 못하고 장승업의 가슴속에 남아 있다.

4

〈취화선〉에 대해 이야기하면서 '사랑'의 문제에 대해 본격적으로 말하지 못한 것이 아쉽다. 왜냐하면 사랑에 대한 이야기야말로 이 고독한 밑바닥 예술가를 지탱해주는 또하나의 축이었기 때문이다. 화가에 대한 이야기이기 때문에 당대 유행했던 김홍도나 신윤복의 〈춘화도〉를 삽화적으로 보여줌으로써 이 고독한 천재화가의 사랑 이야기를 풀어나간다는 설정도 재미있다. 매향과 재회하면서 아름답게 우거진 갈대밭을 배경으로 서로 사랑을 나누는 장면은 바로 한 폭의 춘화도다. 일본 춘화와 달리 우리나라 춘화도는 이렇게 자연 속에 녹아들어 있다. 기생 매향 역시 떠돌이 예술가의 일생을 닮아 있다. 그녀는 생황이라는 멋진 악기를 연주하는 예술가다. 그러나 기생의 비극적인 일생을 그녀 역시 어쩌지 못한다. 장승업은 자신이 진정으로 사랑하는 여자와 살지 못하고 언제나 멀리서 그리워할 뿐이다. 이러한 예술가들의 구질구질한 삶 속에서 진절머리치며 살아가는 여인들은 사랑보다 먹고사는 문제에 굶주린 여인들이다. 장승업의 아내 역시 그렇다. 그녀와 헤어지는 마당에 삶의 밑천에 보태 쓰라고 그려주는 그림이 매화 향기 가득한 그림이라는 것은 얼마나 반어적인가. 그림은 자신이 그리워하는 매향을 상징하는 것이지 않은가.

기생은 본래 노리갯감 이상이었다. 그녀들이야말로 신선경을 장식하는 상징이었으며 더 거슬러올라가면 바로 신선적 존재로 이끌어가는 인도자이기도 했다. 구한말 이후 이 기생은 더욱 밑바닥으로 추락한다. 식민지 시대는 거의 창녀 수준이 된다. 임권택은 소리꾼 광대에 이어 밑바닥 천민 환쟁이를 다룸으로써 이 떠돌이 예술가들의 비극적인 운명을 마지막으로 조명하고자 했던 것 같다. 기생과 소리꾼과 환쟁이, 이들은 모두 몰락하는 운명을 가졌다. 그들은 춘향전의 서두에서처럼 우리 강산 여기저기를 떠돈다. 고조선 이후 우리 민족이 축제적으로 개화시켰던 예술의 마지막 불꽃이 피어나고 시든다. 〈취화선〉에서 장승업은 매향과 헤어지기 전 시들어가는 나리꽃을 그려준다. 원래 장승업 그림에는 만개한 나리꽃 그림이 있었는데 김선두 교수는 이것을 시들어가는 나리꽃으로 바꾸어 그렸다. 임감독의 요청인지 화가 자신의 창조적 개입인지 그것은 알 수 없다. 그러나 이 시들어가는 꽃은 이 떠돌이 예술가들의 운명을 암시하고 있다. 임권택의 영화 속에서 이 꽃은 그가 꾸준히 그려나갔던 떠돌이 예술가의 넋을 상징하고 있다.

헌책방을 지키는 영혼들

오랜만에 맑은 햇살이 거리의 우중충한 건물들과 가로수에 내리쬐고 있다. 장마에 시달린 가로수 이파리들이 즐겁게 반짝거린다. 이제는 서울에서도 어느 한적한 변두리처럼 느껴지는 혜화동 거리는 오랜 회색의 계절을 거둬내면서 마지막 여름의 열기를 다시 숨쉬고 있는 듯했다. 차들은 여전히 붐비지도 않고 그렇다고 끊어지지지도 않고 길을 오가고, 양쪽에 늘어선 가게들도 별로 북적거리지는 않지만 그렇다고 절간처럼 한적한 것도 아니다. 마치 어느 정도 한적한 소도시에 온 것 같은 느낌을 받으며 나는 한 오래된 낡은 건물 이층을 훑어보고 있다. '○○易學院'이란 간판을 보면서 이 거리 풍경에서 약간 기묘하기는 해도 그렇게 부조화스럽다는 생각은 하지 않게 된다. 태풍이 몰아쳐 우리나라 남부 지방이나 중부유럽이 하늘에서 쏟아진 물에 잠겨 있다는 것을 떠올리면서 나는 현대문명이란 것이 별것도 아니라는 생각에 사로잡혀 있었다. 역학쟁이 간판 하나가 이 현대도시 거리에 걸려 있다는 것이 홍수에 잠긴 도시를 생각하면 별로 이상할 것도 없지 않은가. 역학 속에 내포된 이 오랜 원시적 사유 속에는 매우 철학적인 그리고 동시에 영적인 의식, 또는 무의식이 자리잡고 있을지도 모른다.

　요즘 나는 하루하루를 보내는 것이 별로 짜임새 있지 못하다. 어떤 글을 써도 별로 기획성이 없다. 우연히 어떤 자료를 접하고 또 우연히 또다른 자료와 만나서 서로 그 둘이 이상하게 배합된 분위기 속에서 배회하다가 불쑥 누군가 제안한 어떤 일에 휘말리기도 한다. 내가 계획하고 추진하는 일들은 수없이 많고 분산되어 있다. 그래서 일하는 도중에 조각나서 흩어진 사유의 맥들을 되찾기가 어려울 때가 많다. 어쩌다 그렇게 사라진 것들이 재수 좋으면 문득 튀어나와 다시 나의 새로운 작업 속에서 자신의 얼굴을 들이민다. 내 주위에는 강의를 위해 찾고 뒤지고 하다가 쌓아놓은 자료들이 여기저기 쑤셔박혀 있다. 책들은 이러한 나의 무질서한 계획들과 추진되는 일들, 그리고 그와 관련된 자료들 속에서 또는 그러한 것들을 담고 육중한 감옥처럼, 지루한 학교처럼, 침울한 도서관처럼 나의 서재와 연구실에 주둔하고 있다. 나의 이성적인 학문 영역에도 밤과 낮의 침입 그리고 사람들과의 약속이나 갑작스러운 누군가의 죽음, 끊임없이 다가오는 그리움과 세계의 비밀에 대한 여러 갈래의 탐색, 그리고 뻔뻔스러운 이해관계에 얽힌 전화와 편지 등, 나를 혼란에 빠뜨리는 것은 이루 다 헤아리기 어렵다. 이러한 혼란 속에도 어떤 질서가 있는 것은 아닐까, 라고 생각하는 것은 바람에 흩날리는 머리카락의 질서를 찾는 것처럼 허망한 일일 것이다.

　한때 나는 너무나 한가하고 심심해서 나 자신을 어찌지 못했던 시절이 있었다. 복잡한 이 세상에서 나에게는 별로 할 일이 없고 그저 시내를 활보하며 사람들을 구경하거나 공원과 영화관에 들러 시간을 때우고 어둠 속에서 사람들의 무리와 더불어 밤을 배회하고 그래도 허무해서 결국에는 갈데없이 침울해져 집으로 돌아간다. 헌책방을 뒤지는 것도 정작 무슨 책을 찾고 싶어서도, 어떤 공부 분야와 논문쓰기를 위한 것도 아니었다. 그저 돈도 없이 이 막막하고 심심한 세상 이상의 무슨

거창한 세계를 발견하는 입구가 어딘가 있지 않을까 방황한 데 불과했
다. 청계천 6가, 7가를 떠돌면서 나는 많은 시간들을 길거리에서 버렸
다. 왜냐하면 그 좁디좁은 공간에서 주인의 눈치를 살피고 다른 손님들
에게 쫓기면서 내가 읽은 책들의 제목이나 스쳐 본 몇 구절들은 영혼의
양식이 되지 못했기 때문이다. 그 헌책방의 탁한 공기, 빛바랜 종이들
마다 슬어 있는 곰팡이, 그게 한두 장이 아니라 생각해보라. 그 모든 책
방의 모든 책, 아니 상당 부분의 책들에 스며 있는 저 과거라는 무덤에
휩쓸려간 시간들을…… 그 퀴퀴한 시간의 냄새를 풍기는 곰팡이 핀 종
이들, 거기 박혀 있던 글자들은 불행해 보였다. 나의 그 시절은 청계천
바닥을 흐르는 검은 물결과도 같았다.
　　결국 나의 직업은 그 시절 어두운 배회에 익숙해지면서 얻어진 것은
아니었을까? 점점 더 낡은 책을 더듬고 찾고 더 고대적인 사유로 거슬
러올라간 것은 강릉의 고서점을 뒤지면서였다. 높은 산맥들이 얽힌 곳
에서 학문을 하고 가르치고 유람하면서 나는 인간의 삶이란 것이 매우
오래된 것임을 느꼈다. 아니 매우 오랜 창조물임을 알게 되었다고 말해
도 좋다. 글자와 말들은 그러한 고대적 유물로 남아 있고 우리의 삶 역
시 매일 달라지는 것 같아도 그다지 옛날과 다르지는 않다. 인간이란
존재 자체가 매우 오래된 것이다. 나의 뼈와 살 그리고 나의 영혼에서
도 나는 오래된 골동품의 역사가 느껴진다. 시간의 바람에 흩어지고 다
시 모이고 하는 과정에서 이 모든 것은 변화해간다. 낡은 책들을 뒤지
면서 나는 오래된 풍수서들과 역학서들을 사랑하게 되었다. 붓으로 그
려진 산과 들과 내와 강의 형상들을 보는 것은 아름답다. 어떤 것들은
별처럼 또는 꽃처럼, 새와 동물들, 인간, 인간의 성기와 유방, 손가락들
처럼 보인다. 그러한 옛 책 속에서 자연은 사람들에게 아름답게 바라보
이는 것들의 형상으로 판독되고 기호화된다. 그것은 책으로 변하며 인
간화된 지식이 되어 시간의 마멸을 견디고 살아남아 후대의 어떤 사람

에게 발견되고 다시 새로운 책으로 변한다. 이 우주의 복잡한 형상을 인간 자신의 삶에 얽힌 형식들로 판독해내는 것은 중요한 일이며 기쁨이고 역사다. 이 광대한 우주의 복잡함을 단순한 두 가지 기호의 배합으로 놀이처럼 판독해보는 것은 얼마나 즐거운 일일까? 바람이 불고 거리에 불들이 켜지기 시작한다. 바람과 불, 풍화가인괘(風火家人卦)를 생각해본다. 불을 지피는 것은 언제나 지식의 문제이기도 했다. 무엇인가 알아보고 인식하는 것, 눈의 빛과 귀의 소리가 우리에게 이 세상의 지식들을 포착해냈던 것이다. 그것은 어두운 우주 속에서 폭발하는 빛의 거대한 덩어리가 회전하면서 생명을 창조해내는 일을 반복하는 것과도 같다. 빛에 의해서 에너지는 물질들을 사로잡고 변형시키면서 생명체의 조직적인 정보체계를 만들어낸다. 우리는 지식의 빛을 가동하면서 삶과 역사를 만들어왔다. 책들은 빛이며 빛의 기억이다. 아 그리고 그것은 시간의 폐허에 속해 있기도 하다. 마치 피라미드처럼 말이다. 그것은 잊혀져가는 비밀스러운 무덤처럼 우리의 저편으로 자꾸 멀어져간다. 시간의 바람 속에서 우리를 구성했던 모든 물질과 영혼은 모래처럼 흔들린다. 그것은 나중에는 밤하늘의 은하수처럼 아스라하게 멀어진다. 그러나 바로 그 바람이야말로 생명의 원천이다. 고정된 것은 죽은 것이며, 변화가 없는 것 역시 그러하다. 바람의 무상함, 그 변화무쌍함이 생명을 펼쳐내는 우주의 광대한 공간을 지킨다. 불과 빛, 피와 땀, 지식과 책들이 그 광대함의 한 조각을 우리 것으로 만들 뿐이다. 가인(家人)이란 그렇게 작은 우주를 만들어 하나의 세계 속에 거주하는 인간일 것이다.

　어두워가는 거리에서 낡은 이층집은 여전히 어둡고 한 옆의 철문은 여전히 닫혀 있다. 약속한 주인은 저 멀리에서 손짓하며 종종걸음으로 미소 띤 채 무어라고 말하듯 입을 움직이며 서둘러 오고 있다. 나는 맞은편 길가에까지 책을 쌓아놓고 한담을 나누는 책방 주인을 제쳐두고,

책의 피라미드를 올려다보고, 그 돌더미들을 헤쳐보면서 시간을 때우다 그와의 약속시간을 훨씬 넘겨 나왔다. 그런데 그는 그러고서도 몇십 분 뒤에 길의 끝에서 나타났던 것이다. 참, 책을 몇 권 사면서 그 주인에게 무엇을 부탁했던 것일까? 도대체 이 헌책을 지키는 영혼들이란 장사에도 무심하다. 벌써 그 책방 주인이나 역학원 주인에게 부탁했던 몇 가지 책과 관련된 모든 일이 유령처럼 막막한 안개 속으로 사라져버리는 듯하다.

문학동네 평론집

바다의 치맛자락

ⓒ 신범순 2006

초판인쇄	2006년 5월 4일
초판발행	2006년 5월 12일

지 은 이	신범순
펴 낸 이	강병선
책임편집	조연주 김송은
펴 낸 곳	(주)문학동네
출판등록	1993년 10월 22일 제406-2003-000045호

주　　　소	413-756 경기도 파주시 교하읍 문발리 파주출판도시 513-8
전자우편	editor@munhak.com
전화번호	031) 955-8888
팩　　스	031) 955-8855

ISBN　89-546-0151-0　03810

＊ 이 책의 판권은 지은이와 문학동네에 있습니다.

　이 책 내용의 전부 또는 일부를 재사용하려면 반드시 양측의 서면 동의를 받아야 합니다.

＊ 이 도서의 국립중앙도서관 출판시도서목록(CIP)은 e-CIP 홈페이지(http://www.nl.go.kr/cip.php)에서

　이용하실 수 있습니다. (CIP제어번호: CIP2006000989)

www.munhak.com